正本清源

說紅樓

白先勇　策畫

目錄

【輯三】

正本清源說紅樓　前言

白先勇

《紅樓夢》是中國最偉大的一部小說，在中國文化史上亦是一座巍巍高峰，可以與世界最傑出的文學經典並肩而立，可能還會高出一截，一覽眾山小。《紅樓夢》是一部天書，有解說不盡的玄機，有探索不完的密碼，所謂橫看成嶺側成峰。《紅樓夢》一書內容如此豐富，出版史又如此複雜，任何一家之言，恐怕都難下斷論。自從兩百多年前《紅樓夢》問世以來，世世代代關於這本書的批注、考據、索隱、點評、研究，汗牛充棟，不足形容，興起所謂「紅學」、「曹學」各種理論、學派應運而生，一時風起雲湧，波瀾壯闊。至今方興未艾，大概沒有一本文學作品會引起這麼多人如此熱切的關注與投入。

自從以胡適為首的「新紅學」創始以來，九十餘年紅學界爭論最大的有兩大議題：一為《紅樓夢》後四十回的作者身份，另一項為「程高本」與「脂本」尤其是「庚辰本」之間的差異。本書《正本清源說紅樓》便是針對這兩大議題編輯而成。這部論文選集蒐集了自胡適以還，學者、專家、作家對於《紅樓夢》後四十回的作者問題以及「程高本」與「脂本」的差異比較，各抒己見的一些文章，這部選集的第一輯「名家說紅樓」，是名家文章中論述兩大議題的摘要。第二輯「名家評紅樓」是各階段作者的全篇論文。第三輯附錄有〈程乙本與庚辰本對照表〉以及〈把《紅樓夢》的著作權還給曹雪芹——《紅樓夢》百年議題：程高本和後四十回〉一篇《紅樓夢》會議記錄。

民國十年（一九二一），上海亞東圖書館出版由汪原放校點整理以「王希廉評本」為底本，加新式標點的《紅樓夢》，道光十二年（一八三二）的「王評本」其底本即為乾隆五十六年（一七九一）由程偉元、高鶚整理出版木刻活字版的一百二十回《紅樓夢》，後世稱為「程甲本」。新紅學開山祖師胡適特地為亞東版《紅樓夢》寫了一篇長序〈《紅樓夢》考證〉，這篇長序是開創新紅學最重要的文獻之一。其中有兩大論點：確定曹雪芹的作者地位，釐清曹家家世，並認定《紅樓夢》是一部「隱去真事的自述」。其次，胡適斷定《紅樓夢》後四十回並非曹雪芹原稿，乃高鶚偽托續補。胡適對《紅樓夢》後四十回的論斷一錘定音，影響了好幾代的紅學研究者，但也引起爭論不斷，以迄於今。

程偉元在「程甲本」的序言中對如何尋獲後四十回有這樣一段說明：

> 爰為竭力搜羅，自藏書家甚至故紙堆中無不留心，數年以來，僅積有二十餘卷。一日偶於鼓擔上得十餘卷，遂重價購之，欣然翻閱，見其前後起伏，尚屬接榫，然漶漫不可收拾，乃同友人細加釐剔，截長補短，抄成全部，復為鐫版，以公同好。

「程甲本」出版後，翌年一七九二年，程偉元與高鶚再推出「程甲本」的修訂本，世稱「程乙本」，其中程、高二人的引言又有這樣一段申明：

書本後四十回，係就歷年所得，集腋求裘，更無他本可考。惟按其前後關照者，略為修輯，使其應接而無矛盾。至其原文，未敢臆改，俟再得善本，更為釐定，且不欲盡掩其本來面目也。

程偉元與高鶚對於後四十回的來龍去脈說得清楚明白。《紅樓夢》後四十回曹雪芹的原稿是程偉元多年從藏書家以及故紙堆中取得二十多卷，後又於鼓檐上發現十餘卷，乃重金購之。原稿多處殘缺，因邀高鶚修補，乃成全書。但胡適就是不相信程、高，認為他們說謊，斷定後四十回為高鶚偽托。胡適做學問的名言：大膽的假設，小心去求證。胡適認為高鶚「偽作」的證據，最有力的一項就是張問陶的詩及其注。張問陶是乾隆、嘉慶時期的大詩人，與高鶚鄉試同年，他贈高鶚的一首詩〈贈高蘭墅鶚同年〉中有「豔情人自說紅樓」句，其注：《紅樓夢》八十回以後，俱蘭墅所補。胡適拿住這項證據，便斷定後四十回是由高鶚「補寫」的。但不少不同意胡適這項說法的專家學者們提出異議，張問陶所說的「補」字，也有可能是「修補」的意思，這個注恐怕無法當作高鶚「偽作」的鐵證。胡適又認為程序說先得二十餘卷，後又在鼓檐上尋獲十餘卷，「世間沒有這樣奇巧的事！」但世間巧事有時的確不可思議，不能斷定其必無，何況程偉元多年處心積慮四處搜集，並非偶然獲得。

胡適認為《紅樓夢》後四十回乃高鶚續作的評斷，由幾代紅學家如俞平伯、周汝昌等繼續發揚光大，長時期以來，變成了紅學界的主流論調，影響所及深遠而廣大。因為對於後四十回的作者身份，起了質疑，於是後四十回引起各種爭論：對《紅樓夢》這部小說的前後情節、人物的結局、主題的一貫性，甚至文字風格、文采高下、最後牽涉到小說的藝術評價、通通受到嚴格檢驗，嚴厲批評。後四十回遭到各種攻擊，有的言論走向極端，把後四十回數落得一無是處，高鶚續書，變成千古罪人。小說家張愛玲甚至以「曹雪芹未寫完紅樓夢」為人生三大恨之一。

其實不同意胡適等人對後四十回看法的，也大有人在，比較著名的如林語堂，他在一九五八年發表長六萬字的論文：〈平心論高鶚〉，林語堂的結論：後四十回不可能是高鶚的續作，高鶚只是參與了後四十回的修補工作。這是一篇論後四十回的重要文獻，因為字數太多，全文無法收入論文集中，只錄其摘要。《正本清源說紅樓》收輯的論文，發表時間比較早期的專家學者有宋孔顯、牟宗三、吳宓，中期有蕭立岩、劉夢溪、朱眉叔、周策縱，比較晚近的有劉廣定、孫偉科、鄭鐵生、甯定一、吳新雷、劉俊、劉再復、朱嘉雯，還有幾位名作家的文章：楊絳、王蒙、舒蕪、王潤華。這些作者都不贊同胡適等人對後四十回的看法，一致認為後四十回絕非高鶚一人的續書。這些作者從各種不同的角度對後四十回下了評斷，肯定後四十回的價值，對程偉元及高鶚也給予公平的定位。事實上胡適雖然斷定《紅樓夢》後四十回是高鶚偽托補作，但他並未否定後四十回悲劇結局的藝術成就：高鶚居然忍心害理的教黛玉病死，教寶玉出家，作一個大悲劇結束，打破中國小說的團圓迷信。這一點悲劇眼光，不能不令人佩服。

俞平伯晚年對他自己的「高鶚續書」說也開始動搖，臨終前且留下自譴之重話：

胡適、俞平伯是腰斬《紅樓夢》的，有罪，程偉元、高鶚是保全《紅樓夢》的，有功。大是大非！
千秋功罪，難以辭達。

我個人對後四十回嘗試從一個小說寫作者的觀點及經驗來看。首先，世界上偉大的經典小說似乎還找不出一部是由兩位或兩位以上的作者合著而成的。如果兩位才華一般高，一定各人有自己的風格定見，彼此不服，無法融洽。如果兩人一高一低，才低的那位亦無法模仿才高那位，還是無法融成一體。由高鶚現存的詩文看來，有一定的水準，但並未顯露像曹雪芹在《紅樓夢》裡那樣驚世的才華。而且高鶚並未留下白話文的作品，不知他對於小說中白話文的駕馭能力如何。高鶚的身世與曹雪芹的遭遇大不同，《紅樓夢》是曹雪芹帶有自傳性的小說，是他的《追憶似水年華》，全書充滿了對舊日繁華的追念，尤其後半部寫賈府之衰，可以感受到作者哀憫之情，躍然紙上，似乎很難想像高鶚能寫出如此真摯動人的個人情感來。

何況《紅樓夢》前八十回已撒下天羅地網，千頭萬緒，換一個作者，怎麼可能把那些長長短短的線索一一接榫，前後貫徹。人物語調一致，就是一個難上加難不易克服的問題。前八十回的賈母與後四十回的賈母說話口氣，絕對是同一人物。《紅樓夢》第五回，把書中主要人物的命運結局，以及賈府的興衰早已用詩謎判詞點明了，後四十回大致也遵從這些預言的發展。至於有些批評認為前八十回與後四十回的文字風格有差異，這也很正常，因為前八十回寫賈府之盛，文字應當華麗，後四十回寫賈府之衰，文字自然比較蕭疏，這是應情節所需。其實自七十七回「俏丫鬟抱屈夭風流，美優伶斬情歸水月」，抄大觀園後，晴雯遭讒屈死，芳官等被逐，大觀園驟然傾頽，小說的基調已經開始轉向暗淡淒涼，所以前八十回與後四十回的語調風格並非一刀兩斷，而是漸漸轉換的。

至於不少人認為後四十回的文字功夫藝術成就，遠不如前八十回，這點我絕對不敢苟同，後四十回的文字風采，藝術價值絕對不輸於前八十回。有幾處感人的地方，可能還有過之。如黛玉之死、寶玉出家，這兩場全書的關鍵情節，寫得哀惋纏綿、遼闊蒼茫，如同《紅樓夢》的兩根樑柱把整本書像一座高樓牢牢撐住，使得這部小說的結局，釋放出巨大的悲劇力量來。前八十回寫賈府之盛，無論寫得再好，也只是替後四十回賈府之衰的結局所作的鋪墊。

自從胡適等人提出後四十回乃高鶚偽托續補以來，紅學界往往把《紅樓夢》這部小說分開兩節來研究，有的人因為視後四十回為「偽作」，甚至只論前八十回，後四十回不屑一顧。這就使得這部曠世傑作受到閹割式不完整的照顧了。事實上自「程高本」問世，新紅學興起之前，世世代代讀者的觀念中，一百二十回全本一直是一個整體，並未有八十、四十之分。有一個時期，人民文學出版的《紅樓夢》作者將曹雪芹與高鶚並列，這是把高鶚實在抬得太高。新世紀以來，高鶚續書說受到各方強烈質疑，二〇〇八年人民文學的《紅樓夢》作者又改成了曹雪芹與無名氏，後四十回的作者還是一個未定數。二〇一七年廣西師範大學出版社出版的以程乙本為底本的《紅樓夢》，作者列的是曹雪芹著，程偉元、高鶚整理，這是比較正確平實的說法。在鐵證沒有出現以前，就讓我們相信程偉元、高鶚說的是實話吧：後四十回根本就是曹雪芹的原稿，不過經過他們兩人修補過罷了。

《紅樓夢》的版本又是一項複雜難解的大問題。《紅樓夢》的版本大致分兩個大系統：一個是前八十回的脂評抄本系統，這些抄本因有脂硯齋等人的評語，簡稱「脂本」。到目前為止，發現的「脂本」有十二種，比較重要的有甲戌本、乙卯本、庚辰本、甲辰本、戚蓼生序本（一稱有正本，由上海有正書局刻印）。這些抄本，雖然標有年代，但皆非原來版本，多是後人的過錄本。據紅學大師俞平伯的版本研究（〈紅樓夢八十回校本序言〉），這些抄本流行的年間大約不到四十年，從一七五四到一七九一，初次程高本刻印出現為止。俞平伯認為「這些抄本，無論舊抄新出都是一例的混亂。」因為這些抄書的人，水平程度不一定很高，錯誤難免，有的可能因為牟利，竟擅自更改，「故意造出文字的差別來眩惑人」。

脂本中，又以庚辰本比較完整，原書名《脂硯齋重評石頭記》，庚辰指乾隆二十五年（一七六〇），現存抄本原為晚清狀元協辦大學士徐郙舊藏，一九三三年胡適從徐郙之子徐星曙處得見此抄本，撰長文〈跋乾隆庚辰本《脂硯齋重評石頭記》抄本〉。一九四八年燕京大學從徐家購得庚辰抄本，現由北京大學館藏。

庚辰本共七十八回，缺六十四、六十七兩回，十七、十八回兩回未分開共用一個回目。現存的庚辰本並非原稿，乃後人的過錄本，抄寫者不止一人，現存的抄本仍有不少錯訛誤漏的地方。但做為研究材料，庚辰本自有其不可取代的重要性，因為在各抄本中，其回數最多，而脂硯齋等人的各種批注竟達兩千多條，這是一筆研究作者身世、創作過程等的珍貴資料。又因其年代較早，曹雪芹還在世，於是有些紅學家便認為庚辰本最靠近曹雪芹的原稿，並以此肯定庚辰本的優越性。可是事實上誰也沒有看過曹雪芹的原稿，就此斷定庚辰本最接近曹雪芹原稿，不免失之武斷，這個流傳甚廣的觀點實在值得商榷。出現年代早，並不一定忠於原著。

一九八二年人民文學出版以庚辰本為底本的《紅樓夢》，這在《紅樓夢》出版史上是一道重要的分水嶺，此後在中國大陸，這個版本基本上取代了流行數十年的程乙本《紅樓夢》，成為中國大陸最具權威的版本。這個版本經由馮其庸領銜，聚集了中國藝術研究院紅樓夢研究所一批專家共同校訂的，所以又稱《紅研所校注紅樓夢》，前八十回是以庚辰本為底本，並參照其他諸多版本，後四十回截取自程甲本。這個版本一共修定三次，三十多年來，銷售量達七百多萬冊，影響了幾代讀者。

一七九一年程偉元、高鶚整理出版程甲本後，不到一年，發覺程甲本因倉促出書，有不少「紕繆」，因此又出版程乙本，把程甲本的錯誤都改正過來，所以程乙本乃程甲本的修正本。程甲本一出，洛陽紙貴，此後的眾多刻本，多以程甲本為祖本，相對之下，程乙本在當時，比較受到冷落。

民國十年，一九二一年，近人汪原放校點整理，出版亞東版程甲本《紅樓夢》之後，知道胡適手上還收藏有一部程乙本，於是於一九二七年又出版以程乙本為底本的《紅樓夢》，胡適自己十分推崇這個版本，因為是修正本，優於程甲本，並寫了一篇〈重印乾隆壬子本《紅樓夢》序〉。這個亞東版程乙本《紅樓夢》因為有胡適大力推荐，一時風行海內外，港、台、新、馬等地區流行的《紅樓夢》亦多以程乙本為主。事實上中國大陸人民文學出版社在一九五三年便以「作家出版社」的名義出版過程乙本《紅樓夢》，這個版本基本上仍是亞東版的翻版。一九五七年人民文學出版了第二個校點、注釋本《紅樓夢》由周汝昌等校點，啟功注釋，後來，一九六四、一九七四又接著在這個基礎上又推出了兩個版本，一直到一九八一年，人民文學程乙本《紅樓夢》累計發行了一百一十萬套。在一九八二年以庚辰本為底的人民文學《紅樓夢》未問世以前，中國大陸的讀者其實閱讀的都是程乙本《紅樓夢》，也就是說大約六十歲以上的讀者，看到的《紅樓夢》多半是屬於程乙本。如果往長遠迴溯，自從一七九一、一七九二年，程高本面世以來，到一九八二庚辰本梓印為止，一百九十一年間，中國讀者看的都是程甲本、程乙本《紅樓夢》，庚辰本《紅樓夢》普遍流行只是近三十多年的事。在台灣早年遠東圖書公司、啟明書局、世界書局多家出版社印行的《紅樓夢》皆為亞東版程乙本《紅樓夢》的翻版。一九八三年桂冠圖書公司出版《紅樓夢》，這個版本仍以程乙本為底本，但參照其他諸多版本，嚴謹校注而成，並有啟功、唐敏等人詳細注解，是當時台灣最流行的版本。但八〇年代，大陸庚辰本《紅樓夢》以壓倒性聲勢傳入台灣，台灣各出版社亦紛紛改弦易轍，多採用庚辰本。二〇〇四年，桂冠版《紅樓夢》斷版，直到二〇一六年才由時報出版重新刊印，二〇一七年，廣西師範大學出版社出版桂冠版簡體字版，程乙本《紅樓夢》才開始又引起大陸讀者的注意。

既然程乙本及庚辰本是目前兩個最流行的版本，這兩個版本在學術上做一個嚴謹精確的比較，確實有其必要。如前所述，做為研究材料，庚辰本有其不可取代的重要性，但做為普及版本，其中大大小小的問題必須提出來檢驗。早在八十年代初，中國紅樓夢學會首任會長吳組緗教授便提出了庚辰本在人物塑造上幾個大問題：例如尤三姐的性格，在程乙本裡是位烈女，而庚辰本卻把她變成了一個淫婦，這便使得情節發展上產生了矛盾，不合邏輯，拙文〈搶救尤三姐的貞操——《紅樓夢》程乙本及庚辰本之比較〉中有詳細分析。吳組緗又提出庚辰本中寶玉把芳官的頭髮剃了，把她改成男僕裝扮，並取了一個「犬戎姓名」：耶律雄奴。這一大段十分突兀，程乙本沒有這一節。鄭鐵生教授極力推舉程乙本，認為做為普及本，程乙本有「藝術的整體性」、「故事性強」、「語言通俗、簡潔、明快」等優點。海外紅學重鎮周策縱教授把程高本及庚辰本《紅樓夢》第一回第一大段從頭逐字比較了一次，這一段是文言文，周策縱的結論是程高本的文字處處都比庚辰本高明一籌。

我在美國加州大學教授《紅樓夢》二十餘年，採用都是桂冠版程乙本《紅樓夢》，因為這個版本注釋周詳，詩賦並有白話翻譯，便於初學學生。二〇一五至一六年，我有機會在台灣大學教授三個學期《紅樓夢》導讀課程，因桂冠版程乙本《紅樓夢》斷版，於是我便用里仁書局的庚辰本《紅樓夢》，即馮其庸領銜編整的《紅研所校注紅樓夢》，我於是有機會把桂冠的程乙本《紅樓夢》及里仁的庚辰本《紅樓夢》從頭到尾仔細的比對了一次。讓我吃驚的是，這兩個版本差異之處，比比皆是，幾乎每回都有。從小說藝術的觀點審度下來，無論是人物刻劃、情景描寫，遣詞用句，差異處，往往都是程乙本優於庚辰本。本書第三輯〈《紅樓夢》程乙本與庚辰本對照表〉中，我把兩個版本重要差異，都對照列出，比較詳論。因為程高本前八十回與脂本之間有不少差異，擁護脂本的學者，便對程高本批評抨擊，認為程偉元與高鶚擅自更改原稿。其實程高本前八十回也是程、高收集當時流行的各種抄本，「廣集核勘，準情酌理，補遺訂訛。」而成，程、高時期流行的抄本，一定遠不止我們當今發現的十二種，而且比較完整，不似當今版本，多有殘缺，沒有一種是十足八十回的。程高本中的異文，很可能是根據當時一些沒有流傳下來的抄本勘訂的，那些抄本與現今十二種「脂本」，不一定完全相同。

《紅樓夢》是中國最偉大的小說，在中國文學史、文化史上占有如此重要地位的一部經典之作，理應以一個最完善的版本廣為普及流傳，這個版本在小說藝術、文字功夫、情節通順、人物性格統一這些條件上，應當優於其他版本，程乙本確實比較合於普及本這些條件。庚辰本作為研究本，自有其重要性，但其細節上許多矛盾誤謬，並非作為普及本的上選。何況庚辰本原只有七十八回，後四十回是截取程甲本補綴起來的，並非一個完整的全本。

而今海峽兩岸在校園中及一般讀者間，庚辰本《紅樓夢》幾乎壟斷了整個市場，而流行多年曾經深入民間的程乙本《紅樓夢》竟然不幸被邊緣化了，年輕的讀者只知庚辰紅樓一夢而不只還有程乙本紅樓另外一夢，這並不是一個健康的現象。《紅樓夢》兩個最重要的版本，應該雙峰並立，互相對比，讓讀者有所比較，對《紅樓夢》這部曠世文學經典有更加全面的了解。編纂《正本清源說紅樓》的目的，便是希望喚醒讀者對《紅樓夢》版本等重大議題的注意。

二〇一八年六月七日

程甲本 序

程偉元

《紅樓夢》小說，本名《石頭記》。作者相傳不一，究未知出自何人，惟書內記雪芹曹先生刪改數過。好事者每傳抄一部，置廟市中，昂其值得數十金，可謂不脛而走者矣。然原目一百二十卷，今所傳只八十卷，殊非全本。即間稱有全部者，及檢閱仍只八十卷，讀者頗以為憾。不佞以是書既有百二十卷之目，豈無全璧？爰為竭力搜羅，自藏書家甚至故紙堆中無不留心，數年以來，僅積有二十餘卷。一日偶於鼓擔上得十餘卷，遂重價購之，欣然翻閱，見其前後起伏，尚屬接榫，然漶漫不可收拾。乃同友人細加釐剔，截長補短，抄成全部，復為鐫板，以公同好。《紅樓夢》全書始至是告成矣。書成，因並誌其緣起，以告海內君子。凡我同人，或亦先睹為快者歟？

——小泉程偉元識

（本文原收錄於「程甲本」）

程乙本　引言

程偉元、高鶚

一、是書前八十回，藏書家抄錄傳閱幾三十年矣，今得後四十回合成完璧。緣友人借抄爭睹者甚夥，抄錄固難，刊板亦需時日，姑集活字刷印。因急欲公諸同好，故初印時不及細校，間有紕繆。今復聚集各原本詳加校閱，改訂無訛。惟識者諒之。

一、書中前八十回抄本，各家互異；今廣集核勘，準情酌理，補遺訂訛。其間或有增損數字處，意在便於披閱，非敢爭勝前人也。

一、是書沿傳既久，坊間繕本及諸家所藏祕稿，繁簡歧出，前後錯見。即如六十七回，此有彼無，題同文異，燕石莫辨。茲惟擇其情理較協者，取為定本。

一、書中後四十回，係就歷年所得，集腋成裘，更無它本可考。惟按其前後關照者，略為修輯，使其有應接而無矛盾。至其原文，未敢臆改，俟再得善本，更為釐定。且不欲盡掩其本來面目也。

一、是書詞意新雅，久為名公鉅卿賞鑑。但創始刷印，卷帙較多，工力浩繁，故未加評點。其中用筆吞吐虛實掩映之妙，識者當自得之。

一、向來奇書小說，題序署名，多出名家。是書開卷略誌數語，非云弁首，實因殘缺有年，一旦顛末畢具，大快人心，欣然題名，聊以記成書之幸。

一、是書刷印，原為同好傳玩起見，後因坊間再四乞兌，爰公議定值，以備工料之費，非謂奇貨可居也。

——壬子花朝後一日，小泉、蘭墅又識

（本文原收錄於「程乙本」）

輯一

名家說紅樓

張新之：

有謂此書止八十回，其餘四十回，乃出另手……但觀其通體結構，如常山蛇首尾相應，安根伏線，有牽一髮全身動之妙，且詞句筆氣，前後全無差別……雖重以父兄命，萬全賞，使閒人增半回不能也。何以耳以目，隨聲附和者之多？

——《石頭記》讀法

王國維：

若《紅樓夢》之寫寶玉，又豈有以異於彼乎！彼於纏陷最深之中，而已伏解脫之種子，故聽《寄生草》之曲而悟立足之境，讀《胠篋》之篇而作焚花散麝之想。所以未能者，則以黛玉尚在耳。至黛玉死而其志漸決。然尚屢失於寶釵，幾敗於五兒，屢蹶屢振，而終獲最後之勝利。讀者觀自九十八回以至百二十回之事實，其解脫之行程，精進之歷史，明瞭精切何如哉！且法斯德之苦痛，天才之苦痛；寶玉之苦痛，人人所有之苦痛也。以後四十回為例證。

——《紅樓夢評論》

陳獨秀：

全書有一百二十回，這一百二十回，卻是脈絡貫串，一絲不亂。從第一回到第九十七回，全書的進行，是向上的（risihg action）。從第九十七回到回末，全書的進行，是向下的（Falling action）。中間「苦絳珠魂歸離恨天」一回，便是全書最高的一點（Climax）。全書的層次，錯綜變化，是自然的，不是機械的；而秩序卻極整齊。相傳這書出於兩人之手，後面四十回，是後人所添。很有許多評點家，說是不足信的。但是以全書結構看，這書萬萬不是出於兩人。作者寫第一回的時候，全書結構，已了然在胸；不是隨隨便便，一回一回的寫下去的，所以才有這樣精密的結構。

——〈《紅樓夢》新評〉

胡適：

（一）

證據固然重要，總不如內容的研究更可以證明後四十回與前八十回決不是一個人作的。我的朋友俞平伯先生曾舉出三個理由來證明後四十回的回目也是高鶚補作的。他的三個理由是：（1）和第一回自敘的話都不合，（2）史湘雲的丟開，（3）不合作文時的程序。這三層之中，第三層姑且不論。第一層是很明顯的：《紅樓夢》的開端明說「一技無成，半生潦倒」；明說「蓬牖茅椽，繩床瓦灶」；豈有到了末尾說寶玉出家成仙之理？第二層也很可注意。第三十一回的回目「因麒麟伏白首雙星」，確是可怪！依此句看來，史湘雲後來似乎應該與寶玉做夫婦，不應該此話全無照應。以此看來，我們可以推想後四十回不是曹雪芹做的了。

——〈《紅樓夢》考證〉

（二）

現在印出的程乙本就是那「聚集各原本，詳加校閱，改訂無訛」的本子，可說是高鶚、程偉元合刻的定本。這個改本有許多改訂修正之處，勝於程甲本。程乙本流傳甚少……現在汪原放標點了這本子，排印行世，使大家知道高鶚整理前八十回與改訂後四十回的最後定本是個什麼樣子，這是我們應該感謝他的。

——〈重印乾隆壬子（一七九二）本《紅樓夢》序〉

（三）

自從民十六亞東排印壬子程乙本行世以來，此本就成了《紅樓夢》的標準本。近年臺北遠東圖書公司新排的《紅樓夢》，香港友聯出版社新排的《紅樓夢》，都是根據此本。大陸上所出各種排印本，也都是程乙本。

——〈與胡天獵書〉

陳寅恪：

《故宮博物院畫報》各期載有曹寅奏摺。及曹氏既衰，朝旨命李煦繼曹寅之任，以為曹氏彌補任內之虧空。李曾任揚州鹽政。此外尚有諸多文件，均足為考證《石頭記》之資，而可證書中大事均有所本。而後四十回非曹雪芹所作之說，不攻自破矣。又曹氏有女，為某親王妃。此殆即元春為帝妃之本事。而李氏一家似改作為王熙鳳之母家。若此之線索，不一而足，大有可研究之餘地也。

——《吳宓日記》，記陳寅恪談《紅樓夢》

林語堂：

一九六三年上海影印的《乾隆抄本百二十回〈紅樓夢〉稿》，即所謂《高鶚手定本》。我懷疑這稿本，高鶚是「閱過」，但不像是普通編輯略加修補字句的加工而已。其所添補，是真用功夫，繪形繪聲，添出許多故事情節和細末的描寫，似是原作者用心血寫的，而不是高鶚在七十多天所寫得出來的。倘是這抄本裡面所改的不是出於高鶚，而是出於曹雪芹的手筆，其價值更不待言了。我們還得慢慢地研究一下，若真出於曹氏手筆，這手稿可使我們研究這偉大作者易稿、改稿的功夫，其寶貴自不必說。現在我們所知可能是曹雪芹的筆跡，只有「空空道人」四字（吳恩裕所藏，是題篆書「雲山翰墨，冰雪聰明」八字的署名，見吳恩裕《有關曹雪芹十種》，上海中華書局一九六四年）。吳注此四字是否雪芹所寫「不能十分肯定」。此筆跡與《高鶚手定本》添改的字筆跡很相似。我們希望再有雪芹的筆跡可以發現。這稿本卷前題又是高鶚題「閱過」，又不是高鶚在程甲本與程乙本相差七十多天中間所能為力添補的，那麼，這添補出於何人，就成為不能不求解答的問題。

——〈平心論高鶚〉

俞平伯：

甲、乙兩本皆非程高懸空的創作，只是他們對各本的整理加工的成績而已。這樣的說法本和他們的序文引言相符合的，無奈以前大家都不相信它，據了張船山的詩，一定要把這後四十回的著作權塞給高蘭墅，而把程偉元撇開。現在看來，都不大合理。

——〈談新刊乾隆抄本百二十回紅樓夢稿〉

夏志清：

沒有後四十回我們便無法估價這本小說的偉大，那麼，對後四十回進行批評攻擊並且僅僅根據前八十回來褒獎作者，我認為這是文學批評中一種不誠實的做法……任何一個公正的讀者，只要在讀這部小說時沒有對其作者問題抱持先入之見，那他就不會有任何理由貶低後四十回，因為它們提供了令人折服的證據證明了這部作品的悲劇深度和哲學深度，而這一深度是其他任何一部中國小說都不曾達到的。

——《中國古典小說史論》

魯迅：

言後四十回為高鶚作者，俞樾（《小浮梅閑話》）云，「《船山詩草》有〈贈高蘭墅鶚同年〉一首云，『豔情人自說《紅樓》。』注云，『《紅樓夢》八十回以後，俱蘭墅所補。』然則此書非出一手。按鄉會試增五言八韻詩，始乾隆朝，而書中敘科場事已有詩，則其為高君所補可證矣。」然鶚所作序，僅言「友人程子小泉過予，以其所購全書見示，且曰，『此仆數年銖積寸累之辛心，將付剞劂，公同好。子閑且憊矣，盍分任之。』予以是書……尚不背於名教……遂襄其役。」蓋不欲明言己出，而寮友則頗有知之者。鶚即字蘭墅……其補《紅樓夢》當在乾隆辛亥時，未成進士，「閑且憊矣」，故於雪芹蕭條之感，偶或相通。

然心誌未灰，則與所謂「暮年之人，貧病交攻，漸漸的露出那下世光景來」（戚本第一回）者又絕異。是以續書雖亦悲涼，而賈氏終於「蘭桂齊芳」，家業復起，殊不類茫茫白地，真成乾淨者矣。

續《紅樓夢》八十回本者，尚不止一高鶚。俞平伯從戚蓼生所序之八十回本舊評中抉剔，知先有續書三十回，似敘賈氏子孫流散，寶玉貧寒不堪，「懸崖撒手」，終於為僧；然其詳不可考（《紅樓夢辨》下有專論）。或謂「戴君誠夫見一舊時真本，八十回之後，皆與今本不同，榮寧籍沒後，皆極蕭條；寶釵亦早卒，寶玉無以作家，至淪於擊柝之流。史湘雲則為乞丐，後乃與寶玉仍成夫婦……聞吳潤生中丞家尚藏有其本。」（蔣瑞藻《小說考證》七引《續閱微草堂筆記》）

此又一本，蓋亦續書。二書所補，或俱未契於作者本懷，然長夜無晨，則與前書之伏線亦不背。

——《中國小說史略》

高陽：

我一向不以為高鶚是後四十回的作者……後四十回既非高鶚所續，更非另一「滿人」改寫，那麼當然是曹雪芹的原著了。不過不是「增刪五次」之稿，更不是定稿。事實上恐怕永無定稿。脂批有一條：「書未成而芹逝矣。」可證。當然，這不是說初稿未成，而是指照此最後的構想，重新改寫的全書未成。

——〈曹雪芹對《紅樓夢》的最後構想〉

王蒙：

我相信大多數學者認同的一些觀點是有根據的，《紅》的前八十回為曹氏原作，後四十回由高氏續作，曹氏運用了自家盛極而衰、晚境淒涼的經驗，書中內容在很大程度上屬於自況。

然而，從理論上、從創作心理學與中外文學史的記載來看，真正的文學著作是不可能續的。有些情節性強的湊合著還能續一下，但也要另起爐灶，有時是從書中尋找一個原來不被注意或尚未長成的人物作續作的主角，名為續作，實乃新篇。

——〈話說《紅樓夢》後四十回〉

宋孔顯：

《紅樓夢》是一部一百二十回的大書，不是一時所能做成的，不是一次所能寫完的，必然經過許多次的修改。曹雪芹自己說，他在悼紅軒中「披閱十載，增刪五次」，可知《紅樓夢》是十年功夫做成的，而且經過五次修改的。但《紅樓夢》中的許多矛盾，卻因這五次的修改而發生了。何以呢？這因《紅樓夢》前幾次的修改本已流行了，而後幾次的修改本又出來，自然有許多地方和從前的不同，或者竟有許多地方和從前的相反。但當時傳抄的人，那能顧到這些呢，自然前次未曾寫完的，就拿後來的修改本來抄，於是一本之中，前後自相矛盾，例如引言上說：「是書流傳既久，坊間繕本及諸家祕稿，繁簡歧出，前後錯見。即如六十七回，此有彼無，題同文異，燕石莫辨。」可見各種修改本是同時流行的。俞君平伯作《紅樓夢辨》，不知這層理由，以為《紅樓夢》除高鶚續本外，還有許多續本。其實他所認為續本的，都是曹雪芹先後的修改本。我們只要拿有正書局印行的八十回本，和現行的一百二十回中的前八十回比較，也有許多不同的地方，就可證明曹雪芹的修改了。我們明白這層理由，知道《紅樓夢》中的矛盾，是傳抄各修改本先後錯誤的緣故，高鶚哪能負這種責任呢！

——〈《紅樓夢》一百二十回均曹雪芹作〉

吳組緗：

後四十回續書的作者，接替這樣一位原作者之手，來續補這樣一部殘缺未完的巨制：他沒有那樣的生活體驗，他沒有那樣的思想認識，他沒有那樣的藝術才能，相形之下，續書存在不小的差距，自為理所當然。可是，我們看到，在核心部分保持了悲劇結局；有不少的段落寫得頗為動人；我們還能看到，字裡行間，兢兢業業，亦步亦趨，認真臨摹原作的規範，致使一般讀者，以至電腦，發現不出它的借手痕跡。比起那些數不清的續作之書，這是何等難能可貴！我想打個不恰當的比喻，一個沒有下肢的人，裝上了橡皮腿；這腿沒有神經血肉，掐掐不痛，搔搔不癢；但站得起來了，可以行動了，像個完人了。想到續書比裝腿難，豈不教我們歎為不幸中之幸！若沒有這個百二十回的本子，單憑那八十回，二百年來，這部書能如此為廣大讀者所傳誦，那是無法設想的！

——〈魏紹昌《紅樓夢版本小考》代序——漫談亞東本、傳抄本、續書〉

吳宓：

吾信《石頭記》全書一百二十回，必為一人（曹雪芹，名霑一七一九——一七六四，其生平詳見胡適君之考證）之作。即有後人（高鶚或程偉元等）刪改，亦必隨處增刪，前後俱略改。若謂曹雪芹只作前八十回，而高鶚續成後四十回竟能天衣無縫，全體融合如此，吾不信也。欲明此說，須看本書全體之結構，及氣勢情韻之逐漸變化，決非截然兩手所能為。若其小處舛錯，及矛盾遺漏之處，則尋常小書史乘所不免，況此慮構之巨制哉。且愚意後四十回並不劣於前八十回，但盛衰悲歡之變遷甚鉅，書中情事自能使讀者所感不同，即世中人實際之經驗亦如此，豈必定屬另一人所撰作乎？

——〈《石頭記》評贊〉

呂啟祥：

對於後四十回的許多精采之處，之所以未能心悅誠服，甚至感到若有所失，情形往往類乎此例。也就是說，作品原本具有的蘊含於人物關係和藝術構思之中的，或曰超乎故事層面的東西不復存在了。許多學者和同道在論及後四十回落差時常有憾於其缺少靈氣、缺少詩意和哲理、缺少生活的氣脈、缺少優美的意境等等，筆者深有同感。

——〈不可替代的後四十回及諸多困惑〉

周紹良：

「乾隆庚戌」是程甲本刊行前一年，就有人讀到一百二十回本，則舒元煒在程甲本問世之前三年已有之說當是不誣，也足證明程偉元序裡所稱「原目一百二十回」也不是騙人的。周春並且提到八十回本《石頭記》與一百二十回《紅樓夢》的前八十回「微有不同」，可見這位雁隅很留心地檢閱過。難道早於程偉元第一次排印本的前三年，高鄂就會把後四十回續成流傳在社會上馬？

從以上幾個證據，還有裕瑞《棗窗閒筆》中一個更有力的證據，完全可以證明後四十回已經有了相當完整的初稿，所以才會有一百二十回的回目。因為，回目只可能在稿子寫出以後才編出來，正如作者自己所說：「披閱十載，增刪五次，纂成目錄，分出章回」，而不可能是相反的情況。

——〈論《紅樓夢》後四十回與高鶚續書〉

陶劍平：

程甲本與程乙本先後問世，相距僅七十天，為什麼《稿本》不是程甲本的底本而卻是程乙本的底本？這不外乎兩種可能：一是，程甲本付印後，方始發現了《稿本》。但如這樣，程、高何以隻字不提及？相反地，在修訂的〈引言〉中卻明說後四十回「更無他本可考」，表示要「俟得善本，更為釐定」，看來情況不大像。另一是，《稿本》係程偉元、高鶚的整理稿之一。〈程序〉說，收集來的四十來卷，特別是鼓擔上得的那十餘卷稿子，雖「前後起伏，尚屬接榫」，卻已「漶漫不可收拾」。「漶漫不可收拾」，自是模糊難辨，而「尚屬接榫」則其非一氣連貫可知。所以，當程、高在作「細加釐剔，截長補短」，使之「前後關照，應接而無矛盾」的整理修輯中，可以想見該有他們的整理稿在。其間，程、高二人也可能各自整理了一個，當第一次付印時，因「急欲公諸同好」，兩稿「未及細校」，用了其中的一個來印程甲本；刊刻後，發現留下未用的整理稿有勝於已印的本子之處，因之再由他們中的另一人參閱原稿，潤色斟改後用來付印程乙本——即我們今天見到的《稿本》。這樣，則這個整理稿都是依據那份「漶漫」的原始稿的，所以盡管有異，但總的內容大體相近。這與〈引言〉說的「復聚原本」（當然包括「漶漫」的原稿與兩整理稿）「細加校閱，改訂無訛」亦復相合。又，從修訂的許多跡象來看，《稿本》的修訂者乃是高鶚，那麼它的原先整理者應為程偉元了，而那樣的話，則印程甲本的那個整理稿的就自然應是高鶚整理的了。

——〈《紅樓夢》後四十回非高鶚續作〉

蕭立岩：

胡適認為《紅樓夢》後四十回是高鶚續作的「最明白的證據」，是來自俞樾《小浮梅閒話》中的一段考證：「《船山詩草》有〈贈高蘭墅（鶚）同年〉一首云：『豔情人自說紅樓』。注云：『《紅樓夢》八十回以後俱蘭墅所補』。然則，此書非出一手……其為高君所補可證矣。」對於俞樾、胡適等人把「補」和「續」完全等同起來的錯誤意見，早已有人做了批駁，這裡不打算再多作解釋。但胡適卻根據這一個「補」字竟進而斷定高鶚是在「乾隆五十六—五十七年（一七九一——一七九二年），補作《紅樓夢》後四十回，並作序例」（〈《紅樓夢》考證〉）。這就更令人無法置信了。因為稍有寫作常識的人都能夠體會到，模仿別人的筆法續寫小說，並不是一件容易的事，也許比自己另寫一部小說還要費勁。因為這裡面不但有創作思想不易一致的問題，而且還有表現手法不易一致的問題。特別是對於小說中人物性格的描寫，續作者很難把自己生活中缺乏具體形象的人物模寫得和原作相一致。

——〈高鶚續《紅樓夢》後四十回說質疑〉

舒蕪：

甲：你注意另一種「以樂景寫哀」沒有？自從「洩機關顰兒迷本性」，直到「苦絳珠魂歸離恨天」，這三回之中，有三種笑，黛玉自從聽了傻大姐的話，直至於死，沒有一次哭，一直是笑，笑，笑。這是淚已還盡，痛恨寶玉，痛恨賈母、王夫人，痛恨人間的笑。寶玉自黛玉前來永訣，直至揭開寶釵的頭蓋，也一直是笑，笑，笑。這是受愚弄，作犧牲，不自知其可悲，甚至還自以為幸福，因而更使讀者覺其可悲的笑。至於賈母、鳳姐和襲人，也老是在笑。這是劊子手的猙獰得意的笑。這場慘痛無比的悲劇，就是在這一片笑聲中演出的。

乙：那麼，也可以說，這三種笑聲之後，又來了三種哭聲：寶玉、紫鵑、李紈三人哭黛玉，盡管性質和程度各不相同，但都是真哭。賈母、王夫人的哭，是虛偽、殘忍的哭。而寶釵哭黛玉，則與以上兩種都不同，另是一種複雜心情的哭。

甲：三種笑，三種哭，把一個悲劇結局寫到這樣豐富深刻的程度，特別是以笑聲為主來寫，愈是一片笑聲，愈見其慘痛，真可謂「說到辛酸處，荒唐愈可悲」了。後四十回有這一個結局真是有大功於讀者，誰還要否定它，實在不大好理解。

——〈「說到辛酸處，荒唐愈可悲」——關於《紅樓夢》後四十回的一夕談〉

胡文彬：

新紅學考證派不論是開山泰斗還是其集大成者，在《紅樓夢》後四十回的評價上和所謂程偉元「書商」說的論斷，卻是無法讓人苟同和稱善的。他們的錯誤論斷和某些成見被一些人無限放大，其影響之深之廣，簡直成了一種痼疾，達到一種難以醫治的程度。

——《歷史的光影——程偉元與紅樓夢》

鄭鐵生：

怎麼樣認識和評價《紅樓夢》「庚辰本」與「程乙本」的不同？其關鍵是如何正確地評價《紅樓夢》後四十回。

胡適關於評價《紅樓夢》後四十回的原則有兩點：一是「外證」，另一是「內證」，而且強調「內證」比「外證」更重要。目前學術界關於後四十回不是曹雪芹的原著的說法，大都是從「外證」的視角得出的結論，遺憾的是從「內證」視角研究還無法形成規模。胡適晚年親自實踐他自己提出的「內證」原則，是十分可貴的。

——〈先有大眾欣賞的普及，才有小眾學術的可能——論《紅樓夢》程乙本的重要性〉

周策縱：

後四十回的情況比較複雜，從主觀閱讀的印象說，一部分好像筆調與前面的大不相同。不過這種主觀印象也不完全可靠；賈家敗落後，本來就只能寫得淒涼平淡些，不能像以前那麼富麗繁縟；再說，一部書寫作修改了十年來（其實應該是二十年），這後面一部分又不知是隔斷了多久才寫的，前後風格如稍有不同，也可能是正常現象。作者觀點也可能有些改變，情節前後如有不符，也常能發生。就是前八十回內也就有些自相矛盾之處，連首回的筆調風格，也就和下面幾回頗有差別。更何況曹雪芹一生中是否會有一短時期從過政，也還不能十分肯定，萬一他真是曹天佑，做過州同，後來潦倒，那情況又怎麼樣呢？

——〈《紅樓》三問〉

朱眉叔：

俞平伯先生勇於更新自己的觀點、不斷進步的一生，是值得我們學習的榜樣。一九五〇年在他的《紅樓夢・自序》裡曾說：「它（指《紅樓夢辨》）底絕版，我方且暗暗慶幸呢，因為出版不久，我就發覺了若干的錯誤，假如讓它再版三版下去，豈非謬種流傳，如何是好！」一九五九年，《乾隆抄本百二十回紅樓夢稿》出現後，俞先生受到很大震動，到了一九六二年，他在《影印脂硯齋重評〈石頭記〉十六回・後記》裡說：「程氏刊本之前，社會上紛傳有一百二十回本，不像高鶚的創作。高鶚在程甲本序裡不過說『遂襄其役』，並未明言寫作。張問陶贈詩意在歸美，遂誇張之耳。高鶚續書之說，今已盛傳，其實根據不太可靠。」這番話說明他開始否定了當年他和胡適共同提出的高鶚續書說。

——〈真假《紅樓夢》大論戰勢必展開〉

劉夢溪：

對《紅樓夢》後四十回評價不一的原因，固然由於與前八十回相比，補作在藝術風格上有明顯的不一致處，但主要還在於史料不足，研究者不能提出有關續書的堅強有力的證據。至今仍有一部分研究者反對前八十回和後四十回係由兩人所寫的說法。還有的雖承認後四十回係別人續作，但傾向於其中不排除有雪芹的遺稿在內。而所有這些說法，大都帶有猜測性質，缺乏實證，因而也是誰都說服不了誰，只好成為一樁公案，聽憑紅學家們反覆聚訟。

——〈百年中國《紅樓夢》的兩個公案〉

孫偉科：

俞平伯先生一生痴情紅學，臨終遺言反對「腰斬紅樓」，成為他生命與學術合二為一的絕響。近十餘年來，紅學發展中的「腰斬」之勢愈演愈烈，先不說從考證學角度論證後四十回的作者有存疑的問題，近從歷史和傳播學角度看，所謂「探佚」、「續寫」已經成為每況愈下的失禁想像，離《紅樓夢》文本越來越遠，名副其實地成為「紅學反《紅樓夢》」的樣板，究其實是附驥攀鴻的博名炒作。梳理和重溫當代部分作家（林語堂、王蒙、宗璞、李國文、白先勇、劉心武等）對《紅樓夢》整體性和高鶚評價的激烈交鋒，不難窺見出大多數當代作家對此二者的肯定傾向。

——〈反對腰斬紅樓——維護百二十回《紅樓夢》：來自當代作家的觀點〉

甯宗一：

整個一百二十回的發展線索有條不紊，後四十回不同程度地繼承了前八十回強大嚴密的詩意邏輯和美學趨勢。比如黛玉之死這個最富悲劇性的片段就很精采，大家也願意截取這一段進行改編。寶黛釵的糾結，一方將要告別人間，一方在鑼鼓鳴天的結婚，戲劇性很強，不僅寫出了黛玉悲劇性的命運，也鋪墊了寶玉必將要出家的結局，這就是後四十回的藝術力量。

——甯宗一先生談白先勇先生《細說〈紅樓夢〉》

劉再復：

今天我則要表明：（一）我相信程偉元序文裡說的話是真話。他說：「……然原本目錄百二十卷……爰為竭力搜羅，自藏書家甚至故紙堆中，無不留心。數年以來，僅積有二十餘卷。一日，偶於鼓擔上得十餘卷，遂重價購之……然漶漫不可收拾，乃同友人細加釐剔，截長補短，抄成全部，復為鐫板以公同好。《石頭記》全書至是始告成矣。」相信此言，意味著：《石頭記》八十回抄本之後還有遺稿，但散失於民間……除了相信程式所言之外，（二）我相信程、高二人對散失佚稿的「搜」、「剔」、「截」、「補」，不僅是個「續編」過程，也是一個「續寫」過程。因此，說《紅樓夢》全書，「前八十回為曹雪芹原著，後四十回為高鶚續書」之說，可以成立。

——〈天上星辰，地上的《紅樓夢》〉

劉俊：

《紅樓夢》後四十回中的黛玉之死、賈府抄家等場景，白先勇認為都「寫得非常好」，而寶玉出家，則是「整本書的高峰」。在白先勇看來，《紅樓夢》後四十回裡的這些「好」和「高峰」之所以能夠形成，端賴前面的鋪墊和能量的積聚，只不過是到了後四十回後爆發、釋放出來了——這也證明了後四十回與前八十回之間的一體性。第一百二十回「寶玉出家」這一幕，白先勇認為「是紅樓夢整部書最高的一個峰，也可能是中國文學裡面最有力量（powerful）的一個場景。前面的鋪敘都是要把這個場景推出來」，「如果寶玉出家這一場寫得不好，寫得不夠力，這本書就會垮掉（collapse）……」。白先勇一再強調《紅樓夢》有個神話架構，而寶玉出家則是「神話架構裡最高潮的一段」——最後一回中的寶玉出家，不但與第一回首尾呼應，使全書在「神話架構」上形成接榫，而且也完成了《紅樓夢》中寶玉以「情」之維度呈現補天頑石人間歷劫的全過程，使全書無論是主題、故事，還是人物、結構等各個方面，都渾然一體，達至圓滿。

——〈文本細讀・整體觀照——論白先勇的《紅樓夢》解讀式〉

朱嘉雯：

《紅樓夢》後四十回關於黛玉撫琴、妙玉聽琴的篇章，與前八十回詩詞章賦的寫作情韻，脈絡相連，並直指二人通曉音律的程度，已非一般的初學之人。作者在精鍊的描繪與敘述中，透露出他自己高深的修為和思想，可謂與前八十回的藝術意境連成一氣。準此，我們便可以理解俞平伯在《紅樓夢辨》中所指稱：後四十回某些文章「較有精采，可以彷彿原作」。而事實上，第八十七回「雙玉聽琴」的情節，便是最佳實例。

——〈著棋與撫琴——《紅樓夢》後四十回與前八十回脈絡相連的生活意境〉

王潤華：

《紅樓夢》研究在一八七五年已啟動，開始主要以評點、題詠、索隱為主要研究方法，可稱為紅學。胡適在一九二一發表《〈紅樓夢〉考證》，以校勘、訓詁、考據來研究《紅樓夢》，被認為是新紅學的開始。在周策縱的《紅樓夢案》中〈胡適的新紅學及其得失〉一文，指出胡適的失，包括不公開分享資料，只依賴一兩個字如「補」，而隨意誤讀為補寫或續書後四十回。但周老師多次肯定胡適在《紅樓夢》版本學的新貢獻，認為除了紅學，同時又開創了曹學研究先河，他也特別指出胡適在一九二一年到一九三三年寫的三篇文章，他說至今「還沒有一個超過胡適在《紅樓夢》版本學方面最基本和最重要的貢獻」。

——〈新世紀重返《紅樓夢》——周策縱曹紅學的後四十回著作權考證〉

白先勇：

我個人對後四十回嘗試從一個寫作者的觀點及經驗來看，首先，世界上的經典小說似乎還找不出一部是由兩位或兩位以上的作者合著的。因為如果兩位作家才華一樣高，一定個人各有自己風格，彼此不服，無法融洽，如果兩人的才華一高一低，才低的那一位亦無法模仿才高那位的風格，還是無法融成一體。何況《紅樓夢》前八十回已經撒下天羅地網，千頭萬緒，換一個作者，如何把那些長長短短的線索一一接榫，前後貫徹，人物語調一致，就是一個難上加難不易克服的問題。《紅樓夢》第五回，把書中主要人物的命運結局，以及賈府的興衰早已用詩謎判詞點明了，後四十回大致也遵從這些預言的發展。至於有些批評認為前八十回與後四十回的文字風格有差異，這也很正常，因前八十回寫賈府之盛，文字應當華麗，後四十回寫賈府之衰，文字自然比較蕭疏，這是情節發展所需。

——〈賈寶玉的大紅斗篷與林黛玉的染淚手帕——《紅樓夢》後四十回的悲劇力量〉

輯二

名家評紅樓

編排順序依文章發表日期

《紅樓夢》考證

作者：胡適（一八九一——一九六二），原名嗣糜，曾任北大校長、中研院院長，新文化運動領導人之一，著有《中國哲學史大綱》、《白話文學史》、《四十自述》等多部作品。

一

《紅樓夢》的考證是不容易做的，一來因為材料太少。二來因為向來研究這部書的人都走錯了道路。他們怎樣走錯了道路呢？他們不去搜求那些可以考訂《紅樓夢》的著者、時代、版本等等的材料，卻去收羅許多不相干的零碎史事來附會《紅樓夢》裡的情節。他們並不曾做《紅樓夢》的考證，其實只做了許多《紅樓夢》的附會！這種附會的「紅學」又可分作幾派：

第一派說《紅樓夢》「全為清世祖與董鄂妃而作，兼及當時的諸名王奇女。」他們說董鄂妃即是秦淮名妓董小宛，本是當時名士冒辟疆的妾，後來被清兵奪去，送到北京，得了清世祖的寵愛，封為貴妃。後來董妃夭死，清世祖哀痛得很，遂跑到五臺山去做和尚去了。依這一派的話，冒辟疆與他的朋友們說的董小宛之死，都是假的；清史上說的清世祖在位十八年而死，也是假的。這一派說《紅樓夢》裡的賈寶玉即是清世祖，林黛玉即是董妃。「世祖臨宇十八年，寶玉便十九歲出家；世祖自肇祖以來為第七代，寶玉便言：『一子成佛，七祖升天』，又恰中第七名舉人；世祖謚『章』，寶玉便謚『文妙』，文章兩字可暗射。」「小宛名白，故黛玉名黛，粉白黛綠之意也。小宛是蘇州人，黛玉也是蘇州人；小宛在如皋，黛玉亦在揚州。小宛來自鹽官，黛玉來自巡鹽御史之署。小宛入宮，年已二十有七；黛玉入京，年只十三餘，恰得小宛之半……小宛游金山時，人以為江妃踏波而上，故黛玉號『瀟湘妃子』，實從『江妃』二字得來。」（以上引的話均見王夢阮先生的《〈紅樓夢〉索隱》的〈提要〉）

這一派的代表是王夢阮先生的《〈紅樓夢〉索隱》。這一派的根本錯誤已被孟蓴蓀先生的〈董小宛考〉（附在蔡孑民先生的《〈石頭記〉索隱》之後，頁一三一以下）用精密的方法一一證明了。孟先生在這篇〈董小宛考〉裡證明董小宛生於明天啟四年甲子，故清世祖生時，小宛已十五歲了；順治元年，世祖方七歲，小宛已二十一歲了；順治八年正月二日小宛死，年二十八歲，而清世祖那時還是一個十四歲的小孩子。小宛比清世祖年長一倍，斷無入宮邀寵之理。孟先生引據了許多書，按年分別，證據非常完備，方法也很細密。那種無稽的附會，如何當得起孟先生的摧破呢？例如《〈紅樓夢〉索隱》說：

漁洋山人題冒辟疆妾圓玉、女羅畫三首之二末句云「洛川淼淼神人隔，空費陳王八斗才」亦為小琬而作。圓玉者，琬也；玉旁加以宛轉之義，故曰圓玉。女羅，羅敷

女也。均有深意。神人之隔，又與死別不同矣。（〈提要〉頁一二）

孟先生在〈董小宛考〉裡引了清初的許多詩人的詩，來證明冒辟疆的妾並不止小宛一人；女羅姓蔡，名含，很能畫蒼松墨鳳；圓玉當是金曉珠，名玥，崑山人，能畫人物。曉珠最愛畫洛神（汪舟次有曉珠手臨洛神圖卷跋，吳薗次有乞曉珠畫洛神啟），故漁洋山人詩有「洛川淼淼神人隔」的話。我們若懂得孟先生與王夢阮先生兩人用的方法的區別，便知道考證與附會的絕對不相同了。

《〈紅樓夢〉索隱》一書，有了〈董小宛考〉的辨正，我本可以不再批評他了。但這書中還有許多絕無道理的附會，孟先生都不及指摘出來。如他說：「曹雪芹為世家子，其成書當在乾嘉時代。書中明言南巡四次，是指高宗時事，在嘉慶時所作可知……意者此書但經雪芹修改，當初創造另自有人……揣其成書亦當在康熙中葉……至乾隆朝，事多忌諱，檔案類多修改。《紅樓》一書，內廷索閱，將為禁本，雪芹先生勢不得已，乃為一再修訂，俾愈隱而愈不失其真。」（〈提要〉頁五至六）但他在第十六回鳳姐提起南巡接駕一段話的下面，又注道：「此作者自言也。聖祖二次南巡，即駐蹕雪芹之父曹寅鹽署中，雪芹以童年召對，故有此筆。」下面趙嬤嬤說甄家接駕四次一段的下面，又注道：「聖祖南巡四次，此言接駕四次，特明為乾隆時事。」我們看這三段《索隱》，可以看出許多錯誤。（一）第十六回明說二三十年前「太祖皇帝」南巡時的幾次接駕；趙嬤嬤年長，故「親眼看見」。我們如何能指定前者為康熙時的南巡而後者為乾隆時的南巡呢？（二）康熙帝二次南巡在二十八年（一六八九），到四十二年曹寅才做兩淮巡鹽御史。《索隱》說康熙帝二次南巡駐蹕曹寅鹽院署，是錯的。（三）《索隱》說康熙帝二次南巡時，「曹雪芹以童年召對」；又說雪芹成書在嘉慶時。嘉慶元年（一七九六），上距康熙二十八年，已隔百零七年了。曹雪芹成書時，他可不是一百二三十歲了嗎？（四）《索隱》說《紅樓夢》成書在乾嘉時代，又說是在嘉慶時所作：這一說最謬。《紅樓夢》在乾隆時已風行，有當時版本可證（詳考見後文）。況且袁枚在《隨園詩話》裡曾提起曹雪芹的《紅樓夢》；袁枚死於嘉慶二年，詩話之作更早的多，如何能提到嘉慶時所作的《紅樓夢》呢？

第二派說《紅樓夢》是清康熙朝的政治小說。這一派可用蔡子民先生的《〈石頭記〉索隱》作代表。蔡先生說：

> 《石頭記》……作者持民族主義甚摯。書中本事在吊明之亡，揭清之失，而尤於漢族名士仕清者寓痛惜之意。當時既慮觸文網，又欲別開生面，特於本事之上，加以數層障冪，使讀者有「橫看成嶺側成峰」之狀況。（《〈石頭記〉索隱》頁一）書中「紅」字多隱「朱」字。朱者，明也，漢也。寶玉有「愛紅」之癖，言以滿人而愛漢族文化也；好吃人口上胭脂，言拾漢人唾餘也……當時清帝雖躬修文學，且創開博學鴻詞科，實專以籠絡漢人，初不願滿人漸染漢俗，其後雍、乾諸朝亦時時申誡之。故第十九回襲人勸寶玉道：「再不許吃人嘴上擦的胭脂了，與那愛紅的毛病兒。」又黛玉見寶玉腮上血漬，詢知為淘澄胭脂膏子所濺，謂為「帶出幌子，吹到舅舅耳裡，又大家不乾淨惹氣。」皆此意。寶玉在大觀園中所居曰怡紅院，即愛紅之義。所謂曹雪芹於悼紅軒中增刪本書，則吊明之義也……（頁三至四）

書中女子多指漢人，男子多指滿人。不但「女子是水作的骨肉，男人是泥作的骨肉」與「漢」字「滿」字有關係也；我國古代哲學以陰陽二字說明一切對待之事物，《易》坤卦彖傳曰：「地道也，妻道也，臣道也」，是以夫妻君臣分配於陰陽也。《石頭記》即用其義。第三十一回……翠縷說：「知道了！姑娘（史湘雲）是陽，我就是陰……人家說主子為陽，奴才為陰。我連這個大道理也不懂得！」……清制，對於君主，滿人自稱奴才，漢人自稱臣。臣與奴才，並無二義。以民族之對待言之，征服者為主，被征服者為奴。本書以男女影滿、漢，以此。（頁九至十）

這些是蔡先生的根本主張。以後便是「闡證本事」了。依他的見解，下面這些人是可考的：

（一）賈寶玉，偽朝之帝系也；寶玉者，傳國璽之義也，即指胤礽（康熙帝的太子，後被廢）。（頁十至二二）

（二）《石頭記》敘巧姐事，似亦指胤礽，巧字與礽字形相似也……（頁二三至二五）

（三）林黛玉影朱竹垞（朱彝尊）也。絳珠，影其氏也。居瀟湘館，影其竹垞之號也……（頁二五至二七）

（四）薛寶釵，高江村（高士奇）也。薛者，雪也。林和靖詩，「雪滿山中高士臥，月明林下美人來。」用薛字以影江村之姓名（高士奇）也……（頁二八至四二）

（五）探春影徐健庵也。健庵名乾學，乾卦作「三」，故曰三姑娘。健庵以進士第三人及第，通稱探花，故名探春……（頁四二至四七）

（六）王熙鳳影余國柱也。王即杜字偏旁之省，國字俗寫作「国」，故熙鳳之夫曰璉，言二王字相連也……（頁四七至六一）

（七）史湘雲，陳其年也。其年又號迦陵。史湘雲佩金麒麟，當是「其」字「陵」字之借音。氏以史者，其年嘗以翰林院檢討纂修《明史》也……（頁六一至七一）

（八）妙玉，姜西溟（姜宸英）也。姜為少女，以妙代之。《詩》曰，「美如玉」。「美如英」。玉字所以代英字也（從徐柳泉說。）……（頁七二至八七）

（九）惜春，嚴蓀友也……（頁八七至九一）

（十）寶琴，冒辟疆也……（頁九一至九五）

（十一）劉姥姥，湯潛庵（湯斌）也……（頁九五至百十）

蔡先生這部書的方法是：每舉一人，必先舉他的事實，然後引《紅樓夢》中情節來配合。我這篇文裡，篇幅有限，不能表示他的引書之多和用心之勤：這是我很抱歉的。但我總覺得蔡先生這麼多的心力都是白白的浪費了，因為我總覺得他這部書到底還只是一種很牽強的附會。我記得從前有個燈謎，用杜詩「無邊落木蕭蕭下」來打一個「日」字。這個謎，除了做謎的人自己，是沒有人猜得中的。因為做謎的人先想著南北朝的齊和梁兩朝都是姓蕭的；其次，把「蕭蕭下」的「蕭蕭」解作兩個姓蕭的朝代；其次，二蕭的下面是那姓陳的陳朝。想著了「陳」字，然後把偏旁去掉（無邊）；再把「東」字裡的「木」字去掉（落木），剩下的「日」字，才是謎底！你若不能繞這許多彎子，休想猜謎！假使做《紅樓夢》的人當日真箇用王熙鳳來影余國柱，真箇想著「王即杜字偏旁之省，國字俗寫作國，故熙鳳之夫曰璉，言二王字相連也」——假使他真如此思想，他豈不真成了一個大笨伯了嗎？他費了那麼大氣力，到底只做了「國」字和「柱」字的一小部分；還有這兩個字的其餘部分和那最重要的「余」字，都不曾做到「謎面」裡去！這樣做的謎可不是笨謎嗎？用麒麟來影「其年」的其，「迦陵」的陵；用三姑娘來影「乾學」的乾：假使真有這種影射法，都是同樣的笨謎！假使一部《紅樓夢》真是一串這麼樣的笨謎，那就真不值得猜了！

我且再舉一條例來說明這種「索隱」（猜謎）法的無益。蔡先生引蒯若木先生的話，說劉姥姥即是湯潛庵：

> 潛庵受業於孫夏峰（孫奇逢，清初的理學家）凡十年。夏峰之學本以象山（陸九淵）、陽明（王守仁）為宗，《石頭記》「劉姥姥之女婿曰王狗兒，狗兒之父曰王成。其祖上曾與鳳姐之祖，王夫人之父認識；因貪王家勢利，便連了宗」。似指此。

其實《紅樓夢》裡的王家既不是專指王陽明的學派，此處似不應該忽然用王家代表王學，況且從湯斌想到孫奇逢，從孫奇逢想到王陽明學派，再從陽明學派想到王夫人一家，又從王家想到王狗兒的祖上，又從王狗兒轉到他的丈母劉姥姥——這個謎可不是比那「無邊落木蕭蕭下」的謎還更難猜嗎？蔡先生又說《石頭記》第三十九回劉姥姥說的「抽柴」一段故事是影湯斌毀五通祠的事；劉姥姥的外孫板兒影的是湯斌買的一部《二十一史》；他的外孫女青兒影的是湯斌每天吃的韮菜！這種附會已是很滑稽的了。最妙的是第六回鳳姐給劉姥姥二十兩銀子，蔡先生說這是影湯斌死後徐乾學賻送的二十金；又第四十二回鳳姐又送姥姥八兩銀子，蔡先生說這是影湯斌死後惟遺俸銀八兩。這八兩有了下落了，那二十兩也有了下落了；但第四十二回王夫人還送了劉姥姥兩包銀子，每包五十兩，共是一百兩，這一百兩可就沒有下落了！因為湯斌一生的事實沒有一件可恰合這一百兩銀子的，所以這一百兩雖然比那二十八兩更重要，到底沒有「索隱」的價值！這種完全任意的去取，實在沒有道理，故我說蔡先生的《〈石頭記〉索隱》也還是一種很牽強的附會。

第三派的《紅樓夢》附會家，雖然略有小小的不同，大致都主張《紅樓夢》記的是納蘭成德的事。成德後改名性德，字容若，是康熙朝宰相明珠的兒子。陳康祺的《郎潛紀聞二筆》（即《燕下鄉脞錄》）卷五說：

先師徐柳泉先生云：「小說《紅樓夢》一書即記故相明珠家事；金釵十二，皆納蘭侍衛（成德官侍衛）所奉為上客者也。寶釵影高澹人，妙玉即影西溟（姜宸英）……」徐先生言之甚詳，惜余不盡記憶。

又俞樾的《小浮梅閒話》（《曲園雜纂》三十八）說：

《紅樓夢》一書，世傳為明珠之子而作……明珠子名成德，字容若。《通志堂經解》每一種有納蘭成德容若序，即其人也。恭讀乾隆五十一年二月二十九日上諭：「成德於康熙十一年壬子科中式舉人，十二年癸丑科中式進士，年甫十六歲。」（適按此諭不見於《東華錄》，但載於《通志堂經解》之首）然則其中舉人止十五歲，於書中所述頗合也。

錢靜方先生的《紅樓夢考》(附在《〈石頭記〉索隱》之後,頁一二一至一三〇)也頗有贊成這種主張的傾向。錢先生說:

是書力寫寶、黛痴情。黛玉不知所指何人。寶玉固全書之主人翁,即納蘭侍御也。使侍御而非深於情者,則焉得有此倩影?余讀《飲水詞抄》,不獨於賓從間得訢合之歡,而尤於閨房內致纏綿之意。即黛玉葬花一段,亦從其詞中脫卸而出。是黛玉雖影他人,亦實影侍御之德配也。

這一派的主張,依我看來,也沒有可靠的根據,也只是一種很牽強的附會。(一)納蘭成德生於順治十一年(一六五四),死於康熙二十四年(一六八五),年三十一歲。他死時,他的父親明珠正在極盛的時代(大學士加太子太傅,不久又晉太子太師。)我們如何可說那眼見賈府興亡的寶玉是指他呢?(二)俞樾引乾隆五十一年上諭說成德中舉人時止十五歲,其實連那上諭都是錯的。成德生於順治十一年;康熙壬子,他中舉人時,年十八;明年癸丑,他中進士,年十九。徐乾學做的《墓志銘》與韓菼做的《神道碑》,都如此說。乾隆帝因為硬要否認《通志堂經解》的許多序是成德做的,故說他中進士時年止十六歲(也許成德應試時故意減少三歲,而乾隆帝但依據履歷上的年歲)。無論如何,我們不可用寶玉中舉的年歲來附會成德。若寶玉中舉的年歲可以附會成德,我們也可以用成德中進士和殿試的年歲來證明寶玉不是成德了!(三)至於錢先生說的納蘭成德的夫人即是黛玉，似乎更不能成立。成德原配盧氏，為兩廣總督興祖之女，續配官氏，生二子一女。盧氏早死，故《飲水詞》中有幾首悼亡的詞。錢先生引他的悼亡詞來附會黛玉，其實這種悼亡的詩詞，在中國舊文學裡，何止幾千首？況且大致都是千篇一律的東西。若幾首悼亡詞可以附會林黛玉，林黛玉真要成「人盡可夫」了！（四）至於徐柳泉說大觀園裡十二金釵都是納蘭成德所奉為上客的一班名士，這種附會法與《〈石頭記〉索隱》的方法有同樣的危險。即如徐柳泉說妙玉影姜宸英，那麼，黛玉何以不可附會姜宸英？晴雯何以不可附會姜宸英？又如他說寶釵影高士奇，那麼，襲人也可以影高士奇了，鳳姐更可以影高士奇了。我們試讀姜宸英祭納蘭成德的文：

兄一見我，怪我落落；轉亦以此，賞我標格……數兄知我，其端非一。我常箕踞，對客欠伸，兄不余傲，知我任真。我時嫚罵，無問高爵，兄不余狂，知余疾惡。激昂論事，眼睜舌撟，兄為抵掌，助之叫號。有時對酒，雪涕悲歌，謂余失志，孤憤則那？彼何人斯，實應且憎，余色拒之，兄門固扃。

妙玉可當得這種交情嗎？這可不更像黛玉嗎？我們又試讀郭琇參劾高士奇的奏疏：

……久之，羽翼既多，遂自立門戶……凡督撫藩臬道府廳縣以及在內之大小卿員，皆王鴻緒等為之居停哄騙而夤緣照管者，饋至成千累萬；即不屬黨護者，亦有常例，名之曰平安錢。然而人之肯為賄賂者，蓋士奇供奉日久，勢焰日張，人皆謂之門路真，而士奇遂自忘乎其為撞騙，亦居之不疑，曰，我之門路真……以覓館餬口之窮儒，而今忽為數百萬之富翁。試問金從何來？無非取給於各官。然官從何來？非侵國帑，即剝民膏。夫以國帑民膏而填無厭之谿壑，是士奇等真國之蠹而民之賊也……（清史館本傳《耆獻類征》六十）

寶釵可當得這種罪名嗎？這可不更像鳳姐嗎？我舉這些例的用意是要說明這種附會完全是主觀的，任意的，最靠不住的，最無益的。錢靜方先生說的好，「要之，《紅樓》一書，空中樓閣。作者第由其興會所至，隨手拈來，初無成意。即或有心影射，亦不過若即若離，輕描淡寫，如畫師所繪之百像圖，類似者固多，苟細按之，終覺貌是而神非也。」

二

我現在要忠告諸位愛讀《紅樓夢》的人：「我們若想真正瞭解《紅樓夢》，必須先打破這種牽強附會的《紅樓夢》謎學！」

其實做《紅樓夢》的考證，盡可以不用那種附會的法子。我們只須根據可靠的版本與可靠的材料，考訂這書的著者究竟是誰，著者的事跡家世，著書的時代，這書曾有何種不同的本子，這些本子的來歷如何。這些問題乃是《紅樓夢》考證的正當範圍。

我們先從「著者」一個問題下手。

本書第一回說這書原稿是空空道人從一塊石頭上抄寫下來的，故名《石頭記》；後來空空道人改名情僧，遂改《石頭記》為《情僧錄》；東魯孔梅溪題為《風月寶鑑》；後因曹雪芹於悼紅軒中，披閱十載，增刪五次，纂成目錄，分出章回，又題曰《金陵十二釵》，並題一絕，即此便是《石頭記》的緣起。詩云：

滿紙荒唐言，一把辛酸淚。都云作者痴，誰解其中味？

第百二十回又提起曹雪芹傳授此書的緣由。大概「石頭」與空空道人等名目都是曹雪芹假託的緣起，故當時的人多認這書是曹雪芹做的。袁枚的《隨園詩話》卷二中有一條說：

康熙間，曹練亭（練當作楝）為江寧織造，每出擁八騶，必攜書一本，觀玩不輟。人問：「公何好學？」曰：「非也。我非地方官而百姓見我必起立，我心不安，故藉此遮目耳。」素與江寧太守陳鵬年不相中，及陳獲罪，乃密疏薦陳。人以此重之。其子雪芹撰《紅樓夢》一書，備記風月繁華之盛。中有所謂大觀園者，即余之隨園也。明我齋讀而羨之（坊間刻本無此七字）。當時紅樓中有某校書尤豔，我齋題云：（此四字坊間刻本作「雪芹贈云」，今據原刻本改正。）

病容憔悴勝桃花，午汗潮回熱轉加；猶恐意中人看出，強言今日較差些。

威儀棣棣若山河，應把風流奪綺羅，不似小家拘束態，笑時偏少默時多。

我們現在所有的關於《紅樓夢》的旁證材料，要算這一條為最早。近人徵引此條，每不全錄；他們對於此條的重要，也多不曾完全懂得。這一條記載的重要，凡有幾點：

（一）我們因此知道乾隆時的文人承認《紅樓夢》是曹雪芹做的。

（二）此條說曹雪芹是曹楝亭的兒子（又《隨園詩話》卷十六也說「雪芹者，曹練亭織造之嗣君也。」但此說實是錯的，說詳後）。

（三）此條說大觀園即是後來的隨園。

俞樾在《小浮梅閒話》裡曾引此條的一小部分，又加一注，說：

納蘭容若《飲水詞集》有《滿江紅》詞，為曹子清題其先人所構楝亭，即雪芹也。

俞樾說曹子清即雪芹，是大謬的。曹子清即曹楝亭，即曹寅。我們先考曹寅是誰。吳修的《昭代名人尺牘小傳》卷十二說：

曹寅，字子清，號楝亭，奉天人，官通政司使，江寧織造。校刊古書甚精，有揚州局刻《五韻、楝亭十二種》，盛行於世。著《楝亭詩抄》。

《揚州畫舫錄》卷二說：

曹寅，字子清，號楝亭，滿洲人，官兩淮鹽院，工詩詞，善書，著有《楝亭詩集》。刊祕書十二種，為《梅苑》、《聲畫集》、《法書考》、《琴史》、《墨經》、《硯箋》、劉後山（當作劉後村）《千家詩》、《禁扁》、《釣磯立談》、《都城紀勝》、《糖霜譜》、《錄鬼簿》。今之儀徵餘園門榜「江天傳舍」四字，是所書也。

這兩條可以參看。又韓菼的《有懷堂文稿》裡有《楝亭記》一篇，說：

荔軒曹使君性至孝。自其先人董三服，官江寧，於署中手植楝樹一株，絕愛之，為亭其間，嘗憩息於斯。後十餘年，使君適自蘇移節，如先生之任，則亭頗壞，為新其材，加堊焉，而亭復完。

據此可知曹寅又字荔軒，又可知《飲水詞》中的楝亭的歷史。最詳細的記載是章學誠的《丙辰札記》：

曹寅為兩淮巡鹽御史，刻古書凡十五種，世稱「曹楝亭本」是也。康熙四十三年，四十五年，四十七年，四十九年，間年一任，與同旗李煦互相番代。李於四十四年，四十六年，四十八年，與曹互代；五十年，五十一年，五十二年，五十五年，五十六年，又連任，較曹用事為久矣。然曹至今為學士大夫所稱，而李無聞焉。

不幸章學誠說的那「至今為學士大夫所稱」的曹寅，竟不曾留下一篇傳記給我們做考證的材料，《耆獻類征》與《碑傳集》都沒有曹寅的碑傳。只有宋和的《陳鵬年傳》（《耆獻類征》卷一六四，頁一八以下）有一段重要的紀事：

乙酉（康熙四十四年），上南巡（此康熙帝第五次南巡）。總督集有司議供張，欲於丁糧耗加三分。有司皆懾服，唯唯。獨鵬年（江寧知府陳鵬年）不服，否否。總督怏怏，議雖寢，則欲抉去鵬年矣。

無何，車駕由龍潭幸江寧。行宮草創（按此指龍潭之行宮），欲抉去之者因以是激上怒。時故庶人（按此即康熙帝的太子胤礽，至四十七年被廢。）從幸，更怒，欲殺鵬年。車駕至江寧，駐蹕織造府。一日，織造幼子嬉而過於庭，上以其無知也，曰「兒知江寧有好官乎？」曰：「知有陳鵬年。」時有致政大學士張英來朝，上……使人問鵬年，英稱其賢。而英則庶人之所傅，乃謂庶人曰：「爾師傅賢之，如何殺之？」庶人猶欲殺之。

織造曹寅免冠叩頭，為鵬年請。當是時，蘇州織造李某伏寅後，為寅婕（婕字不見於字書，似有兒女親家的意思），見寅血被額，恐觸上怒，陰曳其衣，警之。寅怒而顧之曰：「云何也？」復叩頭，階有聲，竟得請。出，巡撫宋犖逆之曰：「君不愧朱雲折檻矣！」

又我的朋友顧頡剛在《江南通志》裡查出江寧織造的職官如下表：

康熙二年至二十三年　曹璽

康熙二十三年至三十一年　桑格

康熙三十一年至五十二年　曹寅
康熙五十二年至五十四年　曹顒
康熙五十四年至雍正六年　曹頫
雍正六年以後　隋赫德

又蘇州織造的職官如下表：

康熙二十九軍至三十二年　曹寅
康熙三十二年至六十一年　李煦

這兩表的重要，我們可以分開來說：

（一）曹璽，字完璧，是曹寅的父親。頡剛引《上元江寧兩縣誌》道：「織局繁劇，璽至，積弊一清。陛見，陳江南吏治極詳，賜蟒服，加一品，御書『敬慎』扁額。卒於位。子寅。」

（二）因此可知曹寅當康熙二十九年至三十二年時，做蘇州織造；三十一年至三十二年，他兼任江寧織造；三十二年以後，他專任江寧織造二十年。

（三）康熙帝六次南巡的年代，可與上兩表參看：

康熙二三　一次南巡曹璽為蘇州織造

二八　二次南巡
三八　三次南巡曹寅為江寧織造
四二　四次南巡同上
四四　五次南巡同上
四六　六次南巡同上

（四）頡剛又考得「康熙南巡，除第一次到南京駐蹕將軍署外，餘五次均把織造署當行宮。」這五次之中，曹寅當了四次接駕的差。又《振綺堂叢書》內有《聖駕五幸江南恭錄》一卷，記康熙四十四年的第五次南巡，寫曹寅既在南京接駕，又以巡鹽御史的資格趕到揚州接駕；又記曹寅進貢的禮物及康熙帝回鑾時賞他通政使司通政使的事，甚詳細，可以參看。

（五）曹顒與曹頫都是曹寅的兒子。曹寅的《楝亭詩抄別集》有《郭振基序》，內說「侍公函丈有年，今公子繼任織部，又辱世講。」是曹頫之為曹寅兒子，已無可疑。曹頫大概是曹顒的兄弟（說詳下）。

又《四庫全書提要》譜錄類食譜之屬存目裡有一條說：

《居常飲饌錄》一卷。（編修程晉芳家藏本）

國朝曹寅撰。寅字子清，號楝亭，鑲藍旗漢軍。康熙中，巡視兩淮鹽政，加通政司銜。是編以前代所傳飲膳之法匯成一編，一曰，宋王灼《糖霜譜》；二三曰，宋東谿遯叟《粥品》及《粉面品》；四曰，元倪瓚《泉史》；五曰，元海濱逸叟《制脯鮓法》；六曰，明王叔承《釀錄》；七曰，明釋智舷《茗箋》；八九曰，明灌畦老叟《蔬香譜》及《制蔬品法》。中間《糖霜譜》，寅已刻入所輯《楝亭十種》；其他亦頗散見於《說郛》諸書云。

又《提要》別集類存目裡有一條：

《楝亭詩抄》五卷，附《詞抄》一卷。（江蘇巡撫采進本）

國朝曹寅撰。寅有《居常飲饌錄》，已著錄。其詩一刻於揚州，計盈千首；再刻於儀征，則寅自汰其舊刻，而吳尚中開雕於東園者。此本即儀征刻也。其詩出入於白居易、蘇軾之間。

《提要》說曹家是鑲藍旗人，這是錯的。《八旗氏族通譜》有曹錫遠一系，說他家是正白旗人，當據以改正。但我們因《四庫提要》提起曹寅的詩集，故後來居然尋著他的全集，計《楝亭詩抄》八卷，《文抄》一卷，《詞抄》一卷，《詩別集》四卷，《詞別集》一卷（天津公園圖書館藏）。從他的集子裡，我們得知他生於順治十五年戊戌（一六五八）九月七日，他死時大概在康熙五十一年（一七一二）的下半年，那時他五十五歲。他的詩頗有好的，在八旗的詩人之中，他自然要算一個大家了（他的詩在鐵保輯的《八旗人詩抄》——改名《熙朝雅頌集》——裡占一全卷的地位。）當時的文學大家，如朱彝尊、姜宸英等，都為《楝亭詩抄》作序。

以上關於曹寅的事實，總結起來，可以得幾個結論：

（一）曹寅是八旗的世家，幾代都在江南做官，他的父親曹璽做了二十一年的江寧織造；曹寅自己做了四年的蘇州織造，做了二十一年的江寧織造，同時又兼做了四次的兩淮巡鹽御史。他死後，他的兒子曹顒接著做了三年的江寧織造，他的兒子曹頫接下去做了十三的江寧織造。他家祖孫三代四個人總共做了五十八年的江寧織造。這個織造真成了他家的「世職」了。

（二）當康熙帝南巡時，他家曾辦過四次以上的接駕的差。

（三）曹寅會寫字，會做詩詞，有詩詞集行世；他在揚州曾管領《全唐詩》的刻印，揚州的詩局歸他管理甚久；他自己又刻有二十幾種精刻的書。（除上舉各書外，尚有《周易本義》、《施愚山集》等；朱彝尊的《曝書亭集》也是曹寅捐資倡刻的，刻未完而死。）他家中藏書極多，精本有三千二百八十七種之多（見他的《楝亭書目》，京師圖書館有抄本），可見他的家庭富有文學美術的環境。

（四）他生於順治十五年，死於康熙五十一年。（一六五八—一七一二）。

以上是曹寅的略傳與他的家世。曹寅究竟是曹雪芹的什麼人呢？袁枚在《隨園詩話》裡說曹雪芹是曹寅的兒子。這一百多年以來，大家多相信這話，連我在這篇《考證》的初稿裡也信了這話。現在我們知道曹雪芹不是曹寅的兒子，乃是他的孫子。最初改正這個大錯的是楊鍾羲先生。楊先生編有《八旗文經》六十卷，又著有《雪橋詩話》三編，是一個最熟悉八旗文獻掌故的人。他在《雪橋詩話》續集卷六，頁二三，說：

敬亭（清宗室敦誠字敬亭）……嘗為《琵琶亭傳奇》一折，曹雪芹（霑）題句有云：「白傅詩靈應喜甚，定教蠻素鬼排場。」雪芹為楝亭通政孫，平生為詩，大概如此，竟坎坷以終。敬亭挽雪芹詩有「牛鬼遺文悲李賀，鹿車荷鍤葬劉伶」之句。

這一條使我們知道三個要點：

（一）曹雪芹名霑。

（二）曹雪芹不是曹寅的兒子，是他的孫子（《中國人名大辭典》頁九九〇作「名霑，寅子」，似是根據《雪橋詩話》而誤改其一部分。）

（三）清宗室敦誠的詩文集內必有關於曹雪芹的材料。

敦誠字敬亭，別號松堂，英王之裔。他的軼事也散見《雪橋詩話》初、二集中。他有《四松堂集》詩二卷，文二卷，《鷦鷯軒筆塵》一卷。他的哥哥名敦敏，字子明，有《懋齋詩抄》。我從此便到處訪求這兩個人的集子，不料到如今還不曾尋到手。我今年夏間到上海。寫信去問楊鍾羲先生，他回信說，曾有《四松堂集》，但辛亥亂後遺失了。我雖然很失望，但楊先生既然根據《四松堂集》說曹雪芹是曹寅之孫，這話自然萬無可疑。因為敦誠兄弟都是雪芹的好朋友，他們的證見自然是可信的。

我雖然未見敦誠兄弟的全集，但《八旗人詩抄》（《熙朝雅頌集》）裡有他們兄弟的詩一卷。這一卷裡有關於曹雪芹的詩四首，我因為這種材料頗不易得，故把這四首全抄於下：

贈曹雪芹　敦敏

碧水青山曲徑遐，薜蘿門巷足煙霞。尋詩人去留僧壁，賣畫錢來付酒家。燕市狂歌悲遇合，秦淮殘夢憶繁華。新愁舊恨知多少，都付酕醄醉眼斜。

訪曹雪芹不值　敦敏

野浦凍雲深，柴扉晚煙薄。山村不見人，夕陽寒欲落。

佩刀質酒歌　敦誠

秋曉遇雪芹於槐園，風雨淋涔，朝寒襲袂。時主人未出，雪芹酒渴如狂，余因解佩刀沽酒而飲之。雪芹歡甚，作長歌以謝余。余亦作此答之。

我聞賀鑑湖，不惜金龜擲酒壚。又聞阮遙集，直卸金貂作鯨吸。嗟余本非二子狂，腰間更無黃金璫。秋氣釀寒風雨惡，滿園榆柳飛蒼黃。主人未出童子睡，斝乾甕澀何可當！相逢況是淳于輩，一石差可溫枯腸，身外長物亦何有？鸞刀昨夜磨秋霜。且酤滿眼作軟飽……令此肝肺生角芒。曹子大笑稱「快哉！」擊石作歌聲琅琅。知君詩膽昔如鐵，堪與刀穎交寒光。我有古劍尚在匣，一條秋水蒼波涼。君才抑塞倘欲拔，不妨斫地歌王郎。

寄懷曹雪芹　敦誠

少陵昔贈曹將軍，曾曰魏武之子孫。嗟君或亦將軍後，於今環堵蓬蒿屯。揚州舊夢久已絕，且著臨邛犢鼻褌。愛君詩筆有奇氣，直追昌谷披籬樊。當時虎門數晨夕，西窗剪燭風雨昏。接䍦倒著容君傲，高談雄辯虱手捫。感時思君不相見，薊門落日松亭尊。勸君莫彈食客鋏，勸君莫叩富兒門。殘杯冷炙有德色，不如著書黃葉村。

我們看這四首詩，可想見他們弟兄與曹雪芹的交情是很深的。他們的證見真是史學家說的「同時人的證見」，有了這種證據，我們不能不認袁枚為誤記了。

這四首詩中，有許多可注意的句子。

第一，如「秦淮殘夢憶繁華」，如「於今環堵蓬蒿屯，揚州舊夢久已絕，且著臨邛犢鼻褌」，如「勸君莫彈食客鋏，勸君莫叩富兒門；殘杯冷炙有德色，不如著書黃葉村」，都可以證明曹雪芹當時已很貧窮，窮得很不像樣了，故敦誠有「殘杯冷炙有德色」的勸戒。

第二，如「尋詩人去留僧壁，賣畫錢來付酒家」，如「知君詩膽昔如鐵」，如「愛君詩筆有奇氣，直追昌谷披籬樊」，都可以使我們知道曹雪芹是一個會作詩又會繪畫的人。最可惜的是曹雪芹的詩現在只剩得「白傅詩靈應喜甚，定教蠻素鬼排場」兩句了。但單看這兩句，也就可以想見曹雪芹的詩大概是很聰明的，很深刻的。敦誠弟兄比他做李賀，大概很有點相像。

第三，我們又可以看出曹雪芹在那貧窮潦倒的境遇裡，很覺得牢騷抑鬱，故不免縱酒狂歌，自尋排遣。上文引的如「雪芹酒渴如狂」，如「相逢況是淳于輩，一石差可溫枯腸」，如「新愁舊恨知多少，都付酕醄醉眼斜」，如「鹿車荷鍤葬劉憐」，都可以為證。

我們既知道曹雪芹的家世和他自身的境遇了，我們應該研究他的年代。這一層頗有點困難，因為材料太少了。敦誠有挽雪芹的詩，可見雪芹死在敦誠之前。敦誠的年代也不可詳考。但《八旗文經》裡有幾篇他的文字，有年月可考：如《拙鵲亭記》作於辛丑初冬，如《松亭再征記》作於戊寅正月，如《祭周立厓文》中說：「先生與先公始交時在戊寅己卯間；是時先生……每過靜補堂……誠嘗侍幾杖側……迨庚寅先公即世，先生哭之過時而哀……誠追述平生……回念靜補堂幾杖之側，已二十分年矣。」今作一表，如下：

乾隆二三，戊寅（一七五八）
乾隆二四，己卯（一七五九）
乾隆三五，庚寅（一七七〇）
乾隆四六，辛丑（一七八一），自戊寅至此，凡二十三年

清宗室永忠（臞仙）為敦誠作葛巾居的詩，也在乾隆辛丑。敦誠之父死於庚寅，他自己的死期大約在二十年之後，約當乾隆五十餘年。紀昀為他的詩集作序，雖無年月可考，但紀昀死於嘉慶十年（一八〇五），而序中的語意都可見敦誠死已甚久了。故我們可以猜定敦誠大約生於雍正初年（約一七二五），死於乾隆五十餘年（約一七八五—一七九〇）。

敦誠兄弟與曹雪芹往來，從他們贈答的詩看起來，大概都在他們兄弟中年以前，不像在中年以後。況且《紅樓夢》當乾隆五十六七年時已在社會上流通了二十餘年了（說詳下）。以此看來，我們可以斷定曹雪芹死於乾隆三十年左右（約一七六五）。至於他的年紀，更不容易考訂了。但敦誠兄弟的詩的口氣，很不像是對一位老前輩的口氣。我們可以猜想雪芹的年紀至多不過比他們大十來歲，大約生於康熙末葉（約一七一五—一七二

〇）；當他死時，約五十歲左右。

以上是關於著者曹雪芹的個人和他的家世的材料。我們看了這些材料，大概可以明白《紅樓夢》這部書是曹雪芹的自敘傳了。這個見解，本來並沒有什麼新奇，本來是很自然的。不過因為《紅樓夢》被一百多年來的紅學大家越說越微妙了，故我們現在對於這個極平常的見解反覺得他有證明的必要了。我且舉幾條重要的證據如下：

我們總該記得《紅樓夢》開端時，明明的說著：

> 作者自云曾歷過一番夢幻之後，故將真事隱去，而借「通靈」說此《石頭記》一書也……自己又云：今風塵碌碌，一事無成，忽念及當日所有之女子，一一細考較去，覺其行止見識皆出我之上。我堂堂鬚眉，誠不若彼裙釵……當此日，欲將已往所賴天恩祖德，錦衣紈褲之時，飫甘饜肥之日，背父兄教育之恩，負師友規訓之德，以致今日一技無成半生潦倒之罪，編述一集，以告天下。

這話說的何等明白！《紅樓夢》明明是一部「將真事隱去」的自敘的書。若作者是曹雪芹，那麼，曹雪芹即是《紅樓夢》開端時那個深自懺悔的「我」！即是書裡的甄賈（真假）兩個寶玉的底本！懂得這個道理，便知書中的賈府與甄府都只是曹雪芹家的影子。

第二，第一回裡那石頭說道：

> 我想歷來野史的朝代，無非假借漢唐的名色；莫如我石頭所記，不藉此套，只按

自己的事體情理，反到新鮮別致。

又說：

更可厭者，「之乎者也」，非理即文，大不近情，自相矛盾，竟不如我半世親見親聞的這幾個女子，雖不敢說強似前代書中所有之人，但觀其事跡原委，亦可消愁破悶。

這樣明白清楚的說「這書是我自己的事體情理」，「是我半世親見親聞的」；而我們偏要硬派這書是說順治帝的，是說納蘭成德的！這豈不是作繭自縛嗎？

第三，《紅樓夢》第十六回有談論南巡接駕的一大段，原文如下：

鳳姐道：「……可恨我小幾歲年紀，若早生二三十年，如今這些老人家也不薄我沒見世面了。說起當年太祖皇帝仿舜巡的故事，比一部書還熱鬧，我偏偏的沒趕上。」趙嬤嬤（賈璉的乳母）道：「嗳喲，那可是千載難逢的！那時候我才記事兒。咱們賈府正在姑蘇揚州一帶，監造海船，修理海塘。只預備接駕一次，把銀子花的像淌海水是的。說起來——」

鳳姐忙接道：「我們王府裡也預備過一次，那時我爺爺專管各國進貢朝賀的事，凡有外國人來，都是我們家養活。粵、閩、滇、浙所有的洋船貨物，都是我們家的。」

趙嬤嬤道：「那是誰不知道的……如今還有現在江南的甄家，——噯喲，好勢派——獨他們家接駕四次。要不是我們親眼看見，告訴誰也不信的。別講銀子成了糞土；憑是世上有的，沒有不是堆山積海的，『罪過可惜』四個字，竟顧不得了。」

鳳姐道：「我常聽見我們太爺說，也是這樣的。豈有不信的？只納罕他家怎麼就這樣富貴呢？」

趙嬤嬤道：「告訴奶奶一句話：也不過拿著皇帝家的銀子往皇帝身上使罷了。誰家有那些錢買這個虛熱鬧去？」

此處說的甄家與賈家都是曹家。曹家幾代在江南做官，故《紅樓夢》裡的賈家雖在「長安」，而甄家始終在江南。上文曾考出康熙帝南巡六次，曹寅當了四次接駕的差，皇帝就住在他的衙門裡。《紅樓夢》差不多全不提起歷史上的事實，但此處卻鄭重的說起「太祖皇帝仿舜巡的故事」，大概是因為曹家四次接駕乃是很不常見的盛事，故曹雪芹不知不覺的——或是有意的——把他家這樁最闊的大典說了出來。這也是敦敏送他的詩裡說的「秦淮舊夢憶繁華」了。但我們卻在這裡得著一條很重要的證據。因為一家接駕四五次，不是人人可以隨便有的機會。大官如督撫，不能久任一處，便不能有這樣好的機會。只有曹寅做了二十年江寧織造，恰巧當了四次接駕的差。這不是很可靠的證據嗎？

第四，《紅樓夢》第二回敘榮國府的世次如下：

自榮國公死後，長子賈代善襲了官，娶的是金陵世家史侯的小姐為妻，生了兩個兒子：長名賈赦，次名賈政。如今代善早已去世，太夫人尚在。長子賈赦襲了官，為人平靜中和，也不管理家務。次子賈政，自幼酷喜讀書，為人端方正直；祖父鍾愛，原要他以科甲出身的。不料代善臨終時，遺本一上，皇上因恤先臣，即時令長子襲官外，問還有幾子，立刻引見；遂又額外賜了這政老爺一個主事之職。令其入部學習；如今已升了員外郎。

我們可用曹家的世系來比較：

曹錫遠，正白旗包衣人。世居瀋陽地方，來歸年月無考。其子曹振彥，原任浙江鹽法道。

孫：曹璽，原任工部尚書；曹爾正，原任佐領。

曾孫：曹寅，原任通政使司通政使；曹宜，原任護軍參領兼佐領；曹荃，原任司庫。

元孫：曹顒，原任郎中；曹頫，原任員外郎；曹頎，原任二等侍衛，兼佐領；曹天祜，原任州同。（《八旗氏族通譜》卷七十四）

這個世系頗不分明。我們可試作一個假定的世系表如下：

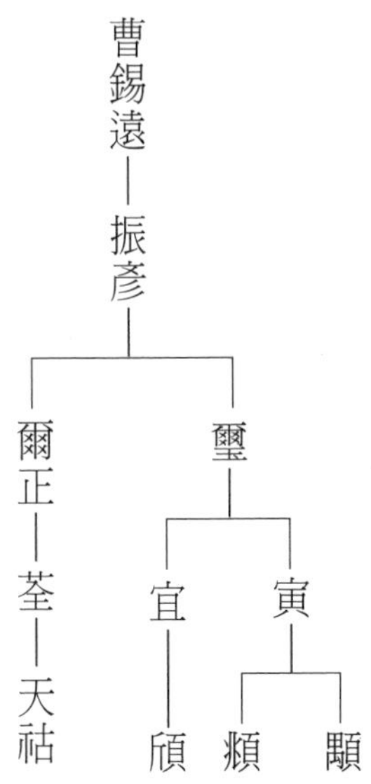

曹寅的《楝亭詩抄別集》中有「辛卯三月聞珍兒殤，書此忍慟，兼示四侄寄東軒諸友」詩三首，其二云：「世出難居長，多才在四三。承家賴猶子，努力作奇男。」四侄即頎，那排行第三的當是那小名珍兒的了。如此看來，顒與頫當是行一與行二。曹寅死後，曹顒襲織造之職。到康熙五十四年，曹顒或是死了，或是因事撤換了，故次子曹頫接下去做。織造是內務府的一個差事，故不算做官，故《氏族通譜》上只稱曹寅為通政使，稱曹頫為員外郎。但《紅樓夢》裡的賈政，也是次子，也是先不襲爵，也是員外郎。這三層都與曹頫相合，故我們可以認賈政即是曹頫；因此，賈寶玉即是曹雪芹，即是曹頫之子，這一層更容易明白了。

第五，最重要的證據自然還是曹雪芹自己的歷史和他家的歷史。《紅樓夢》雖沒有做完（說詳下），但我們看了前八十回，也就可以斷定：（一）賈家必致衰敗，（二）寶玉必致淪落。《紅樓夢》開端便說，「風塵碌碌，一事無成」；又說，「一技無成，半生潦倒」；又說，「當此蓬牖茅椽，繩床瓦灶」。這是明說此書的著者——即是書中的主人翁——當著書時，已在那窮愁不幸的境地。況且第十三回寫秦可卿死時在夢中對鳳姐說的活，句句明說賈家將來必到「樹倒猢猻散」的地步。所以我們即使不信後四十回（說詳下）抄家和寶玉出家的話，也可以推想賈家的衰敗和寶玉的流落了。我們再回看上文引的敦誠兄弟送曹雪芹的詩，可以列舉雪芹一生的歷史如下：

（一）他是做過繁華舊夢的人。

（二）他有美術和文學的天才，能做詩，能繪畫。

（三）他晚年的境況非常貧窮潦倒。

這不是賈寶玉的歷史嗎？此外，我們還可以指出三個要點。第一是曹雪芹家自從曹璽、曹寅以來，積成一個很富麗的文學美術的環境。他家的藏書在當時要算一個大藏書家，他家刻的書至今推為精刻的善本。富貴的家庭並不難得，但富貴的環境與文學美術的環境合在一家，在當日的漢人中是沒有的，就在當日的八旗世家中，也很不容易尋找了。第二，曹寅是刻《居常飲饌錄》的人，《居常飲饌錄》所收的書，如《糖霜譜》、《制脯鮓法》、《粉面品》之類，都是專講究飲食糖餅的做法的。曹寅家做的雪花餅，見於朱彝尊的《曝書亭集》（二十一，頁十二），有「粉量雲母細，糝和雪糕勻」的稱譽。我們讀《紅樓夢》的人，看賈母對於吃食的講究，看賈家上下對於吃食的講究，便知道《居常飲饌錄》的遺風未泯，雪花餅的名不虛傳！第三，關於曹家衰落的情形，我們雖沒有什麼材料，但我們知道曹寅的親家李煦在康熙六十一年已因虧空被革職查追了。雍正《朱批諭旨》第四十八冊有雍正元年《蘇州織造胡鳳翬奏摺》內稱：

> 今查得李煦任內虧空各年餘剩銀兩，現奉旨交督臣查弼納查追外，尚有六十一年辦六十年分應存剩銀六萬三百五十五兩零，並無存庫，亦係李煦虧空……所有歷年動用銀兩數目，另開細折，並呈御覽。

又第十三冊有《兩淮巡鹽御史謝賜履奏摺》內稱：

> 竊照兩淮應解織造銀兩，歷年遵奉已久。茲於雍正元年三月十六日奉戶部咨行，

將江蘇織造銀兩停其支給；兩淮應解銀兩，匯行解部……前任鹽臣魏廷珍於康熙六十一年內未奉部文停止之先，兩次解過蘇州織造銀五萬兩……再本年六月內奉有停止江寧織造之文。查前鹽臣魏廷珍經解過江寧織造銀四萬兩，臣任內……解過江寧織造銀四萬五千一百二十兩……臣請將解過蘇州織造銀兩在於審理李煦虧空案內並追；將解過江寧織造銀兩行令曹頫解還戶部。

李煦做了三十年的蘇州織造，又兼了八年的兩淮鹽政，到頭來竟因虧空被查追。胡鳳翬折內只舉出康熙六十一年的虧空，已有六萬兩之多；加上謝賜履折內舉出應退還兩淮的十萬兩：這一年的虧空就是十六萬兩了！他歷年虧空的總數之多，可以想見。這時候，曹頫（曹雪芹之父）雖然還未曾得罪，但謝賜履折內已提及兩事：一是停止兩淮應解織造銀兩，一是要曹頫賠出本年已解的八萬一千餘兩。這個江寧織造就不好做了。我們看了李煦的先例，就可以推想曹頫的下場也必是因虧空而查追，因查追而抄沒家產。關於這一層，我們還有一個很好的證據。袁枚在《隨園詩話》裡說《紅樓夢》裡的大觀園即是他的隨園。我們考隨園的歷史，可以信此話不是假的。袁枚的《隨園記》（《小倉山房文集》十二）說隨園本名隋園，主人為康熙時織造隋公。此隋公即是隋赫德即是接曹頫的任的人（袁枚誤記為康熙時，實為雍正六年）。袁枚作記在乾隆十四年己巳（一七四九），去曹頫卸織造任時甚近，他應該知道這園的歷史。我們從此可以推想曹頫當雍正六年去職時，必是因虧空被追賠，故這個園子就到了他的繼任人的手裡。從此以後，曹家在江南的家產都完了，故不能不搬回北京居住。這大概是曹雪芹所以流落在北京的原因。我們看了李煦、曹頫兩家敗落的大概情形，再回頭來看《紅樓夢》裡寫的賈家的經濟困難情形，便更容易明白了。如第七十二回鳳姐夜間夢見人來找他，說娘娘要一百匹錦，鳳姐不肯給，他就來奪。來旺家的笑道：「這是奶奶日間操心常應候宮裡的事。」一語未了，人回夏太監打發了一個小內監來說話。賈璉聽了，忙皺眉道：「又是什麼活！一年他們也夠搬了。」鳳姐道，「你藏起來，等我見他。」好容易鳳姐弄了二百兩銀子把那小內監打發開去，賈璉出來，笑道：「這一起外祟，何日是了？」鳳姐笑道，「剛說著，就來了一股子。」賈璉道：「昨兒周太監來，張口就是一千兩。我略慢應了些，他不自在。將來得罪人之處不少。這會子再發三二百萬的財，就好了！」又如第五十三回寫黑山村莊頭烏進孝來賈府納年例，賈珍與他談的一段話也很可注意：

賈珍皺眉道：「我算定你至少也有五千銀子來。這夠做什麼的……真真是叫別過年了！」

烏進孝道：「爺的地方還算好呢。我兄弟離我那裡只有一百多裡，竟又大差了。他現管著那府（榮國府）八處庄地，比爺這邊多著幾倍，今年也是這些東西，不過二三千兩銀子，也是有饑荒打呢。」

賈珍道：「如何呢？我這邊到可已，沒什麼外項大事，不過是一年的費用……比不得那府裡（榮國府）這幾年添了許多化錢的事，一定不可免是要化的，卻又不添銀子產業。這一二年裡賠了許多，不和你們要，找誰去？」

烏進孝笑道：「那府裡如今雖添了事，有去有來。娘娘和萬歲爺豈不賞嗎？」

賈珍聽了，笑向賈蓉等道：「你們聽聽，他說的可笑不可笑？」

賈蓉等忙笑道：「你們山坳海沿子上的人，那裡知道這道理？娘娘難道把皇上的庫給我們不成？……就是賞，也不過一百兩金子，才值一千多兩銀子，夠什麼？這二年，那一年不賠出幾千兩銀子來？頭一年省親，連蓋花園子，你算算那一注化了多少，就知道了。再二年，再省一回親，只怕精窮了……」

賈蓉又說又笑，向賈珍道「果真那府裡窮了。前兒我聽見二嬸娘（鳳姐）和鴛鴦悄悄商議，要偷老太大的東西去當銀子呢。」

借當的事又見於第七十二回：

鴛鴦一面說，一面起身要走。賈璉忙也立起身來說道：「好姐姐，略坐一坐兒，兄弟還有一事相求。」說著，便罵小丫頭，「怎麼不泡好茶來！快拿乾淨蓋碗，把昨日進上的新茶泡一碗來！」說著，向鴛鴦道：「這兩日因老太太千秋，所有的幾千兩都使完了。幾處房租地租統在九月才得。這會子竟接不上。明兒又要送南安府裡的禮，又要預備娘娘重陽節；還有幾家紅白大禮，至少還要二三千兩銀子用，一時難去支借。俗語說的好，求人不如求己。說不得，姐姐擔個不是，暫且把老太太查不著的金銀傢伙，偷著運出一箱子來，暫押千數兩銀子，支騰過去。」

因為《紅樓夢》是曹雪芹「將真事隱去」的自敘，故他不怕瑣碎，再三再四的描寫他家由富貴變成貧窮的情形。我們看曹寅一生的歷史，決不像一個貪官汙吏；他虧空破產，大概都是由於他一家都愛揮霍，愛擺闊架子；講究吃喝，講究場面；收藏精本的書，刻行精本的書；交結文人名士，交結貴族大官，招待皇帝，至於四次五次；他們又不會理財，又不肯節省；講究揮霍慣了，收縮不回來，以致於虧空，以至於破產抄家。《紅樓夢》只是老老實實的描寫這一個「坐吃山空」「樹倒猢猻散」的自然趨勢。因為如此，所以《紅樓夢》是一部自然主義的傑作。那班猜謎的紅學大家不曉得《紅樓夢》的真價值正在這平淡無奇的自然主義的上面，所以他們偏要絞盡心血去猜那想入非非的笨謎，所以他們偏要用盡心思去替《紅樓夢》加上一層極不自然的解釋。

總結上文關於「著者」的材料，凡得六條結論：

（一）《紅樓夢》的著者是曹雪芹。

（二）曹雪芹是漢軍正白旗人，曹寅的孫子，曹頫的兒子，生於極富貴之家，身經極繁華綺麗的生活，又帶有文學與美術的遺傳與環境。他會做詩，也能畫，與一班八旗名士往來。但他的生活非常貧苦，他因為不得志，故流為一種縱酒放浪的生活。

（三）曹寅死於康熙五十一年。曹雪芹大概即生於此時，或稍後。

（四）曹家極盛時，曾辦過四次以上的接駕的闊差；但後來家漸衰敗，大概因虧空得罪被抄沒。

（五）《紅樓夢》一書是曹雪芹破產傾家之後，在貧困之中做的。做書的年代大概當乾隆初年到乾隆三十年左右，書未完而曹雪芹死了。

（六）《紅樓夢》是一部隱去真事的自敘：裡面的甄、賈兩寶玉，即是曹雪芹自己的化身；甄賈兩府即是當日曹家的影子（故賈府在「長安」都中，而甄府始終在江南）。

現在我們可以研究《紅樓夢》的「本子」問題。現今市上通行的《紅樓夢》雖有無數版本，然細細考較去，除了有正書局一本外，都是從一種底本出來的。這種底本是乾隆末年間程偉元的百二十回全本，我們叫他做「程本」。這個程本有兩種本子，一種是乾隆五十七年壬子（一七九二）的第一次活字排本，可叫做「程甲本」。一種也是乾隆五十七年壬子程家排本，是用「程甲本」來校改修正的，這個本子可叫做「程乙本」。「程甲本」我的朋友馬幼漁教授藏有一部，「程乙本」我自己藏有一部。乙本遠勝於甲本，但我仔細審查，不能不承認「程甲本」為外間各種《紅樓夢》的底本。各本的錯誤矛盾，都是根據於「程甲本」的，這是《紅樓夢》版本史上一件最不幸的事。

此外，上海有正書局石印的一部八十回本的《紅樓夢》，前面有一篇德清戚蓼生的序，我們可叫他做「戚本」。有正書局的老闆在這部書的封面上題著「國初抄本《紅樓夢》」，又在首頁題著「原本《紅樓夢》」。那「國初抄本」四個字自然是大錯的。那「原本」兩字也不妥當。這本已有總評，有夾評，有韻文的評贊，又往往有「題」詩，有時又將評語抄入正文（如第二回），可見已是很晚的抄本，決不是「原本」了。但自程氏兩種百二十回本出版以後，八十回本已不可多見。戚本大概是乾隆時無數展轉傳抄本之中幸而保存的一種，可以用來參校程本，故自有他的相當價值，正不必假託「國初抄本」。

《紅樓夢》最初只有八十回，直至乾隆五十六年以後始有百二十回的《紅樓夢》，這是無可疑的。程本有程偉元的序，序中說：

《石頭記》是此書原名……好事者每傳抄一部，置廟市中，昂其值，得數十金，可謂不脛而走者矣。然原本目錄一百二十卷，今所藏只八十卷，殊非全本。即間有稱全部者，及檢閱仍只八十卷，讀者頗以為憾。不佞以是書既有百二十卷之目，豈無全璧？爰為竭力搜羅，自藏書家甚至故紙堆中，無不留心。數年以來，僅積有二十餘卷。一日，偶於鼓擔上得十餘卷，遂重價購之，欣然翻閱，見其前後起伏尚屬接榫（榫音筍，削木入竅名榫，又名榫頭）。然漶漫不可收拾。乃同友人細加釐剔，截長補短，抄成全部，復為鐫板，以公同好。《石頭記》全書至是始告成矣……小泉程偉元識。

我自己的程乙本還有高鶚的一篇序，中說：

予聞《紅樓夢》膾炙人口者，幾二十餘年，然無全璧，無定本……今年春，友人程子小泉過予，以其所購全書見示，且曰：「此仆數年銖積寸累之苦心，將付剞劂，公同好。子閒且憊矣，盍分任之？」予以是書雖稗官野史之流，然尚不謬於名教，欣然拜諾，正以波斯奴見寶為幸，遂襄其役。工既竣，並識端末，以告閱者。時乾隆辛亥（一七九一）冬至後五日鐵嶺高鶚敘，並書。

此序所謂「工既竣」，即是程序說的「同友人細加釐剔，截長補短」的整理工夫，並非指刻板的工程。我這部程乙本還有七條「引言」，比兩序更重要，今節抄幾條於下：

（一）是書前八十回，藏書家抄錄傳閱，幾三十年矣。今得後四十回，合成完璧。緣友人借抄爭睹者甚夥，抄錄固難，刊板亦需時日，姑集活字刷印。因急欲公諸同好，故初印時不及細校，間有紕繆。今復聚集各原本，詳加校閱，改訂無訛。惟閱者諒之。

（二）書中前八十回，抄本各家互異。今廣集核勘，准情酌理，補遺訂訛。其間或有增損數字處，意在便於披閱，非敢爭勝前人也。

（三）是書沿傳既久，坊間繕本及諸家所藏祕稿，繁簡歧出，前後錯見。即如六十七回此有彼無，題同文異，燕石莫辨。茲惟擇其情理較協者，取為定本。

（四）書中後四十回係就歷年所得，集腋成裘，更無他本可考，惟按其前後關照者，略為修輯，使其有應接而無矛盾。至其原文，未敢臆改。俟再得善本，更為釐定，且不欲盡掩其本來面目也。

引言之末，有「壬子花朝後一日，小泉、蘭墅又識」一行。蘭墅即高鶚。我們看上文引的兩序與引言，有應該注意的幾點：

（一）高序說「聞《紅樓夢》膾炙人口者，幾二十餘年」。引言說「前八十回，藏書家抄錄傳閱，幾三十年」。從乾隆壬子上數三十年，為乾隆二十七年壬午（一七六二）。今知乾隆三十年間此書已流行，可證我上文推測曹雪芹死於乾隆三十年左右之說大概無大差錯。

（二）前八十回，各本互有異同。例如引言第三條說「六十七回此有彼無，題同文異」。我們試用戚本六十七回與程本及市上各本的六十七回互校，果有許多異同之處，程本所改的似勝於戚本。大概程本當日確曾經過一番「廣集各本核勘，准情酌理，補遺訂訛」的工夫，故程本一出即成為定本，其餘各抄本多被淘汰了。

（三）程偉元的序裡說，《紅樓夢》當日雖只有八十回，但原本卻有一百二十卷的目錄。這話可惜無從考證（戚本目錄並無後四十回）。我從前想當時各抄本中大概有些是有後四十回目錄的，但我現在對於這一層很有點懷疑了（說詳下）。

（四）八十回以後的四十回，據高、程兩人的話，是程偉元歷年雜湊起來的，——先得二十餘卷，又在鼓擔上得十餘卷，又經高鶚費了幾個月整理修輯的工夫，方才有這部百二十回本的《紅樓夢》。他們自己說這四十回「更無他本可考」；但他們又說：「至其原文，未敢臆改。」

（五）《紅樓夢》直到乾隆五十六年（一七九一）始有一百二十回的全本出世。

（六）這個百二十回的全本最初用活字版排印，是為乾隆五十七年壬子（一七九二）的程本。這本又有兩種小不同的印本：（1）初印本（即程甲本），「不及細校，間有紕繆」。此本我近來見過，果然有許多紕繆矛盾的地方。（2）校正印本，即我上文說的程乙本。

（七）程偉元的一百二十回本的《紅樓夢》，即是這一百三十年來的一切印本《紅樓夢》的老祖宗。後來的翻本，多經過南方人的批註，書中京話的特別俗語往往稍有改換；但沒有一種翻本（除了戚本）不是從程本出來的。

這是我們現有的一百二十回本《紅樓夢》的歷史。這段歷史裡有一個大可研究的問題，就是「後四十回的著者究竟是誰？」

俞樾的《小浮梅閒話》裡考證《紅樓夢》的一條說：

《船山詩草》有「贈高蘭墅鶚同年」一首云：「豔情人自說《紅樓》。」注云：「《紅樓夢》八十回以後，俱蘭墅所補。」然則此書非出一手。按鄉會試增五言八韻詩，始乾隆朝。而書中敘科場事已有詩，則其為高君所補，可證矣。

俞氏這一段話極重要。他不但證明了程排本作序的高鶚是實有其人，還使我們知道《紅樓夢》後四十回是高鶚補的。船山即是張船山，名問陶，是乾隆、嘉慶時代的一個大詩人。他於乾隆五十三年戊申（一七八八）中順天鄉試舉人；五十五年庚戌（一七九〇）成進士，選庶吉士。他稱高鶚為同年，他們不是庚戌同年，便是戊申同年。但高鶚若是庚戌的新進士，次年辛亥他作《紅樓夢》序不會有「閒且憊矣」的話；故我推測他們是戊申鄉試的同年。後來我又在《郎潛紀聞二筆》卷一裡發見一條關於高鶚的事實：

嘉慶辛酉京師大水，科場改九月，詩題「百川赴巨海」……闈中罕得解。前十本將進呈，韓城王文端公以通場無知出處為憾。房考高侍讀鶚搜遺卷，得定遠陳黻卷，亟呈薦，遂得南元。

辛酉（一八〇一）為嘉慶六年。據此，我們可知高鶚後來曾中進士，為侍讀，且曾做嘉慶六年順天鄉試的同考官。我想高鶚既中進士，就有法子考查他的籍貫和中進士的年分了。果然我的朋友顧頡剛先生替我在《進士題名錄》上查出高鶚是鑲黃旗漢軍人，乾隆六十年乙卯（一七九五）科的進士，殿試第三甲第一名。這一件引起我注意《題名錄》一類的工具，我就發憤搜求這一類的書。果然我又在清代《御史題名錄》裡，嘉慶十四年（一八〇九）下，尋得一條：

> 高鶚，鑲黃旗漢軍人，乾隆乙卯進士，由內閣侍讀考選江南道御史，刑科給事中。

又《八旗文經》二十三有高鶚的〈操縵堂詩稿跋〉一篇，末署乾隆四十七年壬寅（一七八二）小陽月。我們可以總合上文所得關於高鶚的材料，作一個簡單的《高鶚年譜》如下：

乾隆四七（一七八二），高鶚作《操縵堂詩稿跋》。

乾隆五三（一七八八），中舉人。

乾隆五六—五七（一七九一—一七九二），補作《紅樓夢》後四十回，並作序例。《紅樓夢》百二十回全本排印成。

乾隆六〇（一七九五），中進士，殿試三甲一名。

嘉慶六（一八〇一），高鶚以內閣侍讀為順天鄉試的同考官，闈中與張問陶相遇，張作詩送他，有「豔情人自說《紅樓》」之句；又有詩注，使後世知《紅樓夢》八十回以後是他補的。

嘉慶一四（一八〇九），考選江南道御史，刑科給事中。——自乾隆四七至此，凡二十七年。大概他此時已近六十歲了。

後四十回是高鶚補的，這話自無可疑。我們可約舉幾層證據如下：

第一，張問陶的詩及注，此為最明白的證據。

第二，俞樾舉的「鄉會試增五言八韻詩始乾隆朝，而書中敘科場事已有詩」一項。這一項不十分可靠，因為鄉會試用律詩，起於乾隆二十一二年，也許那時《紅樓夢》前八十回還沒有做成呢。

第三，程序說先得二十餘卷，後又在鼓擔上得十餘卷。此話便是作偽的鐵證，因為世間沒有這樣奇巧的事！

第四，高鶚自己的序，說的很含糊，字裡行間都使人生疑。大概他不願完全埋沒他補作的苦心，故引言第六條說：「是書開卷略志數語，非云弁首，實因殘缺有年，一旦顛末畢具，大快人心；欣然題名，聊以記成書之幸。」因為高鶚不諱他補作的事，故張船山贈詩直說他補作後四十回的事。

但這些證據固然重要，總不如內容的研究更可以證明後四十回與前八十回決不是一個人作的。我的朋友俞平伯先生曾舉出三個理由來證明後四十回的回目也是高鶚補作的。他的三個理由是：（一）和第一回自敘的話都不合，（二）史湘雲的丟開，（三）不合作文時的程序。這三層之中，第三層姑且不論。第一層是很明顯的：《紅樓夢》的開端明說

「一技無成，半生潦倒」；明說「蓬牖茅椽，繩床瓦灶」；豈有到了末尾說寶玉出家成仙之理？第二層也很可注意。第三十一回的回目「因麒麟伏白首雙星」，確是可怪！依此句看來，史湘雲後來似乎應該與寶玉做夫婦，不應該此話全無照應。以此看來，我們可以推想後四十回不是曹雪芹做的了。

其實何止史湘雲一個人？即如小紅，曹雪芹在前八十回裡極力描寫這個攀高好勝的丫頭；好容易他得著了鳳姐的賞識，把他提拔上去了；但這樣一個重要人才，豈可沒有下場？況且小紅同賈芸的感情，前面既經曹雪芹那樣鄭重描寫，豈有完全沒有結果之理？又如香菱的結果也決不是曹雪芹的本意。第五回的「十二釵副冊」上寫香菱結局道：

根並荷花一莖香，平生遭際實堪傷。自從兩地生孤木，致使芳魂返故鄉。

兩地生孤木，合成「桂」字。此明說香菱死於夏金桂之手，故第八十回說香菱「血分中有病，加以氣怨傷肝，內外挫折不堪，竟釀成干血之症，日漸羸瘦，飲食懶進，請醫服藥無效」。可見八十回的作者明明的要香菱被金桂磨折死。後四十回裡卻是金桂死了，香菱扶正：這豈是作者的本意嗎？此外，又如第五回「十二釵」冊上說鳳姐的結局道：「一從二令三人木，哭向金陵事更哀」。這個謎竟無人猜得出，許多批《紅樓夢》的人也都不敢下注解。所以後四十回裡寫鳳姐的下場竟完全與這「二令三人木」無關，這個謎只好等上海靈學會把曹雪芹先生請來降壇時再來解決了。此外，又如寫和尚送玉一段，文字的笨拙，令人讀了作嘔。又如寫賈寶玉忽然肯做八股文，忽然肯去考舉人，也沒有道理。高鶚補《紅樓夢》時，正當他中舉人之後，還沒有中進士。如果他補《紅樓夢》在乾隆六十年之後，賈寶玉大概非中進士不可了！

以上所說，只是要證明《紅樓夢》的後四十回確然不是曹雪芹作的。但我們平心而論，高鶚補的四十回，雖然比不上前八十回，也確然有不可埋沒的好處。他寫司棋之死，寫鴛鴦之死，寫妙玉的遭劫，寫鳳姐的死，寫襲人的嫁，都是很有精采的小品文字。最可注意的是這些人都寫作悲劇的下場。還有那最重要的「木石前盟」一件公案，高鶚居然忍心害理的教黛玉病死，教寶玉出家，作一個大悲劇的結束，打破中國小說的團圓迷信。這一點悲劇的眼光，不能不令人佩服。我們試看高鶚以後，那許多《續紅樓夢》和《補紅樓夢》的人，那一人不是想把黛玉、晴雯都從棺材裡扶出來，重新配給寶玉？那一個不是想做一部「團圓」的《紅樓夢》的？我們這樣退一步想，就不能不佩服高鶚的補本了。我們不但佩服，還應該感謝他，因為他這部悲劇的補本，靠著那個「鼓擔」的神話，居然打倒了後來無數的團圓《紅樓夢》，居然替中國文字保存了一部有悲劇下場的小說！

以上是我對於《紅樓夢》的「著者」和「本子」兩個問題的答案。我覺得我們做《紅樓夢》的考證，只能在這兩個問題上著手；只能運用我們力所能搜集的材料，參考互證，然後抽出一些比較的最近情理的結論。這是考證學的方法。我在這篇文章裡，處處想撇開一切先人的成見；處處存一個搜求證據的目的；處處尊重證據，讓證據做嚮導，引我到相當的結論上去。我的許多結論也許有錯誤的，——自從我第一次發表這篇《考證》以來，我已經改正了無數大錯誤了，——也許有將來發現新證據後即須改正的。但我自信：這種考證的方法，除了《董小宛考》之外，是向來研究《紅樓夢》的人不曾用過的。我希望我這一點小貢獻，能引起大家研究《紅樓夢》的興趣，能把將來的《紅樓夢》研究引上正當的軌道去：打破從前種種穿鑿附會的「紅學」，創造科學方法的《紅樓夢》研究！

民十，三，二七初稿
民十，十一，十二改定稿

重印乾隆壬子本《紅樓夢》序

胡適

從前汪原放先生標點《紅樓夢》時，他用的是道光壬辰（一八三二）刻本。他不知道我藏有乾隆壬子（一七九二）的程偉元第二次排本。現在他決計用我的藏本做底本，重新標點排印。這件事在營業上是一件大犧牲，原放這種研究的精神是我很敬愛的，故我願意給他做這篇新序。

《紅樓夢》最初只有抄本，沒有刻本。抄本只有八十回。但不久就有人續作八十回以後的《紅樓夢》了。俞平伯先生從戚本八十回的評注裡看出當時有一部「後三十回的《紅樓夢》」(《紅樓夢辨》下卷，頁一至三七），這便是續書的一種。高鶚續作的四十回，也不過是續書的一種。但到了乾隆五十六年至五十七年之間，高鶚和程偉元串通起來，把高鶚續作的四十回同曹雪芹的原本八十回合併起來，用活字排成一部，又加上一篇序，說是幾年之中搜集起來的原書全稿。從此以後，這部百二十回的《紅樓夢》遂成了定本，而高鶚的續本也就「附驥尾以傳」了（看我的《紅樓夢考證》，頁五三至六七；俞平伯《紅樓夢辨》上卷，頁一至一六二）。

程偉元的活字本有兩種。第一種我曾叫作「程甲本」，是乾隆五十六年（一七九一）

排印，次年發行的。第二種我曾叫作「程乙本」，是乾隆五十七年改訂的本子。

程甲本，我的朋友馬幼漁教授藏有一部。此書最先出世，一出世就風行一時，故成為一切後來刻本的祖本。南方的各種刻本，如道光壬辰的王刻本等，都是依據這個程甲本的。但這個本子發行之後，高鶚就感覺不滿意，故不久就有改訂本出來。程乙本的「引言」說：

……因急欲公諸同好，故初印時不及細校，間有紕繆。今復聚集各原本，詳加校閱，改訂無訛。惟閱者諒之。

馬幼漁先生所藏的程甲本就是那「初印」本。現在印出的程乙本就是那「聚集各原本，詳加校閱，改訂無訛」的本子，可說是高鶚、程偉元合刻的定本。

這個改本有許多改訂修正之處，勝於程甲本。但這個本子發行在後，程甲本已有人翻刻了；初本的一些矛盾錯誤仍舊留在現行各本裡，雖經各家批註裡指出，終沒有人敢改正。我試舉一個最明顯的例子為證。第二回冷子興說賈家的歷史，中有一段道：

第二胎生了一位小姐，生在大年初一，就奇了。不想次年又生了一位公子，說來更奇，一落胞胎，嘴裡便啣下一塊五彩晶瑩的玉來，還有許多字跡。

後來評讀此書的人，都覺得這裡必有錯誤，因為後文第十八回賈妃省親一段裡明說

「寶玉未入學之先，三四歲時，已得賈妃口傳授教了幾本書，識了數千字在腹中；雖為姐弟，有如母子」。這樣一位長姐，何止大他一歲？所以戚本便改作：

第二胎生了一位小姐，生在大年初一日，就奇了。不想後來又生了一位公子。

這是一種改法。程甲本也作「次年」。我的程乙本便大膽地改作了：

第二胎生了一位小姐，生在大年初一，就奇了。不想隔了十幾年，又生了一位公子。

這三種說法，究竟那一種是原本呢？

前年我的朋友容庚先生在冷攤上買得一部舊抄本的《紅樓夢》，是有百二十回的。他不但認這本是在程本以前的抄本，竟大膽地斷定百二十回本是曹雪芹的原本。他作了一篇〈紅樓夢的本子問題——質胡適之、俞平伯先生〉（北京大學《國學周刊》第五、六、九期），舉出他的抄本文字上與程甲本及亞東本不同的地方，要證明他的抄本是程本以前的曹氏原本。我去年夏間答他一信，曾指出他的抄本是全抄程乙本的，底本正是高鶚的二次改本，決不是程刻以前的原本。他舉出的異文，都和程乙本完全相同。其中有一條異文就是第二回裡寶玉的生年。他的抄本也作：

不想隔了十幾年，又生了一位公子。

我對容先生說：凡作考據，有一個重要的原則，就是要注意可能性的大小。可能性（Probability）又叫作「幾數」，又叫作「或然數」，就是事物在一定情境之下能變出的花樣。把一個銅子擲在地上，或是龍頭朝上，或是字朝上，可能性都是百分之五十，是均等的。把一個「不倒翁」擲在地上，他的頭輕腳重，總是腳朝下的，故他有一百分的站立的可能性。試用此理來觀察《紅樓夢》裡寶玉的生年，有二種可能：

（一）原本作「隔了十幾年」，而後人改作了「次年」。

（二）原本作「次年」，而後人改為「隔了十幾年」。

以常理推之，若原本既作「隔了十幾年」，與第十八回所記正相照應，決無反改為「次年」之理。程乙本與抄本之改作「十幾年」，正是他晚出之鐵證。高鶚細察全書，看出第二回與十八回有大相矛盾的地方，他認定那教授寶玉幾千字和幾本書的姐姐，既然「有如母子」，至少應該比寶玉大十幾歲，故他就假托參校各原本的結果，大膽地改正了。

直到今年夏間，我買得了一部乾隆甲戌（一七五四）抄本《脂硯齋重評石頭記》殘本十六回，這是曹雪芹未死時的抄本，為世間最古的抄本。第二回記寶玉的生年，果然也是：

第二胎生了一位小姐，生在大年初一，這就奇了。不想次年又生了一位公子。

這就證實了我的假定了。我曾考清朝的后妃，深信康熙、雍正、乾隆三朝沒有姓曹的妃子。大概賈元妃是虛構的人物，故曹雪芹先說她比寶玉大一歲，後來越造越不像了，就不知不覺地把元妃的年紀加長了。

我再舉一條重要的異文。第二回冷子興又說：

當日寧國公、榮國公是一母同胞弟兄兩個。寧公居長，生了四個兒子。

程甲本，戚本都作「四個兒子」。我的程乙本卻改作了「兩個兒子」。容庚先生的抄本也作「兩個兒子」。這又是高鶚後來的改本，容先生的抄本又是抄高鶚改訂本的。我的《脂硯齋重評石頭記》殘本也作「四個兒子」，可證「四個」是原文。但原文於寧國公的四個兒子，只說出長子是代化，其餘三個兒子都不曾說出名字，故高鶚嫌「四個」太多，改為「兩個」。但這一句卻沒有改訂的必要。《脂硯齋》殘本有夾縫朱批云：

賈薔、賈菌之祖，不言可知矣。

高鶚的修改雖不算錯，卻未免多事了。

我在《紅樓夢考證》裡曾說：

程偉元的序裡說，《紅樓夢》當日雖只有八十回，但原本卻有一百二十卷的目錄。

這話可惜無從考證（戚本目錄並無後四十回）。我從前想當時各抄本中大概有些是有後四十回目錄的，但我現在對於這一層很有點懷疑了。

俞平伯先生在《紅樓夢辨》裡，為了這個問題曾作一篇長文（卷上，頁一一至二六），辨「原本回目只有八十」。他的理由很充足，我完全贊同。但容庚先生卻引他的抄本第九十二回的異文做證據，很嚴厲地質問平伯道：

> 我們讀第九十二回「評《女傳》巧姐慕賢良，玩母珠賈政參聚散」，只覺得寶玉評《女傳》，不覺得巧姐慕賢良的光景；賈政玩母珠，也不覺得參什麼聚散的道理。這不是很大的漏洞嗎？
>
> 假使後四十回的回目係曹雪芹作的，高鶚補作，不大瞭解曹雪芹的原意，故此說不出來，尚可勉強說得過去。無奈俞先生想證明後四十回係高鶚補作，不能不把後四十回目一併推翻，反留下替高鶚辯護的餘地。
>
> 現在把抄本關於這兩段的抄下。後四十回既然是高鶚補的，幹麼他自己一次二次排印的書都沒有這些的話？沒有這些話是否可以講得去？請俞先生有以語我來？（《國學周刊》第六期，頁十七）

容先生的抄本所有的兩段異文，都是和這個程乙本完全一樣的，也都是高鶚後來修改的。容先生沒有看見我的程乙本，只看見了幼漁先生的程甲本，他不該武斷地說高鶚「自已一次二次排印的書都沒有這些話」。我們現在知道高鶚的初稿（程甲本）與現行各本同沒有這兩段；但他第二次改本（程乙本）確有這兩段。我們把這兩段分抄在這裡。

（一）第一段「慕賢良」。

程甲本與後來翻此本的各本：

寶玉道：「那文王后妃，是不必說了，想來是知道的。那姜后脫簪待罪；齊國的無鹽雖丑，能安邦定國：是后妃裡頭的賢能的。若說有才的，是曹大家，班婕妤，蔡文姬，謝道韞諸人。孟光的荊釵布裙，鮑宣妻的提甕出汲，陶侃母的截髮留賓，還有畫荻教子的：這是不厭貧的。那苦的裡頭有樂昌公主破鏡重圓，蘇蕙的回文感主。那孝的是更多了：木蘭代父從軍，曹娥投水尋父的屍首等類也多，我也說不得許多。那個曹氏的引刀割鼻，是魏國的故事。那守節的更多了，只好慢慢的講。若是那些豔的，王嬙，西子，樊素，小蠻，絳仙等；妒的是，『禿妾髮，怨洛神』……等類。文君，紅拂，是女中的豪俠。」

賈母聽到這裡，說：「彀了；不用說了。你講的大多，他那裡還記得呢？」

程乙本（容抄本同）：

寶玉便道：「那文王后妃，不必說了。那姜后脫簪待罪，和齊國的無鹽安邦定國：是后妃裡頭的賢能的。」巧姐聽了，答應個「是」。寶玉又道：「若說有才的，是曹大家，班婕妤，蔡文姬，謝道韞諸人。」巧姐問道：「那賢德的呢？」寶玉道：「孟光的荊釵布裙，鮑宣妻的提甕出汲，陶侃母的截髮留賓：這些不厭貧的，就是賢德的了。」巧姐欣然點頭。寶玉道：「還有苦的像那樂昌破鏡，蘇蕙回文。那孝的木蘭代父從軍，曹娥投水尋屍等類，也難盡說。」巧姐聽到這些，卻默默如有所思。寶玉又講那曹氏的引刀割鼻，及那些守節的。巧姐聽著，更覺肅敬起來。寶玉恐他不自在，又說：「那些豔的，如王嬙，西子，樊素，小蠻，絳仙，文君，紅拂都是女中的……」尚未說出，賈母見巧姐默然，便說：「夠了；不用說了。講的大多，他那裡記得？」

（二）第二段「參聚散」。

程甲本與後來翻此本的各本：

馮紫英道：「人世的榮枯，仕途的得失，終屬難定。」賈政道：「像雨村算便宜的了。還有我們差不多的人家，就是甄家，從前一樣的功勛，一樣的世襲，一樣的起居，我們也是時常來往。不多幾年，他們進京來，差人到我這裡請安，還很熱鬧。一會兒抄了原籍的家財，至今杳無音信。不知他近況若何，心下也著實惦記。看了這樣，你想做官的怕不怕？」賈赦道：「咱們家裡再沒有事的。」

程乙本（容抄本同）：

馮紫英道：「人世的榮枯，仕途的得失，終屬難定。」賈政道：「天下事都是一個樣的理喲！比如方才那珠子：那顆大的就像有福氣的人似的。那些小的都托賴著他的靈氣護庇著。要是那大的沒有了，那些小的也就沒有收攬了。就像人家兒當頭人有了事，骨肉也都分離了，親戚也都零落了，就是好朋友也都散了，轉瞬榮枯，真似春雲秋葉一般。你想做官有什麼趣兒呢？像雨村算便宜的了。還有我們差不多的人家兒，就是甄家；從前一樣功勛，一樣世襲，一樣起居，我們也是時常來往。不多幾年，他們進京來，差人到我這裡請安，還很熱鬧。一會兒抄了原籍的家財，至今杳無音信。不知他近況若何，心下也著實惦記著。」賈赦道：「什麼珠子？」賈政同馮紫英又說了一遍給賈赦聽。賈赦道：「咱們家是再沒有事的。」

容庚先生想用這兩大段異文來證明，不但後四十回的回目是曹雪芹原稿有的，並且後四十回的全文也是曹雪芹的原文。他不知道這兩大段異文便是高鶚續書的鐵證，也是他偽作回目的鐵證。

高鶚的「引言」裡明明說：

（二）書中前八十回，抄本各家互異。今廣集核勘，准情酌理，補遺訂訛。其間或有增損數字處，意在便於披閱，非敢爭勝前人也。

（四）書中後四十回係就歷年所得，集腋成裘，更無他本可考，惟按其前後關照者，略為修輯，使其有應接而無矛盾。至其原文，未敢臆改。俟再得善本，更為釐定，且不欲盡掩其本來面目也。

前八十回有「抄本各家互異」，故他改動之處，如上文舉出第二回裡的改本，還可以假托「廣集核勘」的結果。但他既明明承認「後四十回更無他本可考」，又既明明宣言這四十回的原文「未敢臆改」，何以又有第九十二回的大改動呢？豈不是因為他刻成初稿（程甲本）之後，自己感覺第九十二回的內容與回目不相照應，故偷偷地自己修改了，又聲明「未敢臆改」以掩其作偽之跡嗎？他料定讀小說的人決不會費大工夫用各種本子細細校勘。他那裡料得到一百三十多年後居然有一位容庚先生肯用校勘學的工夫去校勘《紅樓夢》，居然會發現他作偽的鐵證呢？

這個程乙本流傳甚少；我所知的，只有我的一部原刻本和容庚先生的一部舊抄本。現在汪原放標點了這本子，排印行世，使大家知道高鶚整理前八十回與改訂後四十回的最後定本是個什麼樣子，這是我們應該感謝他的。

——一九二七年十一月十四日在上海

（收入曹雪芹著，汪原放標點《紅樓夢》，一九二七年亞東圖書館版）

胡天獵先生影印乾隆壬子年活字版百二十回《紅樓夢》短序

胡適

胡天獵先生影印的這部百二十回《紅樓夢》，確是乾隆五十七年壬子（一七九二）程偉元「詳加校閱改訂」的第二次木活字排印本，即是我所謂「程乙本」。證據很多，我只舉一點。「程甲本」第二回說賈政的王夫人「第二胎生了一位小姐，生在大年初一，就奇了。不想次年又生了一位公子，說來更奇，一落胞胎，嘴裡便銜下一塊五彩晶瑩的玉來」。後來南北雕刻本都是從「程甲本」出來的，故這一段的文字都與「程甲本」相同。我的「甲戌本」脂硯齋重評此段文字與「程甲本」相同，可見雪芹原稿本是這樣的。但《紅樓夢》第十八回賈妃省親一段裡明說寶玉「三四歲時，已得賈妃口傳授教了幾本書，識了幾千字在腹中，雖為姐弟，有如母子」。這樣一位長姐，何止大他一歲？所以改訂的「程乙本」此句就成了「不想隔了十幾年，又生了一位公子」。胡天獵先生此本正作「隔了十幾年」，可證此本確是「程乙本」。

「程甲本」沒有「引言」。此本有「引言」七條，尾題「壬子花朝後一日小泉蘭墅又識」。小泉是程偉元，蘭墅是續作後四十回的高鶚。「引言」說明「初印時不及細校，間有紕繆，今後聚集各原本，詳加校閱，改訂無訛」，這也是「程乙本」獨有的標記。

一九二七年，上海亞東圖書館用我的一部「程乙本」做底本，出了一部《紅樓夢》的重排印本，這是「程乙本」第一次的重排本。一九五九年臺北遠東圖書公司出版的《紅樓夢》，就是用亞東圖書館的本子排印的。

一九六〇年香港友聯出版社的趙聰先生校點的《紅樓夢》，也是用亞東本做底本的。據趙聰先生的〈重印《紅樓夢》序〉說，上海「作家出版社」曾在一九五三年及一九五七年出了兩部《紅樓夢》排印本，也都是用「程乙本」做底本的，可能都是用亞東本重排的。

這就是說，「程乙本」在最近三四十年裡，至少已有了五個重排印本了。可是「程乙本」本身，只有極少的幾個人曾經見到。趙聰先生說：「程乙本的原排本，現在差不多已成了世間的孤本，事實上我們已不可能再見到。」

胡天獵先生收藏舊小說很多，可惜他只帶了很少的一部分出來，其中居然有這一部原用木活字排印的「程乙本」《紅樓夢》！現在他把這部「程乙本」影印流行，使世人可以看看一百七十年前程偉元、高鶚「詳加校閱改訂」的《紅樓夢》是個什麼樣子。這是《紅樓夢》版本上一件很值得歡迎贊助的大好事，所以我很高興的寫這篇短序來歡迎這個影印本。

——一九六一年二月十二日，曹雪芹死後整一百九十八年的紀念日，胡適在南港。

（收入《影印乾隆壬子年木活字本百二十回〈紅樓夢〉》，一九六一年臺北青雲山莊出版社出版）

《紅樓夢》一百二十回均曹雪芹作

作者：宋孔顯（生卒年不詳），字達卿，浙江紹興人，周作人學生，一九二五年畢業於北大哲學系。

《紅樓夢》全書一百二十回都是曹雪芹一個人做的。我們可從本書第一回中看出。第一回說本書的緣起，有「……後因曹雪芹於悼紅軒中，披閱十載，增刪五次，纂成目錄，分出章回，又題〈金陵十二釵〉」的話。所以我們知道這一百二十回的《紅樓夢》，完全是曹雪芹一手做成的。現在有人說《紅樓夢》原本只有八十回，後四十回是高鶚補作的。這話我完全反對，因為披閱、增刪，都是修改時的工作；纂成目錄，分出章回，尤為成書後的手續。假使《紅樓夢》全書未曾寫完，哪能披閱、增刪、纂目、分章呢？

說《紅樓夢》八十回以後不是曹雪芹做的，第一個人要算俞曲園（俞樾）先生了。曲園在他的《小浮梅閒話》裡說：「〈船山（張問陶）詩草〉有〈贈高蘭墅鶚同年〉一首云：『豔情人自說《紅樓夢》』，注云：『《紅樓夢》八十回以後，為蘭墅所補。』然則此書非出一手；按鄉會試增五言八韻詩，始乾隆朝，而書中敘科場事已有詩，則其為高君所補可證矣。」

胡適之先生根據這段話，認為《紅樓夢》八十回以後係高鶚續成的。其實我們細玩船山詩注，也不過說後四十回為高鶚所補，並沒有說為高鶚所續，補與續是兩件事，我們應當分開看（詳見下文）。至於曲園說科場有五言八韻詩，已經胡先生考定，曹雪芹死於乾隆二十九年，而詩始於乾隆二十一、二年，那麼鄉會試之有律詩，在曹雪芹死前七八年，安知他作《紅樓夢》不用這種詩呢？所以這項證據已全不可靠。

胡先生作〈紅樓夢考證〉，雖說《紅樓夢》後四十回係高鶚所續，但胡先生並沒提出有力的證據，胡先生的證據不過這樣四項：

第一、張問陶的詩及注。

第二、俞樾舉的鄉會試增五言八韻詩始乾隆朝，而書中敘科場事已有詩。

第三、程序（程偉元〈紅樓夢序〉）說先得二十餘卷，後又在鼓擔上得十餘卷，此話便是作偽的鐵證，因為世間沒有這樣奇巧的事。

第四、高鶚自己的序，說得很含糊，字裡行間，都使人生疑。

這四項證據中的第二項，已由胡先生自己推翻了。第一項且待我下面說明。至第三第四兩項，究竟程偉元是否作偽？高鶚是否說謊？要看他們的原序如何。今把他們的序和引言錄下：

程偉元的〈紅樓夢序〉說：

《石頭記》是此書原名……好事者每傳抄一部，置廟市中，昂其值，得數十金，可謂不脛而走者矣。然原本目錄一百二十卷，今所藏只八十卷，殊非原本。即間有稱全部者，及檢閱仍只八十卷，讀者頗以為恨。不佞以是書既有一百二十回之目，豈無全璧？爰為竭力搜羅，自藏書家甚至故紙堆中，無不留心，數年以來，僅積二十餘卷。一日偶於鼓擔上得十餘卷，遂重價購之。欣然翻閱，見其前後起伏，尚屬接榫。然漶漫不可收拾。乃同友人細加釐剔，截長補短，抄成全部，復為鐫板，以公同好，《石頭記》全書至是始告成矣……小泉程偉元識。

高鶚的〈紅樓夢序〉說：

予聞《紅樓夢》膾炙人口者幾二十餘年，然無全璧，無定本……今年春，友人程子小泉過予，以其所購全書見示，且曰：「此僕數年來銖積寸累之苦心，將付剞劂，公同好，予閒且意矣，盍分任之？」予以是書雖稗官野史之流，然尚不謬於名教，欣然拜諾，正以波斯奴見寶為幸，遂襄其役。工既竣，並識端末，以告閱者。時乾隆辛亥冬至後五日，鐵嶺高鶚序並書。

《紅樓夢》的引言有幾條說：

一、是書前八十回，藏書家抄錄傳閱，幾三十年矣。今得後四十回，合成全璧。緣友人借抄，爭觀者夥，抄錄固難，刊版亦須時日，姑集活字刷印。因急欲供諸同好，故初印時不及細校，間有紕繆，惟閱者諒之。

二、書中前八十回抄本，各家互異。今廣集合勘，準情酌理，補遺訂訛，共間或有增字處，意在便於披閱，非敢爭勝前人也。

三、是書流傳既久，坊間著本及諸家祕稿，繁簡歧出，前後錯見。即如六十七回，此有彼無，題同文異，燕石莫辨。茲惟擇共情理較協者，取為定本。

四、書中後四十回，係就歷年所得，集腋成裘，更無他本可考；惟按其前後關照者，略為修輯，使其有應接而無矛盾。至其原文，未敢臆改，俟再得善本，更為釐定，且不欲盡掩其本來面目也。

像我這種不是神經過敏的人，看了上面的兩篇序和幾條引言，實在看不出程偉元和高鶚有作偽的地方。可是胡先生對於程偉元的「先得二十餘卷，後又在鼓擔上得十餘卷」的話，以為便是作偽的鐵證，因為世間沒有這樣奇巧的事。但我們看胡先生「搜求《四松堂集》」的一段故事（見亞東圖書館出版的《紅樓夢》本），正合著世間真有這樣奇巧的事呢！

胡先生「搜求《四松堂集》」的一段故事是：

我那時在各處搜求敦誠的《四松堂集》……不料上海北京兩處大索的結果，竟使我大失望。到了今年，我對於《四松堂集》，已是絕望了。有一天，一家書店的伙計跑來說：「《四松堂詩集》找著了。」我非常高興，但打開書來看，原來是一部《四松草堂詩集》。又一天，陳肖庄先生告訴我說，他在一家書店裡看見一部《四松堂集》，我說：「恐怕又是《四松草堂》罷！」陳先生回去一看，果然又錯了。

今年四月十九日，我從大學回家，看見門房裡桌上擺著一部褪了色的藍布套的書，一張斑綠的舊書箋上題著《四松堂集》四個字！我自己幾乎不信我的眼力了，連忙拿來打開一看，原來真是一部《四松堂集》的寫本！這部寫本真是天地間唯一的孤本，因為這是當日付刻的底本……

我在四月十九日得著這部《四松堂集》的稿本；隔了三天，蔡子民先生又送來一部《四松堂集》的刻本，是他託人向晚晴簃詩社裡借來的……最有趣的是蔡先生借到刻本之日，差不多正是我得著底本之日，我尋此書近一年多了，忽然三日之內，兩個本子一齊到了我的手裡，這真是「踏破鐵鞋無覓處，得來全不費工夫」了。

從上面這段故事，那我就要請問胡先生了。胡先生於一年多找不到的《四松堂集》，竟於三日之內找到兩部，一部且係天地間唯一的孤本，這不是世間極奇巧的事嗎？胡先生可以有這樣奇巧的事，別人就不能有嗎？胡先生可以得到天地間唯一的孤本，別人就不能得嗎？且程偉元對於後四十回《紅樓夢》，「竭力搜羅，自藏書家甚至故紙堆中，無不留心。數年以來，僅積有二十餘卷。一日偶於鼓擔中得十餘卷」。這種銖積寸累的事實，較胡先生於三日之內，忽然得到兩種本子，更為合理，更為近情。而胡先生反認他為作偽的鐵證，那我真不知道胡先生從何見得了。

至於高鶚的序，在愚鈍的我看來，並不含糊；字裡行間，也沒有使人生疑的地方。胡先生也不能指出何處含糊，何處可以使人生疑；不過拿引言第六條（是書開卷略志數語，非云棄首，實因殘缺有年，一旦顛末畢具，大快人心；欣然題名，聊以記成書之幸。）的一段話，來說明高序的含糊，高序的可以使人生疑，如此指東話西，未免吹毛求疵。且引言上明明說：「準情酌理，補遺訂訛」，「按其前後關照者略為修輯，使其有應接而無矛盾。至其原文本敢臆改。俟再得善本，更為釐定。」是引言第六條所說的話，正指程偉元搜求的成績，和當時修輯成功的快慰，斷不是高鶚不諱補作的意思。

不過我們從上文看來，高鶚對於《紅樓夢》確是下過一番修輯的工夫。所以張船山送他的詩，有「豔情人自說《紅樓》」，並注「《紅樓夢》八十回以後，俱蘭墅所補」的話。現在胡先生對這詩及注認為最明白的證據。其實船山所說不過是個「補」字，這「補」字我們不能就認為補作。因為高鶚不但後四十回《紅樓夢》做過「補」的工夫，即前八十回也經過他「截長補短」，「補遺訂訛」的「補」的工夫。所以船山所說的「補」，不是胡先生所說的「補作」。苟八十回後真出高鶚之手，我想船山定說：「俱蘭墅所續」，當不用這個「補」字了。現在船山捨「續」字而用「補」字，正指高鶚修輯的工夫而言，確乎沒有指高鶚續作的意思。

在情理上說，《紅樓夢》在當時尚無印本，「好事者每傳抄一部，置廟市中」，其中錯誤脫落自然是難免的。程偉元和高鶚既做「細加釐剔，截長補短」的整理工作，對於錯誤脫落之處，當然要加以修輯補苴的。或補一二字，或補一二句，或補一行數行，或補一頁數頁，這是有的。他們自己也說：「其間或有增字處，意在便於披閱」；「按其前後關照者略為修輯，使其有應接而無矛盾，至其原文，未敢臆改。」胡先生何以見得這些都是謊話呢？

《紅樓夢》一百二十回的目錄，在當時也還有保存的，所以程偉元的序，有「原本目錄一百二十卷」的話。現在胡先生對於這點，也認為程偉元作偽。我想我們沒有提出證據以前，不能一味的說古人說謊。大概《紅樓夢》八十回早已另行，後四十回尚未推廣，所以後來一切八十回本，都不見這目錄。好比《書經》本有百篇，但其目錄只有五十餘篇，倘若沒有《書》序，我們也不知有〈九共〉等四十多篇的亡目了。

總核胡先生所提出的四項證據，其實只有第一、第二兩項，還合著考證家所用的證據。可是第二項已全不可靠；第一項張船山詩注上所說的「補」，確是指「截長補短」，「補遺訂訛」的「補」。至於第三、第四兩項，實在算不得證據，不過胡先生對於程高二人的序和引言，加以一番臆測而已。這種臆測，恐怕不是考證學上的正路，不知胡先生以為如何？

同胡先生一樣主張的，還有一個同學俞平伯君。俞君作《紅樓夢辨》，也認後四十回是高鶚續的。俞君的三項理由是：

（一）和第一回自敘的話都不合。

（二）史湘雲的丟開。

（三）不合作文時的程序。

胡先生補充俞君的意思，也提出三項理由是：

（一）小紅的沒有下落。

（二）香菱的扶正。

（三）賈寶玉肯做八股文，肯去考舉人。

按以上六項理由，胡先生的第三項，正是俞君第一項的一部分。如《紅樓夢》的開端明說：「一技無成，半生潦倒」；明說：「蓬牖茅椽，繩床瓦灶」；豈有到末尾說寶玉出家成仙之理？（俞君）又如寫賈寶玉忽然肯做八股文，忽然肯去考舉人，也沒有道理。（胡先生）

據胡俞二先生的意思，以為後四十回的《紅樓夢》，不應說寶玉中舉而又出家成仙。因為這些事和第一回自敘的話都不合。但我要問：中個舉人就算有成了嗎？就不能自說：「一技無成」了嗎？哈哈！半生潦倒的舉人，清朝不知有多少，何止寶玉一人呢！說到「蓬牖茅椽，繩床瓦灶」，正是寶玉出家的原因，因為貧窮而想出家，世間這種人很多呢。況且作者寫第一回書，忽僧忽道，到處皆是，足證他早有這種出家的思想，他寫空空道人改名「情僧」，改《石頭記》為《情僧錄》，更足證明他有出家成仙的念頭。怎麼可說寫寶玉中舉成仙，便和第一回自敘的話不合呢？

有人說寶玉反對舉子業，罵那些人為「祿蠹」，哪有自己肯做八股文，肯去考舉人的呢？我說這正是寶玉反對舉子業的意思。他看那些做舉子業的人，認八股文為終身大事，板著面孔，十分認真。所以寶玉隨便出之，一舉而得，表示這有什麼了不得。作者寫寶玉中舉，就是這個理由。

按胡先生的第一項理由，正和俞君的第二項相同。如第三十一回的回目「因麒麟伏白首雙星」，依此句看來，史湘雲後來似乎應與寶玉做夫婦，不應該此話全無照應。（俞君）又如第八十回竭力描寫小紅是個扳高好勝的丫頭，好容易得著鳳姐的賞識，把他提拔上去了；但這樣一個重要人才，豈可沒有下場。（胡先生）關於寶玉湘雲應該成婚這層，俞君在《紅樓夢辨》中已不堅持，至湘雲的丟開，小紅的沒有下場，最好請看《紅樓夢》的引子：

〔紅樓夢引子〕——開辟鴻蒙，誰為情種？都只為風月情濃。奈何天，傷懷日，寂寥時，試遣愚衷；因此上演出「悲金悼玉」的「紅樓夢」。

那麼《紅樓夢》的目的，在「悲金悼玉」；金是寶釵，玉是黛玉。可知《紅樓夢》的主人，除了寶玉以外，便是寶釵、黛玉，不是湘雲小紅。湘雲小紅這些人，不過文章的陪襯，自然不妨丟開，不妨沒有下場。譬如西施在吳國亡後，《國策》、《史記》也並不詳她的究竟；貂蟬於呂布死後，《三國演義》也未曾載她的結局。可知文章有主有賓，有重有輕，那有一百二十回的大書，人人都要寫個下落呢！

胡先生的第二點理由，即第五回的「十二釵副冊」上寫香菱的結局道「自從兩地生孤木，致使芳魂返故鄉」。兩地孤木，合成桂字，是指夏金桂，明說香菱死於夏金桂之手。後四十回卻金桂死了，香菱扶正，這豈是作者的本意呢？

誠如胡先生所說，高鶚連十二副冊也不注意，那真疏忽極了，還配續後四十回嗎？可是後四十回寫鴛鴦吊死時，乃有秦可卿的鬼前來引導，補出前十三回秦可卿的死，是由自己吊死的。這又何等細心！其實高鶚本不疏忽，也不細心，不過「至其原文，未敢臆改」罷了。依理續書的人，終是十分細心，惟恐一有破綻，授人口實，哪有疏忽到連冊文也不顧及的人呢！我想高鶚終不至疏忽到這步田地罷！

況《紅樓夢》前八十回中，也有同樣疏忽的地方。如三十一回的回目說：「因麒麟伏白首雙星」，是湘雲丈夫不管何人，結婚後都應同享高壽。但據第五回冊文的詞說：「展眼吊斜暉，湘江水逝楚雲飛」，又同回的曲文也說：「……廝配得才貌仙郎，博得個地久天長……終究是雲散高唐，水涸湘江……何必枉悲傷。」依這詞和曲文，所謂「水逝雲飛」，所謂「雲散水涸」，都明指湘雲日後要寡居，下文不能再有「因麒麟伏白首雙星」的回目。前八十回公認是曹雪芹一人做的，何以也竟有這樣疏忽的地方呢？那麼香菱的結局和冊文不符，我們也不能說不是曹雪芹做的了。

俞君的第三項理由，是「不合作文的程序」。這層以胡先生之天才，尚不能說明，如我駑下，更不必談了。不過我細讀後四十回《紅樓夢》的文章，實在和前八十回沒有什麼差別。胡先生也說：「我們平心而論，高鶚補的四十回，確然有不可埋沒的好處。他寫司棋之死，寫鴛鴦之死，寫妙玉的遭劫，寫鳳姐的死，寫襲人的嫁都是很有精采的小品文字。」可是我們看那些《紅樓圓夢》、《紅樓後夢》、《續紅樓夢》……十多種續本，不但立意荒謬，即文章亦不堪入目。豈這些人沒有一個能比高鶚嗎？我想不是沒有一個能比高鶚，實在沒有一個能比曹雪芹呢！因為曹雪芹以自己的事，自己來寫作小說，自然「維妙維肖，入情入理」的了。

總之，《紅樓夢》是一部一百二十回的大書，不是一時所能做成的，不是一次所能寫完的，必然經過許多次的修改。曹雪芹自己說，他在悼紅軒中「披閱十載，增刪五次」，可知《紅樓夢》是十年功夫做成的，而且經過五次修改的。但《紅樓夢》中的許多矛盾，卻因這五次的修改而發生了。何以呢？這因《紅樓夢》前幾次的修改本已流行了，而後幾次的修改本又出來，自然有許多地方和從前的不同，或者竟有許多地方和從前的相反。但當時傳抄的人，哪能顧到這些呢，自然前次未曾寫完的，就拿後來的修改本來抄，於是一本之中，前後自相矛盾，例如引言上說：「是書流傳既久，坊間繕本及諸家祕稿，繁簡歧出，前後錯見。即如六十七回，此有彼無，題同文異，燕石莫辨。」可見各種修改本是同時流行的。俞君平伯作《紅樓夢辨》，不知這層理由，以為《紅樓夢》除高鶚續本外，還有許多續本。其實他所認為續本的，都是曹雪芹先後的修改本。我們只要拿有正書局印行的八十回本，和現行的一百二十回中的前八十回比較，也有許多不同的地方，就可證明曹雪芹的修改了。我們明白這層理由，知道《紅樓夢》中的矛盾，是傳抄各修改本先後錯誤的緣故，高鶚那能負這種責任呢！

本文是說明一百二十回《紅樓夢》全書是曹雪芹一人做成的。我在上文不過對胡、俞二先生的主張略加駁正而已，至於詳細的考證，當另作專書，不是本文所能盡述的。

（《青年界》第七卷第五號，一九三五年五月版）

《紅樓夢》悲劇之演成

作者：牟宗三（一九〇九－一九九五），字離中，北大哲學系畢業，曾任教於台灣師範大、東海大學，著有《心體與性體》、《才性與玄理》、《中國哲學十九講》等書。

一

《紅樓夢》之被人注意，不自今日始。最初有所謂紅學大家之種種索隱附會之談，這已經失掉了鑑賞文學的本旨。後來有胡適之先生的〈紅樓夢考證〉，把那種索隱的觀點打倒。用了歷史的考據法，換上了寫實主義的眼鏡，證明了《紅樓夢》是作者的自述，是老老實實把自己的盛衰興亡之陳跡描寫出來。這雖然是一個正確的觀點，然而對於《紅樓夢》本身的解剖與理解，胡先生還是沒有做到。這只是方向的轉換，仍不是文學本身的理解與批評。所以胡先生的考證雖比較合理，然究竟是考證工作，與文學批評不可同日而語。他所對付的是紅學家的索隱，所以他的問題還是那紅學家圈子中的問題，不是文學批評家圈子中的問題。因為我們開始便安心鑑賞《紅樓夢》本身的技術，與其中所表現的思想，那些圈子外的問題便不容易發生。圈子外的問題，無論合理與不合理，在我們看來，總是猜謎的工作，總是飽暖生閒事，望風捕影之談。

近年來注意《紅樓夢》的人，方向又轉變了，從圈子外轉到圈子裡。這確是文學批評家的態度。不過據我所見，這些作家們所發表的言論又都只是歌詠讚歎《紅樓夢》的描寫技術與結構穿插之巧妙，對於其所表現的人生見地與支持本書的思想之主幹，卻少有談及。這種工作並非不對，也是分內事。不過，我以為這只是咬文嚼字的梢末文章。若純注意這等東西，其流弊所及便是八股式的文學批評法，與金聖歎批《水滸》批《西廂》，同一無聊而迂腐。而且這一種批評，其實就不是批評，它乃實是一種鑑賞。中國歷來沒有文學批評，只有文學鑑賞或品題。品詩品文與品茶一樣，專品其氣味聲色風度神韻。品是神祕的，幽默的，所謂會心的微笑，但卻不可言詮。所以專注意這方面，結果必是無話可說，只有讚歎叫好。感歎號滿紙皆是，卻無一確鑿的句子或命題。

這種品題法是中國歷來言之特別起勁的。我並不反對這種品題工作，而且因為近二十年來人們攻擊得太厲害，這種學問幾乎成了絕響，所以我不忍其淪亡，也曾作文以闡發（即在《再生》一卷六期上發表過的〈理解創造與鑑賞〉）。在這篇文章裡，我說明了理解的直接對象便是作品本身。由此作品本身發見作者的處境，推定作者的心情，指出作者的人生見地。我也說明了創作的全部過程，最後以集文學品題之大成的桐城派為根據而解說鑑賞。所以我並不反對鑑賞或品題。不過叫我論鑑賞可，叫我實際鑑賞也可。惟叫我說鑑賞之所得，卻實在有點難為情。我是說不出來的，因為這不是說的東西，所以我只能說我所可說的。如其能說必須清楚地說之，如不能說必須默然。可說的說出來不必清楚，但默然的卻實在難說。人家去說我也不反對，但那可說而卻未經人說的，我現在卻要說說。

二

在《紅樓夢》，那可說而未經人說的就是那悲劇之演成。這個問題也就是人生見地問題，也就是支持那部名作的思想主幹問題。

在中國舊作品中，表現人生見地之複雜與衝突無過《紅樓夢》。《水滸》、《金瓶梅》卻都非常之單純。所以《紅樓夢》之過人與感人，決不在描寫之技術。技術的巧妙是成功作品的應當的本分，這算不得什麼。要不然，還值得看嗎？這是起碼的工作。文通字順當然算不得傑作的所在。腦袋十分空虛，純仗著擺字眼，玩技巧以取勝，結果只是油滑討厭，最大的成績不過是博得本能的一笑而已。

人們喜歡看《紅樓夢》的前八十回，我則喜歡看後四十回。人們若有成見，以為曹雪芹的技術高，我則以為高鶚的見解高，技術也不低。前八十回固然是一條活龍，鋪排的面面俱到，天衣無縫，然後四十回的點睛，卻一點成功，頓時首尾活躍起來。我因為喜歡後四十回的點睛，所以隨著也把前八十回高抬起來。不然，則前八十回卻只是一個大龍身子，呆呆的在那裡鋪設著。雖然是活，卻活得不靈。

前八十回是喜劇，是頂盛；後四十回是悲劇，是衰落。由喜轉悲，由盛轉衰，又轉得天衣無縫，因果相連，儼若理有固然，事有必至，那卻是不易。復此，若只注意了喜劇的鋪排，而讀不到其中的辛酸，那便是未抓住作者的內心，及全書的主幹。《紅樓夢》第一回說完了緣起以後，隨著來了一首詩云：

> 滿紙荒唐言，一把辛酸淚。都云作者痴，誰解其中味？

讀者若不能把書中的辛酸味解出來，那才是叫作者罵盡天下後世，以為世上無解人了。他那把辛酸淚，只好向天拋灑了。所以《紅樓夢》不是鬧著玩的，不是消遣品，這個開宗明義的辛酸淚，及最後的悲劇，豈不是一貫？然若沒有高鶚的點睛，那辛酸淚從何說起？所以全書之有意義，全在高鶚之一點。

三

悲劇為什麼演成？辛酸淚的解說在那裡？曰：一在人生見地之衝突，一在興亡盛衰之無常。這兩個意思完全在一二兩回裡道說明白。我們先說第一個。

> 天地生人，除大仁大惡，餘者皆無大異。若大仁者則應運而生；大惡者則應劫而生。運生世治，劫生世危。堯舜禹湯、文武周召、孔孟董韓、周程張朱，皆應運而生者。蚩尤，共工，桀，紂，始皇，王莽，曹操，桓溫，安祿山，秦檜等，皆應劫而生者。大仁者修治天下，大惡者擾亂天下。清明靈秀，天地之正氣，仁者之所秉也；殘忍乖僻，天地之邪氣，惡者之所秉也。今當祚永運隆之日，太平無為之世，清明靈秀之氣所秉者，上自朝廷，下至草野，比比皆是。所余之秀氣，漫無所歸，遂為甘露，為和風，洽然溉及四海。彼殘忍乖邪之氣，不能蕩溢於光天化日之下，遂凝結充塞於深溝大壑之中，偶因風蕩，或被雨摧，略有搖動感發之意。一絲半縷，悞而逸出者，

值靈秀之氣適過，正不容邪，邪復妒正，兩不相下，如風水雷電，地中相遇，既不能消，又不能讓，必致搏擊損發。既然發泄，那邪氣亦必賦之於人，假使或男或女，偶乘此氣而生者，上則不能為仁人為君子，下亦不能為大凶大惡。置之千萬人之中，其聰俊靈秀之氣，則在千萬人之上；其乖僻邪謬不近人情之態，又在千萬人之下。若生於公侯富貴之家，則為情痴情種；若生於詩書清貧之族，則為逸士高人。縱然生於薄祚寒門，甚至為奇優，為名娼，亦斷不至為走卒為健僕，甘遭庸夫驅制。如前之許由，陶潛，阮籍，嵇康，劉伶，王謝二族，顧虎頭，陳後主，唐明皇，宋徽宗，劉庭芝，溫飛卿，米南宮，石曼卿，柳耆卿，秦少游，近日之倪雲林，唐伯虎，祝枝山，再如李龜年，黃旛綽，敬新磨，卓文君，紅拂，薛濤，崔鶯，朝雲之流，此皆易地則同之人也。（第二回）

這一套人性的神話之解析，我們不必管它。只是這三種人性，卻屬事實。仁者秉天地之正氣，惡者秉天地之邪氣，至於那第三種怪誕不經之人卻是正邪夾攻中的結晶品。《紅樓夢》中的賈寶玉，林黛玉便是這第三種人的基型。《紅樓夢》之所以為悲劇，也就是這第三種人的怪僻性格之不被人瞭解與同情使然。

普通分三種人為善惡與灰色。悲劇之演成常以這三種人的互相攻伐而致成，惟《紅樓夢》之悲劇，不是如此。《紅樓夢》裡邊，沒有大凶大惡的角色，也沒有投機騎牆的灰色人。普通論者多以王熙鳳比曹操，這可以說是一個奸雄了。惟在我看起來，卻有點冤枉。王熙鳳也許是一個治世之能臣，亂世之奸雄，是一個不得了的人物，但悲劇演成之主因卻不在王熙鳳之奸雄。如果她是奸雄，則賈母，王夫人也是奸雄，或更甚焉。但顯然這不近情。何況賈家還不能算是一個亂世，所以我們對於王熙鳳的觀念卻倒是一個治世中之能臣，不是一個亂世中之奸雄，縱然對於賈瑞和尤二姐，處置的有點過分，也只是表示她不肯讓人罷了。一個是表示她十分厭恨那種痴心妄想的人，一個是表示她的醋勁之特別大。最足以表示出她不夠奸雄的資格的，便是一聽查抄的消息立刻暈倒在地。後來竟因心痛而得大病，所以賈母說她小器。這那裡是奸雄？再賈母死時，家道衰微，她也是兩手撲空，沒有辦法。比起當年秦氏死，協理寧國府的時候差得多了。經不起大波折，逆境一到，便露本相。這算不得是奸雄。所以王熙鳳只是一個狀上水的人，在有依有靠，無憂無慮的時候，她可以顯赫一氣。一旦「樹倒猢猻散」，她也就完了。至於寶黛的悲劇，更不關她事，她不過是一個工具而已。關於這一點，以下自然可以明白。悲劇之演成，既然不是善惡之攻伐，然則是由於什麼？曰：這是性格之不同，思想之不同，人生見地之不同。在為人上說，都是好人，都是可愛，都有可原諒可同情之處；惟所愛各有不同，而各人性格與思想又各互不瞭解，各人站在個人的立場上說話，不能反躬，不能設身處地，遂至情有未通，而欲亦未遂。悲劇就在這未通未遂上各人飲泣以終。這是最悲慘的結局。在當事人，固然不能無所恨，然在旁觀者看來，他們又何所恨？希臘悲劇正與此同。國王因國法而處之於死地，公主因其為情人而犯罪而自殺，其妹因其為兄長而犯罪而自殺。發於情，盡於義，求仁而得仁將何所怨？是謂真正之悲劇。善惡對抗的悲劇是直線的，顯然的；這種衝突矛盾所造成的悲劇是曲線的，令人失望的。高鶚能寫悲劇已奇了，復寫成思想衝突的真正悲劇更奇，《紅樓夢》感人之深即在這一點。

四

性格衝突的真正陣線只有兩端：一是聰俊靈秀乖僻邪謬的不經之人，寶玉、黛玉屬之。一是人情通達溫柔敦厚的正人君子，寶釵屬之。乖僻不經，曲高和寡，不易被人理解。於是，賈母、王夫人，以至上上下下無不看中了薛寶釵，而薛寶釵亦實道中庸而極高明，確有令人可愛之點。這個勝負問題，自然不卜可知，我們且看關於他三人的評論。

（一）關於寶玉的：

面如傅粉，唇若施脂；轉盼多情，語言若笑。天然一段風韻，全在眉梢；平生萬種情思，悉堆眼角。看其外貌，最是極好，卻難知其底細。後人有《西江月》二詞，批的極確。詞曰：「無故尋愁覓恨，有時似傻如狂。縱然生得好皮囊，腹內原來草莽。潦倒不通庶務，愚頑怕讀文章。行為偏僻性乖張，那管世人誹謗？」又曰：「富貴不知樂業，貧窮難耐淒涼。可憐辜負好時光，於國於家無望。天下無能第一，古今不肖無雙。寄言紈褲與膏粱，莫效此凡形狀。」（第三回）

這是作書者的總評。再看：

忽見警幻說道：「……吾所愛汝者，乃天下古今第一淫人也。」寶玉聽了，唬的慌忙答道：「仙姑差了。我因懶於讀書，家父母尚每垂訓飭，豈敢再冒淫字。況且年紀尚幼，不知淫為何事。」警幻道：「非也。淫雖一理，意則有別。如世之好淫者，不過悅容貌，喜歌舞，調笑無厭，雲雨無時，恨不能天下之美女供我片時之趣興：此皆皮膚濫淫之蠢物耳。如爾，則天分中生成一段痴情，吾輩推之為意淫。惟意淫二字可心會而不可口傳，可神通而不可語達。汝今獨得此二字，在閨閣中雖可為良友，卻於世道中未免迂闊怪詭，百口嘲謗，萬目睚眦。」（第五回）

這是以痴情意淫總評他，說明他的事業專向女兒方面打交道，專向女兒身上用工夫。但卻與西門慶、潘金蓮等不同。所以《紅樓夢》專寫意淫一境界。而《金瓶梅》則不可與此同日而語。

再如：

那兩個婆子見沒人了，一行走，一行談論。這一個笑道：「怪道有人說他們家的寶玉是相貌好，裡頭糊塗，中看不中吃。果然竟有些呆氣。他自己燙了手，倒問別人疼不疼：這可不是呆了嗎？」那個又笑道：「我前一回來，還聽見他家裡許多人說，千真萬真，有些呆氣。大雨淋的水雞兒似的，他反告訴別人：『下雨了，快避雨去罷。』你說可笑不可笑？時常沒人在跟前，就自哭自笑的。看見燕子，就和燕子說話；河裡看見了魚，就和魚兒說話。見了星星月亮，他不是長吁短歎的，就是咕咕噥噥的。且一點剛性兒也沒有，連那些毛丫頭的氣都受到了。愛惜起東西來，連個線頭

兒，都是好的；糟塌起來，那怕值千值萬都不管了。」（第三十五回）

這是舉例說明他那種怪誕行為，呆傻脾氣。其實既不呆也不傻，常人眼中如何看得出？如何能瞭解他？賈雨村說：「若非多讀書識事，加以致知格物之功，悟道參元之力者，不能知也。」這話實是對極，並不重大。知人豈是易事？

再看他自己的思想與希望：

「人誰不死？只要死的好。那些鬚眉濁物只聽見文死諫、武死戰這二死是大丈夫的名節，便只管胡鬧起來。那裡知道有昏君方有死諫之臣；只顧他邀名，猛拚之死，將來棄君父於何地？必定有刀兵，方有死戰；他只顧圖汗馬之功，猛拚一死，將來棄國於何地？」襲人不等說完，便道：「古時候兒這些人，也因出於不得已，他才死啊。」寶玉道：「那武將要是疏謀少略的，他自己無能，白送了性命，這難道也是不得已嗎？那文官更不比武官了。他念兩句書，記在心裡，若朝廷少有瑕疵，他就胡彈亂諫，邀忠烈之名。倘有不合，濁氣一湧，即時拚死，這難道也是不得已？要知道那朝廷是受命於天，若非聖人，那天也斷斷不把這萬幾重任交代。可知那些死的都是沽名釣譽，並不知君臣的大義。比如我此時若果有造化，趁著你們都在眼前我就死了；再能夠你們哭我的眼淚流成大河，把我的屍首漂起來，送到那鴉雀不到的幽僻去處，隨風化了；自此，再不托生為人：這就是我死的得時了！」（第三十六回）

這是他的死的哲學。再如：

「還提什麼念書，我最厭這些道學話。更可笑的是八股文章：拿他誆功名，混飯吃，也罷了，還要說代聖賢立言！好些的不過拿些經書湊搭湊搭還罷了；更有一種可笑的，肚子裡原沒有什麼，東拉西扯，弄的牛鬼蛇神，還自以為博奧。這那裡是闡發聖賢的道理？」（第八十二回）

湘雲笑道：「還是這個性兒，改不了。如今大了，你就不願意去考舉人進士的，也該常會會這些為官作室的，談講談講那些仕途經濟，也好將來應酬事務，日後也有個正經朋友。讓你成年家只在我們隊裡，攪的出些什麼來？」寶玉聽了，大覺逆耳，便道：「姑娘請別的屋裡坐坐罷！我這裡仔細腌臢了你這樣知經濟的人！」（第三十二回）

總之他最討厭那些仕途經濟，讀書上進的話。他以為這都是些「祿蠹」。湘雲一勸，竟大遭其奚落。可見他是最不愛聽這些話的。

（二）關於黛玉、寶釵的：

他這種思想性格是不易被人瞭解的，然而他的行為卻令人可愛。大觀園的女孩子，幾乎無人不愛他。與他思想性格不同的薛寶釵也是愛之彌深。黛玉更不容說了，而且能瞭解他的，與他同性格的，也惟有一林黛玉。所謂同，只是同其怪僻，同其聰明靈秀，至於怪僻的內容，聰明靈秀的所在，自是各有不同。最大的原因就是男女的地位不同。因為男女地位的不同，所以林黛玉的怪僻更不易被人理解，被人同情。在寶玉成了人人皆愛的對象，然而在黛玉卻成了寶玉一人的對象，旁人是不大喜歡她的。她的性格，前後一切的評論，都不外是：多愁善感，尖酸刻薄，心細，小脾氣。所以賈母便不喜歡她，結果也未把她配給寶玉。然而惟獨寶玉卻是敬重她，愛慕她，把她看的儼若仙子一般，五體投地的倒在她的腳下。至於寶釵雖然也令他愛慕，卻未到黛玉那種程度，那就是因為性格的不同。寶釵的性格是：品格端方，容貌美麗，卻又行為豁達，隨分從時，不比黛玉孤高自許，目無下塵，故深得下人之心。而且有涵養，通人情，道中庸而極高明。這種人最易被瞭解被同情，所以上上下下無不愛她。她活脫是一個女中的聖人，站在治家處世的立場上，如何不令人喜歡？如何不是個難得的主婦？所以賈母一眼看中了她，便把她配給了她所最愛的寶玉。但是寶玉卻並不十分愛她。她專門作聖人，而寶玉卻專門作異端。為人的路向上，先已格格不相入了。賈母只是溺愛，並沒有理解，所以結果只是害了他。不但害了他，而且也害了黛玉與寶釵。這便是大悲劇之造成。從這方面說，賈母是罪魁。

五

性格既如上述，再述他們之間愛的關係。寶玉風流灑脫可愛，黛玉高雅才思可愛，寶釵溫柔敦厚可愛。寶玉自己也說：「戕寶釵之仙姿，灰黛玉之靈竅……戕其仙姿，無戀愛之心矣；灰其靈竅，無才思之情矣。」（第二十一回）可見寶玉之對黛玉另有一番看法。其實黛玉何嘗不是仙姿？只是於仙姿而外，還有一種高雅才情可愛。這便是基於她的性格。寶釵亦何嘗不高雅才情？只是她的高雅才情與黛玉非一基型，為寶玉所不喜，所以寶玉看不出她有何才情，而只以仙姿許之。這也是基於她的性格。於是，我們可以論他們的愛的深淺。

寶玉、寶釵之間的關係，是單一的，一元的，表面的，感覺的；寶玉、黛玉之間的關係是複雜的，多元的，內部的，性靈的。在此先證明前者。

此刻忽見寶玉笑道：「寶姐姐，我瞧瞧你的那香串子呢。」可巧寶釵左腕上籠著一串，見寶玉問他，少不得褪了下來。寶釵原生的肌膚豐澤，一時褪不下來。寶玉在旁邊看著雪白的胳膊，不覺動了羨慕之心，暗暗想道：「這個膀子若長在林姑娘身上，或者還得摸一摸，偏長在他身上，正是恨我沒福！」忽然想起金玉一事來，再看看寶釵形容，只見臉若銀盆，眼同水杏；唇不點而含丹，眉不畫而橫翠，比黛玉另具一種嫵媚風流，不覺又呆了。寶釵褪下串子來給他，他也忘了接。寶釵見他呆呆的，自己倒不好意思的起來。（第二十八回）

寶玉是多情善感的人，見一個愛一個，凡是女孩兒，他無不對之鍾情愛惜。他的感情最易於移入對象，他的直覺特別大，所以他的滲透性也特別強。時常發呆，時常哭泣，都是這個感情移入發出來的。現在一見寶釵之嫵媚風流，又不覺忘了形，只管愛惜起來。然這種愛之引起，卻是感覺的，表面的，因而也就是一條線的。對象一離開，他的愛也便可以漸漸消散。再如寶玉挨了打，寶釵去看他，所發生的情形也是如此。

寶釵見他睜開眼說話，不像先時，心中也寬慰了些。便點頭歎道：「早聽人一句話，也不至有今日！別說老太太，太太心疼，就是我們看著心裡也……」剛說了半句，又忙咽住，不覺眼圈微紅，雙腮帶赤，低頭不語了。寶玉聽得這話如此親切，大有深意，忽見他又咽住，不往下說，紅了臉，低下頭，含著淚只管弄衣帶，那一種軟怯嬌羞輕憐痛惜之情，竟難以言語形容，越覺心中感動，將疼痛早已丟在九霄雲外去了。（第三十四回）

這種表情又打動了他的心，不覺忘了形。任憑鐵石人也不能無動於衷，何況善感的寶玉。然這種打動，也只是感覺的，一條線的。對象離了眼，也可以逐漸消散，雖然也可以留下一種感激之情。

因為這個緣故，所以其愛寶釵之心遠不如愛黛玉。他雖然和黛玉時常吵嘴，和寶釵從未翻過臉，然而也不能減低了他們的永久的愛，其原因就是：於嫵媚風流的仙姿而外，又加上了一個思想問題，性格問題。由於這個成分的摻入，遂使感覺的一條線的愛，一變而為既感覺又超感覺的複雜的愛。既是複雜的，那愛慕之外，又添上了敬重高看的意味，於是，在這方面，黛玉便勝利了，寶釵失敗了。黛玉既是愛人，又是知己。一有了「知己」這個成分，那愛便是內部的性靈的，便是不容易消散的，忘懷的。雖然黛玉說他是「見了姐姐，忘了妹妹」，雖然寶玉見一個愛一個，然從未有能超過黛玉者，也從未有忘過黛玉。因為他倆之間的愛實是更高一級的。

《紅樓夢》裡述敘寶黛之間的心理關係，太多了，太微妙了。茲錄其一二段，以觀一般：

原來寶玉自幼生成來的有一種下流痴病；況從幼時和黛玉耳鬢廝磨，心情相對，如今稍知些事，又看了些那邪書僻傳，凡遠親近友之家所見的那些閨英闈秀皆未有稍及黛玉者，所以早存一段心事，只不好說出來，故每每或喜或怒，變盡法子，暗中試探。那黛玉偏生也是個有些痴病的，也每用假情試探。因你也將真心真意瞞起來，我也將真心真意瞞起來，都只用假意試探。如此兩假相逢，終有一真，其間瑣瑣碎碎，難保不有口角之事。即如此刻，寶玉的心內想的是：「別人不知我的心還可恕，難道你就不想我的心裡眼裡只有你？你不能為我解煩惱，反來拿這個話堵噎我，可見我心裡時時刻刻白有你，你心裡竟沒我了。」寶玉是這個意思，只口裡說不出來。那黛玉心裡想著：「你心裡自然有我，雖有金玉相對之說，你豈是重這邪說不重人的呢？我就時常提這金玉，你只管了然無聞的，方見的是待我重，無毫發私心了，怎麼我只一提金玉之事，你就著急呢？可知你心裡時時有這個金玉的念頭，我一提，你怕我多心，故意兒著急，安心哄我。」那寶玉心中又想著：「我不管怎麼樣都好，只要你隨意，我就立刻因你死了也是情願的；你知也罷，不知也罷，只由我的心，那才是你和我近，不和我遠。」黛玉心裡又想著：「你只管你就是了，你好我自然好。你要把自己丟開，只管周旋我，是你不叫我近你，竟叫我遠你了。」看官，你道兩個人原是一個心，如此看來，卻都是多生了枝葉，將那求近之心反弄成疏遠之意了。（第二十九回）

黛玉聽了這話，不覺又喜又驚，又悲又歎。所喜者果然自己眼力不錯，素日認他是個知己，果然是個知己。所驚者他在人前一片私心，稱揚於我，其親熱厚密竟不避嫌疑。所歎者你既為我的知己，自然我亦可為你的知己；你我既為知己，又何必有金玉之論呢？既有金玉之論，也該你我有之，又何必來一寶釵呢……（第三十二回）

寶玉正出了神，見襲人和他說話，並未看出是誰，只管呆著臉說道：「好妹妹，我的這個心，從來也不敢說，今日膽大說出來，就是死了也是甘心的！我為你，也弄了一身的病，又不敢告訴人，只好捱著。等你的病好了，只怕我的病才得好呢！睡夢裡也忘不了你！」（第三十二回）

黛玉乘此機會說道：「我便問你一句話，你如何回答？」寶玉盤著腿，合著手，閉著眼，撅著嘴道：「講來。」黛玉道：「寶姐姐和你好，你怎麼樣？寶姐姐不和你好，你怎麼樣？寶姐姐前兒和你好，如今不和你好，你怎麼樣？今兒和你好，後兒不和你好，你怎麼樣？你和他好，他偏不和你好，你怎麼樣？你不和他好，他偏要和你好，你怎麼樣？」寶玉呆了半響，忽然大笑道：「任憑弱水三千，我只取一瓢飲。」黛玉道：「瓢之漂水奈何？」寶玉道：「非瓢漂水，水自流，瓢自漂耳。」黛玉道：「水止珠沉奈何？」寶玉道：「禪心已作沾泥絮，莫向東風舞鷓鴣。」黛玉道：「禪門第一戒是不打誑語的。」寶玉道：「有如三寶。」黛玉低頭不語。（第九十一回）

從極度的愛，到剖心事，到現在乃直是要口供了。「任憑弱水三千，我只取一瓢飲」，及至「水止珠沉」，他便是「禪心已作沾泥絮，莫向東風舞鷓鴣」。並且最後還是以「三寶」為誓。黛玉至此可以「放心」了。內部已經不成問題，可是變生外部。寶釵勝利了。兩個大傻瓜還是在悶葫蘆裡莫明其妙哩！

六

寶玉的「寶」丟了，寶玉瘋癲了。於是賈母王夫人便想到了金玉因緣，想藉著寶釵的金鎖來沖喜，來招致那失掉了的寶玉。於是便定親以至結婚。也不顧元妃的孝了，襲人的訴說警告也無用了。襲人也自是私自慶幸，鳳姐便施其偷梁換柱之計，賈母王夫人只知道站在自己的立場上說話，兒女本身的思想性格，以及平素的關係，全不過問，全不理解。他們也不想理解，他們也不能夠理解。他們雖知道他倆的感情比較好點，但是他們以為這是他倆從小在一塊的緣故。他們所理解的只這一點，他們再不能夠進一步的理解，他們都是俗人，他們不能夠理解這一對藝術化了的怪物。可是第一幕悲劇就在此開始上場。

機關洩漏了，顰兒迷了本性，焚了稿子，斷了痴情，那病一天重起一天，血不住的吐。賈母大驚，隨同王夫人鳳姐過來看視，「只見黛玉微微睜眼，看見賈母在他旁邊，便喘吁吁的說道：『老太太！你白疼了我了！』賈母一聞此言，十分難受，便道：『好孩子，你養著罷！不怕的！』黛玉微微一笑，把眼又閉上了。」（第九十七回）這「微微一笑」中有多少恨？有多少苦？這「白疼了我了」一句中，含了多少譏諷？含了多少怨恨？賈母一聽，能不難受？能不愧死？但是他竟老羞成怒，說出很令人傷心的話來！

> 賈母心裡只是納悶，因說：「孩子們從小兒在一處頑，好些兒是有的；懂的人

事，就該要分別些，才是做女孩兒的本分，我才心裡疼他。若是他心裡有別的想頭，成了什麼人了呢？我可是白疼了他了！你們說了，我倒有些不放心。」（第九十七回）

賈母道：「我方才看他卻還不至糊塗，這個道理，我就不明白了。咱們這種人家，別的事自然沒有的，這心病也是斷有不符的！林丫頭若不是這個病呢，我憑著花多少錢都使得；就是這個病不但治不好，我也沒心腸了！」（第九十七回）

讀者看這兩段話，怎不令人可恨？我真要罵一聲「這老乞婆！」

賈母等人自從看過了以後，便過去辦寶玉喜事。黛玉方面只請醫診治而已。「上下人等都不過來，連一個問的人都沒有，睜開眼只有紫鵑一人。」豈不可恨？寧不可歎？紫鵑恨的更了不得！「到了賈母上房，靜悄悄的，只有兩三個老媽媽和幾個做粗活的丫頭在那裡看屋子。紫鵑因問道：『老太太呢？』那些人都說：『不知道。』紫鵑聽這話詫異，遂到寶玉房裡去看，竟也無人！遂問屋裡的丫頭，也說不知。紫鵑已知八九；但這些人怎麼竟這樣狠毒冷淡？」（第九十七回）黛玉平時誰不敬重？不想到此，無一人過問。人情人情，夫復何言？我之恨即恨在此，我之歎亦歎在此。黛玉氣絕之時，正是寶玉成禮之時，一面音樂悠揚，一面哭泣淒涼！這個對比，實在難堪！

黛玉死了，寶玉尚在夢中。結婚他也是莫明其妙，偷梁換柱是個紙老虎，揭穿了，寶玉越發糊塗，病的日見厲害，連飲食也不能進了。黛玉有心病，試問寶玉這是不是心病？賈母又有何說？明知其各有心病，又使用李代桃僵，這簡直是開玩笑，以人命作兒戲，既不順天，又不應人，如何不演悲劇？如何又不演第二幕悲劇？

悲劇是演了，可恨自是可恨。但是話又說回來，恨只是感情上的，細想想又無所恨。紫鵑連寶玉都恨，這當然是不合理的，可是感情上又不能無恨。我自是恨賈母，但細想，賈母也不必恨了。賈母聽見黛玉死了，眼淚交流，說道：「是我弄壞了他了！但只是這個丫頭也忒傻氣！」賈母也自認其咎，不過他以為女孩兒總當如寶釵那樣才好，奇特乖僻便不是做女孩兒的本分。這是道德觀念如此，普天之下莫不皆然，賈母當年也得遵守，這如何能怨恨賈母？賈母又對王夫人說：「你替我告訴他的陰靈：『並不是我忍心不來送你，只為有個親疏，你是我的外孫女兒，是親的了；若與寶玉比起來，可是寶玉比你更親些，倘寶玉有些不好，我怎麼見他父親呢？』說著，又哭起來。」（第九十八回）親疏是人情，凡事總要近情，賈母畢竟是開明的老太太，但是情也實在不容易通，通情要有理解，賈母只做到了「盡其在我」，「忠恕一貫」之道，還差得遠哩。

賈母對黛玉只作到了「盡其在我」，對寶玉也何嘗不如此。一般的寶玉也並沒有把他看在眼裡！任憑你怎麼疼，操多少心，那寶玉何曾受一點感動？何曾稍有上進之心？還不是結果為一林妹妹，冷著心腸，拋棄一切，出了家作和尚！可見賈母之愛寶黛，與寶黛之愛賈母同。同是單純的一條線的愛，同是家庭內的母子之愛。母子之愛如何同於情人之愛！

賈母如此，王夫人又何嘗不如此。推之寶釵亦何獨不然。寶釵與黛玉也是很好的朋友。這幕悲劇也怪不得寶釵。朋友之愛，也是比不上夫婦之愛呵！

但是寶釵雖以情人之愛對寶玉，寶玉卻以朋友之愛對寶釵。朋友之愛也是單純的一條線的。所以任憑你怎樣用情，結果還是為林妹妹一走！

這幕悲劇竟一無所恨，只恨思想見地之衝突與不理解。各人都是閉著眼一直前進，為自己打算，痴心妄想，及至無可如何，必有一犧牲，這是天造地設的慘局！

七

第一幕悲劇是人性的衝突，第二幕自然以此為根據，復加上了「無常」之感，由「無常」的參加，這第二幕的悲劇便含著一個人生的根本問題。試看《紅樓夢》的主角怎樣解脫這個問題。

這一百二十回的《紅樓夢》只是一篇興亡陳蹟的描寫。一個人親身經歷一番興亡劫數，那無常的悲感自然會發生的。《紅樓夢》第一回便揭示出怎樣解脫無常，以瘋跛道人的《好了歌》開始，自然便以出家為終結。《好了歌》是：

> 世人都曉神仙好，只有功名忘不了。古今將相在何方？荒塚一堆草沒了！
> 世人都曉神仙好，只有金銀忘不了。終朝只恨聚無多，及到多時眼閉了！
> 世人都曉神仙好，只有姣妻忘不了。君生日日說恩情，君死又隨人去了！
> 世人都曉神仙好，只有兒孫忘不了。痴心父母古來多，孝順子孫誰見了！

識「通靈來歷」說「太虛實情」的甄士隱，又將《好了歌》加以注解道：

> 陋室空堂，當年笏滿床；衰草枯楊，曾為歌舞場。蛛絲兒結滿雕樑，綠紗今又在

> 蓬窗上。說什麼，脂正濃，粉正香！如何兩鬢又成霜？昨日黃土隴頭埋白骨，今宵紅綃帳底臥鴛鴦。金滿箱，銀滿箱，轉眼乞丐人皆謗。正歎他人命不長，那知自己歸來喪？訓有方，保不定日後作強梁；擇膏粱，誰承望流落在煙花巷！因嫌紗帽小，致使鎖枷扛；昨憐破襖寒，今嫌紫蟒長。亂烘烘你方唱罷我登場，反認他鄉是故鄉。甚荒唐，到頭來，都是為他人作嫁衣裳！

這一首注解，便是說明萬事無常。因緣相待，禍福相依。沒有完全好的時候。若要完全「好」，必須絕對「了」，若能了卻一切，便是圓圓滿滿，常而不變，故曰《好了歌》。所以最後的解脫便是佛教的思想。

寶玉生於富貴溫柔之鄉，極度的繁華也受用過，後來漸漸家敗人亡：死的死，嫁的嫁，黃金時代的大觀園變成荒草滿地了！善感的寶玉如何不動今昔之情？最使他傷心的，便是開玩笑式的結婚，與林妹妹的死。寶釵告訴他黛玉亡故的消息，他便一痛決絕，倒在床上。及至醒來，「自己仍舊躺在床上。見案上紅燈，窗前皓月，依然錦繡叢中，繁華世界……仔細一想，真正無可奈何，不覺長歎數聲。」（第九十八回）試想這無可奈何的長歎含著有多少痛苦；從這裡邊能悟出多少道理？一悟再悟，根據其固有的思想見地，把以前的痴情舊病漸漸冷淡起來，色即是空，情即是魔，於是由紈褲子弟轉變到佛教那條路上去，不再在這世界裡惹愁尋恨了！

本來，在中國思想中，解脫這個人生大問題的大半都走三條路：一走儒家的路，這便是淑世思想；二走道家的路，與三走佛家的路，這便是出世思想。儒家之路想著立功立言以求永生；道家想著鍛煉生理以求不死；佛家想著參禪打坐以求圓寂。三家都是尋求永恆，避免現世的無常。賈寶玉最後遁入空門，作書者為敷衍世人起見，說這是假的，不是正道。甄寶玉之由紈褲轉為儒家那才是真的；然而在寶玉看來卻是個祿蠹！當寶玉神游太虛幻境的時候，警幻仙子作最後忠告他說：「從今後，萬萬解析，改悟前情，留意於孔孟之間，委身於經濟之道。」但是寶玉卻始終討厭這個經濟之道，所以他終於走上了佛教之路！

八

寶玉是有計劃的慢性的出家，不是頓時的自殺。所以當其長歎之後，雖一時想起黛玉未免心酸落淚，但又不能頓時自殺，又想黛玉已死，寶釵是第一流人物，舉動溫柔，遂將愛慕黛玉的心腸略移在寶釵身上。因為最易鍾情的脾氣，還不能一時脫掉，而寶釵亦實在有可愛之點。雖思想性格不在一條線上，然究竟亦不是俗流之人，有姿色美亦有內心美。所以他們倆結婚之後，也著實過過很恩愛的生活。下面一段話描寫小夫婦的起居生活太好了！

> 且說鳳姐梳了頭，換了衣裳，想了想，雖然自己不去，也該帶個信兒；再者，寶釵還是新媳婦，出門子自然要過去照應照應的。於是，見過王夫人支吾了一件事，便過來到寶玉房中。只見寶玉穿著衣服，歪在炕上，兩個眼睛呆呆的看寶釵梳頭。鳳姐站在門口，還是寶釵一回頭看見了，連忙起身讓坐，寶玉也爬起來，鳳姐才笑嘻嘻的

坐下……鳳姐因問寶玉道：「你還不走等什麼呢？沒見這麼大人了，還是這麼小孩子氣。人家各自梳頭，你爬在旁邊看什麼？成日家一塊子在屋裡，還看不夠嗎？也不怕丫頭們笑話？」說著，哧的一笑，又瞅著他咂嘴兒。寶玉雖也有些不好意思，還不理會；把個寶釵直躁的滿臉飛紅。又不好聽著，又不好說什麼。（第一百一回）

又如：

寶玉正在那裡回賈母往舅舅家去。賈母點頭說道：「去罷，只是少吃酒，早些回來，你身子才好些。」寶玉答應著出來，剛走到院內，又轉身回來，向寶釵耳邊說了幾句，不知什麼。寶釵笑道：「是了，你快去罷。」將寶玉催著去了。這裡賈母和鳳姐寶釵說了沒三句話，只見秋紋進來傳說：「二爺打發焙茗轉來說：請二奶奶。」寶釵道：「他又忘了什麼，又叫他回來？」秋紋道：「我叫小丫頭問了焙茗，說是二爺忘了一句話，二爺叫我回來告訴二奶奶：若是去呢，快些來罷；若不去呢，別在風地裡站著。」說的賈母鳳姐並地下站著的老婆子丫頭都笑了。寶釵的臉上飛紅，把秋紋啐了一口，說道：「好個糊塗東西！這也值得慌慌報張跑了來說！」……賈母向寶釵道：「你去罷，省的他這麼不放心。」說的寶釵站不住，又被鳳姐慪著頑笑，沒好意思，才走了。（同上）

由這兩段看來，寶玉真是可愛。此等夫婦焉能長久，亦不須長久。一日已足，何況年餘？然則寶釵雖守寡，其豔福亦勝黛玉多多矣。

九

寶玉終非負心之人。「禪心已作沾泥絮，莫向東風舞鷓鴣。」他必須要履踐前言。寶釵雖可愛，小夫婦雖甚甜蜜，然而其愛的關係終不如與黛玉之深。不過逼著寶玉出家的主力，據情理推測，尚不在愛黛玉心切，而實在思想之乖僻與人世之無常。這兩個主力合起來，使著寶玉感覺到人生之無趣。試想讀書上進他既看不起，而他所最鍾情的卻又都風流雲散，他所想望的以眼淚來葬他及大家都守著他的美夢，現在卻只剩了他自已，使他感覺到活著無趣，種種想望不過是夢不過是幻。他除了出家以外，還有什麼辦法？為黛玉出家實在是一個巧合，而事實上促成他這個目的與前言，卻有好多其他成分在內。如果寶玉不是乖僻之人，如果是乖僻而不走到佛家的路上，轉回來走儒家之路，如甄寶玉似的，則與寶釵偕老是必然的事。因為寶玉也實在愛慕寶釵，而寶釵運用柔情，也實在有作過移花接木之計。然而並未偕老，這其中並非對於寶釵有所恨，有所過不去，這實在是世事使著他太傷心了，因而使著他對於生活也冷淡起來。這是蘊藏在他的內部的心理情緒。若說他一心想著黛玉而出家，這還是有熱情。須知此時的寶玉不但是看富貴如浮雲，即是兒女情緣也是如浮雲。我們看這段話便知：

> 那知寶玉病後，雖精神日長，他的念頭一發更奇僻了，竟換了一種：不但厭棄功名仕進，竟把那兒女情緣也看淡了好些，只是眾人不大理會，寶玉也並不說出來。一

日恰遇紫鵑送了林黛玉的靈柩回來，悶坐自己屋裡啼哭，想著：「寶玉無情。見他林妹妹的靈柩回去，並不傷心落淚；見我這樣痛哭，也不來勸慰，反瞅著我笑……只是一件叫人不解：如今我看他待襲人也是冷冷兒的！」（第一百十六回）

這種微妙的心理，慧紫鵑也不慧了！

冷到極點，心中早有一個成見在那裡。母子之情與夫婦之情皆未能稍動其心。一切情慾，掃滌淨盡。心中坦然，倒覺無絲毫病魔纏身。所以他說：「如今再不病的了，我已經有了心了，要那玉何用？」玉即慾，慾可以醫病，可以養生亦可以害生。所以「慾」是人間生活的維持，沒有了慾，便到了老病死的時候；而老病死之所以至，也即因為有了慾。如今他有了「心」了。心得其主是為永生，要慾何用？襲人說「玉即是你的命」，而寶玉卻以為「心就是命」，玉是無用的了。所以當「佳人雙護玉」的時候，他至不得已便笑道：「你們這些人原來重玉不重人哪！」可憐凡夫俗子如何能瞭解他的領悟！

他既有了心，那玉之有無便不相干，對於他的行動毫無影響，於是他決定離開這慾的世界了。

只見寶玉一聲不哼，待王夫人說完了，走過來給王夫人跪下，滿眼流淚，磕了三個頭說道：「母親生我一世，我也無可答報，只有這一入場，用心作了文章，好好的中個舉人出來，那時太太喜歡喜歡，便是兒子一輩子的事也完了，一輩子的不好，也都遮過去了！」

這是母子的慘別！

寶玉卻轉過身來給李紈作了一個揖說：「嫂子放心，我們爺兒兩個都是必中的。日後蘭哥兒還有大出息，大嫂子還要戴鳳冠穿霞披呢。」

這是叔嫂之別！

此時寶釵聽得早已呆了，這些話，不但寶玉說的不好，便是王夫人李紈所說，句句都是不祥之兆，卻又不敢認真，只得忍淚無言。那寶玉走到跟前，深深的作了一個揖。眾人見他行事古怪，也摸不著是怎麼樣，又不敢笑他。只見寶釵的眼淚直流下來，眾人更是納罕。又聽寶玉笑道：「姐姐！我要走了！你好生跟著太太，聽我的喜信兒罷！」寶釵道：「是時候了，你不必說這些嘮叨話了！」寶玉道：「你倒催的我緊，我自己也知道該走了！」

這是夫妻慘別！還忍卒讀嗎？其為悲何亞於黛玉之死？

於是「寶玉仰面大笑道：『走了走了！不用胡鬧了！完了事了！』」

「走來名利無雙地，打出樊籠第一關。」寶玉至今真出家矣。

離家時，賈政不在家，於是便往辭親父。

賈政寫到寶玉的事，便停筆。抬頭忽見船頭上微微的雪影裡面一個人，光著頭，赤著腳，身上披著一領大紅猩猩氈的斗篷，向賈政倒身下拜。賈政尚未認清，急忙出船，欲待扶住問他是誰，那人已拜了四拜，站起來打了個問訊。賈政才要還揖，迎面一看，不是別人，卻是寶玉。賈政吃一大驚，忙問道：「可是寶玉麼？」那人只不言語，似喜似悲。賈政又問道：「你若是寶玉，如何這樣打扮，跑到這裡來？」寶玉未及回言，只見船頭上來了兩人，一僧一道，夾住寶玉道：「俗緣已畢，還不快走！」說著，三個人飄然登岸而去。

這是父子之別！吾實不禁黯然傷神者矣！

以上別父母別妻嫂，極人間至悲之事。釋迦牟尼正因著生離死別的悲慘而離了皇宮，然離皇宮又何嘗不是極悲之事？寶玉冷了心腸而出家求那永生之境，正同釋迦牟尼一樣，都是以悲止悲，去痛引痛。這是一個循環，佛法無邊，將如何新此循環？

寶玉出家一幕，其慘遠勝於黛玉之死。黛玉死，見出賈母之狠毒與冷淡，然此狠毒與冷淡猶是一種世情，其間有利害關係，吾人總有恕饒的一天。至於寶玉的狠與冷卻是一種定見與計劃。母子之情感動不了，夫妻之情感動不了，父子之情更感動不了，剛柔皆無所用，吾人何所饒恕？恕寶玉乎？然寶玉之狠與冷並非是惡，何用汝恕？惟如此欲恕而無可恕無所恕之狠與冷，始為天下之至悲。蓋其矛盾衝突之難過，又遠勝於有惡可恕之利害衝突也。吾故曰第二幕之慘又勝於第一幕。其主因即在於思想性格衝突而外又加上一種無常之感。他要解脫此無常，我們恕他什麼？

有惡而不可恕，以怨報怨，此不足悲。有惡而可恕，啞巴吃黃連，有苦說不出，此大可悲，第一幕悲劇是也。欲恕而無所施其恕，其狠冷之情遠勝於可恕，相對垂淚，各自無言，天地黯淡，草木動容，此天下之至悲也。第二幕悲劇是也。

（《文哲月刊》第一卷第三期（一九三五年十二月十五日版）、第四期（一九三六年十五日版））

《石頭記》評贊

作者：吳宓（一八九四—一九七八），原名玉衡，哈佛大學比較文學碩士畢業，曾於東南大學、東北大學、清華大學執教，著有《吳宓詩文集》、《空軒詩話》等書。

弁言：按《紅樓夢》一書，正名應稱《石頭記》。宓關於此書，曾作文二篇：（一）曰《紅樓夢新談》。係民國八年（一九一九）春，在美國哈佛大學中國學生會之演說。其稿後登上海《民心週報》第一卷十七、十八期。

當宓作此演說時，初識陳寅恪先生（時在哈佛同學）才旬日。宓演說後，陳寅恪即晚作〈紅樓夢新談題辭〉一詩見贈，云：「等是閻浮夢裡身，夢中談夢倍酸辛。青天碧海能留命，赤縣黃車更有人（原注：虞初號黃車使者）。世外文章歸自媚，燈前啼笑已成塵。春宵絮語知何意，付與勞生一愴神。」此詩第四句，蓋勖宓成為小說家，宓亦早有撰作小說之志，今恐無成，有負知友期望多矣！

該篇內容，大致以（1）賈寶玉、（2）林黛玉、（3）王熙鳳、（4）賈惜春四人，代表由內到外四層：

（1）個人之性情行事——賈寶玉為全書之主角，一切描寫之中心。以賈寶玉與中西諸多人物（如盧梭等）比較，而判定其性格。

（2）人與人之關係——就愛情一事寫之：（甲）寶與黛，真情而失敗；（乙）釵對寶，詐術乃成功。

（3）團體社會中政治之得失——賈母王道；熙鳳霸道（才略可取，貪私致禍）。

（4）千古世運之升降——文明進步，而人之幸福不增，遂恆有出世（宗教）及歸真返樸之思想（Primitivism）。《紅樓夢曲》中《虛花悟》所言者是也。

（二）曰《石頭記評贊》（*A Praise of THE DREAM OF REDCHAMBER*）。民國二十八年（一九三九）一月初，在昆明所作。未能詳為闡發，僅敘列大綱。該稿係英文。今撮譯其要點，成為此篇。

（壹）《石頭記》之小說技術至為完美。故為中國說部中登峰造極之作。

一、試以西洋小說法程規律，按之《石頭記》，莫不暗合。例如全局之頂點（或轉變）**Climax**應在全書四分之三之處。《石頭記》之頂點即在九十七回（黛玉焚稿，寶釵出閨），約為四分之三。而《石頭記》又兼具中國小說法程規律之長。

二、若以結構或佈局**Plot**判定小說之等第優劣，則《石頭記》之佈局可云至善。析言之：（1）以賈府之盛衰，為寶、釵、黛三角式情史之成敗離合之背景，外圈內心，互同演變。（2）如一串同心圓，寶、釵、黛以外，有大觀園諸姐妹丫頭，此外更有賈府，此外更有全中國全世界。但外圈之大背景，只偶然吐露提及，並不詳敘，（如由賈政任外官，而寫地方吏胥之舞弊；又如寫昔日榮、寧二公汗馬從征，及西洋美人等等）愈近中心則愈詳，愈遠中心則愈略。（3）依主要情史之演變，而全書所與讀者之印象及感情，其**atmosphere**或**mood**，亦隨之轉移，似有由春而夏而秋而冬之情景。但因書中歷敘七八年之事，年復一年，季節不得不回環重複，然統觀之，全書前半多寫春夏之事，後半多寫秋冬之事。

（貳）《石頭記》之價值，可以其能感動（或吸引）大多數讀者證明之，所謂**universal appeal**是也。異時異世，中國男女老少之人，其愛讀《石頭記》者，仍必不減；若全書譯成西文，西人之愛讀《石頭記》者亦必與日俱增，可斷言也。

以《石頭記》為研究材料，而作成論文（法文）在法國（巴黎或里昂大學）得博士（或碩士）學位者：（1）李辰冬君。其書名*Etude sur le Song du Pavillon Rouge*（《紅樓夢研究》），一九三四年巴黎大學博士論文，凡一五〇面，巴黎L. Rodestein書店出版。書中以《紅樓夢》與西洋文學名著如但丁《神曲》，莎士比亞悲劇、西萬提司《吉訶德先生傳》、巴爾札克《人間喜劇》、托爾斯泰《戰爭與和平》等比較，議論頗精。如謂《紅樓夢》能表現中國文明之精神。其結構乃如一大海，萬於波浪層疊，互為起伏影響，浩莽而晃蕩，使讀者感覺其中變化無窮，深厚莫測。又全書是一整體，不以章回為限，割裂而成片段，故非《戰爭與和平》所能及。而其自然及寧靜之處，則勝過巴爾札克之小說。又謂曹雪芹運用中國文字極工，不但能曲達思想感情，抑且活繪人物之動作與姿態。其所寫之賈府，實為中國文化與社會之中心，故極有精采。其書當如但丁《神曲》，為後來凡作小說者所取法云云。按李辰冬君曾譯其書為漢文（白話），分章登載天津《國聞週報》（民國二十三至二十四年）。近頃正中書局出版之李辰冬著《紅樓夢研究》（重慶文化新聞第一〇七期有評文，純為隔靴搔癢之論）。似即匯合各章譯文而成者也。（2）郭麟閣君。（3）吳貽泰君，皆在里昂大學所作，一九三五年至一九三六年之間出版。郭君書，為《紅樓夢之研究》，撮述此書之內容，備列舊日索隱及胡適君考證之說，無甚新意。吳君書，則為《中國小說發達史》，大致依據魯迅之《中國小說史略》，而敘述《紅樓夢》書中故事竟占全書五分之二，亦無所發明。（4）盧月化女士之*Les Jeune-filles Chinoises d'après LE REVE DANS LA CHAMBRE ROUGE*（《紅樓夢中所描寫之中國閨秀》），一九三七年巴黎大學博士論文，除泛論諸閨秀之地位及教育外，又特舉釵、黛、鳳等為例而詳敘其性情品格，文筆靈活，饒有趣味。以上諸君宓皆曾晤識，其書（法文原本）亦均讀過。至若精心專力研究《石頭記》而以漢文（白話）作成評論者，吾所知有顧獻梁君（良）。顧君蒐集《石頭記》各種版本及評論考證之作咸備，已撰成王熙鳳、妙玉等論文數篇，均有特見云。

（叁）《石頭記》為一史詩式（非抒情詩式）之小說，描寫人生全部（a complete Book of Life），包羅萬象。但其主題為愛情，故《石頭記》又可稱為「愛情大全」（a complete Book of Love），蓋其描寫高下優劣各類各級之愛情，無不具備（例如，上有寶、黛之愛，下有賈璉及多姑娘等），而能以哲學理想與藝術之寫實熔於一爐（可與柏拉圖《筵話篇》、加斯蒂里遼《廷臣論》、斯當達爾《愛情論》等書比較）。其全體之結構，甚似歐洲中世之峨特式教堂，宏麗、整嚴、細密、精巧，無一小處非匠心佈置，而全體則能引讀者之精神上至於崇高之域，窺見人生之真象與其中無窮之奇美。

一、《石頭記》描寫人生之各方面，由內心以至外象，層層相關，其一則政治是也。

政治以王熙鳳治理賈府為代表。熙鳳當權時，賈府已由王道之君主政治，降為霸道之獨裁政治，道德與政治分離，濫用權力，營私斂財，對入只圖逞欲，不擇手段，而賈府衰亡相迫矣。《石頭記》寫貴族之衰亡，但無革命、共產、民治、無政府等思想，因時機尚未至也。使曹雪芹生今日，則晚近人類之政治經驗，皆必寫入書中矣。書中賈府情形，甚似十八世紀中路易十五、路易十六治下之法蘭西。路易十五臨終，有洪水將至之語，何異十三回秦可卿夢囑王燕鳳云云。而晚清之政治社會，亦有與《石頭記》書中情形相似處。至於《虛花悟》曲，即西洋文學中之歸真返樸主義（Primitivism），而寶玉與《懺悔錄》作者盧梭尤多契合之點也。

（肆）《石頭記》為中國文明最真最美而最完備之表現，其書乃真正中國之文化、生活、社會，各部各類之整全的縮影，既美且富，既真且詳。蓋中國當清康熙、乾隆時，確似路易十四、路易十五治下之法蘭西，為歐洲及世界政治之中心，文物之冠冕，後世莫能及之盛世。今日及此後之中國，縱或盛大，然與世界接觸融合，一切文化、思想、事物、習慣，已非純粹之中國舊觀，故《石頭記》之歷史的地位及價值，永久自在也。

（伍）《石頭記》之文字，為中國文（漢文）之最美者。蓋為文明國家，中心首都，貴族文雅社會之上女，日常通用之語言，純粹、靈活、和雅、圓潤，切近實事而不粗俗，傳達精神而不高古。正如古希臘紀元前五世紀之諧劇（通譯曰喜劇）及四世紀柏拉圖語錄（俗譯曰對話）中之希臘文。又如但丁理想中之意大利文，而採用入《神曲》中者。又如十七世紀巴黎客廳中之談話，及當時古典派大制者如莫里哀劇中之法文。皆歷史世運所鑄造，文明進步所陶成，一往而不可再得者也。而《石頭記》書中用之，又能恰合每一人物之身分，而表現其人之性格，纖悉至當，與目前情事適合。《石頭記》之文筆更為難及，可云具備中國各體各家文章之美於一人一書者。每一文體，如詩、詞、曲、誄、八股等，均為示範，尤其餘事。

二、《石頭記》文章之美，藝術之精，言不勝言。但觀其回目，如：

三十五回：白玉釧親嘗蓮葉羹，黃金鶯巧結梅花絡——（對偶之工麗）

四十三回：閒取樂偶攢金慶壽，不了情暫撮土為香——（自然，合情）

六十九回：弄小巧用借劍殺人，覺大限吞生金自逝——（評斷深刻）

九十八回：苦絳珠魂歸離恨天，病神瑛淚灑相思地——（對舉，哀豔）

西洋小說，如《名利場》（*Vantity Fair*，伍光建譯名《浮華世界》）等之回目亦工，然無此整麗也。

（陸）《石頭記》具有亞里斯多德所云之莊嚴性（High-seriousness），可與其人生觀見之。《石頭記》之主角賈寶玉，在人生社會中，涉歷愛情之海，積得種種經驗，由是遂獲宗教之善果，即：（1）真理、（2）智慧、（3）安和、（4）幸福、（5）精神之自由等是。又可云：《石頭記》乃敘述某一靈魂向上進步之歷史，經過生活及愛情之海，率達靈魂完成自己之目的（可與柏拉圖《筵話篇》，聖奧古斯丁《懺悔錄》，但丁《新生》及《神曲》，歌德《威廉麥斯特傳》比較。又可與盧梭《懺悔錄》及《富蘭克林自傳》反比）。此《石頭記》之人生觀也。世界文學名著，莫不指示人生全部真理，教人於現實中求解脫，《石頭記》亦然。謂《石頭記》為佛教之人生觀，尤嫌未盡也。

《石頭記》之義理，可以一切哲學根本之「一多（One and Many）觀念」解之，如左：

一、太虛幻境——理想（價值）之世界。人世：賈府，大觀園——物質（感官經驗）之世界。

二、木石——理想、真實之關係（真價值，天爵）。金玉——（人為偶然）之關係；社會中之地位（人爵）。

三、賈（假）——實在（真理知識），惟哲學家知之。甄（真）——外表（幻象意見），世俗一般人所見者。

四、賈寶玉——理想之我，人皆當如是。甄寶玉——實際（世俗）之我，人恆為如是。

（柒）《石頭記》之偉大，亦可於其藝術觀見之。作者蓋欲（1）造成完密之幻境。蓋欲（2）創作全體人生之理想的寫照。蓋欲（3）藉藝術家之理想的摹仿之法，而造成人類普遍性行之永久記錄。此《石頭記》之藝術觀也。作者以此意示讀者處，如下：

一、太虛幻境——藝術（文學藝術作品）中之人生（喻如熟飯）。賈府，大觀園——日常實際經驗中之人生（喻如生米）。

二、警幻仙姑——無上之藝術家（作者）。正如莎士比亞《暴風》（*Tempest*）劇中之老王魔術家 **Prospero**；其說明己意之處，亦相同。甄士隱與賈雨村——將經驗加以選擇及改造之藝術方法（或步驟）。

三、賈寶玉——用藝術改造過（即理想化）曹雪芹。賈寶玉實際生活中之曹雪芹，或歷史人物之曹雪芹。《石頭記》——採用曹雪芹生平事蹟（實際經驗）為其一部分之藝術材料，而作成之小說。《石頭記》是曹雪芹之自傳。

又按西洋論文學創造，尤其論著作小說者，恆謂須經過三層步驟：（1）曰經驗的觀察，（2）曰哲理的瞭解，（3）曰藝術的創造。於此，遂有三世界。

第一步，經驗的觀察，世俗之人皆能，在（I）實際經驗世界中行之。第二步，哲學的瞭解，乃由此觀察，以取得宇宙人生之普遍的原理，一切事物間正常的關係，遂造成（II）第二世界，即理想世界，此惟哲學家能之。藝術家亦必能到此世界。第三步，更借用諸多虛幻（隨意造作）之事境人物，以具體之方法，表現第二世界之原理及通則。因其事境人物皆隨意造作，故更能表達如意。此所創造或虛構者，乃第三世界，即（III）藝術所創造之世界。凡藝術家（小說家），必由（I）經過（II）而達到（III）。必須經歷此三世界，始能作出上好之文藝作品。《石頭記》作者亦然：

（I）曹雪芹之一生→（II）太虛幻境→（III）賈府大觀園

（I）第一世界……世俗人所經驗。→實→曹雪之一生（中國、清朝、十八世紀、北京、南京等等）。

（II）第二世界……哲學家所瞭解。→虛→太虛幻境（警幻仙姑、正副冊、《紅樓夢曲》）

（III）第三世界……藝術家所創造。→真→賈府，大觀園（諸姐妹丫頭眾人之事蹟、生活、演際、離合悲歡等）。

《石頭記》一書中所寫之人與事，皆情真理真，故謂之真，而非時真地真。若僅時真地真，只可名為實，不能謂之真；即是未脫離第一世界，不能進入第三世界。書中「甄」

字（甄士隱、甄寶玉）乃代表第一世界（實），「賈」字（賈寶玉等）卻是代表第三世界（真）。甄（假）賈（真）之關係如此。例如甄寶玉一類人，到處皆是，吾人恆遇見之；然其人有何價值與趣味？何足費吾筆墨（甄寶玉在書中，無資格，不獲進大觀園）；必如賈寶玉等，乃值得描寫傳世，由此推求，一切皆明了矣。

又按茲所云云，原非奇特，凡多讀小說而善為體會人生者，尤其平日有志創作小說，而於一己之生活經驗時時低徊涵泳者，皆其明其故而信其然也。

一、按三世界之關係，及其統一性，更可以下表之：

（I）第一世界……亂而實Many→曹雪芹→

（II）第二世界……整而虛One→警幻仙姑→　《石頭記》作者

（III）第三世界……整而實One in Many→賈寶玉→

二、太虛幻境中之正冊副冊，區分等第，評定諸女品格，論斷其一生行事，此正如（I）孔子作《春秋》之書法，及溢號褒貶。尤似（II）但丁《神曲》中，天堂、淨罪界、地獄三界各有九層，每層又分數小層，釐定上下優劣品級，以定善惡功罪之大小。先定每層之性質（或善或惡），然後再以如此如彼性質之人，一一分別插入。當時生存之人，及歷史中之古人，均入之——總之，以品德判分諸男女，而等第其高下而已。此辦法，喻如（1）教員先有學生名冊，按照各生學號或姓名筆劃多少排列者。將考試所得分數，隨時記入各生名下。終乃按照成績優劣，另行編排一過，使最優（九十七分）之甲生居首，而最劣（十四分）之癸生殿末，如是列之為榜，一見而優劣分明矣。又如（2）醫生所開藥方，雜取諸藥而選之，以治病。但藥書所論述，及藥店中之屜，則按科學分類及次序，排列諸種藥品，使讀書者及取藥者了然於心目焉。

（捌）吾信《石頭記》全書一百二十回，必為一人（曹雪芹，名霑一七一九—一七六四，其生平詳見胡適君之考證）之作。即有後人（高鶚或程偉元等）刪改，亦必隨處增刪，前後俱略改。若謂曹雪芹只作前八十回（一—八〇），而高鶚續成後四十回（八一—一二〇）竟能天衣無縫，全體融合如此，吾不信也。欲明此說，須看本書全體之結構，及氣勢情韻之逐漸變化，決非截然兩手所能為。若其小處舛錯，及矛盾遺漏之處，則尋常小書史乘所不免，況此虛構之巨制哉。且愚意後四十回（八一—一二〇）並不劣於前八十回（一—八〇），但盛衰悲歡之變遷甚鉅，書中情事自能使讀者所感不同，即世中人實際之經驗亦如此，豈必定屬另一人所撰作乎？按如西國古希臘荷馬之史詩，十九世紀中，一時新奇風氣，竟疑為偽，或謂集多人之作而成。迨一八七三年特羅城（Troy）發現，考古學者證明荷馬詩篇多傳歷史實跡，於是風氣頓改，而今共信「荷馬史詩」為真矣。吾不能為考證，但亦不畏考證，私信考據學者如更用力，或可發現較多之事實與材料，於以證明《石頭記》全書果係曹雪芹一手作成者焉。

（玖）《石頭記》之價值光輝如此，而攻詆之者恆多，不可以不辯：

（一）舊說指《石頭記》為淫書，謂其使人讀之敗壞道德。——按一切文學作品之合於道德與否，不在其題材，而在其做法（treatment），即作者之觀點。《石頭記》既教人捨幻以求真（見第六節），與古希臘悲劇，與莎士比亞悲劇，甚至與《新約》及佛經，同其宗旨。彼愚蠢之讀者，偏欲效「賈天祥正照風月鑑」，或恐燒殺寶玉，痛哭成疾。此豈《石頭記》作者所能負責。細察《石頭記》中所著重描寫之愛情，乃富於理想之愛，乃浪漫或騎士式之愛，（即斯當達爾《愛情論》中所主張，又即費爾丁及沙克雷等人小說中所表現之愛），而非肉慾之愛（登徒子與《金瓶梅》即是：西書若 **Frank Harris** 之自傳亦是）。賈寶玉之於愛情，純是佛心：無我，為人，忘私，共樂；處處為女子打算，毫無自私之意存。故自《石頭記》出，而中國人對愛情之見解始達其最高點。於此，《石頭記》可與西萬提斯所作之《吉訶德先生傳》（*Don Quixote*，林紓譯此書曰《魔俠傳》，名甚佳）比較，如下：

《吉訶德先生傳》乃最佳之騎士遊俠小說，但至真至美，與前此千百此類之書不同，卓然自立。《吉訶德先生傳》出，而西班牙盛行已久之千百種騎士遊俠小說，竟無人讀，一掃而空。

《石頭記》乃最佳之才子佳人（愛情與文藝）小說，亦至真至美，與前此千百此類之書（如《平山冷燕》、《天雨花》等）不同，卓然自立。（參閱《石頭記》五十四回賈母評女先兒說書一段。作者藉賈母口以自道《石頭記》之勝人處。此與《吉訶德先生傳》中譏評當時騎士遊俠小說之誕妄且傷德處，正同。）《石頭記》出，而舊日之才子佳人小說彈詞，降為第二三流，有識者亦不愛讀之矣。且《石頭記》力求「得真」、「如實」，既不以感情為道德（所謂 **Sentimentalism**），又不故意使善人獲福，惡人受禍，以強示道德之訓誨（所謂 **Didacticism**），而居中取全，以理想納於實際之中，造出奇美之悲劇。至於結處，如「懺宿冤鳳姐托村嫗」，劉姥姥之救巧姐等，每於小處存忠厚之意（但無害於真），於以見作者之仁心至意云。

（二）新派則斥《石頭記》為過去時代社會之陳跡幻影，無關於今日，無裨於斯世。——

如此說，則世界之文學藝術皆可毀滅不存。非然者，中國文明猶得綿續一日，即《石頭記》仍必為人所愛讀，且讀之必有益（如前述），可知也。

新派又斥《石頭記》思想陳腐，謂其不提倡國家主義，或社會主義，或共產主義，又無進步、進化、平等、自由等觀念。——不知《石頭記》之佳處，即在其非政治宣傳之小冊子，亦非某種問題小說；而為一部描寫全體人生，至真且美之一部大小說。其能歷久而價值光輝長存，必矣。

（拾）舊評或問曰：「《石頭記》伊誰之作？曰：我之作。何以言之？曰：語語自我心中爬剔而出。」此一語，實能道出《石頭記》之真價值，有如英國Sir Philip Sidney十四行詩中所云：「Look into thy heart and write.」是也。吾儕讀《石頭記》，有類Wm. Hazlitt所謂「感情激動之回憶」（impassioned recollection）。試細繹吾個人每次讀《石頭記》時之情景，則可歷睹此三四十年中，世界中國政治社會思想文化之變遷，兼可顯映吾個人幼少壯老悲歡離合之遭遇焉。是故每一讀者，不必能摹仿《石頭記》作成一部長篇小說。但每一讀者，盡可由彼自己之觀感，而作成一篇《石頭記》評贊，其間當各有獨到之處。若宓此篇，聊以自陳所見，以資談論，未足列於文學批評之林也。

今不一一論列云。

（桂林《旅行雜誌》第十六卷第十一期，一九四二年二月）

附按一：（1）《石頭記》最早之英文譯本，為英國駐寧波領事H. Bencraft Joly所譯，一八七二年上海別發洋行出版，二巨冊。其書係逐字逐句直譯，毫無遺漏，但僅至五十二回而止。（2）近有王際真君之節譯本，名Hung-Lou-Meng: or Dream of the Red Chamber。王君，山東濟南人，清華一九二三級畢業，留美，任美國哥倫比亞大學漢文講師及圖書館事多年，今仍寓居美國。王君生於一九二九年，編成一書（英文），綜敘《石頭記》全書之故事，並譯其第一回，且加批評及考據，此書可為介紹《石頭記》與一般英美讀者之用，毋殊導言。王君原擬英譯全書，其後於一九三四年所出版者（倫敦George Routledge書店發行，卷首有已故Arthur Waley氏之序）。仍非全璧，僅有十餘回係直譯全譯，其餘則撮敘事實，刪去小節，使前後連貫，俾讀者得知大略而已。（3）林語堂君嘗欲譯《石頭記》為英文，旋撰《瞬息京華》（*Moment in Peking*，編案：《京華煙雲》）而止。（4）《石頭記》之德文譯本，名Der Traum der Roten Kammer，德人Frank Kuhn氏所譯，Leipzig城Insel書店出版。此書宓未得見。（5）法文僅有徐仲年君節譯《石頭記》數段，見所譯編之*Anthologie de la Littérature Chinese*書中二九三至三〇二頁，一九三三年巴黎Delagrave書店出版。

附按二：《石頭記》作者之觀點，為「如實，觀其全體」；以「一多」馭萬有，而融會貫通之——此即佛家所謂「華嚴境界」也。而《石頭記》指示人生，乃由幻象以得解脫（from Illusion to Disillusion），即脫離（逃避）世間之種種虛榮及痛苦，以求得出世間之真理與至愛（Truth and Love）也。佛經所教者如此，世間偉大文學作品亦莫不如此。宓於西

方小說家最愛 *Vanity Fair*（《浮華世界》）之作者沙克雷 W. M. Thackeray 氏，實以此故。

附按三：《石頭記》書中情事，可與西洋文學名著比較之處尚多。如：

（1）大觀園姐妹之開詩社，猜燈謎——法國十七世紀之客廳士女（Preciosite）。

（2）賈寶玉神遊太虛幻境——法國十四世紀之薔薇豔史（Roman de la Rose）。

（3）賈寶玉只對於女子及愛情，極見瘋傻；外此之議論，則極通達，而入情合理。——吉訶德先生只渴慕遊俠，追踪騎士，行實瘋狂；外此之議論思想，皆極純正，而入情合理。

「說到辛酸處，荒唐愈可悲」

——關於《紅樓夢》後四十回的一夕談

作者：舒蕪（一九二二—二〇〇九），原名方管，中國現代作家、文學評論家，曾任教於江蘇學院、南寧師範，著有《周作人的是非功過》、《紅樓說夢》等書。

甲：上次你剛剛談到後四十回的問題，我馬上就說：「我從來談的是《紅樓夢》，不是《石頭記》。」似乎有點急急忙忙，剪斷了你的話。

乙：哪裡的話？我倒覺得你說的是個警句，一下子就表明了你對後四十回的評價。

甲：「評價」，談何容易！那是一個很大的問題，只有等待「紅學」專家去解決。我們這些極普通的讀者，哪有這個能力。

乙：普通讀者也可以談談普通讀者的感受。

甲：這倒是的。我正是從一個極普通的讀者的角度出發，想到自從一百二十回的《紅樓夢》出現以來，一百七八十年了。一代又一代的廣大讀者，只知道這個一百二十回的本子。作為一部完整的長篇小說，感動了無數讀者，滋養了無數作者的，也只是這個一百二十回的本子。胡適的考證發表之前，也許除了三四個人之外，誰也不知道這一百二十回裡面，還有什麼前八十回和後四十回之分。這就是說，這一百二十回的《紅樓夢》，已經成了一個完整的「社會存在」。即使胡適的考證發表之後（應該承認他的考證是有貢獻，有積極意義的），學術界固然大都知道前八十回和後四十回不是出自一手了，而廣大讀者要讀《紅樓夢》，還是讀一百二十回本，他們或者根本不知道胡適的考證；或者明知後四十回與前八十回有區別，而仍然要把一百二十回連在一起來讀，不願讀一個故事沒有完的殘缺的八十回本。

乙：這就更是一個考驗，考驗出：這一百二十回，在廣大讀者心目中，已經不是任何考證所能拆得斷、分得開的了，哪怕這考證的結果完全合乎事實。

甲：胡適的考證，是不是完全合乎事實，後四十回是不是完全出於高鶚一人的手筆，我倒有些懷疑。胡適的最主要的根據，無非俞樾所引的《船山詩草》那一條自注：「《紅樓夢》八十回以後，俱蘭墅所補。」其實，這一個「補」字，意義就有些含混。俞樾是把它解釋為本無一字，以意補續的「補」；但又何嘗不可以像程偉元序言中所說，是積年陸續搜得一些「漫漶不可收拾」的殘稿，據此殘稿「細加釐剔，截長補短」的「補」呢？我倒覺得張船山說「補」而不說「續」，倒是可以玩味的。晴雯「補裘」，難道是補織出下半截來嗎？

乙：這倒有些像法庭上的訴訟。對於程偉元的話，既沒有什麼有力的反證足以駁倒它，（《船山詩草》那條自注不但不足以成為駁倒它的有力的反證，而且可以解釋作有力的佐證。）就不應該輕易否定它。不過，俞樾所舉的「鄉會試增五言八韻詩，始乾隆朝」，而書中敘科場事已有詩這一條，算不算一個比較有力的反證呢？

甲：這沒有什麼，最多也不過證明了後四十回裡面，有高鶚的手筆。而程偉元序言中並沒有隱諱這一點，他明明說「乃同友人細加釐剔，截長補短」，當然就是說，在殘稿的基礎上，大大地有改，有刪，有增。過去，「疑古」派往往從古籍中抓住一些後人竄亂的文句，便斷言這部書整個兒是偽書，這不是科學的方法。何況我們只是說後四十回確有原作者的殘稿作根據，這同高鶚對此殘稿大有增刪，更是毫無矛盾。

乙：後四十回裡面，寫得壞的太壞，寫得好的又太好，文筆懸殊太遠了。恐怕就是因為有的是根據曹雪芹的殘稿，有的則出於高鶚的手筆吧。如果純粹是一個人續寫的，決不會出現這種現象。

甲：而且，寫得壞的地方，遠比寫得好的地方多得多。第八十一回，也就是後四十回的一開始，便把賈寶玉重新送進家塾，然後大寫賈代儒如何講八股文，賈寶玉如何做八股文，賈政如何考察寶玉的八股文，酸腐之氣沖天，故事情節和人物性格的發展上又毫無必要，這就寫得壞極了，決不是曹雪芹的手筆。

乙：你忘了這一回的前半是「占旺相四美釣遊魚」，更是莫名其妙。寫得好不好還不說，這一段在情節上同前後文毫無關聯，對於人物性格和人物關係的表達也不知有什麼作用。

甲：這可又當別論。後四十回當中，像這樣前後毫無關聯，不知何所取義，似乎純粹贅餘的部分，不止這一處。例如，「玩母珠賈政參聚散」一節，也就是的。先前我也覺得，這些一定都是高鶚所續的敗筆。但是，有一位朋友說：「正因其前後毫無關聯，倒可以證明它所據的是高鶚的殘稿。」一句話點醒了我。你想，是不是這樣？

乙：確實，也點醒了我。如果存心作偽，續一部未完的書，一定謹守前範，規行矩步，不敢多走亂走一步，怎麼會無緣無故插上一段顯然贅餘的部分呢？

甲：聽說假冒簽名的，無論簽上幾十張幾百張，疊起來映著陽光一看，沒有哪一筆不是不長不短，不肥不瘦，不偏不倚，不彎不曲，完全複合在一起的。而這就是作偽的一個重要標識。如果真的同出本人之手的許多簽名，倒往往出入很大，筆劃繁省都很不同，甚至還有匆忙之中偶然寫錯了一兩筆的，但一看就知道的確同出一人之手。

乙：那麼，後四十回當中所以有「釣遊魚」「玩母珠」這一類的章節，就因為程、高所收得的殘稿中原來就有。高鶚整理時，也不知這些情節與上下文有何關聯，也無法把上下文寫得與這些情節有聯繫，但為了尊重原有的殘稿，就只好糊裡糊塗地把它們照樣保存下來。你看是不是可以這樣假設？

甲：我正是這樣想的。雖然是假設，但是我還想不出任何其他更合理的假設。那也就不妨說……

乙：等一等！我觸類旁通了另一個問題：先前胡適的考證中，舉出後四十回裡有些結局，與前八十回的預言、暗示、伏線，顯然不相符合，把這些當作作偽的證據。後來，俞平伯先生又舉出了不少。現在，是不是也可以看出完全相反的意義呢？

甲：對了。如果後四十回裡的所有結局，全都同前八十回的預言、暗示、伏線不相符合，那還可以說是高鶚太低能了。那樣低能的續作，也決不會一百七八十年都得到讀者的承認。現在是，大多數結局都緊緊跟定了前面的伏線，偏有那麼幾處，同前面的預言或伏線差得很遠，這是什麼道理呢？例如，《金陵十二釵冊子》裡關於鳳姐身世的預言，是「一從二令三人木」，就是說，賈璉先是服從她，繼而命令她，終於休（「人木」為「休」）了她，所以她只好「哭向金陵事更哀」了。前八十回中，賈璉也幾次背地說要「休了她」，要「打碎她的醋罐子」，更是明顯的伏線。高鶚豈有看不出來的？為什麼後四十回中卻寫了那麼一個莫名其妙的冤魂索命的結局呢？

乙：根據上面的假設，當然也是程偉元所收得的殘稿上，本來就是這樣寫著的，所以高鶚也沒法改變它。但是，曹雪芹自己在後面寫的人物結局，又為什麼同他自己在前面寫的預言不相符合呢？

甲：這倒沒有什麼奇怪。「披閱十載，增刪五次。」一本來就不是一次寫成、一氣呵成的。現在我們是先讀到《金陵十二釵冊子》，然後讀到其中的預言怎樣一個一個實現。但是，根據創作的規律，卻決不可能是先把預言寫好，然後當真按著預言來編故事。實際寫作過程倒應該是相反的，應該是後面的故事寫好了，或大致基本上整理好了，才各以一首詩一支曲子概括之，再倒過去作為預言，放在前面。人物的故事和結局，原來可能有各種各樣的寫法，留下了各種各樣的稿子。關於王熙鳳的結局，可能先是寫成冤魂索命，後又改為被休而去。但是，後來改寫成被休回金陵的那個殘稿，恰好沒有找到；而原來寫成冤魂索命的殘稿，恰好存在。

乙：也可能是前八十回整理告一段落的時候，作者就寫了《金陵十二釵冊子》，決定要把冤魂索命改為被休而去。但實際上只做到了在前八十回的情節中，安下一些伏線，作了一些暗示，而真正被休的結局並沒有來得及寫。

甲：完全可能。《紅樓夢》整個兒是一部未完成的傑作，前八十回也只是初步整理好了，遠遠不能算定稿，其中矛盾脫誤之處甚多；八十回以後，更是初步也沒有整理的一堆亂稿子罷了，所以更容易「迷失」。

乙：這樣看來，高鶚處理這一段冤魂索命的殘稿時，是看出它同《金陵十二釵冊子》的矛盾的。他只好說是什麼王熙鳳說胡話，「要船要轎，只說趕到金陵歸入什麼冊子去」，這樣來應「哭向金陵事更哀」的預言。

甲：這正是他斡旋的苦心。他如果不是受了殘稿的限制，可以由著自己的意思寫，那麼，順著前面明顯的預言和伏線，寫一個活鳳姐被休，「哭向金陵」，多麼順理成章！有何困難！何至於轉這麼一個笨彎，寫成一個死鳳姐「到金陵歸入什麼冊子去」呢？

乙：可見，斡旋得越笨拙，越表明高鶚是受了曹雪芹的殘稿的限制。

甲：這也不可一概而論。第八十二回，黛玉忽然向寶玉大談起八股文，甚至說：「你要取功名，這個也清貴些」居然使黛玉說出這樣「國賊祿蠹」式的「混帳話」來，這是人們對後四十回最不滿的地方。這裡高鶚也自知與前八十回太矛盾了，於是寫道：「寶玉聽到這裡，覺得不甚入耳，因想：『黛玉從來不是這樣人，怎麼也這樣勢欲熏心起來？』又不敢在他跟前駁回，只在鼻子眼裡冷笑了一聲。」

乙：這的確不一樣。鳳姐無論是被休而去，還是被冤魂索命而死，都沒有什麼原則的差別。按人物性格發展的邏輯來說，二者都是可能的，沒有哪一個是絕對不可能的。至於黛玉忽然談起八股文，還勸寶玉去「取功名」，則是絕對不可能的，是人物性格發展的邏輯所絕對不允許的，曹雪芹斷然不會寫出這樣一個情節。

甲：高鶚太希望賈寶玉學八股文了，或者說，太想拿出他自己那一套八股之學來教寶玉了，所以不僅用賈政的嚴父之命來逼寶玉，還要用黛玉的知己之言來勸寶玉。他也知道這同前八十回中黛玉的性格、寶黛的關係太矛盾了，不得不加上那幾句話，以為可以勉強斡旋過去。殊不知，事實的出入，可以勉強彌縫；原則性的相異相反，卻是怎麼也彌縫不了的。

乙：對。彌縫不了之處，主要還在後來的發展。退一萬步，就算黛玉的性格和思想，忽然來了一個一百八十度的大變化吧，寶玉對她這樣的大變化又是什麼態度呢？難道僅僅是當時「在鼻子眼裡冷笑了一聲」就算完了嗎？寶玉不是早就這樣說過嗎：「林姑娘從來說過這些混帳話嗎？要是他也說過這些混帳話，我早和他生分了。」現在黛玉竟然說出這樣的「混帳話」了，為什麼寶玉後來對她一點也不見「生分」呢？難道寶玉的性格和思想同樣來了一個一百八十度？

甲：後四十回裡面，確實也有把寶玉的性格和思想寫得大變，變得不像樣，不合理的地方。例如，前八十回寫元春晉封貴妃，這對賈府是什麼樣的頭等喜慶事！寶玉同這個姐姐，原來又是多麼親密的關係！可是，當時寶玉因為哀悼好友秦鐘，對這件喜慶大事竟是「視有如無，毫不介意，因此眾人嘲他越呆了」。這是對寶玉的性格和思想的絕好的描寫。可是——

乙：我知道了。你是指後四十回寫賈政升任郎中的時候，把寶玉寫得不成個樣子，什麼「喜的無話可說」，什麼「越發樂的手舞足蹈了」，不堪！簡直不堪！元妃晉封時，寶玉還只死了一個好友秦鐘；賈政升官時，寶玉則已在目睹親歷了金釧、尤二姐、尤三姐、司棋、晴雯相繼慘死之後，此時的寶玉反而會為父親升個郎中「樂的手舞足蹈」，寫得太荒謬了。

甲：把寶玉的性格寫得大變的，還有一處，就是「人亡物在公子填詞」那一段。既已有〈芙蓉誄〉，又來這首詞，是不必要的重複。此其一。這樣惡俗的詞，不但與〈芙蓉誄〉有天壤之別，便是與寶玉替探春續作的半闋〈南柯子〉相較，也有仙凡之殊，難道真是「賈郎才盡」至此？此其二。但更不成話的是那個稱呼。試想，〈芙蓉女兒誄〉中的稱呼：「怡紅院濁玉……乃致祭於自帝宮中撫司秋豔芙蓉女兒之前日」，自己是多麼自謙，對對方又是多麼尊重！那才是寶玉一貫的性格和思想。可是這回「公子填詞」卻是怎麼稱呼的呢？居然是什麼「怡紅主人焚付晴姐知之」，完全是「大少爺」對「通房丫頭」的口氣。真是唐突晴雯，並且也唐突了寶玉！

乙：說到唐突，我還想起一個唐突黛玉的地方：就是紫鵑看到面貌酷似賈寶玉的甄寶玉，竟然會這麼想道：「可惜林姑娘死了，若不死時，就將那甄寶玉配了他，只怕也是願意的。」

甲：這一條本來沒有注意。你點出來，想想確實不成話。難道黛玉愛賈寶玉，只是愛那一張面孔嗎？難道天下男人中只要同面孔的，就人盡可夫嗎？

乙：紫鵑是深知黛玉的。她明明說過：黛玉和賈寶玉，「最難得的是從小兒一處長大，脾氣情性都彼此知道的了。」她勸黛玉說：「萬兩黃金容易得，知心一個也難求。」怎麼會變成只論面貌，而且還斷言黛玉「只怕也是願意的」呢？

甲：所以，這不光是唐突了黛玉，同時也唐突了紫鵑。

乙：比唐突更進一步的是侮辱。我又想起後四十回寫的妙玉的結局，你看，是不是太不堪，太侮辱了呢？

甲：我看，不僅侮辱了「檻外人」妙玉，而且侮辱了「檻內人」寶玉；不僅侮辱了作品中的人物，而且侮辱了讀作品的讀者。我讀的時候，就有受侮辱的感覺，很氣忿。

乙：不過，曹雪芹原來安排的結局，大約也很糟糕吧！「好一似無瑕白玉遭泥染，又何須王孫公子歎無緣」。

甲：這兩句暗示的是有些糟糕。不過，我相信，如果曹雪芹來寫，不管怎麼糟糕，也不會叫人讀了氣忿。問題不在說了什麼，而在怎麼說的。

乙：對了。叫人生氣的，是敘述時那種輕薄的、甚至有些幸災樂禍的口吻。曹雪芹斷不會有這樣下流的筆墨。

甲：還有一種筆墨，倒不算是下流，然而也是唐突了黛玉。就是「病瀟湘痴魂驚惡夢」那一節：先是襲人平白想起黛玉可能成為寶玉的「正配」，怕自己這個「偏房」將來要受虐待，而且居然就跑到瀟湘館去議論香菱如何受夏金桂虐待，借此探黛玉的口氣。黛玉也儼然以未來的「正配」駁斥未來的「偏房」的口吻，針鋒相對地說什麼「但凡家庭之事，不是東風壓倒了西風，就是西風壓倒了東風」。這已經把黛玉寫得不成樣子。接著又讓薛寶釵派個老婆子來送蜜餞荔枝，這個老婆子進來以後，居然「請了安，且不說送什麼，只是覷著眼瞧黛玉。看的黛玉臉上倒不好意思起來」。這個老婆子居然當著黛玉的面向襲人說：「怨不得我們太太說：這林姑娘和你們寶二爺是一對兒。原來真是天仙似的。」……

乙：鶯兒哪裡去了？這種差使，哪裡輪到一個老婆子？即使老婆子去了，又何至於這樣沒規矩，沒體統？賈府哪能容？

甲：更不好的是，接著又寫黛玉在這兩個刺激之下，當晚就做了那麼一場惡夢。我覺得這場夢太實，太直，太露，因而也就是把黛玉的心靈寫得太粗，太低，太淺。普希金寫妲姬雅娜的夢，車爾尼雪夫斯基寫薇拉的夢，同樣是女性的愛情的夢，人家寫得多麼空靈！多麼曲折！多麼深厚！

乙：恐怕不能這樣來比較。中國古典文學同俄羅斯文學本來不同。你說，古典文學裡面，哪裡有妲姬雅娜、薇拉那樣的夢？就是著名的《牡丹亭》，杜麗娘那一夢，用你的話，不也同樣是太實，太直，太露嗎？

甲：我本來沒有同杜麗娘的夢相比。

乙：你只能從中國古典文學的實際出發呀！

甲：那就說整個中國古典文學寫這種夢都寫得不好，也未嘗不可。「中國之君子，明於禮義，而陋於知人心。」何況是少女的愛情的心。

乙：不要說得那麼遠了。我總覺得黛玉這一夢，還是寫得很好的。夢裡的賈母「呆著臉兒笑」，這形容得多好！夢裡的黛玉，「深痛自己沒有親娘，便是外祖母與舅母姐妹們，平時何等待的好，可見都是假的」，這寫得多好！這哪裡只是夢中才產生的思想？明明是她平日體驗觀察所得、久已埋藏在意識底層的看法。

甲：好了，不討論這個問題了吧。反正我認為寫得不好，你認為寫得好，我們看法不一致就是了。剛才說到寶釵差來送蜜餞荔枝的老婆子太沒有規矩，我又聯想到包勇來投靠賈府那一節，也太不合體統。劉姥姥初進賈府，是那麼困難。這包勇雖說有甄應嘉的薦書，也何至於容易到一來就見著了賈政？林之孝幹什麼去了？賈璉幹什麼去了？這些家政瑣屑，賈政一向何曾管過？退一千一萬步說，就算賈政看在薦主甄應嘉的面上，破格接見，也應該是稍稍問幾句話就完事，又何至於長篇大論地同一個新來的奴才拉起家常，向一個奴才打聽通家子弟的情況？包勇又怎麼敢在新投靠的尊嚴的主子面前，那麼手舞足蹈地評論原來的主子？還說到什麼哥兒愛不愛姑娘們的事？堂堂賈府，哪裡容得這等放肆？

乙：我又從你這個例子，聯想到大老爺賈赦。修造大觀園，那樣重要的大事，賈赦都只在屋內高臥，有什麼事還要賈璉寫書面報告。可是，後四十回裡面，這位大老爺的腳步忽然勤起來，有事無事，動輒就往賈政這邊跑，還無緣無故留在這邊吃飯。這些都是前八十回裡絕對不會有的。

甲：把人的性格寫變了的，還有探春遠嫁，第一次歸寧，家裡已經經過翻天覆地的變化。這位三姑娘，原來那麼能幹，那麼有才有學，這會子卻只用「聽了不免傷感」這樣無味的淡話了之。

乙：後四十回這些太差勁的地方，直是舉不勝舉。我們換個題目，還是回過去談談它的優點，以及它有原作者的殘稿作根據的地方吧。

甲：有一條最明顯的證據，非有原作者的殘稿作根據就無法解釋，就是賈府被抄家的那一段。我曾經同一位朋友談過：中國封建帝制之下，貴族大臣被抄家的事，真是無代無之。但是，文學作品寫到抄家的，似乎只有《紅樓夢》後四十回。而且，寫得那麼好！那種氣氛，那種情景，只有被抄過家的曹雪芹才寫得出來。至於高鶚，他沒有被抄過家，也沒有資格去抄人的家，他是無論如何也憑空想像不出來的。同我談話的那位朋友，對這一點很是同意。

乙：曹家抄家的時候，曹雪芹幾歲呢？

甲：即使他還沒有出世，也沒有關係。家庭歷史上這樣的大事件，總是會口口相傳下去，孩子們「童而習之」，恍如親身經歷過似的。魯迅的文言文小說《懷舊》裡，就寫過王翁向小孩子談「長毛」時趙五叔在這家看門的故事。

乙：這倒是的。「多多少少的穿靴帶帽的強盜來了！」一定就是當時真有此語，才傳下來的。憑空杜撰，誰也想不出。這的確是有曹雪芹殘稿的鐵證。

甲：還有一個證據，就是鴛鴦要上吊，來「接引」的竟是秦可卿。本來《金陵十二釵冊子》上畫的可卿的結局，就是「一座高樓，上有一美人懸樑自盡」，清清楚楚。但是，自從第十三回「秦可卿淫喪天香樓」改成了「秦可卿死封龍禁尉」以來，有意造成一個可卿「生病而死」的錯覺。一般讀者的印象，都被這個錯覺所支配，反而忘記了《金陵十二釵冊子》上那幅預言圖。在這種情況之下，高鶚如果不是有原作者的殘稿作根據，決沒有那麼大的膽子在鴛鴦自殺時直截了當地把可卿寫成「燈光慘澹，隱隱有個女人拿著汗巾子，好似要上吊的樣子」。

乙：這一條我又有不同的意見。也許高鶚是嚴格遵照前面的預言來寫呢。但是倒可以作為一個反證，證明凡是高鶚寫的結局與前面的預言不相符的，都決不是高鶚看不懂預言，或者有意要違反預言，而是他所得到的原作者的殘稿就是那樣，他也沒法改。

甲：我們還是各存其是吧！談了這麼久，還沒有談到最主要的東西，就是黛死釵嫁這一個悲劇結局。我認為，這一部分，非曹雪芹寫不出來；而後四十回保存了這一悲劇結局，就是一大功勞，足以抵得過剛才我們談過的以及沒有談過的一切缺點。

乙：這一點，我完全同意。一百七八十年來，哪一個普通的讀者，讀後印象最深最深的，不是「焚稿斷痴情」和「魂歸離恨天」這幾段？人們不知道什麼前八十回與後四十回之分以前，誰會相信這個結局不是出自原作者之手？就是現在，我仍堅決認為，如果抽掉了這個結局，一部《紅樓夢》的感人力量，至少損失了一半，其實還不止一半。

甲：這個悲劇還有特殊的意義。中國古典文學裡面，《孔雀東南飛》、《釵頭鳳》、《梁祝》的悲劇，是由於父母之命。《上山采蘼蕪》、《會真記》、《杜十娘》的悲劇，是由於男子負心。《紅樓夢》則本是父母之命一類型的悲劇，而在被迫害的女兒的心裡，卻把同受迫害的那一個，永遠誤會為負心人。黛玉臨死前最後一句話是：「寶玉，寶玉，你好……」這是對負心人的沉痛的譴責與質問，然而她永遠得不到回答了。後來，寶玉去哭瀟湘館，叫著黛玉道：「你別怨我，只是父母作主，並不是我負心。」恰好是對黛玉臨終的質問的回答，然而他永遠解釋不了這個大誤會了。兩個人同受迫害，然而一個是至死不知道還有一個同心共命之人，一個是一輩子永遠知道得不到同心共命之人的諒解，都是一身而受兩種悲劇的痛苦。不管後四十回有多少缺點，有了這一個悲劇的結局，便可以不朽了。

乙：你的意思是贊成現在這樣寫法，就是說，贊成「瞞消息鳳姐設奇謀」這樣的安排了？

甲：當然。所謂另一種結局：黛玉早死，然後金玉相配，那就完全沒有什麼意思。況且，「你死了，我做和尚。」這是前八十回中寶玉一再的誓言，豈有知道黛玉死了，便背棄誓言，肯與寶釵成婚之理？既然寶玉與寶釵成婚，是曹雪芹預定的結局，所以就只有被騙結婚這一種可能，沒有第二種可能。

乙：對了。寶玉被騙與寶釵結婚，則黛玉無不死之理。把它集中起來，就成了一邊是「薛寶釵出閨成大禮」，一邊是「林黛玉焚稿斷痴情」，二者在同一時間發生，這是中外文學中所罕見的悲劇。然後，寶玉一邊痛悼黛玉，一邊面對既成事實，也與寶釵過過一段「閨房之樂」的生活，這是符合寶玉的性格的。因為，寶玉對寶釵，原來就不無愛悅之心。這同先知道黛玉死了，再甘心情願地與寶釵成婚，完全兩樣。

甲：雖然也將就既成事實，過過一段「閨房之樂」的生活，而終於撒手出家，對黛玉實踐了誓言。這更是符合寶玉的性格。有人說：「寶玉有愧於潘又安。」我看，這也不過是一句俏皮話，沒有什麼意思。

乙：是的。寶玉是寶玉，本來不是潘又安。離開人物性格的邏輯，來評論誰應該有愧於誰，確實沒有什麼意思。

甲：我們還是具體地看一看這個悲劇究竟怎麼寫的，這才是我們的本題。我一向覺得，寫得這樣深厚的悲劇，至少在我所知道的中外文學作品裡，是沒有的。

乙：我也沒有看過同樣深厚的悲劇。我覺得，第一個特點，是「來勢」之遠。最遠的要上推到第二十八回，元妃賞賜禮物，獨有寶釵的一份與寶玉的一份是同樣的，這已經是最高權威的明顯的暗示。這一點烏雲，在上空迅速凝聚，形成了兩次大風暴，一次是寶玉挨打，一次是抄檢大觀園。

甲：這還是前八十回的。我們單說後四十回，「取勢」也非常之遠，八十四回「試文字寶玉始提親」，已經是「涼風起於天末」。然後一路下來，這陣風時停時續，越來越大。直到「泄機關顰兒迷本性」之前，還先來一次「蛇影杯弓顰卿絕粒」。正如大波到來之前，先有一次較小的波濤，來得快，去得快，然後有一段風平浪靜，而這正是真正的最大風暴之前的暫時的平靜。

乙：在這暫時的平靜中，黛玉誤會了「老太太說的，親上作親，又是園中住著的」一句話，滿以為「非自己而誰」。又借著參禪，「討口供」式地取得了寶玉的明確的愛情的保證。寶黛二人這時大概都以為幸福即在眼前。讀者卻知道黛玉的「絕粒」，暴露了她和寶玉的愛情，反而促使賈母、王夫人下了要拆散他們的最後決心。於是，寶黛二人愈是自以為幸福即在眼前，讀者愈覺得可悲。這也可以說是一種「以樂景寫哀」吧！

甲：你注意另一種「以樂景寫哀」沒有？自從「泄機關顰兒迷本性」，直到「苦絳珠魂歸離恨天」，這三回之中，有三種笑：黛玉自從聽了傻大姐的話，直至於死，沒有一次哭，一直是笑，笑，笑。這是淚已還盡，痛恨寶玉，痛恨賈母、王夫人，痛恨人間的笑。寶玉自黛玉前來永訣，直至揭開寶釵的蓋頭，也一直是笑，笑，笑。這是受愚弄，作犧牲，不自知其可悲，甚至還自以為幸福，因而更使讀者覺其可悲的笑。至於賈母、鳳姐和襲人，也老是在笑。這是劊子手的猙獰得意的笑。這場慘痛無比的悲劇，就是在這一片笑聲中演出的。

乙：那麼，也可以說，這三種笑聲之後，又來了三種哭聲：寶玉、紫鵑、李紈三人哭黛玉，儘管性質和程度各不相同，但都是真哭，賈母、王夫人的哭，是虛偽、殘忍的哭。而寶釵哭黛玉，則與以上兩種都不同，另是一種複雜心情的哭。

甲：三種笑，三種哭，把一個悲劇結局寫到這樣豐富深刻的程度，特別是以笑聲為主來寫，愈是一片笑聲，愈見其慘痛，真可謂「說到辛酸處，荒唐愈可悲」了。後四十回有這一個結局真是有大功於讀者，誰還要否定它，實在不大好理解。

乙：也沒有什麼不好理解的。「由來同一夢，休笑世人痴。」是不是？

甲：哈哈！

——一九七九年八月二十二日

（《紅樓夢研究集刊》第二輯，一九八〇年）

高鶚續《紅樓夢》後四十回說質疑

作者：蕭立岩（生卒年不詳），與陶劍平同時期的紅學家，已故。

《紅樓夢》是我國古典文學寶庫中一部偉大的現實主義作品，二百多年來深受廣大讀者的熱愛。但關於這部書後四十回的作者問題，卻存在著一些疑問和曲解，亟待澄清。一九二一年，胡適在〈《紅樓夢》考證〉一文中斷言：「後四十回是高鶚補的，這話自無可疑」。半個多世紀以來，這個「大膽的假設」一直統治著《紅樓夢》研究領域，成為我們正確對待後四十回的障礙。其間雖曾有人提出過不同的意見，但似乎始終沒有受到足夠的重視。我們閱讀了一些有關材料之後，覺得胡適的這個結論，實在有重新估價的必要，以下試談談這個問題：

（一）

從很多方面來看，都足以說明曹雪芹生前已經基本上完成了《紅樓夢》的寫作工作。《脂評》所說：「書未成，芹為淚盡而逝」（甲戌本第一回眉批），實指部分章節有改寫或補寫未定、未完之處而言，並不是說曹雪芹恰好寫到八十回就溘然而逝了。《脂評》中提供的若干線索，無可辯駁地說明曹雪芹的如椽之筆並沒有停留在前八十回上。畸笏叟甚至明確地說：「至末回《警幻情榜》，方知正、副、再副，及三、四副芳諱」（庚辰本第十七、十八合回《脂評》）。這就說明了曹雪芹生前的確已寫完《紅樓夢》的最後一回，而畸笏叟看到的那個稿子，是以「情榜」的形式作為全書的結束的。

甲戌本凡例中有一首題詩，顯然出自曹雪芹之手。這首詩說：「浮生著甚苦奔忙？盛席華筵終散場。悲喜千般同幻渺，古今一夢盡荒唐。漫言紅袖啼痕重，更有情痴抱恨長。字字看來皆是血，十年辛苦不尋常！」這首詩對於小說的全部內容和主旨都作了簡要的概括。既指出了賈府盛極而衰的下場，也暗示出寶、黛的愛情悲劇，可說是這部小說的總結。特別是最後兩句，作者不但明確地說出寫完這部小說是用了「十年」的時間，而且也抒發了作者在完成這部長篇傑作時的激動心情——他覺得這部小說的一字一句都凝聚著自己心血，十年的辛勤寫作，終於取得了堪以自慰的成果。這些語言豈是書未完成時所能夠說得出的？

從曹雪芹寫作這部小說的經過和時間上看，他也應該有足夠的時間來完成它。乾隆甲戌年（一七五四年）「抄閱再評」的《石頭記》，有一段《脂評》說，「雪芹舊有《風月寶鑑》之書，乃其弟棠村序也。今棠村已逝，余睹新懷舊，故仍因之。」（甲戌本第一回朱批）。從這段話中，可知《石頭記》乃是從《風月寶鑑》脫胎而來，而《風月寶鑑》是曹雪芹的舊作。他擴充改寫《風月寶鑑》成為《石頭記》這部巨著，在一七五四年就已經有了「再評」，可見這部書寫成的時間還要早於此年。即使這時的《石頭記》還只有八十回，但從一七五四年到曹雪芹去世，還有將近十年的時間，他完全有條件去完成這部小說。儘管他對於後半部的稿子，可能改來改去，始終還不十分滿意，但我們卻沒有理由說曹雪芹生前只寫到八十回就戛然停筆了。

胡適在一九二八年發表的〈考證《紅樓夢》的新材料〉一文中，部分地修改了他原來的說法，承認曹雪芹在去世之前，「陸續作成的《紅樓夢》稿子，決不止八十回」。但為了繼續維持他的高鶚續書說，卻又武斷地認為：這些稿子在「雪芹死後，遂完全散失了」。這是完全缺乏事實根據的，我們以常理來推斷，八十回以後的遺稿，儘管可能由於朋友們借閱，有一部分「迷失」了，但全部蕩然無存的可能性不大。這是因為：第一，我們至今沒有看到任何關於曹雪芹死後，他的家中遭受大火或再次被查抄的可靠材料，因此，遺稿不可能全部亡佚；第二，曹雪芹身後雖然無子，但他還有一位「飄零」的「新婦」，無論她是「薛寶釵」還是「史湘雲」，但她斷斷不會愚蠢到連雪芹的遺稿都不知保存的地步，第三，曹雪芹生前有不少關係十分密切的親友，包括脂硯齋之類的人物在內。這些人大都是《紅樓夢》迷，他們肯定也能夠細心保存曹雪芹的手稿或抄本，不致使之完全散失。

程偉元搜求後四十回遺稿，是從乾隆五十年（一七八五年）前後開始的，這時離曹雪芹去世僅二十多年，時間上還相當接近。據程偉元敘述搜集遺稿的動機和經過說：「不佞以是書既有百二十卷之目，豈無完璧？爰為竭力搜羅，自藏書家甚至故紙堆中，無不留心。數年以來，僅積有二十餘卷。一日，偶於鼓擔上得十餘卷，遂重價購之」（〈《紅樓夢》序〉）。他既有這樣的信心和決心，又竭盡全力四處搜羅，而當時《紅樓夢》遺稿的可能收藏者，如敦誠、敦敏、墨香、明義等人都還健在，這些人肯定都會成為他走訪的對象，程偉元從他們那裡得到八十回以後的一部分甚至大部分遺稿，並不是不可能的。

（二）

問題在於：程本的後四十回何以與《脂評》提供的線索多有不符之處？「中鄉魁」、「沐皇恩」等情節何以與原作精神不甚相合？後四十回中有些文字何以顯得如此拙劣？等等。

對於這些問題，是否可以這樣理解：

第一，《紅樓夢》這部絢爛多彩、卷帙浩繁的大書，曹雪芹不可能是一氣呵成的。雖已有《風月寶鑑》作為底本，但在擴充改寫的過程中，為了提高作品的思想和藝術效果，作者必然還要經過反覆的思考和修改。特別是對於後半部，究竟給賈府寫出一個什麼樣的結局？給小說中的一些主要人物寫出什麼樣的下場？這些問題在曹雪芹的頭腦中肯定都會是煞費經營的。曹雪芹自己就曾說過「增刪五次」的話，這恐怕還是指較大的修改而言，至於小的修改，大約還遠不止這些次數。而且在曹雪芹寫作這部小說的過程中，又始終受到一些關係比較密切的親友們的關注。他們不斷地提出這樣或那樣的意見，甚至有時還會以「長輩」的身分「命」他接受。例如第十三回，對於秦可卿的死，曹雪芹本來是用「史筆」去寫的，但由於脂硯齋不同意而只得改寫了，這就造成第十三回的正文和第五回「太虛幻境」畫冊的脫節。對於賈府的結局，對於寶玉、鳳姐等人的下場，是否也會遇到同樣的情形呢？雖無明文可查，但我們可以設想，如果作者把寶玉的結局寫成「寒冬噎酸齏，雪夜圍破氈」的窮叫花子，恐怕脂硯齋之類的人就更不會同意了吧？而對於這些人的意見，曹雪芹又不能不認真地加以考慮。這就必然造成八十回以後寫作的困難和修改的頻繁，不易形成一個定稿。這大約就是曹雪芹生前沒有來得及把八十回以後的文字公開出來，而只有一些關係比較密切的親友才能夠看到的原因吧？另外，清代還盛傳乾隆皇帝曾欲借閱《紅樓夢》，進書者「某滿人」因恐書中有觸犯皇帝之處，因而「急就原本刪改進呈」。這個傳說如果屬實的話，那麼，八十回以後的文字被刪改的地方就會更多。「迷失」加「刪改」，這就使得後四十回的內容與《脂評》提供的線索多有不符之處了。

第二，寶玉中舉和賈府復興這一部分文字，很有可能是別人後加上去的，但也不能完全排除曹雪芹由於接受了親友們的意見而加以改寫的可能性。《戚蓼生序本〈石頭記〉》第十七回，有秦鐘臨死前和寶玉訣別的一段話：「以前你我見識自為高過世人，我今日才知自悞了。以後還應該立志功名，以榮耀顯達為是」。甲戌本第一回，在「無材補天，幻形人世」兩句傍，有一段紅筆批註說：「八字便是作者一生慚恨」。甲戌本凡例中說：「今風塵碌碌，一事無成……實愧則有餘，悔則無益，大無可奈何之日也。當此日，欲將已往所賴天恩祖德，錦衣紈褲之時，飫甘饜肥之日，背父兄教育之恩，負師友規訓之德，以致今日一技無成、半生潦倒之罪，編述一集，以告天下。」這都反映了作者思想上的徬徨。儘管曹雪芹是一位偉大的文學家和思想家，但他也不可能完全擺脫時代環境和階級條件所加給他的限制，我們不應該脫離實際過高地要求古人。恩格斯在《社會主義從空想到科學的發展》一書中說：「十八世紀的偉大思想家們，也和他們的一切先驅者一樣，沒有能夠超出他們自己的時代所給予他們的限制」（《馬克思恩格斯選集》第三卷第四〇五頁）。曹雪芹也不可能完全例外。

第三，後四十回中，有些文字的確寫得相當拙劣，顯得和前八十回中的大部分文字很不協調。這可能正是程、高修補之處或「某滿人」刪改之筆吧？但不容否認，後四十回中確實也有不少精采的篇章，不但表現了作者對於賈府人物性格的深刻瞭解，而且其描寫手法之細膩、靈活、生動，較之前八十回毫無遜色。如寶蟾送酒、司棋之死、五兒承錯愛等節，都寫得十分成功。其他有些關於人物細節的描寫也充分顯示了作者的才華。這裡隨便舉兩個不太引人注意的例子，如第八十四回，寫巧姐兒生病，趙姨娘叫賈環去看望。賈環到了巧姐兒的病房，因為想看看牛黃是什麼樣子，他東張西望，一不小心弄翻了藥鍋子那一段。作者輕輕幾筆就活畫出賈環那種舉止輕浮，行動討人嫌的一貫作風。同時也把鳳姐的火爆脾氣、尖刻的語言，以及趙姨娘對於鳳姐又怕、又恨、本想討好反而落了一場沒趣的複雜心情，描寫得活龍活現，淋漓盡致。又如第一百〇一回，寫賈璉、鳳姐和平兒三人私下的一席對話，作者通過對這三個人說話的語氣、措詞和動作的描寫，巧妙地刻劃出他們不同的身分和不同的性格。寫得栩栩如生，恰如其分。像這樣的筆法，豈是他人所能模仿得出來的？因此，如果說後四十回中完全沒有曹雪芹的筆墨在內，那是不能令人信服的。

（三）

胡適認為《紅樓夢》後四十回是高鶚續作的「最明白的證據」，是來自俞樾《小浮梅閒話》中的一段考證：「《船山詩草》有〈贈高蘭墅（鶚）同年〉一首云：『豔情人自說紅樓』。注云：『《紅樓夢》八十回以後俱蘭墅所補』。然則，此書非出一手……其為高君所補可證矣。」對於俞樾、胡適等人把「補」和「續」完全等同起來的錯誤意見，早已有人做了批駁，這裡不打算再多作解釋。但胡適卻根據這一個「補」字竟進而斷定高鶚是在「乾隆五十六—五十七年（一七九一—一七九二年），補作《紅樓夢》後四十回，並作序例」（〈《紅樓夢》考證〉）。這就更令人無法置信了。因為稍有寫作常識的人都能夠體會到，模仿別人的筆法續寫小說，並不是一件容易的事，也許比自己另寫一部小說還要費勁。因為這裡面不但有創作思想不易一致的問題，而且還有表現手法不易一致的問題。特別是對於小說中人物性格的描寫，續作者很難把自己生活中缺乏具體形象的人物模寫得和原作相一致。

關於高鶚的歷史，我們知道的還很少。根據一些材料的記載，知道他是一位寫八股文的老手，應科舉的內行，查考不出他有寫作白話文小說的經歷。他祖籍鐵嶺，是鑲黃旗漢軍，但他本人究竟是在哪裡出生長大的？還不清楚。他是詩人張船山的妹夫，而張船山是四川遂寧人，他很可能自幼即寓居四川。因此他能否有運用流利的北京話來續寫小說的能力，是很可懷疑的。另外，從他一生中的經歷來看，他中過舉人、進士，當過侍讀和鄉試同考官。後來又提升為江南道御史、刑科給事中等官職，在仕途上可算是一帆風順的。由此可知他是一位熱中功名利祿，與世俯仰，能夠適應封建統治階級需要的人物。具有這種品質和經歷的人，怎麼可能續寫出一部「大故迭起，破敗死亡相繼」（魯迅，《中國小說史略》）的後四十回呢？大略統計了一下，後四十回中寫賈府及其親友中的「破敗死亡」事件不下二十餘起。揭露封建社會黑暗的文字，也比較多而且尖銳，批判的矛頭有些甚至直指封建皇帝及其御用統治機構，如第八十三回，元春泣訴宮庭生活的陰暗冷酷說：「父女兄弟，反不如小家子得以常常親近！」又如第一百〇五回，寫錦衣衛的官吏和差役，利用查抄寧國府的機會，大肆搶掠，好像一夥「穿靴戴帽的強盜」等等。這豈是高鶚之流的人所敢於說出的？

而且以曹雪芹的文學才能，再加上他自己的親身生活經歷作為寫作素材，如果說用了十年以上的時間才寫了八十回的話，那麼高鶚怎麼可能在不到一年的時間裡，就補寫出這樣水平的後四十回呢？說這樣的話，不是貶責高鶚，而簡直是把他當作「超天才」來恭維了。

應該承認程偉元在〈《紅樓夢》序〉裡所說的話，還是比較真實的。他說在獲得後四十回的殘稿之後，「欣然翻閱，見其前後起伏尚屬接榫，然漫漶不可收拾，乃同友人細加釐剔，截長補短，抄成全部。」他和高鶚在〈《紅樓夢》引言〉中又說：「惟按其前後關照者，略加修輯，使其有應接而無矛盾。至其原文，未敢臆改。」這是很有可能的，事實上恐怕程、高二人也只有做到這一步工作的能力，全部補寫，絕不勝任。同時也很難設想兩個封建士大夫中的人物，又正值角逐功名之際，竟會串通起來幹這種「欺世」而又不「盜名」的蠢事。如果說他們因為覺得《紅樓夢》是一部有「礙語」的書，清代盛行文字獄，怕受到了牽累，因而自己寫了又不敢承認的話，那麼，程偉元又何必公然出高價去搜求此書的遺稿？程、高二人又何必如此熱心地去整理和刊印這部有「礙語」的書而又為之署名作序？這豈不是自相矛盾令人無法解釋得通嗎？

（四）

那麼，是否存在第三者偽撰而程、高受騙的問題呢？按一般情理來說，這也是不可能的。因為從曹雪芹去世到程刊本印行，中間只有二十多年的時間。而在這一段時間的上半段，《紅樓夢》顯然還沒有在社會上廣泛流行，而只是在曹雪芹的親友中借閱或傳抄。永忠在曹雪芹死後五年，還不知道有《紅樓夢》這部書，他是在墨香的介紹下，方才讀到了這部小說。曹雪芹死後約十年左右，明義在〈題《紅樓夢》詩〉的引言上還說：「惜其書未傳，世鮮知者」。這都說明在曹雪芹生前及去世後的一段頗長的時間裡，《紅樓夢》一書並未為世人所熟知。梁拱辰《勸戒四錄》中說：「《紅樓夢》一書，乾隆五十年（一七八五年）以後，其書始傳。」吳雲在〈《紅樓夢》傳奇〉序上也說：「《紅樓夢》一書，稗史之妖也。不知所自起，當四庫書告成時（乾隆四十七年，一七八二年），稍稍流布，率皆抄寫無完帙。」這些話都不能說是沒有根據的。

在《紅樓夢》尚未流行之前，當然不存在別人冒名偽續的問題。及至此書流行，到程偉元搜求遺稿的時候，最多也只是三、五年的時間。如果真有像裕瑞在《棗窗閒筆》中所說的那種人，因為聽說程偉元搜求遺稿，「遂有聞故生心思謀利者，偽續四十回，同原八十回抄成一部，用以紿人」的話，那麼，他起碼總要查閱一下《脂評》，按照其中提供的「草蛇灰線」來補寫，這樣才有可能騙住人，否則，他的工夫豈不有完全落空的危險？而《脂評》本在當時是通行的本子，並不難查閱。此人既要作偽，便不會愚蠢到置《脂評》於不顧，另搞一套以自露馬腳的地步。根據近年來新發現的材料，知道程偉元並不是什麼富商大賈，他不過是「一介貧儒」而已。他出於愛好而搜求後四十回的遺稿，肯定也付不出很高的價錢，對於「思謀利者」，大概也不會有很大的吸引力吧？

事實上，續書之風實起於程本刊行之後，因為程本後四十回中雖已有了「中鄉魁」、「沐皇恩」等較為緩和的調子，但對於一般地主階級的文人來說，仍然感覺到是很不滿足的。他們需要的是一個十全十美的大團圓的結局，而不僅僅是什麼「蘭桂齊芳」的朦朧希望。所謂「前書八十回後，立意甚謬」（《紅樓後夢》凡例）；「細考其用意不佳，多殺風景之處」（《棗窗閒筆》），正是反映了這些人的不滿情緒。為了彌補這一缺憾，於是「續《紅樓夢》」之類的書乃相繼出現，在程本問世之前，並不存在續書的問題。

（五）

程偉元第一次刊印一百二十回《紅樓夢》，是在乾隆五十六年（一七九一年）冬，由北京萃文書屋用木活字排印，書的全名是《新鐫全部繡像〈紅樓夢〉》。

由於《紅樓夢》早已膾炙人口，而原來傳抄流行的本子只有八十回，人們早就「以未窺全豹為恨」（《戚蓼生〈石頭記〉》序）。所以這個一百二十回本一出現，很快就風行了起來。周春在《閱〈紅樓夢〉筆記》中說：「壬子（一七九二年）冬，知吳門坊間已開雕矣。」這說明在程本印行的第二年，蘇州的書坊緊接著也就開始翻刻了。而實際上，在程本付印之前，這個一百二十回的《紅樓夢》，早就以手抄本的形式流傳出去了。程、高〈《紅樓夢》引言〉上說：「今得後四十回，合成完璧。緣友人借抄爭睹者甚夥，抄錄固難，刊板亦需時日，姑集活字刷印。」可見當時《紅樓夢》愛好者，聞風而來，急欲一窺

「全豹」的迫切心情。周春在《閱〈紅樓夢〉筆記》中文說：「乾隆庚戌（一七九〇年）秋……雁隅以重價購抄本兩部，一為《石頭記》八十回；一為《紅樓夢》，一百二十回，微有異同，愛不釋手。」還說這位購書人由於酷愛這部小說，「監臨省試，必攜帶入闈，閩中傳為佳話。」這說明在程本刊印前一年多，一百二十回的《紅樓夢》手抄本，已經流傳到福建省了。

試想，遠在南方的讀者尚且如此哄動，那麼近在北京的《紅樓夢》愛好者和曹雪芹的親友們，能不關心這個本子的出現嗎？據我們所知，在程本刊行之時，曹雪芹的生前友好還有不少人健在。這些人不但瞭解曹雪芹，而且也大都讀過《紅樓夢》原稿，可說是這部小說的歷史見證人。如果後四十回純屬高鶚偽撰，這些人是不可能熟視無睹的。

在這些見證人當中，我們首先要舉敦敏和敦誠兩兄弟。大家都知道這兩個人和曹雪芹的關係是很不尋常的。敦敏在《贈芹圃》詩中說：「燕市哭歌悲遇合，秦淮風月憶繁華。」這說明他對於曹雪芹的家世和才能都有深刻的瞭解，有人認為「秦淮風月憶繁華」一語即指《紅樓夢》而言。敦誠在〈寄懷曹雪芹〉詩中說：「勸君莫彈食客鋏，勸君莫叩富兒門，殘杯冷炙有德色，不如著書黃葉村。」敦誠勸曹雪芹埋頭著什麼書呢？也許是暗指《紅樓夢》吧？這雖然只是猜測，無法證實，但通過這些詩句，起碼反映了敦氏兄弟和曹雪芹之間關係的密切，反映了他們是無話不談，無事不知的好友。直到曹雪芹病逝後很久，敦氏兄弟仍然不時地懷念他。如敦誠《四松堂集》中《寄大兄》一文說：「蕭蕭然孤坐一室，易生感懷，每思及故人，如：立翁、復齋、雪芹……不數年間，皆蕩為寒煙冷霧。向日歡笑，那復可得？時移事變，生死異途，所謂『此中日夕，以眼淚洗面也』。」

為了紀念亡友，敦誠還盡力蒐集他們的遺作，甚至「凡片紙隻字」，亦皆「手為錄之」。因此，我們完全有理由作出這樣的估計：敦氏兄弟手中很可能保存著《紅樓夢》後半部的原稿或手抄本。

敦誠卒於乾隆五十六年（一七九一年）冬，在他去世之前也許已來不及看到程刊本問世了，但他有可能看到早在一年多之前已經流傳出來的一百二十回手抄本。敦敏卒於嘉慶元年（一七九六年）以後，他就更有充分的時間能夠看到程刊本了。如果後四十回是高鶚的偽作，那麼，以深刻瞭解曹雪芹及著作的敦氏兄弟，不可能鑑別不出來真偽。以他們和曹雪芹的友誼而論，他們也決不會容許別人把偽作強加在自己的亡友身上而默無一語。

我們還可以舉永忠作證，永忠也是敦誠、敦敏的朋友，但他卻沒有見到過曹雪芹，也不知道有《紅樓夢》這部書。在曹雪芹病逝後五年（一七六八年），由於墨香的介紹，他才讀到了《紅樓夢》。讀後，他深為這部偉大著作的卓越文筆和悲劇情節所吸引，他寫了三首感情很深的詩，詩的題目是：〈因墨香得觀《紅樓夢》悼雪芹〉。詩一開頭就說：「傳神文筆足千秋，不是情人不淚流。」從這些詩句看來，他讀到的那部小說，決不只是前八十回「兒女閨房語笑私」的愉快場面，而當是有了足以使「情人」為之「淚流」的悲劇結局。他只有從小說中看到了賈府的破敗和寶、黛的愛情悲劇，才會產生那種「幾回掩卷哭曹侯」的悲痛心情，否則，這種悲痛心情從何而發？因此我們可以測知墨香推薦給他看的那部《紅樓夢》，很可能是一部完整的小說。

另外，甲戌本的凡例上說：「是書題名極多，《紅樓夢》是總其全部之名也。」由此可見《紅樓夢》是這部小說的總名，而《石頭記》則是前半部的暫用名。永忠稱呼這部小說為《紅樓夢》，而不叫做《石頭記》，也可見他讀到的那個本子是一部完整的小說。

退一步說，即使永忠看到的仍只是一個八十回本，但以他對於曹雪芹的高度崇拜心情和對於《紅樓夢》的熱愛程度，他必然也要竭力搜求八十回以後的遺稿、遺聞或其他有關材料，他決不會滿足於一個有頭無尾的故事。而當時離曹雪芹去世僅五年，敦誠、敦敏等人都健在；脂硯齋也還活著（按《脂評》的最晚年代是乾隆甲午，即一七七四年，這說明脂硯齋至少活到這一年），估計曹雪芹的妻子這時也還不至於離開人間。那麼永忠完全有條件通過這些人蒐集到八十回以後的文字，即使不能夠十分齊全，但無論如何，他總不至於對八十回以後的故事情節一無所知，而聽任高鶚的擺佈吧？

永忠卒於乾隆五十八年（一七九三年），那時程刊本已經流行兩年多了，永忠對於這個本子肯定要先睹為快吧？如果程本後四十回和他讀過的本子或有關材料完全不符的話，他怎麼可能無一語論及呢？

我們還可以舉袁枚在《隨園詩話》中提到的一位詩人明義作證。明義號「我齋」，著有《綠煙瑣窗集》。曹雪芹生前曾和他有過交往，明義在〈題《紅樓夢》〉詩的引言上說：「曹雪芹出所撰《紅樓夢》一部，備記風月繁華之盛。蓋其先人為江寧織府，其所謂大觀園者，即今隨園故址。惜其書未傳，世鮮知者，余見其抄本焉。」他對於曹雪芹的家世知道的很清楚，而曹雪芹又曾親自「出所撰《紅樓夢》一部」給他看，可見他們之間的關係決非泛泛。這裡首先值得注意的是：明義對於這部小說，也不叫作《石頭記》，而稱之為《紅樓夢》，不說是「前八十回」，而說是「一部」。

明義寫了二十首《紅樓夢》詩，均載於《綠煙瑣窗集》中。據專家們鑑定，這些詩的寫作時間都遠在程本刊行之前，但詩的內容卻有不少地方牽涉到八十回以後的一些重要情節，為我們提供了曹雪芹原稿的線索。例如〈題《紅樓夢》〉第十八首詩說：「傷心一首〈葬花詞〉，似讖成真自不知，安得返魂香一縷，起卿沉痾續紅絲。」黛玉的死是八十回以後的事，而明義詩中要用「返魂香」來救活黛玉，讓她和寶玉結成婚姻，可見他在原抄本中已看到了黛玉早死的不幸結局。否則，他的詩中不會作此設想。第十九首詩說：「莫問金緣與玉緣，聚如春夢散如煙，石歸山下無靈氣，縱使能言亦枉然。」這說明他讀完了小說之後，得知寶玉和寶釵之間的「金玉良緣」，歷時不久也就破滅了。寶玉最後仍回到大荒山下，依然是一塊「無才補天」的頑石。這一結局不能不使詩人黯然神傷？第二十首詩，則是概括了小說的全部內容，為賈府的沒落唱輓歌：「饌玉炊金未幾春，王孫瘦損骨嶙峋，青蛾紅粉歸何處？慚愧當年石季倫。」這裡明白指出賈府的煊赫一世，僅如過眼雲煙，到頭來如同西晉的豪族石崇一樣，落得個獲罪抄家，家破人亡的下場。這些內容和我們今天看到的程本後四十回，大體上都是一致的。

到了乾隆六十年（一七九五年），明義為袁枚八十壽辰寫的祝壽詩中，有一段自注說：「新出《紅樓夢》一書，或指隨園故址」。一七九五年「新出」的《紅樓夢》，當然是指程刊本而言了。但他對於這個本子並沒有提出任何反對的意見，可見他並不懷疑這個本子的真實性。

像明義這樣的人，他既讀過曹雪芹生前的《紅樓夢》原抄本，後來又看到了程刊本，如果兩個本子毫無共同之處的話，他怎麼可能深信不疑呢？這恐怕只能得出兩個本子之間確實有一定的聯繫這一結論吧？

以上這些人都有專著留於世，他們的集子不難查閱到，但我們找不出他們有任何非議後四十回的話。這決不是偶然的現象，而是說明了一個問題：即程本的後四十回決不是憑空而來，儘管其中可能摻入了別人的一些筆墨，但基本內容還應當是屬於曹雪芹的，否則，它在當時就不可能通過。歷史事實也恰恰表明：在程本刊行之時，當這些見證人還活著的時候，並沒有人懷疑後四十回的真實性。而是到了嘉慶中期以後，當這些見證人都已相繼謝世，才有人基於對後四十回悲劇結局的不滿，而提出了對於作者的懷疑，這一現象不是很值得注意的嗎？

《紅樓夢》後四十回的作者問題，是一個比較複雜的問題，但在《紅樓夢》研究領域中，又是一個比較重要的問題，它牽涉到對於《紅樓夢》三分之一的篇幅應當如何看待的大問題，因此，我們不應該迴避它。在確鑿的證據出現之前，我們只能根據現有的材料做一些推理的工作，距離問題的最後解決，還有一段遙遠的路程。但胡適的高鶚續書說，肯定是不合道理的，因而也是不符合實際的，有必要重新加以估量。由於筆者水平所限，這篇短文只能算作引玉之磚，希望得到《紅樓夢》研究工作者和廣大讀者的指正。

（《北京師範大學學報》一九八〇年第五期）

話說《紅樓夢》後四十回

作者：王蒙（一九三四—），中國當代作家、學者，中國文化部原部長，曾執教於南京大學、浙江大學、上海師範大學，著有《青春萬歲》、《組織部來了個年輕人》。

我的一個死結

我不是紅學家，對於曹氏家史、脂硯齋、版本、高鶚經歷等都所知有限。

我相信大多數學者認同的一些觀點是有根據的，《紅》的前八十回為曹氏原作，後四十回由高氏續作，曹氏運用了自家盛極而衰、晚境淒涼的經驗，書中內容在很大程度上屬於自況。

然而，從理論上、從創作心理學與中外文學史的記載來看，真正的文學著作是不可能續的。有些情節性強的湊合著還能續一下，但也要另起爐灶，有時是從書中尋找一個原來不被注意或尚未長成的人物作續作的主角，名為續作，實乃新篇。例如《金瓶梅》就擷出《水滸傳》中的西門慶、潘金蓮故事發展成全書——另一本其實與《水滸傳》沒有多大關係的書。

至於像《紅樓夢》這種頭緒紛繁，人物眾多，結構立體多面，內容生活化、日常化、真實化、全景化的小說，如何能續？不要說續旁人的著作，就是作者自己續自己的舊作，也是不可能的。

而高鶚續了，續得被廣大讀者接受了，要不是民國後幾個大學問家特別是胡適的「考據」功夫，讀者對全書一百二十回的完整性並無太大懷疑。

我們再仔細閱讀一下後四十回，雖然缺少像前八十回的元妃省親、黛玉葬花、寶玉挨打、贈帕題詩、蘆雪庵聯句、晴雯補裘、壽怡紅夜宴、搜檢大觀園、紅樓二尤那樣氣勢磅礴栩栩如生的精采段落，但其中黛玉情死、寶玉情痴、錦衣軍查抄甯國府都寫得真實感人，方方面面，千頭萬緒，好人壞人，重要人物與絕對非重要人物，福人禍人，雅人俗人，解鈴端端，收官孑孑，大致不差。這只能證明高鶚是與曹雪芹一樣的天才，而且是特殊的不計名利與智慧財產權的天才，不但能夠鑽入別人的生活、別人的肚子裡，而且能夠鑽到別人的行文中、語言揮灑中、結構「棋盤」中。這樣的天才前無古人後無來者，中乎外乎，均無其例。至於說到他幫助了《紅樓夢》的流傳，更是功莫大焉。

至於學者們對於從未發現過的「正版」後四十回的推斷，多數來自脂硯齋的評語。這也是一絕，居然有一個這樣絕對不把自己當外人的所謂「脂硯齋」在那裡指手劃腳、評頭論足、說三道四，倒像脂先生是大清帝國文學部紅樓夢處處長兼書記似的。就算他老對曹雪芹一切的一切門兒清，他確實掌握了曹氏寫《紅樓》的源起，他能洞悉和掌握曹的藝術想像、結構思忖、修辭手段、篇什推敲嗎？他能洞悉和掌控曹氏的夢幻、荒唐言、假作真、真亦假、無為有、有還無嗎？

當然學者的推斷對於研究是有參考價值的，但依據這種推論與考證而拋開高續另寫小說或新編電視連續劇則太可怕了。就算您的推斷百分之百正確，沒有細節，沒有形象，沒有情緒，沒有曹高時代的行文習慣與文采，它或許能夠算是科研或半科研（因為紅學家的論斷常常是猜測大於論證）的成果，可它們能夠就地轉化成藝術作品嗎？再正確的推斷猜測，比起高氏的早已生根、早已被基本接受的續作來，都是更倉促、更冒險、更生疏也更不靠譜的鬧騰。我這樣說會不會令一些學者發怒呢？

（《紅樓夢學刊》一九九一年第二輯）

《紅樓》三問

——《〈紅樓夢〉大觀：哈爾濱國際〈紅樓夢〉研討會論文選》序

作者：周策縱（一九一六—二〇〇七），美國威斯康辛大學東方語言系終身教授，是國際著名歷史學家，也是國際紅樓夢研究會主席，著有《五四運動史》、《破斧新詁》。

一九八六年年六月中國哈爾濱師範大學和美國威斯康辛大學，共同舉辦了哈爾濱「第二屆國際《紅樓夢》研討會」。這是繼一九八〇年六月在陌地生威大召開的「首屆國際《紅樓夢》研討會」之後的又一次國際會議。從這兩次會議所宣讀的論文，都可看出，最近幾年來，紅學研究的範圍和主題，都越來越廣和越深了；也更引起了中外學者和一般讀者更多的注意了。首屆會議的中文論文，早已由香港中文大學出版社出版，現在哈爾濱會議的論文選集，又能在香港由百姓文化事業有限公司出版，自然值得慶幸。這裡只想順便提出三個問題來討論。

一、《紅樓夢》為什麼這樣有吸引力？

記得在陌地生首屆會議的時候，有個美國電視臺的記者，帶了照相師來訪問我，她第一個問題就是：中國一部小說，怎麼會引起這麼多學者的注意，能召開一個這麼大的，百來個人的國際會議？這個問題，初聽起來有點外行，我仔細一想，倒覺得是個很有意思的問題，也是個不簡單的問題。

《紅樓夢》和曹雪芹，為什麼能引起這麼多人不斷的興趣？試看一看，除了那無數讀本、文章，詩詞歌賦雜體，以及續作、仿作的小說和分析不計之外，各地區就組織有好些學術團體，出了三四個專門刊物，吸引了無數學者、歷史家、小說家、詩人、新聞記者、通俗文學作者、翻譯家、畫家、雕塑家，還有戲劇、電影、電視和其他講唱文學的作家和演員，加上舞蹈家、音樂家、建築師、服飾師、食品製作者、釀酒者，更有月份牌、橋牌、風箏、陶瓷、泥人、麵筋人像和玩具製造者，以至於醫藥、宗教研究人士，各色人等，無不受到吸引。參加褒貶的人，可以把《紅樓夢》當成勸善戒淫之書，道德、政治、社會上正義的象徵；衛道者卻把它看作淫邪罪惡之首，足以敗壞道德人心，最好當作鴉片，運往西洋，回敬貽禍給洋鬼子。讀者中間，自清朝以來，就往往分成林黛玉黨、薛寶釵黨，秀才班子老朋友可因此爭持不下，幾乎弄到老拳相揮；當然也還有捧史湘雲的派系，捧賈探春的派系，捧尤三姐的派系，捧晴雯、紫鵑的派系，有些人喜歡李紈，有些人喜歡焦大，自然，有更多的人喜歡劉姥姥，不一而足，爭吵不休。而當代一些優秀的博士教授班子老朋友，也往往可因紅學而爭得面紅耳赤，打起筆墨官司來，互相罵架，毫不留情；這還不打緊，只不過吵吵鬧鬧，正所謂「二老揮拳例不凶」，過一會也就算了；可是一到了專政的領袖手裡，可不得了，隨意講談《紅樓夢》，話一不投機，可能會弄到上山下鄉，住牛棚，搞得一家哭，一路哭。這不是有點過火了嗎？

然而，這決不是個無緣無故的偶發現象。它與《紅樓夢》和曹雪芹本身的性質和成就都有關係，例如：故事非常感人，人物描寫得十分生動，敘述得手法別出心裁，內容特別多面密合於傳統中國文化，而且有關作者和書的問題特多，特易引起爭論，和特別不易解決，可說都是重要的因素。

首先是作者問題，就極端複雜。曹雪芹應該是主要作者，本來可說不成問題了，可是還有人提出疑問，像第一回說的「石頭」、「空空道人」，是真的作者麼？即使這點且不理論，便仍可問：作者原先根據有別人的初稿嗎？有別人參加過寫作嗎？吳玉峰、孔梅溪實有其人麼？如果有，是什麼樣的人？脂硯齋、畸笏叟是誰？既然脂批說：（縱按：其實一般所謂「脂批」並非皆是脂硯齋所寫。）「書未成，芹為淚盡而逝」，那麼今存全本，當然就總有一部分是別人修補的了。於是，這又牽涉到程偉元和高鶚對後四十回到底修補了多少，甚至高鶚是否就是後四十回作者的問題。就算這些問題都解答了，大家對這些人還是知道得太少，甚至連曹雪芹的父母到底是誰，也無法肯定。這已是夠惱人的了。

再看看版本問題，也是異常複雜。本來，別的中國傳統小說，像《水滸傳》等，也都有版本上的困難問題，但從來有沒像《紅樓夢》這樣，流傳有那麼多的抄本；而且這些抄本的底本，又多半是作者還在世時就陸續流傳出來的稿本，文字互有同異。這些所謂脂批本已夠複雜了，再就百二十回本來說，先後排版既有問題，加上乾隆時代的百二十回抄本上面有那麼多的塗改，弄的問題更為複雜。這些版本的承傳關係如何，便難於判斷了。

在這作者和版本問題之外，當然還有對小說本身的看法問題。本來，任何小說的讀法和解釋，都可能弄得「言人人殊」。可是《紅樓夢》就更複雜了。首先是書名一大串，到底該叫《石頭記》呢，還是叫《紅樓夢》的好？本是小說，卻又故意強調「真」「假」問題來，他真是在描寫自己親見親聞的事嗎？真的「本意原為記述當日閨友閨情，並非怨世罵時之書」嗎？它對傳統，對現社會和家族，對明朝和清朝，對政治和道德等等，採取了什麼態度？作者和主角們的思想感情，又牽涉到儒、道、佛，牽涉到玄學和神宗，他們到底是同意、同情或反對了什麼呢？或近於什麼呢？這些早已不易作答了，而作者於像似寫實之外，更採用了寫詩和繪畫的手法，朦朧渲染，甚至小說敘述的「觀察點」也設計得特別多，把全書的本旨、主題和思想，弄得越迷糊起來。這樣，從書的內在因素說，要想使讀者和評論者得到一致的看法，那就更不大可能，似乎也大可不必了。

以上還不過只舉出一些複雜和困惑之處，可以引起人好奇和爭論。其實《紅樓夢》之所以能引起許多人的興趣，最大的原因還在於它的故事和人物逼真生動。這些人物在頑強而根深蒂固的現實壓力下，或者做了悲慘的犧牲品，或者終身從事無望的反抗，都能血淚淋漓，活生生地可以呼之欲出，贏得讀者由衷的同情。它所描寫和暗示透露的現實壓迫力，並不都是純粹明顯的惡毒人事，而往往是頗合於一般人情，或看來是事有必至，理所當然之下造成的，除了極少數次要人物之外，重要主角多人，即使做了壞事，還往往不失人性，使人覺得有時也透露些可怒或不得已之外，至少並非時時處處都是分明萬惡的人。人物個性的突出，說話的生動，可說已寫到絕妙，古今無二。其中村嫗、憨僕、無賴、官僚、清客、伶人、僧道等，固然也各有刻劃，可以使人解頤開心。而最能吸引讀者興趣和想像的，還是那許多少男少女美麗活潑的形象。這不太簡單，《紅樓夢》人物畫之所以能普遍吸引人，可以做各種裝飾陳列品，黛玉葬花、寶釵捕蝶、史湘雲醉眠芍藥茵、晴雯撕扇、王熙鳳大鬧寧國府，可以引發無數繪畫、雕刻和戲劇舞蹈的美麗造形，這自然由於作者十分成功地寫活了許多嫵媚活潑可愛的少女。記得我十三四歲時會集過龔自珍的詩句，做成七絕二十多首來題詠《紅樓夢》人物，其中詠賈寶玉的是：「閱歷天花悟後身，少年哀樂過於人；須知一點通靈福，買盡千秋兒女心。」其實這首第一句押韻從寬的詩，若拿來表示《紅樓夢》特別能寫出少年男女的感情心境，因此也就最能賺得讀者的眼淚，似乎也相當合適。我相信《紅樓夢》如果沒有這個特點，就絕對不會這樣長期引起這麼多人普遍的興趣，而且作為日常生活中的陳設和表演。

上面所說的，這個故事感人，人物生動的特點，自然大家都已知道了。不過除此以外，我以為《紅樓夢》之所以能引起中國人，尤其是中國知識分子，這麼廣泛深入的注意，還有另外一個重要原因。那就是由於，內容和表現特別多面密合著傳統中國文化的精髓，深刻而默契地反映了這一特殊而又複雜的文化實體。關於這個問題，要從兩方面來看：一方面是，曹雪芹學問非常淵博，《紅樓夢》包羅、牽涉到中國文化的多方面，像詩歌、繪畫、戲劇、園藝、閨閣男女、入學從政，以至於佛道、遊戲等，又往往是知識分子很感興趣的事情，寫得樣樣活靈活現、有聲有色。這就能吸引更多方面的讀者，也就使要想充分瞭解它的人，必須有多方面的知識和修養，從多種角度去觀察和探索，才能得到真相。這一點我在周汝昌教授所著《曹雪芹小傳》（一八九〇年）寫的序文裡已經指出過，這兒不必多說。

另一方面則是，這小說最契合中國歷史、文化、文學所發展出來的特殊心理態度。例如中國傳統喜歡以分合的關係處理問題，陰陽對比，相反相成；卻又注重整體與綜合；提倡幽玄淨化的境界；特重個人與家庭的關係；突出人倫與出世，現實與虛幻的兩難等等。中國知識分子的心態，自然受了這些及其他特殊關切而形成，而《紅樓夢》裡人物的愛憎和行為，又都是植根於這種文化特徵和心態而塑造的。甚至於它的表現手法，多數故事發展的方式，也常用對比和相反相成的因素和描寫來襯托，這都深切反映著這種文化、思想和文學背景所產生的特殊心態，因此這小說也就最能攫住中國讀者的心。

簡括來說，《紅樓夢》這部問題繁複、植根深遠的小說，自有它本身的因素，才使大家對它發生這般濃厚的興趣。也就正因為如此，雖然已經過許多優秀學者專家的研討，各人得出來的結論，往往還不能令大多數人滿意。現在就憑我個人一些粗淺的看法，提出幾點意見來，請大家商榷。

二、著者問題能這樣決定嗎？

首先，關於《紅樓夢》的作者問題，我認為目前仍只能肯定曹雪芹是主要作者。他固然舊有《風月寶鑑》之書，但那只是自己的舊作，後來改寫進《紅樓夢》裡去。此外是否採用過別人的原稿，至少還沒有強有力的證據來肯定這種假設，所謂「石頭」和「空空道人」，看來還是虛擬的寓言人物，若要坐實，還得另找證據。依脂硯齋評語所說，以至首回正文所提到過的，曹雪芹似乎偶然也採納過一些親戚朋友的意見，考慮書名，修改一部分情節。但創作和增刪，顯然還由他自己作主。就曹雪芹生前已完成的那一部分來看，決不能說是集體創作。至少從前八十回看，雖然前後文字仍略有差異，大體上小說的結構和風格都非常完整一致，不可能是眾手合成。

後四十回的情況比較複雜，從主觀閱讀的印象說，一部分好像筆調與前面的大不相同。不過這種主觀印象也不完全可靠；賈家敗落後，本來就只能寫得淒涼平淡些，不能像以前那麼富麗繁縟；再說，一部書寫作修改了十年來（其實應該是二十年），這後面一部分又不知是隔斷了多久才寫的，前後風格如稍有不同，也可能是正常現象。作者觀點也可能有些改變，情節前後如有不符，也常能發生。就是前八十回內也就有些自相矛盾之處，連首回的筆調風格，也就和下面幾回頗有差別。更何況曹雪芹一生中是否會有一短時期從過政，也還不能十分肯定，萬一他真是曹天佑，做過州同，後來潦倒，那情況又怎麼樣呢？我素來主曹天佑說，（參看第四節）試看胤禵的孫子永忠《延芬室集》中《因墨香得觀〈紅樓夢〉小說吊雪芹》詩說：「可恨同時不相識，幾回掩卷哭曹侯。」稱雪芹為「曹侯」，固然是為了押韻和用典，不過曹雪芹如果全無功名，恐怕不會這樣稱呼他的。永忠雖不直接認識雪芹，但他和墨香的侄兒敦敏、敦誠都很熟識，不可能不從這些雪芹好友那裡知道雪芹的一些情況。所以曹雪芹一生的生活和思想，也應該是比較複雜的，也就不能百分之百地肯定他不會把後四十回那樣來寫。這當然並不是說，後四十回沒有經過程偉元和高鶚較多的修補。黃傳嘉女士和陳炳藻博士在威斯康辛大學用電腦統計分析的結果，都證明後四十回在文字上和前八十回有些差異，但又沒有差異到出於兩人之手那麼大。這正證明我一貫的看法，就是程、高並未完全撒謊。

這兒我想特別指出，近來有些新版《紅樓夢》，竟明白題作「曹雪芹、高鶚著」，這也許不大妥當，高鶚實在沒有著作權。他在乾隆五十六年辛亥（一七九一年）的春天才由程偉元出示書稿，到同年冬至後五日（這年陰曆十一月二十七日，即陽曆十二月二十二日冬至，後五日即陽曆十二月二十七日），工竣作序，這中間只有十來個月的時間。照當時武英殿排活字版的速度，印三百二十部書的正常作業，每十天只能擺書一百二十版，《紅樓夢》約有七十五萬字左右，共一千五百七十五頁（版），至少需要一百三十一天才能排印完，這已是四個半月了。私家印書，字模設備難全，人手不夠，都有可能，條件恐怕趕不上武英殿，而且草創初版，正如程、高再版〈引言〉中所說的：「創始印刷，卷帙較多，工力浩繁」，估計總得六個月才能印好。後來再版，三版，當然可以快些。這〈引言〉作於乾隆五十七年壬子花朝後一日，按花朝本可依宋吳自牧《夢梁錄》和明田汝成《西湖遊覽志餘》定為二月十五日，後者說：「蓋花朝月夕，世俗恒言，二八兩月為春秋之中，故以二月半為花朝，八月半為月夕也。」但程、高當時在北京多時，應依雍正、乾隆時潘榮陛著《帝京歲時紀勝》所載：二月「十二日傳為花王誕日，曰花朝，幽人韻士，賦詩倡和」這年，即一七九二年，當陰曆三月四日，後一日即五日。離初版工竣高鶚作序時只有六十八天，修訂加再版，這個時間也許不會夠用。其實〈引言〉寫作的時間大概是二次修訂完了時，不是現在許多人所解釋的以為是程乙本印成的時候。

初版高序的情況下同，那兒明說過：「工既竣，並識端末。」程乙本〈引言〉並未如此表明，而且這〈引言〉的內容多是說明重新校訂的經過和辦法，當然校訂完了馬上就要寫〈引言〉，怎麼會等上幾十天或幾個月全書排印好才來寫呢？所以程乙本的開始排印，應從三月五日左右稿已修訂完時，或稍前稿已大半改完時算起，一開始就邊改邊排印的可能性很少，因為那是很不安全的，當時活字不多，每版排了就得印，印了就得拆版，印過要再改就不行了。因此我認為程乙本的發行，總是在五六月之間或以後了。

現在我所要說明的只是：程甲本單說排印就需要六個月，高鶚修補百二十回全稿的時間只有四個月，單是把前八十回校訂整理好已需要許多時間，如果有些還得謄清，那就更要緊湊了。編輯修改前八十回，至少也得一兩個月，剩下來只有一兩個月，試問哪兒還來得及補作後四十回二十三萬七千字的大書？假如每天寫兩千字，不停地寫，也得寫上四個月左右。若是自己創作，這倒不難；但續補別人的著作就不簡單，何況《紅樓夢》情節複雜，千頭萬緒，書中包括人物九百七十五人，需要構想和銜接，這就太難了。如果曹雪芹花了一二十年，說他還沒有把八十回修改寫完，高鶚卻能在一兩個月內就補作成四十回，還得照顧到別人先寫好的情節，又要摹仿別人的筆調風格，文法習慣上連電腦也能騙過，這能說得過去嗎？高鶚如有這種大本領，他自己年輕時原也經這些「風情」變故，應該自己會寫出一本小說來了。我認為我們決不能把《紅樓夢》三分之一的著作權就這樣輕易送給他！再方面，根據好些記載，我們早已知道。程甲本之前，《紅樓夢》早已有百二十回本的存在，《乾隆抄本百二十回紅樓夢稿》的發現更證明程、高可能用過百二十回殘稿做底本。關於這種種問題，周紹良、王利器、潘重規等都發表過很好的研究，這裡不必多說。我只是強調在時間和出版方面高鶚不可能補作後四十回。新校注的《紅樓夢》把曹雪芹、高鶚列成合著，一定是受了過去習慣流行看法影響的結果，像馮其庸教授那樣博學慎思的專家，一定不會堅持這樣做的。

當然，否定高鶚補作。並不等於肯定後四十回全是曹雪芹的原稿。我們很可以假設程偉元所搜集得的後四十回或三十多回殘稿，是另外一人的補作。或幾個人不同補作的拼湊。這個意見最早是裕瑞提出來的，他在《棗窗閑筆》裡說《紅樓夢》「此書由來非世間完物也，而偉元臆見，謂世間當必有全本者在，無處不留心搜求，遂有聞故生心，思謀利者，偽續四十回，同原八十回抄成一部，用以始人。偉元遂獲　鼎於鼓擔，竟是百二十回全裝者。」他這話有好些不合事實的漏洞，如誤以程偉元所得的稿子是「百二十回全裝者」。他若細細讀過程式和〈引言〉，早就應該知道程氏參考過的前八十回已不止一種，他所得的有「坊間繕本，及諸家所藏祕稿，繁簡歧出，前後錯見」。又說：「書中前八十回抄本，各家互異；今廣集核勘，准情酌理，補遺訂訛」。（程乙本〈引言〉）至於後四十回，據程式稱：「愛為竭力搜羅，自藏書家甚至故紙堆中，無不留心，數年以來，僅積有二十餘卷。一日偶於鼓擔上得十餘卷，遂重價購之，欣然翻閱，見其前後起伏，尚屬接榫，然患漫不可收拾。乃同友人細加釐剔，截長補短，抄成全部，復為鐫板，以公同好。」在〈引言〉裡又說：「書中後四十回係就歷年所得，集腋成裘，更無他本可考。惟按其前後關照者，略為修輯，使其有應接而無矛盾，至其原文，未敢臆改，俟再得善本，更為釐定，且不欲盡掩其本來面目也。」我多年來就認為，程偉元努力搜集得的版本，可能比古今來任何紅學家的都多，他處理的態度，也相當謹慎，非常忠實。裕瑞的猜測，卻是相當疏忽而輕率的。

不過我們仍然承認他懷疑程偉元搜得的是偽作這一點，是值得考慮。這就牽涉到後四十回情節和文字的問題。情節方面，一般人指出前後有不符處，這點我在前文已解釋過了，前後偶有不符，原不足怪。至於說，脂硯齋和其他早期批者提到過的，像獄神廟、「情榜」等情節，後來迷失無稿，其實這也可以解釋成：曹雪芹或因偶然失去數頁，索興不願，就改寫過了；或因自覺前稿不好，或聽了親友意見，像刪削「淫喪天香樓」情節一般刪改過了，這有什麼不可能的呢？事實上，《紅樓夢》末了如果真的寫上一個「情榜」，像《水滸傳》的石碣，《封神演義》的封神榜，那不知多煞風景！甚至於寶玉真的下了獄或做了乞丐；或和史湘雲結了婚，白頭偕老；鳳姐被休棄；薛寶釵難產身亡，或和賈雨村結了婚種種，恐怕都遠不如今本結局的微妙而含有深意。總之，誰也不能肯定這些不是作者終於拋棄了的情節。何況有些還是後人的推測，可能根本沒有那回事。

另外一點就是文字上用辭的差異，這也應考慮到，賈家敗落以後，人事全非，食用的物件，人物的行動和說話，當然都應該與前不同，用辭自然必有差別，豈可要求前後一致？西方研究作者問題的專家所採用的統計方法，摒棄實際辭彙，而只採詞性統計，就是這個道理。再說，我們本來也不否認。後四十回也可能經過較多的修補，有些不同的辭彙正是修訂上去的，所以仍然不然證明全文是偽作，何況同一作者十多年後總也會增加或改用一些新的習語。

所以直到現在為止，我們所見的各種百二十回本《紅樓夢》，還只能題作「曹雪芹著」，至多只能加上「程偉元、高鶚修訂」或「編輯」字樣。這裡還該特別指出，這種搜集工作，功勞固然全在程偉元，就是修訂或修補工作，程偉元也應是主，高鶚是副，或同等重要。高序原來也明說程要他「分任」付印工作，他自己「遂襄其役」。這個「襄」字固然本指完成，但當時甚至現在的習慣用法、恐仍有贊助完成的意思。過去一些紅學家把程偉元只當成一個書商，那自然錯了，現在經過好些人發掘，尤其像周汝昌、周紹良、潘重規、胡文彬、周雷、王利器先生等的努力，我們知道他很有詩、文、書、畫的才能。但許多人還相沿成習，把訂補的工作全歸給高鶚。其實，張問陶是高的同年（非姻親），詩注只是片面之詞，不足深責；後人又因高鶚中過進士，做過內閣侍讀和御史，所以多記他的事。高鶚詩、詞、短文，寫得都還算可以，五言律詩特好。不過他是個很重視科舉功名的人，詩文集中竟找不到一點與程偉元往來的痕跡，我頗疑心他考中進士後，是否「一闊臉就變」，不理老朋友了；或者因程偉元最多只不過是個舉人，也不大願高攀了呢？

他們兩人本來也有一點像曹雪芹，都有宗室知己。高是愛新覺羅・善廉的好友，又做過他幾個兒子的老師。程偉元找他襄助編務，一部分也許是因他乃鐵嶺漢軍旗人，語言風習比較接近《紅樓夢》罷。他在訂補方面，自然也有貢獻。程偉元則更受皇太極的後裔、盛京將軍晉昌的知遇，被他邀到東北瀋陽的任所擔任主要的記室工作，十分尊重和親近。晉昌的大部分詩稿由程偉元收輯。集中唱和與投贈程的詩不下四十多首，說他「文章妙手稱君最」，「瑤章三復見清新」。這位自號「洪梨主人」，當過好幾個旗的副都統的皇室人物，竟也有點像敦敏、敦誠兄弟對曹雪芹一般，相與詩酒流連，對程說是「忘形莫辨誰賓主，把酒臨風喜欲狂」。他詩中所描述的程偉元是：「君是風流瀟灑客，放懷今古已忘骸。」說是：「知君高士靜門庭，鎮日琴書意自寧。」最值得注意的是他勸程「脫卻東山隱士衫，泥金他日定開緘」。泥金開緘用的是《開元天寶遺事》所載唐朝習俗，新進士及第，以泥金書帖附家書中報喜的典故。這可見程偉元頗有隱士風度，不熱心科舉。他曾投訪另一友人孫錫，孫贈詩也有「冷士到門無暑意，虛堂得雨有秋聲」的句子，把他比做不熱中於功名利祿的「冷士」。只可惜他的詩文竟沒有遺留下來，只有他給晉昌詩集寫的跋，還可略見他對詩的見解，特種「詩以道性情，性情得真，章句自在」。

王利器教授以為乾隆百二十回抄本裡有程偉元改稿的筆跡；程甲、乙本的圖贊二十四套，都是他的手筆。我想這大半有可能。其中行草書部分，有幾篇近似高鶚的筆跡，另有幾篇筆跡更有與程氏相近。晉昌的官舍有個安素堂，曾請程題有「蘭桂清芳」的匾額，文雷（胡文彬和周雷）曾指出《紅樓夢》後四十回有「蘭桂清芳」之句，的確有關。晉昌和程詩說：「曾題蘭桂清芳額，書法應知效二王。」程的行楷的確略帶二王筆勢，比高鶚的字寫得工致些。

還有值得注意的一點，程偉元頗喜歡畫松樹，前幾年東北發現有他畫的兩株松樹，我沒有見到原件，只見到複印件；但臺北張壽平先生收藏的那幅中堂，程偉元用大小兩棵松樹，配成一個壽字，著有淺淺的青赭色，曾蒙張先生邀我去他家目驗過。程甲、乙本的畫像第一幅女媧石和末幅僧道的右面，也正都畫有一棵松樹，雖然枝葉比較稀疏些，但上部的姿態卻也有些和程畫近似。《紅樓夢》首回寫青埂峰下的頑石，並沒有提到有松樹，這大概正是出於程偉元的想像和手法。總之，我認為《紅樓夢》的訂補工作，程偉元比高鶚更重要，現在讓高鶚來分享曹雪芹的著作權，程偉元反而無分，這是公平的嗎？

三、新本校是否較好？

最後，我想提出流行的定本這個問題來談談。自從六十多年前新紅學發展以來，我們已發現了許多抄本和早期排印本與刻本，因此也編校出版了好幾種新版本，影印了好幾種珍本。在編校方面，像早期的汪原放，後來的俞平伯、馮其庸和香港的趙聰、臺灣的潘重規先生等，都曾做過很好的努力，效果各有不同。我覺得這個版本流通問題，應依讀者的性質不同，分兩類來處理：研究者和普通讀者。對研究者來說，問題本來比較簡單，只要把各種有價值的版本，照原樣原色影印流通就可以了；其次就是供給一種最完備的匯校集注本。這後一工作，我們多年前就在香港中文大學鼓吹進行，後來在首屆國際研討會上又提倡過，並展覽商討了式樣。這次哈爾濱會上海外學人並聯名呼籲儘快影印和編印這兩種版本。（原信手稿已影印於《紅樓夢大觀》一書之末。）最近列藏本和舒序本的影印，自然值得歡迎。我們還希望夢覺主人序本、蒙古王府本、南圖本，以至程甲、乙、丙本等都能盡快影印出版。匯校本也盼能早日完成。

給一般讀者閱讀的定本問題卻不簡單，目前有這麼多的版本，文字又往往那麼不同，究竟怎樣選擇呢？汪原放在校印程乙本時，多半根據他自己對前後情節通順和審美標準作選擇，他選的不一定對；不過，這兩個標準倒也不錯，後來校釋者也都這樣做，雖然個人的判斷水準不同，作出的結果有差別，那只牽涉到各人的觀點和審美能力，無法看齊，也不足深責。不過這裡倒出了個比較嚴重的問題：由於脂批過錄抄本的出現，紅學家以為它們比排印本較早，沒有經過程高排印時的修改，自然比較接近原作者的本意，較近於原本為了恢復原稿的本來面目，於是就把前八十回的脂本代替了程、高本的前部，只有個別少量不得已的地方，才據後者校改。這個求接近作者原貌的用意當然是無可後非的，可是這卻要解決兩個前提：一個是，我們能肯定排印本上的異文不是根據早期的抄本嗎？這又牽涉到上文說過的老問題，程、高早就交代過，他們是「聚集各原本詳加校閱，改訂無訛」的，是「廣集核勘」過的。我們實無充分證據來否認他們這些話，硬說他們沒有根據，件件是臆改；即使我們找到他們有臆改處，也仍然不能以偏蓋全，否定一切。另一個前提是，在這許多版本或抄本中，到底哪一個是作者較後的定稿？當然能找到初稿、再稿等等，自有許多用處，因為正像寫詩一樣，作者後改定的稿子有時也不一定勝於前稿。不過後來的改定稿至少表示那是作者經過考慮後他自以為是較好的了。我們一方面還很少判斷哪一個版本在先，哪一個在後，尤其是其間的明確繼承關係往往還弄不清，卻大致憑臆測，盡量採用我們認為較早的版本，而且總以為過錄的抄本較可靠。自然，有些地方由於參照過的本子比過去的編輯出版者多了些，（這是指從前程、高以後的編輯出版者說的。程、高所見的抄本不必比我們所見少。）也就有許多改良之處；可也有不少地方反而選用了更不通順或較壞的字句。這樣，對一般讀者來說，反而弄得更糊塗了。至少有些地方比程、高本還壞。現在只拿第一回開場白來比較一下罷。過去通行的程甲本是：

此開卷第一回也。作者自云曾歷過一番夢幻之後，故將真事隱去，而借「通靈」說此《石頭記》一書也，故曰「甄士隱」云云。但書中所記何事何人？自己又云：今風塵碌碌，一事無成，忽念及當日所有之女子，一一細考較去，覺其行止見識，皆出我之上，我堂堂鬚眉，誠不若彼裙釵；我實愧則有餘，悔又無益，大無可如何之日也。當此日，欲將已往所賴天恩祖德，錦衣紈褲之時，飫甘饜肥之日，背父兄教育之恩，負師友規訓之德，以至今日一技無成，半生潦倒之罪，編述一集，以告天下：知我之負罪固多，然閨閣中歷歷有人，萬不可因我之不肖，自護己短，一併使其泯滅也。故當此蓬牖茅椽，繩床瓦灶，未足妨我襟懷；況對著晨風夕月，階柳庭花，更覺潤人筆墨。雖我不學無文，又何妨用假語村言，敷演出來，亦可使閨閣昭傳，復可破一時之悶，醒同人之目，不亦宜乎？故曰：「賈雨村」云云。

現再看人民文學出版社一九五八年俞平伯先生校訂的《紅樓夢八十回校本》和該社一九八二年中國藝術研究院紅樓夢研究所校注的《紅樓夢》，兩本都以脂本做底本，前者用有正本，後者用庚辰本，相差無幾。卻都和上引傳統流通本有好些不同文字。如傳統通行本的「而借『通靈』之說，撰此《石頭記》一書也。」其實「之說」頗不通，原文所謂「通靈」自然是指那石頭，借石頭之口說此書，正是如下文「空空道人」對「石兄」說的：「你這一段故事，據你自己說來，有些趣味，故鐫寫在此」云云，可見小說中設想這書原石頭自說自寫的；現在改做借石頭之說來撰寫這書，反而好像另有人來撰此書了。又程本：「皆出我之上」，原因是「出我之上」四字連讀，現俞、研本都在「出」字下加一「於」字，反而讀來顯得迂緩，至少並無益處。下一句，程本：「我堂堂鬚眉，誠不若彼裙釵」，俞、研本卻都在「我」字上加個「何」字，把肯定句改成了疑問句「何我堂堂鬚眉，誠不若彼裙釵哉？」所謂「堂堂鬚眉」，本有點大男人主義的氣味，這是習俗變成了成語，大約曹雪芹拿著也沒辦法，但他原意是十分肯定自己比不上那些女孩子，所以還用個「誠」字，現在加個「何」字在句首，顯得很不服氣，減少了自悔自慊的意味，增加了大男人主義的氣氛；且這「何」字對「誠」字也發生了質疑，好像在問「真的不如她們嗎？」這就更大殺風景了。底下一句，俞、研本都作：「實愧則有餘，悔又無益之大無可如何之日也。」「無益」二字的下面多出個「之」字，於是非與下文「大無可如何之日也」連續不可，這就變成兩個「之」字在一句，多麼累贅的句子！下面一句，研究所本作：「當此，則自欲將已往所賴天恩祖德」，這個「當此，則」很不通順，所以俞本也只好據甲戌本改成「當此時」，自然較好，不過程本「時」作「日」，與上文「無可如何之日」接得更緊湊。下面「負師友規訓之德」，俞、研本都把「規訓」寫成「規談」，「談」字很不妥。下文「故當此蓬牖茅椽」一段，俞、研本都作：「雖今日之茅椽蓬牖，瓦灶繩床，其晨夕風露，（四字俞本作『風晨月夕』）階柳庭花，亦未有妨我之襟懷筆墨者。」這段大不合情理，前段說的茅椽、瓦灶等，因是十分簡陋，所以說仍不妨礙他的胸懷筆墨，若階柳庭花，本是美景，還說什麼妨礙不妨礙呢？所以程本分開來說，陋室尚不足妨他胸懷，何況風月花柳還可潤人筆墨。原列舉的是八種物件，俞本所列「晨」「夕」乃是時間。也不妥當。程本末段的「雖我不學無文」一句，俞本和研究所本都作「雖我未學，下筆無文」，不但「未」字欠妥，且兩句不如程本一句恰當而有力。下面兩句，俞本和研究所本都作「又何妨用假語村言，敷演出一段故事來」，比程本多出「一段故事」四字，表面上看來似較充足；不過前文既已說是在「說此《石頭記》一書」，則此處只說「敷演出來」。也不無簡潔的好處。又俞本在「敷演出一段故事來」以後，即徑接「以悅人之耳目哉。故曰『賈雨村』云云。」「來」字下脫掉「亦可使閨閣昭傳」數字，也是一個缺點。

固然，以上所舉，並不能代表這三種版本的全貌，後出的這兩個校注本，自然有許多別的優點和貢獻。我的意思只是，在重訂給一般讀者用的定本時，也許得實事求是，不可過於輕視程、高本才好。

（一九八七年四月二十七日於美國陌地生威大；原載於《紅樓夢大觀》（香港：《百姓》半月刊，一九八七年）。亦曾選載於臺北《中國時報·人間副刊》，一九八七年，六月七日及八日。）

真假《紅樓夢》大論戰勢必展開

作者：朱眉叔（一九二二—二〇〇六），明清小說研究者，曾任中國紅學會理事、遼寧紅學會理事長、滿旅文學學會副理事長、大連小說研究中心顧問。

提出真假《紅樓夢》大論戰勢必展開，莫非故弄玄虛，聳人聽聞？絕非如此。所以提出這個問題，因為《紅樓夢》有個特大之謎。這個謎和《紅樓夢謎》、《紅樓解夢》之類書所破之謎毫無共同之處，而是百二十回《紅樓夢》的作者究竟是誰？試看，上海古籍出版社的《乾隆抄本百二十回紅樓夢稿》署曹雪芹著；人民文學出版社的《紅樓夢》署曹雪芹、高鶚著；近年來一些紅學家都認為程偉元並非胸無點墨的書商，也是續書作者。這樣，作者應是曹、程、高三人；電視連續劇《紅樓夢》排除後四十回情節，別創造了幾集，三位編劇人似也應加入作者行列；范寧先生認為後四十回並非程、高所續，而是另有其人；趙崗先生也認為非程、高所續，可能是曹雪芹家裡人續作。由此看來，作者究竟是一人，二人，三人，還是四人？非程、高所續，又是何人？莫衷一是，這難道不是一個謎嗎？

有人認為作者問題是紅學中A、B、C問題，曹著高續早已成為定論，再提出這個問題，實在幼稚可笑。可是也有人認為初看起來是個A、B、C問題，認真思考一下，就會發現它是紅學中關係至大且深的核心問題。

關於作者說法不一，源於後四十回是否是續書問題，或者說是真假《紅樓夢》的論爭。周汝昌先生一向認為前八十回是經過高鶚篡改的，後四十回是高鶚偽續（詳見《紅樓夢斷證・議高鶚續書》）。他在《紅樓夢與中華文化・桐花風評語與探佚學》一文中，無限感慨地說：

> 曹雪芹不會想到，不幸的《石頭記》把真假作為書的兩大面，竟然「引出」一樁真假兩部《紅樓夢》，而且假存真亡的異事和奇冤，更使人痛苦的，是有相當多的人贊揚、維護假《紅樓》，而嘲笑真《紅樓》。

周先生認為高鶚篡改，續作的百二十回《紅樓夢》是假《紅樓》，另外還有一部真《紅樓》在。所謂真《紅樓》，就是前八十回中刪除高鶚「篡改」部分存留下來的內容，加上某些脂本特有的情節和探佚學家據脂批鈎沉出來的情節。真假《紅樓》之說，應該視為程、高續書論的最具有代表性的登峰造極的言論。至今，他還認定「假存真亡」是一樁奇冤，為之鳴不平，足見圍繞程、高續書問題——也就是真假《紅樓》問題的論爭並未平息。

從二十年代初，胡適、俞平伯兩位先生提出高鶚續書說後，先後有容庚先生的《〈紅樓夢〉本子問題質胡適之俞平伯先生》、宋孔顯的《〈紅樓夢〉一百二十回均曹雪芹作》旗幟鮮明地反對續書說。但是這些論爭僅僅是曇花一現，反駁的並不全面有力。五十年代，在大陸批判胡適、俞平伯治學思想時，就續書問題展開爭論的文章很少。值得注意的是，有的紅學家開始認為後四十回中有曹雪芹的殘稿，比胡適、俞平伯更進一步肯定「續書」的成就。及至五十年代末六十年代初，伴隨《乾隆抄本百二十回紅樓夢稿》的問世，開始出現否定高鶚續書之說，提出他人所續論點。至於用更多理由批判高鶚「續書」的還是不乏其人的。「文革」期間，評紅文章賽牛毛。但多數人恐懼被扣上「脫離階級鬥爭」的帽子，無人敢談續書問題。在台港，一九五七年林語堂先生發表〈平心論高鶚〉一文，公然提出後四十回就是曹雪芹散稿，引起了一場軒然大波，形成了論戰的焦點。爭論中接觸了很多具體問題，有些續書論的觀點得到了澄清，對大陸持續書論的紅學家的觀點也提出了異議。但是這番論爭還不夠廣泛深入。「文革」以後迄今，大陸紅學界出現了大量有關續書的文章和專著。由於發現有關程偉元的新資料，持續書論者幾乎一致地把程偉元判為續書作者之一。在這十多年裡，持續書論者出現了四種新趨勢：一種是從《紅樓夢》原文和其他資料中找出一些新論據，強化他們的續書說；另一種是進一步根據脂批否定「續書」，進行探佚鈎沉，發掘「真《紅樓》」；還有一種是越來越多的持續書論者，在不同程度上承認後四十回中有曹氏殘稿，否定了續書論的某些觀點，且對「高續」有所贊揚，有的甚至大唱頌歌，認為高鶚和曹雪芹一樣偉大；特別值得注意的是第四種人，即是少數持續書論者逐漸轉變為反對續書論者，認為百二十回都是曹著。無須諱言，反對續書論，認為後四十回也是曹著的人，寥若晨星，他們的輿論也處於劣勢，程、高續書說仍居於統治地位。其所以如此，非但是持續書論者人多勢眾，權威人士多維護續書論，更主要的是反對續書論者還沒有足夠的力量，針對續書論的大量的論點論據，進行短兵相接的論爭，予以一一駁倒。反對續書論者往往是些小人物，他們的文章又散見在不太引人注目的期刊上，難免被人忽視。當然這和有關方面對圍繞續書問題開展論爭的重大意義認識不足，未能進行有力的引導，也有一定關係。總之，圍繞續書的論爭還是小規模的「游擊戰」。

有人會問，把這場論爭轉化為紅學界普遍關注的「陣地戰」，有什麼必要呢？從下列五方面看是絕對必要的：

其一，關係到《紅樓夢》是否是偉大作品，曹雪芹是否是偉大作家。今天的紅學家和歷史上貶斥《紅樓夢》，咒罵曹雪芹的文人完全不同，可以說眾口一詞，口口聲聲頌揚《紅樓夢》是偉大作品，曹雪芹是偉大作家。盡人皆知，曹雪芹之所以偉大就是靠他的一部《紅樓夢》；但是對待這部書，卻是見仁見智，各有千秋。有人把百二十回《紅樓夢》判定為假《紅樓》，假《紅樓》顯然不是偉大的。他們想竭力探佚鈎沉，探出一部真《紅樓》；可是就他們探出的情節梗概看，實在看不出有何偉大之處。百二十回本是假的，新探出的某些情節又不偉大，結果是世上根本不存在一部偉大的《紅樓夢》，他們所頌揚的卻是虛無縹緲的一部書，不言而喻，既然偉大的真《紅樓夢》並不存在，「偉大作家」這頂桂冠，就應從曹雪芹頭上摘掉了。有人說前八十回是曹著，後四十回是偽續，僅從前八十回看也是偉大的，且不論這種斷尾蜻蜓論是否正確，僅就前八十回所提出的一系列重大問題，在前八十回裡都沒有交代和結局來看，即使前八十回是偉大的，也是美中嚴重不足，偉大的光芒也減弱三分之一。有人認為後四十回有曹氏殘稿，但也有程、高偽續，有假的成分，這種看法也給《紅樓夢》的偉大或多或少打了折扣。

弄假成真是錯誤的，但是，弄真成假也是錯誤的。究竟百二十回《紅樓夢》是真，是假？有幾成是真，幾分是假？是否配稱為百分之百的偉大作品？這是關係《紅樓夢》和曹雪芹的聲譽的大問題。《紅樓夢》被翻譯成那麼多國家文字，宣傳為足可與世界一流作品相媲美的偉大作品，如果百二十回本是假《紅樓》，或是一部分是贋品，豈不是欺世盜名嗎？這難道不是民族的恥辱嗎？設若百二十回本是一部真《紅樓》，那些佛頭著糞的紅學家，對他們在中外詆毀百二十回本的偉大聲譽，在廣大讀者的思想中造成混亂。應當承擔什麼責任呢？應當不應當正本清源呢？說來說去，真假《紅樓》之爭是百二十回本和偉大的《紅樓夢》這一稱號是否名實相副的問題。顯然，這不是紅學A、B、C問題，而是紅學界應予普遍關注的大問題。

其二，關係到是否全面而正確地理解百二十回全書。辨別百二十回本的真假，首要的根據應該是內證而不是旁證，旁證的是否可信，取決於和內證有無必然的邏輯關係，所以全面地徹底地讀懂透百二十回本，至為關鍵。《紅樓夢》是通俗小說，似乎很容易讀懂，其實不然。由於它反映的社會生活的複雜、結構的錯綜，表現方法豐富而含蓄，徹底讀懂迥非易事。俞平伯曾說：「這書在中國文壇上是個『夢魘』，你越研究越覺糊塗。」（《紅樓夢研究．自序》）加上幾十年迷信權威思想作祟，不能進行獨立思考，人云亦云：極左之風毒害，習慣於抓住一點不及其餘，淺嘗則止，濫貼標籤，這些都嚴重地妨礙了讀懂全書。從胡適提出高鶚續書說迄今七十年來，是否把全書讀懂讀透了，不敢斷言；但是認為後四十回中有曹氏殘稿的人越來越多，就是讀懂到新水平的明證。當年胡適、俞平伯曾抨擊過描述賈寶玉參加鄉試而且中舉是高鶚敗筆。胡適說：「寫寶玉……忽然肯去考舉人，也沒有道理」。（《紅樓夢考證》）俞平伯說：「寶玉修舉業，中第七名舉人……寶玉向來罵這些談經濟文章的是人『祿蠹』，怎麼會自己學著去做祿蠹？」（《紅樓夢辨・後四十回的批評》）魯迅更進一步說寶玉「乃忽改行，發憤欲振家聲，次年應鄉試，名以第七中式。」（《中國小說史略》）近年來，追隨這些觀點之後的紅學研究者成群結隊；而周紹良先生卻是例外，他的看法是：

在後四十回裡，寶玉卻投身到科舉場，中了一個第七名舉人，這似乎同他前八十回中思想大相矛盾，為一般貶抑後四十回的人們所藉口，其實這矛盾只是表面上的。看一個人，不僅要看他做了什麼，而且更要看他是怎麼做的，在生活中和文藝作品中都是一樣。寶玉是怎樣去考舉人的呢？「中鄉魁寶玉卻塵緣」這個回目已經說得很清楚，原來他是把「博得第一」作為「卻塵緣」的一個步驟……正如「阻超凡佳人雙擁玉」中寶玉所說：「原來你們是重玉不重人的！」現在我要同你們永別了，你們總算養育了我一場，我也給你們一點滿足，了卻我欠你們的情分吧！這就是寶玉當時的心情。所以，他的應試中舉，不但不是頓易初衷，就仕途經濟之範，反而是貫徹初衷，向仕途經濟最後告別……這樣一個結局，正是後四十回寫得最真實最深刻的地方。

——《論紅樓夢後四十回與高鶚續書》

這段分析說明周先生讀懂了關於寶玉應試中舉的描寫。他這篇文章是一九五三年完成的，這說明從胡、俞指斥這段描寫後，經過了三十年才有人看懂，而在七、八十年代還有不少人無視這一正確分析，陳陳相因，繼續炒冷飯。由此足證讀懂百二十回不易、正確的分析能為人所接受，成為普遍的共同認識更難。百二十回本——特別是後四十回——難點很多，有些人沒有讀懂，便做了錯誤的結論，像魯迅這樣偉大人物尚且不免，還說寶玉「忽改行，發憤欲振家聲」，曲解了寶玉的思想性格，何況他人呢！所以開展真假《紅樓》的大論爭，無論持何種觀點，都必須首先破除迷信，善於獨立思考，認真讀懂百二十回本，百二十回本是客觀存在，應該尊重，充分理解這一客觀存在，避免形形色色的主觀判斷。果真都讀懂全書，論爭也就結束了。論爭的過程是深入讀懂全書的過程，也是紅學研究者認識提高的過程，當然也是嘉惠廣大讀者的過程。廣大讀者不再受各種各樣錯誤觀點所迷惑，深入地徹底地理解了《紅樓夢》的偉大所在，更是天大的好事。

其三，關係到能否正確認識旁證有無價值，是否可信，從而有助於辨識百二十回本《紅樓》的真偽。近年來在旁證的研究上，取得了可喜的新成果，譬如：普遍承認在程、高本問世前已有百二十回本，程、高〈引言〉、〈序〉說的是實話，並非謊言，高鶚虐妻致死之說並無可靠證據……但是有的旁證是可信的，並未予以足夠的重視，或予以曲解；有的旁證不足為據，卻被奉若神明，不可動搖；還有的編造一些假旁證，支持自己的論點，譬如對作為旁證之一的脂評的研究就有待深入展開。因為有些人把脂評當作判定後四十回是偽續的利器。關於脂評的價值和可信程度，極有必要展開論爭。旁證雖非主證，在推斷《紅樓》的真偽上還是不容忽視的。

其四，關係到一部盡善盡美的《紅樓夢》的誕生。人們都承認曹雪芹撰寫《紅樓夢》「披閱十載，增刪五次。」他親手書寫的定稿至今未見，所能見到的都是傳抄本，或是根據傳抄本刊行的擺印本，也就是所謂各種脂本和程、高的甲乙本。這些本子互有差異，有的差異是片言只語，有的是某些情節的有無，某些人物性格有別，究竟哪些是曹雪芹在修改過程中增刪修改的，很容易引起專家們的意見分歧。既然都是傳抄本，抄錄者可能有所遺誤，或者根據個人愛惡有所增刪篡改，這也會使專家意見不一。此外，各種抄本產生的年代有先有後，是越早的越可信，還是晚出的可信，專家們的看法也不一致。由於上述種種原因，對解放後印行的以程乙本為底本的《紅樓夢》和以庚辰本為底本的《紅樓夢》，哪個最能體現曹雪芹最後定稿精神，看法很不一致。有人認為兩個版本各有短長，都不是十全十美的，應該通過充分論爭《紅樓夢》的真偽，深入而正確掌握《紅樓夢》的內容與形式，以能否體現高度的思想性和藝術性為準則進行取捨，整理出一部毫無瑕疵的《紅樓夢》提供給中外讀者，使之發出更加耀眼的偉大光芒。這種看法很有道理。

其五，關係到能否對程偉元、高鶚做出正確的評價。究竟程、高是傳抄稿的蒐集編輯者，還是後四十回的續作者，這和二人的品德有關。很多續書論者從「知人論文」角度，發掘他們的「醜行惡德」，作為續書論的補證，也就是假《紅樓》的補證。有些人則認為所謂「醜行惡德」並不存在，是續書論者編造出來的不實之詞，藉以宣判後四十回是假《紅樓》。孰是孰非，在真假《紅樓》的論辯中一定會得到解決。從而程、高是偉大的編輯家，還是冒牌的作者；是品德高尚的人，還是行止卑污之徒，必定會水落石出，獲得公允的評價。

如果上述五點必要性能夠成立，這場圍繞真假《紅樓》的「陣地戰」就應及時展開。但是可能有人擔心展開針鋒相對的論辯會有害紅學界的團結。其實片面地強調團結，紅學界成為一潭死水，就不會有學術的繁榮和發展，健康的論辯絕不是強詞奪理，冷嘲熱諷，亂扣帽子，而是心平氣和，擺事實講道理，交換看法，互相促進，所以只會增進團結，不容諱言，在海峽兩岸都存在蠻不講理，胡批亂砍的個別現象，這種現象在未來也在所難免，我們不應因噎廢食。

在論辯中，只要認為有理有據，就應堅持己見，同時也應善於聽取他人意見，修正自己的不正確觀點，逐漸形成良好的學風。俞平伯先生勇於更新自己的觀點、不斷進步的一生，是值得我們學習的榜樣。一九五〇年在他的〈紅樓夢．自序〉裡曾說：

> 它（指《紅樓夢辨》）底絕版，我方且暗暗慶幸呢，因為出版不久，我就發覺了若干的錯誤，假如讓它再版三版下去，豈非謬種流傳，如何是好！

一九五九年，《乾隆抄本百二十回紅樓夢稿》出現後，俞先生受到很大震動，到了一九六二年，他在〈影印脂硯齋重評〈石頭記〉十六回．後記〉裡說：

> 程氏刊本之前，社會上紛傳有一百二十回本，不像高鶚的創作。高鶚在程甲本序裡不過說「遂襄其役」，並未明言寫作。張問陶贈詩意在歸美，遂誇張言之耳。高鶚續書之說，今已盛傳，其實根據不太可靠。

這番話說明他開始否定了當年他和胡適共同提出的高鶚續書說。到了一九六五年，俞先生又發表了〈談乾隆抄本百二十回紅樓夢稿〉一文，文中指出程、高續書說的不合理：

程、高第二排本乙，必須就第一排本甲來改字，但並不排除採用他本來作為參考，以至於直接抄一些文字的可能生。因甲乙兩本，從辛亥冬到壬子花朝，不過兩個多月，而改動文字據說全部百二十回有二萬一千五百字之多，即後四十回較少，也有五九六七字。這在《紅樓夢》版本史上是一個謎。文字之多且不管它，為什麼要改，怎樣改，也都有問題。難道排出一部新書，立即就不滿意，又另搞一部麼？難道這兩萬餘言的改文都是程、高二人在短時間裡想出來的麼？他們可能有所依據。反面看來，若無依據，像他們這樣多改、快改非但不容易辦到，且也似少必要——這裡不妨進一步說，甲、乙兩本皆非程、高懸空的創作，只是他們對各本的整理加工的成績而已。這樣的說法和他們的序文引言相符合的。無奈以前大家都不相信它，據了張船山的詩，一定要把這後四十回的著作權塞給高鶚，而把程偉元撇開，現在看來都不太合理，從前我們曾發現即在後四十回，程、高對甲乙兩本的了解也好像很差，在自己的著作裡有這樣情形，也是古怪的。今謂有所依據，則甲本從某某來，乙本從某某來，兩本即不免打架，也不甚奇，至多也不過說校者如程、高二人失於檢點總結罷了。

俞先生這些進一步自我否定的新觀點，不僅可貴，而且是確切無疑的，可惜他長期臥病後，難以寫出重新評價後四十回的文章，只有在臨危之際寫下：

胡適、俞平伯是腰斬《紅樓夢》的，有罪：程偉元、高鶚是保全《紅樓夢》的，有功。大是大非！

千秋功罪，難以辭達。

這一遺言說明：（一）「腰斬」的說法，表明俞先生最終認為百二十回是一個人完成的統一的有機整體，後四十回不是後續的假肢，既不是程、高所續，也不是他人所續。（二）認為自己和胡適有罪，自譴之詞如此嚴重，出人意料，這說明他認為七十年來，他和胡適的續書所造成的不好的影響是廣泛而深刻的，他和胡適都應當承擔主要責任。這樣話如果未經深思熟慮，不痛感影響的嚴重，絕不會書於紙面的。（三）「千秋功罪」所以「難以辭達」，是因為全面地徹底地否定續書說，揭示它的危害性，不是三言五語，寫幾篇文章就能達到目的，續書說像長期累積起來的大山矗立在紅學園地，若想清除這座大山，非有眾多的人力，長期的努力不可。

上述俞先生不斷更新自己的觀點，深刻進行自我批評的事實，不但無損於他的個人聲望，反而表明他是一個絕不固執己見，實事求是，勇於修正錯誤觀點，服膺真理的傑出學者，永遠是值得我們尊敬和學習的楷模。

（《明清小說研究》，一九九三年第二期）

百年中國《紅樓夢》的兩個公案

作者：劉夢溪（一九四一——），中國人民大學語言文學系畢業，當代文史學者和文化學者，著有《中國現代學術要略》、《紅樓夢與百年中國》。

紅學論爭其實也即紅學公案。因為論爭往往形成公案，特別是那些聚訟無尾的論爭，假以時日，必然變成公案。下面敘錄兩樁紅學愛好者至為關心的紅學公案。

公案之一：《紅樓夢》的版本系統

現在已發現的屬於脂評系統的抄本計有十二種，即甲戌本、庚辰本、己卯本、夢稿本、舒元煒序本、戚蓼生序本、夢覺主人序本、鄭振鐸藏本、蒙古王府本、南京圖書館藏戚序本、列寧格勒藏抄本、靖應鵾藏抄本。除靖藏本不幸「迷失」，其他諸抄本，大部分已經影印出版，連列寧格勒藏本也於去年由中華書局影印行世了。

但對這十二種抄本的研究是很不夠的，文章雖然發表過不少，專書亦時有出版，但距離理清這些版本的系統還相去甚遠。可以說，在《紅樓夢》的版本系統問題上，迄今為止，還是言人人殊，無以定論。往往一說即出，很快就遭到反駁，而反駁者自己，也不一定堅信己說。特別是版本演變和《紅樓夢》成書過程的關係，現在還未能找到大家都基本認可的說法。更不要說不同版本中的脂批的比較和研究，仍有待於研究者作出進一步的努力。至於這些版本的時間順序，簡直是個謎。甲戌本名稱的不妥，許多研究者都指出了，當然不可能是乾隆十九年甲戌的本子。但仍有不少研究者，包括胡適，堅決認定甲戌本是「海內最古的紅樓夢抄本」。己卯本和庚辰本的關係，因觀點不同，上海古籍出版社出版了馮其庸和應必誠各自一本專著。戚序本，也有很早和很晚兩種截然相反的說法。

總之，《紅樓夢》的版本系統，即使在紅學專家面前，也還是個謎，因此只能成為聚訟不已的公案，誘發人們繼續研究下去。

公案之二：《紅樓夢》後四十回的評價問題

程偉元、高鶚「補」上去的《紅樓夢》後四十回，究竟應該如何評價？是《紅樓夢》研究中的又一樁公案。

曹雪芹只寫了《紅樓夢》前八十回，後四十回為別人所續，弄清楚這一點，是考證派紅學的一大功績。至於胡適提出來的續書作者為高鶚，證據不夠充分，現在此說又發生動搖。問題是，續作者為誰是一回事，如何評價是另一回事。無論後四十回係誰人所寫，都有一個與前八十回在情節結構上是否銜接，在思想傾向上是否一脈相承，在藝術上是否稱為一體的問題。正是在這個向題上，研究者們拔刀相向了。考證派的幾員主將，視程、高補作為寇仇，斥為「狗尾續貂」，貶稱為「偽續」、「偽後四十回」，認為續書是對雪芹原著的褻瀆，絕不能容忍，必欲一刀斬去方可一快。小說批評派的紅學家們，從文學欣賞的角度著眼，一般不取考證派的激烈態度，傾向於補作大體上還說得過去，《紅樓夢》得以廣泛流傳，程、高二氏實有功與焉。索隱派的目光集中在作品的政治和歷史的層面，斷定雪芹之前另有作者，對後四十回的真偽，反而不予重視。甚而，還認為前八十回與後四十回均出自一人之手筆。魯迅對後四十回的評價較持平，認為「後四十回雖數量止初本之半，而大故迭起，破敗死亡相繼，與所謂『食盡鳥飛，獨存白地』者頗符，惟結末又稍振，是以續書雖亦悲涼，而賈氏終於『蘭桂齊芳，家業復起，殊不類茫茫白地，真成乾淨者矣』。但這一評價的前提，是接受胡適的觀點，假定後四十回為高鶚所續，如果前提發生動搖，評價也必隨之而有所改變。

對《紅樓夢》後四十回評價不一的原因，固然由於與前八十回相比，補作在藝術風格上有明顯的不一致處，但主要還在於史料不足，研究者不能提出有關續書的堅強有力的證據。至今仍有一部分研究者反對前八十回和後四十回係由兩人所寫的說法。還有的雖承認後四十回係別人續作，但傾向於其中不排除有雪芹的遺稿在內。而所有這些說法，大都帶有猜測性質，缺乏實證，因而也是誰都說服不了誰，只好成為一樁公案，聽憑紅學家們反覆聚訟。

也有因不滿意程、高補作，另起爐灶，重新撰寫一部續書者，但結果頗令人失望，不用說與雪芹原書南其轅而北其轍，去後四十回續書亦遠遠矣。相反，近年出版的不論依據何種底本整理出來的《紅樓夢》新校本，都不敢斬去程、高補作，那怕作為附錄也好，也要前八十回與後四十回一同發行。這個不知出自誰人之手的《紅樓夢》後四十回，真正是斬而不斷、存之難堪、棄之可惜，紅學家們為此大傷腦筋，可以說是一樁不同於其他紅學公案的更為棘手的公案。

（《紅樓夢與百年中國》，第八章〈擁擠的紅學世界〉，二〇〇五年）

曹雪芹對《紅樓夢》的最後構想

作者：高陽（一九二二－一九九二），本名許晏駢，曾服務於軍隊、媒體，以歷史小說著稱，一生創作一百餘冊，代表作《胡雪巖》、《慈禧全傳》、《紅樓夢斷》。

一

自從胡適之先生發表〈《紅樓夢》考證〉以後，三十年來「紅學」的內容，一直是史學的重於文學的。特別是後四十回作者之謎，以及相應並起的曹雪芹家世的問題，成為「紅學」的中心。後四十回的作者，原來有兩說，一是仍為曹雪芹原著；一是高鶚續作。現在又有第三說，那是趙岡先生的主張，認為可能曹雪芹後四十回的原稿中，關於抄家的描寫，有不便為清高宗所見的「礙語」，乃由另一滿人刪削進呈；目前所流傳的百二十回本，即是此改寫的稿本。考據憑證據說話，看來好像很客觀，但對於證據的取捨，常易在不知不覺間流於主觀。換句話說，就是各自援用有利於己的證據以支持其觀點，形成「此亦一是非，彼亦一是非」的現象，如果不是綜合比較，無從判斷彼此的得失。

今年年初得有一個機會聽適之先生暢談《紅樓夢》和曹雪芹。他很謙虛地說他的成就，「只是掃除障礙的工作」。這句話給了我很大的一個啟示，適之先生這話的意思，很明白地表示出來，做《紅樓夢》的考據，只是研究《紅樓夢》的必須準備工作，而非研究的本身；因為《紅樓夢》到底是一部文學名著，不是一部史書。就算把《紅樓夢》後四十回的作者，以及曹雪芹的家世考證得明明白白，毫無疑義，對於《紅樓夢》在文學上的價值，好在何處，壞在那裡？這些文學研究上最主要的課題，仍舊沒有說出一個所以然來。

對於《紅樓夢》的後四十回，若以文學的觀點來看，我認為所當注意者，有下列幾個問題：

一、後四十回比前八十回寫得如何？

二、照前八十回看，後四十回的情節應該如何發展才合理？

三、假使說，後四十回不是曹雪芹原著，或雖出於曹雪芹之手，而非定稿，那麼曹雪芹原來對後四十回的情節的構想，到底如何？

以上三個問題，我想試著來解答最後一個。我以為我找到了一把鑰匙，這把鑰匙是曹雪芹自己留給我們的。而且不必外求，就在原書第五回裡面。

二

《紅樓夢》第五回：「賈寶玉神遊太虛境，警幻仙曲演紅樓夢。」這一回中最主要的內容，是「金陵十二釵正冊」和「新製紅樓夢（曲）十二支。」

「金陵十二釵正冊」，實際只有十一幅圖，黛玉寶釵合一幅，以下依序是元春、探春、湘雲、妙玉、迎春、惜春、鳳姐、巧姐、李紈、可卿。這裡就發生一個疑問：「金陵十二釵正冊」中，他人皆是一人占一幅，何以黛玉寶釵合一幅？

「紅樓夢」曲子十二支，加上引子及尾聲（飛鳥各投林）共為十四支。照曲文內容看，是用寶玉的口吻，追憶往事，發為歎息，猶如現代小說的所謂「第一人稱」的寫法。曲子正文十二支，是描寫金陵十二釵的品貌遭遇，但這裡又發生了變格，第一支「終身誤」，非單寫黛玉，亦非單寫寶釵，而是既寫黛，又寫釵；第二支「枉凝眉」也是如此。以下自「恨無常」到「好事終」，自元春寫到可卿，次序與「冊子」第二幅至第十一幅同。

釵、黛二人這種特殊的安排，若是僅見於「冊」或「曲」，已非偶然，而竟一見於「冊」，再見於「曲」，豈不值得寄以密切的注意？

其次，大觀園中，國色天香，豔絕人寰，曹雪芹以何標準選定此十二人為正釵？論行輩，巧姐不當插入；論關係，何與妙玉方外之人；論才貌，寶琴難道不夠格？

復次，此十二釵排列的次序，「冊」與「曲」皆同，可見不是沒有原則的；那麼此原則為何？論行輩，論年齡，論以寶玉為基準的親疏關係，無一處可以說得通。

以我的「頓悟」，金陵十二釵應分為六組，每一組中顯示一個強烈對比。茲就曲名簡述其對比的意義如下：

第一組（變格）

終身誤　黛玉寶釵（或寶釵黛玉）。

枉凝眉　仝右。

解：另述。

第二組

恨無常　元春。
分骨肉　探春。
解：元春不壽，探春遠嫁，此以「死別」「生離」作對比。
第三組
樂中悲　湘雲。
世難容　妙玉。
解：另述。
第四組
喜冤家　迎春。
虛花悟　惜春。
解：迎春出嫁，惜春出家（可憐繡戶侯門女，獨臥青燈古佛旁）；嫁而早死，所以不如不嫁求長生（西方寶樹喚婆娑，上結著長生菓）。
第五組
聰明累　鳳姐。
留餘慶　巧姐。
解：鳳姐翻雲覆雨，極有作為；巧姐隨人擺布，太無作為；母女倆的性格和遭際，以劉姥姥貫串其間，強弱因果，對比極為明顯。
第六組
晚韶華　李紈。

好事終　可卿。

解：李紈守節，可卿淫亂；守節者晚境彌甘、淫亂者早喪。秦可卿諧音為「情可輕」，以此一組殿後，可以看出作者勸善懲淫的主旨所在。

以上所未解者，是第一組和第三組，正為寶玉情感上的大問題。而主要關鍵則在第三組。

第三組對比的雙方是湘雲和妙玉。所比的是雙方對寶玉的關係。妙玉是方外之人，而且非親非故，論表面的關係，在十二釵中跟寶玉最疏遠；因此對比的另一方，應該是跟寶玉關係最密切的人，這當然非肌膚之親的妻子不可。

寶玉跟妙玉的情感極為微妙，從櫳翠庵品茶及乞紅梅這兩件韻事中，可以看出端倪，祇是「檻內」「檻外」，萬無結成連理之理；而湘雲雖有「因麒麟伏白首雙星」這一回的伏線，可是寶玉未來的妻子，不是「金玉良緣」，就是「木石前盟」，包括寶玉自己在內，沒有誰會想到湘雲身上去，誰知最後偏偏成為夫婦；就性格而言，妙玉孤僻矯情，落落寡合，湘雲則爽朗隨和，最得人緣，這個對比之妙，就在無一處不反，在相互映襯之下，雙方都更顯得突出。

寶玉的妻子是湘雲，第三組的對比是正面的證據；而第一組則是一個有力的旁證。

三

程本《紅樓夢》說寶玉的妻子是寶釵，但曹雪芹最後的構想並非如此。這在「曲」中一看就可以知道的，為了讀者的方便，我把第一組「終身誤」「枉凝眉」兩支曲子的原文抄在下面：

終身誤

都道金玉良緣，俺只念木石前盟。空對著山中高士晶瑩雪，終不忘世外仙姝寂寞林。歎人間，美中不足今方信，縱然是舉案齊眉，到底意難平！

枉凝眉

一個是閬苑仙葩，一個是美玉無瑕。若說沒奇緣，今生偏又遇著他；若說有奇緣，如何心事終虛話？一個枉自嗟呀，一個空勞牽掛；一個是水中月，一個是鏡中花。想眼中能有多少淚珠兒，怎禁得秋流到冬，春流到夏？

「終身誤」第三句，「空對著山中高士晶瑩雪（薛）」的「空」字，不是輕易可下，如果「寶姐姐」變了「寶二奶奶」，那麼日侍妝檯，眼皮兒供養，心坎兒溫存，還有什麼「空對」之可歎？下面「舉案齊眉」，非指寶釵而是指湘雲，「樂中悲」一曲中，有「廝配得才貌仙郎，博得個地久天長」的話，可以證明寶玉、湘雲夫婦，感情極好，否則「雲散高唐，水涸湘江」，就不成其為「『樂』中悲」了。

在「枉凝眉」中，說得更明白：「一個枉自嗟呀，一個空勞牽掛；一個是水中月，一個是鏡中花」，連著這四個「一個」，不但明指黛玉寶釵在寶玉都是「鏡花」「水月」，而且也可看出，寶玉雖只念著「木石前盟」，但另一方面又深深地愛慕著寶釵（這並不構成為矛盾，因為寶玉本是個「汎愛主義」者），所以良緣不諧的原因，決非寶玉不願，而是寶釵不肯。

寶釵為什麼不肯呢？要回答這個問題，我們先得研究曹雪芹最後所確定的寶釵，是何等樣人？

我前面說過，曹雪芹把十二釵分為六組以顯示其對比，第一組雖為變格，但黛釵兩人，仍是一個對比，看燕瘦環肥的兩種體型，就再明顯不過。其次是性格，一個「愛使小性子」，口角犀利得近乎刻薄；一個是寬宏大量，溫柔敦厚，從不願予人以難堪的。所以金陵十二釵正冊第一幅，劈頭就說：「可歎停機德」，接下來寫黛玉：「誰憐詠絮才」，這一德一才，就是曹雪芹在刻劃釵黛兩人時，緊緊抓住的大原則。

在「終身誤」、「枉凝眉」兩支曲子中，曹雪芹寫寶釵之德，更有具體的比喻，其一是「山中高士晶瑩雪」；其二是「美玉無瑕」，擬之為高士、白雪、美玉，可以想見曹雪芹最後想像中的寶釵，其志行的高潔，人格的完美為如何？像這樣的人，不但絕不會做出讓人輕視的事，而且也絕不會起什麼骯髒心眼兒，否則就不足以符高士美玉之稱了。

在前八十回中，曹雪芹以獅子搏兔之力寫黛玉之才，同時他也用了同樣的力量去寫寶釵之德，而效果適得其反，這都是寫在第九十七回「林黛玉焚稿斷痴情，薛寶釵出閨成大禮」這一回上面。現在我們撇開後四十回不談，僅就八十回以前而論。只看到一個心地純厚，見識高超，處處容忍退讓，事事為人設想的寶釵。那裡有一點兒奸相？

最要緊的是，人人「都道金玉良緣」，寶釵卻從未重視過這一點，也就是說，寶釵並不大看重於成為「寶二奶奶」。第二十八回「薛寶釵羞籠紅麝串」，有一段說：

寶釵因往日母親對王夫人曾提過，金鎖是個和尚給的，等日後有玉的，方可結為婚姻等語，所以總遠著寶玉；昨日見元春所賜的東西獨她與寶玉一樣，心裡越發沒意思起來。幸虧寶玉被一個黛玉纏綿住了，心心念念惦記著黛玉，並不理論這事。

這是一個潔身自好唯恐惹上嫌疑的人的心理。如說寶釵屬意於寶玉，那麼「總遠著」，「越發沒意思」，「幸虧」等等，都得改用相反的字眼，成為這個樣子：

寶釵因往日母親對王夫人曾提過，金鎖是個和尚給的，等日後有玉的，方可結為婚姻等語，所以「總是有意無意親近著」寶玉；昨日見元春所賜的東西獨她與寶玉一樣，心裡越發「暗喜」。「無奈」寶玉被一個黛玉纏綿住了，心心念念只惦記黛玉，並不理論這事。

寶釵不太看重「金玉良緣」，則寶釵以黛玉為情敵的看法，即不能成立。在前八十回中，曹雪芹寫釵黛之間，是有極深的友誼的，第四十二回寶釵勸黛玉少看「雜書」，黛玉「心下暗服」；第四十五回，寶釵探病，黛玉說了這樣一段話：

黛玉歎道：「你素日待人，固然是極好的；然我最是個多心的人，只當你有心藏奸，從前你說看雜書不好，又勸我那些好話，竟大感激你。往日竟是我錯了，實在誤到如今。細細算來，我母親去世的時候，又無姐妹兄弟；我長了今年十五歲，竟沒一個像你前日的話教導我，怪不得雲丫頭說你好；我往日見她讚你，我還不受用，昨兒我親自經過，纔知道了。比如你說了那個，我再不輕放過你的，你竟不介意，反勸我那些話，可知我竟自誤了……」

以黛玉的心高氣傲，從不服輸而竟能如此傾心，此正所以表現寶釵以德服人的力量。曹雪芹把這一回題為「金蘭契互剖金蘭語」，「金蘭」是描寫友情的一個等級很高的形容詞，這是更從正面強調了「二人同心」。朋友由誤會中產生真誠的諒解，是非常難得的境界，若還以為釵黛兩人中間有嫌隙，那真辜負了曹雪芹立意的苦心。

寶釵勸黛玉少看「雜書」的那第四十二回，題為：「蘅蕪君蘭言解疑癖，瀟湘子雅謔補餘音」，我認為這蘭言的「蘭」，與金蘭的「蘭」，其中另有深意，因為蘭言的「蘭」，對不上雅謔的「雅」，要講對仗之工，用「良言」、「忠言」、「諍言」都比「蘭言」來得好。其所以下「蘭」字者，可能也是用來象徵寶釵的品格。

如果這一假設可以成立，那麼寶釵的氣質，即由這三種高貴的成分所合成：白雪的純潔；美玉的堅貞；幽蘭的靜穆。擬之為「高士」，十分恰當。不過高士雖然迥異流俗，卻多少有硜硜自守，求個人人格完美的傾向，他的道德觀，跟「我不入地獄誰入地獄」的大宗教的看法不同。所以，若要期望寶釵超出理智的考慮以外，為了情感上的原因，作任何重大犧牲，也是不可能的。

四

以這樣的性格的寶釵，如果有人想促成「金玉良緣」的具體實現，必然為她所拒絕。因為她一定會這樣想：

第一、對黛玉有奪愛之嫌，有負知友。

第二、縱然過去本心無他，只要一嫁寶玉，那麼以前種種待人的好處，都變成了故博賢慧之名，籠絡人心的手段，坐實了「藏奸」二字，跳到黃河都洗不清的。

第三、在寶玉心目中，黛玉第一；娶不到黛玉娶寶釵，豈不應了「不得已而求其次」這句話？只要她無意於寶玉，寶玉在心裡面把她擺在那一個位置，都沒有關係；一成了「寶二奶奶」，自然而然也就成了黛玉的候補者，身分降低一等，這是最傷自尊心的。照書裡面看，寶釵亦未嘗不以大觀園中第一流人物自居，而第一流人物，往往對自己在另一第一流人物眼中的評價，是最著重的，所以寶釵縱或不恤人言，也決不肯為黛玉所恥笑。

寫到這裡，我可以來回答金陵十二釵正冊中，何以黛釵合刊一幅的問題了。曹雪芹的用意是想寫一個完美的女性的兩個半個，而這兩個半個是為了寫一句話：「紅顏薄命」；或者說只寫了一個字：「情」。

既然稱兩個半個，當然是對等的，但是這不比畫一個圓圈，中間再畫一道直線那麼簡單。為了要求銖兩相稱，曹雪芹所費的苦心，可以從「冊子」上那首詩看出來：

可歎停機德！誰憐詠絮才？

頭兩句是釵前黛後，如果三、四兩句依然如此，那就確定了地位的高下，所以倒過來變成黛前釵後：

玉帶林中掛，金釵雪裡埋。

在「終身誤」、「枉凝眉」兩支曲子中的描寫，也都力求對稱，以示無所偏頗。所以《紅樓夢》的讀者，可以像寶玉一樣，把黛玉列為第一，或者像湘雲一樣，說寶釵好；但請勿說黛玉比寶釵好，或者寶釵比黛玉好，那樣比法，是違反曹雪芹的本意的。

關於寶釵的拒婚，曹雪芹還另外在「又副冊」寫了一個人，來反襯她的高潔。那就是襲人，襲人被目為寶釵的影子，其實貌合神離，試看她：「初試雲雨」以後，即隱隱然以寶玉未來的侍妾自居，及至寶玉出家，懷著必死的心腸上車回家，卻又不死；不死為的是怕「害了哥哥」倒也罷了；但一夜過後，終於死心塌地。心地不夠光明，意志不夠堅定，生性難耐寂寞，跟寶釵純潔、堅貞、靜穆的高貴氣質一比，自然只有用一床「破蓆」來形容其下賤了。

我以上種種分析，在推斷曹雪芹最後構想的內容。至於這個構想的評價，那是另一件事，也就是真正《紅樓夢》研究所要做的工作。照我初步的見解，認為這個構想，在意境上比現在後四十回的寫法，高出不知多少？現在的寶釵，最後成了庸脂俗粉，其失敗正跟十三妹嫁安公子一樣，一無意味可言。

五

金陵十二釵中，除釵黛以外，其他人物的結局，依「冊」「曲」來看，構想比現在後四十回中所寫的，要完備得多，如元春死後曾托夢；迎春嫁後一年，被虐待致死；賈蘭做了武官等等，可說是大同小異。其全然不同者，一是湘雲，嫁寶玉後，不久即死；一是鳳姐的下場，那就是有名的那個「一從二令三人木」之謎。

關於這個謎，嚴明先生曾寫了一篇專文刊在《自由中國》第二十二卷第二期上面。嚴先生把「一從二令三人木」七字，用測字法加減，所得謎底是「上下眾人冷，夫休！」嚴先生指出鳳姐「七出之條」全犯，推斷「被休」出於邢夫人的主張云云。在全篇文字中，我只能同意嚴先生一點，那也就是俞平伯氏所猜出來的一點，「人木」確指「休」字。

那麼「一從二令三人木」，這俞平伯、林語堂二氏都認為無從解釋的六個字，到底意何所指？

首先我得說：《紅樓夢》不是推背圖，曹雪芹絕無理由做個謎讓後人來傷腦筋。所以以猜謎的方式來解釋這六個字，入手便錯。誠然，「人木」二字是拆字格，但這不過是要湊成七個字的一句詩，並無深意。

我的看法很簡單，「一從二令三休」，是概括賈璉鳳姐夫婦關係的三個階段：

一從——出嫁「從」夫。

二令——閫「令」森嚴。

三休——「休」回娘家。

第一階段出嫁「從」夫，以彼時的倫理觀念，理所當然；第二階段，閫「令」森嚴，賈璉處處受鳳姐的壓制，前八十回中已寫得淋漓盡致；第三階段鳳姐被「休」回娘家，是曹雪芹在後四十回中的構想。這個構想好極了，完全符合小說的要求。

「可殺不可辱」不獨以「士」為然，凡是心高氣傲的人，到勢窮力蹙之境，莫不希望如此。要打擊一個人，最狠毒的方法是打擊他的自尊心，讓他活著抬不起頭來，死了無人注意。希特勒的謎到現在還有人感興趣，納粹黨徒至今還在活動；而墨索里尼從未有人提起，褐衫黨亦已成為歷史的名詞，其原因就在希特勒雖死未辱。同樣地，明思宗和建文帝在後人的心目中，不同於李後主和宋徽宗，亦就是殺與辱的不同。

舊時婦女，特別是縉紳之家的命婦，如說被休回娘家，那可真成了「頭條社會新聞」，闔族都會感到奇恥大辱。讀者試想，爭強好勝，目中無人的鳳姐，一旦為平日俯首聽「令」的丈夫所「休」，那在她真是生不如死，所謂「哭向金陵事『更』哀」是說哭著被休回娘家，其事比死更為可哀。這個「更」字，用得好極。

那麼鳳姐被休的經過如何呢？我根據「冊」「曲」中的圖意，前八十回的線索，以及人物的性格，試述曹雪芹原來的構想如下：

環境：

鳳姐的「冊子」中，是「一片冰山，山上有一隻雌鳳」，嚴明先生解為「示『眾冷』之意」；我的看法很簡單，是暗示「冰山一倒，立足無地」。鳳姐的冰山，一是賈母，二是王子騰。賈母壽終，王子騰病死「十里屯」，就是鳳姐的冰山倒了。同時家勢衰敗，鳳姐已無用武之地，全家上下，亦就不必再對她有所畏懼。此時環境大不利於鳳姐。

主動者：

賈璉。

動機及目的：

一、久受壓制，出於報復的心理。二、謀財。休了鳳姐，即可接收鳳姐的財產。賈璉久已覬覦鳳姐的私房；鳳姐放高利貸等等亦唯恐賈璉知道，這些在前八十回中有很明顯的描寫，請讀者覆按。三、貪色。「砸碎了」醋罐子，才可以暢所欲為。

罪狀：

一定是「淫佚」。七出之條，「無子」、「不事舅姑」、「口舌」、「妒嫉」、「惡疾」等五項，都有申辯的餘地，只有「竊盜」、「淫佚」兩項最具體。鳳姐當然不至於偷別人的東西，即有其事，說聲「我是鬧著玩的」，誰還真追究不成？但如從她床上捉出一個情夫來，可不能說「我是鬧著玩的」。而且以鳳姐的手腕口才，除非「捉奸捉雙」方可把她打倒；否則還有被反噬的危險。

其他：

在情節上，還可以安排鳳姐在旅途中懸梁自盡。這一點構想，不能「必其有」，只是我從「聰明累」那支曲子中，感到有一種三更上吊，臨死懺悔的氣氛。我認為這一安排，也還不壞。在鳳姐起意自殺以前，可以給她一些重大的刺激，譬如讓為她「弄權」受害的人，聞訊趕來，大大地羞辱她一頓；另一方面，第一百十三回「懺宿冤鳳姐托村嫗」的情節，大致可以移用到這裡，由劉姥姥趕至旅次話別，引起鳳姐托女的念頭。由刺激引起自殺的動機，以托女消除自殺的顧慮（鳳姐自殺以前唯一割捨不下的，只有巧姐），恩怨已了，然後才得以自求解脫。這樣交代了梟雄式的鳳姐，在效果上，至少氣勢不弱。

照以上的構想，其中唯一需要斟酌的是，平兒的態度。平兒、豐兒，喻為鳳姐的「屏風」，賈璉如不能得到平兒的合作，無法破獲鳳姐的奸情。以平兒的性格，公然背叛鳳姐，能不能是一個問題，肯不肯又是一個問題。不過所好的，曹雪芹在前八十回中已留下了很好的伏線，以第二十一回「俏平兒軟語救賈璉」及第四十四回「變生不測鳳姐醋」這兩回來看，可知平兒對鳳姐，也有著難以消弭的矛盾，傾向於賈璉這方面的成分居多。所以在那時對於鳳姐，背叛或許不敢，告賈璉的密則斷乎不至於。在賈璉的計劃中，她可能表面上不肯參與，暗地裡所持的，則如晉朝王敦內犯時，王導所採取的「默成」的態度。

六

前面我說過，曹雪芹這個「一從二令三休」的構想好極了，完全符合小說的要求。現在我解釋我的看法。

這得先簡單談一談《紅樓夢》的主題。它可用「色即是空」四字來概括。但是曹雪芹有名士癖氣，玩世逃世或許有之，出世則未必；他的「色即是空」的觀念，實際上恐怕還是由滄桑之感蛻變出來的，所以並未真正看破紅塵。相反地，我認為他極嚮往於他兒時所見的繁華景象，在刻意渲染朱門繡戶，錦衣玉食的生活中，求取心理上的虛幻的滿足。愈嚮往於過去，則愈覺得現實之難以接受。因為敗落得大快，太慘，在觀念上舊時繁華與今日貧困兩種真實的疊合，因而產生如夢似幻的感覺。這就是曹雪芹創作時的心理狀態。

這一心理狀態是很矛盾的，他一面未能忘情於富貴榮華，一面又覺得富貴榮華靠不住。試想，曹家三世襲職，四次接駕，明為織造，實際則是皇帝直接指揮的心腹。有這樣深厚的基礎，堅強的奧援的人家，就一般的情況來說無論如何不是在短時期內所敗得了的；而居然於一夕之間，「家亡人散各奔騰」！如此說來，世上萬事都不可靠，包括皇帝的寵信在內。他在書中雖未明指「天威不可測」，但第十三回可卿托夢，以及構想中要寫的元春托夢，囑咐「退步」要早；可以看出他的深意。在實際生活中，曹雪芹不事生產，我疑心他也是受了萬事靠不住的想法的支配，那就不如看開一點，得過且過算了。

由以上推論及前八十回書中所見，可知「變幻不測」是曹雪芹在《紅樓夢》中所極力強調的。因此，一切情節的發展，只要在情理上說得通，變化越大越好。「一從二令三休」，具有雙重的曲折、由「令」而「休」，更像把一個人拉到山頂再推入深淵，變化幅度之大，足以滿足主題的要求；而在技巧上，則是掀起一個戲劇性的大高潮。豈不是「完全符合小說的要求」？

七

我所研究出來的曹雪芹的最後構想的內容，大致如上述。

我相信讀者一定會問：你憑什麼說那是曹雪芹的最後構想？以下是我的回答：

第一、第五回所寫的「冊」「曲」，無疑地，應當作全書結構的「預告」看。

第二、這「預告」是在「披閱十載，增刪五次」以後才出現的。曹雪芹也許還有第六個、第七個稿本，但既未出世，則現行本八十回以前應視作定稿。

第三、後四十回若是他人的續稿，自不必談；如果仍是曹雪芹原著，那麼以文字的精鍊來比較，決非「增刪五次」的稿本。所以，最後的構想，仍應以第五回的預告為準。

如果我前面所說的一切，在原則上為讀者所同意，那麼我願意進一步來推論後四十回作者的問題。

我一向不以為高鶚是後四十回的作者，理由是：

第一、後四十回的文字雖不及前八十回，但一般公認還是相當不錯的。我不認為高鶚有此能力。尤其續書比自己創作還難，因為得拋棄了自己的一切，去體會別人的風格。如果高鶚續書能夠看不出續的痕跡，那就比曹雪芹還要高明了。

第二、八十回與八十一回之間，找不出有什麼不同。事實上從第五十三回「寧國府除夕祭宗祠，榮國府元宵開夜宴」以後，寫到寧榮兩府過了全盛時期，文字就慢慢地不行了，如既有第三十七回「秋爽齋偶結海棠社」，就不必再有第七十回「林黛玉重建桃花社」；再把兩回文字作一比較，更是優劣判然。又如第七十五回，賈母所講的那個怕老婆的笑話，惡俗不堪，決不能出之以如此身分的老太太之口；何況是兒孫滿堂的場合。所以一定說八十回以前好，八十一回以後較差，這話並不正確。

第三、第三十一回「因麒麟伏白首雙星」是一大漏洞，為何不改？這一回改起來並不費事，除了另製回目以外，只要把「湘雲伸手擎在掌上，心裡不知怎麼一動？似有所感。」這三句話改掉，就一點痕跡都不留了。因此，我認為原書「引言」及高、程兩序，所說的都是實情，程偉元大概是個書商，而高鶚則是程偉元請來「客串的編輯，因為『傳抄一部』，昂其值得數十金」，自然要「集活字刷印」，「急欲公諸同好」，沒有功夫來細作校正了。

照現在來看，上述第三點的理由，更為充分。因為任何人來續後四十回，必先得對前八十回痛下功夫，那就不可能不注意到第五回的「預告」。當然，續書者可能不同意曹雪芹的設計，另出新意，但那樣就得把「冊」「曲」中的文字，按己意重寫，以求統一。現在既不是全照「預告」發展，又不把「預告」改得符合結局，世上那有這樣續書的人。

至於趙岡先生所提出的見解，認為是另一「滿人」按照曹雪芹的原稿改寫，姑不論所引證據是否站得住；只就其改寫的原因而論，是為了要刪改抄家的礙語，寶玉的婚姻與鳳姐的結局，並不構成為「礙語」，何以也把它改掉？再說，「進呈」上覽，不是件開玩笑的事，如果清高宗看出前後不符，令此「滿人」「明白回話」，豈不將遭嚴譴？

後四十回既非高鶚所續，更非另一「滿人」改寫，那麼當然是曹雪芹的原著了。不過不是「增刪五次」之稿，更不是定稿。事實上恐怕永無定稿。脂批有一條：「書未成而芹逝矣。」可證。當然，這不是說初稿未成，而是指照此最後的構想，重新改寫的全書未成。

（原文收錄於《紅樓一家言》，二〇〇五年二月二版，臺北，聯經出版事業股份有限公司）

《紅樓夢》的版本和續書

作者：劉廣定（一九三八—），曾執教於台灣大學化學系、擔任中研院科學史委員會委員，獲得中山學術獎，著有《中國科學史論集》、《化外談紅》。

一、引言

我國著名的古典通俗小說《紅樓夢》自問世以來，膾炙人口兩百餘年，至今不衰。常與《三國演義》、《水滸傳》、《西遊記》並列為「四大名著」。其相關之研究世稱「紅學」，乃與「甲骨文」、「敦煌學」共為二十世紀中國文史「三大顯學」。尤其特殊的是，此書除尚存十一種內容不盡相同的舊抄本、逾百種各式印本，還有刪削改寫本和續書數十種，以及十七種外國文字譯本和六種漢文。

《紅樓夢》自十八世紀六十年代以早期的「抄本」開始流行，經「木活字本」、「刻本」到稍後的「石印本」，及至近現代的「鉛印本」、「影印本」及「電腦排印本」等種種不同的版本。並有《紅樓夢》、《石頭記》、《金玉緣》、《大觀瑣錄》等多種名稱。其版本種類很多，大體可分兩類：一是乾坤五十六年（一七九一）萃文書屋以木活字排印的

「擺字本」及其後重排或據之另行印制的「刻本」、「印本」等，因乃程偉元和高鶚所主持，一般稱為「程高本」或「程本」；另一是含有「脂硯齋評」的早期「舊抄本」及其中有跡象顯示為已刪去「脂硯齋評」之「舊抄本」，一般通稱為「脂本」。

其中已知現存的「脂本」共十一種，分別為：

（一）「甲戌本」：存第一—八、十三—十六、二十五—二十八各回，有批語。因其中有「至脂硯齋甲戌（一般認為是乾隆十九年）抄閱再評」之句而得名。曾為清人劉位坦、銓福（一八一八？—一八八〇？）父子所收藏。近人胡適一九二七年購得，逝世後為其子攜往美國。

（二）「己卯本」：存第一—二十、三十一—四十、五十六—五十八、六十一—七十各回及第一、五十五、五十九三個半回，有批語。其中第六十四和第六十七回為補抄。因其中有「己卯（一般認為是乾隆二十四年）冬月定本」而得名。近代曾為董康、陶洙（心如）收藏，現藏北京國家圖書館。有些紅學家認為此本是「怡親王府」的抄本，或從「怡親王府」抄本所過錄，實則不然。

（三）「庚辰本」：存第一—六十三、六十五、六十六及六十八—八十各回，有批語。因其中有「庚辰（一般認為是乾隆二十五年）秋月定本」而得名。曾為徐郙（星曙）舊藏，現藏北京大學圖書館。據筆者之研究，[1]「至少其中的七十一—八十回是周紹良[2]所謂的「蒸鍋鋪」抄本，亦即饅頭鋪伙計暇時所抄。

（四）「列藏本」：存第一—四、七—八十各回，有批語。約在一八三三年為人攜到俄國，現藏於聖彼得堡。因藏書地一度改名「列寧格勒」，故稱。發現人孟列夫建議改稱

「聖藏本」。

（五）「戚（序）本」：存第一—八十回，有批語。因有乾隆三十四年同進士戚蓼生序而得名。有兩種，一稱「戚滬本」，原有八十回，現僅有一—四十回存於上海。此本曾由清人張開模（一八四九—一九〇八）收藏，後歸俞明震（一八六〇—一九一八），民國初年由上海有正書局石印發行，但略經貼改，故此流行本宜稱「有正本」。另一種原在近人陳群之「澤存書庫藏書」中，後歸南京圖書館，故稱「戚寧本」，亦稱「南圖本」。「有正本」又分「大字本」和「小字本」兩種。

（六）「蒙府本」：存第一—一百二十回，有批語，但五十七—六十二及八十一—一百二十回係補抄。據說乃自某蒙古王府售出，故名。現藏北京國家圖書館。

（七）「楊藏本」：存第一—一百二十回，其中四十一—五十回係補抄，原本貼有許多附條，也有十數條批語。曾為清人楊繼振（一八三二—一八九〇）所收藏而得名，現藏中國社會科學院文學研究院。

（八）「舒序本」：存第一—四十回、第六回有一疑是某藏書人之旁批。因有舒元煒乾隆五十四（己酉）年序而得名，又稱「己酉本」。原為近人吳曉鈴所有，現藏北京國家圖書館。

（九）「鄭藏本」：存第二十三、二十四兩回，無批語。近人鄭振鐸原藏，故名。現藏北京國家圖書館。

（十）「甲辰本」：存第一—八十回，有批語。有夢覺主人甲辰年（一般認為是乾隆四十九年）序，故亦稱「夢覺本」。因乃一九五三年在山西發現，又稱「晉本」現藏北京國家圖書館。

其中除「戚寧本」未影印、「戚滬本」乃以「有正本」流傳，其餘均已有影印本問世。又周汝昌稱「甲戌本」、「庚辰本」和「戚序本」（「有正本」）為「三真本」，也有人以「有正本」（「戚滬本」）、「戚寧本」與「蒙府本」為「立松軒本」。另須說明的是尚有一稱為「靖藏本」的「脂本」，據說只有毛國瑤見過，不久即失蹤，真偽難定，疑雲重重，故略之。二〇〇一年在北京師範大學也曾發現另一「庚辰本」，但據研究報告，係陶洙於一九五〇年代初期整裡抄寫而成。[3]至於各抄本的年代，請參閱下節的討論。

另外還有兩種見於前人筆記的「舊抄本」。一載道光年間出版之《痴人說夢》，一是清末民初人吳克岐之《犬窩譚紅》，分別記述了兩種文字與通行本出人很多之「舊抄本」。周策縱等多位紅學家都對此有詳細的比較研究，本文從略。

「木活字本」有一百二十回，約七十三萬字。最早是乾隆辛亥年（一七九一）冬由北京萃文書屋所發行，次年又重排修訂新版。據統計，二者相異處達一九五六八字。[4]因乃程偉元與高鶚校定，故一般統稱「程高本」或「程本」，也分稱為「程甲本」和「程乙本」。但此後仍稍有訂誤，一九八六年顧鳴塘在上海圖書館找到過一部和「程乙本」有多處不同的版本，他稱之為「程丙本」[5]，實際上仍「程乙本」，只是修改了一些文字，且與「程乙本」的差別遠小於「程甲本」和「程乙本」間的差異。又坊間流傳的也有一些是二者之混合本，例如一九六一年臺北韓鏡塘將所收藏之「程乙本」影印問世（稱為「青石山莊影印本」），實和上海亞東圖書館舊印之「程乙本」有許多不同處，徐仁存、徐有為昆仲稱之為「程丙本」，然實乃五十五回（六十一－七十、七十六－一百二十回）「程甲本」與六十五回（一－六十、七十一－七十七回）有部分文字修訂的「程乙本」之混合物，[6]而其「程乙本」部分也不全同於上海圖書館藏本。

「刻本」是依「程甲本」修訂雕版付印，最早者是約在乾隆末年或嘉慶初年的「東觀閣本」，後有「抱青閣本」、「本衙藏板本」、「藤花榭本」、「寶興堂本」、「凝翠草堂本」、「耘香閣本」等多家書局的刻本，均為一百二十回，因有「圖像」而稱為《綉像紅樓夢》。嘉慶年間也開始有批註本，如「嘉慶辛未（一八一一）重鐫，文畬堂藏板，東觀閣梓行」的《新增批評綉像紅樓夢》及「三讓堂」的《綉點批點紅樓夢》等。其他如「寶文堂」和「善因樓」據「東觀閣評本」的刻印本（「善因樓」出版的易名為《批評新大奇書紅樓夢》），「五雲樓」、「翰選樓」、「連元閣」、「三元堂」、「緯文堂」、「經綸堂」、「經元升記」、「務本堂」等發行者據「三讓堂本」的刻印本（「連元閣」刻印的卻稱《新增批點綉像紅樓夢》），道光壬辰年（一八三二）雙清仙館出版的王希廉（雪香，即護花主人）評本《新評綉像紅樓夢全傳》，咸豐元年（一八五一）張新之（太平閒人）寫成的《妙復軒評石頭記》，光緒年間王雪香與姚燮（大梅山民）之《增評補圖石頭記》等，都有大量評點文字。

「石印本」出現於光緒十年（一八八四），據杜春耕估計直到民國二十年左右至少有六十種石印本子。[7]約可分成三類：

1. 王希廉與姚燮合評的《增評補圖石頭記》，或稱《大觀瑣錄》。
2. 王希廉、張新之和姚燮三家合評的《增評補像全圖金玉緣》，但也有改用他名的。

3. 蝶薌仙史的《增評加批金玉緣圖記》，亦名《警幻仙記》，乃改寫王、姚評本而成者。這一時期因「書禁」關係，故各本皆不用《紅樓夢》為書名。以上流傳最廣者屬王、張、姚的「三家評本」，在民國十六年亞東圖書館據「程乙本」排印發行前，坊間亦多採之。「鉛印本」則始於光緒十一年（一八八五）上海「廣百宋齋印書局」的《增評補圖石頭記》。民國以後新式標點的版本大抵皆為鉛字排印，後漸改用影印及電腦打印的現代科技方式印刷發行。有關民國以後各種新版本之簡介，見本文第八節。

二、舊抄本抄成的年代

上述之舊抄本中，以干支為名的如「甲戌本」等幾種並非表示該本子成書的年代，更不能表示抄寫的年代。其他各本也有時會被誤解成「乾隆抄本」，其實不然。只有現存「上海書店」的「戚滬本」前四十回（「有正本」的底本），據報導「工楷精抄，字體為乾嘉時期流行的館閣體……又經有版本鑒別經驗的人士鑒定，根據紙張墨色來看，這個抄本約在乾隆末年至嘉慶年間抄成」。[8]不過，以紙張墨色鑒定版本不一定可靠，蓋即使紙是「乾隆紙」，也不一定就是「乾隆年抄」。百餘年前抄本亦不易由「墨色」而判斷出是否有二三十年的差別，如「戚寧本」據嚴中所言「抄寫時代約在清咸同之間」，[9]周汝昌卻認為「恐怕是道咸舊抄」。[10]又如「舒序本」據劉世德親檢原件，認為是乾隆年間舊跡而非過錄本。[11]然而，「舒序本」雖現僅四十回，實際原有八十回，其總目錄包括第一—三十九回及八十回，中間四十九—七十九回不存。全書筆跡亦不盡相同，特別是第八、十四、十五、二十四、二十八、二十九、三十二、三十五各回回目與總目錄稍有不同，可推測其中必有補抄的部分。

筆者曾根據避諱字和一些特殊俗寫字推測「鄭藏本」以外各本之抄成年代如下：[12]

1. 最早的很可能是「有正本」的底本「戚滬本」因不避道光諱「寧」字，當是乾嘉時期所抄。

2. 「舒序本」的正文、「甲戌本」、「甲辰本」和「列藏本」因避道光皇帝之諱不完全，而可能是道光初年抄成。

3. 「楊藏本」和「蒙府本」只有極少部分未避「寧」字諱，而「庚辰本」與「己卯本」徹底避「寧」字諱，知皆是道光初年之後抄成。另「己卯本」和「庚辰本」兩本多處有「𠓗」（命）「展」（殿）之特殊寫法，這種抄法雖此前已有，但十九世紀中葉在某些地區特別流行，故可作為旁證。至於「己卯本」的第六十七回極可能乃民國時人據當時坊間本補抄，而假借「乾隆抄本」之名。[13]

故上述2、3中，除了「舒序本」的序文、題辭和總目有可能是乾隆五十四年的原件外，其他均是較晚時期所抄成，而且，很可能是多次轉錄而成的過錄本。

這些抄本中常有錯漏處，尤以「庚辰本」之誤字為最多，例如將「邁」抄成「返」，當是因為「邁」先抄成簡化字「迈」，而「迈」與「返」形似而再抄時誤認；又如「就」抄成「回」，原因大概是，「就」先誤讀為「舊」，簡寫是「旧」，再誤識為「回」。[14]這可說明該本是輾轉抄錄而成。因此，據現存「抄本」文字來研究《紅樓夢》時務必謹慎，以免誤判。

至於這些舊抄本是否有近人偽作之可能，筆者認為除非有確證，如上述「己卯本」第六十七回外，一般不易遽斷。特別是認為未避清帝御諱即非清代人所抄之說，尤可商榷，蓋抄本是私人間的交易，或如前述「蒸鍋鋪」的限量流通，很可能因抄手的文化程度不夠，或抄時心不在焉而生疏忽，故避御諱的嚴謹程度將遠遜由書局正式發行者。再如，據報導「舒序本」乃廠甸某書店以八十元購得二百餘種「舊書」中的一種，吳曉鈴一九三八年元旦發現後又以四十元購下，[15]則原藏書人所得之款，平均每種還不到〇．五元！不符作偽牟利原則，故可推想應非偽作。

還必須說明一點，抄本抄成年代的早晚並不能表示其所依據「底本」內容文字的早晚。例如第三回寫黛玉進榮國府初見賈母時，有一句為「黛玉方拜見了外祖母，此即冷子興所云之史氏太君賈赦賈政之母也，當下賈母一一指與黛玉」，下加橫線之句唯「甲辰本」為雙行夾註，其餘抄本皆作正文。然此句實應係脂評，當是過錄時誤植。「甲辰本」不誤，故其所據底本可能較他本為早。至於「有正本（戚滬本）」，雖抄成於乾嘉時期，但卻可能源自己是較晚的抄本。現以一例說明之。第七十六回黛玉與湘雲「凹晶館聯詩悲寂寞」一段中，黛玉的最後一句詩，不同版本用字有異。「程高本」、「列藏本」、「甲辰本」作「冷月葬詩魂」，但「有正本」、「蒙府本」、「楊藏本」則作「冷月葬花魂」。「庚辰本」此處原為「冷月葬死魂」，但將「死」字點去而旁改為「詩」。多年前即有人認為原應是「冷月葬花魂」，庚辰本的抄本誤將「花」，看成「死」，校者以「死魂」不通而就憑近似的聲音臆斷為「詩魂」。這一說法的附和者很多，但「庚辰本」抄手抄錯之處極多，特別是第七十一回到八十回之正文中常有莫名其妙的錯誤，且因「音誤」而抄錯之處遠多於「形誤」。抄寫人常會相互誤用「詩、思」，「使、斯」，「使、死」，「時、似」等音近字。但「花」只有一次誤抄為「嬛」（第七十九回），一次誤抄為「好」（第八十回），也有一次誤「化」為「花」（第七十四回）。故筆者認為第七十六回原應是「冷月葬詩魂」，先誤為「冷月葬死魂」（音似），再將「死」誤抄成「化」（形似），而後來才成為「花」（音似）。[16]「有正本」等作「花魂」，則應是較為晚出的抄本，其他例證可參見本文第六章。

三、各抄本之間的關係

在十一種舊抄本中，「鄭藏本」與他本有許多明顯不同處；又第二十三、二十四兩回，難做較明確的比較，故本文於此兩方面皆從略。其他各本大致可分為兩大系統：一般乃將「有正本（戚滬本）」、「戚寧本」和「蒙府本」歸於一係，「甲戌本」等其他抄本歸於另一係。然仔細檢討則仍有很多出入，且兩係的區分也非絕對。劉世德分析各本第十六回末「秦鐘之死」一段，歸納出各本間之關係如下：[17]

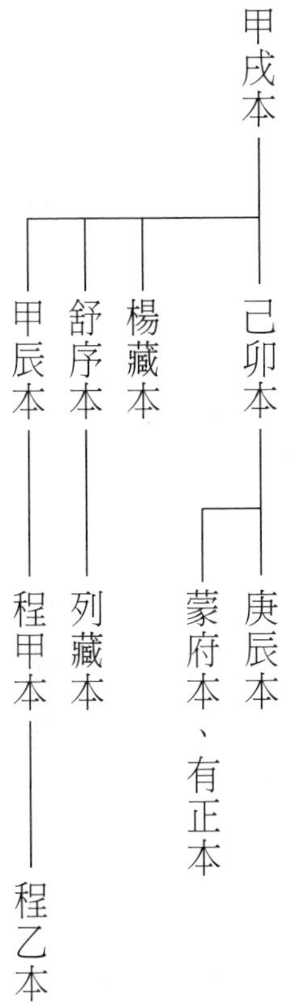

就此處之異文而言，這分法很合理，鄭慶山亦認為第十二－四十回大致可分「蒙府、戚序（有正）、己卯、庚辰」與「楊藏、列藏、舒序、甲辰、程高」兩係統。[18]

但若比較第二十二回末的文字，卻發現各本相異的情形與第十六回不同。第二十二回末尾，「庚辰本」止於惜春燈謎，每謎下有批語，上有朱批「此後破失俟再補」，隔頁有「暫記寶釵制謎云：朝罷誰攜兩袖煙……」及另行「此回未成芹逝矣，歎歎，丁亥夏畸笏叟」字樣。「列藏本」亦止於惜春之謎，謎下批語較「庚辰本」為簡，只是「此是××之作」，亦缺「暫記寶釵制謎……」等字。其他各本分三種寫法如下：

1.「有正本」、「蒙府本」與「舒序本」在惜春燈謎後有大段文字，內容大致為：

> 賈政道：這是佛前海燈嗄。惜春笑答是海燈。賈政心內沉思道：娘娘所作爆竹，此乃一響而散之物；迎春所作算盤是打動亂如麻；探春所作風箏乃飄飄浮蕩之物；惜春所作海燈，益發清淨孤獨，今乃上元佳節，如何皆用此不祥之物為戲耶？心內愈思愈悶，因在賈母之前，不敢形於色，只得勉強往下看去，只見後面寫著七言律詩一首，卻是寶釵所作。遂念道：
>
> 「朝罷誰攜兩袖煙，琴邊衾裡總無緣，曉籌不同雞人報，五夜無煩侍女添，焦首朝朝還暮暮，煎心日日復年年，光陰荏苒須當惜，風雨陰晴任變遷。」賈政看完，心內自忖道：此物還到有限，只是小小之人作此詩句，更覺不祥。皆非永遠福壽之輩。想到此處，愈覺煩悶，大有悲戚之狀，因而將適才的精神，減去十之八九，只垂頭沉思。

賈母見賈政如此光景……不在話下。

且說賈母見賈政去了，便道：你們可自在樂一樂。一言未了，早見寶玉跑至圍屏燈前，指手畫腳，滿口批評，這個這一句不好，那一個做的不恰當。如同開了籠的猴子一般，寶釵便道，還像適才坐著，大家說說笑笑，豈不斯文些兒？鳳姐自裡間忙出來插口道：你這個人，就該老爺每日令你寸步不離方好。適才我忘了，為什麼不當著老爺攛掇，叫你也作詩謎兒，若如此，怕不得這會子正出汗呢。說的寶玉急了，扯著鳳姐兒，扭股糖似的，只是廝纏，賈母又與李宮裁並姐妹說笑了一會，也覺有些睏倦起來。聽了聽，已是漏下四鼓，命將食物撤去，賞散與眾人。隨起身道：我們安歇罷，明日還是節下，該當早起，明日晚間再頑罷。且聽下回分解。

「有正本」及「蒙府本」在元春四姐妹詩謎下的評註與「庚辰本」相同，寶釵詩下則無評。

2.「楊藏本」及「程高本」均缺惜春詩謎。在探春詩謎後為：

賈政道：好像風箏，探春道是。賈政再往下看，是黛玉的道：

「朝罷誰攜兩袖煙，琴邊衾裡兩無緣，曉籌不用雞人報，五夜無煩侍女添，焦首朝朝還暮暮，煎心日日復年年，光陰荏苒須當惜，風雨陰晴任變遷。打一用物」

賈政道：這個莫非是更香，寶玉代言道是。賈政又看道：

「南面而坐，北面而朝，象優亦優，象喜亦喜。打一用物」

賈政道好好，如猜鏡子妙極。寶玉笑回道是。賈政道：這一個卻無名字，是誰做的。賈母道這個大約是寶玉做的。賈政就不言語，往下再看寶釵的道是：

「有眼無珠腹內空，荷花出水喜相逢，梧桐葉落分離別，恩愛夫妻不到冬。打一用物」

賈政看完，心內自忖道：此物倒有限，只是小小年紀作此等語言，更覺不祥，看來皆非祿壽之輩。想到此處，甚覺煩悶，大有悲戚之狀，只是垂頭沉思。賈母見賈政如此光景……（以下略同1.中引文）

此種寫法將更香謎歸於黛玉，與「庚辰本」補記之語不同，另增寶玉及寶釵各一首謎。然卻自相矛盾，因若有了寶玉之詩謎，則不合下文鳳姐所說：「適才我忘了，為什麼不當著老爺攛掇，叫你也作詩謎兒。」

3.「甲辰本」則很簡略，亦無惜春詩謎，在探春的謎後是：

賈政道：好像風箏，探春道是。賈政再往下看是「朝罷誰攜兩袖煙琴邊衾裡兩無緣……」，賈政就不言語，往下再看道是：

「有眼無珠腹內空，荷花出水喜相逢，梧桐葉落分離別，恩愛夫妻不到冬。打一物」

賈政看到此謎，明知是竹夫人，今值元宵，語句不吉便佯作不知，不往下看了。於是夜闌杯盤狼藉，席散各寢。後事下回分解。

故依此回，可排出各本前後順序如下：

「某本（甲）」——有正本、蒙府本、舒序本（完整）、庚辰本、列藏本（殘缺）

「某本（乙）」——
- 楊藏本、程高本
  - 甲辰本

其他許多異文則又不同，例如第二回敘述寶玉在元春之後出生的寫法有三種：

1.「甲戌本」、「己卯本」、「庚辰本」、「蒙府本」、「甲辰本」、「楊藏本」、「列藏本」和「程甲本」均為：

　不想次年又生了一位公子

2.「有正本」及「舒序本」則作：

　不想後來又生了一位公子

3.唯「程乙本」為：

　不想隔了十幾年又生了一位公子

大概原先寫的是「次年」，後發現與後文不符而修改。但有兩種改法，而此例顯示出「舒序本」和「列藏本」不同，「有正本」和「蒙府本」也不同，與前述兩例所得結論都不一樣。[19]「有正本」和「蒙府本」不同之其他例子，參見本文第六節。

一般人多認為「己卯本」和「庚辰本」是同一種抄本，或「庚辰本」出於「己卯本」，但鄧慶山的研究發現兩者仍有出入，特別是前五回文字差別頗大。[20]故知各抄本之間關係複雜。筆者的解釋是：目前傳世的這些舊抄本都是輾轉過錄所得之「百衲本」，且多由文化程度不高或不甚敬業的抄本抄成，造成錯漏甚多。由於常有某處此同彼異，但他處卻此異彼同之現象，故不能據以斷定版本的先後，或是否同源。

四、抄本與木活字本間的關係

《紅樓夢》開始是以抄本的方式流傳，富察明義的《綠煙瑣窗集》中有「題紅樓夢」詩二十首，自序云：「曹子雪芹出所撰紅樓夢一部……餘見其抄本焉。」據吳恩裕考證其詩集大約是在一七七七年以前二十年之內所寫成，[21]故明義有可能在曹雪芹生前（一七六三年初）已見過某一抄本。另一項記載是愛新覺羅永忠的《延芬室集》，其中有乾隆三十三年（一七六八）「因墨香得觀紅樓夢小說吊雪芹」七絕三首，可知《紅樓夢》抄本至遲在此年已經流傳。乾隆五十六年（一七九一）冬萃文書屋發行木活字擺印本（「程甲本」），高鶚之序云：「予聞紅樓夢膾炙人口者幾二十餘年。」次年發行「程乙本」時程偉元、高鶚二人的《紅樓夢引言》中也說：「是書前八十回，藏書家抄錄傳閱幾三十年矣。」亦可證在乾隆三十年（一七六五）左右，抄本已開始流傳。依高鶚之序言，流傳的抄本「無全璧，無定本」。程偉元的序則說：

……好事者每傳抄一部，置廟市中，昂其值，得數十金，可謂不脛而走者矣！然原本目錄一百二十卷，今所藏只八十卷……

「程乙本」中程偉元、高鶚二人的《紅樓夢引言》也說：

書中前八十回抄本，各家互異；今廣集核勘，准情酌理，補遺訂訛。其間或有增損數字處，意在便於披閱，非敢爭勝前人也。

是書沿傳既久，坊間繕本及諸家所藏祕稿，繁簡歧出，前後錯見。即如六十七回，此有彼無，題同文異，燕石莫辨。茲惟擇其情理較協者取為定本。

由前述十一種抄本之內容互有異同、且多僅有八十回或不足，可知「程高本」序言可信。其前八十回乃參考不同抄本加以修正後擺印，但前述十一種抄本似皆非其所依據者。蓋除上文所述各例中，「程高本」與某些抄本有同有異外，一個最明顯的證據是第六十七回。「程甲本」、「程乙本」的第六十七回除少數一些異字外，幾乎完全相同，但和「蒙府本」、「有正本」、「甲辰本」、「列藏本」、「楊藏本」均不同，又「己卯本」和「庚辰本」缺此回，這都和序言所述相符。

再者，序言之中並未提及原稿之「批語」，只說「未加評點」。這點與無批語的「舒序本」吻合。第一本紅學著作、清人周春（一七二八－一八一五）的《閱紅樓夢隨筆》中也未提到任何「評語」的事，可知當時在「廟市」流傳的抄本是沒有評語和很少評語的，但有些評語已混入了正文，如前文第二節所舉第三回「此即冷子興所云之史氏太君賈赦賈政之母也」之例。但此句不見於「程高本」，亦說明其所依據並非前述抄本中的任一種。

又如第五十四回敘述寶玉由秋紋和麝月陪同回園來看襲人，正好遇見賈母派來送食物給鴛鴦與襲人的兩個媳婦。這裡有段對話，「程甲本」和早出的「程已本」均作：

麝月等問：手裡拿的是什麼？媳婦道：外頭唱的是八義，又沒唱混元盒，那裡又跑出金花娘娘來了。寶玉命：揭起來我瞧瞧。秋紋魔秋忙上去將兩個盒子揭開。

顯然所據的抄本中有漏誤。各抄本此處略有參差，「有正本」為：

麝月等問：手裡拿的是什麼？媳婦道：是老太太賞金花時二位姑娘吃的。秋紋笑道：外頭唱的是八義，沒唱混元盒。那裡又跑出金花姑娘來了。寶玉笑道命揭開盒子我瞧瞧。秋紋麝月忙上去將兩個盒蓋揭開。

上海圖書館所藏較後出的「程乙本」才補上缺文，改「魔秋」為「麝月」。這再度證明「程乙本」之尊重原「抄本」。

至於後四十回（即第八十一—一百二十回），舊抄本中僅「蒙府本」與「楊藏本」有之。但「蒙府本」此部分係據「程甲本」所補；「楊藏本」中則有二十一回同於「程乙本」，而第八十一—八十五、八十五—九十、九十六—九十八、一〇六—一〇七、一一六—一二〇等回的「原抄底本」與「程甲本」、「程乙本」均異。原本上的「附條」，據王三慶、[22]徐仁存和徐有為[23]之研究而知亦不與「程甲本」或「程乙本」相同。與「楊藏本」不同的第十九回除一些文句之差別外，「原抄底本」之文字一般較「程高本」為簡，其多紅學家如朱淡文、[24]鄭慶山[25]等認為其乃從「程高本」刪節而得。唯此說未必然，仍有深入探討之價值。

多數紅學家相信舊抄本（即「脂本」）在先、「程高本」在後，但近年來歐陽健等[26]提出「程先脂後」的說法而又引起了一些爭議和討論。據筆者的淺見，馮其庸曾舉例舉出「程本前八十回即是脂本」、「程甲本殘留的脂評文字」[27]，例如第三十七回賈芸送白海棠給寶玉時所寫信末「男芸跪書」後之「一笑」兩贅字，是「程本以前之抄本含批註」的明確證據。但傳世的舊抄本中是否文字都是原稿？批註文字是何人、何時所寫？則可商榷。[28]

五、「程高本」的價值

自嘉道年間到民國初期一百三十餘年來，坊間數十種印本，都是以「程甲本」為祖本。稍予訂正後翻劇重印的。大多數的讀者並不在意不同版本間的差異。或某一版本中的漏誤。以第九十二回「評女傳巧姐慕賢良，玩母珠賈政參聚散」為例。從「程甲本」看不出有「巧姐慕賢良」的描寫，也不何處在敘述「賈政參聚散」。然而，直到一九二五年容庚才提出這一問題[29]之前百餘年似無人論及。因此，「程甲本」雖有不少內容情節前後不符及詞語文字欠妥之處，仍流傳多年而不衰。後出的「程乙本」則在前八十回改動了一四三七六字、在後四十回改動了五一九二字[30]，內容較少矛盾錯誤，詞語也較為通俗。由於胡適的推薦，這一標點重印、較接近白話的「程乙本」，受到廣大曾接受新式教育的知識分子的歡迎。此後，「程乙本」就大為流行了。

從小說流傳和推廣這一觀點來論。「程高本」厥功至偉。如果只靠傳抄，既不方便。又很昂貴（程偉元序言：「昂其值得數十金」）。滿紙評點的本子，對一般讀者而言，並無必要。而且「評注過多，未免旁雜，反擾正文」（「甲辰本」第十九回之夢覺主人批評）。沒有故事結局的殘本，除了少數研究者外，普遍讀者也不會有多少興趣。民初上海有正書所印八十回「戚序本」流行不廣，大概就是這個原因。一些紅學家大捧曾贊賞「戚序本」的魯迅，而力貶推廣「程乙本」的胡適，實乃皮相之見，也是一偏見。《紅樓夢》一書是靠一百二十回完整的故事，才受到大眾歡迎的。

「程高本」和一些較晚的抄本有一明顯優點，那就是文字的「雅化」。這便降低了某些衛道人士對《紅樓夢》的拒斥程度。例如：第二回寫賈雨村要討嬌杏做二房，封肅喜得「屁滴尿流」，「甲辰本」與「程高本」都改成「眉開眼笑」。第四回寫薛蟠打死馮淵徑自攜眷北上，「自謂花上幾個臭錢，無有不了的」（「有正本」），「程乙本」與「舒序本」都刪去「臭」字。第二十九回鳳姐罵小道士「野牛肏的」、「程高本」改作「小野雜種」，也是這個原因。

「程高本」的另一價值是輯補了一些現存「脂本」漏抄的文字，使讀者能看到更為完整的故事。例如第七十四回「抄檢大觀園」部分，述及鳳姐偕王善保家的搜查怡紅院搜到晴雯的箱子，各「脂本」都沒有晴雯捧箱子及與王善保家的對話那一大段文字，只寫作：

只見晴雯挽著頭髮闖進來，豁啷的一聲，將箱子掀開，兩手提著底子往地下一番。將所有之物盡都倒出，王善保家的也竟（覺）沒趣，看了一看，也無甚私弊之物，回了鳳姐要往別處去（據「甲辰本」，他本大致相同）。

雖通順，但卻不甚合理。王善保家的在抄檢別處時都是神氣活現，何以在怡紅院任憑晴雯挑衅，只覺「沒趣」而已？

但「程高本」除文字稍異外則在「也覺沒趣」下多出一大段文字：

（也覺沒趣）兒，便紫脹了臉說道：姑娘你別生氣，我們並非私自就來的。原是奉太太的命來搜察。你們叫番，我們就番一番。不叫番，我們還許回太太去呢，哪用急的這個樣子。晴雯聽了這話，越發火上澆油，便著他的臉說道：你說你是太太打發來的，我還是老太太打發來的呢！太太那邊的人，我也都見過，就只沒看見你這麼個有頭有臉的人。管事的奶奶，鳳姐見晴雯說話鋒利尖酸，心中甚喜，卻礙著那夫人的臉，忙喝住晴雯。那王善保家的又羞又氣，剛要還言，鳳姐道：媽媽你也不必和他們一般見識，你且細細搜你的，咱們還到各處走走呢。再遲了，走了風我可擔不起。王

善保家的只得咬咬牙，且忍了這口氣。細細的（看了一看）

從「兒」到「細細的」共二百三十九字，為其他抄本所無。「程高本」多出的這段文字與前後文連成一氣，可謂天衣無縫。整體內容比抄本更合情理。尤其是寫晴雯在受到天夫人叱責而認清了自已的命運與結局後，做出了最後的反擊。最能表現她的個性。再者，此處可與同回王善保家的向王夫人進讒、指責晴雯一段，和第七十七回有「王善保家的趁勢告倒了晴雯」（「列藏本」）一句相為照應。故可推知「脂本」於此部分可能遺落了一些，也就是說「程高本」所據以排版的底本，原有二百四十個字恰好一面，是原稿所有，「脂本」遺漏但「程高本」之底本不缺。也由此可見程、高兩人因「竭力搜羅」，得到了比其他抄本更為完整的一個本子。

當然，「程高本」也有缺點，即一些遺漏未補。例如「程甲本」與「程乙本」第十六回末皆止於「畢竟秦鐘死活如何？且聽下回分解」，與第十七回起處「話說秦鐘既死」不能銜接。缺少見於一些「脂本」的秦鐘臨死前勸寶玉，「以前你我膽識自為高於世人，今日才知自誤了，以後還該立志功名，以榮耀顯達為是」，表達了作者「懺悔」心情的一段。唯可說明「程高本」是相當忠於「底本」的。

六、各本間的差別

早期的「抄本」各有不同，且與「木活字本」（「程高本」）出入很多。「刻本」及稍後的「石印本」都據「程甲本」，故和「程乙本」也有許多差別。各本間除了個別字句

「繁簡歧出，前後錯見」外，有幾類迴異處。一是整段內容幾乎完全不同，如第一回「下凡歷劫」的故事，「程高本」之寫法乃合「神瑛侍者」與「玉（石頭）」為一，但「脂本」則只是「神瑛侍者」投胎，似由一憎一道將「玉」交其攜帶下凡。內容出入很大，文長不錄。何者為佳，見仁見智。唯依筆者拙見，「程高本」的寫法，較易理解，故其「底本」可能後出。

又如第四十一回寫到劉姥姥進大觀園嘗到風味特殊的茄子。這一道由茄子製成的菜實有兩個名稱和兩種做法。一般稱為「茄鯗」，其做法在「庚辰本」是：

鳳姐兒笑道，這也不難。你把才下來的茄子把皮刨了，只要淨肉，切成碎釘子，用雞油炸了，再由雞脯子肉，並香菌、新筍、蘑菰、五香腐子，各色乾果子俱切成釘子，用雞湯煨乾，將香油一收，外加糟油一拌，盛在磁罐子裡封嚴。要吃時拿出來，用炒的雞爪一拌就是。劉姥姥聽了搖頭吐舌說道，我的佛祖，到得十來隻雞來配他，怪道這個味兒。

「程高本」與其他抄本的文字大致同此。但「有正本」及「蒙府本」則做「茄胙」，製法也不同：

鳳姐笑道，這也不難。你把四、五月裡的新茄包兒摘下來，把皮和穰子去盡，只要淨肉，切成頭髮細的絲兒，曬乾了，拿一隻肥母雞靠出老湯來，把這茄子絲，上蒸籠蒸的雞湯入了味，再拿來曬乾，如此九蒸九曬，必定曬脆了，盛在磁罐子裡封嚴了，要吃時，拿出一碟子來，用炒的雞爪子一拌就是了。劉姥姥聽了搖頭吐舌道，我的佛祖，到得十幾隻雞兒來配他，怪道好吃。

前一方法是把小塊的茄子製成乾，浸在油裡，就像是魚乾叫做「魚鮝」一樣，而稱為「茄鮝」，但除茄子乾外，還要和香菌、新筍、雞丁（雞爪子）混在一起吃。「有正本」與「蒙府本」所敘述的做法，也是製成茄子乾，但為絲狀的。可能由於「胙」是祭祀用的肉，大約是條狀的，所以這樣的茄子乾稱為「茄胙」。所謂「切成頭髮細的絲兒」，只是說乃切得很細，而且從做法來看。「茄鮝」用兩三隻雞就夠了，與劉姥姥所說「我的佛祖，到得十幾隻雞來配他」不合。反而做「茄胙」至少要用十隻雞，由此可推想「有正本」是較晚的本子，改正了前面用不了「十來隻雞」的錯誤。

二是大量文字「此有彼無」之例。在回末可能因底本破損程度不同或補訂方式相異所致，如前面第三節論及第十六回和第二十二回之例即是，若在回中，則很可能乃漏抄之結果，上文第五節所述第七十四回「抄檢大觀園」即為一例。其他如第二十一回「俏平兒軟語救賈璉」部分，「程高本」及多數「脂本」都有賈璉從平兒處搶回頭髮的一段。但「甲辰本」缺「平兒指著鼻子……又不待見我」約二百五十字，上下不能連貫，應係漏抄。又如第六十三回「己卯本」、「庚辰本」、「有正本」與「蒙府本」都有芳官改妝易名及寶玉發議論等約一千字的一大段。「楊藏本」、「列藏本」及「甲辰本」無此段，但後之第七十、七十三等回仍有芳官所改「雄奴」之名，故可推測是漏抄或底本遺漏。苕溪漁隱之

《痴人說夢》所引「舊抄本」也有此段，然字數約少一半，亦可能為漏抄之故。「程高本」則完全不載，可能是因所據底本遺漏，也可能是在出版時為免文字賈禍而刪去。

第七十八回「老學士閑征姽嫿詞」部分，「有正本」與「蒙府本」在下文兩「原序」之間漏抄六十三字（據「程甲本」、「庚辰本」、「列藏本」）：

> 賈政道：不過如此，他們那裡已有原序。昨日因又奉恩旨著察核前代以來應褒獎而遺落未經奏請各項人等，無論僧尼乞丐女婦人等，有一事可嘉，即行滙送禮部，備請恩獎。所以他這原序也送往禮部去了。

而成為：

> 賈政道：不過如此，他們卻原是有序，因送禮部去了。

但「程甲本」、「程乙本」和「甲辰本」漏了「庚辰本」、「有正本」等所有敘述賈政對寶玉、賈環、賈蘭三人觀點的一大段文字，原因也是在「賈政命他們了題目……閑言少敘，且說賈政命他三人各作一首」（據「列藏本」）一段中漏去三百九十八字（如據「有正本」則少三百八十五字）。可見各本皆有缺失處。

然某抄本有缺文也可能乃原作者之所為。如第五十七回探春贈給邢岫煙一塊碧玉珮，各抄本除「甲辰本」外都有一段寶釵對岫煙講有關「妝飾品」無用的話，從「但還有一說」到「岫煙忙又答應」一百九十字（據「有正本」），雖可能是「甲辰本」及「程高本」之底本漏沙，但也可能是原作者在一次修改過程中自行刪去的。因為邢岫煙才經賈母做媒說給薛蝌為妻，尚未過門，還是「準」小姑身分的薛寶釵似乎不宜說那些充滿教訓口氣的話。

第三類是較不明顯但頗為重要的差異。如小說中賈寶玉的心腹書僮有兩個名字，且在不同版本內變化也各異。此人第九回始出現，名為「茗煙」，是「寶玉第一個得用的」，後文涉及他的情節還很多，但其名有時又作「焙茗」。唯「楊藏本」之正文、「列藏本」第六十四回以外各回及「甲辰本」為全書都用「茗煙」。「庚辰本」、「舒序本」、「有正本」和「程高本」第二十四回起卻改成「焙茗」，「程高本」還特別說明改名的原因。但除「程高本」一直作「焙茗」，其他各本從第三十九回起多又改用「茗煙」。「蒙府本」較特殊，除了第二十八回有一處與第三十二、三十四兩回作「焙茗」外，餘均作「茗煙」。唯有「鄭藏本」，第二十三及二十四回均為「焙茗」。有人認為《紅樓夢》作者「把二人誤成一人」。然這是不可能的。寶玉的書僮人數雖多，但「心腹的」只有一個。即「茗煙」或「焙茗」。只有不同的「作者」，才會把這一相當重要人物的名字弄錯，或把兩者混雜使用。可見「抄本」經過整理，但整理者並不很瞭解全書內容。再者，「有正本」作「焙茗」的回數卻比「蒙府本」多，反與「庚辰本」相同。其他人名混淆之例尚多，如「彩雲與彩霞」等，劉世德已有詳細研究，[31]不贅。由此觀之，各種抄本間的關係遠不如一般想像那樣簡單。

七、八十回之後為續書？

《紅樓夢》後四十回的評價問題是劉夢溪所提出的九個「紅學公案」之一。[32] 程偉元在「程高本」的序言中雖說：

然原本目錄一百二十卷，今所藏只八十卷，殊非全本。即間有稱全部者，及檢閱仍只八十卷，讀者頗以為憾。不佞以是書既有百二十卷之目，豈無全璧？爰為竭力搜羅，自藏書家，甚至故紙堆中，無不留心。數年以來，僅積有二十餘卷。一日，偶於鼓擔上得十餘卷，遂重價購之，欣然繙閱，見其前後起伏，尚屬接榫，然漶漫不可收拾……

「程乙本」裡程偉元、高鶚二人的《紅樓夢引言》也說：

書中後四十回係歷年所得，集腋成裘，更無他本可考……細加釐剔，截長補短……按其前後關照者略為修輯，使其有應接而無矛盾……

然「程高本」問世後不久即有人出其後部為偽作，直到當代仍盛行是說。目前已知最早的記錄是嘉慶九年（一八〇四）陳鏞的《樗散軒叢談》，其中一段說：

然《紅樓夢》實才子書也，初不知作者誰何……巨家間有之，然皆抄錄，無刊本，曩時見者絕少……《紅樓夢》一百二十回，第原書僅止八十回，餘所目擊。遠遜本來，一無足觀。

因為陳鏞曾見過八十回抄本，所以就認為後四十回乃補續，雖云「遠遜本來」，卻無具體的說明。又嘉慶年間潘德與所著《金壺浪墨》中則說：

或曰：傳聞作是書者，少習華膴，老而落魄，無衣食，寄食親友家，每晚挑燈作此書，苦無紙，以日曆紙背寫書，未雜業而棄之。末十數卷，他人續之耳。

表示只是「傳聞」、「末十數卷」（並非「後四十回」）為他人的續作，至如裕瑞於嘉慶二十三四年間成書的《棗窗閒筆》中則寫道：

曹雪芹雖有志於作百二十回，書未告成即逝矣。諸家所藏抄八十回事，及八十回書後之目錄，率大同小異者……而偉元臆見，謂世間當必有全本者在，無處不留心搜求，遂有聞故生心思謀利者，偽續四十回，同原八十回抄成一部，用以紿人。偉元遂獲贋鼎於鼓擔……但細審後四十回，斷非與前一色筆墨者，其為補者無疑……此四十回，全以前八十回中人名事務苟且敷衍，若草草看去，頗似一色筆墨。細考其用意不佳，多剎風景之處，故知曹雪芹萬萬不出此下下也……

他乃以個人對文字、故事的喜惡判斷後四十回為偽，近人如俞平伯的《紅樓夢辨》也是如此。但林語堂[33]、宋浩慶[34]等之見解則又不同，故此標準實有缺陷，易生爭議。

另胡適認為：

程序說先得二十餘卷，後又在鼓擔上得十餘卷。此話便是作偽的鐵證，因為世間沒有這樣奇巧的事。[35]

而潘重規則舉出清人莫友芝重刊元版《資治通鑑》的巧合及胡適本人尋遍《四松堂集》不得，卻在三天之內得到兩個本子為例，說明了不可用「奇巧」為「作偽」的證據。[36]其實這樣「奇巧」的例子近代亦有，[37]均可證明「奇巧」與「作偽」並無絕對關係。

再一種以程高兩人為「作偽」之觀點認為《紅樓夢》全書不是一百二十回。《紅樓夢》的回數究竟為多少？一百回、一〇八回與一一〇回等各種說法都有。然而「程高本」的序言已言「原本目錄一百二十卷」，前引《棗窗閑筆》中亦說「八十回書後之目錄，率大同小異者……遂有聞故生心思謀利者，偽續四十回」，都表示當時「有目無文」者為四十回，即原書為一百二十回。「舒序本」一七八九年之序言也說：

惜乎《紅樓夢》之觀止八十回也。全冊未窺，悵神龍之無尾；闕疑不少，隱斑豹之全身……漫雲用十而得五，業已有二於三分。從此合豐城之劍，完美無難……於是搖毫擲簡，口誦手批。就現在之五十三篇，特加雌校；藉鄰家之二十七卷，合付抄胥。核全函於斯部，數尚缺失秦關；返故物於君家，璧已完全趙舍。「（雙行小字注）君先與當廉使並錄者此八十卷也」……

一般以《史記》的《高祖本紀》中之「秦得百二焉」來解釋序中「秦關」以證明全書共一百二十回。但杜景華則認為「百二」的解釋應是「百分之二十」，序言之意為全書一百回中已有八十回，還缺二十回。[38]

然而乾隆年間實有八十回本和一百二十回本兩種。周春《閱紅樓夢隨筆》說：

乾隆庚戌秋，楊畹耕語餘云：雁隅以重價購抄本兩部，一為《石頭記》八十回，一為《紅樓夢》一百二十回，微有異同，愛不釋手，監臨省試，必攜帶入闈，闈中傳為佳話。

證明在「程甲本」問世一年前（一七九〇）已有一百二十回本了。據周紹良考證，[39]雁隅即徐（楊）嗣曾，乾隆五十年（一七八五）七月任福建巡撫，五十五年（一七九〇）十一月卒於任。他購得百二十回抄本最晚在乾隆五十四年己酉（一七八九），因這是距庚戌年最近的鄉試時間。

《紅樓夢》後四十回是否為偽續？或為何人所作？皆非簡單問題。許多紅學家曾從美學、語言學、故事情節或描述人物情景的方式等角度比較後四十回與前八十回，但各人見解不同，答案各異。有人認為後四十回是高鶚或他人的續作，有人相信是曹雪芹的親人據其原稿改寫而成，也有人以「高鶚所補係雪芹舊稿」[40]或「保存了大部分原稿」[41]，甚至「後四十回百分之九十四五的筆墨屬於曹雪芹的原著」[42]。即以考慮文字用法的研究為例，其結論皆不一致。如高本漢（Bernhard Karlgren，瑞典人）認為全書一百二十回出自一手。趙岡、陳鍾毅伉儷卻證明前八回與後四十回的作者不同。[43]又如陳炳藻從使用字滙的角度進行電腦處理得到「紅樓夢全書一百二十回大致上是同一作者所著」的結論。[44]而陳大康的電腦研究結論則是「後四十回非曹雪芹之作，但有少量殘稿」。[45]王世華曾就方言現象判斷「前八十回與後四十回不可能出自一人之手」，[46]鄭慶山也以後十回的用語多「東北口音」而強調其為高鶚或他人的續作。[47]唯筆者以為高鶚在「細加釐易、截長補短」和「按其前後關照者略為修輯」時，於文中引進其「鄉音」的可能性是很大的，因此不能僅以此為證。

淺見以為可從「程高本」未問世讀過《紅樓夢》的人所記述此書的內容來研判這一問題。[48]富察明義《綠煙瑣窗集》有《題紅樓夢》詩二十首，其第十九首：

> 莫問金姻與玉緣，聚如春夢散如煙。石歸山無靈氣，總使能言亦枉然。

說明頑石已歸青埂峰下，全書已告結束。也就是說明義所讀的《紅樓夢》屬不一定與今本相同，但乃一故事完整的本子。明義的第一首到第十六首詩是寫八十回以前的故事，第十八首到二十首是寫八十回以後的故事，這一般沒有什麼異議，可是對於第十七首，卻有不同的意見。此詩是：

錦衣公子茁蘭芽，紅粉佳人未破瓜，少小不妨同室榻，夢魂多個帳兒紗。

筆者認為這一首中「少小不妨同室榻」是指第十九回「意綿綿靜日玉生香」裡所述寶黛二人榻說笑的故事，而全詩乃咏「程高本」第一〇九回寶玉獨眠「候芳魂」未果的情節。按寶玉在病中和寶釵成婚，但直到第一〇九回尚未「圓房」，故首二句是寶釵婚後尚未「破瓜」。是回寫寶玉獨眠，指望和黛玉夢中相會而未果。故雖「少小不妨同室榻」，但現在卻是「夢魂多個帳兒紗」，兩人夢魂不能相通，無法相見。就文字而言，俞平伯在《紅樓夢辨》中即認為在後四十回中存在「較有精采，可以彷彿原作的」篇章，其中就包括了「第一百九回，五兒承錯愛一節」。[49]周紹良討論八十回以後的曹雪芹「原稿」時也以「候芳魂五兒承錯愛」一節，「直認這是原作」[50]。從上文的討論已可知《題紅樓》第十七首是咏這一回的故事，故也可推知「程高本」這回大體上應與明義所見的《紅樓夢》相同，亦即今本的後四十回中的這一部分確為曹雪芹的「原稿」。

證明「程高本」所寫黛玉病死為「原稿」，除明義《題紅樓夢》詩第十八首「傷心一首葬花詞，似讖成真自不知，安得返魂香一縷，起卿沉痼續紅絲」，另一證據是睿親王淳穎在乾隆五十六年春夏之交或之前所寫《讀石頭記偶成》詩，其全文是：

滿紙喁喁語不休，英雄血淚幾難收，痴情盡處灰同冷，幻境傳來石也愁。怕見春歸人易老，豈知花落水仍流。紅顏黃土夢淒切，麥飯啼鵑認故丘。

從詩句來推測，這一《石頭記》至少已有今本九十七回「林黛玉焚稿斷痴情」的故事。周紹良曾認為第九十六到九十八三回是全書「高潮」[51]。無怪乎明義、淳潁均有題咏，也因此可知後四十回的確保留了相當部分的原稿。

再者，因《紅樓夢》後四十回有些似與「脂本」前八十回「不合」的文字，如第七十回末「程高本」比其他抄本多出的一段賈寶玉開始做功課的文字，即有論者批評為偽造。但是「脂本」第七十回末與七十一回起處並不接榫，之間明顯有缺文。從這兩回故事來看，寶玉為應付賈政歸來而做功課，有何不妥？還有人說：

薛蟠打死人命在前八十回和後四十回中各有一次。由於曹雪芹和高鶚這兩個作者的世界觀、思想水平截然不同，這兩次打死人命的具體描寫也恰好成為鮮明對照。[52]

按薛蟠第一次在應天府打死馮淵，由於王府說情及門子慫恿，賈雨村徇私枉法，放了凶手（第四回）。第二次是在京城以南二百多里處打死酒保，薛家雖買通知縣，但屍親上訴，刑部不受賄賂，判了薛蟠死刑，等待處決（第八十五、八十六、九十九及一〇〇回），最後因大赦才免一死（一二〇回），情節非常合理。從小說創作來說，前後截然不同，不落「千篇一律」的俗套；從故事內容來說，第四回既寫賈雨村的惡，也寫王家尚在「盛世」，第八十六回起則寫京城是有王法之地，刑部不能胡亂判案，且王子騰不在京內，賈府也已趨沒落，因此關說無門。這是妥切又合理的佳作。

八、近代印本

民國時期的印本，除石印本外，最早的「鉛印本」為中華書局一九一六年出版的王夢阮、沈瓶庵之《紅樓夢索隱提要》，題為「悟真道人戰筆」。書前有序和例言及《紅樓夢索隱》。正文中夾注索隱，每回回末又有索隱。該本係據王、姚合評本刪去其卷前各種圖文及正文中批註，但仍保留每回末的擁花主人評和大某山民評。乃《紅樓夢》版本中唯一以索隱為主的本子。

其次為上海亞東圖書館本的初排和重排兩種《紅樓夢》，均由汪原放標點、校讀。初排本一九二一年鉛印發行，係據王希廉本並參校「有正本」及王、姚合評之《石頭記》，予以分段和加新式標點排印。重排本則為汪原放用胡適藏「程乙本」為底本重新校讀後，刪改初排本二萬餘字而成，一九二七年出版後，極為流行。同年，上海文明書局也出版了鉛印的「三家評本」。

此後上海大達圖書供應社與新文化書社於一九二九年都出版了新式標點的《紅樓夢》。一九三〇年上海商務印書館以包括各種圖文之王、姚合評本《石頭記》為「萬有文庫」的一種出版，一九三三年又將其列入「國學基本叢書」。另外，還有一九三四年世界書局趙茗狂編校的《足本紅樓夢》和廣益書局李菊隱校閱之《古本紅樓夢》，一九三七年上海中央書店出版的《繡像紅樓夢》等。這些印本都曾再版多次，到一九四〇年代以後，香港廣智書局、五桂堂書局等，都有鉛印本發行。一九五〇年代臺灣的多家書局、出版社也開始排印或影印發行。[53]

舊抄本的現代影印本始自一九五五年，北京大學古籍刊行社將「庚辰本」以原題名《脂硯齋重評石頭記》影印發行。這是民國元年（一九一二）上海有正書局首次石印八十回戚蓼生序本（「有正本」）後，相隔四十餘年之另一盛舉。一九六一年臺北「中央印製廠」又影印了胡適珍藏的「甲戌本」。此二影印本問世後，海峽兩岸相互影印流傳，這可說是紅學研究蓬勃發展之一大主因。一九六〇年臺北「青石山莊」主人韓鏡塘將收藏的「程乙本」（實際為混合本，見前文）影印發售，為「木活字本」再度傳世之濫觴。

自一九五〇年代開始，有「校注本」問世。最初本是一九五三年北京作家出版社依亞東重排本，由汪靜之、俞平伯和啟功等注釋整理而成。一九三七年人民文學出版社出版了第一部簡體字版《紅樓夢》。周汝昌、周紹良和李易以「程乙本」為底本，並參校了「王希廉評本」、「金玉緣本」、「藤花榭本」、「本衙藏板本」、「程甲本」、「庚辰本」和「有正本」等七種本子校注，每回作了校記，注釋由啟功重撰，比作家出版社的舊本增加了不少，原來的注也大都經過訂補。此本直到一九八〇年代初期仍很暢銷。一九五八年人民文學出版社又出版《紅樓夢八十回校本》，由俞平伯校訂、王惜時參校，以「有正本」為底本、「庚辰本」為主要校本而以其他「脂本」參校，有「校字記」一冊，並以「程甲本」第八十一—一二〇回為附錄。一九六〇年趙聰也有「校點本」，由香港友聯出版社出版。

中國藝術研究院紅樓夢研究所，由馮其庸等多位紅學家於一九八一年完成了以「庚辰本」為前八十回底本，「程甲本」為後四十回底本之新校注本。該本用「甲戌本」、「己卯本」、「蒙府本」、「有正本」、「戚寧本」、「舒序本」、「鄭藏本」、「藤花榭本」、「本衙藏本」、「王希廉評本」及「程乙本」參校，擇優採用，有注釋和校記，由人民文學出版社一九八二年出版。有時稱為「藝研院本」，多年來一直甚為暢銷。馮其庸又偕紅樓夢研究所研究人員以「庚辰本」為底本，採分行排列方式，以其他十種抄本及「程甲本」比對異同，完成《脂硯齋重評石頭記滙校本》一書，一九八七年文化藝術出版社出版。

一九八〇年代還有兩種重要的「校本」。一為臺北中國文化大學一九八三年出版的一部《校定本紅樓夢》，乃潘重規指導香港中文大學和臺北中國文化大學學生據「楊藏本」，參校「甲戌本」、「己卯本」、「庚辰本」、「有正本」與幾種「程高本」與「刻本」完成，並由王三慶綜合整理。此本以朱墨兩色套印，又附「札記」一冊，極具研究參考價值。另一是一九八七年由北京師範大學出版社出版的校注本。係以「程甲本」為底本，參校本有「程乙本」、「藤花榭本」、「王雪香評本」、「妙復軒評本」、「廣百宋齋本」和「金玉緣本」等「程高本」系列，與「脂本」系列的「甲戌本」、「己卯本」、「庚辰本」、「有正本」和「列藏本」等。由啟功指導張俊、聶石樵、周紀彬、龔書鐸、武靜寰五人進行注釋校勘，每章都有詳細的注釋和校字記。北京中華書局一九九八年取此本歸入「古典小說四大名著」中。

到了一九九〇年代，又有多種新、舊「評本」問世，如「王蒙評本」、「梁歸智評本」、「王志武評本」、「蔣文欽評本」、「黃霖評本」與「黃小田評本」等皆是。[54] 二〇〇一年北京圖書館出版社規劃出版「清代評點紅樓夢叢書」，已出版者如陳其泰（一八〇〇—一八六四）之《桐花風閣紅樓夢》（「程乙本」）。

新出「校注本」亦不少。在臺灣出版的如：馮其庸以「程甲本」為底本，參校「庚辰本」所編注的「中國名著大觀」本《紅樓夢》（臺北市：地球出版社，一九九四年）；由「北大教授」以「甲辰本」和「程甲本」為底本校成之《紅樓夢》（臺北縣：三誠堂出版社，二〇〇〇年）。在香港出版的，如以「程乙本」為底本，參校「庚辰本」所編注的《圖文本紅樓夢》（香港：商務印書館，二〇〇二年）。

大陸出版的數量更多。如一九九三年有蔡義江的校注本《紅樓夢》，浙江文藝出版社出版。以現存十一種抄本與「程甲本」進行互校，擇善而從，不以某一種為固定底本，但前八十回擇文首重「甲戌本」，次為「己卯本」與「庚辰本」，後四十回則以「程甲本」與「程乙本」互校。用字則按「漢語規範用法」改正，以利閱讀。「注釋」包括簡明的注釋，必要之校記及一些脂評。又，該年浙江古籍出版社有潘淵點校的連史紙線裝本《紅樓夢》，取程乙本為底本、以他本校補。

另如鄭慶山的《紅樓夢》滙校本，前八十回以「甲戌本」為底本，不足部分用「己卯本」，再缺的部分用「庚辰本」，唯第六十四及六十七回用「列藏本」，並以甚餘各本為校訂參考。後四十回以「程甲本」為底本，用「蒙府本」、「三家評金玉緣本」、「楊藏本」和人民文學出版社排印的「程乙本」為校正。正文用字以適合國內中青年讀者的需要為主，採用「規範簡化字」排印。每回都有校字記。又如鄧遂夫有《脂硯齋重評石頭記甲戌校本》（北京：作家出版社，二〇〇〇年），乃「紅樓夢脂評校本叢書」之一。其他多種，茲不贅述。

還有一些與前數種都不同的近代版本。如北京文津出版社一九八八年影印了當時年逾八旬的朱咏葵（筆名老葵）花費十六年滙校完成的《曹雪芹石頭記》清抄本手稿本。其中包括了原有的旁批、雙行批、眉批。另外在書眉和回末還有抄者本人的評語見解，對紅學研究者而言頗有參考價值。

各種「校注本」內容，文字之選擇，由於校注者見解不同而有一些出入。唯如前文第五節所舉第七十四回「抄檢大觀園」搜查怡紅院時，晴雯捽箱子後與王善保家的對話一段，「藝研院本」、「蔡義江校注本」、「朱咏葵抄本」或「三誠堂本」均不載。而以「程甲本」、「程乙本」和「甲辰本」為底本的各本第七十八回則無「庚辰本」等所有敘述賈政對寶玉等三人觀點改變的一大段。雖取捨方式見仁見智，但拘泥於版本，有損故事內容之完整性，是一憾事。

自一九五〇年以後，各地書肆中的《紅樓夢》種類很多。尤以近年來多彩影印及電腦打印等現代科技方式印製發行，舊抄本及舊印本又得重現於世。筆者曾約略統計臺灣出版的《紅樓夢》，分為「影印本」和「排印本」兩大類，約五十種。[55]但其他地區出版者，現似尚無統計。

「節本」方面，十九世紀已有一些。如嘉慶十一年（一八〇六）寶興堂刊本，《紅樓夢書錄》（第三十九頁）即說明「此係節本」，又據報導一八六八年沙彝尊曾有《紅樓夢節要》。但鉛印本最早的是上海群學社一九二三年出版的許嘯天句讀、胡翼雲校閱的一百回本，刪去第一、二、五等回又將第三十七與三十八等回合併，內容也有刪改。文明書局一九二六年也出版了鄒江達的《紅樓夢精華》一冊，又有中華書局本（《書錄》第八十頁）。但流傳較廣的是開明書店一九三五年由名作家茅盾（沈雁冰）《潔本小說紅樓夢》，將亞東圖書館的「程乙本」刪去穢語，改回目成五十章，作為中學生課外文藝讀本發行，近年來還有重印本。其後有一九四八年中華書局倪國培的《紅樓夢節選》等。臺灣正中書局一九五二年也曾出版李辰冬的二十四節本。近年來，各地皆有多種「節本」或「改寫本」出版。一般為十幾到二十幾章。以寶玉黛玉愛情故事為主。這些書乃為中小學生和文化程度較低之一般大眾而寫，但已失《紅樓夢》主旨。

九、續書

與我國其他著名小說一樣，《紅樓夢》也有「續書」和「仿作」。唯其數量和種類之多，為他書之所不及。惜近代的中國小說史研究者常對此忽略，或僅以寥寥數語帶過，只有少數給與續書較多篇幅的介紹、說明。[56]至於專政紅學的學位論文，過去涉及續書的並不多。臺灣大學中文學研究所韓國留學生崔溶澈的博士論文《清代紅學評述》（一九九〇年），有一章專門評述清代續書，但不深入。近年來則海峽兩岸各有一位青年學者積極研究續書，皆有專著問世：任教於天津師範大學的趙建忠泛研究各種續書，臺中東海大學碩士林依璇則專注於嘉慶年間出版的八種續書之研究，討論詳盡並富見，均值得一讀。

趙建忠搜集各方資料，歸納現存及僅存目的「續書」分為八類共一百零二種，包括：[57]

（1）程高本續衍類，共十三種；
（2）改寫、增訂、滙編類，共五種；
（3）短編續書類，共十四種；

（4）藉題類，共三種；

（5）外傳類，共五種；

（6）補佚類，共八種；

（7）舊時真本類，共二十五種；

（8）引見書目類，共二十九種。

實際則不止此數，除了繼續不斷有新出的，如新編後四十回故事的崔耀華所著《紅樓夢續》[58]，還有張萬熙（墨人）修訂批註的一百二十回《張本紅樓夢》[59]。臺灣的企光企業公司自二〇〇一年九月起開始陸續出版署名為「中國」的《紅樓夢在臺灣》，乃以索隱方式改寫《紅樓夢》為清末李自成、吳三桂、陳圓圓、鄭成功等人的故事。

早期的續書都是屬於「程高本續衍類」。最早的是逍遙子的《後紅樓夢》三十回，初刊於乾隆末年和嘉慶元年，而在嘉慶年間就至少出版了八種同類續書。除秦子忱的《續紅樓夢》三十回和歸鋤子的《紅樓夢補》四十八回乃續自九十七回，其餘《後紅樓夢》、王蘭沚《綺樓重夢》四十八回、陳少海《紅樓復夢》一百回、海圃主人《海續紅樓夢》四十回、臨鶴山人《紅樓圓夢》三十回和嫏嬛山樵《補紅樓夢》四十八回六種都是續自一二〇回。嫏嬛山樵除在嘉慶二十五年出版《補紅樓夢》外，於道光四年又出版了一部三十二回的《增補紅樓夢》，接續《補紅樓夢》。這些續書當時也相當流行，甚至其中《後紅樓夢》、《紅樓夢補》、《續紅樓夢》、《紅樓復夢》與《補紅樓夢》五種還有朝鮮文的譯本。這些續書多是以「寶黛團圓」、「賈府復興」等為結局，王國維在其《紅樓夢評論》中認為這「正代表吾國人樂天之精神者也」。至於近年之續書則有從第八十一回起，實可歸於

「補佚類」，如崔耀華所著《紅樓夢續》即是。

上述的早期續書以往少受重視，凡言及者亦多只有幾句負面評價。《棗窗閑筆》大約是第一本談論《紅樓夢》續書的，作者愛新覺羅・裕瑞（一七七一——一八三八），別號思元齋主人，乾隆至道光時人，他認為百二十回本《紅樓夢》八十回以後皆程偉元所續（參見本文第七節），另外也批評了嘉慶二十三年前出版的《鏡花緣》和六種「續書」，包括乾隆末到嘉慶元年間出版的《後紅樓夢》、嘉慶四年出版的《續紅樓夢》和《紅樓復夢》、嘉慶十年出版又名《增補紅樓夢》的《海續紅樓夢》及《綺樓重夢》、嘉慶十九年出版的《紅樓圓夢》。例如他評《後紅樓夢》「嚼蠟無味，將雪芹含蓄雙關極妙之意荼毒盡矣！」約在嘉慶年間的「夢痴學人」所著《夢痴說夢》，除了上述六種外還提到嘉慶二十五年的《補紅樓夢》和道光四年出版的《增補紅樓夢》（均嫏環山樵所著），但評語是「雖立言各別，其為嚼蠟味則一也」。唯多種續書實也有其文化意義與文學價值，決非一無可取。[60]

「改寫、增訂、彙編類」多乃就原作加以增刪重撰。如作家張欣伯曾據脂批和某些紅學家研究結果，將百二十回本改成「批削本」《石頭記稿》一百十四回（一九八六年）。張萬熙（墨人）也有經他改寫的《張本紅樓夢》一百二十回。前者只對若干重要情節加以改寫，如元妃是造成「金玉聯姻」之人、史湘雲嫁甄寶玉後病歿等。後者則改動甚多，等於改寫了原作，是否恰當則有待讀者去評價了。另外也有重編續書者，如《紅樓拾夢平話》（作者佚名）即將十種續書予以纂輯、增刪。

「短篇續書類」、「借題類」和「外傳類」，筆者大多未曾寓目。由「短篇續書類」的

《夢紅樓夢》（尹湛納希著）、《紅樓夢逸篇》（鷹叟著），「借題類」的《新石頭記》（吳趼人著）及「外傳類」的《秦可卿之死》（劉心武著）少數幾種觀之，已是另行創作，和《紅樓夢》無甚關係。

近年出版的《紅樓夢新補》（張之著）和《紅樓夢的真故事》（周汝昌著）等「補佚類」續書，係其作者據「脂批」及「探佚」研究結果，益以個人之觀點與想像力而寫成。與「改寫、增訂類」有相似處，也如另種創作。故各種結局之安排並不盡相同，就如「舊時真本類」一般。趙建忠所列二十五種「舊時真本類」都應實際曾現於世，但多屬於看過有「脂批」之抄本而按之補續的另類「續書」。當然也不能排除有些確為失散之原作的可能。唯究有幾多可信，則屬見仁見智，難有定論。

至於其他多種只見書目之「續書」，似都曾經確實存在。但後人無緣得見，亦不悉其內容，本文只好從缺。

（引自《紅樓夢十五講》，北京大學，二〇〇七年）

關鍵字：版本綜介、舊抄本抄成的年代、各抄本之間的關係、抄本與木活字本間的關係、「程高本」的價值、各本間的差別、八十回之後為續書？、近代印本、續書。

1、14、16 劉廣定：《中央大學人文學報》第二十五期，二〇〇二年，第七一—九一頁。

2 周紹良：《紅樓夢研究論集》，山西人民出版社，一九八二年，第一三四頁。

3 張俊、曹立波、楊健：《紅樓夢學刊》二〇〇二年第三輯，第八十—一一三頁。

4、30《校註說明》、《紅樓夢校註本》，北京師範大學出版社，一九八七年，第二頁。

5 顧鳴塘：《上海師範大學學報》一九八六年第一期，第二六—四二頁。

6 文雷：《紅樓夢學刊》一九八〇年第四輯，第二六五—二九八頁。

7 杜春耕：《紅樓夢學刊》二〇〇二年第三輯，第一七九—二〇八頁。

8 周汝昌等：《曹雪芹與紅樓夢》，香港：中華書局，一九七七年，第一〇六—一一〇頁。

9 嚴中：《紅樓叢話》，南京大學出版社，一九九一年，第二〇九頁。

10 周汝昌：《紅樓夢新證》，人民文學出版社，一九七六年，第一〇四〇頁。

11 劉世德：《紅樓夢學刊》一九九〇年第二輯，第二七一—二八二頁。

12 劉廣定：《國家圖書館館刊》一九九六年第一期，第一六五—一七四頁；又見：《明清小說研究》一九九七年第二期，第一二四—一三五頁；《紅樓夢學刊》二〇〇〇年第三輯，第二一七—二二一頁。

13 劉廣定：《國家圖書館館刊》二〇〇〇年第一期，第一〇七—一二二頁。

15 楊乃濟：《紅樓夢學刊》一九九九年第二輯，第三四五頁。

17 楊世德：《紅樓夢學刊》一九九五年第一輯，第一四三—一六三頁。

18、20、25 47 鄭慶山：《紅樓夢的版本及其校勘》，北京圖書館出版社，二〇〇二年。

19 劉廣定：《國家圖書館館刊》一九九八年第一期，第六一—七一頁。

21 吳思裕：《有關曹雪芹十種》，上海，中華書局，一九六四年，第四二—四九頁。

22 吳三慶：《紅樓夢版本研究》，臺北石門圖書公司，一九八一年，第四二三—五一二頁；又見：《木鐸》第八期，第三四一—三四八頁，一九七九年。

23 徐仁存、徐有為：《中外文學》第十二卷第三期，第八—二六頁，一九八三年。

24 朱淡文：《紅樓夢論源》，江蘇古籍出版社，一九九二年。

26 例如，歐陽健：《紅學辨偽論》，貴州人民出版社，一九九六年。

27 馮其庸：《石頭記脂本研究》，人民文出版社，一九九八年，第三一二—三三一頁。

28 劉廣定：《中央大學人文學報》第二十五期，第七一—九一頁；又見俞平伯：《俞平伯論紅樓夢》，上海古籍出版社，一九八八年，第三五七頁。

29《紅樓夢研究專刊》第六輯，香港中文大學新亞書院中文系，一九六九年，第六一—一二三頁。

31 劉世德：《紅樓夢學刊》一九九六年第二輯，第一三九—一六七頁；第三輯，第二五〇—二七〇頁。

32 劉夢溪：《紅樓夢與百年中國》，河北教育出版社，一九九九年。

33、40 林語堂：《中央研究院歷史語言研究所集刊》第二十九本，一九五八年，第三二七—三八七頁。

34、42 宋浩慶：《紅樓夢探》，北京：燕山出版社，一九九二年。

35 胡適：〈紅樓夢考證〉（改定稿），見《紅樓夢考證》，臺北：遠東圖書公司，一九六一年，第一—四三頁。

36 潘重規：《紅樓夢新解》，臺北：文史哲出版社，一九七三年，第六五—六八頁。
37 據李喬蘋《中國化學史》（中冊）第五六—五七頁（臺灣商務印書館，一九七八年）所記：一九三五年十一月二十九日，廣州中山大學化學系吳魯強教授寫給當時北京大學化學系曾昭掄主任的一封有關搜集十九世紀中文化學書籍的信中說：「三年前，餘於廣州市文德路一舊書坊間，得遇《化學大成》兩卷，各自獨立，惟殘缺不成完帙。後經書販將兩套參成一套，幾屬完整，惟間因蟲蝕，略生小孔耳。全書共分二十冊，取值四元。以此微金購得若是罕本，可謂廉極矣。」
38 杜畢華：《紅樓夢學刊》一九九二年第二輯，第一六六頁。
39 周紹良：《紅樓夢研究論集》，山西人民出版社，一九八二年，第二三八—二五四頁。
41、51 同上書，第九三—一一九頁。
43 趙岡、陳鍾毅：《紅樓夢新探》，臺北：聯經出版社，一九七五年，第三一一—三二〇頁。
44 Chan, Bing C., *The Authorship of The Dream of Red Chamber*, Joint Publishing Co,（Hong Kong），一九八六：陳炳藻：《紅樓夢學刊》二〇〇二年第三輯，第二六七—二八二頁。
45 陳大康：《紅樓夢學刊》一九八七年第一輯，第二九三—三一八頁。
46 王世華：《紅樓夢學刊》一九八四年第二輯，第一五七—一七八頁。
48 劉廣定：《國立中央圖書館館刊》，新二十三卷一期，第一三一—一四一頁，一九九〇年。
49 俞平伯：《紅樓夢辨》，臺北：河洛出版社重印本，第七八—七九頁。
50 周紹良：《紅樓夢研究論集》，第一〇八頁。
52 吳小如：《古典小說漫稿》，上海古籍出版社，一九八〇年，第一三四—一三七頁。
53、55 有關臺灣出版《紅樓夢》的情況，參見劉廣定：《全國新書資訊月刊》（國家圖書館），二〇〇二年十月，第三四—三七頁。
54 承胡文彬先生告知，謹致謝忱。
56 例如，吳宏一：《明清小說》，臺北：黎明書局，一九九五年。
57 趙建忠：《紅樓管窺》，吉林人民出版社，二〇〇二年，第八七—一一七頁。
58 北京：華文出版社，二〇〇二年版。
59 湖南出版社，一九九五年版。
60 趙建忠：《紅樓夢續書研究》，天津古籍出版社，一九九七年，第六十五頁；又見林依璇：《天才可補天——紅樓夢續書研究》，臺北：文津出版社，一九九九年。

補

〈《紅樓夢》的版本和續書〉一文撰成於二〇〇二年十一月，這四年多來可補充的很多，現擇幾項簡述於下：

1. 抄本原僅有十一種見於世，二〇〇六年六月在上海又出現了一種，現歸卞亦文先生收藏，僅第一—十回。其前有第三十三—八十回的總回目為白文本，無批註。北京圖書館出版社於同年十二月將之影印發售，名為《卞藏脂本紅樓夢》，馮其庸先生和收藏人卞先生都做了初步的研究，均認為是早期的清代抄本。
2. 「甲戌本」已由上海博物館向胡適先生家屬購回庋藏。馮其庸先生二〇〇六年曾親往檢視，發現以前其中「玄」字末筆之「、」是後人所添，正如筆者二〇〇六年在揚州國際紅樓夢研討會上發表論文中所推測一樣。

3. 「靖本」的正確性撲朔迷離，裴世安先生等曾輯錄《靖本資料》（二〇〇五年），讀後以為人間或應曾有此本，但毛國瑤先生輯錄文字之正確性可疑，故仍覺不宜用為討論文本及批語之依據。

4. 有關八十回以後故事是否為原作，筆者原以明義的《提紅樓夢》第十七首前兩句是寫釵玉成婚後未行房。後再思索，雖仍以該首所咏為今本第一〇九回「候芳魂五兒承錯愛」故事，但前兩句應是接第十六首之誄晴雯與寶玉與晴雯之清白。此說已載於二〇〇六年之拙作《化外談紅》第三五五—三五六頁（臺北：大安出版社）。

5. 楊傳鏞先生遺著《紅樓夢版本辨源》，甚具參考價值，已由北京圖書館出版社二〇〇七年一月出版。

反對腰斬紅樓

——維護百二十回《紅樓夢》：來自當代作家的觀點

作者：孫偉科（一九六五－　），中國紅學會祕書長，曾任中國藝術研究院紅樓夢研究所研究員，《紅樓夢學刊》編審，著有《藝術與審美》、《紅樓夢美學闡釋》。

【內容提要】俞平伯先生一生痴情紅學，臨終遺言反對「腰斬紅樓」，成為他生命與學術合二為一的絕響。近十餘年來，紅學發展中的「腰斬」之勢愈演愈烈，先不說從考證學角度論證後四十回的作者有存疑的問題，近從歷史和傳播學角度看，所謂「探佚」、「續寫」已經成為每況愈下的失禁想像，離《紅樓夢》文本越來越遠，名副其實地成為「紅學反《紅樓夢》」的樣板，究其實是附驥攀鴻的博名炒作。梳理和重溫當代部分作家（林語堂、王蒙、宗璞、李國文、白先勇、劉心武等）對《紅樓夢》整體性和高鶚評價的激烈交鋒，不難窺見出大多數當代作家對此二者的肯定傾向。

一七九一年和一七九二年，對於《紅樓夢》來說，是值得紀念的年份。從此，百二十回本《紅樓夢》作為一個藝術整體向社會、讀者流布發行，成為《紅樓夢》傳播史上重大的事件。此後，《紅樓夢》所產生的影響均與此有關，成為不可抹殺的歷史事實。

但是，要「腰斬」《紅樓夢》的聲音依然回響。二〇一〇年五十集新版電視連續劇《紅樓夢》熱播之際，當代作家劉心武向媒體發表談話，說「李少紅不能這樣做」——即不能按百二十回本拍攝。當然，這只是一個浮在表面的一個例子，但它代表相當一部分人的觀點。

這些腰斬紅樓的觀點包括，直接要求以探佚取代後四十回，以斷簡殘篇的脂本脂批取代程高本《紅樓夢》，以早期稿本代替、瓦解、攻伐作者的修改等等，都是根據不太成熟的對於曹雪芹創作過程的揣測，以初始觀點反對自我發展的觀點。這些做法，違反了創作規律，也直接威脅了《紅樓夢》作為文學經典的崇高地位。

那麼，多數當代中國作家是怎樣看《紅樓夢》的呢？

一

二〇〇五年宗璞撰寫了〈感謝高鶚〉[1]一文，二〇〇六年修改後年底發表於《隨筆》雜誌第六期。此文後來收入《二十四番花信》，由江蘇文藝出版社二〇一〇年出版。

宗璞文章的標題值得關注。

當有人要割掉後四十回扔到垃圾簍裡的時候，當有人要重新續寫《紅樓夢》後文，要取而代之的時候，宗璞開宗明義地說：感謝高鶚。她比上世紀五〇年代林語堂〈平心論高鶚〉（一九五八年）的語氣更重一些，要「感謝」高鶚，在文章結束時，宗璞改為「盛謝高鶚」。盛謝高鶚，也就是旗幟鮮明地對百二十回本《紅樓夢》的維護。

宗璞不僅要感謝高鶚，還要感謝曾經為高鶚辯護過的人：胡適、顧頡剛、林語堂。他們替高鶚說過話，「我想也是很多人心裡要說而沒有說出來的話。」在這篇文章中，宗璞態度鮮明，不同意俞平伯關於後四十回「俗」「濁」的評價，關於第九十七回寶黛最後相見的那一段，她同意王國維的分析：「如此之文，此書中隨處有之。其動吾人之感情何如，凡稍有審美的嗜好者，無人不經驗之也。」

《紅樓夢》中黛死釵嫁，作者嘔心瀝血成就的這文學史上的千古大悲劇，回溯歷史，也是林語堂在〈平心論高鶚〉中批評的對象俞平伯先生說是「一味肉麻而已。」不僅是林語堂不相信，這也讓宗璞很難相信俞平伯的文學趣味和判斷。俞平伯當年拿前八十回攻後四十回，立場、態度在行文之前，可謂主題先行。或者說是落實胡適後四十回偽續觀點的命題作文。說它是由外而內的命題作文，可以驗證的證據是，在後來的繼續研讀中，俞平伯幾乎放棄了這個命題作文中最主要的幾個觀點，如自序傳說、腰斬說等。

林語堂大約是讀出了俞平伯在《紅樓夢辯》中帶有先驗性的「扭曲」，所以幾十年後也就是五〇年代才寫專著與俞平伯抬槓，直接說俞平伯之文是「歪纏」。細讀林語堂的雄文，高低之分、雅俗之間，你說東我偏說西的「扛槓味道」很重，既然你歪纏，我也不能總平心。林語堂抬槓的是二十世紀二〇年代的俞平伯，但他對後來俞平伯的深刻變化缺乏明察秋毫。

可是，《紅樓夢》後四十回問題，是紅學中的一個紐結，似乎誰也繞不過去，不僅是紅學家關注的問題，也是作家關注的問題。

宗璞接著說：「我曾設想，後四十回也是雪芹所作。後四十回的才氣功力等等不及前八十回，也許是因為那時雪芹的精神才氣都已用盡。寫東西後面不如前面是常見的，何況這樣大的長篇。有人指出，林黛玉吃五香大頭菜加些麻油醋，簡直不像黛玉的生活。我想，那時雪芹舉家食粥，吃多了鹹菜，也可能寫進書裡。作者的生活很可能影響書中的人物。」

既然總是從經歷談創作，宗璞也從生活出發，替後四十回辯護。前面宗璞扯進來的人物如胡適、顧頡剛、林語堂等是紅學上的歷史文物，而沒有涉及紅學的當代人物。這不是有意避讓什麼，看看此文發表的時間，就不難明白宗璞的針對性了。

二〇〇五年劉心武登臺在中央電視臺十頻道「百家論壇」上講「秦學」，並處處指斥高鶚，對後四十回百般挑剔，認為百二十回本是「偽書」，是大俗書，曲解了曹雪芹、竄改了小說本文等等。由此，劉心武是當代腰斬紅樓的代表！更有甚者，接著指責：高鶚不僅替換了後四十回，還修改前八十回，所以現行百二十回本的《紅樓夢》不可信。由此，徹底否定了百二十回本《紅樓夢》。

宗璞直接發問：「有人要把後四十回割下來扔進字紙簍，那還有《紅樓夢》存在嗎？我們或可寫出精采的片段，但要寫出後半部超過高鶚的續書，是絕不可能的……電視劇後幾集中，人物都變了啞巴。誰能寫出和原書相稱的臺詞？」

有些人認為宗璞的觀點有些突兀，認為她這些談論不過是即興感談。但是，請不要看輕宗璞的談論。宗璞一九九〇年曾為王蒙的《紅樓啟示錄》撰寫過序言，題目是〈無限意趣在「石頭」〉。十五年過去，持續關注《紅樓夢》的宗璞肯定是有感而發的。劉心武在分析宗璞的小說時，認為宗璞是受《紅樓夢》影響很重的小說家，生活的交際中兩人之間也是知根知底的朋友。無庸置疑，他們都有《紅樓夢》上的共同愛好，但也沒有迴避在《紅樓夢》認識上的分歧。作家在文學上的自由立場、自信的判斷力和執著的趣味，沒必要因為怕得罪誰而隱埋自己的觀點。

在《感謝高鶚》中宗璞也稍帶著批評了八十七版電視連續劇《紅樓夢》。八十七版《紅樓夢》後六集對後四十回的取代，是一次失敗的嘗試，也就是宗璞所說的後來所續不可能超過高鶚。「黛死釵嫁」好不好，也許不需要爭論了，一九六二年的電影越劇《紅樓夢》採用了黛死釵嫁，於是感天動地，傳唱數十年不絕，儼然經典；八十七版電視連續劇《紅樓夢》放棄了黛死釵嫁，所以招致議論紛紛、意見分裂。雖然經典，但有缺憾。說好者只是說「首尾合龍」，說不好者則言之鑿鑿，「悲劇的力量消滅了」。大多數觀者以前三十集為好，後六集快過。宗璞的觀點，木石姻緣從來就在金玉的威脅之下，金石姻緣使寶玉逃不出金玉枷鎖，這就是《紅樓夢》的悲劇。「緊扣住這一根本設計從不偏離，是續寫的最大成功處。我以為這就是雪芹要說的故事。」

宗璞不諱言，高鶚的後四十回，就是「雪芹要說的故事」。換言之，高鶚的續書是成功的。

二

劉心武所信奉的古本，可不是這麼回事。

劉心武所說的「古本」就是抄本，把抄本看得高於印本，頗有些看高「手稿」的意味。手稿是未定本，雖經脂硯齋審定，但我們不知作者的真實態度。程偉元、高鶚將眾多手稿彙集於案頭，斟字酌句，細加釐定，對準疏通，應該說在一七九一年到一七九二年比我們看到了更多的抄本，有更多的選擇可能來選擇。換言之，我們今天看到的抄本，可能程偉元、高鶚都看過，是他們挑剩的。今天，我們看到幾個手抄本子，就認為比程偉元、高鶚看到的多，純屬自大式的武斷。我們可以與程高商榷不同的選擇，但卻無法對程高顯露傲慢。對於抄本，程偉元、高鶚一七九一年借刻本表明了自己的態度和選擇，雖然他們說明不多，但印出來的《紅樓夢》則說明了一切，如他們採用了《紅樓夢》的書名而不是《石頭記》，其實這在小說裡已經說明後者是作者對小說的曾用名。我們為什麼不看重作者的最終改定而竭力要回到初稿上呢？紅學的任務就是不允許作者修改自己的稿子嗎？或者是挖掘出作者放棄的稿子嗎？關於秦可卿的研究最能說明這一點，作者非常明確地放棄了風月化的描寫，刪掉遺簪、更衣的情節，而現在的很多研究就是恢復秦可卿的風月形象，有點像要把兒女痴情的《紅樓夢》改回勸善懲淫的《風月寶鑑》，將（人情）純情小說改回（還原）風月小說。

假如《紅樓夢》只是一部指斥風月腐敗、道德墮落的小說，是一部勸戒小說，《紅樓夢》還會有今天所說的千門萬戶、「百科全書」的性質嗎？

劉心武對於子虛烏有的「古抄本」的喜愛到了迷信的地步。從本質上講，惟古抄本是從，不如說是惟脂硯齋是從。劉夫子自道：「我就覺得，既然有曹雪芹的前八十回原文裡的諸多伏筆預示、透露逗漏，有很多種古本《紅樓夢》相互參照，又有紅學界統稱脂批的大量批語」，立下雄心大志來「試一試」「探佚復原曹雪芹的後二十八回的內容」……從此，劉心武以自己的書房為「古物修復所」，據說花費七年時間，要完成對全本、真本的恢復。

與劉心武輕信脂硯齋相比，當代作家中的王蒙、李國文等都對脂硯齋持不信任的態度。李國文懷疑脂硯齋一群就是一些嚶嚶嗡嗡的無聊文人，裝腔作勢，指手畫腳，對文人的獨立創作起了干擾作用，脂批才是《紅樓夢》的跗骨之蛆；王蒙則譏諷脂硯齋頤指氣使的樣子像是「大清帝國文學部紅樓夢處處長兼書記」。王蒙和劉心武也是朋友，其實，在他的朋友中，劉心武表現得很聽話——很聽脂硯齋的話。

李國文一九九〇年將過分相信脂硯齋的人，孜孜以求「脂學」的人，稱之為「上當的紅學家」[2]，他們不懂脂硯齋的幻筆幻體，聽風就是雨，毫無判斷力。從劉心武對脂硯齋言聽計從的態度來看，上當的不僅是紅學家，還有「著名作家」。看來，拿著脂硯齋的鵝毛當令箭的人，不以「某某家」的身分相區別。

脂本所傳達出來的觀念，是與程本不同的。比如，俞平伯先生所說的「二美合一」，也就是林黛玉、薛寶釵的關係在發展中，矛盾漸漸地消失了，也就是說在脂本中，「草木前盟」和「金玉良緣」的矛盾有被淡化直至被取消的可能。如果認為寶黛釵愛情婚姻的悲劇是主線，那麼這條主線在脂本中被調和了。而在程高本中，脂本中要消弭的矛盾被強化了，愛情悲劇被進行到底了。我們看到，釵黛矛盾、玉釵矛盾被強化了，直至對立、決裂的地步，最終構成了悲劇。這就是脂本和程高本的重大差異之一。按脂本、脂批中「二美合一」的傾向發展下去，藝術風格就可能是「怨而不怒」。

再說尤三姐的形象，在脂本中尤三姐是一個不折不扣的「淫奔女」，而在程高本中她被潔化了，作者刪去了那些汙穢文字——正是風月筆墨。這樣就影響到對尤三姐悲劇原因的認識。有的研究者認為脂本好（多種因素複雜社會原因所造成的尤三姐悲劇，比程高本將由三姐的悲劇原因寫成是柳湘蓮的誤解好），有的認為程高本好（對尤三姐的潔化處理符合曹雪芹「男濁女清」的崇美立場），也是各說各的、各有道理。

脂硯齋為《石頭記》準備了一個結局，什麼掃雪拾玉，什麼羈押獄神廟，什麼小紅、茜雪慰主，什麼茫茫白地，什麼懸崖撒手等等，這只是簡略的提示，像是一個菜單，而不是藝術畫面，缺少針腳嚴密的細節。脂硯齋不願意多說，後來人也無可奈何。

對後四十回也有很信任的，以至到了懷疑高鶚作為續作者的身分。對《紅樓夢》後四十回仔細研究的王蒙說：「我寧願設想是高鶚或某人在雪芹的未完成的原稿上編輯加工的結果，而覺得完全由另一個人續作，是完全不可能的，沒有任何先例或後例的，是不可思議的。」[3]

王蒙不自覺地回到林語堂曾經表達過的立場上。林語堂曾在楊繼振藏本出版之際，認同該書序者范寧的判斷，說高鶚拿到本子是一百二十回，後四十回中有曹雪芹的散佚的三十回，他就是一個「閱者」[4]，是一個「補者」，而不是「寫者」，即作者。

再到二〇〇八年王蒙出版《不奴隸，毋寧死？》[5]時，王蒙乾脆說，後四十回是「我的一個死結」。

這個死結是否已經解開？

王蒙曾說到過一種普遍的閱讀心理，既然《紅樓夢》後四十回是偽作，何必讀它呢？以往的論證給後四十回的普通閱讀造成了極大的閱讀障礙。在這種心理慣性、閱讀慣勢的作用下，覺得處處不對，字字礙眼，筆拙文俗，不免吹毛求疵，難以說好。臺灣作家白先勇卻並非如此。他二十世紀八〇年代曾寫過一篇〈寶玉的俗緣〉[6]的文章，指出在九十三回中有傳神之筆，確證賈寶玉不是好色之徒。除此之外，賈寶玉和蔣玉菡之間還因花襲人的婚嫁有著隱祕的俗緣關係。賈寶玉在欣賞《占花魁》的時候，目光追逐、深情關注的不是舞臺上美奐美倫的花魁，而是情痴情種的男性人物秦鐘（情種的諧音），秦鐘對女性的體貼關懷和珍重憐惜，在境界上和寶玉如出一轍，寶玉似乎是在秦鐘身上看到了自己，一時間竟物我兩忘、神飛天外。這個細節很小，在後四十回中，往往是我們容易一翻而過的地方，白先勇注意到了，停下來，重點指出來。在白先勇看來，類似這樣「戲中戲」的手法，是曹雪芹極其重要藝術點睛手段。我們知道，白先勇在自己的寫作中借鑑了這種「戲中戲」的手法。

對後四十回的批評，依據多來自於脂硯齋批語。脂硯齋的權威性，王蒙是有疑的。脂硯齋「能洞悉和掌握曹的藝術想像、結構思肘、修辭手段、篇什推敲嗎？他能洞悉和掌握曹氏的夢幻、荒唐言、假作真、真亦假、無為有、有還無嗎？」[7]

脂硯齋的批語不具有權威性，而依據脂硯齋批語的推斷，還可靠嗎？關於後面仁者見仁智者見智、一地鵝毛的推測、續寫，從來都沒能替代過高鶚，所以也用不著費神掂量、推敲、評判了。

許多探佚是以恢復原本原義之名兜售私貨。為什麼說探佚是一地鵝毛？僅就黛玉之死來說，一說是沉湖而死，不是「冷月葬花魂」或「葬詩魂」嗎？一說是懸樑自縊，不是「玉帶林中掛」嗎？還有說林黛玉是被慢慢毒死的（劉心武）。繼續下去，相信還會有更多的說法，並且說有所本、振振有詞！究竟哪一種死法更好？看來，還是「焚詩稿，斷痴情」最好！因為這是高鶚的，就要因人或言。偏偏說它、說「黛死釵嫁」不好嗎？

劉心武很執意於脂硯齋，將「脂硯齋」之意說成是「原本原義」，實際上是脂本脂義。對於一個作家來說，將兩個人的思想看作是完全相同，這是匪夷所思的。不要說脂硯齋和曹雪芹的關係還有許多未確定性，即便是關係密切甚至是夫妻，他們之間也是不能等同或互相代表的。脂本脂義與百二十回本的區別是顯然的，像夏志清所說的那樣，脂硯齋執著於懷念過去，而曹雪芹則只是利用經驗，其立意已超越事件本身。作家端木蕻良在自己的長篇小說《曹雪芹》的自序中也認為：「脂硯、畸笏評閱《紅樓夢》時，他們又未能更深地理解曹雪芹，往往過多地沉溺於過去生活的回憶中，如此而已。」在脂本中，釵黛合一、父子合一、風格上怨而不怒，即釵黛分歧所代表的木石前盟和金玉良緣的矛盾消失了，賈寶玉人生道路的自由選擇和他父親賈政光榮耀祖要求之間的矛盾消失了，那麼，在脂本中《紅樓夢》的悲劇該如何形成？其推動力是什麼？《紅樓夢》悲劇的涵義還剩下什麼呢？顯然，剩下的只是家族興亡。力主小說「寫政」而不是以「寫情」為主，似乎寫家族更符合文化小說的含義，何以「寫情」或者說寫愛情就會降低小說的思想含量呢？貶低愛情描寫以及文學作品愛情悲劇的意義，將《紅樓夢》定位於「中華大文化」小說，是否因此《紅樓夢》的地位就超越了文學、具有了「形而上」的品質了呢？「寫情」與「寫政」不是非此即彼的關係，在《紅樓夢》中是二而一的關係，《紅樓夢》首先是文學，離不開「寫情」，其次才能向哲學、文化拓展、提升，脫離文學人物形象、情節合理發展、具體細節的刻劃、結構的整體把握，提升就會變成離題萬里的主觀隨意，正所謂下筆千言，言不及義。

三

悲劇的要義不在毀滅、不幸、犧牲上，而在於為何毀滅？如何犧牲？以及造成不幸結果的原因上。可怖、恐懼是強化藝術效果的手段，但不是藝術的目的。悲劇藝術的目的在於毀滅者自身在遭受不幸時所顯現的價值上，這價值是不是充分？所以，魯迅說「悲劇將人生有價值的東西毀滅給人看。」愛情不自由、難實現、愛情毀滅是悲劇，但是堅守什麼樣的愛情觀包含著價值性的大小。偷情不成不是悲劇，如賈璉之於鮑二家的；愛情不自由而誓死信守愛情、信守自由愛情的原則則肯定是悲劇。寶黛愛情，正是後一種，把自由愛情看得比生命還重要，不自由，毋寧死。

宗璞極為欣賞黛死釵嫁的悲劇。宗璞說，「黛玉死，二玉成婚，實為全書的高潮。」宗璞堅信這也是曹雪芹要說的故事。

胡適、顧頡剛、俞平伯等都認為後四十回是一個悲劇，是成功的悲劇，這也是胡適肯定高鶚續書的重要依據。劉心武見到「蘭桂齊芳」「延世澤」的字眼，就望文生義地認為《紅樓夢》因此被改寫成了喜劇，劉心武問：高鶚的狗尾偽續「怎麼會是以這樣一個甚至是喜劇的場景收場」？

劉心武這裡隱藏了一個要求，就是悲劇就要死人死得「真乾淨」，「大廈將傾」一定要轟然倒塌！衡量悲劇的重點轉移了，毀滅的結果比「毀滅價值」更重要。

「微而曲」、「曲而隱」的《紅樓夢》，常常是悲中有喜，喜中含悲的。深諳箇中道理的王蒙說：「什麼叫茫茫大地真乾淨？」「死了黛玉走了寶玉又死了賈母鳳姐，這也就乾淨了。賈蘭輩再有一百個中舉也影響不了『真乾淨』的空曠寂寞啊！」[8]

劉心武貶低後四十回、不承認後四十回的悲劇性的觀點，追根溯源人們往往想到周汝昌。劉心武崇尚「多岐為貴」，但對周汝昌卻是過多襲用。過多「苟同」，已經到了步步緊跟亦步亦趨的地步。周汝昌認為後四十回悲劇性不夠，是因為它應該是一個「大散劇」，即「樹倒猢猻散」之意。賈府與其他王府之間殘酷鬥爭，家庭內部兄弟鬩牆，賈府人口星散，宗祠轟毀，賈寶玉流落街頭衣不蔽體食不裹腹，敗亡得「僵而死」才算悲劇。

這裡，是不是將恐怖的結局（悲慘本身）當成了悲劇呢？

比較起來，劉心武不僅對脂硯齋缺乏獨立思考和懷疑精神，對周汝昌的觀點也缺乏獨立思考，往往不願意聲張地自我消化，照單全收。放在紅學或紅學家的範圍內，劉心武的獨立性是嚴重不足的。全書一〇八回說，脂硯齋即史湘雲即新寡的妻子，日月兩個集團爭奪皇權說，都是襲用周汝昌的觀點，並且很多時候還不願意說出其出處，儼然是劉心武自己單槍匹馬的獨立研究。如果襲用一處尚可，上述三者均襲用，互相連接，並成為自己講座和著述的股價主幹，這還能說是「多岐」嗎？

恥於談寫情（兒女私情），反對把《紅樓夢》理解為愛情悲劇，這是周汝昌和劉心武的共同立場；兩人還共同認為，林黛玉是一個尖酸刻薄的大俗人，寶玉心儀的是史湘雲，最終結合的也應該是史湘雲。而宗璞則認為，寶玉和湘雲在文本中無愛情故事。湘雲的「才貌仙郎絕對不會是寶玉」。假如還有寶玉與湘雲的故事，那寶黛愛情的純潔性如何保持？為什麼要感謝高鶚，宗璞說，「為了他清醒地、準確地保住了寶黛悲劇的純潔性。」

王蒙盛讚寶黛愛情是天情的體驗，倘若小說沒有沿這一主線發展下去成為悲劇，恐怕這體驗也不會如此感人肺腑。

四

在金陵十二釵之一秦可卿身上，總是彌漫著神祕的氛圍。對於她的過度闡釋，已經成為危及全本的消極想像。審美中的消極想像是指，脫離文本制約或支撐，進行與文本寓意無關的聯想。

秦可卿之死，賈寶玉聞此噩耗，一口鮮血湧出，禁不住噴吐地上。這是驚人一筆。有人說，秦可卿的形象是一個隱喻，她的早死，是古典理想的毀滅。她是兼美的，既有林黛玉之美——飛燕之美，也有薛寶釵之美——楊妃之美，兼有感性、理性之美，兼有豐腴端莊、風流婉轉之美等，但是她不可能長久。曹雪芹用文字形象說，這個虛幻的人物在太虛幻境出現過，在現實生活中她是注定要滅亡的，因為現實不能容納這種兼擅之美——毫無缺陷之美。美奐美倫的古典美不能復現，像《浮士德》中的海倫。

李國文在〈秦可卿的魅力〉中說：「我一直想，那個在小說中被叫著秦可卿的性偶像，一定是曹雪芹童年至青年時代最重要的半人半神的性啟蒙導師。他不厭其詳地記錄下白日夢的全過程，肯定寄托著大師一份不了之情，難盡之意。無論如何，這位最早啟發了賈寶玉性覺醒的女人，這位第一次使他嘗到禁果滋味的女人，這位在他的情愛途程的起跑線上起過催化作用的女人，是他一生中心靈的守護神，是可想而知的。」[9]

這種說法，在老作家端木蕻良那裡也得到了驗證。一九八七年端木蕻良在〈談電視劇

《紅樓夢》〉的短文中認為：「秦可卿是天上人，又是地下人。她幻形人間，進入寧國府中時，卻成了『造釁開端』的犧牲品，像影子似的消失了。賈蓉本來就拿她當作一件工具，有了他，人前人後，上上下下，能吃得開。秦可卿死了，請下旌表龍禁衛之後，賈蓉很快又娶了。只有寶玉忘記不了她，永遠忘記不了她。」[10]

不論是秦可卿還是海倫，都是引導男性精神昇華、追求完美的女神式人物。賈寶玉不是皮膚淫濫之徒，一直保持「色而不淫」，與警幻仙姑的訓導有關，其精神飛開是不是得到了這位女神的引導呢？

在葉兆言的〈閱讀吳宓〉中，吳宓也是這樣認識秦可卿之於賈寶玉的意義的。「吳宓一生都在追求女子的愛，他隨處用情，自稱以『釋迦耶穌之心，行孔子亞里士多德之事』。《紅樓夢》是他最鍾愛的作品，吳宓也是『情種』之一，這位當代賈寶玉很認真地出過一個考題，試問『寶玉和秦可卿究竟有沒有發生過關係』，答案自然是否定。」不願意從「性吸引」的角度理解賈寶玉和秦可卿的關係，是因為寶玉心目中的可卿是女神。從吳宓的角度講，吳宓如此解釋秦可卿與賈寶玉的關係是因為「吳宓追求愛情，有一種宗教的熱忱。『發乎情，止乎禮』。」[11]

白先勇在〈賈寶玉的俗緣〉中，說得更徹底。賈寶玉作為「情種」的感情，超越了男女之愛：「寶玉先前對秦氏姐弟秦可卿、秦鐘的愛戀，亦為同一情愫。秦可卿——更確切的說秦氏在太虛幻境中的替身警幻仙姑之妹兼美——以及秦鐘，正是引發寶玉對女性及男性發情的人物，而二人性秦（情）又是同胞，當然具有深意，二人實是『情』之一體兩面。有了兼美的引發在先，乃有寶玉與襲人的雲雨之情，有了秦鐘與寶玉之兩情繾綣，乃有蔣玉菡與寶玉的俗緣締結。秦鐘與賣油郎秦鐘都屬同號人物，都是『情種』——也就是蔣玉菡及寶玉認同及扮演的角色。」

是不是對秦可卿的理解，僅此而已？

相比於上述作家而言，劉心武又是一個另類。

劉心武著眼的不是賈寶玉與秦可卿的關係，而是秦可卿與她公公賈珍的關係。珍卿之間的亂倫關係，在八十七版電視連續劇《紅樓夢》中得到了淋漓盡致的表現。「裘其頽墮首罪寧」，賈珍與秦可卿的道德敗壞，導致了敗家。這個《風月寶鑑》裡的主要情節，起著勸戒的作用，道德墮落便是末世之相。獨守空房，然後幽會、更衣、遺簪、被撞破等，是不是更有戲劇性和視覺衝擊力呢？不得而知。只是播出後的效果不好，人們不願意一家人坐在客廳裡欣賞兩家人之間那一種令人難以安坐、無比尷尬的場景。

劉心武的突破是，要將喪倫敗行的偷情改造為真情之戀，將敗家罪行改為人性之常，於是賈珍成了真情漢子，敢愛敢恨，哭靈時真情依舊失戀無言，我情永遠淚水連連，買棺材時一擲千金真是豪情萬丈。劉心武的難題是，賈珍這個吃喝嫖賭四毒俱全的人，如何對秦可卿純情偉岸起來？怎麼說變就變了。後面賈珍覬覦尤三姐，父子聚麀的獸行，是這裡變了那裡沒有變，曲意回護造成賈珍在整個作品中形象不統一的前後分裂。

至於劉心武所揭示的埋藏在秦可卿這個人物身上的祕密，賦予這個人物不能承受之重，則足以顛覆《紅樓夢》悲劇。另外一個故事取代了《紅樓夢》的故事，這不是一個包含著某些歷史必然性的悲劇，而是賈府反復押寶失利、運用權謀失敗的悲劇。

那些將秦可卿重新恢復為風月形象的人，除了剝奪曹雪芹的著作修改權外，大概還不懂得秦可卿在賈寶玉心目中的地位，她已經不是一位邪異妖豔的女巫或者色情狂，而是一位女神。把秦可卿與賈珍的關係疏通了，在寶玉這裡卻受阻了。迷離恍惚、飄飄欲仙的兼美可卿，變成了纏陷迷情、難以自拔的沉重肉身。或靈或肉，是不同的選擇。

脂本中的一些批語，提供給我們認識《紅樓夢》形成過程中的一些問題。比如秦可卿的形象。程高本中有許多處不可理解，但脂批中透露出來的作者修改，改未改淨，顯示了作者時間倉促而導致的修改的不徹底性。秦可卿從一個風月形象向文學形象過渡，還留有一些風月痕跡。脂硯齋命曹雪芹刪去關於荼毒秦可卿的筆墨，主要原因是家族原因，醜化自我、自我醜化，是為「礙語」，要不得。一九九一年開始播映的京劇《曹雪芹》（言興朋主演曹雪芹），寫了曹雪芹有這樣一位頎嬸（雪芹叔叔曹頎之妻），獨守天香高樓，與公公愛恨情仇，情志難遂，難言其辱，抑鬱而死。秦可卿真的是曹家人，是曹雪芹的長輩姻戚，這還離不開「愛不得恨不得」的脂硯齋評語。

現在看來關於小說中涉及秦可卿的筆墨，不多不少。關於寶玉與秦可卿關係的迷思，誠如李國文所言「你走進去，容易，走出來，也容易；但是，你走進去深一點，走出來，就難一點；如果你完全走進去，也許，你就休想走出來，那時，你八成就是一位紅學家了」[12]。

對文學作品，藉口是文本細讀，實際上是微言大義，想像失禁，無限引申，特別是對小說閱讀來說往往是愚不可及，出力不討好。如此如此，八成成的不僅是紅學家，還是秦學家。

（引自《曹寅、〈紅樓夢〉與鎮江》，北京曹雪芹學會主編，當代中國出版社，二〇一三年）

---

1 宗璞：《感謝高鶚》，見宗璞著：《二十四番花信》，江蘇文藝出版社，二〇一〇年。下面所引宗璞觀點均出自此文，不再注。

2 李國文：《上當的紅學家》，《文學自由談》一九九〇年第六期。

3 王蒙著：《紅樓啟示錄》，北京三聯書店出版社，一九九一年，第二三六頁。

4 林語堂著：《平心論高鶚》，陝西師範大學出版社，二〇〇四年，第一七頁。

5 王蒙著：《不奴隸，毋寧死》，北京十月文藝出版社，二〇〇八年。

6 白先勇著：《白先勇書話》，文化藝術出版社，二〇〇九年，第一〇三頁。

7 同注5，第三一七頁。

8 同注3，第二三四頁。

9 李國文著：《歷史的真相》，江蘇文藝出版社，二〇一〇年，第二七〇頁。

10 端木蕻良著：《紅泥煮雪錄》，江蘇文藝出版社，二〇一〇年，第二八二頁。

11 葉兆言著：《陳舊人物》，上海書店出版社，二〇〇七年，第一一八頁。

12 李國文著：《歷史的真相》，江蘇文藝出版社，二〇一〇年，第二七〇頁。

漫談《紅樓夢》

作者：楊絳（一九一一—二〇一六），本名楊季康，文學家錢鍾書之妻，曾任清華大學西語系教授，譯有《唐・吉訶德》，著作《幹校六記》、《洗澡》、《我們仨》。

我曾想用批評西洋小說的方法，細評《紅樓夢》。那時我動筆即錯，不敢作此妄想。如今世移事異，妄想不復是妄想，但我已無心再寫什麼評論了。

近來多有人士，把曹雪芹的前八十回捧上了天，把高鶚的後四十回貶得一無是處。其實，曹雪芹也有不能掩飾的敗筆，高鶚也有非常出色的妙文。我先把曹雪芹的敗筆，略舉一二，再指出高鶚的後四十回，多麼有價值。

林黛玉初進榮國府，言談舉止，至少已是十三歲左右的大人家小姐了。當晚，賈母安排她睡在賈母外間的碧紗櫥裡，賈寶玉就睡在碧紗櫥外的床上。據上文，寶玉比黛玉大一歲。他們兩個怎能同睡一床呢？

第三回寫林黛玉的相貌：「一雙似喜非喜的含情目。」深閨淑女，哪來這副表情？這該是招徠男人的一種表情吧？又如第七回：「黛玉冷笑道：『我就知道麼，別人不挑剩的，也不給我呀。』」林姑娘是鹽課林如海的女公子，按她的身分，她只會默默無言，暗下垂淚，自傷寄人籬下，受人冷淡，不會說這等小家子話。林黛玉尖酸刻毒，如稱劉姥姥「母蝗蟲」，毫無憐老恤貧之意，也有損林黛玉的品格。

第七回，香菱是薛蟠買來作妾的大姑娘，卻又成了不知自己年齡的小丫頭。

平心而論，這幾下敗筆，無傷大雅。我只是用來反襯高鶚後四十回的精采處。

高鶚的才華，不如曹雪芹，但如果沒有高鶚的後四十回，前八十回就黯然失色，因為故事沒個結局是殘缺的，沒意思的。評論《紅樓夢》的文章很多，我看到另有幾位作者有同樣的批評，可說「所見略同」吧。

第九十七回，林黛玉焚稿斷痴情，多麼入情入理。曹雪芹如能看到這一回，一定拍案叫絕，正合他的心意。故事有頭有尾，方有意味。其他如第九十八回，苦絳珠魂歸離恨天，黛玉臨終被冷落，無人顧憐，寫人情世態，入骨三分。

高鶚的結局，和曹雪芹的原意不同了。曹雪芹的結局「落了片白茫茫大地真乾淨」，高鶚當是嫌如此結局，太空虛，也太淒涼，他改為「蘭桂齊芳」。我認為，這般改，也未始不可。

其實，曹雪芹刻意隱瞞的，是榮國府、甯國府不在南京而在北京。這一點，我敢肯定。因為北方人睡炕，南方人睡床。大戶人家的床，白天是不用的，除非生病。寶玉黛玉並枕躺在炕上說笑，很自然。如並枕躺在床上，成何體統呢！

第四回，作家刻意隱瞞的，無意間流露出來了。賈雨村授了「應天府」。「應天府」，據如今不易買到的古本地圖，應天府在南京，王子騰身在南京，薛蟠想乘機隨舅舅入京遊玩一番，身在南京，又入什麼京呢？當然是——北京了！

蘇州織造衙門是我母校振華女校的校址。園裡有兩座高三丈、闊二丈的天然太湖石。一座瑞雲峰，透骨靈瓏；一座鷹峰，層巒疊嶂，都是帝王家方有而臣民家不可能得到的奇石。蘇州織造府，當是雍正或是康熙皇帝駐驛之地。所以有這等奇石。

南唐以後的小說裡，女人都是三寸金蓮。北方漢族婦女都是小腳，南方鄉間或窮人家婦女多天足。《紅樓夢》裡不寫女人的腳。農村來的劉姥姥顯然不是小腳。《紅樓夢》裡的粗使丫頭沒一個小腳的。這也可充榮府寧府在北京不在南京的旁證吧。

〈漫談〉是即興小文，興盡就完了。

（摘自《楊絳全集》）

先有大眾欣賞的普及，才有小眾學術的可能

——論《紅樓夢》程乙本的重要性

作者：鄭鐵生，天津外國語大學中文學科教授，中國紅樓夢學會理事，中國三國演義學會理事，著有《劉心武紅學之疑》、《詩詞話人才》、《三國演義敘事藝術》。

一九二七年問世的程乙本《紅樓夢》，作為新文化運動中白話文的典範被普及，至今已整整九十年了。其意義已遠遠不是一部大眾文學讀物普及的成功，而是中華優秀傳統文化有機組成的傳播和弘揚，獨領風騷，揚厲中外。

一、程乙本《紅樓夢》作為大眾閱讀普及本的確立和變化

一九二〇年代初，在新文化運動的熱潮中，出版界敢於創新，率先運用新式標點符號，對有深遠影響的四大古典白話小說，進行標點、刊印，以適合更廣大群眾的閱讀，起到了空前的文學讀物的大普及，其意義的深遠無可比擬。

（一）胡適在一九二七年十一月十四日所作的〈重印乾隆壬子本紅樓夢序〉說：「從前汪原放先生標點《紅樓夢》時，他用的是道光壬辰（一八三二）刻本。他不知道我藏有

乾隆壬子（一七九二）的程偉元第二次排本。現在他決計用我的藏本做底本，重新標點排印。這件事在營業上是一件大犧牲，原放這種研究的精神是我很敬愛的，故我願意給他做這篇新序。」顯然汪原放為了支持胡適的學術主張，把程乙本《紅樓夢》作為新文化運動中白話文的典範推出，被稱為「亞東本」，是《紅樓夢》大眾文學讀物的普及本。直至到一九六〇年代胡適逝世前，在長達半個世紀的歲月中，胡適收藏、研讀、題跋的所有《紅樓夢》版本中，唯一向大眾推介出版的是「程乙本」，因此，一九六一年一月二十四日胡適〈與胡天獵書〉說：

> 自從民十六亞東排印壬子「程乙本」行世以來，此本就成了《紅樓夢》的標準本。近年臺北遠東圖書公司新排的《紅樓夢》，香港友聯出版社新排的《紅樓夢》，都是根據此本。大陸上所出各種排印本，也都是「程乙本」。

在胡適為代表的新紅學派的努力下，程乙本《紅樓夢》作為大眾閱讀的普及本成為大陸以及港臺、東南亞華語文化圈唯一流行的最廣泛的版本。

（二）一九八〇年代初，人民文學出版社出版了中國紅樓夢研究所校注本，以庚辰本替代了程乙本。關於這個問題，筆者在二〇一一年九月二十一日採訪過馮其庸先生，當面向他請教和問詢了一些情況，其過程是：

一九七四年馮其庸先生抽調到文化部紅樓夢校訂組，以什麼版本作為《紅樓夢》校訂本的底本，在校訂組有不同的意見，但馮先生是牽頭人，而且有著強烈的主觀意向，認為以庚辰本作《紅樓夢》校訂本的底本最好。理由是什麼呢？他向我講了兩點：一個是庚辰是乾隆二十五年，這時離開曹雪芹去世只有兩年（曹雪芹卒於乾隆二十七年壬午除夕）。到現在為止，還沒有發現比這更晚的曹雪芹生前的改定本，是最接近作者親筆手稿的完整的本子。另一個是它有七十八回，甲戌本是十六回；己卯本是四十一回又兩個半回，所以說也是最完整的一個本子。為此，他憑藉自己對庚辰本的研究成果，說服了其他人員，文化部紅樓夢校訂組決定採用庚辰本為底本。

一九七九年以文化部紅樓夢校訂組為班底籌建了中國藝術研究院紅樓夢研究所，繼續這項工作。以庚辰本為底本的《紅樓夢》校訂本，是中國藝術研究院紅樓夢研究所的一個集體成果，由於集聚一批紅樓夢專家的研究心血，受到人民文學出版社的重視，於是一九八二年人民文學出版社推出以庚辰本為底本的《紅樓夢》，結束了自一九五四年以來長達二十八年的以程乙本為底本的《紅樓夢》的普及本歷史。正如人民文學出版社副編審胡文駿二〇一六年十二月二十日在《光明日報》發表了〈《紅樓夢》的優質版本是怎樣煉成的〉一文，指出：「一九八二年三月，我社又推出了由中國藝術研究院紅樓夢研究所校注的新一版的《紅樓夢》。這個校注本是在紅學所的主持下，經過一代紅學家的集體努力完成的。此後，它就成了最為流行的《紅樓夢》讀本，至今仍在市場上保持著穩定而不俗的銷量。」出版後又歷時二十年，修訂了三次。如馮先生說：「我們的書出來以後，李一氓特地寫了一篇評論文章，認為這個本子可以作為定本。那還是第一次的本子呢。到了二〇〇八年，我們修改以後，大家心裡更覺得痛快。呂啟祥、胡文彬——他出了很大力，都很高興。」形成《紅樓夢》讀本中的主流品牌，占據市場，累計發行七百多萬冊。

（三）二〇一七年六月廣西師範大學出版社理想國推出程乙本《紅樓夢》和白先勇的《白先勇細說紅樓夢》。白先勇力主大眾普及本應是程乙本《紅樓夢》，他是文化名人，其說法在名人效應下具有挑戰意義。由此引發出人們的一些疑問和不同的見解。比如一九八二年以來大陸為什麼要用《紅樓夢》庚辰本代替了程乙本？如何評價《紅樓夢》的不同版本的功能和價值？為什麼說程乙本《紅樓夢》是最適合廣大民眾閱讀的普及本等。

二、對待《紅樓夢》「庚辰本」和「程乙本」不同的看法？

《紅樓夢》「庚辰本」與「程乙本」兩個版本究竟有什麼不同？這是我們判斷它們的功能和價值的基本點。

首先是庚辰本與程乙本外結構的不同，庚辰本只有七十八回，它的後四十回是用程高本補上的。因此一百二十回不是一個體系。而程乙本則是一百二十回。

其次是內結構中也存在著一些不同。中國紅樓夢學會首任會長吳組緗早在一九八一年就撰文指出：

> 拿「程乙本」跟「庚辰本」對照，先不管詞句之類的小差異，有多處情節場面確實經過刪改了。且舉兩處看看：
>
> 「庚辰本」第六十三回，賈寶玉叫芳官改扮男裝，「將周圍的短髮剃了去，露出碧青的頭皮來」，又說芳官的名字不好，改了個番名叫做「耶律匈奴」，後被叫成「野驢子」，又把她「算個小土番兒」來獻俘，「引得合院無不笑倒」。可是「芳官十

分稱心」……這一大段描寫，到百二十回刻本就刪削得不留痕跡。

第六十五回寫了尤三姐。「庚辰本」寫到：「賈珍便和三姐挨肩擦臉，百般輕薄起來。小丫頭們看不過去，也躲了出去，憑他倆個自在取樂，不知做些什麼勾當」、「誰知這尤三姐天生脾氣不堪，仗著自己風流標緻，偏要打扮的出色，作出許多萬人不及的淫情浪態來」，並且寫到「底下綠褲紅鞋，一對金蓮或翹或並，沒半刻斯文」，等等。尤三姐心高氣傲，是書中唯一的光明正大公開要求婚姻自主，自擇配偶的一個姑娘。她對慣於玩弄女子的豪門紈褲子弟一向心存反感和蔑視。現在照這樣寫，明顯有損這個光輝形象。書中一貫避免寫女子的鞋腳，唯獨這裡直寫無隱，這也違背了書中描寫女性的一個美學信念。這些，在百二十回本裡，都作了刪改。我們是不是也應該認為改得好，改得必要。

像這樣的修改，都深入到決定人物形象塑造的情節去取和意義掌握的問題。我想說，可能只有原作者曹雪芹本人有此種敏感；無論續書作者是誰，連同脂硯、畸笏等批者在內，都不像能夠有此水準。我設想，曹雪芹以他的歷史水準和生平經歷，寫作這樣一部博大精深的作品，隨著創作實踐的進展，對生活現實的認識自必不斷有所提高。寫在後面，必得回頭改寫前面，還須重新修改後面。也未必三兩次就可以改好或定稿。所謂「批閱十載，增刪五次」的過程必然不免，而且仍然不能完工。

面對《紅樓夢》「庚辰本」與「程乙本」兩個版本這種現狀，形成截然對立的觀點。有的學者認為《紅樓夢》後四十回是補寫的，非曹雪芹原著，甚至推理前八十回也被修改。正如吳組緗所指出：有些學者總認為最接近曹雪芹原初稿才是《紅樓夢》的本來面目，比經過修改的品質還高，所以無限地推重乾隆三脂本，即甲戌本（一七五四）、庚辰本（一七六〇）、己卯本（一七五九）。這個觀念一直支撐著崇尚脂本的學者，崇脂本貶程本。因此，他們不看好一百二十回的程乙本，而格外推重脂本。這種觀念無論在出版界還是在學術界，都占據著掌控局面的地位。因此，人民文學出版社出版《紅樓夢》，不加任何說明，主觀地將曹雪芹與高鶚並列為作者。近年來學術界的考證，高鶚補寫不確，已成事實。於是紅樓夢研究所的《紅樓夢》校注本，又改為無名氏補寫。

而另一部分學者則認為上個世紀紅學最大的冤假錯案就是閹割《紅樓夢》後四十回，一百二十回都是曹雪芹的原著。他們認為把抄本上的干支武斷地判定為乾隆年間的抄本，是缺乏理論根據的。脂本是一九二七年以後陸續才發現的，而在乾隆、嘉慶、道光、咸豐這一百三十多年間，並不見於任何公私藏書的著錄，何況從書中不避康熙皇帝的諱「玄」字的這一事實，更無法證明就是乾隆年間的抄本。特別難以自圓其說的是，它卻避道光皇帝的諱，據歐陽健先生的統計，在乾隆三脂本中，道光皇帝的諱「寧」字的出現次數及避諱次數分別是：甲戌本出現三十六次，避諱三十三次；己卯本出現四十一次，避諱四十一次；庚辰本出現五十四次，避諱五十四次，從而為我們破除了其為「乾隆抄本」的推論提供了不可忽視的理據。

筆者同臺灣紅學會會長朱嘉雯專門談過這個問題，她告訴我：在一九八〇年代之前，臺灣出版的《紅樓夢》著作，署名都是曹雪芹。只是臺灣八〇年代以後也出版了大陸上紅樓夢研究所《紅樓夢》校注本，才出現曹雪芹、高鶚並列的現象。

這是一個長期被霧霾的非學術問題，以致陰晴難辨，瓦釜長鳴。正如胡文彬所言，

「新紅學考證派不論是開山泰斗還是其集大成者，在《紅樓夢》後四十回的評價上和所謂程偉元『書商』說的論斷，卻是無法讓人苟同和稱善的。他們的錯誤論斷和某些成見被一些人無限放大，其影響之深之廣，簡直成了一種痼疾，達到一種難以醫治的程度。」

三、怎麼樣認識和評價《紅樓夢》庚辰本與程乙本的不同？

怎麼樣認識和評價《紅樓夢》「庚辰本」與「程乙本」的不同？其關鍵是如何正確地評價《紅樓夢》後四十回。

胡適關於評價《紅樓夢》後四十回的原則有兩點：一是「外證」，另一是「內證」，而且強調「內證」比「外證」更重要。目前學術界關於後四十回不是曹雪芹的原著的說法，大都是從「外證」的視角得出的結論，遺憾的是從「內證」視角研究還無法形成規模。胡適晚年親自實踐他自己提出的「內證」原則，是十分可貴的。一九二七年他從支持「程乙本」成為普及本流傳開來，到晚年用程乙本與程甲本、戚序本相比，認為程乙本最適合大眾閱讀，正是出自對大眾欣賞的重視、推介、支持，而且為「程乙本」在大陸、臺灣、香港的廣泛發行感到自豪和欣慰。

特別是胡適晚年的一個重要觀點，即把程甲本、程乙本、甲戌本、庚辰本、戚序本等，都看作是《紅樓夢》版本的不同形態。正如一九六一年五月十八日〈跋乾隆甲戌脂硯齋重評石頭記影印本〉所說：「這是《紅樓夢》小說從十六回的甲戌（一七五四）本變到一百二十回的辛亥（一七九一）本和壬子（一七九二）本的版本簡史。」正是在這個意義上，我們說庚辰本和程乙本無所謂孰優孰劣。它們都在《紅樓夢》版本史上占據一定的位置。換句話說，它們各有各的價值和功能。而學者對待它們的原則應當是有的版本側重研究，有的版本側重閱讀，也就是「小眾學術，大眾欣賞」。

根據「小眾學術，大眾欣賞」的原則，《紅樓夢》各個版本所承擔使命是不一樣的。我認為：

《紅樓夢》脂本也好，程本也好，凡版本問題都是「小眾學術」的範疇，比如說庚辰本與己卯本的關係，甲戌本與作者，後四十回人物的命運和結局等等，都是專家的研究範疇，沒有必要推向大眾。

而讀者欣賞《紅樓夢》，則選擇《紅樓夢》版本中相對語言通俗明快、結構完整、人物鮮明生動的版本推向大眾。大眾欣賞不是考證《紅樓夢》，而是透過閱讀理解《紅樓夢》美的世界，以及人生意蘊和學習、掌握歷史文化。

所謂：「小眾學術」，是指研究紅學的學者、專家，他們從文本到版本，從作者到家世，上窮典籍，下考文物，舉凡涉及曹雪芹及其家世的一紙一石、《紅樓夢》版本的幾張殘頁都孜孜以求，當然，更多的還是闡釋《紅樓夢》文本的藝術成就。一言以概之，學術也。「小眾學術」為紅學研究奠定了基石，並從不同的層面、不同的角度開掘了紅學研究的領域。

所謂：「大眾欣賞」，簡單地說，欣賞是解讀的過程，《紅樓夢》在未被讀者解讀之前，是一種雪藏狀態的審美現實，是潛在的藝術世界，是開放的心靈家園。只有透過讀者的欣賞，《紅樓夢》才能成為有生命的審美現實；《紅樓夢》文本的審美意義，才能進入讀者理解的意向結構之中。而解讀的深淺粗細，往往取決於讀者自身所具有的感悟、情感和體驗。「凡操千曲而後曉聲，觀千劍而後識器。」

二者之間的關係是一個互動的過程，只有大眾欣賞得到普及，對理性的需求提高，才會對小眾學術激勵和推動；相反，小眾學術越是把理論研究貼向大眾，為提升大眾的理解力和欣賞水準鋪橋架路，小眾學術才會越有生命力。只有小眾學術，深入地為紅學的研究開拓和奠基，才能不斷地為大眾欣賞鋪設普及的臺階。欣賞也是不斷提升的過程，「大眾欣賞」與「小眾學術」的兩極差距越小，「大眾欣賞」的整體水準就越高，從某種意義上講，「小眾學術」達到的最高極致就是雅俗共賞。

四、為什麼說程乙本《紅樓夢》是最適合廣大民眾閱讀的普及本？

《紅樓夢》最適合廣大人民群眾閱讀的普及本，應當具有三個鮮明特徵。

第一，藝術的整體性。

藝術的整體性是好的故事的基礎框架，是藝術生命的基本要素。只有整體性，才能產生美的效應。程乙本《紅樓夢》首先具有這個特徵，是脂本所不具有的優勢。《白先勇細說紅樓夢》，從結構、人物、語言多方面考察，認為《紅樓夢》後四十回就是曹雪芹不可分割的組成部分。程乙本是《紅樓夢》版本中最好的版本。最近我閱讀了部分的《白先勇細說紅樓夢》，雖然不完全認同他的某些觀點，或者說其論證存在著不確之處，但值得首肯的是：白先勇是把《紅樓夢》作為一個生命整體來看待，談到了「後四十回的文字風采、藝術價值絕對不輸前八十回，有幾處可能還有過之。」「長期以來，幾個世代的紅學專家都認定後四十回的一些情節乃高鶚所續，並非曹雪芹的原稿。因此也就引起一連串的爭論：後四十回的一些情節不符合曹雪芹的原意、後四十回的文采風格遠不如前八十回，這樣那樣，後四十回遭到各種攻擊，有的言論走向極端，把後四十回數落得一無是處，高鶚續書變成千古罪人。」他實踐了胡適提出的「內證」的方法，在解讀《紅樓夢》全書的過程中，把「程乙本」和「庚辰本」做了比較。對兩者比對並不少見，但從全書的解讀過程全面鋪開進行比對，這是比較少見的，這種整體性研究方法也是我們今天最值得提倡的。所謂「內證」，就是白先生所講的，「把這部文學經典完全當作小說來導讀，側重解析《紅樓夢》的小說藝術：神話架構、人物塑造、文字風格、敘事方法、觀點運用、對話技巧、象徵隱喻、平行對比、千里伏脈，檢驗《紅樓夢》的作者曹雪芹如何將各種構成小說的元素發揮到極致。」

第二，故事性強。

二〇〇九年在《紅樓夢學刊》筆者發表〈從紅樓夢文本敘事反觀程本與脂本的異同〉，從回目入手，探討了《紅樓夢》的故事結構。《紅樓夢》故事是由複雜的敘事結構單元和敘事成分構成的生命有機體，依據其故事流程的階段性，可以劃分諸多的章回，也就是小故事。因此，小故事，即章回結構的整體性和敘事的肌理往往是作者提煉和凝縮回目文字的敘事根據，可以說「以一目盡傳精神」。由於回目是章回敘事內容的最集中最典型的涵蓋，是章回藝術構思的聚焦點，是章回的敘事內容的眼目，所以我們從回目就可以考量《紅樓夢》大故事與小故事的內在聯繫、小故事與小故事的內在聯繫，以及貫徹環節和過渡設置，總之，最終體現在故事性的強與弱上。

依據上述原則，考察了諸脂本與程甲、程乙本回目的異同，發現程乙本的回目是《紅樓夢》所有版本中最精準的。如：

程甲本第七回：送宮花賈璉戲熙鳳，赴家宴寶玉會秦鐘

程乙本第七回：送宮花賈璉戲熙鳳，宴寧府寶玉會秦鐘

甲戌本第七回：送宮花周瑞歎英蓮，談肄業秦鐘結寶玉

戚序本第七回：尤氏女獨請王熙鳳，賈寶玉初會秦鯨卿

第七回送宮花和會秦鐘是本回比較集中的兩種敘事內容。周瑞家的送宮花過程，折射出幾位小姐的性格側面，「迎春、探春二人正在窗下圍棋」，大家閨秀，嫻雅淑靜。惜春和小尼姑一起玩，說笑道：「我明兒也要剃了頭跟她作姑子去呢……」這笑話無意之中映射了她的未來。送到黛玉處，她問道：「還是單送我一個人的，還是別的姑娘們都有呢？」周瑞家的回答：「各位都有了，這兩枝是姑娘的。」黛玉冷笑道：「我就知道麼！別人不挑剩下的也不給我呀。」表現了她的小性兒。這中間只有送鳳姐那四枝，未見其人。周瑞家的以為鳳姐正在睡中覺呢，只見「奶子笑著，撇著嘴搖頭兒。正問著，只聽那邊微有笑聲兒，卻是賈璉的聲音。」這賈璉戲熙鳳，敘事不僅含蓄，而且文字很少。它與對其他四位元小姐的敘述文字長短差不多，為什麼回目偏偏點出王熙鳳？只有理解整個故事結構的設置，才能了然於胸。一是，從故事結構上看，《紅樓夢》的敘事從第六回開始到第十八回元妃省親結束，這一敘事單元用濃彩重墨主要是刻劃王熙鳳，正如甲戌本〈回前墨〉寫到：「此中借劉嫗，卻是寫阿鳳正傳。」二是，從敘事手法上看，甲戌本脂批：

「阿鳳之為人豈有不著意於風月二字之理哉？若直以明筆寫之，不但唐突阿鳳身價，亦且無妙文可賞。若不寫之，又萬萬不可。故只用『柳藏鸚鵡語方知』之法，略一皴染，不獨文字有隱微，亦且不至汙瀆阿鳳之英風俊骨。所謂此書無一不妙。」可見，提煉回目的文字，不但要注意本章回的敘事內容、整體結構的設置，還要注意敘事藝術的獨特表現。由此觀之，甲戌本題為「送宮花周瑞歎英蓮」，把周瑞家的感歎香菱一事作為回目，是本末倒置，何況「周瑞家的」是不能簡縮為周瑞，而且周瑞家的感歎時，香菱到了薛家早已不叫英蓮了。戚序本這章回目只偏重後一半敘事內容：「尤氏女獨請王熙鳳，賈寶玉初會秦鯨卿」，偏而不全。同樣的文字卻只涵蓋章回的一半敘事內容，而程本卻涵蓋了全部敘事內容，相比之下，戚序本回目的訊息量太少了。

回目不是某個詞語的個別現象，而是《紅樓夢》整體藝術構思的濃縮，所以程乙本顯現的優勢屬於宏觀的範疇。

第三，語言通俗、簡潔、明快。

白先勇是以小說家的眼光來比對的，著眼最對多的「內證」之處是人物和詞語。比如比較了兩個版本中對秦鐘、尤三姐、晴雯、襲人、芳官、司琪等人物描寫的差異，從敘事肌理、人物性格和情節因素等方面說明程乙本為佳。另外是詞語的運用，強調通俗、簡潔、明快。比如賈母打趣鳳姐，程乙本說她「潑辣貨」優於庚辰本的「破皮破落戶」。庚辰本「芳氣籠人是酒香」不如程乙本「芳氣襲人是酒香」。紅樓夢曲中庚辰本「懷金悼玉」不如程乙本「悲金悼玉」等等，其分析大都是很有道理，令人信服的。

二〇一五年我校訂《曹雪芹與紅樓夢》清樣的時候，出現一個問題，過去引證《紅樓夢》原著時，使用的是紅研所校訂的《紅樓夢》，當時手頭沒有紅研所的《紅樓夢》，恰好張俊送我一套《新批校注紅樓夢》（商務印書館二〇一三年），於是我順手就用這個本子校對。沒想到程乙本與庚辰本差別不小，幾乎每段文字都有異同，但每每程乙本勝出一籌，更精煉，更通俗，更明快。這件事給我的印象很深，程乙本的文字的確超出其他版本。

白先勇提出的問題是百年紅學研究的瓶頸之處。理想國借此推波助瀾，特別是在新紅學一百周年之前的此舉，是對紅學史的一次大反省、大總結、大推進。

（本文原題：《紅樓夢》程乙本風行九十年，《明報》月刊第五十二卷第十期）

談《白先勇細說紅樓夢》

作者：甯宗一（一九三一－），南開大學東方文化藝術系教授，天津市紅樓夢文化研究會會長，著有《中國古典小說戲曲探藝錄》、《名著重讀》、《心靈文本》。

三月份白先勇先生來南開，原本安排我們有一場關於《紅樓夢》的對話，後來因故取消了，非常遺憾。我欽佩白先勇先生，是因為青春版《牡丹亭》，從在南開的演出，到蘇州大學、北京京倫飯店、國家大劇院等等，直接的交流使我受益很多。我對他的佩服不是出於一般的禮貌和尊敬，而是發自肺腑的，我認為他確實把自己的生命、心靈和智慧投入到昆曲等傳統慧命的延續上了。《白羅衫》在南開演出時，我坐在他旁邊，讓人感動的是，從整部劇的構思、改編到排練，他已經不知道看了多少遍，但他比我們第一次看的觀眾還要聚精會神。

我也知道他一直在講《紅樓夢》，《紅樓夢》是他文化生命的組成部分。白先勇先生的《白先勇細說紅樓夢》，很早就寄給我了，他對《紅樓夢》所投入的時間和感情，讓我這個教古典文學的都感到慚愧。我一九五四年一畢業就留校教書，先教歷史系「中國文學通史」，從先秦一直講到五四前。一九五八年回到中文系接替我的導師許政揚先生教「宋元文學史」，這才開始比較多的接觸小說、戲曲。我歷經了許多磨難，最好的年華幾乎都是在政治運動中度過的。特別是一九五八年，批判古典文學厚古薄今，所以我對《紅樓夢》等經典文本，都沒有能夠深入研究。真正的好好讀點書、做點學問，是一九七八年以後的事了。

面對《紅樓夢》這樣一部天書，我感到沒有發言權，白先勇先生的《白先勇細說紅樓夢》是一回一回地講，我大學二年級的時候，南開大學中文系華粹深先生就是一回一回地講，但是一學期就三十幾節課，他也只講了三十多回，沒有能夠講完。而白先生則用三個學期的時間講完了一百二十回！白先生的書，我讀前言、序論，然後再一回一回地看，看得很慢，還沒有完全看完，但是我可以大致把握他分析《紅樓夢》的路子。

我想先談兩個問題。最近也看到了一些批評白先勇先生的言論，說他對一些情節的分析是「腦補」，是想像之辭。我對此不以為然，這簡直沒有一點學人之間的尊重。我們可以各抒己見，但是一定要尊重獨立的學人立場。我以為只要是研究文學的都有想像的空間。白先生這麼多年投身在《紅樓夢》和昆曲的研究上，不是興之所至，而是真正地將生命投注在其中。學術討論應該互相尊重，聽取不同意見，平等地交流，這是第一個問題。第二，有些人對待《紅樓夢》，往往是一字一考，只見樹木不見森林，抓住某一點、某一兩個字，而忽視了對文本的解讀。我尊重一切去偽存真的考據，但是一定要避免陷入繁瑣。我們要以回歸文本為宗旨，把握文學的審美感悟力。下面就談一談我認同的白先勇先生在《紅樓夢》分析上的一些重要方面。

第一，贊成白先生選擇程乙本。首先聲明我對版本沒有研究，但是程甲、程乙，脂硯齋評本的庚辰、甲戌、乙卯等等版本我都有。我的導師華粹深先生在彌留之際還把俞平伯先生給他題著款兒的脂硯齋本給我了。我尊重手抄本的發現，因為這對《紅樓夢》的研究無疑是非常重要的，但一言以蔽之，它只是重要的「參照」。《紅樓夢》傳之不朽，跟程乙本有密切的關係，脂硯齋評本只有七十八回或八十回，全書故事並不能首尾完成。從小說創作構思學這個角度來說，程乙本的完整性更在於全書貫穿線的完整性。這一條完整的貫穿線，沒有偏離作為文化符號的曹雪芹的創作構思。我認為高鶚距離曹雪芹的時代很近，可能是根據原作者殘存的某些片段，追蹤原書情節，完成了寶黛的愛情悲劇。首先，整個一百二十回的發展線索有條不紊，後四十回不同程度地繼承了前八十回強大嚴密的詩意邏輯和美學趨勢。比如黛玉之死這個最富悲劇性的片段就很精采，大家也願意截取這一段進行改編。寶黛釵的糾結，一方將要告別人間，一方在鑼鼓鳴天的結婚，戲劇性很強，不僅寫出了黛玉悲劇性的命運，也鋪墊了寶玉必將要出家的結局，這就是後四十回的藝術力量。另外，很多人不能接受賈母後來對黛玉的冷淡甚至是有一點厭煩的態度。這其實是中國倫理問題的一種糾結。從整部小說的貫穿線來看，賈母到後來對黛玉越來越冷淡並不奇怪，因為聰明的賈母對寶玉跟黛玉之間叛逆性的戀愛關係其實早有察覺，而且她是說不出來的不接受。小說裡不見得一一點明，但是從整個故事的發展邏輯來看，她對這種叛逆性的愛情是排斥的。而且黛玉的家世非常可憐，與寶釵相比，絲毫沒有優勢。另外，白先勇先生以程乙本為講課的底本，對程乙本和庚辰本進行比較，一一指出庚辰本中出現的問題。庚辰本是手抄本，又有脂硯齋的批語，但是它摻入了一些不太恰當的內容，並不符合人物的性格。秦鐘彌留之際的一番話並不是他的思想，否則寶玉和秦鐘的價值觀不一樣，二人早已分道揚鑣，不可能成為莫逆之交。還有尤三姐，庚辰本多出來的幾句話毀了尤三姐剛烈的女性形象。庚辰本中晴雯之死的部分也有不符合寶玉和晴雯性格邏輯的內容，晴雯的形象因此遭到了貶抑，進而也影響到小說中的人物關係，晴雯地位低微，心靈卻乾淨而崇高，這才會得到寶玉的喜歡和寵愛。而在庚辰本中，性格邏輯出現的偏差，使得寶玉對晴雯的寵愛沒了依據。我不迷信手抄本還因為我以為任何抄寫過程都不是機械性的，特別是小說、戲劇，抄的過程中難免會有因帶入手抄者的理解而順手改動的地方，這是人之常情，但是後人有時候無法辨析，有時候甚至不加辨析就相信。一定要知道，手抄本並不等於曹雪芹的原本。版本確實很重要，我們不能否定它的價值。然而，正如白先生所說，現如今庚辰本對程乙本所呈現出的壓倒性的趨勢是不應該的。人民文學出版社的校注本總體說是不錯的，它也陸續做了一些修訂，這是學術前進過程中的必然現象，可以不斷地修改完善，但是不能以定本自居。「參照」兩個字是我們學人治學的一個關鍵。白先勇先生的分析都是通過仔細認真地比較得來的，沒有強詞奪理之處。在這個問題上，他尊重手抄本，同時又用一個最完整的、影響最大的程乙本為底本去進行講述，這點我完全贊同。

第二，白先生作為一個作家型的學者，學者型的作家，深諳創作三昧，他對《紅樓夢》的分析非常細膩，對小說的故事情節、人物關係等等把握得非常準確，還特別善於發現。提到「發現」兩個字，我就想到了陳寅恪先生，他強調治史的「發現」意識，研究古典文學同樣如此。白先生沒有用考據家的視角來解讀《紅樓夢》，他是緊緊地貼著作家的心靈來解讀、領悟和審美，深入到作家的心靈中去挖掘。他解說這本書的學術立場是文學本位主義，而回歸文本則是細說《紅樓夢》的一個重要策略。他所強調的，第一是人物性格分析，重點是對話。我們將東、西方的文學作品做一個比較，西方的長篇小說，比如托爾斯泰、杜思妥耶夫斯基等俄羅斯作家的作品更多的是心靈辯證法，靜態的來寫心理活動，可能連續幾頁的篇幅都在進行心理分析；而中國的小說是情節辯證法，心理流程是動態的，在故事情節的進程中，把人物心理展示出來，更注意挖掘最不可測的人性。英國前首相邱吉爾曾說「人性，你是猜不出來的」，其實大師都試圖挖掘人性。正如巴斯卡在《思想錄》裡面所說人性是最複雜的，「人性並不是永遠前進的，它是有進有退的。」曹雪芹探索人性，白先勇先生跟隨著曹雪芹對人性的探索，深入到人物之人性的底裡，這是作家論小說的特色。現在有一些學者吸收西方的學術觀點分析中國古典小說，這當然很好，可是如果只是將兩者捏合在一塊兒，並不能真正貼近小說作者的心靈，同樣是沒有意義的。正因為白先勇先生有作家的人生和審美體驗，才能夠挖掘得很深。有些人說他有太多想像之辭，我不以為然，任何一個讀者都有想像，這正是偉大作品的魅力所在，它能夠調動我們的想像。我給學生講課，會送給他們十二個字：無需共同理解，但求各有體驗。你的理解和他的理解可以完全不一樣，但是你得有自己的審美體驗、審美感悟。原清華大學的羅家倫校長說「學問與智慧，有顯然的區別」，有學問沒有智慧是不成的。這一點跟王元化先生提出的「有思想的學術與有學術的思想」的命題還不太一樣。王元化強調的是思想的重要性。羅家倫先生談的是學問與智慧，學問是知識的豐富性，智慧則是一種發現，一種洞見力，只有具有智慧才能有更好的發現。我們有了思想、有了智慧才能夠看到人所未見的東西。我看過很多研究《紅樓夢》的書，但沒有像白先生觀察得這麼細膩的，他能夠在細微之處見真情。

第三，白先勇先生的書中有一些「關鍵詞」。這些「關鍵詞」我幾乎都能認同，甚至與他不謀而合。

首先，他說「如果說文學是一個民族心靈最深刻的投影，那麼《紅樓夢》在我們民族心靈構成中，應該占有舉足輕重的地位。」二〇一三年商務印書館出版了我一本討論小說、戲曲的書，書名就是《心靈投影》。我們都認為一部偉大的作品往往就是一個作家的心靈投影，曹雪芹寫出這麼恢弘的作品，是他的心靈投影。

其次是自傳說，我認為《紅樓夢》是一部真正的典型的心靈自傳。黑格爾說過，「美的藝術的領域，就是絕對心靈的領域」，這可以說是一位美學家從哲學層面來談心靈。我們看古今中外的作家，實際上他們寫的都是心靈史。易卜生說，「寫作就是坐下來重新審視自己」，寫作實際上是他的心靈自傳的一個側影。果戈里在寫第二部《死魂靈》的時候，內心衝突得很厲害，認為自己的靈魂非常骯髒，他更加直白地說：「我近年所寫的一切都是我的『心史』。」海明威說，「不要寫我的傳記，我的作品就是我的傳記」。中國現代作家中，郁達夫是最明快的，他說，「文學作品都是作家的自敘傳」。我認為每部作品，特別是偉大作品，儘管都是虛構的藝術，但也都是作者的心靈自傳，經過作者的心靈過濾，雖然它是像魯迅先生所說的，「人物的模特兒也一樣，沒有專用過一個人，往往嘴在浙江，臉在北京，衣服在山西，是一個拼湊起來的角色。」但是每一點都要通過作家的心靈的過濾，用他淨化了的心靈來檢驗，從而成為他筆底下的各色人等。我一直想研究心靈史，也試圖建構心靈美學。因為我覺得性格分析也無法解決小說戲曲等敘事文體更深一層次的問題。十九世紀丹麥的勃蘭兌斯說，「文學史，就其最深刻的意義來說，是一種心理學，研究人的靈魂，是靈魂的歷史。」給文學史下了一個準確的定義。早年徐朔方先生提出《三國演義》、《水滸傳》、《西遊記》等小說，都是世代累積型的，我曾經也接受，後來慢慢發現，所謂累積實際上只是小說題材層面的累積，最終的作品必須是一個天才的、智慧的、偉大作家個人寫出來的。小說創作是不能合作的，長篇小說這麼一個龐大的史詩性文類，創作時可以徵求意見，可以與人探討、提高，但是人物的對話、性格邏輯、故事的發展等等這些是不能合作的。有人認為《紅樓夢》是曹家家庭累積的產物，我難以接受。他的家庭當然對他有影響，但《紅樓夢》是他的心靈自傳，這兩者是不一樣的。

再次，關於象徵和隱喻。《紅樓夢》慣用隱喻和象徵，表層的，比如用名字的諧音暗示人物的命運。深層的象徵是超越題材、超越時空的，需要讀者隨著人生的體驗來慢慢理解，沒有漫長的人生歷程，很難感悟到《紅樓夢》的象徵意蘊。白先勇先生作為一個作家，經常談象徵和隱喻，他說，「很可能大觀園只存在曹雪芹的心中，是他的『心園』，他創造的人間『太虛幻境』。」我們不能一味地去追查大觀園在哪裡，是北京、南京、正定還是杭州。實際上大觀園就是個「心園」，是作家心象的投影。白先生對文學史的定義同樣非常棒，他說「文學史就是一些文學天才們的合傳」。我們歷代有很多偉大的作家，但是進入文化史、文學史的還是鳳毛麟角，都是天才的天才，是真正的佼佼者。他這個提法很關鍵，《紅樓夢》確實是個巔峰，不可企及的巔峰。「不可企及」這個提法是馬克思在〈《政治經濟學批判》導言〉中所說的，希臘神話是人類歷史上不可企及的高峰。偉大的作品實際上是作者用當時最好的表現形式，反映了那個時代，寫出了那個時代的人物，隨著歷史的發展，這個時代、這些人物都一去不復返了，而這個作品已經成為了一塊不可超越的、不可企及的紀念碑。這不是從進化論的角度來說後代總比前代好。偉大的作品記錄了它產生時代的社會生活、人物關係，以及每個人的心靈和人性。白先勇先生說曹雪芹是天才的天才，這不是過火的話，而是出於他對於這部偉構的崇拜。他提出這部書是天書，裡面充滿著玄機。《紅樓夢》之所以成為一部超越題材、超越時空的，具有象徵意味的作品，絕非偶然。審美鑒賞一般分為三個層次，我們看任何作品，不管詩歌、戲劇、還是小說，首先我們接觸的是它的形式美，以及形式裡面所包蘊的意象，這是審美的第一個層次；第二個層次是意象所包含的社會歷史的內涵；審美的最高層次，就是超越題材、超越時空的具有象徵意味的內容。比如《紅樓夢》的母題是人生的永恆遺憾，這也是我們很多古典文學作品的永恆主題。從前我寫過一篇文章〈《長生殿》的悲劇意識——敬致改編者〉也是談這個，我在談《長生殿》的改編的時候，提到「雨夢」一場結尾處的幕後合唱：「天長地久有時盡，此恨綿綿永難償，永難償！」卒章顯其志，留給人們的是永恆的遺憾。《紅樓夢》寫興衰、寫夢、寫解脫，同樣寓意著人生的永恆遺憾，這才讓人百讀不厭，才能夠聯繫自己的身世、自己的思想，淨化自己的心靈。《紅樓夢》這部偉大作品，超越題材、超越時空的象徵意蘊，白先勇先生發現得太多了，他從點到線到面，都有發現，他給我一種啟示，讓我也有所發現。他的這些關鍵詞，很值得我們關注。

第四，小說《紅樓夢》當中出現的戲曲劇目和資料至關重要。小說和戲曲的研究應該是同步的，不可割裂的。對小說中出現的戲曲的研究主要有兩種路數，一種是文獻學角度，從古典小說裡面勾稽大量的戲曲文獻，比如《金瓶梅》中有很多戲曲資料，馮沅君先生就從《金瓶梅》中勾稽了金院本。這是從文獻學的角度觀照小說與戲曲的關係。另一方面，小說中戲曲故事和表演藝術的描寫，對人物命運的走向、故事情節的發展起著推動作用。比如《紅樓夢》中幾次看戲的情節，不僅通過點戲展現人物性格，像寶釵點了賈母愛看的戲，也通過戲曲的內容暗示小說的人物命運。楊絳先生的《李漁論戲劇結構》專門談小說和戲曲的結構，她說，「我國的傳統戲劇可稱為『小說式的戲劇』」，從結構方面談中國的戲劇是小說結構，小說的結構又往往是戲劇的。中國的小說和戲曲之間的關係是複雜而又多面的，既有文獻方面，也有故事方面，還有楊絳先生所說的結構等藝術方面。

第五，得意之筆與失意之筆。敘事文體的作者有得意之筆和失意之筆，曹雪芹寫《紅樓夢》也是如此。行文之間的一些矛盾就屬於失意之筆，小至人物年齡，大至人物關係，甚至於人生態度，這不是敗筆，是作者的失意之筆。得意之筆是作者揮灑而出又不願意刪去的內容。對劉姥姥的描寫就是曹雪芹的一個得意之筆。他用極為複雜的感情，寫這樣一個打秋風的老人，對這個農村老婆兒既欣賞又調侃，既提供喜劇性，又蘊涵著悲劇性。曹雪芹將這個人物可愛的方面，她的「傻勁兒」、她出身下層的智慧，都面面俱到地寫出來了，他花這麼大的筆觸來寫劉姥姥，是得意之筆，即使篇幅占得很多，也不捨得刪一點兒。所有偉大的作品中都有一股潛流，也許表面是平靜的，但是那股潛流可能在暗處湧動，這是很難發現的。在喜劇性人物之中內含著一股潛流，劉姥姥比薛蟠寫得更加成功。薛蟠只是一個俗不可耐的紈褲子弟，線條是單的，而劉姥姥這個人物做事完全甩開了，她的性格底下有一股潛流在流淌。白先勇先生也特別談到了劉姥姥，我認為這是作者的得意之筆，放開了寫，將這個人物寫活了，而且把悲劇性和喜劇性融合在一起。別林斯基讚揚果戈里的《舊式的地主》是一部名副其實的「含淚的喜劇」，偉大的作品最惹人注意的就是悲劇性和喜劇性的交叉之點，在交叉點展示人物性格的豐滿性，劉姥姥就是這樣的，她自我認知的能力很強，她逗著賈母和兒孫們玩兒，但是並沒有失去尊嚴。茅盾在談姚雪垠的《李自成》的時候，總結了小說的敘寫法，說中國的小說是大筆勾勒，工筆細描。《紅樓夢》繼承了《金瓶梅》很多地方，《金瓶梅》中有些內容是勾勒式的、一筆帶過，但是該細描的時候，真的是工筆刻劃。《紅樓夢》更是發展到一個高峰，把中國傳統小說的人物刻劃做得太出色了。

《紅樓夢》早已成為顯學，而一些專門從事考據的學者，不是從文本裡邊去有所發現，而是像羅家倫先生引用過一句西洋人的話，稱那些專門搞無關宏旨的考據的人為「有學問的笨伯」（a learned-fool）。毫無疑問，考據是非常重要的，它可以去偽存真，可以發現別人沒發現的東西，這也是我們尊重考據最主要的原因，它是做學問的左右手。但是考據畢竟只是手段，而不是目的。文學作品必須要回歸到審美。文學是捍衛人性的，越是靈魂不安的時候，越需要文學的撫慰。文學並不是硬梆梆的，而是軟性的、溫暖的，在心靈旁邊給你撫慰。《紅樓夢》這部作品，魯迅先生最反對的就是對號入座。有很多女孩子以黛玉自比，學林黛玉軟綿綿的姿態，但是僅僅追求表層的東西，而缺乏林黛玉對傳統的反叛。這種對號入座是閱讀經典的一個很大的問題，我每次都會校正同學們這類的態度。

紅迷很多，但我也做過一個小小的調查，大部分人讀不下去《紅樓夢》，很多人讀了開始幾回，就覺得把握不到要領而放棄了。白先生的書從第一回開始就把人物關係和背景梳理得很清楚，這是非常有意義的一種導讀。這部書，給我的啟發很大，他完整細說了一百二十回的《紅樓夢》，我應該細讀，雖然我讀得慢，但是我會把它讀完，會不斷的品味、不斷的從中發現白先生的發現。

我認為對於敘事文體的小說藝術，審美的感悟力是非常重要的。我願意回望黑格爾那句至理名言，「美的藝術的領域，就是絕對心靈的領域」，一部《紅樓夢》，給我們留下了詩性人生永恆遺憾的思索，而讀讀白先勇先生一百二十回的細說，可以淨化我們的心靈，從而更好地理解這部詩小說的美學意味。

（閻曉錚　整理）

聚焦文本・深度細讀・實事求是

——吳新雷教授談《白先勇細說紅樓夢》

作者：吳新雷（一九三三—　），南京大學中文系教授、中國古代戲曲學會常務理事、中國昆劇研究會理事，著有《中國戲曲史論》、《兩宋文學史》、《曹雪芹江南家世考》。

時間：二〇一七年六月二十五日

地點：南京市龍園北路南京大學教職工公寓

受訪者：吳新雷，南京大學文學院教授，博士生導師，中國《紅樓夢》學會顧問，中國昆劇古琴研究會顧問

訪問者：劉俊，南京大學文學院教授，博士生導師，南京大學臺港暨海外華文文學研究中心主任

劉俊（以下簡稱劉）**：吳老師您好！謝謝您接受我的訪談。最近廣西師範大學出版社出版了白先勇老師的《白先勇細說紅樓夢》這本書。您是紅學專家，您是怎麼看這本書的？**

吳新雷教授（以下簡稱吳）**：**好的好的！我從頭來講起。從什麼地方講起呢？我跟白先生啊，是兩方面的朋友了，本來是昆曲朋友，現在又變成紅學朋友。白先生他醉心於昆曲《牡丹亭》，痴迷於小說《紅樓夢》，我們兩個人，既賞曲，又談紅，就跑動起來了，就變成老朋友了。為什麼說是老朋友呢，他今年八十大壽，我今年八十有五，兩個人都是八十以上的人了，所以說我們是賞曲談紅的「老」朋友。白先生是在美國聖塔芭芭拉加州大學一直講《紅樓夢》的，他講了二十九年，又在臺灣大學講了一年多，正好我在南京大學中文系也是講《紅樓夢》的。我從八十年代到九十年代，開了《紅樓夢研究》的專題課，連年講了十八次。我們兩人講的方式不一樣。白先生的最大的特點是什麼呢，他是細讀，或者叫細談，他的這部書是他在臺大講課的講義，整理出來就叫《白先勇細說紅樓夢》。他開設的是《紅樓夢》導讀課，專談《紅樓夢》這個小說的文本，文本以外的，他不多說。

劉：您開《紅樓夢》的課是怎麼上的啊？與白老師的「細說」有什麼不同？

吳：我開《紅樓夢》的課是怎麼講法的啊？先要講紅學的歷史；然後講作者曹雪芹，考證曹雪芹的家世生平，接下來再談版本，等版本談完了呢，到最後再談作品。我講《紅樓夢》分四章，第一章紅學史，第二章是曹雪芹的家世生平，第三章是版本，第四章才談《紅樓夢》的思想與藝術，等到談《紅樓夢》文本的時候，往往變成強弩之末了。但是白先生呢，他的這個特點就是，坐下來，讀紅樓，談《紅樓夢》小說本身。所以他為什麼談三個學期？他談得特別細，他是一回一回講的。他讓學生把《紅樓夢》拿出來，大家手裡拿了這個書，一回一回地來讀。他一個學期講四十回，正好講三個學期，三四一十二，一百二十回。他帶來了一個什麼呢（劉：踏實讀書的好學風），哎——他就是讓學生坐下來，踏踏實實讀作品，要讀作品。好比我們講文學史的嘛，你假如半天不讀作品，那都是等於空談的啊。他就是讀作品，談小說本身，小說以外的事情不要去多管，先要把這個《紅樓夢》讀通。所以他這個書最大的成就，就是「循正去弊」。

劉：什麼叫「循正去弊」啊？

吳：那就是去除紅學中的流弊。紅學當中有兩個大毛病：一個是大搞牽強附會的「索隱猜謎」，製造了一大堆奇談怪論。特別是流行「《紅樓夢》揭祕」，什麼揭祕啊，談了好多莫名其妙的事，如說秦可卿是康熙的孫女兒，因為康熙皇帝有個太子叫胤礽後來廢掉了，他就說秦可卿是廢太子的女兒，這個也不知道他怎麼想得出來的。你可能也聽說過一位紅學家的奇談，談什麼呢，談《紅樓夢》小說中的人物史湘雲，他說史湘雲就是那個評批八十回抄本的脂硯齋；更可笑的是，他說史湘雲嫁給了曹雪芹！（哈哈哈）第二個大毛病是什麼呢？就是大放稀奇古怪的「紅外線」。什麼叫「紅外線」呢？就是脫離曹雪芹《紅樓夢》的邊緣化的東西。曹雪芹創作《紅樓夢》小說本身他不談，去談曹雪芹《紅樓夢》之外的別的事，當然也搭點關係，你說它一點關係也沒有也不是，但都是一些邊緣化的東西。以前華君武畫過一幅漫畫，他畫一個曹雪芹，紅學家在數曹公頭上有多少根頭髮！（哈哈哈）又或否認曹雪芹的著作權，在曹雪芹之外為《紅樓夢》找到了六十多位作者，有說《紅樓夢》是杭州人洪升寫的，有說是太倉人吳梅村寫的，有說是如皋人冒辟疆寫的……媒體樂意報導奇葩新聞，有些地方還與旅遊開發結合起來，大造聲勢。有些人怕讀《紅樓夢》，鬧騰了半天，咦，根本就沒有去讀小說文本，談論的都是「紅外線」那些獵奇的東西。有的人是蜻蜓點水，有的人是隨便翻翻，「死活都讀不下去」。而白先生的《白先勇細說紅樓夢》，開宗明義，請大家踏踏實實地來讀《紅樓夢》的文本，一回一回地讀，養成良好的純正的讀書風氣。他不搞穿鑿附會的「索隱」，也不受「紅外線」的干擾，實事求是地指導讀者坐下來通讀、細讀，他則純正地進行導讀，導賞！他這部書最大的貢獻，就是循正去弊，回歸文本。

劉：具體到《白先勇細說紅樓夢》，怎麼看，怎麼讀，涉及到哪些層面呢？

吳：白先生這部書了不起的地方，就是宣導聚焦文本，深度細讀。因為他本身是作家，他知曉創作的甘苦，而且也知道寫小說的好多門道。他有創作經驗，所以他能用作家的眼光看《紅樓夢》，這就看得深啦！因為白先生是當代著名的旅美華人作家，他不是用清朝人的眼光去看，他是用當代新的文學觀點、新的美學理論來觀照。曹雪芹曾說：「滿紙荒唐言，一把辛酸淚，都云作者痴，誰解其中味」。我為什麼要吟這首詩呢？哎——，白先生能解了曹公的味，這就是白先生的貢獻。他解讀得細而且精，他是一回一回地「解」，每一回每一回，層層推進。他不搞影射那一套，沒有「索隱派」牽強附會的那種解釋。他依據文本實事求是地來解讀，不脫離文本，像剝繭抽絲一樣，絲絲入扣。他是作家嘛，他從文藝創作的角度著眼來解讀這部小說，講曹雪芹的創作方法、敘事手法，作者的悲劇意識，作品的立意，還有人物的性格刻劃，形象塑造，對話技巧、藝術風格等等，他講得很具體，很有創見！

談到《紅樓夢》的立意，白先生從哲學思想方面著力進行了深入的探討。他指出《紅樓夢》裡面有儒家思想，有佛家思想，還有道家思想。白先生從儒釋道交融歸一的高度來觀照《紅樓夢》，指出小說從太虛幻境寫到寶玉出家，曹雪芹運用了神話寓言的架構和手法，這裡面就滲透著佛道意識。曹雪芹本人當然是儒佛道三教合一論者，從儒家意識出發他是寫實的，寫到賈寶玉跟賈政父子間的矛盾，則反映了儒家的入世跟佛道的出世觀念的矛盾和衝突。這都是白先生講得鞭辟入裡的地方。

劉：能不能舉個具體的例子來說明白先生講得好？

吳：白先生講得深入淺出，如講到第二十三回「西廂記妙詞通戲語，牡丹亭豔曲警芳心」的時候，白先生指出：把《西廂記》、《牡丹亭》和《紅樓夢》串起來，可以說是中國浪漫文學長河中的三個高峰，一個比一個高，挑戰了宋明理學，對中國宗法禮教進行了顛覆性的衝擊！白先生說：「對於情的解釋，集大成之書是《紅樓夢》」。在這回小說中，寫到黛玉聽到梨香院崑曲女伶在唱〈牡丹亭・驚夢〉，「細嚼『如花美眷，似水流年』八個字的滋味」，小說的原文是：「忽又想起前日見古人詩中，有『水流花謝兩無情』之句；在詞中又有『流水落花春去也，天上人間』之句；又兼方才所見《西廂記》中『花落水流紅，閒愁萬種』之句，都一時想起來，湊聚在一處。仔細忖度，不覺心痛神馳，眼中落淚。」因為曹雪芹用的這個「流水落花春去也」是從李後主的〈浪淘沙〉詞中引來的，白先生在講課的時候，他又引用了李後主的另一首詞〈相見歡〉：「林花謝了春紅」，「自是人生長恨水長東」的詞意，說明黛玉對自己的人生有了感悟，這是作者為第二十七回寫黛玉葬花埋下的伏筆——這都是白先生講的，我這裡舉這個例子，是說明他講得細。因為《紅樓夢》原文裡曹雪芹引了李後主的詞，所以白先生也用李後主的詞來闡釋林黛玉的感悟。這回，第二十三回，寫「流水落花春去也」，白先生特別指出：是曹雪芹為第二十七回寫黛玉葬花埋下了伏筆，因為〈葬花詞〉中有「一朝春盡紅顏老，花落人亡兩不知」的句子，寫花就是寫黛玉自己，就是林黛玉對自己的感歎，由一己之悲擴大到世人之痛——白先生這樣的解讀，真是觸類旁通、前後照應的啊。

劉：細讀《紅樓夢》，用什麼本子來讀也很重要。《紅樓夢》的版本問題，實際上直接關係到對《紅樓夢》的理解。《白先勇細讀紅樓夢》對這個問題是怎麼看的？

吳：《紅樓夢》的版本問題比較複雜，因為曹雪芹寫到八十回，下面就沒有了，這裡面就存在許多需要探討的問題，八十回以後究竟曹雪芹有沒有寫？這裡面就牽涉到版本問題。《紅樓夢》的版本有脂評本抄本和程高本印本兩大系統，先說脂硯齋評本這個抄本系統，因為那個時候印刷條件差，要出版書不容易的，所以大多是以抄本的形式流傳的。那類抄本現在發現的有十二種。另外嘛就是乾隆五十六年由程偉元和高鶚兩個人策劃，把後面四十回找出來，經過整理後以「萃文書屋」名義用木活字排出來，當然它也是木板印的，但不是雕的，而是用木活字排出來的。那個程高本就是一百二十回。脂硯齋評本只有八十回還不完整，缺失了一些，而程、高本自八十回以後續補到一百二十回，很完整，這個是程偉元和高鶚搞的。第一次印的胡適稱之為程甲本，到了第二年乾隆五十七年，經修訂後印行第二次，胡適稱之為程乙本。這次廣西師範大學出版社出版了以程乙本為底本的校注本，卷首印有白先生寫的〈前言〉，說明了這次印行程乙本的緣由。

劉：白先勇老師為什麼要推舉程乙本呢？

吳：大家都知道，現在學界最流行的《紅樓夢》讀本，是中國藝術研究院紅樓夢研究所馮其庸先生他們以庚辰本為底本校注出來的，一九八二年由人民文學出版社初版，至二〇一三年已重印了四十一次。二〇一四年白先生在臺灣大學開設《紅樓夢》導讀課，就指定用了馮先生他們這個本子。因為此本也出了臺灣版，是由臺北里仁書局翻印的。就是庚辰本系統的書。白先生在講課的過程中，順便把庚辰本和程乙本進行了比較，經仔細核對，看出庚辰本裡面有錯失的地方，在程乙本裡卻寫得比較通順，因此對程乙本大為稱讚，覺得程乙本有重印的價值。他從前在美國講課時，用的是臺灣桂冠圖書公司以程乙本為底本校注的《紅樓夢》，現已絕版，於是便推薦重印。先由臺灣時報文化出版公司印行，並印了《白先勇細說紅樓夢》，如今廣西師範大學出版社同時出了這兩部書的簡體字橫排本。

劉：那應該怎樣看待既尊重庚辰本又推舉程乙本呢？

吳：不同版本的流傳，本來是並行不悖的，百花齊放嘛，進行比較是正常的。這裡面一定要說清楚，避免造成誤會。造成一種什麼樣的誤會呢？啊，我們現在都看庚辰本，你怎麼弄了個程乙本來啦？不知道底細的人，會引起誤解，好像中間會產生抵觸。其實不是的，我在這裡要做點闡發工作，闡發工作的要點是說明白先生尊重庚辰本的歷史地位，同時又稱讚程乙本的普及價值，這兩個事情是不矛盾的！不能因為這次白先生推出了程乙本，就以為抵觸了庚辰本。根本不是的！白先生在臺灣大學講了三個學期的《紅樓夢》導讀課，他用的就是以庚辰本為底本的馮本，怎麼說了程乙本的好話就會發生抵觸呢？還有一點要講清楚的，這個程乙本啊，實際上在一九八二年以前是學界最流行的讀本。我就是讀程乙本的，因為紅樓夢研究所馮先生他們校注的本子是一九八二年才出版的！你想啊，我今年已八十五歲了，我從小學、中學到大學的時候，紅樓夢研究所的校注本還沒有呢，那時候讀什麼本子啊？讀的就是亞東版程乙本，還有人民文學出版社從五十年代到七十年代廣為發行的以程乙本為底本的校注本，這是實情！

劉：《紅樓夢》以程乙本為底本與以庚辰本為底本的淵源是怎樣的？

吳：印行程乙本的來頭是這樣的，「五四」運動以後，上海亞東圖書館的汪原放要出新式標點的《紅樓夢》，他於一九二一年第一次用鉛字排印的是程甲本，因為他跟胡適是同鄉好友，胡適便告訴他，這個程甲本沒有程乙本好，建議他還是印程乙本，正好胡適藏有一套原版程乙本，所以一九二七年汪原放第二次印的時候，就印程乙本了。以後不斷地重印，學界就普遍流行程乙本了。為什麼說我一直讀的是程乙本呢？以一九四九年為界，以前流傳的都是汪原放印的程乙本。我是小學五年級的時候接觸到《紅樓夢》的，當然那時候還看不大懂，現在回憶，那時讀到的就是汪原放亞東版的程乙本。解放後，人民文學出版社一九五七年就開始排印《紅樓夢》了，它用的呢，實際上就是亞東版的本子。從五十年代一直到七十年代，那麼長的時段，大家讀的《紅樓夢》，都是人民文學出版社以程乙本為底本的排印本。因此呢，不是這次白先生來了以後推舉程乙本，程乙本才變出了程乙本，不是的，程乙本早就推廣了。這裡面不要引起誤會，不要引起隔閡。所以我要把這個實際情況講清楚。

至於以庚辰本為底本校注《紅樓夢》，是馮其庸先生提出來的，他還特地寫了《論庚辰本》專著，論證庚辰本是比較接近於曹公原書的本子。校注工程由中國藝術研究院紅樓夢研究所馮先生他們集體完工，於一九八二年仍由人民文學出版社排印出版，二〇〇九年曾修訂過一次，以後多次重印，在學界廣為傳誦。馮先生簽贈我一部，我由此也成了庚辰本的讀者。

如今廣西師範大學出版社新出了以程乙本為底本的《紅樓夢》校注本，使沉潛已久的程乙本再上檯面，受到了讀者的重視，這是出版界百花齊放的喜訊，也是紅學界百花齊放的盛事。程乙本與庚辰本雙峰並峙，並行不悖，我很高興地看到彼此雙贏的大好局面！

劉：《白先勇細說紅樓夢》是如何看待庚辰本和程乙本的？

吳：白先生既尊重庚辰本的地位，又推許程乙本的價值；力挺程乙本，但並非不要讀庚辰本了。在兩者之間，他不是一邊倒。他指出庚辰本有誤筆，是學術研討，沒有排他性。版本之異同是個學術問題，《紅樓夢》的版本有脂評本和程高本兩大系統，情況複雜，各本之間互有優缺點，見仁見智，可以各抒己見，爭鳴討論，相互切磋。

我要強調的是什麼呢？白先生二〇一四年在臺灣大學開設導讀課用的讀本，就是以庚辰本為底本的馮先生他們校訂的《紅樓夢》（臺灣版），他因教學需要把庚辰本和程乙本作了比較，看出庚辰本存在不少瑕疵，有多處錯漏，但他仍尊奉庚辰本，最明顯的是他出版《白先勇細說紅樓夢》這本新書時，一百二十個章回的回目仍標舉庚辰本的回目，這證見他是看重庚辰本的。

劉：能不能講講兩個本子對比的具體事例？

吳：庚辰本時代早出，接近曹雪芹原著，有許多優點，但經白先生仔細比勘對照，看出庚辰本也有不足之處，其中有不少混雜纏夾、顛倒錯漏的地方，主要表現在尤三姐、芳官、晴雯、秦鐘等人物的描繪有失誤。再如第三十回「齡官劃薔痴及局外」，庚辰本寫齡官劃了幾千個「薔」字，這未免誇張過了頭，怎麼可能劃到幾千個呢？程乙本作「畫了有幾十個」，這就比較合乎情理。又如第七十四回「惑奸讒抄檢大觀園」中，從司棋的箱子裡抄出了潘又安給司棋的「字帖兒」。庚辰本把繡香囊的來頭寫顛倒了。繡香囊本來是潘又安贈給司棋的定情物，字帖上反而寫成是司棋贈給潘又安的，而且變成了兩個。繡香囊事件是整本小說的重大關鍵，引發了查抄大觀園的特大風波，是不能寫錯的，但庚辰本卻出了差錯。程乙本沒有出錯。其他還有一些事例，顯示出程乙本寫得較為通達順暢。

我這裡另外談一件事。那就是程乙本第七十六回「凹晶館聯詩悲寂寞」中，寫林黛玉聯句「冷月葬詩魂」。庚辰本原作「冷月葬死魂」，很明顯，「死魂」是傳抄本的錯筆，紅樓夢研究所馮先生他們那個校注本根據脂評本系統中的蒙府本、戚序本、夢稿本，校改「死」字為「花」字，定為「冷月葬花魂」。《白先勇細說紅樓夢》認為「冷月葬詩魂」

比「冷月葬花魂」更好。他說「黛玉本身就是個詩魂，她的靈魂裡面就是詩」（《白先勇細說紅樓夢》，廣西師範大學出版社，二〇一七年二月版，第六六〇頁）。說到這裡，我可以講一則紅壇掌故。我們知道，紅樓夢研究所校注本是在馮其庸先生主持下，集多人功力的集體成果。馮先生個人認為應按程高本校改為「詩魂」，但校訂小組成員討論時，以「葬花」為由，多數人堅持校改為「花魂」。雖然馮先生是負責人，他是掌權的，但為了尊重校訂組裡朋友們的集體意見，少數服從多數，他便收回個人的意見，這也說明馮先生是謙謙君子，風格高，沒有以權勢壓人。但這就成了馮先生的一樁心事。他生前在《風雨平生——馮其庸口述自傳》中，就念念不忘地留言說：「有的朋友堅持要『花魂』」，然而，林黛玉「不僅是美，她更重要的是有詩的氣質。用『魂』來形容林黛玉，不完全契合林黛玉的氣質、個性」。馮先生認為應作「詩魂」，「從曹雪芹創作意圖來說，只能是『詩魂』才確切」，「『冷月葬詩魂』才對」（《風雨平生——馮其庸口述自傳》，商務印書館，二〇一七年一月版，第三八七頁）。這個例子極其生動，庚辰本裡是「死魂」，本來馮先生要校改為「詩魂」的，但多數人要改為「花魂」，他就尊重了集體的意見——這也顯出馮先生歉抑退讓的厚道風範。不過，馮先生內心覺得用了「花魂」沒有用「詩魂」是生平遺憾，他是堅守「詩魂說」不贊成「花魂說」的！程甲本、程乙本和列藏本均為「詩魂」，馮先生自己在一九九一年交由文化藝術出版社出版的《八家評批紅樓夢》中就用了「詩魂」。我也認為「詩魂」好，因為上句是「寒塘渡鶴影」，曹公真了不起，寫出了極其神異的對句：「寒塘渡鶴影，冷月葬詩魂」！我講這個掌故，就表明白先生和馮先生有些看法是不謀而合的。其實，白先生早就認識馮先生了，那是一九八〇年六月在美國威斯康辛大學舉辦的首屆國際《紅樓夢》研討會上，他倆都是應邀與會者，都在會上宣讀了提交的論文，彼此交流，是有交誼的。

劉：對於《紅樓夢》的後四十回，歷來爭議甚多。《白先勇細說紅樓夢》是肯定後四十回的。您是怎麼看的？

吳：白先生認為應該相信程偉元和高鶚在《紅樓夢》序／敘和引言中的說明。程甲本程序中明明寫著「竭力搜羅」，自藏書家甚至故紙堆中「積有二十餘卷」，又「於鼓擔上得十餘卷」，「見其前後起伏，尚屬接榫」，「乃同友人細加釐剔，截長補短，抄成全部」。白先生認為，這收羅得來的舊稿，可能就是曹雪芹的遺作。這個意見我還是贊成的。但「五四」運動以來新紅學派中大多數人不認同程偉元和高鶚的話，認為這後四十回是程、高自行增補的，或認定是高鶚一個人續補的。有人否定後四十回的文筆，說高鶚違背了曹雪芹的創作意圖，寫得很不好。有人把高鶚罵得狗血噴頭，斥之為「敗類」、「偽續」！一九五八年，林語堂寫了〈平心論高鶚〉，認為應該公平地評價高鶚的功過問題。如今，白先生大力肯定後四十回，主要是針對張愛玲的。張愛玲在《紅樓夢魘》一書中也不滿意這個後四十回，對後四十回持否定態度。白先生與之相反，認為後四十回寫得不錯。白先生特別舉兩個寫得好的例子，一個是黛玉之死，還有一個是寶玉出家。白先生在書裡講，說這是兩根支柱，如果沒有這兩根支柱，後四十回就垮掉了。這個我也贊成。白先生在廣西師大出版社新出的程乙本校注版〈前言〉中說：「張愛玲極不喜歡後四十回，她曾說一生中最感遺憾的事就是曹雪芹寫《紅樓夢》只寫到八十回沒有寫完。而我感到這一生中最幸運的事情之一，就是能夠讀到程偉元和高鶚整理出來的一百二十回全本《紅樓夢》，這部震古鑠今的文學經典巨作。」

這個一百二十回本《紅樓夢》還牽涉到署名問題。以前出版的各本均署為「曹雪芹、高鶚著」，也有署為「曹雪芹著，高鶚續」或「曹雪芹著，程偉元、高鶚續」。新時期以來，紅學界又有新論，說高鶚寫不出來，否定後四十回是高鶚續的，但又考不出是誰寫的，只得說是無名氏寫的。我在市場上看到有個印本署名「曹雪芹著，無名氏續」。現在白先生推薦的印本署為「曹雪芹著，程偉元、高鶚整理」，這還比較合適。在這個問題上，我是贊同白先生觀點的，我也認為應該相信程偉元和高鶚在序／敘和引言中說的是真話！

白先生講《紅樓夢》，沒有嘩眾取寵之心，惟有回歸文本之意！聚焦文本，深度細讀，實事求是！這便是他取得傑出成就的地方！

劉：謝謝吳老師對《白先勇細說紅樓夢》的精采評析！也謝謝您接受我的訪談！非常感謝！

天上星辰，地上的《紅樓夢》

作者：劉再復（一九四一－ ），曾任中國社會科學院中國文學研究所所長，現為香港城市大學中國文化中心榮譽教授，著有《性格組合論》、《文學的反思》、《紅樓四書》。

（一）

人民日報《環球人物》雜誌社和九州出版社，兩家聯合重印程乙本《紅樓夢》（姑且稱為聯合版吧），是個很好的消息。我喜歡一百二十回的程乙本。先前我感悟與講述《紅樓夢》，也常依據以程乙本為底本的校注本（有時也依據以程甲本為底本的排印本）。

喜愛《紅樓夢》的人，都知道《紅樓夢》的版本有兩大脈絡。一是「脂本」脈絡。所謂脂本，是指流行於乾隆十九年（一七五四）至五十六年（一七九一）間的八十回抄本，因附有脂硯齋（曹雪芹的友人或親人）的眉批，所以稱作「脂本」。現在可以知道的脂批《石頭記》抄本就有十種以上，包括甲戌本、庚辰本、己卯本、《紅樓夢稿》本、戚序本（戚蓼生序）、舒序本（舒元煒序）、夢序本（夢覺主人序）、蒙府本（蒙古王府）、靖藏本（南京靖應鵾，已遺失）、列藏本（列寧格勒）及南京圖書館藏本、鄭振鐸藏本等。二是「程本」脈絡。也可稱作「程高本」脈絡。程即程偉元，高即高鶚。全書一百二十回，由程偉元於乾隆五十六年（一七九一）初次以活字排印，簡稱程甲本。第二年又用活字排印修訂稿，通稱程乙本。「程本」因為有高鶚的四十回續書，變成一百二十回。也因為有了續書，《紅樓夢》的故事便呈現出完整形態。因此，後來各種一百二十回的《紅樓夢》版本，均以程甲、乙兩本為基礎。甚至署名為曹雪芹、高鶚著。高鶚其人（一七三八—一八一五），字蘭墅，別署「紅樓外史」，漢軍鑲黃旗人，乾隆六十年（一七九五）進士，官至翰林院侍讀。關於高鶚續寫的《紅樓夢》後四十回，歷來爭議很大。有的認為，後四十回大體上是曹雪芹散失的遺稿，根本說不上「續」，頂多算是「整理」；有人認為，紅樓續書的藝術水準與原書（前八十回）相差太遠，高鶚的續寫不僅無功，而且有罪：糟蹋了原著。也有人認為，《紅樓夢》的續書很多，唯有高鶚的續寫抵達原著水準，並使《紅樓夢》形成完整結構，其功不可沒。面對紛紛的眾說，我從未作過褒此抑彼的判斷，只維護「一部紅樓，各自表述」的自由權利。然而，今天我則要表明：（一）我相信程偉元序文裡說的話是真話。他說：「……然原本目錄百二十卷……爰為竭力搜羅，自藏書家甚至故紙堆中，無不留心。數年以來，僅積有二十餘卷。一日，偶於鼓擔上得十餘卷，遂重價購之……然漶漫不可收拾，乃同友人細加釐剔，截長補短，抄成全部，復為鐫板以公同好。《石頭記》全書至是始告成矣。」相信此言，意味著：《石頭記》八十回抄本之後還有遺稿，但散失於民間。程、高二人先是做了「搜羅」（搜集）工作，後又做了「整理」、「剪裁」、「抄寫」等工作。後一項工作，用今天的語言表述，便是「續編」與「續寫」。總之，沒有程偉元與高鶚的重整、重編、補全，就沒有今天完整的一百二十回

《紅樓夢》全書。除了相信程式所言之外，（二）我相信程、高二人對散失佚稿的「搜」、「剔」、「截」、「補」，不僅是個「續編」過程，也是一個「續寫」過程。因此，說《紅樓夢》全書，「前八十回為曹雪芹原著，後四十回為高鶚續書」之說，可以成立。基於此，我不僅要以鮮明的態度肯定高鶚的續編續寫之功，而且認為，這是人類文學創作史上的一種奇觀。

（二）

今年四月，香港誠品書店（臺灣誠品書店的香港分部）邀請我和白先勇先生就《紅樓夢》作一對話。這一設想，十分美好。先勇兄去年剛推出《白先勇細說〈紅樓夢〉》大著，特寄贈我一部。這是他在美國加州大學聖芭芭拉分校二十九年及臺灣大學三個學期的教學成果，也是他一生不斷閱讀的重要心得，能以此書為主要話題與他對談，乃是一次極好的學習機會，可惜因為我身在美國，路途太遠，力不從心，實在無法為此而作一次萬里飛行，只好作罷。誠品書店之所以讓我與白先勇兄對話，大約有兩個原因。一是我和先勇兄本是好友，彼此相互敬重已久，對話當然會十分愉快；二是先勇兄和我都很喜歡《紅樓夢》的程乙本，並且都充分肯定高鶚的四十回續書。先勇兄是當代中國的一流作家，自己有豐富的創作經驗與敏銳的文學感覺，他不贊成張愛玲貶抑高鶚續書（張愛玲著有《紅樓夢魘》，並為不能讀到曹雪芹的全本而感到終生遺憾），為能夠讀到程高全本而感到人生充滿喜悅。並通過文本細讀，一回一回地講述，娓娓道來，真引人入勝，倘若有機會對話，我當會講些與他的共通共鳴之處，包括巨著中的哲學意蘊。但我們的閱讀方式與閱讀重心有所不同，也就難免有些歧見。例如，對於二十二回，我認為這是全書的文眼。林黛玉看出賈寶玉禪偈之弱點，在寶玉的「你證我證，心證意證，是無有證，斯可云證，無可云證，是立足境」二十四字禪偈之後再加「無立足境，是方乾淨」八個字，極為重要。可惜先勇兄卻未論此一情節。我一再說，《紅樓夢》兩個主人公賈寶玉和林黛玉的內心相通，相思相戀；但一個修的是「愛」的法門（寶玉），一個修的是「智慧」的法門（黛玉），很不相同。在智慧層面上，黛玉處處都高於寶玉一籌，補加「無立足境，是方乾淨」，也是智高一籌的明證。這一加，顯示她已進入莊子的「無待」境界，即完全獨立不依的境界。而寶玉則還徘徊在「立足境」之有待境界。諸如這樣的認識，我真想與先勇兄商討。

儘管我和先勇兄對《紅樓夢》的閱讀方法與認知方法有所不同（大約是微觀文本細讀與宏觀精神把握的差異），但對高鶚續書的看法則十分相近。我缺少先勇兄的創作才華與書寫敏感，但也深知高鶚實在不簡單。我早就認同林語堂先生對續書的肯定（參見林語堂〈平心論高鶚〉，一九五八）。但直到今天，才得以充分表述。《紅樓夢》問世之後續書很多。據我曾寄寓的文學研究所老研究員孫楷第先生的查考。《紅樓夢》續書就有《後紅樓夢三十回》《續紅樓夢三十卷》《續紅樓夢四十卷》《綺樓重夢四十八回》《紅樓重夢》《紅樓復夢一百回》《紅樓圓夢三十回》《紅樓夢補三十二回》《紅樓幻夢二十回》《紅樓夢別二十四回》《紅樓後夢》《紅樓再夢》等。而一粟先生（《紅樓夢資料彙編》編者）則列出更多書目：《後紅樓夢》《續紅樓夢》《綺樓重夢》《紅樓復夢》《紅樓圓夢》《紅樓夢補》《補紅樓夢》《增補紅樓夢》《紅樓幻夢》《新石頭記》《紅樓殘夢》《紅樓餘夢》《紅樓真夢》

《紅樓夢別本》《新續紅樓夢》《紅樓三夢》《紅樓後夢》《紅樓再夢》《紅樓續夢》《再續紅樓夢》《三續紅樓夢》《紅樓補夢》《紅樓夢醒》《疑紅樓夢》《疑疑紅樓夢》《大紅樓夢》《紅樓翻夢》《紅樓二尤》《姽嫿將軍》《林黛玉筆記》等。而依據《紅樓夢》所改編的各種戲曲，更是多得難以計數。但是眾多續書，能經得起時間（歷史）篩選和讀者篩選的，唯有高鶚續作（或續編）的四十回作品。

（三）

我不僅不是紅學家，而且不把《紅樓夢》作為研究物件（只作為心靈感應、感悟物件和欣賞物件）。也就是說，對於《紅樓夢》，我不作主客分離的邏輯分析，只由主體（接受主體與物件主體）去作「心心相印」，總之，我是享受《紅樓夢》的大眾的一員，而不是辛苦查考鑽研《紅樓夢》的小眾的一員。相應地，在方法上也只是對前人提供的小說文本和研究成果，再作悟證，不作考證與論證。但對《紅樓夢》問世之後的一切考證與論證我都衷心尊重，用心領會。哪怕像蔡元培先生那種偏頗的考證（證其巨著具有反清復明的民族主義傾向），我也盡可能去理解，絕不輕薄嘲笑。我早已聲明，我講述《紅樓夢》，完全是自身的生命需求，毫無外在目的。如果說有什麼學術「企圖」的話，那也只是想把《紅樓夢》的探索，從考古學與意識形態學拉回文學。所以在講述中，既不設置政治、道德法庭，也不設置考古實證法庭，只確認「審美法庭」，即只作文學閱讀與審美判斷。對於高鶚的續書，我之所以肯定它，敢說它是文學創作史上的「奇觀」，也是出於審美判斷。所謂審美判斷，既不是獨斷，也不是武斷，而是「詩斷」，即文學判斷。也可以說，既不是考證，也不是論證，而是「詩證」，即藝術鑒賞和藝術鑒定。以往討論高鶚續書時，大都用考證、論證的方法，討論的中心是它的真偽、可否（是否可能，如俞平伯先生早在一九二二年就發表〈論續書底不可能〉）等。這種方法乃是「外證」方法。而我則使用文學批評的「內證」方法，只論美醜與藝術水準，只重文本鑒賞，不在乎文章出自誰的手筆，只要寫得好就可以。從青年時代開始，我一直像王國維、胡適、魯迅那樣，把一百二十回作為一部完備的藝術整體來鑒賞，從未覺得後四十回與前八十回有什麼天淵之別。說句實在話，四十年前我閱讀何其芳作序的人民文學出版社的版本時，還不知道紅學界關於後四十回的續書有那麼大的分歧與爭議。過了若干年，雖明瞭紅學界的爭論焦點，也不喜歡續書中「蘭桂齊芳」和「沐皇恩延世澤」等俗筆，但並不覺得續書有什麼致命傷。此時，我離爭論的雙方都很遠，只是進入純粹的文學閱讀（詩鑒），而且是帶著「原著與續著有何差別」的問題進行閱讀與判斷。讀後鑒後，更是理性地認定，後四十回的續作，其文心（審美大局）與前八十回並無根本不同。也就是說，續書大處站得住腳；小處雖有疏漏但可以原諒。小處的俗筆甚至可稱敗筆的，除了人們常說的「蘭桂齊芳」之外，我還覺得寶玉出走後，又寫了皇上欽賜匾額，追封寶玉為「文妙真人」，實屬「畫蛇添足」，完全沒有必要。所謂真人就無須「文妙」俗號，既是「文妙」，便非真人。我盡可能挑剔高氏續書的瑕疵，但最後還是覺得，魯迅的評價是公平的。他說：「後四十回雖數量止初本之半，而大故迭起。破敗死亡相繼，與所謂『食盡鳥飛獨存白地』者頗符，惟結末又稍振。」（《中國小說史略・第二十四篇清之人情小說》）。所謂「大故迭起」，意思是說，後四十回，情節密集，大事件一樁接一樁，大故事一個接一個：寶釵出閨，金玉合成；黛玉淚盡，焚稿而亡；寶玉思念，痛觸前情；元妃薨逝，賈府抄檢，賈母樹倒，妙玉遭劫，鳳姐病故，甄賈相逢，寶玉出走，或歸大荒。確實是「破敗死亡相繼」，樣樣扣人心弦。而這些大情節，並非杜撰，而是與原著的「白茫茫大地真乾淨」（第五回）的預言正相呼應。因此，可以說，魯迅所說的「頗符」二字，一字千鈞。如果用魯迅的審美眼睛看「紅樓」，那就應當確認，高氏續書與曹氏原著的大思路相符合。續書中的某些微觀俗筆，到底無法否認高鶚宏觀上的真墨健筆。

我說高氏續書「大處站得住腳」，乃是指它的兩個「大處」即兩大結局：一是悲劇結局；二是形而上結局。林黛玉淚盡而亡，賈寶玉離家出走，這都是大結局，而且都是悲劇大結局。王國維的《紅樓夢評論》對此贊道：「紅樓夢書，與一切喜劇相反，徹頭徹尾之悲劇也……吾國之文學，以挾樂天之精神故，故往往說詩歌之正義，善人必令其終，而惡人必離其罰……《紅樓夢》則不然……金玉以之合，木石以之離，又豈有蛇蠍之人物，非常之變故，行於期間哉？不過通常之道德、通常之人情、通常之境遇為之而已。由此觀之，《紅樓夢》者，可謂悲劇中之悲劇也。」王國維這段著名的論斷，其立論的根據在哪裡？就在後四十回高鶚的續書裡。林黛玉之死是誰寫出來的？如果不是曹雪芹散失的遺稿，那就是高鶚的手筆。這一小說的「大處」十分精采又十分深刻。林黛玉之死，不是惡人的結果，而是善人的結果（包括最愛黛玉的賈母與賈寶玉）。賈母與寶玉都在無意之中進入了謀殺黛玉的「共犯結構」，都有一份責任。這才是最為深刻的悲劇。另一主角賈寶玉在黛玉去世之後，喪失心靈支柱，心灰意懶，最後離家出走。在中國，「出走」這種行為語言，既是「反叛」，也是「絕望」。這正是最深刻的悲劇行為與悲劇心理。

說高氏續書「大處站得住」，除了它書寫了悲劇結局，還書寫了形而上結局，即哲學性的「覺悟」結局。續書如何把握賈寶玉的結局，這是決定作品成敗的大難點，又是一個關鍵點。高鶚在此關鍵點上，把握住前八十回的文心，極為高明又極為妥帖。

續書第一百一十七回，描寫賈寶玉丟失了胸中垂掛的玉石，為此薛寶釵與襲人皆慌成一團，拚命尋找，在這個關鍵性的瞬間，寶玉說了一句石破天驚的話：「我已經有了心了，要那玉何用？」這是大徹大悟之語，充分形而上品格之語。這說明，續書守持了《紅樓夢》原著的心靈本體論，唯有心靈最重要，其他的都可以不在乎。還有第一〇三回，賈雨村到了江津渡口。此時，已修成道人的甄士隱前來開導他放下功名以求解脫，賈雨村卻昏昏欲睡，最終不覺不悟。與賈雨村相反，賈寶玉最終大徹大悟，離家出走了。這種結尾深含哲學意蘊，讓人回味無窮。一九八七版電視劇雖很成功（總體構思、演員表演、音樂製作等，皆很成功），但結尾卻太形而下（如寶玉入獄，王熙鳳破席裹屍在雪地裡下葬，劉姥姥體現貧下中農階級品格而仗義救親等），讓人感到唐突甚至感到如此結局甚有迎合時勢之嫌。

我很敬重把自己的一生都獻給《紅樓夢》研究事業的周汝昌先生，他的成就主要在於考證（尤其是著寫了《紅樓夢新證》，糾正了胡適關於賈府敗落是「坐吃山空」、「樹倒猢猻散」的「自然趨勢」說，而實證了賈府家道中衰乃是人為的政治歷史原因），考證功夫登峰造極。而對《紅樓夢》文學價值的感悟與認知又在胡適與俞平伯之上（他高度評價《紅樓夢》的文學水準，最先判斷《紅樓夢》抵達世界經典水準）。然而，他對程本的高氏續書卻過分貶抑，關於這點，我在為他的弟子梁歸智教授所作的《周汝昌傳》二版序文中，曾坦率地提出商榷。我說：

我如此高度評價周汝昌先生研究《紅樓夢》的成就，並不等於說，我和周汝昌先生的學術觀點完全一致。很可惜，我一直未能贏得一個機會直接向周先生請教，如果有這樣的機會，我一定會坦率地告訴他，有三個問題老是讓我「牽腸掛肚」，很想和他討論，也可以說是商榷。第一，關於後四十回即高鶚續作的評價。眾所周知，周先生以極其鮮明的態度徹底否定高鶚的續作，認定高氏不僅無功，而且有罪。而我卻不這麼看，我認為周先生的否定只道破部分真理，也就是高鶚續書確實有許多敗筆，例如讓寶玉與賈蘭齊赴科場而且中了舉，讓皇帝賜予「文妙真人」的名號與匾額，這顯然與曹雪芹原有的境界差別太大。但是，後四十回畢竟給《紅樓夢》一個形而上的結局，即結局於「心」（當寶釵和襲人還在尋找丟失的通靈玉石時，寶玉聲明：我已經有了心了，要那玉何用？）。第一〇三回寫「急流津覺迷渡口」，賈寶玉實已覺悟，賈雨村卻徘徊於江津渡口，雖與甄士隱重逢，並聽了甄的「太虛」說法，但還是不覺不悟，昏昏入睡。至此，是佛（覺即佛）是眾（迷即眾），便見分野了。這種禪式結局乃是哲學境界，難怪牟宗三先生對後四十回要大加讚賞。第二，周先生自己的研究早已超越考證，不知道為什麼在定義「紅學」時，卻把紅學限定於考證、探佚、版本等，而把對《紅樓夢》文本的鑒賞、審美、批評，逐出「紅學」的王國之外，這是不是有點像柏拉圖把詩人和戲劇家逐出他的「理想國」？第三，周先生發現脂硯齋可能就是史湘雲。在「真事隱」的故事中最後是賈寶玉與史湘雲實現「白首雙星」的共聚，這很可信，但周先生卻由此而獨鐘湘雲，以至覺得《紅樓夢》倘若讓湘雲取代黛玉為第一女主角會更好。這類細節問題，我心藏數個，很想與周先生「爭論」一番，可惜山高路遠，這種求教的機會恐怕不會有了。想到這裡，真是感到遺憾。出國之前，一代紅學大師就在附近，我在北京二十七年，竟未能到他那裡感受一下他的卓越才華與心靈，這是多大的損失啊。此時，我只能在洛磯山下向他問候與致敬，並想對他說：「周先生，您是幸福的，因為您的整個人生，都緊緊地連著中華民族最偉大的生命與天才。」

（四）

《紅樓夢》研究，在中國當代已成一門公認的顯學。錢鍾書先生曾提醒過我：「顯學很容易變成俗學。」我在發表關於《紅樓夢》的閱讀心得時，也特別警惕把《紅樓夢》探索庸俗化。

《紅樓夢》閱讀，像是精神上的奧林匹克運動會，人人都可享受觀賞和參與的快樂。誰都承認，《紅樓夢》是我國的文學經典，但我多了一層認識，即認定它不是一般的文學經典，而是「經典極品」。

所謂「經典極品」，必須具備三個條件：

第一，它是人類社會精神價值創造最高水準的標誌。人類有史以來，有一些天才名字和他的代表作，產生之後便成了我們這個星球地平面上的最高精神水準。如哲學上的柏拉圖、亞多斯多德、康得、休謨、黑格爾、馬克思、笛卡爾等。在文學上，如荷馬史詩中的《伊利亞特》、希臘悲劇中的《俄底浦斯王》、但丁的《神曲》、莎士比亞的《哈姆雷特》、賽凡提斯的《唐·吉訶德》、歌德的《浮士德》、雨果的《悲慘世界》、托爾斯泰的《戰爭與和平》、杜思妥耶夫斯基的《卡拉馬佐夫兄弟》、卡夫卡的《變形記》《審判》《城堡》等等，而中國唯有一個名字一部作品能夠與這些經典極品並駕齊驅。這就是曹雪芹與他的《紅樓夢》。基於這一看法，我雖然高度評價胡適、俞平伯先生的考證之功，但對他們二人看低《紅樓夢》水準的說法，總是耿耿於懷。胡適竟然認為「《紅樓夢》比不上《儒林外史》，在文學技術上《紅樓夢》比不上《海上花列傳》，也比不上《老殘遊記》」。他甚至對蘇雪林教授說「原本《紅樓夢》也只是一件未成熟的文藝作品」（參見一九六〇年十一月二十日胡適致蘇雪林信，引自《胡適論紅學》第二六七頁，安徽教育出版社，二〇〇六年版）。說《紅樓夢》是一件未成熟的作品，這是什麼話？而俞平伯先生也說「平心看來，《紅樓夢》在世界文學中底位置是不很高的。這一類小說，和中國底文學——詩、詞、曲，在一個平面上……」（《紅樓夢辯》中卷。引自《俞平伯說紅樓夢》第九十三頁，上海古籍出版社，二〇〇〇年版）很明顯，胡、俞這兩位著名紅學家，對《紅樓夢》的審美判斷（文學價值的估量）是完全錯誤的。

第二，它是超越時代、超越地域的一種偉大存在。它沒有時間的邊界，也沒有空間的邊界，是一種與日月星辰相似的永恆精神存在。敘利亞詩人阿多尼斯說，卓越的詩，不是文化，而是存在。文化是被建構或已建構的完成體；存在則是自在自為之體。《紅樓夢》作為一種存在，它誕生之後便會一天天生長，一天天擴展自己的內涵與影響。文化有邊界，而存在沒有邊界。它將永遠被感知，被闡釋，被開掘，即永遠說不盡，一千年一萬年之後仍然說不盡。西方有說不盡的《哈姆雷特》，東方則有說不盡的《紅樓夢》。也就是說，時間對於《紅樓夢》沒有意義。它完全是一部超時代的、具有永恆性品格的偉大作品。

第三，它經得起各種文學流派、各種文學思潮不同標準的密集檢驗，又超越各種文學流派、各種文學思潮的評價尺度。說《紅樓夢》是偉大的寫實主義作品，不錯，因為它真實，無論描寫人性還是描寫人的生存環境都很真實。它揚棄「大仁大惡」那種臉譜化舊套，呈現「善惡並舉」與「無善無罪」的活人真相。《紅樓夢》一部小說反映的現實生活比同時代的任何歷史著作都更為真實，更為豐富。但它又超越寫實主義，因為它不僅寫了人間的大夢，而且寫了太虛幻境、鬼神感應等，這明明又是浪漫主義。不是小浪漫，而是大浪漫，它展示的圖景從天上到地上，從三生石畔到大觀園。其精神內涵不僅屬於中國，而且屬於全世界。它是一部超越中國情結的偉大作品，文本中具有中國的民族特色，但其視野則完全超越中華民族。說它是荒誕主義，也對。他除了描述最美的心靈與最美的形象之外，也寫了這個世界的荒誕真實。賈赦、賈璉、賈瑞、賈蓉、薛璠等，全是荒誕的象徵。所以我說《紅樓夢》不僅是一部偉大的悲劇，而且也是一部偉大的荒誕劇。說它是魔幻主義，也沒錯。癩頭和尚、跛足道人、赤瑕宮神瑛侍者、三生石畔絳珠仙草，哪個不沾玄幻、仙幻、佛幻、警幻？主人公生下來就嘴銜玉石，秦可卿死時與王熙鳳相會，林黛玉死後瀟湘館鬧鬼等，都帶魔幻色彩。當下有學人拔高《金瓶梅》，說《金瓶梅》比《紅樓夢》還好，這種論點顯然「不妥」。我不否認《金瓶梅》確實是一部寫實主義的傑作。它不設道德法庭，寫出了人性的真實與生存環境的真實，非常精采。但如果用其他視角觀照，例如用「心靈」、「想像力」視角或用「形而上」視角，我們就會發現，它缺少《紅樓夢》那種形而上品格和巨大的心靈內涵，其「想像力」也無法與《紅樓夢》同日而語。

《金瓶梅》雖有寫實成就，但就整體文學價值而言，它還是遠遜於《紅樓夢》。

（五）

萬念歸心，以「我已經有心了」作終結，這是一百二十回本（程高本）最了不起的選擇，也是程高本為後人說不盡的原因。有了這「心」，程高本就有了靈魂，也就可以立於不敗之地了。

完整形態的《紅樓夢》，之所以完整，首先是心靈的完整。我曾說過，心靈、想像力、審美形式乃是文學的三大要素，而心靈為第一要素。《紅樓夢》的成就是多方面的，但塑造一顆名為「賈寶玉」的心靈，乃是它的第一成就。我曾出版過《賈寶玉論》（北京三聯），認為賈寶玉是人類文學史上最純粹的心靈，它的清澈，如同創世紀第一個早晨的露珠，至真至善至美。這顆心靈不僅沒有敵人，也沒有壞人，甚至沒有「假人」。它沒有世俗人通常具有的生命機能，如仇恨機能、報復機能、嫉妒機能、算計機能、排他機能、貪婪機能等等。也就是說，這顆心靈不懂人世間還有《水滸傳》的那種凶殘之心、嗜殺嗜鬥之心，也不知道人世間還有《三國演義》中的那些權術、詭術和心術。他與曹操的「寧負天下人，休教天下人負我」的哲學相反，從不在乎他人對自己「如何如何」，只知道自己該如何對待他人和這個世界。父親賈政委屈他、冤枉他，把他打得皮破血流，他沒有半句怨言和微詞。因為父親如此對待他，這是父親的事，而他應當如何對待父親，這是他的做人準則，也是他的精神品格。

二〇〇〇年我在香港城市大學中國文化中心備課，第一次感悟到賈寶玉心靈時，禁不住內心的激動，真的「拍案而起」了。之所以如此激動，一是為讀懂「賈寶玉心靈」本身的精采內涵；二是為曹雪芹能夠塑造出如此光芒萬丈的心靈；三是為自己能夠有幸地感受到這顆心靈的不同凡響。這有點像王陽明在龍場大徹大悟時的高度亢奮與高度喜悅。王陽明在那一個夜晚終於明白，萬物萬有中，最重要的是人的心靈。吾心即宇宙，宇宙即吾心，心靈價值無量，心靈決定一切。所以我說，《紅樓夢》乃是王陽明之後中國最偉大的心學，不同的只是王陽明的心學是思辨性心學，而《紅樓夢》則是意象性心學。如果「心學」二字太學術，那也可以稱它為「偉大的心譜」或「偉大的心曲」。抓住賈寶玉的心靈，就抓住《紅樓夢》的「神髓」。小說的語言，小說的故事，小說的框架，都僅是《紅樓夢》的「形」；唯有賈寶玉的心靈，是《紅樓夢》的「神」。《紅樓夢》之所以不僅是情愛故事，就因為它還有更重要的內涵，例如寫出賈寶玉，這就給人類社會提供了一種至真至善至美的精神存在。賈寶玉當然是情愛角色，說他是情愛主體並沒有錯。但賈寶玉不僅是情愛主體，他更重要的是心靈主體。這顆心靈，對待世界、對待社會、對待人生、對待他者的態度都是最合情理、最合天地的態度。

都云作者痴，誰解其中味？《紅樓夢》之所以韻味無窮，永遠讀不盡，說不盡，就在於它擁有賈寶玉的心靈之味，人性及神性之味。林黛玉、薛寶釵、史湘雲、秦可卿、探春等諸閨閣女子當然可愛，但她們都是環繞賈寶玉心靈運轉的星辰，唯有賈寶玉的心靈，是紅樓夢世界的太陽。曹雪芹對中華民族最偉大的貢獻，正是它給這個民族塑造了一顆永葆青春、永葆光明的精神太陽。

高鶚的續書沒有給這顆太陽減色。相反，他面對這顆太陽不斷向讀者提示：有了心，就有了一切。人類胸內的心靈比胸外的寶石重千倍，貴萬倍。只要捧著這顆心，賈寶玉出家之後無論走到哪個天涯海角，他都是至純、至善、至貴之身。莊子在二千三百年前就提出「真人」的人格理想，但他沒有描繪出「真人」是什麼樣。而曹雪芹和高鶚為莊子完成了真人的形象塑造。真人之形，真人之神，真人之心，就是賈寶玉這個樣子。文學的事業，是心靈的事業，曹雪芹高舉了心靈，高鶚隨之高舉了心靈。心靈把原著與續書打成一片，連成一部巔峰式的偉大藝術品了。

（六）

去年冬季，我結束香港科技大學人文學院暨高等研究院的客座課程之後，又應公開大學之邀，作了一次全校性的學術演講，講題是〈「四大名著」的精神分野〉。四大名著是指四部長篇小說《三國演義》《水滸傳》《西遊記》《紅樓夢》。我鄭重地說明，籠統地通稱「四大名著」，有理由，但也有危險。就藝術水準而言（純粹文學批評），四部小說都堪稱經典（《三國演義》和《水滸傳》只是一般經典，不是「經典極品」）。但就精神內涵而言，《水滸傳》與《三國演義》乃是壞書，二者皆是中國的地獄之門。而《西遊記》與《紅樓夢》則是好書，二者皆是中國的天堂之門。為什麼？因為前二者與後二者的精神方向根本不同，其精神分野可謂天淵之差，天壤之別。接著，我從心靈分野、意志分野、境界分野等三個方面講述了四部名著的具體區別。從心靈層面上說，《水滸傳》太多凶心即太多砍殺之心，對於主人公李逵、武松的殺人快感，作者的描述也報以快感。《三國演義》則是機心、偽心、權謀之心的大全。全書展示的「三國」邏輯是：誰最會偽裝，誰的成功率就最高。而《西遊記》《紅樓夢》則童心洋溢，佛光普照。《西遊記》中的師徒結構，唐僧呈現佛心，孫悟空呈現童心。《紅樓夢》童心、佛心雙全，主人公賈寶玉的赤子之心，其內涵便是雙心並舉。童心表現為真心，包括愛情之真、友情之真、親情之真、世情之真。佛心表現為慈無量心、悲無量心、喜無量心、捨無量心。所以我說，賈寶玉就是準基督、準釋迦。釋迦牟尼出家之前什麼樣？大體上是賈寶玉這個樣。而賈寶玉出家後會是什麼樣？大約正是釋迦那個樣。

心靈分野之外是意志分野。所謂意志，乃是人的內在驅動力，包括行為與心理的驅動力。《三國演義》與《水滸傳》的主人公（英雄們）的驅動力，乃是權力意志。不是一般的權力意志，而是最高權力意志，即爭奪皇位皇權的欲望。而《西遊記》與《紅樓夢》的主人公孫悟空與賈寶玉，其行為與心理的驅動力則是自由意志，也就是自由精神本身，也可以說是對自由的嚮往。不過，孫悟空呈現的是積極自由（著名哲學家以賽亞·柏林把自由區分為積極自由與消極自由），他的大鬧龍宮、大鬧天宮，乃是積極自由的極致，而走出五指山後的西天取經，則是確認自由並非任性的我行我素，任何自由都包含著某種限定。而賈寶玉的自由意志，乃是消極自由的象徵。他不是重在「爭取」，而是重在「回避」：回避科舉，回避世俗邏輯，回避「立功、立德、立言」等不朽功業的追求。他讀詩作詩，沉醉西廂，追求情愛，均無功利之思，與其說是「爭取自由」，不如說是回避掌控。從世俗的囚牢中走出來，才是賈寶玉的真性情真意志。

最後是境界分野。哲學家把境界分為自然境界（動物境界）、功利境界、道德境界、天地境界。最低者處於動物境界，如同禽獸。最高者處於天地境界，不僅具有人性而且具有神性。賈寶玉始終處於佛性的宇宙境界中，處處慈悲待人。作為天外來客，他把佛教的不二法門貫徹到人世間，所以對人沒有貴賤之分、尊卑之分、內外之分、主奴之分、敵我之分。他用天眼看人，晴雯就是晴雯，鴛鴦就是鴛鴦，美就是美，生命就是生命。說她們是「奴婢」，是「丫鬟」，是「下人」，那是世俗世界的概念。這些概念從未進入寶玉的腦中與心中。他拒絕生活在世俗世界的濁水中與概念中。所以「處淤（汙）泥而不染」，五毒不傷。他愛一切人，理解一切人，寬恕一切人。即使對那個總是想加害他的趙姨娘，他也未曾說過她的一句壞話。即使對賈環那種蓄意用燈油火毀滅他眼睛的罪惡行徑，他也不予計較。真認定「四海之內皆兄弟」。王國維說，《紅樓夢》不同於《桃花扇》，後者是歷史，處於歷史境界中；而前者則超歷史，超時代，處於宇宙境界中。天地境界既高於《三國演義》與《水滸傳》的功利境界（一切以「圖大業」為轉移），也高於包公（包拯）的道德境界。作家不是包公，他們既同情秦香蓮，也同情陳世美，面對的只是人性真實與心靈困境。曹雪芹是真作家、大作家，他既悲憫林黛玉，也悲憫薛寶釵。既寫出林黛玉的悲劇，也寫出薛寶釵的悲劇。因為他立足於天地境界之中，天生一副「博愛」的菩薩心腸和一副「兼美」的天地情懷。

十幾年來，我放下其他課題，專注於文學。並在香港科技大學人文學院開設「文學常識二十二講」和「文學慧悟十八點」的講座，重新整理自己對文學的認知。在講述中，我只強調文學的「真實」特性，並且認定，文學的功能只要「見證人性的真實和見證人類生存環境的真實」即可。這一見證功能也是文學創作的唯一出發點。不必選擇其他的出發點，包括「譴責」、「暴露」、「干預生活」、「批判社會」等出發點。我說的「真實」，乃是「真際」，而非「實際」。太虛幻境不是「實際」，但它也呈現「真際」。世界異常豐富複雜，人性也異常豐富複雜，作家只能盡可能在貼近真際真實，不可能窮盡真理，也不可能抵達那個所謂「世界本體」的「終極」頂端。作家與哲學家一樣，對於世界、社會、人生、人性，只能不斷去認知、認知再認知，很難去完成「改造」。即使對於「國民性」，也只能呈現，而不能從根本上去改造。我的一切文學講述，均以《紅樓夢》為參照系。在此參照系之下，什麼是文學？如何文學？全都洞若觀火。

在《紅樓夢》面前，人們常會產生「高山仰止」之感。我除了「如見高山」之外，還覺得「如見星辰」。於是，一打開巨著，總想起康德「天上星辰，地上的道德律」的名句，並悄悄地作了變動，改為「天上星辰，地上的《紅樓夢》」。除此之外，我不知道如何表達內心對這部「經典極品」的熱愛與敬意了。

（原載於《上海文學》二〇一八年第一期）

文本細讀．整體觀照

——論白先勇的《紅樓夢》解讀式

作者：劉俊（一九六四—），南京大學文學院教授，中國世界華文文學學會副會長，江蘇省台港暨海外華文文學研究會副會長，著有《複合互滲的世界華文文學》、《越界與交融》。

摘要：白先勇對《紅樓夢》的解讀具有非常明顯的個人特點，那就是首先將《紅樓夢》視為一部經典文學作品，然後在此基礎上，注重文本細讀，代入創作經驗，化用「新批評」理論，對《紅樓夢》進行主題、人物、語言、場景、視角、結構等方方面面的分析，並以這種分析為前提，對《紅樓夢》的版本進行比較，對後四十回的作者、成就，以及與前八十回的關係等問題，進行研析和判斷，從而形成一種整體觀照。

一、以「文本」為本位閱讀／解讀《紅樓夢》

白先勇閱讀《紅樓夢》為時甚早，「小學五年級便開始看《紅樓夢》，以至於今，床頭擺的仍是這部小說」[1]。縱觀白先勇的文學生涯，《紅樓夢》可以說始終伴隨著他的文學人生，並對他的創作，產生過重大影響。白先勇自己承認：「影響我的文字的是我還在中學時，看了很多中國舊詩詞……然後我愛看舊小說，尤其《紅樓夢》，我由小時候開始看，十一歲就看紅樓夢，中學又看，一直也看，這本書對我文字的影響很大……」[2]。他不但閱讀《紅樓夢》，也評說《紅樓夢》；不但教授《紅樓夢》，也宣傳《紅樓夢》。在美國加州大學任教期間，白先勇長期開設《紅樓夢》研究課程，二〇一四年開始，他又受邀在臺灣大學開設《紅樓夢導讀》課程；二〇一六年和二〇一七年，經他力薦的程乙本《紅樓夢》在海峽兩岸相繼出版，而他在臺灣大學開設《紅樓夢導讀》的課程結晶——《白先勇細說紅樓夢》，也於二〇一六年和二〇一七年在海峽兩岸分別出版。伴隨著白先勇對《紅樓夢》的一再言說，一股「《紅樓夢》熱」在海峽兩岸頓然興起。

白先勇對《紅樓夢》的解讀，很早就開始了。一九七二年，在〈談小說批評的標準——讀唐吉松《歐陽子的「秋葉」》有感〉一文中，他就將《紅樓夢》和曹雪芹作為例子之一，引入論述，《紅樓夢》精湛的對話技巧、無所不包的廣袤與「偉大」、「慈悲為懷」的超越性和對傳統（儒家道德）的反叛，都成為白先勇評判小說水準高低的重要標準[3]。一九七六年八月二十一日，他在香港接受胡菊人的訪談時，曾多次談及《紅樓夢》。在這篇名為〈與白先勇論小說藝術〉[4]的訪談中，白先勇基本上是以《紅樓夢》為例，來談小說藝術的主要特點，其中對《紅樓夢》的涉及，集中體現在這樣幾個方面：

（一）主題：

（1）曹雪芹偉大，很多人都講佛道思想，時間感，影響整個中國的儒家形象，但是為什麼他可以表現這些偉大的主題……賈母可以說有儒家思想的「象徵」在裡面。

（2）《紅樓夢》的主題非常大，把我們基本哲學，儒家、道家統統表現出來……

（3）《紅樓夢》是「表現永恆的人生問題」。

（二）人物：

（1）曹雪芹之所以偉大，他看人不是單面的，不是一度空間的……《紅樓夢》裡面沒有十全十美的人，也沒有一個十惡不赦的人。

（2）像《紅樓夢》，鳳姐這個人，到底是怎麼樣一個人，你三言兩語很難講，但曹雪芹就厲害了，他設了很多線，每條線都表現了鳳姐的一面……他從來不講鳳姐是怎麼樣的一個人，他是從各方面表現出來，這才是戲劇化。

（三）場景：

（1）像鳳姐出場，多了不起……人未見，聲音先來，聲勢凌人。

（2）整個來說，《紅樓夢》裡，每個人出場的先後，每個場景安排的先後，都很好的……中秋夜宴那一場寫得非常好……他們在凸碧山莊賞月……忽然賈母感傷了，大概是覺得人生無常，月亮不能永遠團圓，人不能永遠團圓……這一場很重要，因為表示了由盛而衰……我想賈母感覺到這一點。只是寫賈母感覺，還不夠力量，曹雪芹非常好，馬上接上黛玉和湘雲聯詩，最後一句是「冷月葬詩魂」，這樣一方面講到賈府的衰亡，第二方面暗示了黛玉的死亡……這個mood是非常淒涼的……人生無常，上面賈母感覺到，下面黛玉感覺到。這兩場景相互輝映。若沒有黛玉一場，直接寫賈母的話，是不夠的。若黛玉一場晚一點的話，也不對，緊接了兩個，太好了。把紅樓夢的主題也豐富了一層。所以說在小說裡場景的前後安排時很重要的。

（四）「觀點」（point of view）：

如何表現賈家的榮華富貴，那種氣勢凌人？從作者的觀點無從表現……但是從一個鄉下老太婆的觀點來看就可以了。這就是觀點的運用，自從劉姥姥進了大觀園，便用她的觀點來看大觀園……我想觀點的運用是小說裡面最重要的特質之一。

（曹雪芹）他觀點的改變，不露痕跡，這個了不起……寶玉在場時，大部分用寶玉的觀點，在別的場時，他覺得應該以什麼人來當這一場的主角，他就轉到那個人的觀點去，轉得非常自然。每一次轉動都有它的意義在，從觀點的運用看，這部書很了不得。因為這麼複雜一部書，不可能用單一觀點，不能以第一人稱敘述（first person narrator），一定要用全知觀點來表現，全知觀點裡面又有由各種人物的觀點出發，而且運用了現代小說的技巧，用第三者的對話來批評某一個人物，不直接的講。像興兒在尤二姐家講起鳳姐、賈寶玉、林黛玉，是對他們的批評。

（五）技巧：

（1）《紅樓夢》的技巧之所以偉大，有一點，是對話了不起，曹雪芹很少旁白，解釋人物的個性、人物的意念……總是讓人物自己來表現自己，用對話的方式。

（2）中秋夜宴，海棠花開，寶玉失玉，這些都是Warning（警告），曹雪芹用了很多Warning……《紅樓夢》寫得好，絕不只因為內容豐富，而且是表達技巧非常非常高超。

（3）這部書偉大，一方面在它的象徵意義非常深刻，一方面寫實能力達到了高峰。

（六）文字：

（1）中國文字不長於抽象的分析、闡述，卻長於實際象徵性的運用，應用於symbol，應用於實際的對話，像《紅樓夢》，用象徵討論佛道問題，用寶玉的通靈寶玉，用寶釵的金鎖，很concrete、很實在的文字……這是我們中國文字的優點，我們要瞭解。

（2）對話一定要生動，一定像生活裡的人所說的……黛玉與寶玉談禪談玄，都是開玩笑講出來的，全是日常生活的語言，這是它偉大的地方，那麼平凡的日常生活的方式，卻有那麼深奧的東西。

如果說這次訪談，是白先勇借助《紅樓夢》來談小說藝術，《紅樓夢》還不是他的正面話題的話，那麼發表在一九八六年一月《聯合文學》上的〈賈寶玉的俗緣：蔣玉菡與花襲人——兼論《紅樓夢》的結局意義〉，則是白先勇專門論述《紅樓夢》的一篇學術論文，在這篇論文中，白先勇提出了這樣幾個觀點：

（1）雖然賈寶玉有句名言「女兒是水做的骨肉，男人是泥做的骨肉」，但《紅樓夢》中有幾位男性不在此列，他們是：北靜王、秦鐘、柳湘蓮、蔣玉菡。這「四位男性於貌則俊美秀麗，於性則脫俗不羈，而其中以蔣玉菡與賈寶玉之間的關係最是微妙複雜，其涵義可能影響到《紅樓夢》結局的詮釋」。

（2）在第五回「賈寶玉神遊太虛境，警幻仙曲演紅樓夢」中「金陵十二釵又副冊」寓示襲人命運的詩句為：「枉自溫柔和順，空云似桂如蘭；堪羨優伶有福，誰知公子無緣」，詩中「優伶」即指蔣玉菡，「可見第一百二十回最後蔣玉菡迎娶花襲人代賈寶玉受世俗之福的結局，作者早已安排埋下伏筆，而且在全書發展中，這條重要線索，作者時時在意，引申敷陳」。

（3）第二十八回「蔣玉菡情贈茜香羅，薛寶釵羞籠紅麝串」中，蔣玉菡行酒令時，吟出「花氣襲人知晝暖」之句，冥冥之中與花襲人結緣。此時雖然賈寶玉與蔣玉菡初次見面，卻十分投緣，「兩人彼此傾慕，互贈汗巾，以為表記」。寶玉贈給蔣玉菡的那條松花汗巾原屬襲人所有，而蔣玉菡贈的那條「血點似的大紅汗巾子，夜間寶玉卻悄悄繫到了襲人的身上。」寶玉此舉，「在象徵意義上，等於替襲人接受聘禮，將襲人終身託付給蔣玉菡」。在第一百二十回結尾時，通過兩條汗巾二度相合，蔣玉菡和花襲人方彼此相知一為寶玉丫頭，一為寶玉摯友，兩人終於「成就一段好姻緣」。

（4）襲人在寶玉的生命中極具分量，且與寶玉有肌膚之親；而蔣玉菡與寶玉的關係也非同一般——不僅兩人名字中都有個「玉」字（《紅樓夢》中凡名字中有「玉」者，都具重要意義），而且兩人還有一段同性俗緣，寶玉為此還大受笞撻。後來寶玉出家，「佛身」升天，但「俗身」卻附在了蔣玉菡身上，由蔣玉菡「最後替他完成俗願，迎娶襲人」——「蔣玉菡當為寶玉『千百億化身』之一」。

（5）《紅樓夢》中常用「戲中戲」的手法來點題，九十三回蔣玉菡扮演《占花魁》中的秦小官，秦小官原名秦鐘（與「情種」諧音），而秦小官對花魁（美娘）的憐香惜玉，又寓示了蔣玉菡將來對花襲人的一種柔情——這也是寶玉希冀的心願。《紅樓夢》中除了寶玉—黛玉—寶釵的三角關係之外，還有寶玉—蔣玉菡—襲人的另一種三角關係。前一個三角關係中，寶黛是「仙緣」，玉釵是責任，均無真正的世俗之愛，而在後一種三角關係中，寶玉與蔣玉菡和襲人，均有過世俗肉身之愛，因此，寶玉與這兩人俗緣最深。當寶玉出家，塵緣已了之際，他以功名報答父母，以兒子完成家族使命，卻以蔣玉菡替代自己娶襲人，完成自己的俗緣。

（6）《紅樓夢》第一百二十回結尾，不但以甄士隱和賈雨村這兩個寓言式人物首位呼應，而且「寶玉出家，佛身升天，與蔣玉菡、花襲人結為連理，寶玉俗緣最後了結——此二者在《紅樓夢》的結局占同樣的重要地位，二者相輔相成，可能更近乎中國人的人生哲學，佛家與儒家，出世與入世並存不悖……如果僅看到寶玉削髮出家，則只看到《紅樓夢》的一半……作者借著蔣玉菡與花襲人完滿結合，完成畫龍點睛的一筆，這屬於世俗的一般，是會永遠存在的」。在寶玉自己出家這一半，符合佛家小乘佛法；而他成就蔣玉菡和花襲人的姻緣，則與大乘佛法的人間性相一致。

通過以上對白先勇接受訪談時的言說以及他自己論文中觀點的大量引述，不難發現，（1）白先勇對《紅樓夢》的熟悉程度並不亞於專門研究《紅樓夢》的紅學家，只不過他對《紅樓夢》的關注，不以《紅樓夢》的版本考證為志業，也不以曹雪芹的身世索隱為追求，而是將《紅樓夢》視為一個文學文本，從文學作品的角度，對作品進行「文學」闡釋；（2）《紅樓夢》（曹雪芹）在白先勇的心目中，代表了文學的最高成就，是評判文學水準高下的標竿和尺碼；（3）在對《紅樓夢》的「文學」細讀中，白先勇帶領我們充分認識到了曹雪芹的博大精深，感受到了《紅樓夢》的深刻細膩，挖掘出了《紅樓夢》的高妙精緻，展示出了《紅樓夢》的理路意趣——也就是說，白先勇對《紅樓夢》的理解，緊扣《紅樓夢》的文學／文本世界，文學／文本世界之外的《紅樓夢》版本沿革和作者曹雪芹的身世經歷，雖然是白先勇理解《紅樓夢》的重要參考，但卻沒有成為白先勇研析《紅樓夢》的主要方向和重點；（4）白先勇在對《紅樓夢》研析的過程中，會遇到哪個版本最符合文學情境和美學風格的問題，此時白先勇也會對《紅樓夢》的版本有所言說，但那是他在長期細讀《紅樓夢》的基礎上，憑著自己深厚的文學修養所形成的文學敏感，以及自己創作實踐的切身體會，在版本比較的基礎上所作出的「文學」判斷。

在白先勇第一次接觸到《紅樓夢》近七十年之後，在白先勇香港接受訪談四十年之後，在白先勇發表《紅樓夢》研究論文三十年之後，在白先勇美國加州大學講授《紅樓夢》四十年之後，在白先勇臺灣大學講授《紅樓夢》二年之後，他將在臺灣大學開設《紅樓夢》課程的講義整理成《白先勇細說紅樓夢》一書公開出版。《白先勇細說紅樓夢》看上去是「《紅樓夢》導讀」這門課程的講義結集，但實際上，它是白先勇幾十年熟讀、精研《紅樓夢》之後，運用新批評理論，結合自己的創作實踐，對之加以精心研析的成果結晶，並完整、全面地體現了白先勇對《紅樓夢》的認知形態和解讀理路。

四十年前，白先勇在接受胡菊人訪談時，儘管他在言談中對《紅樓夢》的相關評說，已經可以大致看出後來的《白先勇細說紅樓夢》的雛形，但畢竟在當時「還沒有一本專書，討論紅樓夢的技巧……還沒有一本專書說為什麼紅樓夢寫得那麼好，譬如從觀點、象徵、文字、對比這一類的文學技巧來研究紅樓夢」[5]，對此白先勇在言語之中頗感遺憾；四十年後，白先勇將自己「文學」研讀《紅樓夢》的畢生體會，以系統性、「集大成」的方式結晶為《白先勇細說紅樓夢》一書，用實際行動消除了當年的這一缺憾。

二、化用「新批評」理論展開文本細讀

白先勇雖然大學念的是外文系，出國留學後又在美國學習創意寫作，但他對中國古典

文學的熱愛卻從未間斷，即便是在臺灣大學外文系念書期間，他也常去旁聽中文系的古典文學課程[6]。既專業學習外國文學又不忘懷中國古典文學，這種相容古今中外的文學理念自覺和文學教育追求，使得白先勇既有著深厚的中國古典文學素養和根基，又具有西方文學觀念及理論的知識和視野——兩者的結合使白先勇能用西方的文學觀念和理論，來觀照和分析中國古典文學。在白先勇對西方理論的接受中，「新批評」無疑是對他產生重大影響的一種文學理論，這不僅因為對他影響至巨的大學老師夏濟安（及其弟弟夏志清）非常熟悉「新批評」理論，而且他在美國愛荷華大學留學期間，也修過與「新批評」理論相關的課程[7]。事實上在白先勇的一些評論文章和他自己的創作談中，不難發現「新批評」理論對他的深刻影響。在白先勇對《紅樓夢》的解讀／細讀中，「新批評」理論的分析特點，也十分明顯。

「新批評」（New Criticism）是對二十世紀二、三十年代一批英美文學理論家／評論家所形成的文學理論／批評特徵的概括和總稱，這些文學理論家／評論家以英國的艾略特（T.S.Eliot）、理查茲（I.A.Richards）、燕蔔蓀（William Empson）、利維斯（F.R.Leavis），和美國的蘭色姆（J.C.Ransom）、泰特（Allen Tate）、布魯克斯（Cleanth Brooks）、沃倫（Robert Penn Warren）、維姆薩特（W.K.Wimsatt）、韋勒克（Rene Wellek）等為代表，雖然這些被看作是「新批評」代表人物的文學理論家／評論家們最終並沒有形成一個統一的理論流派，但在他們的文學理論追求和文學批評實踐中，注重對文學文本主體／本體的形式強調，認為文學的本體即作品等方面，卻是頗為一致的。

「新批評」的名稱源自蘭色姆的一部文學理論著作《新批評》。所謂「新批評」，是相對於在此之前文學批評中的社會批評、歷史批評、倫理道德批評以及作家傳記研究——這種文學批評/研究方法致力於探討文學與社會、歷史、倫理道德等「外部」關聯及作家與作品的關係，而對文學作品/文本自身重視不夠。「『新批評』視文學作品為獨立的客體，注重作品的內部研究」[8]，將文學批評/文學研究從著重文學的「外部」關聯轉為對作品/文本的「內部」聚焦，宣導一種「文本闡釋」（explication of the text）的文學批評/文學研究風氣。其「最大貢獻就是提供了一種『文本細讀』（close reading）的方法」[9]。對文學作品/文本自身「內部」的重視，決定了「新批評」理論家/評論家們把文學作品/文本自身視為是文學活動的本質與目的，強調文學作品/文本自身應成為文學研究的核心。在他們看來，「文學研究的合情合理的出發點是解釋和分析作品本身」[10]，而在突出文學作品/文本自身的本體性同時，他們還特別看重文學作品/文本自身的整體性和統一性。「布魯克斯明言『新批評』的信條之一是：『文學批評主要關注的是整體，即文學作品是否成功地形成了一個和諧的整體，組成這個整體的各個部分又具有怎樣的相互關係』」[11]。

「新批評」除了在認識論上強調文學作品/文本自身的本體性、整體性和統一性，在方法論上注重「文本闡釋」和「文本細讀」，還在認識文學作品/文本自身「內部」的具體操作上，提出了許多獨特新穎的概念和見解，如「文學語言」與「科學語言」的區別（理查茲）、「張力」的發現（泰特）、「反諷」的強調（布魯克斯）等，這些概念/見解，對深入「細讀」/分析文學作品/文本自身，具有非常強的實用性和可操作性。

從以上對「新批評」理論的簡略介紹中，不難發現白先勇在他幾十年的《紅樓夢》閱讀/研讀道路上，「新批評」對他的影響痕跡十分明顯：首先，他對《紅樓夢》世界的進入，不在《紅樓夢》的「外部」世界（版本考據、作者索隱）盤旋，而是明心見性，直指《紅樓夢》的文學世界「內部」，將《紅樓夢》作為一部文學作品／文本對之進行「文學」認識和美學考察；其次，他對《紅樓夢》的理解和感悟，是通過文本細讀／文本闡釋，將其作為一個有機整體來進行全面把握；第三，他在具體精研細讀《紅樓夢》的過程中，依憑「新批評」的理論視野，並結合自身的創作經驗，從語言層（文學語言的語調、語氣、語態）、修辭層（明喻、暗喻、借喻、象徵）、元素層（張力、反諷）、結構層（整體性、統一性）等不同方面，對《紅樓夢》展開「細說」。

需要特別指出的是，在《白先勇細說紅樓夢》中白先勇雖然以「新批評」為主要理論指導展開對《紅樓夢》的細讀，但他對「新批評」理論的運用並不是刻板的、僵化的、教條主義式的，而是對「新批評」進行了「化用」——具體而言，就是並沒有像「新批評」那樣一味關注文學的「內部」，而是在注重文學「內部」的同時也不忽略與文學相關的「外部」世界（社會、歷史、道德、倫理、作家生平等），此外，白先勇在細讀《紅樓夢》時，其理論資源也不只限於「新批評」一家，盧伯克（Percy Lubbock）的敘事「觀點」（point of view）理論、「繪畫手法」和「戲劇手法」理論；福斯特（A.M.Forster）的「扁平人物」和「圓形人物」理論等，都是白先勇精研細讀《紅樓夢》的重要理論來源。因此，準確地說，白先勇在「細讀」《紅樓夢》的時候，他對「新批評」理論的運用，是在「新批評」理論基礎上，融合了社會批評、歷史批評、倫理道德批評、心理分析批評、作家傳記研究以及盧伯克、福斯特等人的文學理論之後的一種「化用」。

由於《白先勇細說紅樓夢》是對《紅樓夢》原著條分縷析的逐章細讀，創見紛呈，亮點畢現，因此在本文中，對於《白先勇細說紅樓夢》的精采之處，難以一一指陳，無法面面俱到，而只能舉起要者，加以敘說，由管窺豹，略見真章。

從總體上看，《白先勇細說紅樓夢》對於《紅樓夢》研究的最大貢獻，主要體現在這樣幾個方面：

（一）「文本化」、「文學化」和「藝術性」的看取角度和研究立場：

這一點前面已經提及，從白先勇「讀《紅樓夢》」、「講《紅樓夢》」、「研究《紅樓夢》」的歷史來看，他自始至終都是聚焦《紅樓夢》的作品／文本，深入《紅樓夢》的「內部」，以對《紅樓夢》的文本解讀為旨歸。在有關《紅樓夢》的眾多研究成果中，將《紅樓夢》當作「天下第一書」，化用「新批評」理論對《紅樓夢》進行藝術維度的細讀和闡釋，《白先勇細說紅樓夢》堪稱首創！白先勇的閱讀視野橫跨中外，貫穿古今，人類創造的文學經典，白先勇所閱多矣！以豐厚的經典閱讀為前提，而將《紅樓夢》視為「天下第一書」，可見《紅樓夢》在白先勇心目中的地位是何等「顯赫」，而這一「顯赫」地位的獲得，並不是因為《紅樓夢》版本的多樣和作者身世的複雜，而是因為《紅樓夢》文學成就的巨大和藝術水準的精湛！因此，白先勇看取《紅樓夢》的角度和研究《紅樓夢》的立場，是「文本化」的，「文學化」的，「藝術性」的。白先勇自己坦言「我在臺大開設《紅樓夢》導讀課程」的目的，就是要「正本清源，把這部文學經典完全當作小說來導讀，側重解析《紅樓夢》的小說藝術：神話架構、人物塑造、文字風格、敘事手法、觀點運用、對話技巧、象徵隱喻、平行對比、千里伏筆，檢視《紅樓夢》的作者曹雪芹如何將各種構成小說的元素發揮到極致」[12]。在白先勇看來，「曹雪芹是不世出的天才」，他雖然成長在十八世紀的乾隆時代，但他在「繼承了中國文學詩詞歌賦、小說戲劇的大傳統」的同時，卻能「推陳出新」[13]，以至於十九、二十世紀西方現代小說技巧的各種新形式（如敘事觀點的運用、寫實與神話／象徵的疊合、扁平人物和圓形人物的設計、場景作用的自覺等），「在《紅樓夢》中其實大都具體而微」[14]——也就是說，曹雪芹以他的文學天賦，在《紅樓夢》創作中所體現出的各種手法，已經不自覺地暗合了後來的西方現代小說技巧，使得「《紅樓夢》在小說藝術的成就上，遠遠超過它的時代，而且是永恆的」[15]。

由於白先勇幾十年一貫地從「文學」角度深入《紅樓夢》的藝術世界，因此對於《紅樓夢》在文學表現和藝術創新上「內在」具有的超凡性、超前性和永恆性，白先勇能夠深刻體察、鞭辟入裡並全面開掘、完整闡釋，能夠將《紅樓夢》在藝術上的獨特性、豐富性和創造性予以充分展現和徹底釋放，從而從文學藝術的角度，幫助人們更加深刻、全面、完整、細緻地認識到《紅樓夢》的「第一」性、超前性、偉大性和永恆性！

（二）「形而上」與「形而下」兩結合的分析理路：

在《白先勇細說紅樓夢》中，白先勇對《紅樓夢》的分析理路具有「形而上」與「形而下」兩結合的特點。所謂「形而上」，是指白先勇對於《紅樓夢》中的哲學意涵、神話結構和象徵手法，有著獨到的認識和深刻的理解；所謂「形而下」，則是指白先勇對於《紅樓夢》中的生活細節、人物心理和寫實手法，有著細膩的發現和精準的剖析，而他將這兩個方面有機結合起來分析《紅樓夢》的深湛和高妙，就成了《白先勇細說紅樓夢》中的一大特點。在對《紅樓夢》第一回的分析中，白先勇開宗明義指出曹雪芹首先「架構了一個神話，由超現實引領，進入寫實」，並認為「這本書最大的特點之一，或說它奇妙之處，就是神話與人間、形而上與形而下，可以來來去去，來去自如……好像太虛幻境、警幻仙姑、茫茫大士、渺渺真人……真有這麼回事，然後一降回到人間，賈母、王熙鳳、寶玉、黛玉……也覺得是真有其人」[16]。《紅樓夢》本身具備的「形而上」（哲學、神話、象徵）和「形而下」（社會學、人間、寫實）之兩重性，為白先勇從這兩個方面去發現《紅樓夢》的神妙並對之進行細讀，提供了「文本」基礎，而白先勇能從「形而上」與「形而下」兩結合的理路去分析《紅樓夢》，也說明白先勇是曹雪芹真正的知音，是《紅樓夢》真正的解人。在《白先勇細說紅樓夢》中，白先勇既對《紅樓夢》中的「形而上」抽象進行了細緻分析，也對小說中的「形而下」具象展開了深入剖析，從而在「形而上」與「形而下」的兩結合中，以與《紅樓夢》文本契合的對應方式，進行了獨到的闡釋。

如在分析第五回的時候，白先勇明確提出「第五回是全書極重要的神話架構」[17]，在這一回中，「真與幻，人與仙」——也就是「形而上」的哲學沉思與「形而下」的人生百相，借著「寶玉神遊」聯結了起來。在細讀／解讀的過程中，白先勇既指出小說中的「形而上」內容（太虛幻境中的種種場景、人物，和金陵十二釵正冊、副冊、又副冊）其實是「形而下」內容（寶玉未來的現實人生）的一種「預言」和「警示」，又指出「形而下」內容（秦氏臥房及其中的華美陳設）其實是「形而上」內容（寶玉「情」的覺醒和人生感悟）的一種「誘導」和「啟迪」。這樣的「兩結合」分析——包括指出很多人物（如寶玉、黛玉、北靜王、賈雨村、甄士隱、秦鐘、秦可卿等）既是象徵人物，「同時也是實在的人物」[18]，不但與《紅樓夢》作品本身相「匹配」，而且也體現出白先勇在「細讀」《紅樓夢》時，抽象與具象、哲理與人生、象徵與寫實——一言以蔽之，也即「形而上」與

「形而下」——合二為一的一種分析／解讀特色。

（三）從「人物」到「語言」的精準「細讀」：

《白先勇細說紅樓夢》所體現出的對「新批評」理論的化用，除了「觀念」上重視「文本」之外，最豐富最具體的表現，就是在「細讀」《紅樓夢》時，在人物塑造、文字風格、敘事手法、觀點運用、對話技巧、平行／伏筆手法等方面的細緻分析和詳細解讀。在人物塑造方面，白先勇除了指出曹雪芹的《紅樓夢》在塑造人物時，不但「擺脫了說書的傳統，在整本書裡面看不見曹雪芹這個人」[19]，而且「寫一個人，沒有絕對的好或絕對的壞」[20]，寫出的人物「一個個都非常個性化（individualized）」[21]，還特別指出「《紅樓夢》寫人物，用各種的側面來描寫」[22]，如寫鳳姐第一次從林黛玉的眼中看，第二次從劉姥姥的眼中看，第三次從興兒的眼中看（嘴中說）……「就這麼一個人，從各種角度寫，正面寫，反面寫」[23]。此外，白先勇一再強調《紅樓夢》中非常重要的一點，就是它在「設計人物、描寫人物」時，「不是單面的，它有一種『鏡像』（mirror image），就是說一個人物，他另有好幾個，方方面面來補強他。一個林黛玉，有晴雯，有齡官，還有柳五兒，好幾個女孩子，跟黛玉的命運相似，個性也相同，但又不完全一樣……寶釵也有鏡像，襲人是一個，探春也是這一類型」[24]。能把《紅樓夢》中塑造人物的精妙之處，如此深切地探究挖掘出來，白先勇顯然得益於對「新批評」理論的熟稔和對作品人物關係的理解——「新批評」的「細讀」方法，幫助白先勇發現了曹雪芹在《紅樓夢》中一方面以不同的角度多方面描寫人物，另一方面則以一個「中心」人物為核心，圍繞著這個「中心」人物以「群」（類／系列）的方式，另外塑造數個人物，以達到映襯、對比、補充、豐富這個中心人物的目的，並形成以這個「中心」人物的氣質、特點為代表而又各不相同的人物群像。這樣的人物塑造法，在世界小說發展史上，應當說都是一個創舉。而曹雪芹在塑造人物時的這番良苦用心也在二百多年後的一位文學同道那裡，得到了「共鳴」，遇到了真正的解人和「知音」。

除了在人物塑造上匠心獨運，別具新意，曹雪芹在關乎小說創作的其他所有方面，可以說都心思縝密，精心設計、巧妙安排，整體佈局。由於曹雪芹藝術用心深藏不露，將種種深湛的藝術手法如鹽入水與作品融為一體，因此一般讀者在閱讀《紅樓夢》時往往習焉不察，白先勇在細讀《紅樓夢》時，對種種藝術手法條分縷析，抽絲剝繭，將這些「精妙」之處一一展現。

比如在小說語言和對話方面，白先勇就有很多精采的分析。第十八回元妃省親在與賈母、王夫人見面時，有「當日既送我到那不得見人的去處」之語。白先勇在分析這句話時，既指出其背後蘊藏著無盡的辛酸和淒涼——「皇妃的生活豈是好過？」[25]，同時也讚賞「一句話就把她變成一個人，真的人，不僅是皇帝的妃子，也是賈家的女兒」，「她也非常有人性，有她自己滿腹的心事，有她自己說不出的苦處」[26]。曹雪芹在《紅樓夢》中一句普通的家常對話，經過白先勇這麼一分析，其豐富的含義和對塑造人物具有的張力，就一下子呈現在讀者眼前。

再比如在觀點／視角（point of view）運用方面，白先勇也對《紅樓夢》的匠心獨運深有會心。對於大觀園的繁華、奢華、尊榮和尊貴，曹雪芹在《紅樓夢》中通過賈政（客觀）／寶玉（主觀）、元妃（主、客觀兼具）等不同的視角表現過，可是大觀園在劉姥姥眼裡是怎樣的觀感，則是從完全不同的觀點／視角展開的一個世界。對此，白先勇充分體悟到曹雪芹的神思妙用：「劉姥姥進了瀟湘館，進了蘅蕪院，她的感受，讓我們刷新（**refresh**）一次認識，重新對大觀園有一番新的印象。這就是曹雪芹厲害的地方，他前面很久沒有講到大觀園了，已經知道的他不講了，新發生的，等劉姥姥來的時候，又給它一個近鏡頭（**close up**），誇大地來看大觀園」[27]。「由於劉姥姥進來，用不同的眼光再掃一遍以後……我們等於跟在劉姥姥後天進去看大觀園。」對於「曹雪芹三番四次用各種角度描寫」大觀園，白先勇認為「這很重要的。如果換一個作家，可能他忍不住，搶先把那麼不得了的一個園子，主觀地寫了一大堆，那樣的寫法，也許反而讓我們腦子裡糊塗一片，也失去身歷其境的樂趣」[28]。

至於白先勇對《紅樓夢》中平行／伏筆手法的剖析，早年〈賈寶玉的俗緣：蔣玉菡與花襲人——兼論《紅樓夢》的結局意義〉一文，就已是這方面的精闢之作，到了《白先勇細說紅樓夢》中，白先勇對曹雪芹運用「草蛇灰線、伏脈千里」手法的分析，更加全面、充分、細緻。由於前文已舉白先勇的文章為例，這裡就不再贅述了。

三、版本互校與整體觀照

（一）「程乙本」與「庚辰本」相比照的版本互校：

「版本學」是《紅樓夢》研究中非常重要的一個方面，作者、版本、文本是支撐「紅學」的三大主幹，從蔡元培、王國維、胡適、俞平伯，到林語堂、周汝昌、馮其庸、張愛玲，無論是「舊紅學」還是「新紅學」，對於《紅樓夢》的研究，基本上都是圍繞這三大主幹展開。前面說過，白先勇雖然不以「《紅樓夢》研究專家」名世，但他對《紅樓夢》的熟悉程度，並不亞於許多紅學家，因此，他以《紅樓夢》的文本為物件，以一個著名作家的閱讀感受和創作體驗為支撐，以化用後的「新批評」理論為指導，展開對《紅樓夢》的講解、細讀和研究，也就在《紅樓夢》的版本認知上，形成了他的獨特判斷。

在《白先勇細說紅樓夢》中，白先勇結合教學的需要，對在當代讀者中最具廣泛影響力的兩個《紅樓夢》版本——「程乙本」和「庚辰本」——進行了比照，通過版本互校，白先勇發現「庚辰本」在許多地方存在著人物語言與身分不符、人物性格前後矛盾，甚至人物行為的因果關係產生了顛倒等問題，而「程乙本」則基本上不存在這些問題，因此白先勇對待這兩個版本的基本態度是：「庚辰本做為研究本，至為珍貴，但做為普及本則有不少大大小小的問題」[29]，而「《紅樓夢》是中國最偉大的小說，當然應當由一個最佳版本印行廣為流傳。曾經流傳九十年，影響好幾代讀者的程乙本，實在不應該任由其被邊緣化」[30]——也就是說，在白先勇看來，「庚辰本」自有其研究價值，而「程乙本」作為大眾閱讀的文學文本，則更符合文學經典的特徵和要求，更應作為文學經典文本得到普及和流傳。

為何同樣一部《紅樓夢》，卻在「庚辰本」和「程乙本」中會出現這樣的分野？在《白先勇細說紅樓夢》中，白先勇有這樣的介紹：

> 《紅樓夢》的版本問題及其複雜，是門大學問。要之，在眾多版本中，可分兩大類：即帶有脂硯齋、畸笏叟等人評語的手抄本，止於前八十回，簡稱脂本；另一大

類，一百二十回全本，最先由程偉元與高鶚整理出來印刻成書，世稱程高本，第一版成於乾隆五十六年（一七九一），即程甲本，翌年（一七九二）又改版重印程乙本。程甲本一問世，幾十年間廣為流傳，直至一九二七年，胡適用新式標點標注、由上海亞東圖書館印行的程乙本出版，才取代程甲本，獲得《紅樓夢》「標準版」的地位[31]。

然而，起步於上世紀七十年代、完成於一九八二年的新版「庚辰本」（這一新版「庚辰本」與傳統八十回版的「庚辰本」不同，它也是一百二十回本，前八十回以「庚辰本」為底本，後四十回則截取自程高本），卻挾體制之力，以「橫掃千軍」之勢，取代了此前「程乙本」的「標準版」地位，並使「程乙本」逐漸有消弭於無形的危機。如果這個新版（一九八二年版）「庚辰本」確實優於「程乙本」，那麼以優汰劣，理所應當！問題在於，白先勇經過對兩個版本的仔細比照互校，發現這個新版「庚辰本」「隱藏了不少問題，有幾處還相當嚴重」[32]，因此他從「小說藝術、美學觀點」的角度，在《白先勇細說紅樓夢》中「比較兩個版本的得失」[33]，一一指出「庚辰本」的缺失和不足，為事實上已經基本消失的「程乙本」「正名」、「平反」、「鼓與呼」。

白先勇通過比照互校，發現了一九八二年版「庚辰本」中的不當／錯誤之處有一百九十處之多，這裡舉幾個最為突出、典型的例子：

（1）「庚辰本」第六十五回「賈二舍偷娶尤二姨，尤三姐思嫁柳二郎」中的尤三姐形象前後矛盾，不合邏輯。這一回按照「庚辰本」的描寫，尤三姐前面是這樣的：「賈珍便和三姐挨肩擦臉，百般輕薄起來。小丫頭子們看不過，也都躲了出去，憑他兩個自在取樂，不知作些什麼勾當」，「這尤三姐……本是一雙秋水眼，再吃了酒，又添了餳澀淫浪，不獨將他二姐壓倒，據珍璉評去，所見過的上下貴賤若干女子，皆未有此綽約風流者……他那淫態風情，反將二人禁住……竟真是他嫖了男人，並非男人淫了他」，「誰知這尤三姐天生脾氣不堪，仗著自己風流標緻，偏要打扮得出色，另式作出許多萬人不及的淫情浪態來」。這樣一個不知自重放浪形骸的尤三姐，到了後面卻以自盡的方式來維護自己的清白和尊嚴：「那尤三姐在房明明聽見（柳湘蓮有退婚之意，來向賈璉索要定禮『鴛鴦劍』——引者注）。好不容易等了他來，今忽見反悔，便知他在賈府中聽了什麼話來，把自己當作淫奔無恥之流，不屑為妻」，於是她走出來一面對柳湘蓮說「還你的定禮」，「一面淚如雨下，左手將劍並鞘送給湘蓮，右手回肘，只往頸上一橫」。

對於尤三姐的這種前後變化，白先勇認為前面的描寫「庚辰本犯了一個很糟糕的錯誤……把尤三姐寫得那麼低俗……把尤三姐完全破壞掉了。第一，尤三姐絕對不可能跟賈珍先有染，有染以後，她後來怎麼硬得起來，她怎麼敢臭罵賈珍、賈璉他們兩個人？自己已經先失足了，有什麼立場再罵？」因此「如果它是這樣寫，下面根本寫不下去了」[34]，而且按照「庚辰本」的描寫，如果尤三姐真的是「淫情浪態」在先，那麼後面柳湘蓮的判斷就沒有錯，尤三姐也就沒什麼好冤屈的，她剛烈地自刎也就顯得非常矛盾和突兀，在人物性格的邏輯上也明顯不合。比較起來，「程乙本」對尤三姐形象、性格的描寫、刻劃就合情合理得多，也更加符合尤三姐這個人物自身的性格發展邏輯。限於篇幅，這裡就不引用白先勇對「程乙本」的分析、舉例了[35]。

（2）「庚辰本」第七十四回「惑奸讒抄檢大觀園，矢孤介杜絕寧國府」（「程乙本」回目為「惑奸讒抄檢大觀園，避嫌隙杜絕甯國府」）在繡春囊事件上，「出了離譜的錯」[36]。這回在迎春的大丫頭司棋那裡，抄檢出一雙男子的錦襪並一雙緞鞋，一個同心如意並一個字帖兒，「庚辰本」中的（潘又安）字帖兒上這般寫道：「再所賜香袋二個，今已查收外，特寄香珠一串，略表我心」——白先勇指出「這錯得離譜，完全倒過來了」[37]，也就是說，「繡春囊本是潘又安贈給司棋的定情物，庚辰本的字帖寫反了，寫成是司棋贈給潘又安的，而且變成兩個」[38]。而在「程乙本」中，則寫成「再所賜香珠二串，今已查收。外特寄香袋一個，略表我心」。兩相比較，很顯然「程乙本」是正確的。

在人物的語言與身分關係上，「庚辰本」也有諸多人物語言與其身分、情境不相符合之處，而同一處的「程乙本」表達，則顯得要貼切、高明許多。此類例子甚多，難以一一列舉，試舉兩例：「庚辰本」第三回「賈雨村夤緣復舊職，林黛玉拋父進京都」（「程乙本」回目為「托內兄如海薦西賓，接外孫賈母惜孤女」）賈母在向林黛玉介紹王熙鳳的時候，寫作「你不認得他，他是我們這裡有名的一個潑皮破落戶兒，南省俗謂作『辣子』」，而「程乙本」則寫成「你不認得他，他是我們這裡有名的潑辣貨，南京所謂『辣子』」——兩相比較，白先勇認為「庚辰本『潑皮破落戶』我覺得不妥」；而「『南省』何所指？查不出來」，「程乙本把『南省』作『南京』，南京有道理，賈府在南京」[39]；再如「庚辰本」第六十八回「苦尤娘賺入大觀園，酸鳳姐大鬧甯國府」中，鳳姐見到尤二姐，講了很多話，並稱尤二姐為「姐姐」而自稱「奴家」——白先勇指出「鳳姐不可能稱尤二姐為『姐姐』，她只能叫她『妹妹』，而且她對尤二姐絕對不會自稱『奴家』，以王鳳姐的地位，王鳳姐的威，怎麼可能用這種自謙自卑的語氣，而且是在情敵面前」[40]——而在

「程乙本」中王熙鳳則稱尤二姐為「妹妹」，也沒有「奴家」的自稱。「庚辰本」裡這種人物言語、身分不搭調的現象，在「程乙本」的同樣地方則完全消失，而代之以合理又合理、妥帖且熨帖的表達。對此《白先勇細說紅樓夢》中舉例甚多，這裡就不再引證了。

通過對「庚辰本」和「程乙本」的版本比照和互校，白先勇以一個個具體的例證，證明了「程乙本」作為文學文本，比「庚辰本」更加成熟也更具經典意味！

（二）從「文本」自身的呈現形態和邏輯發展實現整體觀照：

由於《紅樓夢》的版本有八十回本的「脂本」系統（共有十二種）和一百二十回本的「程高本」（有「程甲本」和「程乙本」兩種）系統，而八十回本出現得早，一百二十回本出現得晚，因此後四十回的作者問題，以及後四十回與前八十回之間是一種什麼樣的關係問題，也就成為紅學研究中的又一重大「論題」和焦點，也是導致紅學界／不同紅學家之間產生分歧的重要原因。

「程高本」系統的「生產者」程偉元在〈程甲本序〉以及和高鶚共同署名的〈程乙本引言〉中，對《紅樓夢》後四十回的由來進行了說明：「自藏書家甚至故紙堆中無不留心，數年以來，僅積有二十餘卷。一日偶於鼓擔上得十餘卷，遂重價購之，欣然翻閱，見其前後起伏，尚屬接榫，然漶漫不可收拾。乃同友人細加釐剔，截長補短，抄成全部，復為鐫板，以公同好。《紅樓夢》全書始至是告成矣」[41]；「書中後四十回，係就歷年所得，集腋成裘，更無他本可考。惟按其前後關照者，略為修輯，使其有應接而無矛盾。至其原文，未敢臆改，俟再得善本，更為釐定。且不欲盡掩其本來面目也」[42]。

從程偉元和高鶚的自述中，《紅樓夢》後四十回的「來歷」，已交代清楚：為歷年搜集所得。只因張問陶的一個「詩注」（〈贈高蘭墅（鶚）同年〉注：「《紅樓夢》八十回以後，俱蘭墅所補」），而使得胡適認定《紅樓夢》後四十回為高鶚所續補，且藝術成就大不如前四十回——胡適的這一觀點對後續的紅學家／《紅樓夢》研究者如俞平伯、周汝昌、張愛玲等，都產生了重要影響。然而，早在二十世紀二、三十年代，就有容庚、宋孔顯等人提出不同的看法，認為：「百二十回本是曹氏的原本，後四十回不是高鶚補作的」[43]、「《紅樓夢》一百二十回均曹雪芹作」[44]。紅學後來者周策縱、高陽、王佩璋、舒蕪、吳組緗、馮其庸、胡文彬、蔡義江、趙岡、吳新雷、甯宗一、鄭鐵生等人，也都對高鶚續補之說有所質疑，其中一些學者還不同程度地傾向於認為後四十回很可能就是曹雪芹的原作——只是沒有鐵證罷了。

白先勇明確主張《紅樓夢》後四十回來自曹雪芹的原稿，整個《紅樓夢》一百二十回是個有機整體！只不過他的論證方式與其他紅學家們有所不同：他主要是從一個作家的創作感受／體驗，以及通過對《紅樓夢》的文本分析／細讀，兩者融合後得出這一結論。在白先勇看來，「世界上的經典小說似乎還找不出一部是由兩位或兩位以上的作者合著的。因為如果兩位作家才華一樣高，一定個人各有自己風格，彼此不服，無法融洽，如果兩人的才華一高一低，才低的那一位亦無法模仿才高那位的風格，還是無法融成一體」；而且，「《紅樓夢》前八十回已經撒下天羅地網，千頭萬緒，換一個作者，如何把那些長長短短的線索一一接榫，前後貫徹，人物語調一致，就是一個難上加難不易克服的問題。《紅樓夢》第五回，把書中主要人物的命運結局，以及賈府的興衰早已用詩謎判詞點明了，後四十回大致也遵從這些預言的發展」。對於「有些批評認為前八十回與後四十回的文字風格有差異」，白先勇認為這很正常，「因前八十回寫賈府之盛，文字應當華麗，後四十回寫賈府之衰，文字自然比較蕭疏，這是情節發展所需」[45]。也就是說，白先勇以一個作家的經驗和立場，認為《紅樓夢》前八十回與後四十回「是前後漸進過渡銜接得上的」[46]，應當為一人（曹雪芹）所作[47]。

當然，除了這種源自創作經驗和寫作邏輯的推論之外，白先勇斷定《紅樓夢》後四十回也是出自曹雪芹之手的更有力論據，是來自他對《紅樓夢》的閱讀感受和美學體會。在白先勇看來，《紅樓夢》的兩大主線：賈府興衰、寶玉悟「道」（從「情」走向「佛」），在整個一百二十回中是一以貫之、始終如一的，而且很多「草蛇灰線，伏脈千里」的線索，在後四十回與前八十回的對應也堪稱完美。在白先勇的閱讀／細讀經驗裡，《紅樓夢》作為一個整體，後四十回與前八十回不但沒有任何違和感，而且還體現出一種和諧的內在統一性和有機整體性。前面提到的〈賈寶玉的俗緣：蔣玉菡與花襲人——兼論《紅樓夢》的結局意義〉一文，已經充分證明了《紅樓夢》後四十回與前八十回之間的前後呼應是那麼的自然、優美、天衣無縫——從第五回「金陵十二釵又副冊」寓示襲人命運的詩句「堪羨優伶有福，誰知公子無緣」；到第二十八回蔣玉菡行酒令時吟出「花氣襲人知書暖」之句，以及賈寶玉與蔣玉菡彼此傾慕，互贈汗巾，而互贈的汗巾又都與襲人有關；再到第一百二十回末尾，由兩條汗巾，蔣玉菡和花襲人方知原來姻緣前定，寶玉早已為他們「牽線」，為他們兩人「成就一段好姻緣」，而他們的結合，也完成／實現了寶玉的「俗緣」。白先勇的這篇文章，可視為是從一條特定的線索／一個特定的維度，闡明／證明《紅樓夢》後四十回與前八十回之間，是有著密切的內在關聯性和協調的有機整體性的！

類似的例子當然不止一處，比如《紅樓夢》後四十回中的黛玉之死、賈府抄家等場景，白先勇認為都「寫得非常好」[48]，而寶玉出家，則是「整本書的高峰」[49]。在白先勇看來，《紅樓夢》後四十回裡的這些「好」和「高峰」之所以能夠形成，端賴前面的鋪墊和能量的積聚，只不過是到了後四十回後爆發、釋放出來了——這也證明了後四十回與前八十回之間的一體性。第一百二十回「寶玉出家」這一幕，白先勇認為「是紅樓夢整部書最高的一個峰，也可能是中國文學裡面最有力量（powerful）的一個場景。前面的鋪敘都是要把這個場景推出來」，「如果寶玉出家這一場寫得不好，寫得不夠力，這本書就會垮掉（collapse）……」[50]。白先勇一再強調《紅樓夢》有個神話架構，而寶玉出家則是「神話架構裡最高潮的一段」[51]——最後一回中的寶玉出家，不但與第一回首尾呼應，使全書在「神話架構」上形成接榫，而且也完成了《紅樓夢》中寶玉以「情」之維度呈現補天頑石人間歷劫的全過程，使全書無論是主題、故事，還是人物、結構等各個方面，都渾然一體，達至圓滿。

對於寶玉出家這一場景在《紅樓夢》中的作用和意義，白先勇特別撰文專門論述：

> 《紅樓夢》作為佛家的一則寓言則是頑石歷劫，墮入紅塵，最後歸真的故事。寶玉出家當然是最重要的一條主線，作者費盡心思在前面大大小小的場景裡埋下種種伏筆，就等著這一刻的大結局（Grand Finale）是否能釋放出所有累積爆炸性的能量，震撼人心。寶玉出家並不好寫，作者須以大手筆，精心擘劃，才能達到目的。《紅樓夢》是一本大書，架構恢宏，內容豐富，當然應該以大格局的手法收尾。[52]

白先勇認為曹雪芹通過寶玉完成塵世「俗緣」（給父母一個功名，給寶釵一個兒子、給襲人一個丈夫）的「人間情」，和出家「佛緣」（歸彼大荒，「落得個白茫茫大地真乾淨」）的「超越情」，從寫實／社會和神話／宗教兩個層面，為《紅樓夢》畫上了完美的句點，而這一句點最「畫龍點睛」之筆，就是最後的「寶玉出家」——「情僧賈寶玉，以大悲之心，替世人擔負了一切『情殤』而去，一片白茫茫大地上只剩下寶玉身上大斗篷的一點紅。然而賈寶玉身上那襲大紅猩猩氈的斗篷又是何其沉重，宛如基督替世人背負的十字架，情僧賈寶玉也為世上所有為情所傷的人扛起了『情』的十字架」，「最後情僧賈寶玉披著大紅猩猩氈的斗篷擔負起世上所有的『情殤』，在一片禪唱聲中飄然而去，回歸到青埂峰下，情根所在處。《紅樓夢》收尾這一幕，宇宙蒼茫，超越悲喜，達到一種宗教式的莊嚴肅穆」[53]。從某種意義上講，「寶玉出家」也是《紅樓夢》作者一體化（就是曹雪芹一人）、作品具有高度完整性的最充分證明和最集中體現！

縱觀白先勇的《紅樓夢》解讀式，不難發現，其歷史頗為悠久，其特徵可謂鮮明，其成就堪稱顯著，其影響相當廣泛。白先勇從《紅樓夢》的文本入手，化用「新批評」理論，不但對《紅樓夢》的主題、人物、場景、結構、語言等方方面面進行了「細說」，而且還在這種「文本化」分析中，從創作／文本維度和作品的整體性角度，對《紅樓夢》的版本優劣、後四十回的作者認定及其文學成就，提出了自己的判斷，從而在創作體驗／感受代入、「新批評」理論化用和文本細讀／美學評判相結合這一《紅樓夢》解讀式中，形成了自己特有的思路、視角、方法和風格，為文學認識和美學理解《紅樓夢》，作出了獨特的貢獻！

關鍵字：白先勇、紅樓夢、細讀、細說

1 白先勇：〈驀然回首〉，收入《驀然回首》，爾雅出版社，一九七八年版，第六八頁。
2 同上，第一四二頁。
3 白先勇：〈談小說批評的標準——讀唐吉松《歐陽子「秋葉」》有感〉，收入《驀然回首》，爾雅出版社，一九七八年版，第三五—五二頁。
4 〈與白先勇論小說藝術——胡菊人白先勇談話錄〉，收入《驀然回首》，爾雅出版社，一九七八年版，第一一九—一六三頁。
5 〈與白先勇論小說藝術——胡菊人白先勇談話錄〉，收入《驀然回首》，爾雅出版社，一九七八年版，第一四九頁。
6 參見白先勇〈驀然回首〉，收入《驀然回首》，爾雅出版社，九七八年版，第六五—七八頁。
7 劉俊《情與美——白先勇傳》，花城出版社二〇〇九年版，第二六頁。
8 王臘寶、張哲：〈新批評・譯序〉，收入約翰・克羅・蘭色姆著，王臘寶、張哲譯《新批評》，鳳凰出版傳媒集團，江蘇教育出版社，二〇〇六年版，第三頁。
9 李歐梵：〈西方現代批評經典譯叢・總序〉，收入約翰・克羅・蘭色姆著，王臘寶、張哲譯《新批評》，鳳凰出版傳媒集團，江蘇教育出版社，二〇〇六年版，第五頁。
10 韋勒克、沃倫：《文學理論》，生活・讀書・新知三聯書店，一九八四年版，第一四五頁。

11 王臘寶、張哲：〈新批評・譯序〉，收入約翰・克羅・蘭色姆著，王臘寶、張哲譯《新批評》，鳳凰出版傳媒集團，江蘇教育出版社，二〇〇六年版，第一三頁。
12 白先勇：《白先勇細說紅樓夢》（上），廣西師範大學出版社，二〇一七年版，第六頁。
13 同上。
14 白先勇：《白先勇細說紅樓夢》（上），廣西師範大學出版社，二〇一七年版，第七頁。
15 同上。
16《白先勇細說紅樓夢》（上），廣西師範大學出版社，二〇一七年版，第三九頁。
17 同上，第七三頁。
18 同上，第一三二頁。
19 同上，第四九頁。
20 同上，第五〇頁。
21 同上，第九四頁。
22 同上。
23 同上。
24 同上，第一五六頁。另參見第七八頁。
25《白先勇細說紅樓夢》（上），廣西師範大學出版社，二〇一七年版，第一四六頁。
26 同上。
27 同上，第三〇三頁。
28 同上，第三〇四頁。

29 白先勇：〈搶救尤三姐的貞操——《紅樓夢》程乙本與庚辰本之比較〉。
30 同上。
31 白先勇：《白先勇細說紅樓夢》（上），廣西師範大學出版社，二〇一七年版，第九—十頁。
32 同上，第十頁。
33 同上。
34 白先勇：《白先勇細說紅樓夢》（下），廣西師範大學出版社，二〇一七年版，第五二六頁。
35 參見白先勇：《白先勇細說紅樓夢》（下），廣西師範大學出版社，二〇一七年版，第五二五—五三六頁。
36 白先勇：《白先勇細說紅樓夢》（下），廣西師範大學出版社，二〇一七年版，第六三六頁。
37 同上，第六三八頁。
38 白先勇：《白先勇細說紅樓夢》（上），廣西師範大學出版社，二〇一七年版，第一五頁。
39 同上，第六四頁。
40 白先勇：《白先勇細說紅樓夢》（下），廣西師範大學出版社，二〇一七年版，第五五九頁。
41 曹雪芹：《紅樓夢》（程乙本校注本，上），廣西師範大學出版社，二〇一七年版，第一九頁。
42 同上，第二三頁。
43 容庚：〈紅樓夢的本子問題質胡適之俞平伯先生〉，收入《紅樓夢研究稀見資料彙編》上冊，人民文學出版社，二〇〇一年版，第一六八頁。
44 宋孔顯：〈紅樓夢一百二十回均曹雪芹作〉，收入《紅樓夢研究稀見資料彙編》上冊，人民文學出版社，二〇〇一年版，第五六八頁。

45 白先勇：〈賈寶玉的大紅斗篷與林黛玉的染淚手帕——《紅樓夢》後四十回的悲劇力量〉。
46 白先勇：〈賈寶玉的大紅斗篷與林黛玉的染淚手帕——《紅樓夢》後四十回的悲劇力量〉。
47 在另一處，白先勇也有過類似的表達：「我的看法是曹雪芹寫完了，高鶚刪潤的」。見《白先勇細說紅樓夢》（上），廣西師範大學出版社，二〇一七年版，第三四頁。
48 白先勇：《白先勇細說紅樓夢》（上），廣西師範大學出版社，二〇一七年版，第三四頁。
49 同上。
50 白先勇：《白先勇細說紅樓夢》（下），廣西師範大學出版社，二〇一七年版，第九九四頁。
51 同上。
52 白先勇：〈賈寶玉的大紅斗篷與林黛玉的染淚手帕——《紅樓夢》後四十回的悲劇力量〉。
53 同上。

著棋與撫琴
——《紅樓夢》後四十回與前八十回脈絡相連的生活意境

作者：朱嘉雯（一九七二—　），東華大學華語文中心主任、宜蘭大學人文暨科學教育中心副教授，著有《紅樓夢與曹雪芹》、《這溫柔來自何處：〈紅樓夢〉裡的愛情命運》。

著名作家白先勇針對《紅樓夢》後四十回應出於曹雪芹原稿，再經高鶚、程偉元整理成一百二十回全本的概況，曾做出解釋：「我覺得黛玉之死和寶玉出家是兩根柱子，把《紅樓夢》這個『紅樓』撐起來了，前面八十回寫的再好，也是為後四十回準備的，千里伏筆，都是為了最後寶玉出家、黛玉之死鋪陳的，所以如果這兩回寫得不好，中間缺了一個根垮下來，整個都會垮掉。」

關於《紅樓夢》八十回前後之思想、結構與人物性格的一致性等問題，最早在清朝張新之的《紅樓夢讀法》一書中，即已指出：「一部《石頭記》，計百二十回，瀝瀝洋洋，可謂繁矣，而實無一句閒文。可謂此書只八十回，其餘四十回乃出另手，吾不能知。但觀其中結構，如常山蛇，首尾相應，安根伏線，有牽一髮渾身動搖之妙，且此句筆氣，前後略無差別，重以父兄命，萬金贈，使閒人增半回，不能也。何以為耳目，隨聲附和者之多？」

循此，本文欲從後四十回《紅樓夢》文人風雅生活的情趣處著眼，分析此間眾人的棋力與古琴造詣，藉以說明其文本前後一貫的生活意境與藝術修為。

一、雪天著棋

《紅樓夢》第九十二回寫道：在一個大雪紛飛的時節，賈政閒來無事，正與詹光下大棋，當時圍棋又稱為「大棋」，例如第八十七回曾有這樣的句子：「只見一個人道：『你在這裡下一個子兒，那裡你不應麼？』寶玉方知是下大棋。」

賈政與詹光通局的輸贏其實是差不多的，但是為著一個角兒的死活未分，於是在那兒「打劫」。這時門上的小廝進來回道：「外面馮大爺要見老爺。」賈政頭也不抬地應道：「請進來。」小廝便出去請了，一時馮紫英走進來。賈政即忙迎接。馮紫英進來以後，便在書房中坐下，看見他們正下棋，便說道：「你們只管下棋，我來觀局。」詹光靦腆笑道：「晚生的棋是不堪瞧的！」馮紫英也微笑道：「好說，請下罷。」

賈政道一面看著棋局的變化，一面問道：「有什麼事？」馮紫英回道：「沒什麼事。老伯只管下棋，我也跟著學幾著兒。」賈政因而向詹光說道：「馮大爺是我們相好的，既沒事，我們索性下完了這一局再說話兒。」馮紫英又問道：「你們下采？不下采？」詹光回答：「下采的。」馮紫英道：「既是下采的，我就不好多嘴了。」此時賈政難得打趣地說道：「多嘴也不妨，橫豎他已經輸了十來兩銀子了，終究是不拿出來的。往後只好罰他做東了！」詹光笑說：「這倒使得。」馮紫英道：「老伯和詹公對下嗎？」賈政笑道：「從前是對下的，可是他總是輸，所以現在我都讓他兩個子兒，沒想到他還是輸。有時候還要後悔幾著，不讓他悔，他就急了！」詹光也笑，羞愧地反駁道：「沒有的事！」賈政道：「沒有嗎？你試試看！」

兩人就這麼一面說笑，一面下完一盤棋。結果，詹光輸了七個子兒。馮紫英這會兒可以下評論了：「這盤棋終究是吃虧在打劫。老伯劫少，便贏了。」圍棋中所謂「打劫」，是指下棋的時候，若是將對方的一個子提掉，那麼自己所下的子即使僅剩一氣，則對方也不能立即下子將之提回，而是必須先下在其他地方，等到下一手才能提這個子。打劫的設置是為了避免雙方反覆互相提子，使得棋局陷入無限循環而無法進行的處境。「打劫」的範圍雖然僅限在一兩顆棋子上頭，但是經常就為了這一兩顆棋子的死活而關係到全局的勝負。

《紅樓夢》這一回出現賈政下棋的情態，顯得一派悠閒而愜意，此時的政老爺，不僅脫去了嚴肅拘謹的形象，也沒有一點道學氣，比起前八十回許多情節中，他對賈寶玉的疾言厲色，甚至打罵相向，這裡確實多了一份濃厚的人情味兒，和俏皮的笑鬧，他甚至還會賭點小錢，並隨時調侃詹光！而且對於自己贏棋，也顯得頗為得意！這一點，無疑是在人物藝術表現手法上更自然，而且富有生活氣息，亦可說是作者在寫作上愈趨於醇厚成熟的臻境。

或許是賈政與外頭的相公們相處起來更比自己的兒子輕鬆自得，同時也是詹光那批幫閒者，很懂得輸棋、奉承這一套，竟讓賈政在下棋一事上獲得了全然的放鬆。同時我們也應留意到八十回後頻頻出現妙玉、惜春、寶玉、賈政等人在雪天和午夜時分，安安靜靜地下棋，偶爾對世事有所體悟的意境。如此沉著且清雅的生活氛圍，此處的寫作風格因而反映出作者寫作時靜謐閒適的內心世界。

事實上，圍棋這門古老的文人遊戲在《紅樓夢》前八十回裡，曾以各種文學意象出現。特別是為迎春、探春、惜春和妙玉等人物形象賦彩上，作者於此間留下了出色的筆墨。首先，與之直接相關的人名便是「司棋」。而作者寫司棋的目的之一，也在於側面描繪她的主人迎春。我們從懦小姐不問累金鳳一回可知迎春的性情懦弱，然而從另一面向看來，迎春也是大觀園裡最安靜、低調的姑娘。她的靜謐、不語，實際上與下棋本身的意境可相連通，上文馮紫英觀看賈政與清客下棋時，強調觀棋不語，已足以說明「棋」所帶來的氛圍便是「靜」。因此，面對沉默無語的迎春，曹雪芹在琴、棋、書、畫中，選擇「棋」為她的丫環命名，藉以暗示迎春的心態平靜安穩，背後的修養實與棋道相連。

此外，當六十二回探春與寶琴對弈時，寶釵和岫煙在旁觀局。林黛玉和賈寶玉便在一簇花叢下唧唧噥噥地說些知心話。此時，「探春因一塊棋受了敵，算來算去，總得了兩個眼，便折了官著兒，兩眼只瞅著棋盤。一隻手伸在盒內，只管抓弄棋子作想。」探春因一塊孤棋受攻，雖然好歹做出了兩眼，卻仍損失了不少官子。孤棋做活了，形勢卻不佳，因此她「一隻手伸在盒內，只管抓弄棋子作想」，連林之孝家的來回話，都只能站著等半天，直到探春回頭要茶時，才准允她說話。此處以探春手裡抓弄棋子來形象化地描繪其思考的狀態，加深了探春的書卷氣質與熱衷思考動腦的品貌，同時刻劃出賈府主僕之間所謹守的禮法與矩度，其筆法可謂絲絲入扣，層次井然又富寫實性。

而在整部《紅樓夢》中，棋力最高者，應是妙玉。小說第八十七回：「只見妙玉低著頭問惜春道：『你這個畸角兒不要了麼？』惜春道：『怎麼不要？你那裡頭都是死子兒，我怕什麼？』妙玉道：『且別說滿話，試試看。』惜春道：『我便打了起來，看你怎麼樣？』妙玉卻微微笑著，把邊上子一接，卻搭轉一吃，把惜春的一個角兒都打起來了，笑著說道：『這叫做倒脫靴勢。』」

「倒脫靴」是殺棋妙招，妙玉與惜春高段過招，顯示大觀園女子的棋力不凡！雖然在圍棋上用功最深的還是惜春，可惜她雖在此事上著力，於妙玉面前仍然需被讓子。這段情節出現在八十回後，小說第百一十一回寫道：「這裡妙玉帶了道婆走到惜春那裡，道了惱敘了些閒話。說起：『在家看家只好熬個幾夜，但是二奶奶病著，一個人又悶又是害怕，能有一個人在這裡我就放心。如今裡頭一個男人也沒有，今兒你既光降肯伴我一宵，咱們下棋說話兒可使得麼？』妙玉本自不肯，見惜春可憐又提起下棋，一時高興應了。」那時已是初更時分，彩屏放下棋枰兩人對弈，結果惜春連輸兩盤，妙玉又讓她四個子兒，惜春方贏了半子。惜春勉強贏得半子，也許還是妙玉讓棋所致。

在大觀園裡，惜春的個性也是偏向沉靜冷漠的。她比較專注在靜態事物上，包括下棋與繪畫，其餘世事一概不聞問，表面上看來寂寞孤冷，實際上也是一種修身養性。小說第七十四回大丫環入畫被抄出許多外來物件時，惜春不問青紅皂白，只說道：「嫂子別饒他！嫂子要依他，我也不依。」她只求嫂子：「快帶了他去。或打或殺，我一概不管。」至一百一十一回賈母去世、鴛鴦懸樑，賈府中人此時的各種驚惶與忙亂可想而知，而惜春卻泰然只求與妙玉對弈一個通宵，她的冷漠與超然是前後一致的，而我們由下棋情節中，也可以看見整部《紅樓夢》在人物藝術上的連貫性，並且就惜春而言，其連貫地書寫將一直延續到她絕情出家為止。

二、月夜聽琴

《紅樓夢》第八十六回「寄閑情淑女解琴書」，賈寶玉因襲人提及「心愛的人」，一時觸動心弦，逕往瀟湘館走來。只見黛玉靠在桌上看書，而書上的字，他一個也不認得。「有的象『芍』字，有的象『茫』字，也有一個『大』字旁邊『九』字加上一勾，中間又添個『五』字，也有上頭『五』字『六』字又添一個『木』字，底下又是一個『五』字……」

這裡賈寶玉所看到的乃是琴譜上的音調指法。以古琴形制而言，從琴面較寬的琴首一端數來，共有十三徽。而琴面上依序由外向內，由粗而細，則有七弦。彈琴指法上，右手部分有大指的托、擘，食指的挑、抹，以及中指的剔、勾，加上名指的摘、打……等三十多種。左手部分的按弦法，則分別以大指、食指、中指、名指之吟、猱、綽、注為主。是以古琴字譜常以指法譜標示，亦稱為「減字譜」。這是用漢字減少筆畫的方法，將左右手之指法及音位等相關說明文字，減省筆畫後，組合而成。是以林黛玉解析賈寶玉所看到的「並不是一個字，乃是一聲」，用左手大拇指按琴上的九徽，而右手勾五弦。

中國古琴的譜式，遲至漢魏之交，已有文字譜的創立。現存之《碣石・幽蘭》，便是陳、隋之間隱士丘明（四九四—五九〇）所傳，經唐人手抄的文字譜晚期形式。它是一種完全用文字來記錄演奏手法的琴譜，因而在閱讀上較為複雜和繁瑣，所謂：「其文極繁，動越兩行，未成一句。」[1]於是，隋唐之間產生了較為簡便的減字譜體系，將漢文減省筆畫以組成彈琴指法。此類古琴音位記譜法的完成，歷史上歸名於音樂家曹柔。減字譜的創發被譽為「字簡而意盡，文約而音該」，從而使得唐代著名琴家陳康士、陳拙等人得以據此大量創作並記錄琴譜，以流傳後世。

說明識譜後，繼而談及琴理。黛玉道：「琴者、禁也，古人制下，原已治身，抑其淫蕩，去其奢侈。」這一段話標舉出秦漢以來，儒道以琴體現人格的理性實踐。漢代桓譚《新論・琴道》有云：「琴者禁也，古聖賢玩琴以養心，窮則獨善其身，而不失其操，故謂之『操』。」事實上，自孔門至伯牙以降，琴道有漸漸進入以悲愴意識為本質的趨向。《樂府題解》中記載伯牙學琴，必待移情於大海孤島之絕境中，方能靜心體會到，社會人心的異化。於是進一步在宇宙自然中，以反璞歸真的心態，進入生命層次與生存處境的原始探求。這也正是漢代蔡邕《琴操》所云：「昔伏羲氏作琴，以禦邪僻，防心淫，以修身理性反其天真也。」琴學成為君子於濁世中養心修性的進路，於是「操」之作為曲名，便意味了窮困之人不願隨世俯仰，與世同濁，而獨標高格的節操。此後林黛玉以〈猗蘭〉、〈思賢〉兩操和韻以自況，也就足以說明她在賈府中的精神煎熬，猶如大海中的孤島。既無法積極開創新局，遂只有禁制人格之淪於僻邪，以保持清淳本樸的人生境界。

林黛玉說：「若要撫琴，必擇靜室高齋，或在層樓的上頭，在林石的裡面，或是山巔上，或是水涯上，在遇著那天地清和的時候，風清月朗，焚香靜坐，心不外想，氣血平和，才能與神合靈，與道合妙。」古琴作為文人靜心養性的音樂，自有其清高的雅趣。林黛玉的一套琴論，暗合《重修真傳琴譜》中明代楊表正所謂「十四宜彈」之說。蓋古琴演奏之雅趣，貴在琴人獨處自娛，或與一二知音惺惺相惜之雅集。因此自來有：「遇知音，逢可人，對道士，處高堂，升樓閣，在宮觀，坐石上，登山埠，憩空谷，遊水湄，居舟中，息林下，值二氣清朗，當清風明月」等強調以清高自詡，與山水自然合契，同知音交心等演奏環境。

林黛玉對賈寶玉的「琴教」，實際上並不與《紅樓夢》「大旨談情」之全書界定須臾或離。書中運用纖細靈巧、雅俗折衷之同音雙關語之處理技巧，早已達到每令讀者興起語意繁複神妙，與寄意幽微深長之感。因而林黛玉的「琴觀」，即成為我們觀察其「情關」的重要視角之一。以「琴」疏論，彈琴者的心性自有其清雅孤高，而對聽琴者的要求，則是絕對的知己。

而愛情關係也但求知音，李漁《閑情偶寄》已明此理：「伯牙不遇子期，相如不得文君，盡日揮弦，總成虛鼓。」[2]李笠翁繼而有言：「花前月下，美景良辰，值水閣之生涼，遇繡窗之無事，或夫唱而妻和，或女操而男聽，或兩聲齊發，韻不參差。無論身當其境者儼若神仙，即化成一幅合操圖，亦足令觀者銷魂……」《紅樓夢》之迥別於一般才子佳人小說處，在於「知音」觀念的昇華。傳統戲曲、小說的寫法是「郎才女貌，一見傾心」，而《紅樓夢》寶、黛互為知己則是在愛情的關係上，意識到更高的要求。

賈寶玉引林黛玉為知己在《紅樓夢》第三十二回，史湘雲和薛寶釵一樣勸寶玉道：「你就不願意去考舉人進士的，也該常會會這些為官做宦的彈講談講那些仕途經濟……」寶玉聽了，大覺逆耳，竟下逐客令道：「姑娘請別的屋裡坐坐罷，我這裡仔細腌臢了你這樣知經濟的人!」不想黛玉正走進來,陡然聽見寶玉道:「林姑娘從來說過這些混賬話嗎?要是他也說這些混賬話,我早和他生分了!」黛玉聽了不覺驚喜交集,同時也悲歎愈切:「果然自己眼力不錯,素日認他是個知己,果然是個知己。」寶黛之愛,建立在互相引為知己的基礎之上。而這份知己之情,又呈現在他們同時對自我「本分」的反省上。賈寶玉痛絕於「仕途經濟」,聽不得「混賬話」,已如前述。他堅決排斥時文八股與忠孝節烈等觀念,同他的家族對他光宗耀祖的要求,產生了尖銳的思想意識對立。

而此一叛逆性格同時也在林黛玉的人生道路上展現。在閨閣中,她鮮少提針線,只伴書香藥香生活。香菱學詩,林黛玉笑道:「既要學做詩,你就拜我為師。我雖不大通,大略也還教得起你。」反觀薛寶釵卻批評道:「我實在聒噪的受不得了!一個女孩兒家,只管拿詩作正經事,講起來,較有學問的人聽了反笑話,說不守本分。」

「不守本分」正是賈寶玉和林黛玉的共同形象,對所謂「本分」的下意識抗拒和排斥主流價值極僵化的禮教,曹雪芹稱這樣的人乃「置之千萬人之中,其聰俊靈秀之氣,則在千萬人之上;其乖僻邪謬不盡人情之態,又在千萬人之下。」寶玉和黛玉互為知音,同時也各自感受到人抵觸於天的孤立存在。賈寶玉領悟〈寄生草〉:「漫揾英雄淚,相離處士家……赤條條來去無牽掛,哪裡討煙簑雨笠卷單行?一任俺芒鞋破缽隨緣化。」林黛玉〈唐多令.詠柳絮〉亦云:「飄泊亦如人命薄,空繾綣,說風流。草木也知愁,韶華竟白頭。歎今生、誰舍誰收?」

所歎皆為淒惻之音,自傷人生一無憑藉,僅以「草木之人」的感情與命限,抵抗大環境的風浪。曹雪芹著《紅樓夢》的書齋命名為「抗風軒」,也使我們意識到其創作時,曾經歷高亢激越的抗爭意識和悲憤的情感！而能夠意識和體會到寶、黛二人此番掙扎心情，並心生共鳴者，小說後四十回集中體現在妙玉聽琴的領會上。

將棋力與琴藝合而觀之，則使我們感受到作者特別賦予妙玉極高的悟性，她能完全吸收棋與琴背後巨大的君子愴然之孤獨意識。《紅樓夢》第八十七回，妙玉與寶玉路過瀟湘館，忽聽叮咚琴聲，同時聽見林黛玉低吟琴曲四疊。小說場景分為裡、外兩幕，在屋內黛玉披了一件皮衣，獨自悶悶地走到外間來坐下。回頭看見案上寶釵的詩尚未收好，又拿出來瞧了兩遍，歎道：「境遇不同，傷心則一。不免也賦四章，翻入琴譜，可彈可歌，明日寫出來寄去，以當和作。」便叫雪雁將外邊桌上筆硯拿來，濡墨揮毫，賦成四疊。又將琴譜翻出，借既有《猗蘭》、《思賢》兩操，合成音韻，與自己做的詩配齊了，又喚雪雁將自己帶來的短琴拿出，調上弦，操演了指法。黛玉本是個絕頂聰明人，又在南邊學過古琴，雖是手生，到底一理就熟。撫了一番，夜已深了。

同時在屋外，妙玉和寶玉先是別了惜春，離了蓼風軒，彎彎曲曲，走近瀟湘館，忽聽得叮咚之聲。妙玉先是驚訝地說道：「那裡的琴聲？」寶玉道：「想必是林妹妹那裡撫琴呢。」妙玉道：「原來他也會這個，怎麼素日不聽見提起？」寶玉便說：「咱們去看他。」妙玉道：「從古只有聽琴，再沒有看琴的。」寶玉笑道：「我原說我是個俗人。」說著，二人走至瀟湘館外，在山子石坐著靜聽，甚覺音調清切，黛玉低吟道：

風蕭蕭兮秋氣深，美人千里兮獨沉吟。望故鄉兮何處，倚欄杆兮涕沾襟。
山迢迢兮水長，照軒窗兮明月光。耿耿不寐兮銀河渺茫，羅衫怯怯兮風露涼。

子之遭兮不自由，予之遇兮多煩憂。之子與我兮心焉相投，思古人兮俾無尤。

妙玉道：「這又是一拍。何憂思之深也！」寶玉道：「我雖不懂得，但聽他音調，也覺得過悲了。」黛玉在裡頭又調了一回弦。而妙玉在外頭卻說道：「君弦太高了，與無射律只怕不配呢！」此時裡邊林黛玉又吟道：

人生斯世兮如輕塵，天上人間兮感夙因。感夙因兮不可惙，素心如何天上月。

妙玉呀然失色道：「如何忽作變徵之聲？音韻可裂金石矣。只是太過。」寶玉道：「太過便怎麼？」妙玉道：「恐不能持久。」正議論時，聽得君弦蹦的一聲斷了。妙玉站起來連忙就走。寶玉道：「怎麼樣？」妙玉道：「日後自知，你也不必多說。」竟自走了。留下了滿腹疑團的寶玉。

此處君弦太高，作變徵之聲，至第八十九回我們才聽得黛玉說道：「這是自然之音，做到那裡就那裡，原沒有一定的。」可知那琴聲源於黛玉心情的直接流露，是自然而然的，這同時也說明古琴講究人琴和合的境界。她因收攝不住的感情而突作變徵之聲，故而發出：「我的心，如天上明月！」情之所至，音韻可裂金石，乃至弦斷。而琴音如天籟，毋聽之以耳，需聽之以心。古人論知音的最高境界，亦在於得無弦琴意而莫逆於心。林黛玉在賈府無望的處境，自賈寶玉失去了通靈玉之後，徹底陷入絕望。而在此之前，《紅樓夢》第六十四回裡，林黛玉早已是「美人巨眼識窮途」。妙玉當初聽見她的琴音，也仿若洞悉了不久的將來，包含寶、黛在內，整體家族無可挽回的頹勢，因此她由擔心其憂思之深，到驚訝於變徵之音，又預料其不能久持，最終慨然離去。妙玉於是完全融入琴音，通曉撫琴者生命的困境，同時也為極將逼近的終局而歎息。而此時，寶、黛二人都還在未知懵懂的狀態下，黛玉僅憑感性抒發為樂音，而寶玉卻連琴音聯繫著怎樣的情感，都還琢磨不透，可知作者對妙玉這一人物在後四十回，寄託了怎樣重要的暗示與點撥作用。

《紅樓夢》後四十回關於黛玉撫琴、妙玉聽琴的篇章，與前八十回詩詞章賦的寫作情韻，脈絡相連，並直指二人通曉音律的程度，已非一般的初學之人。作者在精鍊的描繪與敘述中，透露出他自己高深的修為和思想，可謂與前八十回的藝術意境連成一氣。準此，我們便可以理解俞平伯在《紅樓夢辨》中所指稱：後四十回某些文章「較有精采，可以仿佛原作」。而事實上，第八十七回「雙玉聽琴」的情節，便是最佳實例。

（本文作者為國立東華大學華語文中心主任）

1 明・張右袞《琴經》。

2 李漁，《閒情偶寄》，臺北：廣文，一九七七。

新世紀重返《紅樓夢》
——周策縱曹紅學的後四十回著作權考證

作者：王潤華（一九四一－），新加坡學者、詩人、散文家。曾獲《創世紀》二十周年紀念獎、《中國時報》散文推薦獎、中興文藝獎、新加坡國家文化獎、泰國的東南亞文學獎、東南亞國協的亞細安文化獎，現為南方大學資深副校長。

周策縱《紅樓夢案》的曹紅學：繼承與發揚舊紅學、新紅學的新傳統

周策縱教授（一九一六－二〇〇七）在二〇〇〇年新世紀降臨時，由香港中文大學出版了《紅樓夢案：棄園紅學論文集》[1]，這是代表新世紀「一書天下重」的《紅樓夢》新考證新解讀的學術著作。周教授繼承與發揚了《紅樓夢》的索隱派、詠紅派、評點派、紅學、新紅學的優良傳統，加上西方漢學專而精，深而廣的研究精神，建立新的的曹紅學。

《紅樓夢案》出版時，周教授序文特別提起他在一九八一年訪問新加坡，當地學術與文化界以酒會招待，大家題詩寫字，新加坡著名詩人兼書法家潘受先生（一九一一－一九九九）贈詩一首：

是非聚訟苦悠悠，識曲端推顧曲周；
能使一書天下重，白頭海外說《紅樓》。

潘受於詩後附注說：「策縱教授去年六月在美召集第一屆國際紅學會議，使《紅樓夢》一書之光焰如日中天，誠學術史上不朽之盛事。頃來新加坡，喜獲把晤，承索拙書，因綴二十八字奉博一笑。」周教授非常喜歡潘受先生的贈詩，他還說：「潘公的詩書皆妙，這件條幅我至今還珍藏著。他說的『能使一書天下重』我自然不敢當。至於『白頭海外說《紅樓》』，倒相當合於事實，也會終身不忘的了。」[2]可見周策縱教授對潘受的詩句「能使一書天下重，白頭海外說《紅樓》」，感到知音難求之樂。因為《紅樓夢》的研究，對周策縱來說，確實不只是單單研究與發表論文而已，而是海外終生努力的學術人生大事業之一。[3]所以在序文中周老師感歎地說：「我對《紅樓夢》和曹雪芹的研究，本來有比較頗具系統的完整計畫，可是一直未能實現。」[4]因為他一生只有一冊《紅樓夢案：棄園紅學論文集》。我為此寫過論文〈周策縱教授的曹紅學：文化研究的新典範〉，討論他在西方學術「文化研究」新思潮之下，曹紅學形成與《紅樓夢》及作者曹雪芹研究新成果。[5]《紅樓夢案》共收曹紅學論文二十七篇，最早一篇寫於一九六〇年，最後一篇一九九九年，其篇目如下：

一、自序：「白頭海外說《紅樓》」（一九九九年八月八日，二〇〇〇年七月二十日補

訂）

二、論《紅樓夢》研究的基本態度（一九七二年三月十二日）

三、多方研討《紅樓夢》——《首屆國際紅樓夢研討會論文集》編者序（一九八三）

四、《紅樓》三問——《紅樓夢大觀：哈爾濱國際紅樓夢研討會論文選》序（一九八七年四月二十七日）

五、胡適的新紅學及其得失（一九九七年八月五日稿成，一九九七年八月七—十日宣讀）

六、《紅樓夢》「本旨」試說（一九八〇年六月十八日宣讀）

七、《紅樓夢》裡的一個思想問題及其背景——天命與大義．分與情（一九八六年六月三日）

八、《紅樓夢》〈凡例〉補佚與釋疑（一九八〇年六月十六日宣讀）

九、《紅樓夢》與《西遊補》（一九八〇年六月十九日宣讀）

十、《石頭記》還是《紅樓夢》？——主題試探（在新加坡國立大學的講演）（一九八七年十月十四日講演）

十一、談詩和《紅樓夢》的世界——陳致〈周策縱先生訪談錄〉節錄（載於一九九六年六月）

十二、論關於鳳姐的「一從二令三人木」——《紅樓夢》考之一（一九六一年八月十日）

十三、《紅樓夢》「汪恰洋煙」考——《紅樓夢》考之二（一九六〇年六月初稿，一九

七五年十月重寫）

十四、周汝昌著《曹雪芹小傳》序（一九八〇年一月二十五日）

十五、馮其庸編著《曹雪芹家世・紅樓夢文物圖錄》序（一九八二年五月三十一日）

十六、書中有我讀《紅樓》——「《紅樓夢》研究叢書」總序（一九八九年三月二十五日）

十七、論索引——潘銘燊編著《紅樓夢人物索引》序（一九八二年十二月十二日）

十一、論一部被忽視了的《紅樓夢》舊抄本——《癡人說夢》所記抄本考辨（一九九二年十月十五日）

十一、《犬窩譚紅》所記《紅樓夢》殘鈔本辨疑（一九九四年五月四日）

二十、《紅樓夢》裡的避諱問題——《胡適口述自傳》譯注後案（一九七九年十二月十七日）

二十一、既識其小，免失其大——為《紅樓夢》「唐、宋」之爭進一解（一九八〇年十二月二十八日）

二十二、玉璽・婚姻・《紅樓夢》——曹雪芹家世政治關係溯源（一九八二年五月三十一日）

二十三、有關曹雪芹的一件切身事——胖瘦辨（一九八六年六月五日）

二十四、曹雪芹筆山實證（一九九六年一月二十日）

二十五、《紅樓夢》研究在西方的發展（在香港中文大學新亞書院的講演）（載於一九七一年十一月）

二十六、《紅樓夢》是世界文學——「首屆國際《紅樓夢》研討會」開幕詞（一九八〇年六月十六日宣讀）

二十七、尊重異己和獨立思考（代跋）——哈爾濱「第二屆國際《紅樓夢》研討會」閉幕詞（一九八六年六月十九日）

以上篇目說明紅學需要深而廣的知識，還要專而精的探討。這是當時哈佛的漢學研究學風。第十三篇「《紅樓夢》『汪恰洋煙』考——《紅樓夢》考之二」需要走進紐約大都會博物館考察西方文物與瞭解法語發音與清朝的翻譯習慣。[6]這就是周策縱的文化研究精神下曹紅學特點。

周教授說，如果題詠也算紅學研究，至二〇〇〇年，他已參加紅學界七十年了。老師一九二九年（十三歲）起，就開始寫詠紅詩，後來又以白話題詠，至今還保存不少。[7]出國前，他已很注意新紅學的研究方法了，尤其受顧頡剛的啟發特別大，不過周教授發現至今還是紅學界的嚴重問題是：「紅學家很少有人深刻研究過中外的文學理論與批評」：

> 四十年代中期我曾向顧頡剛先生提出一個問題：為甚麼近代新《紅樓夢》研究都偏重在考證方面？他說那是對過去小說評點派和索隱派過於捕風捉影的一種反感，而且從胡適之先生以來，他們一批朋友又多半有點歷史癖和考據癖；當然，無論對這小說怎樣分析、解釋、與評估，總得以事實做根據，所以對事實考證就看得特別重要了。我也很同意這種看法，但同時覺得可惜過去紅學家很少有人深刻研究過中外的文

學理論與批評。[8]

一九四八年五月老師前往美國留學，在船上幾十個留學生，別的小說不愛看，發現有人帶了一本《紅樓夢》，大家爭相閱讀。他說：「在這種艙外風濤，艙內悶熱，多人搶讀的緊張情勢下把這巨著又匆匆斷斷續續看過一遍，使我益發覺得紅學應該有新的發展，並且須在海外推廣。」[9]周策縱到美國以後，對西方文藝理論與文學經典的學術知識與訓練，對他的以文化研究為方法的曹紅學之形成是重大的原因。中國社會文化、出版技術、文學經典的構成、考證學、小說的創作技巧等等因素，周老師都能掌握，更何況周老師也是有創作經驗作家與藝術家。我們閱讀白先勇策劃下，最近臺北時報出版公司出版的，只放曹雪芹為唯一作者，取消高鶚之名的一百二十回《紅樓夢》，還有白先勇寫的長序，就知道很多紅學的問題需要有創作經驗的作家的參與，才能認識到其藝術核心結構，洞察前八十回與後四十回的有機藝術結構。[10]

紐約紅樓與哈佛漢學／中國學研究：曹紅學的新研究傳統

《紅樓夢》研究在一八七五年已啟動，開始主要以評點、題詠、索隱為主要研究方法，可稱為紅學。胡適（一八九一—一九六二）在一九二一發表《〈紅樓夢〉考證》，以校勘、訓詁、考據來研究《紅樓夢》，被認為是新紅學的開始。[11]在周策縱的《紅樓夢案》中〈胡適的新紅學及其得失〉一文，指出胡適的失，包括不公開分享資料，只依賴一兩個字如「補」，而隨意誤讀為補寫或續書後四十回。但周老師多次肯定胡適在《紅樓夢》版本學的新貢獻，認為除了紅學，同時又開創了曹學研究先河，他也特別指出胡適在一九二一年到一九三三年寫的三篇文章[12]，他說至今「還沒有一個超過胡適在《紅樓夢》版本學方面最基本和最重要的貢獻」。[13]他明白的指出，後來的學者，包括他自己，都是在胡適完成的研究與影響或籠罩之下展開。而周策縱從一九五〇年在哈佛大學的時候提出以「曹紅學」來稱呼他自己的新的紅樓夢及其作者的研究，他繼承胡適的「新紅學」，加上西方漢學／中國學嚴格的態度與古典文獻考證精神、西方社會科學多元的觀點與方法，在考證、文學分析、和版本校勘幾個領域開拓了新天地，同時也把語言學、文學批評、比較文學、電腦科技帶進曹紅學研究，以目前通行的學術話語，如本文下面所論，屬於文化研究的典範。

周教授於一九四八年赴美留學，之前他已很注意新紅學的研究方法了，他承認受了顧頡剛的啟發，注重紅學的研究方法。初到紐約的五十年代，他與一批朋友成立了白馬社，以顧獻梁（一九一四—一九七九）在紐約市的公寓為中心，這個樓房裡裡外外，漆上朱紅色，周老師稱為「紐約紅樓」。當時住在紐約的胡適也參與活動並給與鼓勵，因為他們除了從事詩歌、小說及其它藝術創作，同時也要發展海外紅學，胡適（一八九一—一九六二）稱他們為「第三文藝中心。」[14]在這時期，周老師提議用「曹紅學」，因為作者及其它社會、政治、文化各方面的研究也很重要。顧獻梁說用「曹學」就夠，胡適在一九二一年寫〈《紅樓夢》考證〉的時候，曾發掘曹雪芹家世許多未為前人注意的材料，次年又找到敦誠《四松堂集》稿本和刻本，後來就寫了那篇跋文，這些都是研究曹雪芹的重要材料。胡適和顧頡剛可說是開了「曹學」先河。周教授回憶說：

按「曹學」一詞是我的朋友顧獻梁先生在一九四〇年代最初提出來的，一九五〇年代中我和他在紐約他家談起這問題，他想要用「曹學」這名詞來包括「紅學」。我提出不如用「曹紅學」來包括二者；分開來說仍可稱做「曹學」和「紅學」。他還是堅持他的看法。後來他去了臺灣，一九六三年發表他那篇〈「曹學」創建初議〉的文章。[15]

顧獻梁是一位傳奇性的人物，他一九五八年去了臺灣，努力宣揚現代主義，傳播現代藝術的種子。一九五九年，顧獻梁、楊英風等發起成立「中國現代藝術中心」，也在許多大學任教，講授藝術課程，曾是清華大學藝術顧問、淡江大學建築系主任，也開辦畫廊沙龍。顧獻梁撰寫的主要是藝術評論，介紹新潮藝術，對臺灣整個現代文學藝術產生深入的影響。回臺灣後，帶著紐約紅學研究的餘緒，他寫了〈曹學創建初議——研究曹沾《石頭記》的學問〉，他說這是為了紀念曹雪芹逝世二百周年而作，他只承認《紅樓夢》作者為曹雪芹一人，不過通篇像是宣言口號，胡文彬在《讀遍紅樓》一書中的〈為伊消得人憔悴〉那篇文章中注意到其意義，其中有這樣的看法：

「曹學」是純正的文藝批評！
「曹學」是登大雅之堂的文藝學問。
「曹學」應該「美」為第一，「文學」為主。

胡文彬說：

我個人始終認為曹寅是「曹學」中的一個核心人物，他是「曹學」的支力點。倘若真正使「曹學」以「美」為第一，以「文學」為主，僅僅依靠《紅樓夢》文本，「曹學」只能僅得其半，另一半的重點我認為應該放在曹寅的文學成就及其深厚的文化意識方面。[16]

周老師認為胡適一九二一年寫的〈《紅樓夢》考證〉[17]，在閱讀、研究思考方法也是中國文學研究劃時代的典範之作，推翻索隱派，是新紅學的開始。在著者問題方面，他具體考訂了《紅樓夢》的作者是曹雪芹，這又是「曹學」的開始。胡適雖然支持紅學研究，但他已逐漸放棄，所以老師自己感到有領導與發展紅學研究的使命，這就成為他終生努力的一項學術工作。胡適當時（一九六一）在《海外論壇》發表〈所謂「曹雪芹小像」的謎〉，質疑王岡畫曹雪芹體胖臉黑的可靠性[18]，周老師後來撰寫〈有關曹雪芹的一件切身事——胖瘦辨〉[19]，就是象徵性的繼承紅學走向曹紅學。

一九六〇年元旦，唐德剛、顧獻梁、周策縱等一批朋友創辦《海外論壇》月刊，胡適給予支持，這年十一月底胡適就寫了〈所謂「曹雪芹小像」的謎〉發表在次年（一九六一）《海外論壇》。[20]周老師計畫要在《海外論壇》上繼續胡先生的研究，並擴充王國維（一八七七—一九二七）的文學評論方向，再從各個角度去發展新紅學。那時他在哈佛，有草擬一份〈紅樓夢研究計畫〉大綱，打算從各種角度對《紅樓夢》作綜合式的研究和檢討。哈佛大學同事中對《紅樓夢》比較有興趣的有海陶瑋（James Robert Hightower, 1915-2006）和楊聯陞（一九一四—一九九〇）教授。海陶瑋英譯過《紅樓夢》前四五回，草稿沒有發表。老師當時在《海外論壇》發表了那篇〈論關於鳳姐的「一從二令三人木」〉。他計畫要在《海外論壇》上繼續胡先生的研究，不過胡適不久後去了臺北，一九六二年就去世了，《海外論壇》也停刊了。所以這一批以胡適之先生為首的對紅學有興趣的留美中國學人，當時沒有很大的表現。

一九六三年初周教授到威斯康辛大學任教後，再度推展他的紅學研究計畫。他自己開了專門研究〈紅樓夢〉的課程，照他以前和胡適、顧頡剛（一八九三—一九八〇）二位所說的「多方」研究的觀點，去教導學生個別作分析。自六十年代上半期起，紅學家趙岡與陳鐘毅夫婦來了威大的經濟系，他們重要著作《紅樓夢新證》[21]，半本書討論後四十回的作者是誰，已否定四十回的續書人是高顎。他們說「由於新資料之陸續出現，許多以往認為高鶚續書之紅學家已經放棄了此種看法」。[22]威大的教授與學生很多對《紅樓夢》有當大的研究與興趣。因此周策縱策劃在一九八〇年六月十六至二十日在威大召開首屆國際《紅樓夢》研討會，一九八六年又在哈爾濱召開第二屆，會合了全世界的紅學專家，實現了周老師繼承胡適與顧頡剛的新紅學研究。首屆會議的四十二篇論文可分別用十種不同的研究方法，正是「多方」研究的方向：

（一）前人評論檢討，（二）版本與作者問題，（三）後四十回問題，（四）曹雪芹的家世、生活、和著作，（五）主題與結構，（六）心理分析，（七）情節與象徵，（八）比較研究和翻譯，（九）敘述技巧，（十）個性刻畫。

所以老師說「從所提出的論文性質來看，可說包括的範圍很廣，觀察的角度頗多。這正是我們籌備人員所盡力提倡和希望的。同時也可說是我們海外紅學界多年來共同努力的方向」。[23]

結合電腦數位科技研的曹紅學：從數位語言研判作者問題

一九六五年周策縱從哈佛到了威斯康辛大學，第二年就有學生試用語言學、文學批評、和比較文學的方法寫《紅樓夢》分析；有人做了西文翻譯名字對照表，詩人淡瑩（劉寶珍）等協助編了三四百頁，中英對照的《紅樓夢研究書目》；黃傳嘉還首先用統計方式和電腦研究了這小說裡二十多個嘆詞和助詞，用來試測前八十回和後四十回用詞的異同以測試是否為不同作者所寫問題；稍後博士研究生陳炳藻（曾任愛荷華大學教授）用了更複雜的統計公式和電腦計算了二十多萬辭彙的出現頻率，寫成博士論文[24]，用電腦統計法分析《紅樓夢》前八十回與後四十回用字之差異，以判斷作者的問題。這些研究結論發現差異不大，不至於出於二人之筆。這論文一直到了一九八〇年才完成與通過，英文版一九八六年由香港三聯出版，中文版《電腦紅學：論紅樓夢作者》遲至一九九六由香港三聯出版。[25]在二〇〇三年十二月元智大學與清華大學合辦的的語言文學與資訊科技國際會議，我們邀請周教授前來作主題演講，就因為在個人電腦還未來臨的的時代，他已在威斯康辛大學指導學生採用電腦的資料分析進行語言文學研究。[26]

利用電腦對《紅樓夢》前八十回和後四十回的用字進行了測定，並從數理統計學的觀點出發，探討《紅樓夢》前後用字的相關程度，前後文本之結構，周教授在桌面電腦與手提電腦發明之前已經引入最為研究方法。他一九六九年開始指導陳炳藻將《紅樓夢》的一百二十回本按順序編成三組，每組四十回。並將《兒女英雄傳》作為第四組進行比較研究，從每組中任取八萬字，分別挑出名詞、動詞、形容詞、副詞、虛詞這五種詞，運用數理語言學，通過電腦程式對這些詞進行編排、統計、比較和處理，進而找出各組相關程度。結果發現《紅樓夢》前八十回與後四十回所用的詞彙正相關程度達七八・五七％，而《紅樓夢》與《兒女英雄傳》所用詞的正相關程度是三二・一四％。由此推斷得出前八十回與後四十回的作者均為曹雪芹一人的結論。[27]

接著很多學人使用這方法去研究《紅樓夢》的作者問題。一九八七年，復旦大學數學系李賢平的工作引人注目。他在美國威斯康辛大學的電腦前工作了數百小時，繪製了三百多張圖紙，運用電腦技術中的模式識別法和統計學家使用的探索性資料分析法，對《紅樓夢》進行統計分析、風格分析。他把《紅樓夢》一百二十回本作為一個整體，以四十七個虛字為識別特徵，對它們在書中各回的出現頻率進行統計分析，輸入電腦後將使用頻率繪成圖紙，根據圖紙反映出的表明不同創作風格的星雲狀和階梯狀圖形，提出了又一次震驚紅學界的《紅樓夢》成書過程新觀點，證明了《紅樓夢》各回寫作風格具有不同的類別，各部分實際上是由不同作者在不同時期裡完成的。李賢平認為：「《紅樓夢》前八十回是曹雪芹據《石頭記》增刪而成，其中插入他早年著的《金瓶梅》式小說《風月寶鑑》，並增寫了具有深刻內涵的許多內容。《紅樓夢》後四十回是曹家親友在曹雪芹全書尚未完成就突然去世之後，搜集整理原稿並加工補寫而成。程偉元將全稿以活字版印刷刊行。高鶚校勘異文補遺訂訛」。他的這一看法否定了被紅學界一直視為曹雪芹作前八十回，高鶚續後四十回的定論。還有華東師範大學陳大康教授，他也把《紅樓夢》一百二十回分成三組，每組四十回，並統計了其中所含詞、字、句等八十八個項目。他發現，這些詞在前兩組出現的規律相同，而與後四十回卻不一致；關於用字特點和句式規律，前兩組也是驚人的吻合，而後四十回則迥異。由此推斷：後四十回非曹雪芹所作，但含有少量殘稿。[28]

其實西方漢學家高本漢Bernhard Karlgren（1889-1978）早在一九五二就發表過研究論文"New Excursions in Chinese Gramma"，他用單字或詞統計考證《紅樓夢》，前八十回與後四十回是否為一人所作。八十回高頻率的字詞如「可」，「來不及」，「裡頭」，在四十回也是高頻率，凡是八十回未出現的，在四十回也未出現，由此論斷《紅樓夢》為曹雪芹一人所作[29]。

「一從二令三人木」文本互涉分析：曹雪芹為《紅樓夢》作者

周策縱的曹紅學研究，是結合中國傳統考據學、西方漢學與新批評的產品。在周策縱的研究中，特別強調綜合性的研究的重要意義。他的「曹紅學」研究，如他的代表作《紅樓夢案》所展現，多元思考與方法、跨領域跨學科的綜合研究，比其他的紅學專家更具有跟強的洞察力與創見性，使他的研究更具首創性。所以瞭解他的曹紅學，有必要知道他的學術思想歷程。

周策縱教授在一九四八年五月離開中國到密芝大學攻讀政治學碩士／博士前，已對中國社會、歷史、文化，包括古文字學有淵深精深的造詣。他的學術研究可說繼承了中國注重版本、目錄、注釋、考據的清代樸學的考據傳統，主張學問重史實依據，解經由文字入手，以音韻通訓詁，以訓詁通義理。《周策縱古今語言文字考論集》中〈說「尤」與蚩尤〉與〈「巫」字探源〉可說是這種治學的集大成。出國後，西方漢學加強同時也突破了這種突破傳統思考方式，去思考中國文化現象的多元性的漢學傳統。後來西方的文學分析又打造了文本分析，很多新批評的文學分析，用在《紅樓夢案》中的論文。其中〈論關於鳳姐的「一從二令三人木」〉寫於出國初期的一九六一年，是他的《紅樓夢》文本互涉，注意上下文本關係的結構。他不像一般學者，停留在「拆字法」的玩弄，既有歷史語言的傳統方法，也具有西方文學批評的互文性思考。他把語言、語義與小說的情節的發展緊緊結合來解讀，加以詮釋，發現鳳姐的結局並未和這句詩相矛盾，在前八十回已交待清楚。結果終結了作為後四十回為非曹雪芹所作的另一個證據。

《紅樓夢》第五回寫賈寶玉在太虛幻境翻看金陵十二釵的終身冊籍，看到王熙鳳冊子上畫著「一片冰山」，一隻鳳凰，其判詞曰：

> 凡鳥偏從末世來，都知愛慕此生才。
> 一從二令三人木，哭向金陵事更哀。

警幻冊子都關係到許多人物的情節與結局。對於研究《紅樓夢》後四十回的作者、版本、結構都有密切的關係。可惜關於鳳姐情節的七個字，沒有人從小說的上下關係的文本互涉解讀，只是從傳統的拆字法猜測。以文本互涉的文學分析法，周策縱教授看出曹雪芹很明確暗示「一從二木三人木」是指六十八與六十九回鳳姐害死尤二姐的悲劇。六十八回鳳姐設計誘尤二姐搬進大觀園住，戚序本和程甲本有「一從到了這裡，諸事皆系家母和家姐商量主張……」。「二令」指尤二姐：一面命旺兒唆使尤二姐的未婚夫張華控告賈璉，另一命是是命王信用錢去疏通察院反告張華誣告。「三人木」是指三個休字。六十八回寫鳳姐到尤氏處說官府「要休我」，「只給我一紙休書」有兩個休字，接下去又有「好不休了」。都是寫鳳姐用兩面刀陷害尤二姐，是她最得意最毒辣的手段。尤二姐與張華的事還是後來被抄家的重要原因之一，鳳姐死前夢見尤二姐來索命。尤二姐死得悲慘，尤二姐的悲慘死忙使鳳姐本人在後四十回死前「哭向金陵」，這是與其有關的結局。所以這冊詞與鳳姐的結局自然聯接與結合，雖然尤二姐的悲劇，鳳姐的殘忍行為在前八十回已結束。[30]周教授因此把「一從二木三人木」與後四十回的抄家，還有鳳姐的結局，清楚的連結起來。以前胡適、俞平伯、吳世昌因為沒有走出傳統猜謎的遊戲，都認定前八十回鳳姐的冊詞，與後四十回沒有任何連接，成為高鶚續寫後四十回的證據之一。

西方傳統的漢學的強點，是一門純粹的學術研究，專業性很強，研究深入細緻。過去西方的漢學家，尤其在西方往往窮畢生精力去徹底研究一個小課題，而且是一些冷僻的、業已消失的文化歷史陳跡，和現實毫無相關。因此傳統的漢學研究如研究者不求速效，不問國家大事，所研究的問題沒有現實性與實用法，其研究往往出於奇特冷僻的智性追求，其原動力是純粹趣味。周教授的一些著述如《破斧新詁：《詩經》研究之一》[31]，《周策縱古今語言文字考論集》中討論龍山陶文的論文[32]，就充分表現「專業性很強，研究深入細緻」西方漢學的治學方法與「奇特冷僻的智性追求」精神。《紅樓夢案》中的〈《紅樓夢》汪恰洋煙考〉寫於初期一九六〇，是他的《紅樓夢》考之第二篇，考證庚辰脂批本《紅樓夢》小說中晴雯病中用汪恰洋煙通鼻塞，由於老師通曉多種語文，有「奇特冷僻的智性追求」精神，他考訂汪恰洋煙與當時煙草與鼻煙公司 Virginian tobacco 有關，汪恰洋煙大概是 Virginia 或 Virgin 譯音，或是法文 Vierge 的譯音。他也在美國紐約大都會美術館（The Metropolitan Museum of Art）找到曹雪芹同代的正如晴雯看見的鍍金鼻煙盒相似，上有琺瑯黃髮赤身女子像。就如西方漢學家不求速效。很有耐力的研究一個微小問題，這篇短文從一九六五年寫到一九七五才完成。[33]

因此只有周教授能結合中國研究、西方漢學（Sinology）與中國傳統的考據學（或樸學）去開拓中國古今人文研究的新領域，尤其語言、文字、文化、文學的新領域。周策縱的〈玉璽・婚姻・《紅樓夢》：曹雪芹家世政治關係溯源〉就用文物碑文歷史檔案，揭開曹家的歷史與社會背景，以瞭解小說與西方當代性的關係。這是他要大力提倡曹學的原因。他的曹學給索隱派一個很大的打擊。[34]

以修訂、印刷考證曹雪芹為《紅樓夢》唯一作者

周教授於二〇〇〇年出版了《紅樓夢案：棄園紅學論文集》，這是他終生曹紅學的研究最具體代表作。他在序文裡說：「我這個集子所收的論文，牽涉《紅樓夢》研究的方面頗廣，但主要的還在於考證、文論，和版本校勘幾個領域。在考證方面，我最受鼓勵和影

響的，前有顧頡剛先生，後有胡適之先生。」老師一生都忙於提倡而疏於著述，所以他還是感歎成果太少：「我對《紅樓夢》和曹雪芹的研究，本來定有比較具系統的完整計畫，可是一直未能實現。我過去編有中英對照的《紅樓夢研究書目》，稿件三四百頁，只因求全責備之心太切，一直未克出版。現在檢閱這冊菲薄的成績，真不免愧則有餘，悔又無益，大無可如何之日也。」[35]

很明顯的，周老師的紅學研究，在方法上，一方面繼承中國的紅學學術傳統與發揚西方的學術思考與方法，如上所述，建立「多方」研討，同時在目的上，他深受當時美國漢學史精神與「中國研究」所強調的「挑戰與回應」理論的影響，就是研究與現實有相關，思想性與實用性。[36]《紅樓夢案》前四篇論文都是強調研究曹紅學應有學術的思考精神與方法，還要建立《紅樓夢》文本解讀的文學目的，不是為考證而考證。老師認為「紅學」已是一門極時髦的「顯學」，易於普遍流傳，家喻戶曉，假如我們能在研究的態度和方法上力求精密一點，也許整個學術研究，能夠形成一個詮釋學的典範；對社會上一般思想和行動習慣，都可能發生遠大的影響。他深痛惡絕長期以來的態度和方法：以訛傳訛，以誤證誤，使人浪費無比的精力。[37]比如發掘到的資料應該普遍公開。他舉胡適在一九二一年寫〈《紅樓夢》考證〉，考據根據的重要資料《四松堂集》，保密三十年才公開，另外他收藏的《乾隆甲戌脂硯齋重評石頭記》，也是收藏了三十多年，不讓人利用。另外早年周汝昌主張脂硯齋就是史湘雲，並不是沒有能力看見別人反對自己的理由，而是不肯反對自己。[38]

本文前面我提到老師曾向顧頡剛與胡適提到紅學應從各個角度各種方向去研究的看法：一方面要「用乾嘉考證，西洋近代科學和漢學的方法去探究事實真相；另一方面要用中外文學理論批評，和比較文學的方法去分析、解釋小說的本身，這當然應包括從近代心理學、社會學、人學、語言學、史學、哲學、宗教、文化、政治、經濟、統計等各種社會科學與人文學科，甚至自然科學的方法與角度研究。」但老師始終覺得可惜過去紅學家很少有人深刻研究過中外的文學理論與批評。所以《紅樓夢案》研究紅學的最終目的，是瞭解《紅樓夢》作為文學小說的藝術及其價值。老師自己從事文學創作，精通古今中外的文學及理論，他的紅學突破了許多傳統的觀點與認識，一切都是回歸文學，不是為考證而考證。

現在全世界華文讀者閱讀的版本主要就是程乙／甲本。大陸與臺灣的也是如此。如北京人民出版社一九八八年出版的《紅樓夢》，臺北時報文化出版的《紅樓夢》，但與大陸不同，在白先勇的指導下，該書就署名曹雪芹一人。

一百二十回的程本（程甲本）是排印本。十八世紀九十年代一七九一年以第一次以活字印刷程甲本，這是曹雪芹逝世二十八年後才出版。後來再修訂印刷，稱為程乙本，目前閱讀的都是這個程乙本。由於《紅樓夢》過去學者斷言《紅樓夢》後四十回是高鶚續作。但經過幾十年深入、科學性的分析如周策縱的考證，加上新歷史資料的出土，如目前一百二十回的《紅樓夢》手稿《乾隆抄本百二十回紅樓夢稿》已經出現[39]，開始認定百廿回都是雪芹的原作，只是手稿殘破，曾經出版人程偉元與高鶚修補。唐德剛、趙岡、周策縱、高陽等學者，包括大陸學者如文雷（胡「文」彬、周「雷」合用筆名）一九七六年也發表論述，主張程偉元與高鶚兩人確是根據曹雪芹已完成的後四十回原稿整理、篡改與修補。程氏在乾隆五十六年（一七九一）一百二十回本《紅樓夢序》中說，後四十回中有二十餘回是他自「藏書家甚至故紙堆」中找到，剩餘十數回則得之於「鼓擔」，他和高鶚只是「細加釐剔，截長補短」。同一時間前後，周春在《閱紅樓夢隨筆》提到乾隆庚戌年（一七九〇）：「雁隅以重價購抄本兩部，一為石頭記，八十回；一為紅樓夢，一百二十回，微有異同。」[40]

關於《紅樓夢》前八十回與後四十回作者的是否曹雪芹與高鶚的爭論，周策縱還有另一個重大的論證，否定後四十回的作者是高鶚的臆測論斷。根據不可靠的考據，將後四十回著作權給予高鶚，如目前很多《紅樓夢》，封面竟印成「曹雪芹、高鶚著」，實在不妥，令人心痛。他先後用兩種科學的方法來尋求答案。他是世界上最早採用電腦來分析小說的詞彙出現頻率，來鑒定前八十回與後四十回作者的異同。他曾執導研究生黃傳嘉用電腦分析二十多個嘆詞助詞在前八十回預後四十回的異同，後來又指導陳炳藻用更複雜的統計公式和電腦計算二十多萬詞彙的出現頻率，寫成博士論文。兩次的分析結果，前後的差異不大，沒有出於兩位作者的文筆跡象。

他還有第三個論證。周教授又採用清代木刻印刷術，出版一本書的實際作業流程，來考驗從對詩詞中的一兩個字臆測出來的結論的可靠性。根據文獻，程偉元出示書稿到續書印刷出版，只花了十個月左右，根據當時可靠的刻印書作業時間，單單刻印，最快至少要六個月，其實私家印書，字模設備難全，可能更慢：

他在乾隆五十六年辛亥（一七九一）的春天才得由程偉元出示書稿，到同年冬至後五日（這年陰曆十一月二十七，即陽曆十二月二十二日冬至，後五日即陽曆十二月二十日），工竣作序，這中間只有十來個月的時間。照當時武英殿排活字版的速度，印三百二十部書的正常作業，每十天；擺書一百二十版，《紅樓夢》約有七十五萬字左右，共五百七十五葉（版），至少需要一百三十一天續能排印完，這已是四個半月了。私家印書，字模設備難全，人手不夠，有可能，條件恐怕趕不上武英殿，而且草創初版，正如程、高再版〈引言〉中所說的：「創始刷印，卷帙較多，工力浩繁」，估計總得六個月才能印好[41]。

這樣高鶚只有四個月，如何續書四十回？《紅樓夢》情節複雜，千頭萬緒，人物就有九百七十五人。如果曹雪芹花了一、二十年才寫了八十回，高鶚在四個月完成續書四十回，怎麼可能？對文學創作有認識的人都不會相信高鶚在短期間可能寫出四十回。更何況現在學者已發現，在程甲本之前，已有一百二十回本的存在，如《乾隆抄本百二十回紅樓夢稿》，高鶚修改時可能用過其殘稿作底本。[42]

周教授政治學博士出身，社會科學，歷史學治學方法與精神主導其資料分析，講究事實證據，客觀史學，始終嚴格監控著紅學界望文生義的憑臆測、空疏的解讀。加上他的校勘、訓詁、考證的功夫高強，很客觀的史學訓練，使他很清醒地看待胡適及後來的學者，對清代一首舊詩中的注釋：「《紅樓夢》八十回以後，俱蘭墅所補」的「補」字的含義，他認為這不是「補作」（即續書），只是修補：

胡適很相信張問陶〈贈高蘭墅鶚同年〉詩中自注的話：「《紅樓夢》八十回以

後，俱蘭墅所補。」認為「補」就是「補作」不止是「修補」。又把高鶚所寫的〈引言〉第六條「是書開卷略志數語，非云弁首，實因殘缺有年，一旦顛末畢具，大快人心；欣然題名，聊以記成書之幸。」解釋做「大概他不願完全埋沒他補作的苦心」，才記上這一條。我以為這都是誤解，其實高鶚說的「聊以記成書之幸」，正「因殘缺有年，一旦顛末畢具」可見所謂「補」正是「修補」也就是程偉元序中說的「乃同友人（高鶚）細加釐剔，截長補短，抄成全部」中「補短」的「補」。[43]

由於紅學家多數沒有受過純文學的訓練，他們多是一批有考古癖的人，總是從收藏價值來看文學，以為是時間愈早的脂批本愈有價值，所以近年出版新校本，於是把八十回的脂批本代替了程高的排印本，理由是初稿接近作者的原貌。懂得文學創作的人，都知道作家通常都已最後改定稿為本。所以周老師對時下紅學界很失望：

作者改定的稿子有時也不一定勝過於前稿，不過後來的改定稿至少表示那是作者經過考慮後他自以為是較好的了。在這種情況下，就不能說稿子越早的越好。可是這些年來，我們一方面還很少能判斷那一個版本在先，那一個在後，尤其是其間的明確繼承關係往往還弄不清，卻大致憑臆測，儘量採用我們認為較早的版本，而且總以為過錄的抄本較可靠。[44]

周老師以人民文學出版社一九五八年俞平伯先生校訂的《紅樓夢八十回校本》和該社

一九八二年中國藝術院紅樓夢研究所校注的《紅樓夢》（兩本都以脂本做底本，前者用有正本，後者用庚辰本）與傳統流通本（程高本）比較，文字相差無幾，前者的文字不通之處甚多。他的理由還有：「程、高早就交代過，他們是『聚集各原本詳加校閱，改無訛』的，是『廣集核勘』過的。我們實無充分證據來否認他們這些話。」[45]

從外而內的文本考證：曹紅學的《紅樓夢》小說藝術結構

周教授的紅學研究與多數其他紅學家的最大不同，就是他不管在校勘、訓詁、考證，都不忘記他在處理一部文學作品，這是一部小說。他的紅學考證，處處都反映出他對小說技巧、理論與批評的熟悉。上面提到他從詠紅詩開始研究，而現在的新紅學家完全忽視這些作品，而他馬上從讀者批評的觀點看問題，覺得還是具有意義的閱讀。我們閱讀〈《紅樓夢》本旨試說〉，驚訝他對《紅樓夢》中小說技巧與結構分析之深入：

前五回只在總敘作者的主旨和小說的架構，與介紹重要小說人物和中心思想。一直要到第六回描寫寶玉與襲人的特殊關係和劉姥姥一進大觀園，才一步一步展開故事本身的實際敘述。

像這樣把整個前五回來總敘作者主旨和小說架構，並介紹重要小說人物和小說的中心思想，籠罩全域，突出主題，在中國及世界小說史上都顯得是很獨特的。固然如《西遊記》前面的十多回也用了大量的篇幅來替主題和主要預備工作，可是遠不如《紅樓夢》前五回那樣有完整、複雜、微妙，而多層的設計……但這正是《紅樓夢》

特異之處，也正密扣著此書的主旨。[46]

接下去論析《紅樓夢》「多種『觀察點』與貫通個性與共性」，從考證大師，周老師搖身一變，完全成為一位論述小說的藝術大師，如小說大師詹姆斯（Henry James, 1843-1916）、康拉德（Joseph Conrad, 1857-1924）、佛斯特（E.M. Forster, 1879-1970）或理論家魯博（Percy Lubbok）、伯特（Wayne Booth）的小說技巧與理論[47]，無所不懂，因此周老師能夠透視《紅樓夢》的敘述結構的奧祕：

> 首先我們要瞭解，《紅樓夢》之所以優異動人而有遠大的影響，是它能貫通作品所述社會人生的個性和共性，就是使讀者覺得書中所描述的人與事，一方面如真有發生，即明知是虛設的，卻栩栩欲活，各有個性而獨一無二；另一方面，卻又覺得這種人與事，在讀者周圍，也到處可以以相同的或不同的方式出現或找到。書中所寫雖是一時一地的人甚至如所宣稱的只是作者一生親見親聞之人與事，但似乎又說了古往今來甚至未來人生的命運。而又使讀者不覺得這些乃是空洞的說教。
>
> 《紅樓夢》的作者為了要做到這點，採取了好些手法。其中之一便牽涉到如近代西洋小說批評中時常提到的小說的「觀察點」問題。（我把point-of-view不照一般習慣譯作「觀點」，因為通常所謂「觀點」乃指思想上一種看法，小說批評理論中所說的point-of-view有時雖也含有此義，但有時則不必，而只是指說者或觀察者站在甚麼地位或是那一種人而已……一般小說的作者所能設想的觀察點不外於五六種……。[48]

《紅樓夢》「小說人物」的觀察點，各各顧到，某人從某種地位、立場，和思想感情觀點看問題，行事，說話，各自有條理不亂，聞聲見影，即知是誰人，這已是眾所周知的必在此列舉例證。

但是周老師指出，除了西洋小說常出現的那些多知或第一人稱等多種觀察點之外，《紅樓夢》中還有一種觀察點為人所不知，西方小說不見有使用：[49]

> 《紅樓夢》在處理觀察點方面，有一個更複雜的安排，對故事敘述者、背後作者，和實際血肉作者三者的交互微妙處理。所謂背後作者與實際作者，如〈凡例〉中引「作者自云」或「作者本意」便是以背後作者來引述實際作者……。

老師說閱讀《紅樓夢》有詩曰：「一生百讀《紅樓夢》，借問如何趣益濃？只為書中原有我，親聞親見更親逢。」[50] 他自己從現代小說的參與論加以解釋：[51]

> 能親聞、親見，固然已不尋常，但這還只算旁觀現在加個「親聞親見更親逢」，逢即逢遇、遭逢之意，也就是《紅樓夢》第一回說的「親自經歷」的意思。表示讀者有如與經歷了書中的事件，這就更直接親切，非同小可了。《紅樓夢》之所以能做到這點，使讀者認同，除提到的描寫情景逼真而不隔，含有無盡的言外之意之有最重要的一個因素，就是：它是中國第一部自傳式言情小說。

周老師的詮釋使我馬上想起康拉德所說過的：小說家應具有使讀者「親聞親見更親逢」這樣的力量：

My task which I am trying to achieve is, by the power of written word to make you hear, to make you feel—it is, before all, to make you see. That—and no more, and it is, everything.[52]

我的工作是努力通過書寫的力量使你聽見、感受，更重要的使你看見。這就是小說要達到的最高境界，周教授進一步看到小說中的參與感與多義性，因此他從讀者批評的閱讀理論來看《紅樓夢》：

《紅樓夢》的這種自傳性，自然還不是成功的充足條件，是它能使讀者時時有參與感和親切感，使每個讀者把自己也讀了進去，就較易造成另外一種效果，那就是前文開頭說過的，讀者和研究者結論各有不同，爭論不一的讀者，每個評論者，每個研究者，原有他或她自己不同的身世、思想、感情，以至於不同的分析、解釋、方法，如今把自己放進去，也就是把這種種不同的因素加上去，大家對《紅樓夢》的看法，自然就更有差異了，而很難求同了。[53]

文學作品可分為單一意義的作品（rhetorical presentation）其主題意義強加讀者身上的作品，另一種是多種意義的作品（dialectical presentation），讀者有參與感、意義要讀者去尋找。《紅樓夢》便是後一種。「讀者反應」的閱讀者在閱讀時，是帶著自己本土文化經驗、個人的、民族的感情思想，甚至幻想力去閱讀，去瞭解。閱讀者是決定意義的最重要因素。周教授是一位對文學的語言技巧、藝術結構有訓練，所謂有學問的讀者（informed reader, competent reader, educated reader）。[54]

結論：周策縱的曹紅學——帶來全新的詮釋與世界性的意義

在《紅樓夢案》收錄的文章中，尤其〈胡適的新紅學及其得失〉一文，老師多次肯定胡適在《紅樓夢》版本學後人無法超越的貢獻，除了紅學，同時又開了曹學研究先河，他特別指出胡適在一九二一年到一九三三年寫的三篇文章[55]，他說至今「還沒有一個超過胡適在《紅樓夢》版本學方面最基本和最重要的貢獻。」他明白的指出，後來的學者，包括他自己，都是在胡適完成的研究與影響或籠罩之下展開。在《紅樓夢案》的序文中，周教授也自我承認「在考證方面，我最受鼓勵和影響，前有顧頡剛先生，後有胡適之先生。至於談到《紅樓夢案》的研究，他說：「我這個集子所收的論文，牽涉《紅樓夢》研究的方面頗廣，但主要在於考證、文論，和版本校勘幾個領域。」可見周老師似乎很含蓄的自我意識到，除了考證版本，他在曹紅學中，他的文論最具有突破性的表現。我在上面已引述他對為了滿足歷史癖和考據癖的紅學而不滿，當然他對胡適的考證止於考證也很失望，尤其胡適晚年貶低《紅樓夢》、令人不能接受的藝術評價，[56]因為他自己是從外而內，用考證訓詁與版本學建構一個欣賞、分析、評價《紅樓夢》的藝術世界的批評架構與理論：

> 從胡適之先生以來，他們一批朋友又多半有點歷史癖和考據癖；當然，無論對這小說怎樣分析、解釋、與評估，總得以事實做根據，所以對事實考證就看得特別重要了。我也很同意這種看法，但同時覺得可惜過去紅學家很少有人深刻研究過中外的文學理論與批評。[57]

周教授認為最大遺憾，就是「紅學家很少有人深刻研究過中外的文學理論與批評。」這本《紅樓夢案》，除了開啟「多方」研究紅學與曹學的學術方法，如上所述，結合了中國傳統考據學、西方漢學與中國研究的學術精神與方法，將是教導年輕學者打下「治學方法」最好的範本，他把考證版本回歸文學研究，給《紅樓夢》的小說藝術世界帶來深度的文學分析（literary analysis）。周教授的三篇文章如〈《紅樓》三問〉、〈《紅樓夢》「本旨」試說〉及〈書中有我讀《紅樓》〉，這是新紅學家從文學藝術的角度來研究《紅樓夢》的劃時代之作。周教授把中國傳統的考據學與西方漢學的治學方法與精神結合成一體，跨國界的文化視野，給《紅樓夢》學術帶來全新的詮釋與世界性的意義。[58]

1《紅樓夢案：棄園紅學論文集》（香港：香港中文大學，二〇〇〇）；另有中國大陸的簡體字版，《紅樓夢案：周策縱論《紅樓夢》》（文化藝術出版社，二〇〇五）。兩書所收篇章相同。本文引文引自前書。

2《紅樓夢案：棄園紅學論文集》，〈序文〉，頁xix。

3 我個人對周老師比較清楚的其他學術人生大事業有幾個，如延續五四傳統的新詩的使命、發展從人文跨越學科的角度去研究中國人文學術，如《文林》的出版、從新整理出中國文學思想發展，見我的論文〈周策縱：學術研究的新典範〉《世界文學評論》，二〇〇六年第二期（二〇〇六年十月），頁二〇一—二〇五。

4《紅樓夢案：棄園紅學論文集》，頁xix。

5 王潤華《周策縱之漢學研究新典範》（臺北：文史哲出版社，二〇一〇），頁一一一—一四八；大陸版華裔漢學家周策縱的漢學研究》（北京：學苑出版社，二〇一一），頁五三—八一。

6 參考《紅樓夢》「汪恰洋煙」考》，《紅樓夢案》，頁一五七—一六七。

7 周策新舊縱詠紅詩，收錄於陳致（編）《周策縱舊詩存》（香港：二〇〇六）；王潤華、周策縱、吳南華（編）《胡說草：周策縱新詩全集》（臺北：文史哲，二〇〇八）。

8〈多方研討《紅樓夢》〉，《紅樓夢案》，頁一二。

9《紅樓夢案》，頁一三。

10 白先勇〈序〉，見曹雪芹《紅樓夢》（臺北：時報出版公司，二〇一六）。

11 胡適的重要紅學論文皆收集在嚴雲受編《胡適論紅學》（合肥：安徽教育出版社，二〇〇六）。

12 一九二一年〈《紅樓夢》考證〉、一九二七年〈重印乾隆任子《紅樓夢》序〉、及一九三三年〈跋乾隆庚辰本《脂硯齋重評《石頭記》》〉。這三篇論文收集在《胡適論紅學》（合肥：安徽教育出版社，二〇〇六），頁一—四一，八七—九五，九六—一〇七。

13 周策縱〈胡適的新紅學及其得失〉《紅樓夢案》，頁四七。

14 參考王潤華，〈被遺忘的五四：周策縱的海外新詩運動〉《文與哲》，第十期（二〇〇七年六月），頁六〇九—六二五。

15 顧獻梁：《曹學創建初議——研究曹沾和石頭記的學問》。載臺北《作品》一九六三年第一期，頁五—七。

16 胡文彬〈為伊消得人憔悴〉，《讀遍紅樓》卷三（北京：書海出版社，二〇〇六），頁一七三。

17 最早發表在《胡適文存》（上海：上海東亞圖書館，一九二一）。現在胡適所有紅學論文皆收入《胡適紅樓夢研究論述全篇》（上海：上海古籍出版社，一九八八）。

18 《胡適論紅學》，頁一二七—一三三。

19 胡適〈所謂「曹雪芹小像」之謎〉，二卷一期《海外論壇》（一九六一年一月）認為王岡畫的不是曹雪芹。見〈胡適的新紅學及其得失〉《紅樓夢案》，頁三五—六六，有周策縱的討論及王岡畫像。〈有關曹雪芹的一件切身事——胖瘦辨〉見《紅樓夢案》，頁二八七—二九五。

20 胡適：〈所謂「曹雪芹小像」的謎〉。載《海外論壇》第二卷第一期（一九六一年一月）。現收集在《胡適論紅學》，頁一二七—一三三。

21 趙岡、陳鐘毅《紅樓夢新證》（臺北：晨鐘出版社，一九七一）。此書著於一九六九，一九七〇年香港初版。

22《紅樓夢新證》，頁三六九—三七八。

23《紅樓夢案》，頁一二。

24 "The Authorship of the Dream of the Red Chamber: Based on a Computerized Statistical Study of Its Vocabulary", Ph D thesis, Dept of East Asian Languages and Literature, University of Wisconsin, 1980.

25 陳炳藻《電腦紅學：論紅樓夢作者》（香港：香港三聯，一九八六）。

26 周策縱教授於二〇〇七年五月七日逝世，這是他生命旅程中最後一次出國遠行及演講。本人當時擔任元智大學中文系主任兼文學院院長。

27 陳炳藻《電腦紅學：論紅樓夢作者》（香港：香港三聯，一九八六）。

28 關於其他電腦資料的分析，參考 https://www.wenkuxiazai.com/doc/2ab25904bed5b9f3f90f1ca9.html 或 https://www.eshuyuan.net/forum.php?mod=viewthread&tid=365041&page=1&authorid=6189

29 "New Excursions in Chinese Gramma" in *Bulletins of the Museum of the Far Eastern Antiquities*, 1952, No。24, pp.51-50.

30 周策縱〈論關於鳳姐的「一從二令三人木」〉《紅樓夢案》，頁一四三—一五六。

31《破斧新詁：〈詩經〉研究之一》（新加坡：新社，一九六九）。

32〈四千年前中國的文史紀實：山東省鄒平縣丁公村龍山文化陶文考釋〉。《臺北：棄園古今語言文字考論集》（臺北：萬卷樓，二〇〇六），頁二五—四六。

33 寫作早於〈論關於鳳姐的「一從二令三人木」〉，但未發表，一九七五改寫，一九七六年發表。

34《紅樓夢案》，頁二五三—二八六。

35《紅樓夢案》，頁xix。

36「挑戰與回應」理論出自湯因比（A.J. Toynbee, 1889-1975）的十大冊 *A Study of History*（1934-54），像哈佛的費正清的中國研究，便是以這模式來解讀中國，一方面研究中國如何反應西方，同時讓西方瞭解中國。

37《紅樓夢案》，頁一—十。

38《紅樓夢案》，頁二—五。

39《乾隆抄本百二十回紅樓夢稿》，〈發現與研究〉，參考趙岡、陳鐘毅《紅樓夢新探》，頁三〇三—三二九。

40 趙岡、陳鐘毅，《紅樓夢新探》，頁二六三—三七九。

41〈《紅樓》三問〉，《紅樓夢案》，頁二四—三〇。

42〈《紅樓》三問〉，《紅樓夢案》，頁二四—三〇。

43〈胡適的新紅學及其得失〉，《紅樓夢案》，頁四〇。

44〈《紅樓三問》〉，《紅樓夢案》，頁三一—三二。

45〈《紅樓三問》〉，《紅樓夢案》，頁三一。

46〈《紅樓夢》本旨試說〉，《紅樓夢案》，頁六九—七〇。

47 Henry James, *The Art of the Nove*l (New York: Charles Scribner 's Sons,1947); E.M. Forster, E.M. E. M. Forster, *Aspects of the Nove*l (New York: Harvest Books, 1954); Joseph Conrad, Preface to *The Nigger of the 'Narcissus'*(1897) Percy Lubbock, *The Craft of Fiction* (New York : Peter

Smith, 1945) .; Wayne Booth, *The Rhetoric of Fiction* (Chicago: University of Chicago Press, 1983.

48〈《紅樓夢》本旨試說〉，《紅樓夢案》，頁六九—七〇。

49〈《紅樓夢》本旨試說〉，《紅樓夢案》，頁七一—七二。

50〈書中有我讀《紅樓》〉，《紅樓夢案》，頁一九〇。

51〈書中有我讀《紅樓》〉，《紅樓夢案》，頁一九〇。

52 Joseph Conrad, "Preface to *The Nigger of the Narcissus*", James Miller (ed.) *Myth and Method* (Lincoln: University of Nebraska Press, 1960), p30.

53〈書中有我讀《紅樓》〉，《紅樓夢案》，頁一九一。

54 Elizabeth Freund, *The Return of the Reader: Reader-Response Criticism* (New York: Methuen Co.1987); 中譯本陳燕谷譯《讀者反應理論批評》（臺北：駱駝出版社，一九九四）。

55 一九二一年〈《紅樓夢》考證〉、一九二七年〈重印乾隆壬子《紅樓夢》序〉，及一九三三年〈跋乾隆庚辰本《脂硯齋重評《石頭記》》〉。

56〈胡適的新紅學及其得失〉，《紅樓夢案》，頁六一—六六。

57〈多方研討《紅樓夢》〉，《紅樓夢案》，頁一二。

58 當然近幾十年，西方的學者出版了許多傑出的文學分析的文論，但是他們不是建立在新紅學的基礎上的著作，屬於另一類的紅學研究，本人並沒有忽視其成就。

搶救尤三姐的貞操

——《紅樓夢》程乙本與庚辰本之比較

作者：白先勇（一九三七——），抗戰名將白崇禧之子，愛荷華大學文學創作碩士，著有《臺北人》、《遊園驚夢》、《紐約客》、《青春版牡丹亭》、《孽子》、《驀然回首》等。

《紅樓夢》第六十三回至六十九回，尤氏兩姐妹尤二姐、尤三姐的故事，橫空而出，替《紅樓夢》掀起另一波高潮。小說情節至此已進行到一半，主要人物都已出場，尤其是一些女性角色，金陵十二釵、賈府大小丫鬟，甚至梨香院的小伶人，個個都刻劃得有稜有角，多姿多彩。而且面貌鮮明，各具個性。沒料到此時突然間，紅樓二尤登場，短短幾回，兩人的悲劇下場，寫得動人心弦，讓讀者留下不可磨滅的印象，而尤二姐、尤三姐立於眾多次要人物群裡，出類拔萃，在《紅樓夢》中穩穩占有一席之地。

曹雪芹塑造人物最常用的是對比手法，黛玉與寶釵、晴雯與襲人、寶玉與賈政，以此類推，鳳姐與李紈、探春與迎春等等，人物個性，強烈反差，形成種種對襯，角色互補，相生相尅，使得《紅樓夢》的人物關係複雜而有趣。曹雪芹塑造尤二姐、尤三姐本意，亦是如此。尤二姐柔順軟弱，尤三姐剛強貞烈，這兩姐妹的性格迥然不同，形成一對強烈對比的人物。可是就在尤三姐的形象個性上，《紅樓夢》的兩個最流行的版本程乙本與庚辰本却有着嚴重的分歧，以致影響到情節發展的邏輯。

尤氏姐妹的母親尤老娘是寧國府賈珍之妻尤氏的繼母，出身寒微，嫁進尤家時，是帶着兩個女兒二姐、三姐過來的，二姐、三姐也就是俗稱的「拖油瓶」，家庭社會地位不高。尤老娘一門三口平時還得依靠寧國府賈珍的接濟過日子，算是賈家的窮親戚。可是尤氏姐妹却是一對天生麗質的絕色佳人，寶玉口中的「尤物」。這就使風流成性的賈珍對這兩個小姨子起了邪念，二姐水性，很早便跟姐夫有染，可是三姐個性却不好相與，賈珍雖然對三姐垂涎，但不敢輕舉妄動，怕自討沒趣，所以三姐始終保持清白，未讓姐夫玷汙——這是程乙本對尤三姐的描述；可是庚辰本却完全相反，把尤三姐也寫成了一個水性楊花的女子，雖然個性比她姐姐剛烈，却照樣被姐夫賈珍弄到手，而且有一節形容她當着丫鬟們任由賈珍狎暱調戲，肆無忌憚。庚辰本既然把尤三姐定性為「淫婦」，這樣往下六十五、六十六回有關尤三姐的情節便產生了極大的內在矛盾，邏輯上出了問題，嚴重影響小說情節發展的一貫性。

第六十三回賈敬服金丹身亡，尤氏把尤老娘及二姐、三姐接到寧國府幫忙料理喪事。賈蓉聽說兩個姨娘來了，便忙趕過去欲跟她們廝混，原來賈蓉跟尤二姐也有情，賈珍父子有「聚麀」之誚。這是尤二姐、尤三姐頭一次出場，可是程乙本與庚辰本對尤三姐一開始便有了不同的寫法。

賈蓉一到便跟二姐調笑：

「二姨娘，你又來了？我父親正想你呢。」

二姐紅了臉，罵了幾句：

說着順手拿起一個熨斗來，兜頭就打，嚇的賈蓉抱着頭，滾到懷裡告饒。尤三姐便轉過臉去，說道：「等姐姐來家再告訴她！」——程乙本

庚辰本却是這樣接的：

尤三姐便上來撕嘴，又說：「等姐姐來家，咱們告訴她。」賈蓉忙笑着跪在炕上求饒，他兩個又笑了。

賈蓉又和他二姨娘搶砂仁吃：

那二姐兒嚼了一嘴渣子，吐他一臉，賈蓉用舌頭都餂着吃了。

接着賈蓉信口開河，胡言亂語，把賈璉和鳳姐的陰私都揭露出來，尤三姐這下實在看不過去了：

三姐兒沉了臉，早下炕進裡間屋裡，叫醒尤老娘——程乙本

庚辰本沒有這一段。

按程乙本這一節寫賈蓉下流，二姐輕浮，而三姐看不慣二姐、賈蓉，姨娘外甥兩人嬉鬧無度，對賈蓉不假辭色，沉下臉來，而庚辰本却把三姐也拖進去這場姨娘外甥的「亂倫」遊戲，跟賈蓉打打鬧鬧起來。

浪蕩子賈璉勾動了尤二姐，把她娶為二房，金屋藏嬌，新房就設在寧國府後面的花枝巷裡。第六十五回：

賈二舍偷娶尤二姨
尤三姐思嫁柳二郎

是《紅樓夢》寫紅樓二尤最精采的一回。

一日賈珍趁着賈璉不在新屋，來探望二姐、三姐。其實賈珍對上過手的二姐已經厭倦，這時目標轉向三姐。二姐命人備下酒饌，尤老娘、三姐作陪，款待賈珍，庚辰本下面這一段，對三姐的描述，至為關鍵：

當下四人一處吃酒。尤二姐知局，便邀她母親說：「我怪怕的，媽同我到那邊走

走來。」尤老也會意，便真個同她出來，只剩小丫頭們，賈珍便和三姐挨肩擦臉，百般輕薄起來。小丫頭子們看不過，也都躲了出去，憑他兩個自在取樂，不知作些什麼勾當。

庚辰本這一段把二姐、三姐都寫壞了。二姐雖然舉止有點輕浮，但基本上是一個心地善良的女孩子，尤其關心她妹妹的前途歸宿，不會在這裡設局把母親調開，製造機會讓賈珍狎玩她的妹子。三姐在這裡更加寫成了「浮花浪蕊」，跟賈珍「挨肩擦臉」，任由賈珍「百般輕薄」，連小丫頭們都看不過，躲了出去，「憑他兩個自在取樂，不知作些什麼勾當。」庚辰本把尤三姐形容得如此不堪，將曹雪芹原本把三姐塑造成「烈女」的形象，完全毀損。

程乙本這段描寫不是這樣：

當下四人一處吃酒。二姐兒此時恐怕賈璉一時走來，彼此不雅，吃了兩鍾酒便推故往那邊去了。賈珍此時也無可奈何，只得看著二姐兒去。剩下尤老娘和三姐兒相陪。那三姐兒雖向來也和賈珍偶有戲言，但不似她姐姐隨和兒，所以賈珍雖有垂涎之意，却也不肯造次了，致討沒趣。況且尤老娘在旁邊陪着，賈珍也不好意思太露輕薄。

程乙本這一段寫得合情合理，尤二姐自己離席是有理由的，因為她之前與賈珍有染，怕賈璉闖來看見她陪賈珍飲酒，情況尷尬，有礙賈璉面子，可見二姐還有羞恥心，為她丈夫著想。而此處三姐與賈珍並無勾當，因為三姐的脾氣「不隨和」，賈珍不敢輕舉妄動，怕討沒趣，何況尤老娘還在場。

庚辰本特意將尤三姐塑造成一個浪蕩女子，這就跟下面的情節發展起了嚴重的矛盾衝突。

賈璉回來，發覺賈珍偷偷來訪，二姐向賈璉告白，講了一番肺腑之言，並憂心三姐的未來。賈璉自告奮勇，乾脆走過西院去公開撮合賈珍與三姐，「索性大家吃個雜會湯」。程乙本下面這幾段，是《紅樓夢》中寫得最精采、最戲劇化的情節之一：

> 賈璉便推門進去，說：「大爺在這裡呢，兄弟來請安。」
>
> 賈珍聽是賈璉的聲音，唬了一跳，見賈璉進來，不覺羞慚滿面，尤老娘也覺不好意思，賈璉笑道：「這有什麼呢！咱們弟兄，從前是怎麼樣來？大哥為我操心，我粉身碎骨，感激不盡，大哥多心，我倒不安了。從此，還求大哥照常才好，不然兄弟寧可絕後，再不敢到此處來了。」說着便要跪下，慌得賈珍連忙攙起來，只說：「兄弟怎麼說，我無不領命。」賈璉忙命人：「看酒來，我和大哥吃兩杯。」因又笑嘻嘻向三姐兒道：「三妹妹為什麼不合大哥吃個雙鍾兒？我也敬一杯，給大哥合三妹妹道喜。」

賈璉和賈珍兩人唱雙簧、演相聲，尤三姐看在眼裡，心中早已火冒三丈，經賈璉這樣一挑逗，便發作了：

三姐兒聽了這話，就跳起來，站在炕上，指着賈璉冷笑道：「你不用和我『花馬掉嘴』的！咱們『清水下雜麵——你吃我看』，『提着影戲人子上場兒——好歹別戳破這層紙兒』。你別糊塗油蒙了心，打量我不知你府上的事呢！這會子花了幾個臭錢，你們哥兒倆，拿着我們姐妹兩個權當粉頭來取樂兒，你們就打錯了算盤了！我也知道你那老婆太難纏，如今把我姐姐拐了來做二房，『偷來的鑼鼓兒打不得』。我也要會會這鳳奶奶去，看他是幾個腦袋？幾隻手？若大家好取和兒便罷；倘若有一點叫人過不去，我有本事先把你兩個的牛黃狗寶掏出來，再和那潑婦拚了這條命！喝酒怕什麼？咱們就喝！」說着自己拿起壺來，斟了一杯，自己先喝了半盞，摟過賈璉來就灌，說：「我倒沒有和你哥哥喝過，今兒倒要和你喝一喝，咱們也親近親近。」嚇得賈璉酒都醒了。賈珍也不承望三姐兒這等拉得下臉來。兄弟兩個本是風流場中耍慣的，不想今日反被這個女孩兒一席話說得不能搭言。

這一大段作者曹雪芹讓他筆下的人物尤三姐盡情表演。三姐痛斥賈珍賈璉兄弟，音容並茂，鏗鏘有聲，可能是《紅樓夢》中最富戲劇張力的一段，三姐為了保持自己的尊嚴，拉下臉來，逼住賈珍、賈璉兩個風流老手，不敢輕舉妄動。三姐把賈珍、賈璉狠狠數落了一番：斥罵他們仗勢欺人，花了幾個臭錢，把她們姐妹權當粉頭來取樂。曹雪芹批評賈府幾個主子荒淫無度，從不直接指摘，總是藉著旁人的口來褒貶評論，有名的例子是焦大口中「爬灰的爬灰，養小叔的養小叔」。柳湘蓮：「東府裡，除了那兩個石頭獅子乾淨罷了！」賈府資深保母賴嬤嬤批評賈珍：「他自己不管一管自己，這些兄弟姪兒怎麼怨得不怕他？」尤三姐對賈珍賈璉的斥責，也有異曲同工之妙。這些都是對賈府道德敗壞的批判，賈府後來被抄家敗落，與賈珍等人不倫的行為也有關連。但尤三姐痛斥賈珍、賈璉這段情節的成立，有一個前提：尤三姐必須是清白的，與姐夫未曾有過苟且之事。如果像庚辰本先入為主，把三姐描述成一個隨便可讓賈珍「百般輕薄」的「淫婦」，三姐便沒有立場在此處理直氣壯的把賈珍、賈璉罵得狗血噴頭。如果三姐真的曾被賈珍玩弄過，以賈珍的大爺脾氣，絕不容許這樣一個失過足的「淫婦」任意辱罵。這一節跟庚辰本的假設前提，有很大矛盾，不合邏輯。

曹雪芹的心思如此縝密，絕不會犯下人物與情節產生嚴重矛盾的錯誤。很可能是庚辰本抄書的人動了手腳，擅自把尤三姐從烈女改成了淫婦，但這關鍵的一節又沒有改寫，所以留下了前後兜不攏的矛盾。

下面一節形容三姐酒後放浪，鎮住賈珍、賈璉，程乙本亦寫得十分精采：

> 只見這三姐索性卸了妝飾，脫了大衣服，鬆鬆的綰個髻兒；身上穿着大紅小襖，半掩半開的，故意露出蔥綠抹胸，一痕雪脯；底下綠褲紅鞋，鮮豔奪目；忽起忽坐，忽喜忽嗔，沒半刻斯文，兩個耳墜子就和打秋千一般；燈光之下越顯得柳眉籠翠，檀口含丹；本是一雙秋水眼，再吃了幾杯酒，越發橫波入鬢，轉盼流光：真把珍璉二人弄得欲近不敢，欲遠不捨，迷離恍惚，落魄垂涎。再加方才一席話，直將二人禁住。

弟兄兩個竟全然無一點兒能為，別說調情鬥口齒，竟連一句響亮話都沒有了。三姐自己高談闊論，任意揮霍，村俗流言，灑落一陣，由着性兒拿他弟兄二人嘲笑取樂。一時，他的酒足興盡，更不容他弟兄多坐，竟攆出去了，自己關門睡去了。

庚辰本在描寫這一段，有相當大的差別：

> 這尤三姐鬆鬆挽着頭髮，大紅襖子半掩半開，露着蔥綠抹胸，一痕雪脯。底下綠褲紅鞋，一對金蓮或翹或並，沒半刻斯文。兩個墜子却似打鞦韆一般，燈光之下，越顯得柳眉籠翠霧，檀口點丹砂。本是一雙秋水眼，再吃了酒，又添了餳澀淫浪，不獨將他二姐壓倒，據珍璉評去，所見過的上下貴賤若干女子，皆未有此綽約風流者。二人已酥麻如醉，不禁去招他一招，他那淫態風情，反將二人禁住。那尤三姐放出手眼來略試了一試，他弟兄兩個竟全然無一點別識別見，連口中一句響亮話都沒有了，不過是酒色二字而已。自己高談闊論，任意揮霍洒落一陣，拿他弟兄二人嘲笑取樂，竟真是他嫖了男人，並非男人淫了他。一時他的酒足興盡，也不容他弟兄多坐，攆了出去，自己關門睡去了。

程乙本此處雖然把尤三姐的萬種風情寫得淋漓盡致，但作者的態度對他塑造的人物，基本上是尊重的，沒有半點褻瀆貶抑的意味。可是庚辰本因為一直要把尤三姐寫成「淫婦」，所以直接用「淫浪」、「淫態」來標示她，說她「竟真是他嫖了男人，並非男人淫了他」。庚辰本這一段，格調不高，不能不教人懷疑，抄書人加了許多「淫辭」在裡面。

接着程乙本更進一步描畫三姐：

這尤三姐天生脾氣，和人異樣詭僻。只因他的模樣兒風流標致，他又偏愛打扮得出色，另式另樣，作出萬人不及的風情體態來，那些男子們，別說賈珍賈璉這樣風流公子，便是一班老到人，鐵石心腸，看見了這般光景，也要動心的。及至到他跟前，他那一種輕狂豪爽、目中無人的光景，早又把人的一團高興逼住，不敢動手動腳。

至此，程乙本把尤三姐的風情體態以及傾倒眾生的吸引力，作了一番全面的刻劃，同時更突出她「輕狂豪爽，目中無人，令人不敢招惹」的高傲個性。

但這些都是對尤三姐的正面評價。而庚辰本一直到底對尤三姐都是暗含貶意的負面描述：

誰知這尤三姐天生脾氣不堪，仗着自己風流標致，偏要打扮的出色，另式作出萬人不及的淫情浪態來，哄的男人們垂涎落魄，欲近不能，欲遠不捨，迷離顛倒，他以為樂。

尤三姐自此以後，一點不順心，便將賈珍、賈璉、賈蓉三人厲言痛罵一頓，說他們爺兒三個誆騙她們寡婦孤女，而且天天挑揀穿吃，「打了銀的，又要金的，有了珠子，又要寶石；吃着肥鵝，又宰肥鴨，或不趁心，桌子一推，衣裳不如意，不論綾緞新整，便用剪子鉸碎，撕一條，罵一句。究竟賈珍等何曾隨意了一日，反花了許多昧心錢。」

尤二姐跟母親看不過去，十分相勸，尤三姐反而說：

姐姐糊塗，咱們金玉一般的人，白叫這兩個現世寶，沾汙了去，也算無能！而且他家現放着個極厲害的女人，如此瞞着，自然是好的，倘或一日他知道了，豈肯干休？勢必有一場大鬧。你二人不知誰生誰死，這如何便當作安身樂業的去處？

三姐自比金玉，可見她自負自尊，她是不值她姐姐委曲嫁給賈璉做二房。尤家雖然寒微，但亦是正經門戶，一般說不肯將閨女被人收為姨娘，何況賈璉家裡放着個「極厲害的女人」。三姐看得明白，這絕非安居樂業之地。所以她責怪她姐姐「糊塗」。後來果然尤二姐被鳳姐誆進賈府，折磨至死。

二姐看著三姐如此鬧法，也不是事，便與賈璉商量，替三姐下聘，找一歸宿，二姐備下了酒，特請她妹妹過來和母親上坐。程乙本下面這一段三姐自白，寫得辛酸，把三姐這個人物完全人性化了：

剛斟上酒，也不用他姐姐開口，便先滴淚說道：「姐姐今兒請我，自然有一番大道理要說；但只我也不是糊塗人，也不用絮絮叨叨的。從前的事，我已盡知了，說也無益！既如今姐姐也得了好處安身，媽媽也有了安身之處，我也要自尋歸結去，才是正禮。但終身大事，一生至一死，非同兒戲。向來人家看著咱們娘兒們微息，不知都安着什麼心！我所以破着沒臉，人家才不敢欺負。這如今要辦正事，不是我女孩兒家沒羞恥，必得我揀個素日可心如意的人，才跟他。要憑你們揀擇，雖然有錢有勢的，我心裡進不去，白過了這一世了！」

三姐看著二姐跟母親有了定所，雖然她明知那是個火坑，但也不能多說什麼了，自己在姐姐家已待不下去，須要找個歸宿，她終於向姐姐、母親說出她的心裡話：向來人家看輕她們孤女寡母，無所憑藉，任意打她們姐妹的主意，所以她才不顧顏面，放刁撒潑，人家不敢欺負，她在男人面的放浪行為，並非她不知羞恥，也是逼不得已，三姐倒底是個非凡女子，婚姻一事，堅持自己擇偶。當時女兒家是不作興自己選夫婿的。這也說明三姐是一個敢愛敢恨的人。她看上了柳湘蓮。五年前三姐一家到外祖母家拜壽，柳湘蓮跟一班好人家子弟在唱戲，柳湘蓮扮小生。其實柳湘蓮也是世家子，年輕貌美，生性放任不羈，不拘世俗，亦是個特立獨行的人。三姐一見鐘情。對她姐夫賈璉這樣說：

「若有了姓柳的來，我便嫁他。從今起，我吃長齋念佛，伏侍母親，等來了嫁了他去；若一百年不來，我自己修行去了。」說着將頭上一根玉簪拔下來，磕作兩段，說：「一句不真，就合這簪子一樣！」說着，回房去了，真個是「非禮勿動，非禮不言」起來。

這就是尤三姐剛烈絕決的個性，最後把她引上悲劇的結果。賈璉好不容易找到柳湘蓮，向他索了聘禮，一把家傳的鴛鴦劍。三姐把劍掛在自己繡房床上，每日望着劍，自喜終身有靠。可是當柳湘蓮回來打聽到尤三姐是賈珍的小姨子時，登時起了疑心，向寶玉說出了他的名言：「你們東府裡，除了那兩個石頭獅子乾淨罷了！」柳湘蓮去向賈璉索回聘禮，賈璉還要跟他理論時，尤三姐好不容易等了他來，今忽見反悔，便知他在賈府中聽了什麼話來，把自己當作淫奔無恥之流，不屑為妻，「連忙摘下劍來，將一般雌鋒隱在肘後，出來便說：『你們也不必出去再議，還你的定禮！』一面淚如雨下，左手將劍並鞘送給湘蓮，右手回肘，只往頸上一橫。」尤三姐以死表明自己的貞節，維持了她最後的尊嚴。庚辰本把尤三姐描寫成早已失足於姐夫賈珍的「淫婦」，在這一節上，又起了嚴重的矛盾，如果三姐果然與賈珍有染，那麼柳湘蓮懷疑她乃「淫奔無恥之流」並不冤枉，尤三姐便沒有立場自刎了，她的死沒有必要，也就毫無意義。庚辰本把尤三姐寫岔了，人物與情節發展起了衝突，邏輯上出了問題，尤三姐這個人物變得性格不統一，忽兒剛烈，忽兒淫蕩，使得小說情節發展無所適從。

讀者對尤三姐的形象性格也就捉摸不定了，整個尤三姐的故事便受了影響，有了瑕疵。當然尤三姐不是不可以寫成淫婦，那麼她痛斥賈珍、賈璉那一章節就必須重寫，而且三姐的結局也不能自殺以示清白。事實上《紅樓夢》中尤三姐在程乙本裡，她是一個寫得極出彩的角色，三姐美豔超群，瀟灑不羈，性情剛烈，不畏權勢，她敢面斥賈氏兄弟，對情的追求一往而深，執着絕決，當她痴心以待的人對她的貞操起了疑心時，她當場自刎以表清白，死得轟轟烈烈。尤三姐是烈女，不是淫婦，她受冤屈而亡的悲劇下場才能得到讀者的同情。這也應該是作者曹雪芹的原意，《紅樓夢》中作者曹雪芹創造了一系列為情殉身的烈女，林黛玉、晴雯、司棋，尤三姐也應該歸入這個行伍，弱不禁風的林黛玉最後焚稿斷痴情，亦自有她一番悲壯。這些人物都屬於第一回中茫茫大士所稱的「這一干風流孽鬼」下世，到人間去歷劫的。尤三姐的故事占的篇幅不多，但牽動頗大，柳湘蓮因三姐之死，勘破紅塵，遁入了空門。柳湘蓮出家也遙遙指引了寶玉，最後大出離的結局。其實尤三姐對賈寶玉有着某種的瞭解，賈璉的僕人興兒在二姐、三姐隨便詆毀寶玉，說他「瘋瘋癲癲」，三姐馬上替寶玉辯護，說他「並不糊塗」，只是一般人不懂他就是了。二姐看三姐護着寶玉，便笑道：「依你說，你兩個已是情投意合了，竟把你許了他，豈不好？」連興兒都說：「若論模樣兒行為，倒是一對兒好人！」跟黛玉、晴雯一樣，尤三姐也算得上是寶玉的「紅顏知己」。第一百十六回「得通靈幻境悟仙緣」，寶玉重返太虛幻境，又看到登載金陵十二釵等人命運的冊子，這次他了悟到原來這些人的命運遭遇都是前定，最後竟是尤三姐的鬼魂趕來一劍斬斷寶玉的塵緣。

可見尤三姐這個人物在作者整個情節寓意的設計中，占了相當重要的地位。尤三姐的貞操，必須保護，以貫徹她人格的完整性。

《紅樓夢》的版本問題非常複雜，大致可分兩大類：一類是前八十回的手抄本，因為有脂硯齋等人的批註，簡稱「脂本」，迄今發現的有十二種，其中以甲戌本、己卯本、庚辰本、甲辰本、戚序本比較重要，這些抄本流行的年代大約四十年不到，從一七五四年至一七九一年，程偉元、高鶚的初次刻印本出現為止。紅學大家俞平伯認為「這些抄本，無論舊抄新出都是一例的混亂」（〈紅樓夢八十回校本序言〉）。原因是這些抄書的人，程度水平不一定很高，錯誤難免，有的可能因為牟利，竟擅自更改，「故意造出文字的差別來炫惑人」。

這些抄本又以庚辰本比較完整。原書名《脂硯齋重評石頭記》，庚辰指乾隆二十五年（一七六〇年），現存抄本原為晚清狀元協辦大學士徐郙舊藏，一九三三年胡適從徐郙之子徐星曙處得見此抄本，撰長文《跋乾隆庚辰本〈脂硯齋重評石頭記〉抄本》。一九四八年燕京大學從徐家購得庚辰抄本，現由北京大學館藏。

庚辰本共七十八回，缺六十四、六十七兩回，十七、十八兩回未分開共用一個回目。現存的庚辰本並非原稿，乃後人的過錄本，抄寫者不止一人，現存的抄本乃有不少錯訛遺漏的地方。但做為研究材料，庚辰本自有其無可取代的重要性，因為在各抄本中，其回數最多，而脂硯齋等人的各種批註竟有兩千多條，這是一筆研究作者身世、創作過程等的珍貴資料。又因其年代較早，曹雪芹還在世，於是有些紅學家便認為庚辰本最靠近曹雪芹的原稿，雖然曹雪芹的原稿迄今尚未面世，而且作者「增刪五次」，庚辰本亦不確定靠近那一稿。

一九八二年人民文學出版以庚辰本為底本的《紅樓夢》，這在《紅樓夢》出版史上是一道重要的分水嶺。此後在中國大陸，這個版本基本上取代了程乙本《紅樓夢》，成為中國大陸最具權威的版本。這個版本經由馮其庸領銜，聚集了中國藝術研究院《紅樓夢》研究所一批專家共同校訂的，所以又稱《中國〈紅樓夢〉研究所校注本》，一共修訂三次，三十多年來，銷售量達七百多萬冊，影響了幾代的讀者。

乾隆五十六年（辛亥），一七九一年程偉元、高鶚整理出版木活字刻本一百二十回

《新鐫全部繡像紅樓夢》，世稱「程甲本」，翌年一七九二（壬子）又復刻修正本，世稱「程乙本」。「程甲本」乃《紅樓夢》首次面世的刻印全本，一時洛陽紙貴，成為後世諸刻本的祖本。相對而言，「程乙本」在當時卻沒有引起太大的注意，發行不廣。至近世上海亞東圖書館汪原放於民國十年，一九二一年，又重刻《紅樓夢》，以道光十二年（一八三二）雙清館刊行的王希廉評本《新評繡像紅樓夢》為底本，此亦屬「程甲本」系統，並加新式標點，分段落。書前附胡適的〈紅樓夢考證〉。這個版本重印了六版。可是汪原放發覺胡適收藏了一套「程乙本」，於是一九二七年汪原放又以「程乙本」為底本重刻《紅樓夢》。

胡適又作了一篇〈重印乾隆壬子本《紅樓夢》序〉。這個亞東版程乙本《紅樓夢》因為有胡適大力推荐，一時風行海內外，港、臺、新、馬地區流行的《紅樓夢》亦多以程乙本為主，於是程乙本《紅樓夢》成了流傳最廣的普及本。中國大陸也要等到八十年代初，庚辰本《紅樓夢》開始壟斷出版界後，程乙本《紅樓夢》才漸漸銷聲匿跡。臺灣遠東圖書公司、啟明書局等出版的《紅樓夢》，基本上都是亞東版的翻版。一九八三年臺灣桂冠圖書公司印行了以乾隆壬子年程乙本為底本的《紅樓夢》，這在《紅樓夢》出版史上另立一道里程碑。桂冠版《紅樓夢》的校注特別嚴謹，曾參校以下各個重要版本：王希廉評刻本、金玉緣本、藤花榭本、本衙藏版本、程甲本，這些都是一百二十回刻本。脂本有庚辰本、戚蓼生序本，每回後面並列有各版本比較的校記。這個版本的注釋最為詳備，是以啟功注釋本為底本，加上唐敏等人的注解，重新整理而成，書中的詩賦並有白話翻譯，對於一般讀者，甚有助益。我在美國加州大學聖芭芭拉分部教授《紅樓夢》二十多年，一直採用桂冠版做教科書，桂冠版優點甚多，非常適合學生閱讀。

自上世紀八十年代初，人民文學出版庚辰本《紅樓夢》後，這個版本的影響也跨海傳到臺灣來，臺灣多家出版社紛紛改換版本，庚辰本在臺灣亦漸漸壓倒程乙本。二〇〇四年桂冠版程乙本《紅樓夢》終於斷版。二〇一四至二〇一五年，我應臺灣大學之請，講授《紅樓夢》導讀課程，共一年半三個學期，一百個鐘頭的時間，因為市上已無桂冠版銷售，我便採用臺北里仁書局出版，馮其庸等人校注的庚辰本《紅樓夢》為教課本，此本即為大陸紅樓夢研究所的校注本。我在授課時，同時參照桂冠版《紅樓夢》，因此有機會把兩個最流行的版本，一個以程乙本為底本，一個以庚辰本為底本的《紅樓夢》從頭到尾，仔細比對了一次。我比較兩個版本，完全以小說藝術，美學觀點來衡量，我發覺庚辰本做為研究本，至為珍貴，但做為普及本則有不少大大小小的問題。《紅樓夢》以人物塑造多姿多彩，栩栩如生取勝，作者曹雪芹創造了一連串大大小小令人難忘的小說人物，其中次要人物又以紅樓二尤，尤二姐、尤三姐的故事最為哀豔。庚辰本在好幾位人物形象及性格的刻劃上產生了矛盾，留下敗筆。其中尤三姐一案最為嚴重，本文前面已有詳細對照分析。其他人物如秦鐘、晴雯、芳官、襲人等也有各種描述上的瑕疵，我在拙著《白先勇細說〈紅樓夢〉》中都已一一指出。

《紅樓夢》之所以成為中國最偉大的小說，主要還是歸功於曹雪芹的文字藝術，《紅樓夢》是一本集大成之書，曹雪芹繼承了中國文學詩詞歌賦，戲曲小說的大傳統，又能樣樣推陳出新，《紅樓夢》兼容各種文類，渾然一體，文白相兼，雅俗並存。《紅樓夢》的對話藝術，巧妙無比，人物一張口，便有了生命，這是曹雪芹特有的本事，他對當時口語白話文的運用，到達爐火純青的地步。《紅樓夢》的對話，精確的標示出人物的個性、心理、身分、處境，人物都有個人化的語調、特徵，鳳姐是鳳姐，李紈是李紈，絕不混淆。《紅樓夢》寫的雖然是貴族之家，但曹雪芹並不避俗，該用粗鄙言語時，一樣得心應手，完全合乎人物的身分及說話場合。可是庚辰本中有幾處的罵人粗口，却用得並不恰當：

例一：第二十九回

賈母率領賈府眾人往清虛觀打醮，觀裡一個十二、三歲正在剪燭的小道士，來不及躲避，一頭撞到鳳姐懷裡。鳳姐一巴掌，把那個小孩子打了一個筋斗，罵道：

> 「野牛肏的，胡朝那裡跑？」——庚辰本
>
> 「小野雜種！往那裡跑？」——程乙本

鳳姐個性潑辣，罵髒話並不稀罕，例如她罵自己的下人興兒、旺兒，但在清虛觀裡當着賈母以及賈府中上上下下的人，對一個小道士罵出「野牛肏的」這樣的粗口就有失身分了，倒底鳳姐是賈府的少奶奶，榮國府的大管家呢，在道觀裡不致如此撒潑失禮，何況清虛觀不比平常，住持張道士乃是榮國公賈代善的替身，皇帝封為「終了真人」，是個有地位的所在。程乙本作「小野雜種」，就沒有那樣突兀了。

例二：第六十五回

賈璉娶了尤二姐做二房，並在賈府後面巷子裡金屋藏嬌，一日賈璉的心腹跟班興兒來請賈璉外出，二姐留下興兒話家常。興兒平日受盡鳳姐欺壓，此刻在二姐面前狠狠把鳳姐

數落了一頓，二姐說：「你背着他這麼說他，將來背着我還不知怎麼說我呢！」興兒忙跪下賭咒發誓，尤二姐笑道：

「猴兒肏的，還不起來呢。說句頑話，就唬的那樣起來。」——庚辰本

「你這小滑賊兒，還不起來！說句玩話兒，就嚇的這樣兒。」——程乙本

尤二姐的性格也許有點輕浮，跟賈璉、賈蓉打情罵俏，也會說些浮言浪語，但基本上二姐是個溫柔好心腸的女子，不會撒潑放刁，尤其嫁給賈璉後，已是個姨奶奶的身分，對賈璉的心腹男傭不至於動粗口說出「猴兒肏的」這樣的話，程乙本「小滑賊兒」比較像二姐的口氣。

例三：第七十五回

寧國府賈敬服金丹身亡，賈珍藉著居喪期間，在府內竟然引進一干遊俠紈褲「放頭開局，大賭起來」，薛蟠還有邢夫人的胞弟外號傻大舅的邢德全也參與其中，這晚尤氏帶了丫鬟媳婦返來，停在廳外偷看。裡面正值傻大舅輸了錢，抱怨陪酒的兩個小么兒只趕贏家不理輸家，座中有一個客人問道：「方才是誰得罪了舅太爺？我們竟沒有聽明白。且告訴我們評評理。」邢德全把兩個孩子不理的話說了一遍，那人接過來就說：「可惱！怨不得舅太爺生氣。——我問你：舅太爺不過輸了幾個錢罷咧，並沒有輸掉了毬𣬉，怎麼你們就不理了？」說着，大家都笑起來。

尤氏在外面聽了這話，悄悄的啐了一口，罵道：

「你聽聽，這一起沒廉恥的小挨刀的，才丟了腦袋骨子，就胡唚嚼毛了，再肏攮下黃湯去，還不知唚出什麼來呢。」——庚辰本

「你聽聽，這一起沒廉恥的小挨刀的！再灌喪了黃湯，還不知唚出什麼新樣兒來呢！」——程乙本

「肏攮」原本是「長安」郊區的方言粗口，現在沛縣一帶還在流行，在這裡就是硬灌下去的意思。尤氏倒底是寧國府的大奶奶，受過封誥的夫人，而且尤氏個性軟弱順從，這句粗口用得與她身分性格不符。曹雪芹在《紅樓夢》裡並不避俗，這一節紈褲賭客的粗話却達到了製造熱鬧的喜劇效果。但庚辰本中賈府的少奶奶們滿口「肏」來「肏」去，實在不成體統。

例四：第六十回

小伶人蕊官托春燕帶一包薔薇硝送給在怡紅院的芳官，賈環看到了，不識相向寶玉索取一些薔薇硝贈給彩雲。芳官不願意，暗中將茉莉粉代替了薔薇硝，賈環興沖沖拿回去，被彩雲發覺譏笑了一頓，趙姨娘知道火冒三丈，拱着賈環到怡紅院去大鬧一場，賈環畏怯不前，被趙姨娘痛斥：

「呸！你這下流沒剛性的，也只好受那些毛崽子的氣！平白我說你一句兒，或是無心錯拿了一件東西給你，你倒會扭頭暴筋，瞪着眼蹾摔娘，這會子被那起屄崽子耍弄

也罷了，你明兒還想這些家裡人怕你呢。你沒有屄本事，我也替你羞。」——庚辰本

趙姨娘雖然愚昧無知，但她是寵愛賈環的，罵起兒子來不致於滿口髒話。程乙本沒有用到「屄」字。

例五：第五十九回

寶釵的丫頭鶯兒手巧，善編織，一日寶釵遣鶯兒到黛玉處索取薔薇硝，鶯兒回轉時，帶領蕊官、藕官同行，經過柳葉渚便採了些初春的柳條來編花籃，怡紅院小丫頭春燕走來，警告鶯兒，這一帶的花柳已分給她姑媽管轄，如果她姑媽看到這些嫩柳枝被摘，必定心痛抱怨，說着她姑媽果然過來了，這些婆子平日便對園裡的大丫頭、小伶人心懷不滿，這時乘機把春燕打罵一番洩憤，給鶯兒難堪，隨着春燕自己的媽媽芳官的乾娘也到來，夥同着春燕的姑媽一齊把春燕又打罵一頓：

「小娼婦，你能上去了幾年？你也跟那起輕狂浪小婦學，怎麼就管不得你們了？乾的我管不得，你是我屄裡掉出來的，難道也不敢管你不成！」一面抓起柳條子來，直送到他臉上，問道：「這叫作什麼？這編的是你娘的屄！」——庚辰本

要麼春燕母親罵得起勁罵滑了嘴，罵到自己頭上去了。或者是抄書的人抄到這裡忘掉這婆子是春燕的親娘。這些「屄」字用得不妥，程乙本沒有這些字。

程高本如果把程甲本、程乙本算在一起，廣為流行已有二百多年，亞東版程乙本到今

年也有九十年了，程高本兩百多年來曾影響無數讀者。做為普及本，程乙本一直是胡適的首選，這個版本，無論就文字精確、人物性格統一、情節發展符合情理，各方優點來看，自有其重要的歷史地位，不少紅學專家學者都予以極高的評價，如中國「紅學會」首任會長吳組緗、海外紅學重鎮「五四運動」專家周策縱等都曾為文推崇程乙本。最近北京曹雪芹學會副會長鄭鐵生在香港《明報》月刊發表了一篇有關程乙本重要的文章：〈《紅樓夢》程乙本風行九十年〉。文中指出一個重要的觀念：「大眾欣賞」與「小眾學術」，他認為《紅樓夢》的各種版本都有其重要性，但其功用目的不同，有的版本用於學術研究，屬於「小眾學術」，只適合少數學者研究運用，但「大眾欣賞」則應該選擇「相對語言通俗明快，結構完整，人物鮮明生動的版本推向大眾。」他的結論是程乙本即是「大眾欣賞」最合適的普及本。

筆者不憚其煩把庚辰本的毛病一一挑出來分析，目的不在貶低庚辰本的價值，前面我一再強調庚辰本作為學術研究亦即「小眾學術」，當然有其無可比擬的重要性，但作為「大眾欣賞」的普及本，其間隱藏着的許多問題不能不指明出來，提醒讀者。《紅樓夢》是中國最偉大的小說，當然應當由一個最佳版本印行廣為流傳。曾經流傳九十年，影響好幾代讀者的程乙本，實在不應該任由其被邊緣化。

——二〇一七年十一月七日完稿

賈寶玉的大紅斗篷與林黛玉的染淚手帕

——《紅樓夢》後四十回的悲劇力量

白先勇

近百年來，紅學界最大的一個爭論題目就是《紅樓夢》後四十回到底是曹雪芹的原稿，還是高鶚或其他人的續書。這場爭論牽涉甚廣，不僅對後四十回的作者身分起了質疑，而且對《紅樓夢》這部小說的前後情節、人物的結局、主題的一貫性，甚至文字風格，文采高下，最後牽涉到小說藝術評價，通通受到嚴格檢驗，嚴厲批評。「新紅學」的開山祖師胡適，於一九二一年為上海亞東圖書館出版的新式標點程甲本《紅樓夢》寫了一篇長序〈《紅樓夢》考證〉。這篇長序是「新紅學」最重要的文獻之一，其中兩大論點：證明曹雪芹即是《紅樓夢》的作者，斷定後四十回並非曹雪芹原著，而是高鶚偽托續書。自從胡適一錘定音，判決《紅樓夢》後四十回是高鶚的「偽書」以來，幾個世代甚至一些重量級的紅學家都沿著胡適這條思路，對高鶚續書作了各種評論，有的走向極端，把後四十回數落得一無是處，高鶚變成了千古罪人。而且這種論調也擴散影響到一般讀者。

在進一步討論《紅樓夢》後四十回的功過得失之前，先簡單回顧一下後四十回誕生的來龍去脈。乾隆五十六年（一七九一）由程偉元、高鶚整理出版木刻活字版排印一百二十回《紅樓夢》，中國最偉大的小說第一次以全貌面世，這在中國文學史上應是劃時代的一件大事。這個版本胡適稱為「程甲本」，因為是全本，一時洛陽紙貴，成為後世諸刻本的祖本，翌年一七九二，程、高又刻印了壬子年的修訂本，即胡適大力推薦的「程乙本」，合稱「程高本」。在「程高本」出版之前，三十多年間便有各種手抄本出現，流傳坊間，這些抄本全都止於前八十回，因為有脂硯齋等人的批註，又稱「脂本」，迄今發現的「脂本」共十二種，其中以「甲戌本」、「己卯本」、「庚辰本」、「甲辰本」、「戚序本」（亦稱「有正本」）比較重要。程偉元在「程甲本」的序中說明後四十回的由來：是他多年從藏書家及故紙堆中搜集得曹雪芹原稿二十多卷，又在鼓擔上發現了十餘卷，併在一起，湊成了後四十回，原稿多處殘缺，因而邀高鶚共同修補，乃成全書：

「爰為竭力搜羅，自藏書家，甚至故紙堆中無不留心，數年以來，僅積有二十餘卷。一日偶於鼓擔上得十餘卷，遂重價購之，欣然翻閱，見其前後起伏，尚屬接榫，然漶漫不可收拾，乃同友人細加釐剔，截長補短，抄成全部，復為鐫板，以公同好。」

「程乙本」的引言中，程偉元和高鶚又有了如下申明：

「書本後四十回，係就歷年所得，集腋成裘，更無他本可考。惟按其前後關照者，略為修輯，使其有應接而無矛盾。至其原文，未敢臆改，俟再得善本，更為釐定。且不欲盡掩其本來面目也。」

程偉元與高鶚對後四十回的來龍去脈，以及修補的手法原則說得清楚明白，可是胡適就是不相信程、高，說他們撒謊，斷定後四十回是高鶚偽托。胡適做學問有一句名言：拿出證據來。胡適證明高鶚「偽作」的證據，他認為最有力的一項就是張問陶的詩及注。張問陶是乾隆、嘉慶時代的大詩人，與高鶚鄉試同年，他贈高鶚的一首詩〈贈高蘭墅鶚同年〉的注有「《紅樓夢》八十回以後，俱蘭墅所補」這一條，蘭墅是高鶚的號。於是胡適便拿住這項證據，一口咬定後四十回是由高鶚「補寫」的。但張問陶所說的「補」字，也可能有「修補」的意思，這個注恐怕無法當作高鶚「偽作」的鐵證。胡適又認為程序說先得二十餘卷，後又在鼓擔上得十餘卷，「世間沒有這樣奇巧的事！」那也未必，世間巧事，有時確實令人匪夷所思。何況程偉元多年處心積慮四處搜集，並非偶然獲得，也許皇天不負苦心人，居然讓程偉元收齊了《紅樓夢》後四十回原稿，使得我們最偉大的小說能以全貌面世。

近二、三十年來倒是愈來愈多的學者相信高鶚最多只參與了修補工作，《紅樓夢》後四十回不可能是高鶚一個人的「偽作」，後四十回本來就是曹雪芹的原稿。例如海外紅學重鎮，「五四運動」權威周策縱；臺灣著名歷史小說家、紅學專家高陽；中國大陸幾輩紅學專家：中國紅樓夢學會首任會長吳組緗、中國紅學會副會長胡文彬、中國紅樓夢學會常務理事吳新雷、中國紅樓夢學會顧問甯宗一、北京曹雪芹學會副會長鄭鐵生，這些對《紅樓夢》有深刻研究的專家學者們，不約而同，對後四十回的作者問題，都一致達到以上的看法。

我個人對後四十回嘗試從一個寫作者的觀點及經驗來看，首先，世界上的經典小說似乎還找不出一部是由兩位或兩位以上的作者合著的。因為如果兩位作家才華一樣高，一定個人各有自己風格，彼此不服，無法融洽，如果兩人的才華一高一低，才低的那一位亦無法模仿才高那位的風格，還是無法融成一體。何況《紅樓夢》前八十回已經撒下天羅地網，千頭萬緒，換一個作者，如何把那些長長短短的線索一一接榫，前後貫徹，人物語調一致，就是一個難上加難不易克服的問題。《紅樓夢》第五回，把書中主要人物的命運結局，以及賈府的興衰早已用詩謎判詞點明了，後四十回大致也遵從這些預言的發展。至於有些批評認為前八十回與後四十回的文字風格有差異，這也很正常，因前八十回寫賈府之盛，文字應當華麗，後四十回寫賈府之衰，文字自然比較蕭疏，這是情節發展所需。其實自從七十七回「俏丫鬟抱屈夭風流，美優伶斬情歸水月」，抄大觀園後晴雯遭讒屈死，芳官等被逐，小說的調子已經開始轉向暗淡淒涼，寶玉的心情也變得沉重哀傷，所以才在下一回「痴公子杜撰芙蓉誄」對黛玉脫口講出：「茜紗窗下，我本無緣，黃土壟中，卿何薄命」這樣摧人心肝的悼詞來。到了第八十一回，寶玉心情不好，隨手拿了一本《古樂府》翻開來，卻是曹操的〈短歌行〉：「對酒當歌，人生幾何。」一代梟雄曹孟德感到人生苦短，世事無常的滄桑悲涼，也感染了寶玉，其實後四十回底層的基調也佈滿了這種悲涼的氛圍，所以前八十回與後四十回的調子，事實上是前後漸進、銜接得上的。

周策縱教授在威斯康辛大學執教時，他的弟子陳炳藻博士等人用電腦統計分析的結果，雖然後四十回與前八十回在文字上有些差異，但並未差異到出於兩人之手那麼大。如果程高本後四十回誠然如一些評論家所說那樣矛盾百出，這二百多年來，程高本《紅樓夢》怎麼可能感動世世代代那麼多的讀者？如果後四十回程偉元、高鶚果真撒謊偽續，恐怕不會等到一百三十年後由新紅學大師胡適等人來戳破他們的謊言，程、高同時代那麼多紅迷早就群起而攻之了。在沒有如山鐵證出現以前，我們還是姑且相信程偉元、高鶚說的是真話吧。

至於不少人認為後四十回的文字功夫、藝術價值遠不如前八十回，這點我絕對不敢苟同，後四十回的文字風采、藝術成就絕對不輸給前八十回，有幾處感人的程度恐怕還猶有過之。胡適雖然認為後四十回是高鶚補作的，但對後四十回的悲劇下場卻十分讚賞：「高鶚居然忍心害理的教黛玉病死，教寶玉出家，作一個大悲劇結束，打破中國小說的團圓迷信。這一點悲劇眼光，不能不令人佩服。」

《紅樓夢》後四十回的悲劇力量，建築在幾處關鍵情節上，寶玉出家、黛玉之死，更是其中重中之重，如同兩根樑柱把《紅樓夢》整本書像一座高樓，牢牢撐住，這兩場書寫，是真正考驗作者功夫才能的關鍵時刻，如果功力不逮，這座紅樓，輒會轟然傾塌。

《紅樓夢》這部小說始於一則中國古老神話：女媧煉石補天。共工氏撞折天柱，天塌了西北角，女媧煉石三萬六千五百零一塊以補天，只有一塊頑石未用，棄在青埂（情根）峰下，這塊頑石通靈，由是生了情根，下凡後便是大觀園情榜中的第一號情種賈寶玉，寶玉的前身靈石是帶著情根下凡的，「情根一點是無生債」，情一旦生根，便纏上還不完的情債。黛玉第一次見到寶玉：「雖怒時而似笑，即瞋視而有情」、「平生萬種情思，悉堆眼角」。其實賈寶玉即是「情」的化身，那塊靈石便是「情」的結晶。

「情」是《紅樓夢》的主題、主旋律，在書中呈現了多層次的複雜義涵，曹雪芹的

「情觀」近乎湯顯祖，「情不知所起，一往而深，生者可以死，死可以生。」《紅樓夢》的「情」遠遠超過一般男女之情，幾乎是一種可以掌握生死宇宙間的一股莫之能禦的神祕力量了。本來靈石在青埂峰下因未能選上補天，「自怨自愧」，其實靈石下凡負有更大的使命：到人間去補情天。第五回「賈寶玉神遊太虛境」，寶玉到了太虛幻境的宮門看到上面橫書四個大字：孽海情天。兩旁一副對聯：

厚地高天，堪歎古今情不盡；
痴男怨女，可憐風月債難酬。

所以寶玉在人間要以他大悲之情，去普度那些情鬼下凡的「痴男怨女」。寶玉就是那個情僧，所以《紅樓夢》又名《情僧錄》，講的就是情僧賈寶玉歷劫成佛的故事。《紅樓夢》第一回，空空道人將「石頭記」檢閱一遍以後，「因空見色，由色生情，傳情入色，自色悟空，遂改名情僧，改『石頭記』為『情僧錄』。」此處讀者不要被作者瞞過，情僧指的當然是賈寶玉，空空道人不過是一個虛空符號而已。在此曹雪芹提出了一個極為弔詭而又驚世的概念：本來「情」與「僧」相悖無法並立，有「情」不能成「僧」，成「僧」必須斷「情」。「文妙真人」賈寶玉絕不是一個普通的和尚，「情」是他的宗教，是他的信仰，才有資格稱為「情僧」。寶玉出家，悟道成佛，並非一蹴而就，他也必須經過色空轉換，自色悟空的漫長徹悟過程，就如同唐玄奘西天取經要經歷九九八十一劫的考驗，才能修成正果。賈寶玉的悟道歷程，與悉達多太子有相似之處。悉達多太子飽受父親淨飯王寵愛，享盡榮華富貴，美色嬌妻，出四門，看盡人世間老病死苦，終於大出離，尋找解脫人生痛苦之道。《情僧錄》也可以說是一本「佛陀前傳」。曹雪芹有意無意把賈寶玉寫成了佛陀型的人物。

賈寶玉身在賈府大觀園的紅塵裡，對於人世間枯榮無常的了悟體驗，是一步一步來的。第五回賈寶玉在秦氏臥房小憩時夢遊太虛幻境，在「薄命司」裡看到「金陵十二釵」以及其他與寶玉親近的女性之命冊，當時他還未能瞭解她們一個個的悲慘下場，警幻仙姑把自己乳名兼美，表字可卿的妹子跟寶玉成姻，並祕以雲雨之事，寶玉一覺驚醒，叫了一聲：「可卿救我！」可卿其實就是秦氏的小名。秦氏納悶，因為她的小名從無人知。夢中的可卿即秦氏的複製。秦氏是賈蓉之妻，貌兼黛玉、寶釵之美，又得賈母等人寵愛，是重孫中第一個得意人物。但這樣一個得意人，卻突然夭折病亡。寶玉聽聞噩耗，「心中似戳了一刀，噴出一口鮮血。」寶玉這種過度的反應，值得深究，有人認為寶玉與秦氏或有曖昧之情，這不可能，我認為是因為這是寶玉第一次面臨死亡，敏感如寶玉，其刺激之大，令他口吐鮮血，就如同悉達多太子出四門，遇到死亡同樣的感受。在賈府極盛之時，突然傳來雲板四聲的喪音，似乎在警告：好景不常，一個兼世間之美的得意人，一夕間竟會香消玉殞。彩雲易散琉璃脆，世上美好的事物，不必常久。秦氏鬼魂托夢鳳姐，警示她：「月滿則虧，水滿則溢」，已經興盛百年的賈家終有走向衰敗的一日。頭一回，寶玉驚覺到人生的「無常」。

未幾，寶玉的摯友秦鐘又突然夭折，使寶玉傷心欲絕。秦氏與秦鐘是兩姐弟，在象徵意義上，秦與「情」諧音，秦氏手足其實是「情」的一體二面，二人是啟發寶玉對男女動情的象徵人物，二人極端貌美，同時壽限短，這對情僧賈寶玉來說，暗示了「情」固然是世間最美的事物，但亦最脆弱，最容易斲傷。

所以情僧賈寶玉的大願是：撫慰世上為「情」所傷的有情人。

賈寶玉本來天生佛性，雖在大觀園裡，錦繡叢中，過的是錦衣玉食的富貴生涯，但往往一聲禪音，一偈禪語，便會啟動他嚮往出世的慧根。早在二十二回「聽曲文寶玉悟禪」，寶釵生日，賈母命寶釵點戲，寶釵點了一齣「山門」，說的是魯智深出家當和尚的故事，寶玉以為是齣「熱鬧戲」，寶釵稱讚這齣戲的排場詞藻俱佳，便唸了一支「寄生草」的曲牌給他聽：

> 漫搵英雄淚，相離處士家。謝慈悲，剃度在蓮臺下。沒緣法，轉眼分離乍。赤條條，來去無牽掛。那裡討，煙蓑雨笠捲單行？一任俺，芒鞋破缽隨緣化！

魯智深踽踽獨行在出家道上的身影，即將是寶玉最後的寫照。難怪寶玉聽曲猛然觸動禪機，遂有自己「赤條條無牽掛」之歎。

大觀園是賈寶玉心中的人間太虛幻境，是他的「兒童樂園」，怡紅公子在大觀園的人間仙境裡，度過他最歡樂的青少年時光，跟大觀園裡眾姐妹花前月下，飲酒賦詩，無憂無慮的做他的「富貴閒人」。天上的太虛幻境裡，時間是停頓的，所以花常開，人常好，可是人間的太虛幻境卻有時序的推移，春去秋來，大觀園終於不免百花凋零，受到外界凡塵的汙染，最後走向崩潰。第七十四回因繡春囊事件抄大觀園，這是人間樂園解體的轉捩點，接著晴雯遭讒被逐，司棋、入畫、四兒，以及十二小伶人統統被趕出大觀園，連寶釵避嫌也搬了出去，一夕間大觀園繁華驟歇，變成了一座荒園。大觀園本是寶玉的理想世界，大觀園的毀壞，也就是寶玉的「失樂園」，理想國的幻滅。

晴雯之死，在寶玉出家的心路歷程上又是一劫，第七十七回「俏丫鬟抱屈夭風流」，晴雯臨死，寶玉探訪，是全書寫得最感人肺腑的章節之一。在此，情僧賈寶玉對於芙蓉女兒晴雯的屈死，展現了無限的悲憫與憐惜。一腔哀思，化作了纏綿悽愴，字字血淚的〈芙蓉誄〉，既悼晴雯，更是暗悼另一位芙蓉仙子林黛玉，自此後，怡紅公子遂變成了傷心人，青少年時的歡樂，不復再得。

搜查大觀園指向賈府抄家，晴雯之死暗示黛玉淚盡人亡。後四十回這兩大關鍵統統引導寶玉走向出家之路。在大觀園裡，怡紅公子以護花使者自居，庇護園內百花眾女孩，不使她們受到風雨摧殘，靈石下凡，本來就是要補情天的，寶玉對眾女孩的憐惜，不分貴賤，雨露均霑，甚至對小伶人芳官、藕官、齡官也持一種哀矜。當然情僧賈寶玉，用情最深的是與他緣定三生，前身為絳珠仙草的林黛玉。寶玉對黛玉之情，也就是湯顯祖所謂的情真、情深、情至，是一股超越生死的神祕力量。林黛玉的夭折，是情僧賈寶玉最大的「情殤」。賈府抄家，遂徹底顛覆了寶玉的現實世界。經歷過重重的生關死劫，第一百十六回「得通靈幻境悟仙緣」。寶玉再夢回到太虛幻境，二度看到姐妹們那些命冊，這次終於了悟人生壽夭窮通，分離聚合皆是前定，醒來猶如黃粱一夢，一切皆是「鏡花水月」。《紅樓夢》的情節發展至此，已為第一百二十回最後寶玉出家的大結局做好了充份的準備。

《紅樓夢》作為佛家的一則寓言則是頑石歷劫，墮入紅塵，最後歸真的故事。寶玉出家當然是最重要的一條主線，作者費盡心思在前面大大小小的場景裡埋下種種伏筆，就等著這一刻的大結局（Grand Finale）是否能釋放出所有累積爆炸性的能量，震撼人心。寶玉出家並不好寫，作者須以大手筆，精心擘劃，才能達到目的。《紅樓夢》是一本大書，架構恢宏，內容豐富，當然應該以大格局的手法收尾。寶玉的「大出離」實際上分開兩場。第一場「第一百十九回：中鄉魁寶玉卻塵緣」，寶玉拜別家人赴考，是個十分動人的場面，寶玉：

「走過來給王夫人跪下，滿眼流淚，磕了三個頭，說道：『母親生我一世，我也無可報答，只有這一入場，用心作了文章，好好中個舉人出來，那時太太喜歡喜歡，便是兒子一輩子的事也完了，一輩子的不好也都遮過去了。』」

寶玉出家之前，必須了結一切世緣；他報答父母的是中舉功名，留給他妻子的是腹中一子，替襲人這個與他俗緣最深的侍妾，下聘一個丈夫蔣玉菡。寶玉出門時，仰面大笑道：「走了，走了！不用胡鬧了！完了事了！」，「寶玉嘻天哈地，大有瘋傻之狀，遂從此出門而去。」寶玉笑什麼？笑他自己的荒唐、荒謬，一生像大夢一場，也笑世人在滾滾紅塵裡，還在作夢。應了《好了歌》的旨意，「好便是了，了便是好。」

第一百二十回，我們終於來到這本書的最高峯，小說的大結局。

賈政扶送賈母的靈柩到金陵安葬，然後返回京城：

一日，行到毘陵驛地方，那天乍寒，下雪，泊在一個清靜去處。賈政打發眾人上岸投帖，辭謝親友，總說即刻開船不敢勞動。船上只留一個小廝伺候，自己在船中寫家書，先要打發人起早到家。寫到寶玉的事，便停筆。抬頭忽見船頭上微微雪影裡面一個人，光著頭，赤著腳，身上披著一領大紅猩猩氈的斗篷，向賈政倒身下拜。賈政尚未認清，急忙出船，欲待扶住問他是誰。那人已拜了四拜，站起來打了個問訊。賈政才要還揖，迎面一看，不是別人，卻是寶玉。賈政吃一大驚，忙問道：「可是寶玉麼？」那人不言語，似喜似悲。賈政又問道：

「你若是寶玉，如何這樣打扮，跑到這裡來？」寶玉未及回言，只見船頭上來了兩人，一僧一道，夾住寶玉道：「俗緣已畢，還不快走？」說著，三個人飄然登岸而去。賈政不顧地滑，疾忙來趕，見那三人在前，那裡趕得上？只聽得他們三人口中不知那個作歌曰：

我所居兮，青埂之峯，我所遊兮，鴻濛太空。誰與我逝兮，吾誰與從？渺渺茫茫兮，歸彼大荒。

賈政一面聽著，一面趕去，轉過一小坡倏然不見。賈政已趕得心虛氣喘，驚疑不定……賈政還欲前走，只見白茫茫一片曠野，並無一人。

《紅樓夢》這段章節是中國文學一座巍巍高峯，寶玉光頭赤足，身披大紅斗篷，在雪地裡向父親賈政辭別，合十四拜，然後隨著一僧一道飄然而去，一聲禪唱，歸彼大荒，「落了片白茫茫大地真乾淨。」《紅樓夢》這個畫龍點睛式的結尾，其意境之高，其意象之美，是中國抒情文學的極品。我們似乎聽到禪唱聲充徹了整個宇宙，《紅樓夢》五色繽紛的錦鏽世界，到此驟然消歇，變成白茫茫一片混沌；所有世上七情六慾，所有嗔貪痴愛，都被白雪掩蓋，為之冰消，最後只剩一「空」字。

王國維在《人間詞話》中論李後主詞「真所謂以血書者也」，「儼有釋迦、基督擔荷人類罪惡之意。」此處王國維意指後主亡國後之詞，感慨遂深，以一己之痛，道出世人之悲，故譬之為釋迦、基督。這句話，我覺得用在此刻賈寶玉身上，更為恰當。情僧賈寶玉，以大悲之心，替世人擔負了一切「情殤」而去，一片白茫茫大地上只剩下寶玉身上大斗篷的一點紅。然而賈寶玉身上那襲大紅猩猩氈的斗篷又是何其沉重，宛如基督替世人揹負的十字架，情僧賈寶玉也為世上所有為情所傷的人扛起了「情」的十字架。最後寶玉出家身上穿的不是褐色袈裟，而是大紅厚重的斗篷，這雪地裡的一點紅，就是全書的玄機所在。

「紅」是《紅樓夢》一書的主要象徵，其涵義豐富複雜，「紅」的首層意義當然指的是「紅塵」，「紅樓」可實指賈府，亦可泛指我們這個塵世。但「紅」的另一面則孕涵了「情」的象徵，賈寶玉身上最特殊的徵象就是一個「紅」字，因為他本人即是「情」的化身。寶玉前身為赤霞宮的神瑛侍者，與靈河畔的絳珠仙草緣定三生。「赤」、「絳」都是「紅」的衍化，這本書的男女主角賈寶玉與林黛玉之間的一段生死纏綿的「情」即啟發於「紅」的色彩之中。寶玉周歲抓鬮，專選脂粉，長大了喜歡吃女孩兒唇上的胭脂，寶玉生來有愛紅的癖好，因為他天生就是個情種，所以他住在怡紅院號稱怡紅公子，院裡滿栽海棠，他唱的曲是「滴不盡相思血淚拋紅豆。」「紅」是他的情根。最後情僧賈寶玉披著大紅猩猩氈的斗篷擔負起世上所有的「情殤」，在一片禪唱聲中飄然而去，回歸到青埂峯下，情根所在處。《紅樓夢》收尾這一幕，宇宙蒼茫，超越悲喜，達到一種宗教式的莊嚴肅穆。

生離死別是考驗小說家的兩大課題，於是黛玉之死便成為《紅樓夢》全書書寫中的「警句」了，這也是後四十回悲劇力量至為重要的支撐點，作者當然須經過一番苦心孤詣的鋪陳經營，才達到最後女主角林黛玉淚盡人亡，震撼人心的悲劇效果。

黛玉前身乃靈河岸上三生石畔一棵絳珠仙草，因受神瑛侍者甘露的灌溉，幻化成人形，遊於「離恨天」外，飢餐「祕情果」，渴飲「灌愁水」，為了報答神瑛侍者雨露之恩，故乃下凡把「一生的眼淚還他。」黛玉的前生便集了「情」與「愁」於一身，寶玉第一次見到她：「態生兩靨之愁，嬌襲一身之病。」「閑靜如嬌花照水，行動如弱柳扶風。」是個多愁善感，西子捧心的病美人。黛玉詩才出眾，乃大觀園諸姐妹之冠，孤標傲世，她本人就是「詩」的化身，「秉絕代之姿容，具稀世之俊美」，因此她特具靈性，對自己的命運分外敏感，常懼蒲柳之姿壽限不長。第二十三回「牡丹亭豔曲警芳心」，黛玉經過梨香院聽到小伶人演唱《牡丹亭》：

「原來姹紫嫣紅開遍，似這般都付與斷井頹垣。」
「只為你如花美眷，似水流年。」

黛玉「不覺心動神搖。」「心痛神馳，眼中落淚。」為什麼黛玉聽了《牡丹亭》這幾句戲詞，會有如此強烈反應？因為湯顯祖《驚夢》這幾句傷春之詞正好觸動黛玉花無常好，青春難保的感慨情思，因而啟發了第二十七回〈葬花詞〉自輓詩的形成：

爾今死去儂收葬，未卜儂身何日喪？
儂今葬花人笑痴，他年葬儂知是誰？
試看春殘花漸落，便是紅顏老死時；
一朝春盡紅顏老，花落人亡兩不知。

黛玉輓花——世上最美的事物，不可避免走向凋殘的命運。

亦是自輓——紅顏易老，世事無常。

事實上整本《紅樓夢》輒為一闋史詩式的輓歌，哀輓人世枯榮無常之不可挽轉，人生命運起伏之不可預測。〈葬花詞〉便是這闋輓歌的主調。李後主有詞〈烏夜啼〉：

林花謝了春紅，太匆匆。
無奈朝來寒雨晚來風。
胭脂淚，留人醉，幾時重？
自是人生長恨水長東！

後主以一己之悲，道出世人之痛，黛玉的〈葬花詞〉亦如是。

絳珠仙草林黛玉，謫落人間是為了還淚，當然也就是來還神瑛侍者賈寶玉的無生情債。寶、黛之情超越一般男女，是心靈的契合，是神魂的交融，是一段仙緣，是一則愛情神話。

可是在現實世界中，林黛玉卻是一個孤女，因賈母憐惜外孫女，接入賈府。黛玉在自己家中本來也是唯我獨尊的嬌女，一旦寄人籬下，不得不步步留心，處處提防，生怕落人褒貶，又因生性孤傲，率直天真，有時不免講話尖刻，出口傷人，在大觀園裡其實處境相當孤立。

黛玉對寶玉一往情深，林妹妹一心一意都在表哥身上，但滿腹纏綿情思又無法啟口，只得時時耍小性兒試探寶玉。小兒女試來試去，終於在第三十四回中「情中情因情感妹妹，錯裡錯以錯勸哥哥」兩人真情畢露：

寶玉因與蔣玉菡交往又因金釧兒投井，被賈政痛撻，傷痕累累，黛玉去探視，「兩個眼睛腫得桃兒一般，滿面淚光。」一晚上寶玉遣晴雯送兩條舊手帕給黛玉，黛玉猛然體會到寶玉送她舊手帕的深意，不覺「神痴心醉」，左思右想，一時「五內沸然」，「餘意纏綿」在兩塊手帕上寫下了三首情詩，吐露出她最隱祕的心事：

其一
眼空蓄淚淚空垂，暗灑閑拋更向誰？
尺幅鮫綃勞惠贈，為君那得不傷悲！

其二
拋珠滾玉只偷潸，鎮日無心鎮日閑；
枕上袖邊難拂拭，任他點點與斑斑。

其三
彩線難收面上珠，湘江舊跡已模糊；
窗前亦有千竿竹，不識香痕漬也無？

寫完，黛玉「覺得渾身火熱，面上作燒，走至鏡臺，揭起錦袱一照，只見腮上通紅，真合壓倒桃花，卻不知病由此起」。黛玉的病其實是因為她那薄弱的身子，實在無法承受她跟寶玉之間「情」的負荷。黛玉最敏感，也最容易受到「情」的斲傷。

黛玉與寶玉雖然兩人情投意合，但當時中國社會婚嫁全由家中長輩父母作主，黛玉是孤女，沒有父母撐腰，對於自己的婚姻前途，是否能與寶玉兩人百年好合，一直忐忑不安，耿耿於懷，釀成她最重的「心病」。寶玉瞭解她，安慰她道：「你皆因都是不放心的緣故，才弄了一身的病了。」但寶、黛婚事卻由不得這一對情侶自己作主。最後賈府最高權威賈母選擇了寶釵而不是黛玉做為賈府的孫媳婦，完全基於理性考慮，因為寶釵最適合儒家系統宗法社會賈府中那個孫媳婦的位置，寶釵是儒家禮教下的理想女性，賈母選中這個戴金鎖，服冷香丸的媳婦，當然是希望她能撐起賈府的重擔，就像她自己在賈府扮演的角色。

「林丫頭的乖僻，雖也是他的好處，我的心裡不把林丫頭配給他（寶玉），也是為這點子；況且林丫頭這樣虛弱恐不是有壽的。只有寶丫頭最妥。」

賈母如此評論（第九十回）。

第八十二回「病瀟湘痴魂驚惡夢」，黛玉這場惡夢是《紅樓夢》後四十回寫得最驚心動魄的場景之一。在夢中，黛玉突然看清楚了自己孤立無助的處境：賈府長輩們要把黛玉嫁出去當續弦，黛玉四處求告無門，只得去抱住賈母的腿哭求，「但見賈母呆著臉兒笑道『這不干我的事』。」黛玉撞在賈母懷裡還要求救，賈母吩咐鴛鴦：「你來送姑娘出去歇歇，我倒被他鬧乏了。」一瞬間黛玉了悟到：「外祖母與舅母姐妹們，平時何等待得好，可見都是假的。」

最後黛玉去見寶玉，寶玉為表真心，當著黛玉，「就拿著一把小刀子往胸上一劃，鮮血直流。」黛玉嚇得魂飛魄散，寶玉「還把手在劃開的地方兒亂抓」然後大叫「不好了！我的心沒有了，活不得了！」說著，眼睛往上一翻，「咕咚」就倒了，黛玉驚醒後，開始嘔血：「痰中一縷紫血，簌簌亂跳。」

這場夢魘完全合乎佛洛伊德潛意識的運作，現代心理學的闡釋，黛玉在潛意識裡，剖開了她的心病看清楚賈母對待她的真面孔，她一直要寶玉的真心，寶玉果然劃開胸膛，把心血淋淋掏出來給她，自此後，黛玉的病體日愈虛弱惡化，終於淚盡人亡。

黛玉之死是《紅樓夢》另一條重要主線，作者從頭到尾明示暗示，許多關鍵環結，一場接一場，一浪翻一浪，都指向黛玉最後悲慘的結局。可是真正寫到黛玉臨終的一刻，作者須煞費苦心將前面累積的能量，全部釋放出來才能達到震撼人心的效果，一如寶玉出家之精心鋪排。黛玉之死，過份描寫，容易濫情，下筆太輕，又達不到悲劇的力量，如何拿捏分寸，考驗作者功力。第九十七回「林黛玉焚稿斷痴情，薛寶釵出閨成大禮」，第九十八回「苦絳珠魂歸離恨天，病神瑛淚灑相思地」，這兩回作者精采的描寫，巧妙的安排，情緒的收放，氣氛的營造，步步推向高峯，應該成為小說「死別」書寫的典範。

黛玉得知寶玉即將娶寶釵，一時急怒，迷惑了本性，吐血暈倒，醒來後，「此時反不傷心，惟求速死，以完此債。」多年的「心病」，一旦暴發，黛玉一生的夢想，一生的追求，一生的執著，就是一個「情」字，她與寶玉之間的「情」，「情」一旦失落，黛玉的生命頓時一空，完全失去了意義。以往黛玉生病，「自賈母起直到姐妹們的下人，常來問候，今見賈府中上下人等，連一個問的人都沒有，睜開眼，只有紫鵑一人，自料萬無生理。」黛玉掙扎起身，叫雪雁把詩本子拿出來，又要那塊題詩的舊帕：

「只見黛玉接到手裡也不瞧，扎掙著伸出那隻手來，狠命的撕那絹子，卻只有打顫的分兒，那裡撕得動？紫鵑早已知她是恨寶玉，卻也不敢說破，只說：『姑娘，何苦自己又生氣？』黛玉微微的點頭，便掖在袖裡。說叫『點燈！』」

點了燈又要籠上火盆，還要挪到炕上來：

「那黛玉卻又把身子欠起，紫鵑只得兩隻手來扶著她。黛玉這才將方才的絹子拿在手中，瞅著那火，點點頭兒，往上一撂。」

隨著黛玉把詩稿也撂在火上，一併焚燒掉。

題詩的手帕，寶玉曾經用過，是寶玉送給黛玉的定情物，因是寶玉的舊物，也是寶玉身體的一部分，上面黛玉題詩寫下她心中最隱祕的情思，滴滿了絳珠仙子的情淚，也是黛玉身體的一部分，染淚手帕象徵了寶、黛二人最親密的結合，黛玉斷然將題詩手帕焚燬，也就是燒掉了寶、黛兩人纏綿不休的一段痴情，染淚手帕首次出現在第三十四回，隔了六十三回後在此處發揮了巨大的力量，是作者曹雪芹草蛇灰線，伏脈千里的妙筆。

黛玉是詩的化身，是「詩魂」，第七十六回中秋夜黛玉與湘雲在凹晶館聯詩，黛玉詠了一句讖詩：「冷月葬詩魂」。黛玉焚稿，也就是自焚。燒掉染淚手帕，是焚燬身體信物，燒掉詩稿，是焚燬靈魂、詩魂，黛玉如此決絕斬斷情根，自我毀滅，此一刻，黛玉不再是一個弱柳扶風的病美人，而是一個剛烈如火的殉情女子。黛玉之死，自有其悲壯的一面。黛玉臨終時交代紫鵑：「我這裡並沒有親人，我的身子是乾淨的，你好歹叫他們送我回去！」至此，黛玉保持了她的最後尊嚴，與賈府了斷一切俗緣。

寶玉跟黛玉的性格行為，都不符合儒家系統宗法社會的道德規範，可以說兩人都是儒家社會的「叛徒」，註定只能以悲劇收場，一個出家，一個為情而亡，應了第五回太虛幻境裡對他們情緣的一曲判詞〈枉凝眉〉：

一個是閬苑仙葩，一個是美玉無瑕。

若說沒奇緣，今生又偏遇著他；
若說有奇緣，如何心事終虛話？
一個枉自嗟呀，一個空勞牽掛，
一個是水中月，一個是鏡中花。
想眼中能有多少淚珠兒，
怎禁得秋流到冬，春流到夏。

寶、黛之情，終究是鏡花水月，一場空話。

《紅樓夢》後四十回，因為寶玉出家，黛玉之死這兩則關鍵章節寫得遼闊蒼茫，哀惋悽愴，雙峯並起，把整本小說提高昇華，感動了世世代代的讀者。其實後四十回還有許多其他亮點，例如第八十七回「感秋聲撫琴悲往事」，妙玉、寶玉聽琴，第一百零五回「錦衣軍查抄寧國府」賈府抄家，第一百零六回「賈太君禱天消禍患」，賈母祈天，第一百零八回「死纏綿瀟湘聞鬼哭」，寶玉淚灑瀟湘館——在在都是好文章。

程偉元有幸，蒐集到曹雪芹《紅樓夢》後四十回遺稿，與高鶚共同修補，於乾隆五十六年（一七九一）及乾隆五十七年（一七九二）刻印了《紅樓夢》一百二十回全本，中國最偉大的小說得以保存全貌，程偉元與高鶚對中國文學、中國文化，做出了莫大的貢獻，功不可沒。

——二〇一七年十一月二十五日

輯三

《紅樓夢》程乙本與庚辰本對照表

——摘自《白先勇細說紅樓夢》

編按：文中頁數是按照臺北里仁書局出版馮其庸等校注，以庚辰本為底本的《紅樓夢》為準。

【第三回】程乙本：托內兄如海薦西賓　接外孫賈母惜孤女
庚辰本：賈雨村夤緣復舊職　林黛玉拋父進京都

程乙本原文	托內兄如海薦西賓　接外孫賈母惜孤女
庚辰本原文	賈雨村夤緣復舊職　林黛玉拋父進京都
白先勇的論點	我覺得程乙本回目「托內兄如海薦西賓　接外孫賈母惜孤女」比庚辰本（臺北里仁書局一九八四年四月五日初版）「賈雨村夤緣復舊職　林黛玉拋父進京都」好得多。第一，「拋父」這兩個字用的不當，不是他要離開他父親，是賈母——他的外祖母，因為憐惜失去母親的孤女，來接他回去。這一接，定了林黛玉進賈府的命運。之前有個和尚警告過他，最好不要見近親，見了有災禍，的確，黛玉進了賈府，最後為情而亡，所以「接外孫賈母惜孤女」是很關鍵並符合實情的。

程乙本原文	黛玉連忙起身接見，賈母笑道：「你不認得他，他是我們這裡有名的一個潑辣貨，南京所謂『辣子』，你只叫他『鳳辣子』就是了。」黛玉正不知以何稱呼，眾姐妹都忙告訴黛玉道：「這是璉二嫂子。」黛玉雖不曾識面，聽見他母親說過：大舅賈赦之子賈璉，娶的就是二舅母王氏的內姪女；自幼假充男兒教養，學名叫作王熙鳳。黛玉忙陪笑見禮，以「嫂」呼之。
庚辰本原文	黛玉連忙起身接見。賈母笑道：「你不認得他，他是我們這裡有名的一個潑皮破落戶兒，南省俗謂作『辣子』，你只叫他『鳳辣子』就是。」黛玉正不知以何稱呼，只見眾姐妹都忙告訴他道：「這是璉嫂子。」黛玉雖不識，也曾聽見母親說過，大舅賈赦之子賈璉，娶的就是二舅母王氏之內侄女，自幼假充男兒教養的，學名叫王熙鳳。黛玉忙陪笑見禮，以「嫂」呼之。
白先勇的論點	你看，賈母怎麼介紹王熙鳳，「你不認得他，他是我們這裡有名的一個潑皮破落戶兒」。庚辰本「潑皮破落戶」我覺得不妥，程乙本是「潑辣貨」。「南省俗謂作『辣子』，你只叫他『鳳辣子』就是了。」庚辰本的「南省」何所指？查不出來，程乙本把「南省」作「南京」，南京有道理，賈府在金陵。

程乙本原文	面若中秋之月，色如春曉之花，鬢若刀裁，眉如墨畫，鼻如懸膽，睛若秋波，雖怒時而似笑，即瞋視而有情。
庚辰本原文	面若中秋之月，色如春曉之花，鬢若刀裁，眉如墨畫，面如桃瓣，眼若秋波。雖怒時而若笑，即瞋視而有情。
白先勇的論點	庚辰本我覺得有點不妥當，它說：面如桃瓣，目若秋波，前面已經講他「面若中秋之月，色如春曉之花」，沒有講哪一種花，是春天最美的初開的花，是秋天最亮的時候的月，足夠了！再形容「面如桃瓣」，有些多餘，拿桃花來比喻男子，也不妥。程乙本沒有這兩句，而是講他的鼻子：鼻如懸膽，睛若秋波，雖怒時而似笑，即瞋視而有情。黛玉一見大吃一驚，並不因他一身的貴公子穿戴，而是在哪裡見過，怎麼覺得眼熟。的確，他們三生緣定，老早就見過了。在天上，他是神瑛侍者，他是絳珠仙草，他拿靈河的水來灌溉他，他下來是報他的恩的。

程乙本原文	兩彎似蹙非蹙籠烟眉，一雙似喜非喜含情目。
庚辰本原文	兩彎似蹙非蹙罥煙眉，一雙似喜非喜含露目。
白先勇的論點	庚辰本裡的黛玉：兩彎似蹙非蹙罥烟眉，庚辰本用了個怪字「罥」，程乙本用了「籠」，籠烟眉，我覺得「籠烟」兩個字好。

【第五回】程乙本：賈寶玉神遊太虛境　警幻仙曲演紅樓夢
庚辰本：遊幻境指迷十二釵　飲仙醪曲演紅樓夢

程乙本原文	賈寶玉神遊太虛境　警幻仙曲演紅樓夢
庚辰本原文	遊幻境指迷十二釵　飲仙醪曲演紅樓夢
白先勇的論點	我個人比較喜歡程乙本回目：「賈寶玉神遊太虛境　警幻仙曲演紅樓夢」。太虛幻境很要緊，點出書中重要人物的命運。賈寶玉神遊太虛幻境，是書裡面最重要的章節之一。

程乙本原文	嫩寒鎖夢因春冷，芳氣襲人是酒香。
庚辰本原文	嫩寒鎖夢因春冷，芳氣籠人是酒香。
白先勇的論點	庚辰本：芳氣籠人是酒香，我覺得這個「籠」字不對，應該是程乙本的「襲」字，芳氣襲人是酒香。有兩個原因：第一，當然這個「襲」字比「籠」字好；第二，襲人兩個字，我說過曹雪芹用的詞沒有一個是隨便用的，襲人是誰？賈寶玉最貼己的一個丫鬟，而且這一回跟他有關。所以這麼一句聯詩，他不是隨便用的。

程乙本原文	二十年來辨是非，榴花開處照宮闈；三春爭及初春景，虎兔相逢大夢歸。
庚辰本原文	二十年來辨是非，榴花開處照宮闈。三春爭及初春景？虎兕相逢大夢歸。
白先勇的論點	「榴花開處照宮闈。三春爭及初春景」，三春講的是迎春、探春、惜春那三個春，當然不及元春，虎兕相逢大夢歸。庚辰本「兕」應該是一個錯字。「兕」是「犀牛」的意思，虎兕相逢沒有意義。程乙本是：虎兔相逢大夢歸，虎年碰到兔年，元春亡故，元春一死，曹家垮掉。

程乙本原文	開闢鴻蒙，誰為情種？都只為風月情濃。奈何天，傷懷日，寂寥時，試遣愚衷：因此上，演出這悲金悼玉的「紅樓夢」。
庚辰本原文	開闢鴻蒙，誰為情種？都只為風月情濃。趁著這奈何天、傷懷日、寂寥時，試遣愚衷。因此上、演出這懷金悼玉的《紅樓夢》。
白先勇的論點	十二支曲子一開始：〈紅樓夢引子〉開闢鴻蒙，誰為情種？都只為風月情濃。趁著這奈何天，傷懷日，寂寥時，試遣愚衷。因此上，演出這懷金悼玉的「紅樓夢」。庚辰本：懷金悼玉，程乙本：悲金悼玉，「懷」字的力量差遠了，我想把那個字改過來，演出這悲金悼玉的「紅樓夢」。

程乙本原文	一個是閬苑仙葩，一個是美玉無瑕。若說沒奇緣，今生偏又遇著他；若說有奇緣，如何心事終虛話？一個枉自嗟呀，一個空勞牽掛。一個是水中月，一個是鏡中花。想眼中能有多少淚珠兒，怎禁得秋流到冬，春流到夏！
庚辰本原文	一個是閬苑仙葩，一個是美玉無瑕。若說沒奇緣，今生偏又遇著他；若說有奇緣，如何心事終虛化？一個枉自嗟呀，一個空勞牽掛。一個是水中月，一個是鏡中花。想眼中能有多少淚珠兒，怎經得秋流到冬盡、春流到夏！
白先勇的論點	庚辰本「若說有奇緣，如何心事終虛化？」這個「化」字不對，程乙本：「話」。庚辰本「想眼中能有多少淚珠兒，怎經得秋流到冬盡，春流到夏！」有幾個字，也是大家改一改。程乙本：怎「禁」得，「怎禁得秋流到冬，春流到夏！」下面沒有那個「盡」字。

【第六回】賈寶玉初試雲雨情　劉姥姥一進榮國府

程乙本原文	寶玉含羞央告道：「好姐姐，千萬別告訴人。」襲人也含著羞悄悄的笑問道：「你為什麼……」說到這裡，把眼又往四下裡瞧了瞧，才又問道：「那是那裡流出來的？」

庚辰本原文	襲人亦含羞笑問道：「你夢見什麼故事了？是那裡流出來的那些髒東西？」
白先勇的論點	賈寶玉這時候就吩咐：千萬不要告訴別人。這是很自然的反應。看看庚辰本一〇九頁這一句：襲人亦含羞笑問道：「你夢見什麼故事了？是那裡流出來的那些髒東西？」可是程乙本是這樣子的：寶玉含羞央告道：「好姐姐，千萬別告訴人。」襲人也含著羞悄悄的笑問道：「你為什麼……」悄悄兩個字用得好！悄悄的笑問道：「你為什麼……」不講下面了，沒了，你為什麼，講不出來，不好意思講。他是女孩子！然後呢？說到這裡，把眼又往四下裡瞧了瞧，這一句要緊的。他四面且看一看，才又問他說：那是那裡流出來的？我想，當時的情境就應該是這個樣子。襲人不可能講「髒東西」。他自己也不瞭解，他也沒看過，而且我想在他心中沒有那種髒的意念在裡頭。

程乙本原文	寶玉只管紅著臉不言語，襲人卻只瞅著他笑
庚辰本原文	寶玉道：「一言難盡。」
白先勇的論點	庚辰本這個地方用得不好，程乙本寫得比較含蓄：寶玉只管紅著臉不言語，襲人卻只瞅著他笑，看著他有點笑笑的，這個樣子就夠了。再看庚辰本怎麼寫，他問他說哪裡來的髒東西，寶玉道：「一言難盡。」這也不是寶玉的口氣。寶玉是根本不好意思講話了。

程乙本原文	庚辰本原文	白先勇的論點
遲了一會，寶玉才把夢中之事細說與襲人聽。說到雲雨私情，羞得襲人掩面伏身而笑。寶玉亦素喜襲人柔媚嬌俏，遂強拉襲人同領警幻所訓之事。襲人自知賈母曾將他給了寶玉，也無可推托的，扭捏了半日，無奈何，只得和寶玉溫存了一番。	襲人素知賈母已將自己與了寶玉的，今便如此，亦不為越禮，遂和寶玉偷試一番，幸得無人撞見。自此，寶玉視襲人更與別個不同，襲人待寶玉更為盡心職。	程乙本：遲了一會，寶玉才把夢中之事細說與襲人聽。然後，羞的襲人掩面伏身而笑。這也不說了。下面講寶玉，也素喜襲人柔媚嬌俏，遂強拉襲人同領警幻所訓之事。庚辰本怎麼寫這段呢？一〇九頁是：襲人素知賈母已將自己與了寶玉的，今便如此，亦不為越禮，下面更不像話了：遂和寶玉偷試一番。偷試二字，用得真壞！然後還有更糟糕的：幸得無人撞見。偷偷摸摸做這個鬼鬼祟祟的事情，這個寫得不好。程乙本這麼寫的：襲人自知賈母曾將他給了寶玉，也無可推托的，扭捏了半日。這才是襲人這個女孩子會有的反應。扭捏了半日，無奈何，只得和寶玉溫存了一番。就完了，沒有說什麼，沒有說偷試一回，也沒說什麼幸得無人撞見這種話，那種話不像《紅樓夢》，不像曹雪芹寫的賈寶玉跟襲人。

【第八回】程乙本：賈寶玉奇緣識金鎖　薛寶釵巧合認通靈
庚辰本：比通靈金鶯微露意　探寶釵黛玉半含酸

程乙本原文	賈寶玉奇緣識金鎖　薛寶釵巧合認通靈
庚辰本原文	比通靈金鶯微露意　探寶釵黛玉半含酸
白先勇的論點	庚辰本這個回目：「比通靈金鶯微露意　探寶釵黛玉半含酸」我不喜歡。程乙本是：「賈寶玉奇緣識金鎖　薛寶釵巧合認通靈」。

【第九回】程乙本：訓劣子李貴承申飭　嗔頑童茗烟鬧書房
庚辰本：戀風流情友入家塾　起嫌疑頑童鬧學堂

程乙本原文	訓劣子李貴承申飭　嗔頑童茗烟鬧書房
庚辰本原文	戀風流情友入家塾　起嫌疑頑童鬧學堂
白先勇的論點	程乙本的回目：「訓劣子李貴承申飭　嗔頑童茗烟鬧書房」。不喜歡讀聖人書的賈寶玉上課去了，去私塾上課的原因，他要跟秦鐘在一起。

【第十三回】秦可卿死封龍禁尉　王熙鳳協理寧國府

程乙本原文	鳳姐聽了此話，心胸不快，十分敬畏。
庚辰本原文	鳳姐聽了此話，心胸大快，十分敬畏。
白先勇的論點	鳳姐一聽秦氏此話，心胸不快，庚辰本這裡有個錯字：心胸「大」快，絕對不是「大」字，把它改過來。

【第十四回】林如海捐館揚州城　賈寶玉路謁北靜王

程乙本原文	話說寧國府中都總管賴升聞知裡面委請了鳳姐
庚辰本原文	話說寧國府中都總管來升聞得裡面委請了鳳姐
白先勇的論點	王熙鳳被賈珍請來管寧國府，下面都緊張了，寧國府的人什麼反應呢？庚辰本二一一頁：「話說寧國府中都總管來升……」，這個名字「來升」我有點懷疑，程乙本是「賴升」。大總管姓賴，庚辰本是來。

程乙本原文	現今北靜王世榮年未弱冠，生得美秀異常，性情謙和
庚辰本原文	現今北靜王水溶年未弱冠，生得形容秀美，情性謙和

白先勇的論點	二一九頁北靜王，庚辰本給他的名字很奇怪——水溶，這個看起來不像個名字，這不是旗人的名字。程乙本是「世榮」，這比較像。

【第十五回】王鳳姐弄權鐵檻寺　秦鯨卿得趣饅頭庵

程乙本原文	寶玉忙叫道：「鯨哥！寶玉來了。」連叫了兩三聲，秦鐘不睬。寶玉又叫道：「寶玉來了。」
庚辰本原文	寶玉叫道：「鯨兄！寶玉來了。」連叫兩三聲，秦鐘不睬。寶玉又道：「寶玉來了！」
白先勇的論點	秦鐘昏迷了，夢到閻王派了小鬼要把他拉走，寶玉趕到了，叫了一聲：「鯨兄！寶玉來了。」這是庚辰本。程乙本不同，他叫「鯨哥」，不是「鯨兄」，一字之差，這兩個意義就不一樣了。我想以曹雪芹心思這麼密的人，小地方不會寫差的。秦鐘要死了，寶玉叫他，他對他感情很好，叫他「鯨哥」。雖然寶玉年紀比他大，雖然秦鐘是侄子輩，因為特殊的感情，所以叫他「鯨哥」，跟客套的「鯨兄」是不一樣的。

程乙本原文	（原文無此段）
庚辰本原文	那秦鐘魂魄哪裡肯就去，又記念著家中無人掌管家務，又記掛著父親還有留積下的三四千兩銀子，又記掛著智能尚無下落，因此百般求告鬼判。
白先勇的論點	二四八頁，好多小鬼來提他啦，秦鐘捨不得走，心裡頭有記掛。庚辰本突然跑出這麼一句話：又記掛著父親還有留積下的三四千兩銀子。多出這麼一句來，程乙本沒有的。

程乙本原文	（原文無此段）
庚辰本原文	寶玉忙攜手垂淚道：「有什麼話，留下兩句。」秦鐘道：「並無別話，以前你我見識自為高過世人，我今日才知自誤了。以後還該立志功名，以榮耀顯達為是。」說畢，便長歎一聲，蕭然長逝了。
白先勇的論點	程乙本拉走就拉走了，庚辰本把秦鐘的魂又放回來了，放回來還不打緊，他又講了這麼幾句話：以前你我見識自為高過世人，我今日才知自誤了。以後還該立志功名，以榮耀顯達為是。這幾句話不像是秦鐘講的，他講這話，寶玉早一腳把他踢開了。連史湘雲勸寶玉幾句做官，他都把他推出門去，凡勸他做官、立志的，最聽不下去。我想秦鐘也應該瞭解他，不會講這種話，程乙本沒這一段的。秦鐘死了就死了，回不來了，回來還勸寶玉做官去，這段我看是多餘的敗筆，應該又是抄本的問題。

【第十七回】程乙本：大觀園試才題對額　榮國府歸省慶元宵
【第十八回】程乙本：皇恩重元妃省父母　天倫樂寶玉呈才藻
【第十七回】庚辰本：大觀園試才題對額　榮國府歸省慶元宵

程乙本原文	皇恩重元妃省父母　天倫樂寶玉呈才藻
庚辰本原文	（第十八回無回目）
白先勇的論點	我們來看第十七回、第十八回。庚辰本第十八回沒有回目，程乙本呢？有回目的，是「皇恩重元妃省父母　天倫樂寶玉呈才藻」，庚辰本十七回、十八回混在一起了。

程乙本原文	（程乙本無此段）
庚辰本原文（第十八回）	只見園中香煙繚繞，花彩繽紛，處處燈光相映，時時細樂聲喧；說不盡這太平氣象，富貴風流。——此時自己回想當初在大荒山中、青埂峰下，那等淒涼寂寞；若不虧癩僧、跛道二人攜來到此，又安能得見這般世面。本欲作一篇《燈月賦》、《省親頌》，以誌今日之事，但又恐入了別書的俗套。按此時之景，即作一賦一贊，也不能形容得盡其妙；即不作賦贊，其豪華富麗，觀者諸公亦可想而知矣。

白先勇的論點

這一回二七〇頁庚辰本有點問題，我提出給大家參考：賈府以非常隆重的禮儀等著接皇妃，從賈母開始，都穿著朝服，等在那個地方。大觀園裡面，到處張燈結綵，說不盡的富貴風流。所以秦氏鬼魂說是「火上烹油」，又來了更大的喜事，「鮮花著錦」，有了鮮花還要拿錦緞裹起來，這回寫賈家極盛的時候，元妃怎麼省親，「……說不盡這太平氣象，富貴風流。——」，可是到了二七〇頁，突然一跳，跳到那塊頑石，自己講話了：此時自己回想當初在大荒山中、青埂峯下，那等淒涼寂寞；若不虧癩僧、跛道二人攜來到此，又安能得見這般世面。本欲作一篇《燈月賦》、《省親頌》，以誌今日之事……突然間石頭跑出來講話，這非常突兀，這不是《紅樓夢》的風格。《紅樓夢》裡作者是隱形的，你完全看不見曹雪芹在哪裡。這一段石頭講話，程乙本是沒有的。

程乙本原文

（程乙本無此段）

庚辰本原文（第十八回）

此四字並「有鳳來儀」等處，皆係上回賈政偶然一試寶玉之課藝才情耳，何今日認真用此匾聯？況賈政世代詩書，來往諸客屏侍座陪者，悉皆才技之流，豈無一名手題撰，竟用小兒一戲之辭苟且搪塞？真似暴發新榮之家，濫使銀錢，一味抹油塗朱，畢則大書「前門綠柳垂金鎖，後戶青山列錦屏」之類，則以為大雅可觀，豈《石頭記》中通部所表之寧、榮賈府所為哉！據此論之，竟大相矛盾了。諸公不知，待蠢物將原委說明，大家方知。

白先勇的論點	接下來到二七〇頁倒數第五行，又出現了一段極不得體的話。說賈家世代詩書，建大觀園一定有很多文人雅士來題詞，怎會用了小孩子的來搪塞：真似暴發新榮之家，濫使銀錢，一味抹油塗朱，畢則大書「前門綠柳垂金鎖，後戶青山列錦屏」之類，則以為大雅可觀，豈《石頭記》中通部所表之寧、榮賈府所為哉！據此論之，竟大相矛盾了。諸公不知，待蠢物將原委說明，大家方知。又來這麼一段，跟《紅樓夢》完全不合，程乙本裡面也沒有。

【第二十一回】賢襲人嬌嗔箴寶玉　俏平兒軟語救賈璉

程乙本原文	（程乙本無此句）
庚辰本原文	誰知這媳婦有天生的奇趣，一經男子挨身，便覺遍身筋骨癱軟，使男子如臥綿上；更兼淫態浪言，壓倒娼妓，諸男子至此，豈有惜命者哉！
白先勇的論點	「便覺遍身筋骨癱軟」這八個字，把多姑娘通通寫盡了。下面這一句是個敗筆：諸男子至此，豈有惜命者哉。程乙本沒有這一句，這個多餘了。我覺得多姑娘寫到那樣子，夠了！再加一句就多了。

【第二十二回】聽曲文寶玉悟禪機　製燈謎賈政悲讖語

程乙本原文	賈政道：「這個莫非是更香？」寶玉代言道：「是。」賈政又看道：南面而坐，北面而朝，「象憂亦憂，象喜亦喜。」——打一用物。
庚辰本原文	賈政道：「這是風箏。」探春笑道：「是。」又看，道是：前身色相總無成，不聽菱歌聽佛經。莫道此生沉黑海，性中自有大光明。
白先勇的論點	前身色相總無成，不聽菱歌聽佛經。莫道此生沉黑海，性中自有大光明。這是講惜春以後要當尼姑，但講得太明了，程乙本沒有此句，倒是庚辰本裡缺了寶玉出的燈謎：南面而坐，北面而朝，「象憂亦憂，象喜亦喜」。

程乙本原文	賈政再往下看，是黛玉的，道：朝罷誰攜兩袖烟？琴邊衾裡兩無緣。曉籌不用雞人報，五夜無煩侍女添。焦首朝朝還暮暮，煎心日日復年年。光陰荏苒須當惜，風雨陰晴任變遷。——打一用物。
庚辰本原文	只見後面寫著七言律詩一首，卻是寶釵所作，隨念道：朝罷誰攜兩袖煙？琴邊衾裡總無緣。曉籌不用雞人報，五夜無煩侍女添。焦首朝朝還暮暮，煎心日日復年年。光陰荏苒須當惜，風雨陰晴任變遷。

白先勇的論點	接下來一個謎，庚辰本說是寶釵所作，謎底是「更香」——從前計算時間的香。程乙本則說是黛玉寫的：朝罷誰攜兩袖烟，琴邊衾裡總無緣。曉籌不用鷄人報，五夜無煩侍女添。焦首朝朝還暮暮，煎心日日復年年。光陰荏苒須當惜，風雨陰晴任變遷。

程乙本原文	往下再看寶釵的，道是：有眼無珠腹內空，荷花出水喜相逢。梧桐葉落分離別，恩愛夫妻不到冬。——打一用物。
庚辰本原文	（庚辰本無此段）
白先勇的論點	程乙本中寶釵另有一個謎語，倒像是寶釵的命運：有眼無珠腹內空，荷花出水喜相逢。梧桐葉落分離別，恩愛夫妻不到冬。謎底「竹夫人」，竹子編的類似枕頭的東西，涼的，中間是空的，夏天拿來枕一枕，到了秋天梧桐葉落的時候，就收起來了，所以恩愛夫妻呢，頭貼的、臉貼的，像那個枕頭那麼恩愛的東西，不到冬。這是講寶釵的命運，最後寶玉出家了，他守活寡。

程乙本原文	（程乙本無此段）
庚辰本原文	賈政心內沉思道：「娘娘所作爆竹，此乃一響而散之物。迎春所作算盤，是打動亂如麻；探春所作風箏，乃飄飄浮蕩之物；惜春所作海燈，一發清淨孤獨。今乃上元佳節，如何皆作此不祥之物為戲耶？」心內愈思愈悶，因在賈母之前，不敢形於色，只得仍勉強往下看去。

白先勇的論點
燈謎看了以後，**賈政心內沉思道：「娘娘所作爆竹，此乃一響而散之物。迎春所作算盤，是打動亂如麻；探春所作風箏，乃飄飄浮蕩之物；惜春所作海燈，一發清淨孤獨。今乃上元佳節，如何皆作此不祥之物為戲耶？」**這段話，程乙本裡面沒有的，說得太明，自己去解釋出來了。

程乙本原文	庚辰本原文	白先勇的論點
賈母見賈政如此光景，想到他身體勞乏，又恐拘束了他眾姐妹，不得高興玩耍，便對賈政道：「你竟不必在這裡了，歇著去罷！讓我們再坐一會子，也就散了。」賈政一聞此言，連忙答應幾個「是」，又勉強勸了賈母一回酒，方才退出去了。**回至房中，只是思索，翻來覆去，甚覺淒惋。**	賈母見賈政如此光景，想到或是他身體勞乏亦未可定，又兼之恐拘束了眾姐妹不得高興玩耍，即對賈政道：「你竟不必猜了，去安歇罷，讓我們再坐一會，也好散了。」賈政一聞此言，連忙答應幾個「是」字，又勉強勸了賈母一回酒，方才退出去了。**回至房中只是思索，翻來覆去，竟難成寐，不由傷悲感慨，不在話下。**	賈母看他這樣子以為他累了，就說你回去吧，讓他們更輕鬆一點。賈政一聞此言，連忙答應幾個「是」字，又勉強勸了賈母一回酒，方才退了出去。**回至房中，只是思索，翻來覆去，甚覺淒惋。**程乙本的這句，說不出的一股淒涼，說不出的一種難過，他自己也不太明白，冥冥中他就感覺到不祥之意。

【第二十四回】醉金剛輕財尚義俠　痴女兒遺帕惹相思

程乙本原文	小紅聽了，忙走出來看時：不是別人，正是賈芸。小紅不覺粉面含羞，問道：「二爺在那裡拾著的？」只見那賈芸笑道：「你過來，我告訴你。」一面說一面就上來拉他的衣裳。
庚辰本原文	紅玉聽了，忙走出來看，不是別人，正是賈芸。紅玉不覺的粉面含羞，問道：「二爺在那裡拾著的？」賈芸笑道：「你過來，我告訴你。」一面說，一面就上來拉他。
白先勇的論點	小紅他本來叫紅玉，因為「玉」字重了寶玉，從前是不可以的，爺們，他們的名字不可以重的，就把他改成小紅。庚辰本不是很一貫，一下子小紅，一下子紅兒，一下子紅玉，程乙本就通通改成小紅。

【第二十五回】魘魔法姐弟逢五鬼　紅樓夢通靈遇雙真

程乙本原文	魘魔法叔嫂逢五鬼　通靈玉蒙蔽遇雙真
庚辰本原文	魘魔法姐弟逢五鬼　紅樓夢通靈遇雙真
白先勇的論點	庚辰本回目「姐弟」兩個字，這關係不對，鳳姐跟寶玉不是姐弟，是叔嫂。程乙本的回目是：「魘魔法叔嫂逢五鬼　通靈玉蒙蔽遇雙真」。

程乙本原文	庚辰本原文	白先勇的論點
（程乙本無此段）	別人慌張自不必講，獨有薛蟠更比諸人忙到十分去：又恐薛姨媽被人擠倒，又恐薛寶釵被人瞧見，又恐香菱被人臊皮，——知道賈珍等是在女人身上做功夫的，因此忙得不堪。忽一眼瞥見了林黛玉風流婉轉，已酥倒在那裡。 當下眾人七言八語，有的說請端公送祟的，有的說請巫婆跳神的，有的又薦玉皇閣的張真人，種種喧騰不一。	三九八頁講到薛蟠，薛蟠這個呆霸王也是曹雪芹寫得非常好的一個角色，大家再往下看到第二十八回，「蔣玉菡情贈茜香羅」，把呆霸王寫得活靈活現。這個人既是一個頑劣無比的紈褲大少，又有他的一種天真，但這一回寫他，有幾個字我覺得不是很恰當。別人慌張自不必講，賈府亂成一團嘛！獨有薛蟠更比諸人忙到十分去：又恐薛姨媽被人擠倒，又恐薛寶釵被人瞧見，又恐香菱被人臊皮，——知道賈珍等是在女人身上做功夫的，因此忙得不堪。忽一眼瞥見了林黛玉風流婉轉，已酥倒在那裡。這個不像薛蟠。有幾點：第一、講賈珍，賈珍是很好色的一個人，但還不至於對薛寶釵、香菱身上打主意，這個有點說不過去。而且薛姨媽跟寶釵、香菱在賈府住那麼久了，老早混熟了裡面的人，何至於賈珍看到這兩人會動心？下面更不像話！我想薛蟠看了林黛玉，他不懂欣賞的，他怎麼會懂欣賞林姑娘這個病美人？看了他不會酥倒，他酥倒是看了別人。這一段一點都不像薛蟠，寫得不恰當，程乙本裡沒有這段的。

程乙本原文	眾姐妹都在外間聽消息，黛玉先念了一聲佛，寶釵笑而不言，惜春道：「寶姐姐笑什麼？」寶釵道：「我笑如來佛比人還忙：又要渡化眾生；又要保佑人家病痛，都叫他速好；**又要管人家的婚姻**，叫他成就。——你說可忙不忙？可好笑不好笑？」
庚辰本原文	薛寶釵便回頭看了他半日「嗤」的一聲笑。眾人都不會意，惜春問道：「寶姐姐，好好的笑什麼？」寶釵笑道：「我笑如來佛比人還忙：又要講經說法，又要普渡眾生，這如今寶玉、鳳姐姐病了，又燒香還願，賜福消災；今兒才好些，**又要管林姑娘的姻緣了**。你說忙得可笑不可笑？」
白先勇的論點	寶釵涵養很好的，裝不知道，這下子逮到機會了，還他一句。「薛寶釵便回頭看了他半日，『嗤』的一聲笑。眾人都不會意，惜春問道：『寶姐姐，好好的笑什麼？』寶釵笑道：『我笑如來佛比人還忙：又要講經說法，又要普渡眾生，這如今寶玉、鳳姐姐病了，又燒香還願，賜福消災；今兒才好些，**又管林姑娘的姻緣了**。你說忙得可笑不可笑。』」我想，薛寶釵不會直接講出來林姑娘的姻緣，這會觸犯林黛玉的。而且這也不很像薛寶釵，薛寶釵很厲害的，常常講話只講一半，就夠了。程乙本這裡就寫得好，它用「**又要管人家的婚姻**」，「人家」兩個字，隨便指誰，不專指林姑娘。寶釵不會那麼直接、那麼赤裸裸地指出來的。

程乙本原文	魘魔法叔嫂逢五鬼　通靈玉蒙蔽遇雙真
庚辰本原文	魘魔法姐弟逢五鬼　紅樓夢通靈遇雙真
白先勇的論點	這一回程乙本的回目「通靈玉蒙蔽遇雙真」，這就是點題了，講那塊通靈玉需要雙真——那兩個一僧一道來拭掉塵世汙染。庚辰本「紅樓夢通靈遇雙真」，此處「紅樓夢」何所指不清楚，我覺得程乙本的回目比較切題。

【第二十七回】滴翠亭楊妃戲彩蝶　埋香塚飛燕泣殘紅

程乙本原文	花謝花飛飛滿天，紅消香斷有誰憐？遊絲軟繫飄春榭，落絮輕沾撲繡簾。閨中女兒惜春暮，愁緒滿懷無著處；手把花鋤出繡簾，忍踏落花來復去？
庚辰本原文	花謝花飛花滿天，紅消香斷有誰憐？遊絲軟繫飄春榭，落絮輕沾撲繡簾。閨中女兒惜春暮，愁緒滿懷無釋處，手把花鋤出繡閨，忍踏落花來復去。
白先勇的論點	他寫的〈葬花詞〉是古詩體，庚辰本：「花謝花飛花滿天」，這個「花滿天」不太好，應該是「飛滿天」，看這整篇：「花謝花飛飛滿天，紅消香斷有誰憐？遊絲軟繫飄春榭，落絮輕沾撲繡簾。」講的是春天百花凋殘了。

程乙本原文	一年三百六十日，風刀霜劍嚴相逼；明媚鮮妍能幾時，一朝飄泊難尋覓。花開易見落難尋，階前愁殺葬花人；獨把花鋤偷灑淚，灑上空枝見血痕。
庚辰本原文	一年三百六十日，風刀霜劍嚴相逼。明媚鮮妍能幾時，一朝飄泊難尋覓。花開易見落難尋，階前悶殺葬花人。獨倚花鋤淚暗洒，洒上空枝見血痕。
白先勇的論點	庚辰本：「一年三百六十日，風刀霜劍嚴相逼。明媚鮮妍能幾時，一朝飄泊難尋覓。花開易見落難尋，階前悶殺葬花人。」這個「悶」字不太好，應該是程乙本：「愁殺葬花人」。

程乙本原文	天盡頭！何處有香丘？未若錦囊收豔骨，一坏淨土掩風流；質本潔來還潔去，不教汙淖陷渠溝。
庚辰本原文	天盡頭，何處有香丘？未若錦囊收豔骨，一抔淨土掩風流。質本潔來還潔去，強於汙淖陷渠溝。
白先勇的論點	庚辰本：「天盡頭，何處有香丘？未若錦囊收豔骨，一抔淨土掩風流。質本潔來還潔去，強於汙淖陷渠溝。」程乙本是「不教汙淖陷渠溝」。

【第二十八回】蔣玉菡情贈茜香羅　薛寶釵羞籠紅麝串

程乙本原文	（程乙本無此句）
庚辰本原文	且自身尚不知何在何往，則斯處、斯園、斯花、斯柳，又不知當屬誰姓矣！因此，一而二，二而三，反復推求了去，真不知此時此際欲為何等蠢物，杳無所知，逃大造，出塵網，使可解釋這段悲傷。
白先勇的論點	程乙本裡頭，沒有「真不知此時此際欲為何等蠢物，杳無所知，逃大造，出塵網」這幾句話。這個太過了！

程乙本原文	滴不盡相思血淚抛紅豆；開不完春柳春花滿畫樓。睡不穩紗窗風雨黃昏後；忘不了新愁與舊愁。咽不下玉粒金波噎滿喉。
庚辰本原文	滴不盡相思血淚抛紅豆，開不完春柳春花滿畫樓，睡不穩紗窗風雨黃昏後，忘不了新愁與舊愁，咽不下玉粒金蒓噎滿喉。
白先勇的論點	寶玉在席上先唱了很有名的曲子〈紅豆詞〉：「滴不盡相思血淚抛紅豆，開不完春柳春花滿畫樓，睡不穩紗窗風雨黃昏後，忘不了新愁與舊愁，咽不下玉粒金蒓噎滿喉。玉粒金「蒓」有點怪，程乙本是金「波」。

程乙本原文	照不盡菱花鏡裡形容瘦。
庚辰本原文	照不見菱花鏡裡形容瘦。
白先勇的論點	「照不見菱花鏡裡形容瘦。」照不見的「見」，程乙本用「盡」字。

【第二十九回】享福人福深還禱福　痴情女情重愈斟情

程乙本原文	鳳姐便一揚手，照臉打了個嘴巴，把那小孩子打了一個筋斗，罵道：「小野雜種！往那裡跑？」
庚辰本原文	鳳姐便一揚手，照臉一下，把那小孩子打了一個筋斗，罵道：「野牛肏的，胡朝哪裡跑！」
白先勇的論點	鳳姐一揚手照臉一巴掌，把那個小道士打了個筋斗，還罵粗話。不過庚辰本這個「野牛肏的，胡朝那裡跑！」太粗了，不像鳳姐講的。程乙本我覺得恰如其分，罵一聲「小野雜種」，夠了！曹雪芹不是不用粗話，而是不合身分，薛蟠罵罵算了，鳳姐不會講這麼粗的話，所以我覺得這裡有點問題。

【第三十回】寶釵借扇機帶雙敲　齡官劃薔痴及局外

程乙本原文	寶玉聽說，自己由不得臉上沒意思，只得又搭赸笑道：「怪不得他們拿姐姐比楊妃，原也富胎些。」
庚辰本原文	寶玉聽說，自己由不得臉上沒意思，只得又搭訕笑道：「怪不得他們拿姐姐比楊妃，原也體豐怯熱。」
白先勇的論點	給他碰了個軟釘子，沒意思，只得又搭訕笑道：「怪不得他們拿姐姐比楊妃，原也體豐怯熱。」最後這一句，程乙本是：原也富胎些。這兩者有點差別，而且滿要緊的。「富胎」這兩個字也是指豐滿，但口氣上比「體豐怯熱」好。

程乙本原文	寶釵聽說，登時紅了臉，待要發作，又不好怎麼樣。
庚辰本原文	寶釵聽說，不由得大怒，待要怎樣，又不好怎樣。
白先勇的論點	寶釵聽了這話，庚辰本寫：「不由得大怒，待要怎樣，又不好怎樣。」程乙本是：「登時紅了臉，待要發作，又不好怎麼樣。」這個地方，程乙本寫得合理。寶釵不會大怒，第一，寶姑娘多麼有涵養；第二，是在賈母面前，再怎麼他也要裝一下，他在賈母、王夫人面前都是非常乖順的，不會大怒，但是登時紅了臉，心裡面不舒服氣的。

程乙本原文	正說著，可巧小丫頭靚兒因不見了扇子。
庚辰本原文	二人正說著，可巧小丫頭靛兒因不見了扇子。
白先勇的論點	兩人正在講的時候，一個小丫頭靚兒（庚辰本：靛兒）剛好扇子不見了。

程乙本原文	寶釵指著他厲聲說道：「你要仔細！你見我和誰玩過！有和你素日嘻皮笑臉的那些姑娘們，你該問他們去！」
庚辰本原文	寶釵指他道：「你要仔細！我和你玩過？你再疑我。和你素日嘻皮笑臉的那些姑娘們跟前，你該問他們去。」
白先勇的論點	寶釵就借扇機帶雙敲，指他道：「你要仔細！我和你玩過？你再疑我。和你素日嘻皮笑臉的那些姑娘們跟前，你該問他們去。」程乙本是這麼寫的，寶釵指著他厲聲說道：「你要仔細！你見我和誰玩過！有和你素日嘻皮笑臉的那些姑娘們，你該問他們去！」這個時候，寶釵講話很凶的，他不好罵寶玉，不好跟寶玉講，他藉著丫鬟可以的，聲音變了，厲聲了。寶姑娘很少失掉風度，這是其中之一。你要仔細，你見我和誰玩過，這是說，我不是隨隨便便跟你們這些小丫頭開玩笑的，有和你素日嘻皮笑臉的那些姑娘們，你該問他們去。程乙本這裡多了個「有」字，少了「跟前」，我覺得是好的。

程乙本原文	寶玉笑道：「誰管他的事呢！咱們只說咱們的。」
庚辰本原文	寶玉笑道：「憑他怎麼去罷，我只守著你。」
白先勇的論點	寶玉笑道：「憑他怎麼去罷，我只守著你。」庚辰本這個話講得也不太恰當，程乙本是，寶玉笑道：「誰管他的事呢！咱們只說咱們的。」這個好多了！我只守著你，這種話好像不太合適在這時候講。

程乙本原文	裡面的原是早已痴了，畫完一個「薔」又畫一個「薔」，已經畫了有幾十個。
庚辰本原文	裡面的原是早已痴了，畫完一個又畫一個，已經畫了有幾千個「薔」。
白先勇的論點	他（齡官）一個人寫寫寫，畫完一個又畫一個，庚辰本說：「已經畫了有幾千個」，哪會有幾千個？程乙本是「幾十個」，比較合理。

【第三十一回】撕扇子作千金一笑　因麒麟伏白首雙星

程乙本原文	眾人聽了，都笑道：「果然明白。」寶玉笑道：「還是這麼會說話，不讓人。」黛玉聽了，冷笑道：「他不會說話，就配帶『金麒麟』了！」一面說著，便起身走了。

庚辰本原文	眾人聽了都笑道：「果然明白。」寶玉笑道：「還是這麼會說話，不讓人。」林黛玉聽了冷笑道：「他不會說話，他的金麒麟也會說話。」一面說著，便起身走了。
白先勇的論點	黛玉在旁邊冷笑，說：他不會說話，他的金麒麟會說話。程乙本黛玉這句話是：他不會說話，就配帶「金麒麟」了？黛玉很介意湘雲有金麒麟，寶釵的金鎖片已經夠他受了，又跑出個金麒麟來。所以就酸他一句：「他不會說話，就配帶金麒麟了？」意思是配帶金麒麟的人，當然會說話了。他的金麒麟也會說話。這有點不大妥當。小說也好，詩也好，按理講，一句都不能寫錯的，一句寫得不對，就會影響全盤，以曹雪芹的那種仔細，程乙本在語氣上好得多。

【第三十二回】訴肺腑心迷活寶玉　含恥辱情烈死金釧

程乙本原文	襲人聽了，驚疑不止，又是怕，又是急，又是臊，連忙推他道：「這是那裡的話？你是怎麼著了？還不快去嗎？」
庚辰本原文	襲人聽了這話，嚇得魄消魂散，只叫「神天菩薩，坑死我了！」便推他道：「這是哪裡的話！敢是中了邪？還不快去？」

白先勇的論點	程乙本原文	庚辰本原文
這下子襲人聽了這個話大吃一驚，看看五〇二頁這個地方，庚辰本是：襲人聽了這話，嚇得魄消魂散，只叫「神天菩薩，坑死我了！」便推他道：「這是那裡的話！敢是中了邪？還不快去？」這哪裡是襲人！襲人這個女孩子心機多麼的深沉，而且很低調很溫柔的一個人，不會菩薩老天這麼叫的。程乙本是這樣子寫的：襲人聽了，驚疑不止。又驚又疑這句話也滿好的，沒有說嚇得魂消魄散，沒到那個地步，「驚疑不止」才對。	誰知寶釵恰從那邊走來，笑道：「大毒日頭地下，出什麼神呢？」襲人見問，忙笑說道：「我才見兩個雀兒打架，倒很有個玩意兒，就看住了。」寶釵道：「寶兄弟才穿了衣服，忙忙的那裡去了？我要叫住問他呢，只是他慌慌張張的走過去，竟像沒理會我的，所以沒問。」	忽有寶釵從那邊走來，笑道：「大毒日頭地下，出什麼神呢？」襲人見問，忙笑道：「那邊兩個雀兒打架，倒也好玩，我就看住了。」寶釵道：「寶兄弟這會子穿了衣服，忙忙的哪去了？我才看見走過去，倒要叫住問他呢。他如今說話越發沒了經緯，我故此沒叫他了，由他過去罷。」

白先勇的論點

這裡襲人講話的口氣，程乙本比較好。襲人見寶玉去後，什麼反應：「這裡襲人見他去了，自思方才之言，一定是因黛玉而起，如此看來，將來難免不才之事，令人可驚可畏。想到此間，也不覺怔怔的滴下淚來，心下暗度如何處治方免此醜禍。「正裁疑間，忽有寶釵從那邊走來」。寶釵來了，他說：寶兄弟這會子穿了衣服，忙忙的哪去了？我才看見走過去，倒要叫住問他呢。他如今說話越發沒了經緯，我故此沒叫他了，由他過去罷。這是庚辰本，寶釵來了，問襲人是怎麼回事，那麼熱的天氣，大毒日頭下面，襲人你站這幹什麼？襲人也非常機警，「那邊兩個雀兒打架，倒也好玩，我就看住了。」他心裡想的，不講給寶釵聽。寶釵就講，寶玉剛剛過去，我沒有叫住他，他如今說話越發沒了經緯，意思是顛三倒四。我想，寶釵不會講這一句，這也不像寶釵的話。程乙本是這樣的：寶兄弟才穿了衣服，忙忙的那裡去了？我要叫住問他呢，只是他慌慌張張的走過去，竟像沒理會我的，所以沒問。這個是比較合理的寶釵的口氣和反應。

【第三十四回】情中情因情感妹妹　錯裡錯以錯勸哥哥

程乙本原文

寶釵見他睜開眼說話，不像先時，心中也寬慰了些，便點頭歎道：「早聽人一句話，也不致有今日！別說老太太、太太心疼，就是我們看著，心裡也——」剛說了半句，又忙咽住，不覺眼圈微紅，雙腮帶赤，低頭不語了。

庚辰本原文

寶玉聽得這話如此親切稠密，竟大有深意，忽見他又咽住不往下說，紅了臉低下頭只管弄衣帶，那一種嬌羞怯怯非可形容得出者，不覺心中大暢，將疼痛早丟在九霄雲外。

白先勇的論點

寶玉看了寶姑娘弄那衣角不好意思，非可形容得出者。庚辰本下面一句話又不對了：不覺心中大暢，將疼痛早丟在九霄雲外。程乙本這一段是這樣子寫的：寶釵見他睜開眼說話，不像先時，心中也寬慰了些，便點頭歎道：「早聽人一句話，也不至有今日！別說老太太、太太心疼，就是我們看著，心裡也——」沒話了，寫得好，就此打住。我也疼你這話不講出來，不講了。這就是曹雪芹的手法，講一半，這是寶釵的個性。剛說了半句，又忙咽住，不覺眼圈微紅，雙腮帶赤，低頭不語了。寶玉聽得這話如此親切，大有深意；忽見他又咽住，不往下說，紅了臉，低下頭，含著淚，只管弄衣帶，那一種軟怯嬌羞、輕憐痛惜之情，竟難以言語形容，這幾句寫得好！然後呢？越覺心中感動，將疼痛早已丟在九霄雲外去了。「越覺心中感動」，不是「不覺心中大暢」，身上痛得要死，還心中大暢？是感動將疼痛丟在九霄雲外去了。

程乙本原文

想道：「我不過挨了幾下打，他們一個個就有這些憐惜之態，令人可親可敬。假若我一時竟別有大故，他們還不知何等悲感呢！既是他們這樣，我便一時死了，得他們如此，一生事業，縱然盡付東流，也無足歎惜了。」

庚辰本原文	心中自思：「我不過捱了幾下打，他們一個個就有這些憐惜悲感之態露出，令人**可玩可觀**，可憐可敬。假若我一時竟遭殃橫死，他們還不知是何等悲感呢！既是他們這樣，我便一時死了，得他們如此，一生事業縱然盡付東流，亦無足歎惜，冥冥之中若不怡然自得，亦可謂糊塗鬼祟矣！」
白先勇的論點	自己忘了痛，寶釵也這麼動了心了，寶玉心中想：「我不過捱了幾下打，他們一個個就有這些憐惜悲感之態露出，令人可玩可觀」，庚辰本這個「**可玩可觀**」，太輕浮了。程乙本是這樣：「我不過挨了幾下打，他們一個個就有這些憐惜之態，令人**可親可敬**。」這就好了。

程乙本原文	假若我一時竟別有大故，他們還不知何等悲感呢！別有大故，他們還不知何等悲感呢！既是他們這樣，我便一時死了，得他們如此，一生事業，縱然盡付東流，也無足歎惜了。
庚辰本原文	假若我一時竟遭殃橫死，他們還不知是何等悲感呢！既是他們這樣，我便一時死了，得他們如此，一生事業縱然盡付東流，亦無足歎惜，冥冥之中若不怡然自得，亦可謂糊塗鬼祟矣！

白先勇的論點	庚辰本：假若我一時竟遭殃橫死。這也不好，賈寶玉不會講這個話，「遭殃橫死」，用詞不當。程乙本：假若我一時竟別有大故。這就對了！萬一我出了什麼事故，「別有大故，他們還不知何等悲感呢！既是他們這樣，我便一時死了，得他們如此，一生事業，縱然盡付東流，也無足歎惜了。」我們說賈寶玉是一個沒有救藥的浪漫派，女人的憐惜，女孩子的眼淚，得了這個，什麼都不要了。庚辰本又多了一句：冥冥之中若不怡然自得，亦可謂糊塗鬼祟矣。這句話實在是多餘的。

【第三十五回】白玉釧親嘗蓮葉羹　黃金鶯巧結梅花絡

程乙本原文	一進院門，只見滿地下竹影參差，苔痕濃淡，不覺又想起《西廂記》中所云「幽僻處，可有人行？點蒼苔，白露泠泠」二句來，因暗暗的歎道：「雙文雖然命薄，尚有孀母弱弟；今日我黛玉之薄命，一併連孀母弱弟俱無。」
庚辰本原文	一進院門，只見滿地下竹影參差，苔痕濃淡，不覺又想起《西廂記》中所云「幽僻處可有人行，點蒼苔白露泠泠」二句來，因暗暗的歎道：「雙文，雙文，誠為命薄人矣！然你雖命薄，尚有孀母弱弟；今日林黛玉之命薄，一併連孀母弱弟俱無。古人云『佳人薄命』，然我又非佳人，何命薄勝於雙文哉！」

白先勇的論點	庚辰本：雙文，雙文，誠為命薄人矣！然你雖命薄，尚有孀母弱弟；今日林黛玉之命薄，一併連孀母弱弟俱無。古人云『佳人命薄』，然我又非佳人，何命薄勝於雙文哉！這段話不像曹雪芹寫的。程乙本簡潔：雙文雖然命薄，尚有孀母弱弟；今日我黛玉之薄命，一併連孀母弱弟俱無。想到這裡，又欲滴下淚來。它不講「今日林黛玉之命薄」，而用「今日我黛玉之薄命」，講自己連名帶姓一起講這就不對，什麼「古人云『佳人薄命』，然我又非佳人，何命薄勝於雙文哉！」這些話都累贅得很，不像曹雪芹的乾淨俐落。

【第三十七回】秋爽齋偶結海棠社　蘅蕪苑夜擬菊花題

程乙本原文	寶玉聽說，便展開花箋看時，上面寫道：妹探謹啟
庚辰本原文	寶玉聽說，便展開花箋看時，上面寫道：娣探謹奉
白先勇的論點	看看五五七頁這封信就知道了，充分顯出三姑娘的雅興和文采，海棠社是他起社的。庚辰本跟程乙本的這封信，有幾個地方不太一樣：開頭「娣探謹奉」，娣這個字不常用，是妹妹的意思，程乙本直接用妹字，「妹探謹啟」。

程乙本原文	今因伏几處默，忽思歷來古人，處名攻利奪之場，猶置些山滴水之區，遠招近揖，投轄攀轅，務結二三同志，盤桓其中，或豎詞壇，或開吟社：雖因一時之偶興，每成千古之佳談。妹雖不才，幸叨陪泉石之間，兼慕薛林雅調。
庚辰本原文	今因伏几憑床處默之時，忽思及歷來古人處名攻利敵之場，猶置一些山滴水之區，遠招近揖，投轄攀轅，務結二三同志者盤桓於其中，或豎詞壇，或開吟社，雖一時之偶興，遂成千古之佳談。娣雖不才，竊同叨栖處於泉石之間，而兼慕薛、林之技。
白先勇的論點	這封信寫他有雅興要建立一個詩社，中間這兩句：竊同叨栖處於泉石之間，而兼慕薛、林之技，程乙本是這樣子的：幸叨陪泉石之間，兼慕薛林雅調。談寫詩用技術來形容我覺得不好，「兼慕薛林雅調」這個就對了。

程乙本原文	孰謂雄才蓮社，獨許鬚眉；不教雅會東山，讓余脂粉耶？若蒙造雪而來，敢請掃花以俟。謹啟。
庚辰本原文	孰謂蓮社之雄才，獨許鬚眉；直以東山之雅會，讓余脂粉。若蒙棹雪而來，娣則掃花以待。此謹奉。

白先勇的論點	庚辰本：若蒙棹雪而來，娣則掃花以待，此謹奉。這個娣字，改成妹字。程乙本是這樣的：若蒙造雪而來，敢請掃花以俟。謹啟。「敢請」兩個字用得好。結束時，「謹啟」兩個字就夠了。

【第三十八回】林瀟湘魁奪菊花詩　薛蘅蕪諷和螃蟹咏

程乙本原文	欲訊秋情眾莫知，喃喃負手扣東籬。孤標傲世偕誰隱？一樣開花為底遲？圃露庭霜何寂寞？雁歸蛩病可相思？莫言舉世無談者，解語何妨話片時。
庚辰本原文	欲訊秋情眾莫知，喃喃負手叩東籬。孤標傲世偕誰隱？一樣花開為底遲？圃露庭霜何寂寞？鴻歸蛩病可相思？休言舉世無談者，解語何妨片語時。
白先勇的論點	「欲訊秋情眾莫知，喃喃負手叩東籬。孤標傲世偕誰隱？一樣花開為底遲？圃露庭霜何寂寞，鴻歸蛩病可相思？休言舉世無談者」，最後一句，庚辰本是：解語何妨片語時。程乙本是：解語何妨話片時。我覺得程乙本「解語何妨話片時」比較好。

【第四十回】史太君兩宴大觀園　金鴛鴦三宣牙牌令

程乙本原文	劉姥姥拿起箸來，只覺不聽使，又道：「這裡的雞兒也俊，下的這蛋也小巧，怪俊的。我且得一個兒！」
庚辰本原文	劉姥姥拿起箸來，只覺不聽使，又說道：「這裡的雞兒也俊，下的這蛋也小巧，怪俊的。我且肏攮一個。」
白先勇的論點	劉姥姥拿起那個筷子來，「只覺不聽使，又說道：『這裡的鷄兒也俊，下的這蛋也小巧，怪俊的。我且肏攮一個。』」原來是故意給他鴿子蛋。我且肏攮一個，程乙本是：我且得一個兒。肏攮太粗，劉姥姥是個乖滑的老太婆，在賈母面前，不致講粗口。

【第四十一回】
程乙本：賈寶玉品茶櫳翠庵　劉姥姥醉臥怡紅院
庚辰本：櫳翠庵茶品梅花雪　怡紅院劫遇母蝗蟲

程乙本原文	賈寶玉品茶櫳翠庵　劉姥姥醉臥怡紅院
庚辰本原文	櫳翠庵茶品梅花雪　怡紅院劫遇母蝗蟲

白先勇的論點	這一回，庚辰本的回目是：櫳翠庵茶品梅花雪　怡紅院劫遇母蝗蟲。黛玉笑劉姥姥大吃大喝，把他比做母蝗蟲，雖然比得有幾分像，但是拿它做回目不宜，而且櫳翠庵茶品梅花雪，也很含糊，沒有一個主題。程乙本的回目是：賈寶玉品茶櫳翠庵　劉姥姥醉臥怡紅院。這兩個對得好，而且賈寶玉品茶，裡邊有滿多玄機的。

程乙本原文	寶玉便輕輕走進來，笑道：「你們吃體己茶呢！」二人都笑道：「你又趕了來撤茶吃！這裡並沒你吃的。」
庚辰本原文	寶玉便走了進來笑道：「偏你們吃梯己茶。」二人都笑道：「你又趕了來餚騙茶吃。這裡並沒你的。」
白先勇的論點	寶玉悄悄地跑進來了，他說，偏偏你們吃體己茶。庚辰本的「體己」那個體字用「梯」，應該是身體的體，體己就是你們喝私茶，把我撇到外面去。

【第四十四回】變生不測鳳姐潑醋　喜出望外平兒理妝

程乙本原文	俗語說：「『睹物思人』，天下的水總歸一源，不拘那裡的水舀一碗，看著哭去，也就盡情了。」寶釵不答。寶玉聽了，卻又發起呆來。

庚辰本原文	俗語說，「『睹物思人』，天下的水總歸一源，不拘那裡的水舀一碗看著哭去，也就盡情了。」寶釵不答。寶玉回頭要熱酒敬鳳姐。
白先勇的論點	黛玉說完，你看下面的回應，庚辰本：寶釵不答。寶玉回頭要熱酒敬鳳姐。這一句變成這樣子，那就跟《荊釵記》一點關係都沒有了。程乙本：寶釵不答。寶玉聽了，卻又發起呆來。這就對了。寶玉在想，他何必跑那麼遠去祭金釧兒呢？就在賈府裡面拿一碗土就可以祭了。

【第四十五回】金蘭契互剖金蘭語　風雨夕悶製風雨詞

程乙本原文	小子，別說你是官了，橫行霸道的！你今年活了三十歲，雖然是人家的奴才，一落娘胎胞兒，主子的恩典，放你出來，上托著主子的洪福，下托著你老子娘，也是公子哥兒似的，讀書寫字，也是丫頭、老婆、奶子捧鳳凰似的，長了這麼大，你那裡知道那『奴才』兩字是怎麼寫？只知道享福，也不知你爺爺和你老子受的那苦惱，熬了兩三輩子，好容易掙出你這個東西，從小兒三災八難，花的銀子照樣打出你這個銀人兒來了。

庚辰本原文	哥哥兒，你別說你是官兒了，橫行霸道的！你今年活了三十歲，雖然是人家的奴才，一落娘胎胞，主子恩典，放你出來，上托著主子的洪福，下托著你老子娘，也是公子哥兒似的讀書認字，也是丫頭、老婆、奶子捧鳳凰似的，長了這麼大。你那裡知道那『奴才』兩字是怎麼寫的！只知道享福，也不知道你爺爺和你老子受的那苦惱，熬了兩三輩子，好容易掙出你這麼個東西來。
白先勇的論點	「我那裡管他們，由他們去罷！前兒在家裡給我磕頭，我沒好話，我說：哥哥兒，你別說你是官兒了，橫行霸道的！你今年活了三十歲，雖然是人家的奴才，一落娘胎胞，主子恩典，放你出來。」哥哥兒這個字，我在別的地方沒看過，哥兒是有的，「哥哥兒」我覺得有點怪。程乙本用「小子」，較好。如果是哥兒、哥哥兒，都還有一點寵他的味道，叫小子，等於拉下臉來教訓了。

程乙本原文	秋花慘淡秋草黃，耿耿秋燈秋夜長；已覺秋窗秋不盡，那堪風雨助淒涼！助秋風雨來何速？驚破秋窗秋夢續。
庚辰本原文	秋花慘淡秋草黃，耿耿秋燈秋夜長。已覺秋窗秋不盡，那堪風雨助淒涼！助秋風雨來何速！驚破秋窗秋夢綠。

白先勇的論點	《秋窗風雨夕》：「秋花慘淡秋草黃，耿耿秋燈秋夜長。已覺秋窗秋不盡，那堪風雨助淒涼！助秋風雨來何速！驚破秋窗秋夢綠」。這個「綠」字在這裡有點問題，秋夢綠，後面那個解釋有點勉強，秋天哪來夢到綠的顏色呢？程乙本是：「驚破秋窗秋夢續」，我想「續」字比較好，斷斷續續的。

程乙本原文	寶玉道：「不相干，是羊角的，不怕雨。」
庚辰本原文	寶玉道：「不相干，是明瓦的，不怕雨。」
白先勇的論點	寶玉只是來看一下就要走了，他怕黛玉要休息了，走的時候要拿一個燈籠，黛玉講，下雨燈籠會淋濕，寶玉說沒關係，是明瓦的，不怕雨。「明瓦」，是一種蚌類磨出來的東西。程乙本寫的是「羊角」，羊角挖空做的燈。

【第四十六回】尷尬人難免尷尬事　鴛鴦女誓絕鴛鴦偶

程乙本原文	鳳姐兒暗想：鴛鴦素昔是個極有心胸氣性的丫頭，雖如此說，保不嚴他願意不願意。
庚辰本原文	鳳姐兒暗想：鴛鴦素習是個可惡的，雖如此說，保不嚴他就願意。

白先勇的論點	鳳姐他心中又是怎麼想呢？庚辰本這句話有問題：鴛鴦素習是個可惡的。鳳姐跟鴛鴦的關係滿好的，鳳姐對鴛鴦也有三分敬佩，怎麼會想他是個可惡的呢？除非他說反話，很可惡，就是很不好弄，這麼說也不對。程乙本是：鴛鴦素昔是個極有心胸氣性的丫頭。這就對了！

程乙本原文	平兒又把方才的話說了，襲人聽了，說道：「這話，論理不該我們說：這個大老爺，真真太下作了！略平頭正臉的，他就不能放手了。」
庚辰本原文	平兒又把方才的話說與襲人聽，襲人道：「真真這話，論理不該我們說，這個大老爺太好色了，略平頭正臉的，他就不放手了。」
白先勇的論點	襲人就說：「真真這話論理不該我們說，這個大老爺太好色了。」庚辰本用「好色」這兩個字做為對賈赦的評斷，太平了！程乙本是：「這個大老爺，真真太下作了！」這個話對了。好色一般來講，不見得是壞事，下作，就不好了。連襲人是個丫頭，對賈赦也這麼瞧不起。襲人平常不大輕易講人壞話的，也講了句重話。

程乙本原文	（程乙本無此段）
庚辰本原文	鴛鴦聽說，立起身來，照他嫂子臉上下死勁啐了一口，指著他罵道：「你快夾著屄嘴離了這裡，好多著呢！什麼『好話』！宋徽宗的鷹，趙子昂的馬，都是好畫兒。什麼『喜事』！狀元痘兒灌的漿又滿是喜事。怪道成日家羨慕人家女兒作了小老婆，一家子都仗著他橫行霸道的，一家子都成了小老婆了！看得眼熱了，也把我送在火坑裡去。我若得臉呢，你們在外頭橫行霸道，自己就封自己是舅爺了。我若不得臉，敗了時，你們把忘八脖子一縮，生死由我去！」
白先勇的論點	《紅樓夢》那些女孩子一個個都伶牙俐齒的，鴛鴦、晴雯、司棋……沒有一個好惹的，罵起來可是不留情的：什麼「好話」！宋徽宗的鷹，趙子昂的馬，都是好畫兒，什麼「喜事」！狀元痘兒灌的漿又滿是喜事。庚辰本七〇九頁這幾句，程乙本沒有的，我也覺得多餘，扯出宋徽宗、趙子昂來了！我想，就算鴛鴦是認識字的，因為他跟著賈母抄佛經、自習，但未必用得上這兩個典，而且用這兩個典罵嫂子，這嫂子茫茫然，什麼趙子昂，什麼宋徽宗，我想不妥，可能也是抄本的時候加進去的。

程乙本原文	庚辰本原文	白先勇的論點
鴛鴦看見，忙拉了他嫂子，到賈母跟前跪下，一面哭，一面說，把邢夫人怎麼來說，園子裡他嫂子怎麼說，今兒他哥哥又怎麼說，因為不依，方才大老爺越發說我『戀著寶玉』，不然，要等著往外聘，憑我到天上，這一輩子也跳不出他的手心去，終久要報仇。——我是橫了心的，當著眾人在這裡，我這一輩子，別說是寶玉，就是『寶金』、『寶銀』、『寶天王』、『寶皇帝』，橫豎不嫁人就完了！	鴛鴦喜之不盡，拉了他嫂子，到賈母跟前跪下，一行哭，一行說，把邢夫人怎麼來說，園子裡他嫂子又如何說，今兒他哥哥又如何說，因為不依，方才大老爺索性說我戀著寶玉，不然要等著往外聘，我到天上，這一輩子也跳不出他的手心去，終究要報仇。我是橫了心的，當著眾人在這裡，我這一輩子莫說是『寶玉』，便是『寶金』『寶銀』『寶天王』『寶皇帝』，橫豎不嫁人就完了！	七一三頁，這時候賈母房中，王夫人、薛姨媽、李紈、鳳姐、寶釵姐妹通通都在，鴛鴦進來，庚辰本：鴛鴦喜之不盡，拉了他嫂子，到賈母跟前跪下。「喜之不盡」這四個字用的不好，這時候沒什麼好喜的。程乙本很簡單：「鴛鴦看見」。鴛鴦看見那麼多人在，拉了他嫂子，到賈母跟前跪下，一行哭，一行說，把邢夫人怎麼來說，園子裡他嫂子又如何說，今兒他哥哥又如何說，都講給賈母聽。

【第四十七回】呆霸王調情遭苦打　冷郎君懼禍走他鄉

程乙本原文	賈母一回身，賈璉不防，便沒躲過。
庚辰本原文	賈母一回身，賈璉不防，便沒躲伶俐。
白先勇的論點	庚辰本七二〇頁：「賈母一回身，賈璉不防，便沒躲伶俐。」沒躲伶俐什麼意思？我看是個錯的詞。程乙本是：「沒躲過」，很簡單的！賈母便問：「外頭是誰？倒像個小子一伸頭。」這下子賈璉躲不過了，就進來打聽老太太什麼時候出門。

【第四十八回】濫情人情誤思游藝　慕雅女雅集苦吟詩

程乙本原文	香菱滿心中正是想詩，至晚間，對燈出了一回神。至三更以後，上床躺下，兩眼睜睜直到五更，方才矇矓睡著了。
庚辰本原文	至晚間，對燈出了一回神，至三更以後上床臥下，兩眼鰥鰥，直到五更，方才矇矓睡去了。
白先勇的論點	這一回快結束時，「香菱滿心中還是想詩，至晚間對燈出了一回神，至三更以後上床臥下，兩眼鰥鰥，直到五更方才矇矓睡去了。」庚辰本這「鰥鰥」兩字有些奇怪。鰥，是眼睛不閉的一種魚。曹雪芹喜歡流暢白話，並不喜歡用冷僻怪字，程乙本就直接用兩眼「睜睜」，比較合理。

【第四十九回】琉璃世界白雪紅梅　脂粉香娃割腥啖膻

程乙本原文	襲人見他又有些魔意，便不肯去瞧。晴雯等早去瞧了一遍回來，帶笑向襲人說道：「你快瞧瞧去！大太太一個姪女兒，寶姑娘一個妹妹，大奶奶兩個妹妹，倒像一把子四根水蔥兒！」
庚辰本原文	襲人見他又有些魔意，便不肯去瞧。晴雯等早去瞧了一遍回來，欽欽笑向襲人道：「你快瞧瞧去！大太太的一個侄女兒，寶姑娘一個妹妹，大奶奶兩個妹妹，倒像一把子四根水蔥兒。
白先勇的論點	七四七頁，「欽欽」，讀為嗤嗤。欽，是個很怪的字，冷僻的古字，是嗤笑的意思。晴雯在這種場合下，不可能嗤嗤笑向襲人道，他為什麼嗤嗤笑，沒有這個道理啊！程乙本直接用「帶笑向襲人說道」，這就對了！

【第五十二回】

程乙本：俏平兒情掩蝦鬚鐲　勇晴雯病補孔雀裘

庚辰本：俏平兒情掩蝦鬚鐲　勇晴雯病補雀金裘

程乙本原文	俏平兒情掩蝦鬚鐲　勇晴雯病補孔雀裘
庚辰本原文	俏平兒情掩蝦鬚鐲　勇晴雯病補雀金裘

白先勇的論點	回目中的「雀金裘」，程乙本是「孔雀裘」，這倒沒有什麼特別的差別，可是我越看越覺得現在這個庚辰本有些問題嚴重，所以不得不把那些有問題的段落或者有問題的地方，特別挑出來講。
程乙本原文	寶釵笑道：「偏這顰兒慣說這些話，你就伶俐得太過了。」黛玉笑道：「帶了來，就給我們見識見識也罷了。」寶釵笑道：「箱子籠子一大堆，還沒理清呢，知道在那個裡頭呢？等過些日子收拾清了找出來，大家再看罷了。」
庚辰本原文	寶釵笑道：「偏這個顰兒慣說這些白話，把你就伶俐的。」黛玉笑道：「若帶了來，就給我們見識見識也罷了。」寶釵笑道：「箱子、籠子一大堆，還沒理清，知道在哪個裡頭呢！等過日收拾清了，找出來，大家再看就是了。」

白先勇的論點

庚辰本八〇八頁有些問題。薛寶琴到賈府來，因為他已經下聘了，許給梅翰林的兒子，家裡是把他送來出嫁的，他的嫁妝都帶來了。當時女孩子下了聘、定了婚，不對外講的，賈府這些姐妹們在聊，聽說有外國人作的詩，姑娘們就叫他拿出來給大家看看。寶琴說，放進箱子裡收著沒帶來。黛玉很聰明，說：「你別哄我們。我知道你這一來，你的這些東西未必放在家裡，自然都是要帶了來的，事實上都帶來了。這會子又扯謊說沒帶來。他們雖信，我是不信的。」黛玉曉得，他要出嫁的女孩子，怎麼可能不帶來。看看庚辰本這一行：寶釵笑道：「偏這個顰兒慣說這些白話，把你就伶俐的。」我想這不通，太彆扭。程乙本是：偏這顰兒慣說這些話，你就伶俐的太過了。不是順多了嗎！《紅樓夢》的好處是它很流暢，不喜歡用特別生僻的冷字，不用彎來撇去的怪文法，讀來非常順當的。

【第五十三回】寧國府除夕祭宗祠　榮國府元宵開夜宴

程乙本原文

且說寶琴是初次進賈祠觀看，一面細細留神，打量這宗祠：原來寧府西邊另一個院子，黑油柵欄內五間大門，上面懸一匾，寫著是「賈氏宗祠」四個字，旁書「特晉爵太傅前翰林掌院事王希獻書」，兩邊有一副長聯，寫道：肝腦塗地，兆姓賴保育之恩；功名貫天，百代仰蒸嘗之盛。

庚辰本原文	且說薛寶琴是初次進賈祠觀看，便細細留神，打量這宗祠，原來寧府西邊另一個院宇，黑油柵欄內五間大門，上面懸一匾，寫著是「賈氏宗祠」四個字，旁書「衍聖公孔繼宗書」。兩旁有一副長聯，寫道是：肝腦塗地，兆姓賴保育之恩；功名貫天，百代仰蒸嘗之盛。
白先勇的論點	先看這個宗祠門口，兩邊一副對聯：「肝腦塗地，兆姓賴保育之恩；功名貫天，百代仰蒸嘗之盛。」這種歌功頌德的語氣，庚辰本說是：衍聖公孔繼宗書，孔子的後代寫的。

【第五十四回】史太君破陳腐舊套　王熙鳳效戲彩斑衣

程乙本原文	兩個女先兒也笑個不住，都說：「奶奶好剛口！奶奶要一說書，真連我們吃飯的地方都沒了！」
庚辰本原文	兩個女先生兒也笑個不住，都說：「奶奶好剛口。奶奶要一說書，真連我們吃飯的地方也沒了。」
白先勇的論點	到賈母這邊做客的，多半是女眷，所以說唱的人也多半是女的，他們叫做「女先兒」，庚辰本恐怕多個一個字，「女先生兒」，這個「生」多餘了。

程乙本原文	庚辰本原文	白先勇的論點
賈母道：「我有道理：如今也不用這些桌子，只用兩三張併起來，大家坐在一處，擠著，又親熱，又暖和。」	賈母笑道：「我有道理。如今也不用這些桌子，只用兩三張並起來，大家坐在一處擠著，又親香，又暖和。」	庚辰本八四四頁這個地方：大家坐在一處擠著，又親香，又暖和。親香我想不對，程乙本是親熱，又親熱，又暖和。賈母就說，我們家裡也有個班子，叫那些女孩來秀一下。

程乙本原文	庚辰本原文	白先勇的論點
姐笑道：「我們是沒人疼的！」尤氏笑道：「有我呢，我摟著你。——你這會子又撒嬌兒了，聽見放炮仗，就像『吃了蜜蜂兒屎』的，今兒又輕狂了。」	鳳姐兒笑道：「我們是沒有人疼的了。」尤氏笑道：「有我呢，我摟著你。也不怕臊，你這孩子又撒嬌了，聽見放炮仗，吃了蜜蜂兒屎似的，今兒又輕狂起來。」	八四九頁：放炮仗了，王熙鳳也撒嬌，他很害怕，尤氏就把他抱著，庚辰本寫，尤氏笑道：「你這孩子又撒嬌了」。我想，尤氏跟王熙鳳是平輩，不可能叫他孩子，而且這時候是他們兩個在開玩笑，其實尤氏受王熙鳳打壓滿厲害的，逮到機會也要戳他兩下，說他「聽見放炮仗，吃了蜜蜂兒屎的」，諷刺他舉止輕狂。程乙本是：你這會子又撒嬌兒了，口氣比較合情合理。

程乙本原文	（程乙本無此段）
庚辰本原文	十八日便是賴大家，十九日便是寧府賴升家，二十日便是林之孝家，二十一日便是單大良家，二十二日便是吳新登家。這幾家，賈母也有去的，也有不去的，也有高興，直待眾人散了方回的，也有興盡，半日一時就來的。
白先勇的論點	庚辰本八四九頁最後一段，說元宵過完了之後，十八日便是賴大家，十九日便是寧府賴升家，二十日便是林之孝家，二十一日是單大良家……這意思是那些管家們，每個人家裡開個席，都來迎賈母到家裡面去玩。這個不大可能。大家想一想，賈母到他們僕人家裡去只有一次，是賈政的乳母賴嬤嬤，他的地位很高，他很有面子，在賈母面前可以平坐平起的，因為他的孫子賴尚榮捐了一個官，他家裡面也有滿好的排場，賴大又是榮國府的管家頭頭，賈母才會賞臉的。哪有可能林之孝這些人也都開起席來請人，沒這個規矩，根本請不動的，就是賴嬤嬤來請，還要三番四次先通過鳳姐的安排。程乙本沒有這段，庚辰本這裡還跑出一個單大良家，這很奇怪，從頭到尾根本沒有單大良這個人，你看他說：「這幾家，賈母也有去的，也有不去的。」我想賈母不可能隨便去哪家，他從初一到十五已經累得不得了，自己家一連串的，哪裡還有精神去僕人家參加，所以我想這個不合理，跟程乙本一比對，這個應該是多餘的。

【第五十六回】敏探春興利除宿弊　時寶釵小惠全大體

程乙本：敏探春興利除宿弊　賢寶釵小惠全大體

庚辰本：敏探春興利除宿弊　時寶釵小惠全大體

程乙本原文	敏探春興利除宿弊　賢寶釵小惠全大體
庚辰本原文	敏探春興利除宿弊　時寶釵小惠全大體
白先勇的論點	這回的回目「時寶釵小惠全大體」，庚辰本這個「時」字我沒見過這麼用，時寶釵什麼意思呢？程乙本是：「賢寶釵小惠全大體」，我想這個就對了。庚辰本這個本子，基本上是拿來做研究作用的，最原始的是什麼樣子，就保留什麼樣子，縱然明顯是當初抄錯，也不改。我想，「賢」寶釵，比較合理。

程乙本原文	話說平兒陪著鳳姐吃了飯，伏侍盥漱畢，方往探春處來。只見院中寂靜，只有丫鬟婆子，一個個都站在窗外聽候。
庚辰本原文	話說平兒陪著鳳姐兒吃了飯，服侍盥漱畢，方往探春處來。只見院中寂靜，只有丫鬟、婆子、諸內壼近人在窗外聽候。

白先勇的論點	「只見院中寂靜，只有丫鬟婆子諸內壼近人在窗外聽候。」「壼」，念「綑」，宮中的路。諸內壼近人，這本來講皇宮內院裡面那些人，我想這個字在這裡用得有些奇怪。《紅樓夢》的白話文非常好，是非常流暢的，程乙本這句是：「只有丫鬟婆子，一個個都站在窗外聽候。」我覺得流暢多了。一個個，一定有一羣嘛，都站在窗外聽候。庚辰本那個要解釋，就是王國維講的「隔」了，整個意象反而不活了。

【第五十七回】慧紫鵑情辭試忙玉　慈姨媽愛語慰痴顰

程乙本：慧紫鵑情辭試莽玉　慈姨媽愛語慰痴顰

庚辰本：慧紫鵑情辭試忙玉　慈姨媽愛語慰痴顰

程乙本原文	慧紫鵑情辭試莽玉　慈姨媽愛語慰痴顰
庚辰本原文	慧紫鵑情辭試忙玉　慈姨媽愛語慰痴顰
白先勇的論點	庚辰本「慧紫鵑情辭試忙玉」，這個「忙」不太通，應該是程乙本的「莽」，「慧紫鵑情辭試莽玉」。忙玉，講他是急急忙忙的，怎麼試他？講他莽玉，就是傻傻的，講幾句就不得了了。

程乙本原文	（程乙本無此句）
庚辰本原文	寶玉便伸手向他他身上摸了一摸，說道：「穿這樣單薄，還在風口裡坐著！看天風饞，時氣又不好，你再病了，越發難了。」
白先勇的論點	寶玉看紫鵑穿得很薄，在風口裡坐著，就說：「穿這樣單薄，還在風口裡坐著，看天風饞，時氣又不好，你再病了，越發難了。」庚辰本「看天風饞」這個詞句，我在別的書上沒見過這麼個用法，它的意思是被風侵襲，這用法有點怪。程乙本裡沒有這句，就是：「穿這樣單薄，還在風口裡坐著，時氣又不好，你再病了，越發難了。」不是很順嘛！

程乙本原文	知寶玉見了紫鵑，方「噯呀」了一聲，哭出來了。眾人一見，都放下心來。賈母便拉住紫鵑，——只當他得罪了寶玉，所以拉紫鵑命他賠罪。
庚辰本原文	誰知寶玉見了紫鵑，方「噯呀」了一聲，哭出來了。眾人一見，方都放下心來。賈母便拉住紫鵑，只當他得罪了寶玉，所以拉紫鵑命他打。
白先勇的論點	「賈母便拉住紫鵑，只當他得罪了寶玉，所以拉紫鵑命他打。」庚辰本這句我覺得不妥，寶玉不可能打紫鵑，賈母也不會拉個丫頭要寶玉去打他。程乙本是：「所以拉紫鵑命他賠罪。」這個比較合理。

程乙本原文	（程乙本無此段）
庚辰本原文	黛玉不時遣雪雁來探消息，這邊事務盡知，自己心中暗歎。幸喜眾人都知寶玉原有些呆氣，自幼是他二人親密，如今紫鵑之戲語亦是常情，寶玉之病亦非罕事，因不疑到別事去。
白先勇的論點	八八九頁這個地方有一段，我覺得不是很妥當：黛玉不時遣雪雁來探消息，這邊事務盡知，自己心中暗歎。幸喜眾人都知寶玉原有些呆氣，自幼是他二人親密，如今紫鵑之戲語亦是常情，寶玉之病亦非罕事，因不疑到別事去。這段講黛玉有點怕，怕人家知道他們兩人有私情，好像要看看他們怎麼回事。這不像黛玉的個性，若有的話，他一定也放在心裡，不會叫小丫頭刺探。程乙本沒有這段。

程乙本原文	如今薛姨媽既定了邢岫烟為媳，合宅皆知。邢夫人本欲接出岫烟去住，賈母因說：「這又何妨？兩個孩子又不能見面，就是姨太太和他一個大姑子，一個小姑子，又何妨？況且都是女孩兒，正好親近些呢。」邢夫人方罷。
庚辰本原文	如今薛姨媽既定了邢岫煙為媳，合宅皆知。邢夫人本欲接出岫煙去住，賈母因說：「這又何妨，兩個孩子又不能見面，就是姨太太和他一個大姑，一個小姑，又何妨？況且都是女兒，正好親香呢。」邢夫人方罷。

白先勇的論點	庚辰本八九四頁：「況且都是女兒，正好親香呢。」親香，沒有這個詞的，程乙本是：「正好親近些呢。」

程乙本原文	寶釵自那日見他起，想他家業貧寒：二則別人的父母皆是年高有德之人，獨他的父母偏是酒糟透了的人，於女兒分上平常；
庚辰本原文	寶釵自見他時，見他家業貧寒：二則別人之父母皆年高有德之人，獨他父母偏是酒糟透之人，於女兒分中平常；
白先勇的論點	在講邢岫烟的父母，庚辰本：「獨他父母偏是酒糟透之人」，語氣有點彆扭。程乙本是：「獨他的父母偏是酒糟透了的人」，加一個「了」字，就不同了。

程乙本原文	寶釵自那日見他起，想他家業貧寒：二則別人的父母皆是年高有德之人，獨他的父母偏是酒糟透了的人，於女兒分上平常；邢夫人也不過是臉面之情，亦非真心疼愛；且岫烟為人雅重，迎春是個老實人，連他自己尚未照管齊全，如何能管到他身上，凡閨閣中家常一應需用之物，或有虧乏，無人照管，他又不與人張口。

庚辰本原文	寶釵自見他時，見他家業貧寒，二則別人之父母皆年高有德之人，獨他父母偏是酒糟透之人，於女兒分中平常；邢夫人也不過是臉面之情，亦非真心疼愛；且岫煙為人雅重，**迎春是個有氣的死人**，連他自己尚未照管齊全，如何能照管到他身上！
白先勇的論點	庚辰本這一定是錯的：**迎春是個有氣的死人**。曹雪芹絕對不會講這句話，不會這麼蹧蹋迎春。迎春老實、懦弱，曹雪芹筆下相當同情這個女孩子，而且姐妹間都很同情他，不可能說他是有氣的死人，這句話太刻薄。程乙本是：**迎春是個老實人**。這就夠了。

程乙本原文	（程乙本無此句）
庚辰本原文	如今卻出人意料之外奇緣，作成這門親事。**岫煙心中先取中寶釵，然後方取薛蝌**。有時，岫煙仍與寶釵閑話，寶釵仍以姐妹相呼。
白先勇的論點	接下來講邢岫烟跟薛家的關係。寶釵當然很受敬重，庚辰本：**岫烟心中先取中寶釵，然後方取薛蝌**。我覺得這一句有點多餘，好像他覺得寶釵比他自己的未婚夫還要好，這種形容不是很妥當。程乙本根本沒有這一句。

程乙本原文	庚辰本原文
（程乙本無此段）	寶釵又指他裙上一個碧玉珮，問道：「這是誰給你的？」岫煙道：「這是三姐姐給的。」寶釵點頭笑道：「他見人人皆有，獨你一個沒有，怕人笑話，故此送你一個。這是他聰明細緻之處。但還有一句話，你也要知道：這些妝飾原出於大官富貴之家的小姐，你看我從頭至腳，可有這些富麗閑妝？然七八年之先，我也是這樣來著，如今一時比不得一時了，所以我都自己該省的就省了。將來你這一到了我們家，這些沒有用的東西，只怕還有一箱子。咱們如今比不得他們了，總要一色從實守分為主，不必比他們才是。」岫煙笑道：「姐姐既這樣說，我回去摘了就是了。」寶釵忙笑道：「你也太聽說了。這是他好意送你，你不佩著，他豈不疑心。我不過是偶然提到這裡，以後知道就是了。」

白先勇的論點

庚辰本八九五頁有一段，我覺得寶釵有些過分了，你們看：但還有一句話，你也要知道：這些妝飾原出於大官富貴之家的小姐，你看我從頭至腳，可有這些富麗閑妝？然七八年之先，我也是這樣來著，如今一時比不得一時了，所以我都自己該省的就省了。將來你這一到了我們家，這些沒有用的東西，只怕還有一箱子。咱們如今比不得他們了，總要一色從實守分為主，不比他們才是。」岫烟笑道：「姐姐既這樣說，我回去摘了就是了。」寶釵忙笑道：「你也太聽說了。這是他好意送你，你不佩著，他豈不疑心。我不過是偶然提到這裡，以後知道就是了。」寶釵講他了，說這個東西是有錢人家戴的，你看看我，哪裡有這種東西？七八年前我也戴的，現在家境不怎麼好了，所以不戴了。你以後嫁過來也要知道我們的境況。這不對！薛寶釵從小就不愛這種東西，薛姨媽講的，他從小就不愛戴，不是什麼家境好不好的問題。他住的地方，曹雪芹形容像個雪洞一樣，所以他後來守活寡。這個女孩子冷的，吃的是冷香丸，對於世俗的東西都是冷的，其實是有點太過了。所以賈母就覺得犯忌，一個年輕姑娘，太素淨了，犯忌！所以替他把房間重新裝飾一下。他生性就不愛這些，薛家家境雖不如從前，也沒有壞到哪兒去，薛姨媽家裡還有好多當鋪生意，薛家小姐戴點首飾對他們來說根本不成問題。所以我覺得這段邏輯不對，好像說以前家境好戴了一身，現在家境不好了把它拿掉。薛寶釵不是這種人，因為家境上下有所改變，薛寶釵就是薛寶釵，不愛這套。程乙本裡面沒有這一段的。

程乙本原文	薛姨媽忙笑勸，用手分開方罷。又向寶釵道：「連邢姑娘我還怕你哥哥糟蹋了他，所以給你兄弟，別說這孩子，我也斷不肯給他。前日老太太要把你妹妹說給寶玉，偏生又有了人家；不然，倒是門子好親事。
庚辰本原文	薛姨媽忙也笑勸，用手分開方罷。因又向寶釵道：「連邢女兒我還怕你哥哥遭踏了他，所以給你兄弟說了。別說這孩子，我也斷不肯給他。前兒老太太因要把你妹妹說給寶玉，偏生又有了人家，不然倒是一門好親。
白先勇的論點	薛姨媽就講了，他是絕對不會給他那不成材的兒子，連邢姑娘我都不肯給薛蟠，還要讓他嫁給薛蝌，（庚辰本這裡寫邢女兒，不對的）怎麼捨得把你林姑娘給他呢？

程乙本原文	（程乙本無此段）
庚辰本原文	黛玉先罵：「又與你這蹄子什麼相干？」後來見了這樣，也笑起來說：「阿彌陀佛！該，該，該！也臊了一鼻子灰去了！」薛姨媽母女及屋內婆子丫鬟都笑起來。婆子們因也笑道：「姨太太雖是頑話，卻倒也不差呢。到閑了時，和我們老太太一商議，姨太太竟做媒，保成這門親事，是千妥萬妥的。」薛姨媽道：「我一出這主意，老太太必喜歡的。」

白先勇的論點

黛玉先罵：「又與你這蹄子什麼相干？」後來見了這樣，也笑起來說：「阿彌陀佛！該，該，該！也臊了一鼻子灰去了！」這個當然寫得很好，以這種戲謔的方式，整個場景寫活了。寫到這裡就應該結束了。可是庚辰本接著又有一段：薛姨媽母女及屋內婆子丫鬟都笑起來。婆子們因也笑道：「姨太太雖是頑話，卻倒也不差呢。到閑了時，和我們老太太一商議，姨太太竟做媒，保成這門親事，是千妥萬妥的。」薛姨媽道：「我一出這主意，老太太必喜歡的。」我覺得多加了這幾句也有問題的。程乙本沒這幾句。第一，紫鵑跑出來講了這句話，我們覺得很意外，這很好，這個場景很戲劇化。再加上那些下面的老婆子，也這麼再重複一遍，那個戲劇力量沒有了。第二，輪不到那些老婆子來講這件事，那些婆子們是二線、三線在外面伺候的，輪不到他們來講。而且呢，薛姨媽如果再講「我一出這主意，老太太必喜歡的。」這太認真了，那就應該真的去開口了。他前面講的，也不過是提一提好玩，再重複這麼講，太過了，就不是玩笑話了。所以程乙本沒有這一段，我覺得是對的。

【第五十八回】杏子陰假鳳泣虛凰　茜紗窗真情揆痴理

程乙本原文

（程乙本無此字）

庚辰本原文	誰知上回所表的那位老太妃已薨，凡誥命等皆入朝隨班，按爵守制。敕諭天下：凡有爵之家，一年內不得筵宴音樂，庶民皆三月不得婚嫁。賈母、邢、王、尤、許婆媳祖孫等，皆每日入朝隨祭，至未正以後方回。
白先勇的論點	庚辰本這個地方，「賈母、邢、王、尤、許婆媳祖孫等，皆每日入朝隨祭」，跑出個「許」來，想了半天，大觀園找不出一個姓許的，這應該是個錯字。這下賈府的大人們都不在家了，這些小孩子當然玩得更起勁。

程乙本原文	（程乙本無此句）
庚辰本原文	那婆子聽如此，亦發狠起來，便彎腰向紙灰中揀那不曾化盡的遺紙，揀了兩點在手內，說道：「你還嘴硬？有據有証在這裡。我只和你廳上講去！」
白先勇的論點	庚辰本：那婆子聽如此，亦發狠起來，便彎腰向紙灰中揀那不曾化盡的遺紙，揀了兩點在手內。講紙不用「點」，紙要嘛就兩張，程乙本沒有這句話。

程乙本原文	（程乙本無此句）

庚辰本原文	我這會子又不好了，都是你沖了！你還要告他去？藕官，只管去，見了他們你就照依我這話說。等老太太回來，我就說他故意來沖神祇，保祐我早死。
白先勇的論點	寶玉教了他一大串說詞，下面幾句，我想這又是多餘了。等老太太回來，我就說他故意來沖神祇，保祐我早死。這句話太過了，寶玉不會講這種話，這豈不是害死那個老婆子！他這麼一講還了得！那個老婆子一定被趕走。程乙本沒有這幾句。

程乙本原文	今日忽然被你撞見，這意思，少不得也告訴了你，只不許再對一人言講。」又哭道：「我也不便和你面說，你只回去，背人悄悄問芳官就知道了。」說畢，怏怏而去。
庚辰本原文	今日被你遇見，又有這段意思，少不得也告訴了你，只不許再對人言講。」又哭道：「我也不便和你面說，你只回去背人悄問芳官就知道了。」說畢，佯常而去。
白先勇的論點	庚辰本是「說畢，佯常而去」。這個不對。「佯常」，如果是寫「揚長」，那是大搖大擺地走，也不對。程乙本是：「說畢，怏怏而去」，這就對了。小地方錯了有時候會誤導，曹雪芹用字很講究的，他不會用一個場景情緒不對的字。

程乙本原文	婆子便說：「『一日叫婆，終身是母。』他排揎我，我就打得！」
庚辰本原文	那婆子便說：「『一日叫娘，終身是母。』他排場我，我就打得！」
白先勇的論點	那婆子便說：「一日叫娘，終身是母。他排場我，我就打得！」「排場」兩個字可能是錯的，應該是「排揎」，「他排揎我，我就打得！」

程乙本原文	芳官道：「他祭的就是死了的藥官兒。」寶玉道：「他們兩個也算朋友，也是應當的。」
庚辰本原文	芳官笑道：「你說他祭的是誰？祭的是死了的菂官。」寶玉道：「這是友誼，也應當的。」
白先勇的論點	藕官跟他以前的一個朋友，叫做「菂官」，菂是蓮子，庚辰本這個字有點怪，程乙本是「藥官」，芍藥。在整本書裡面，菂官或者藥官沒有出現，他已經死了。

程乙本原文	寶玉將方才見藕官，如何謊言護庇，如何「藕官叫我問你」，細細的告訴一遍，又問：「他祭的到底是誰？」芳官聽了，眼圈兒一紅，又歎一口氣，道：「這事說來，藕官兒也是胡鬧。」

庚辰本原文	寶玉便將方才從火光發起，如何見了藕官，又如何謊言護庇，又如何藕官叫我問你，從頭至尾，細細的告訴他一遍，又問他祭的果係何人。芳官聽了，滿面含笑，又歎一口氣，說道：「這事說來可笑又可歎。」
白先勇的論點	在庚辰本，寶玉問祭的是什麼人？「芳官聽了，滿面含笑，又歎一口氣，說道：『這事說來可笑又可歎』。」程乙本是：「芳官聽了，眼圈兒一紅」，不是含笑，是眼圈兒一紅，差很遠！因為眼圈兒一紅就表示說，芳官也很同情，芳官也很感動，芳官也跟藕官，跟那個藥官，他們的感情很好，所以他才會眼圈兒一紅。如果說他是含笑，覺得他們糊里糊塗傻東西，這就很輕浮了。

程乙本原文	寶玉忙問：「如何？」芳官道：「他祭的就是死了的藥官兒。」寶玉道：「他們兩個也算朋友，也是應當的。」
庚辰本原文	寶玉聽了，忙問如何。芳官笑道：「你說他祭的是誰？祭的是死了的菂官。」寶玉道：「這是友誼，也應當的。」
白先勇的論點	在程乙本，芳官道：「他祭的就是死了的藥官兒。」寶玉道：「他們兩個也算朋友，也是應當的。」庚辰本這裡，寶玉道：「這是友誼，也應當的。」友誼兩個字就把他們兩個破壞掉了。他們是朋友，朋友在寶玉心中是很重要的，所以那個藕官才說，曉得他是自己一流人物，寶玉懂情，所以才把心事告訴他。

程乙本原文	庚辰本原文
芳官聽了，眼圈兒一紅，又歎一口氣，道：「這事說來，藕官兒也是胡鬧。」寶玉忙問：「如何？」芳官道：「他祭的就是死了的藥官兒。」寶玉道：「他們兩個也算朋友，也是應當的。」芳官道：「那裡又是什麼朋友哩？那都是傻想頭：他是小生，藥官是小旦，往常時，他們扮作兩口兒，每日唱戲的時候，都裝著那麼親熱，一來二去，兩個人就裝糊塗了，倒像真的一樣兒。後來兩個竟是你疼我，我愛你。藥官兒一死，他就哭得死去活來的，到如今不忘，所以每節燒紙。後來補了蕊官，我們見他也是那樣，就問他：『為什麼得了新的就把舊的忘了？』他說：『不是忘了。比如人家男人死了女人，也有再娶的，只是不把死的丟過不提就是有情分了。』你說他是傻不是呢？」	芳官聽了，滿面含笑，又歎一口氣，說道：「這事說來可笑又可歎。」寶玉聽了，忙問如何。芳官笑道：「你說他祭的是誰？祭的是死了的葯官。」寶玉道：「這是友誼，也應當的。」芳官笑道：「哪裡是友誼？他竟是瘋傻的想頭，說他自己是小生，葯官是小旦，常做夫妻，雖說是假的，每日那些曲文排場，皆是真正溫存體貼之事，故此二人就瘋了，雖不做戲，尋常飲食起坐，兩個人竟是你恩我愛。葯官一死，他哭得死去活來，至今不忘，所以每節燒紙。後來補了蕊官，我們見他一般的溫柔體貼，也曾問他得新棄舊的。他說：『這又有個大道理。比如男子喪了妻，或有必當續弦者，也必要續弦為是。便只是不把死的丟過不提，便是情深意重了。若一味因死的不續，孤守一世，妨了大節，也不是理，死者反不安了。』你說可是又瘋又呆？說來可是可笑？」

白先勇的論點

庚辰本太囉嗦！把這段情反而破壞了。怎麼寫的呢：芳官聽了，滿面含笑，又歎一口氣，說道：「這事說來可笑又可歎。」寶玉聽了，忙問如何。芳官笑道：「你說他祭的是誰？祭的是死了的菂官。」寶玉道：「這是友誼，也應當的。」芳官笑道：「那裡是友誼？他竟是瘋傻的想頭，說他自己是小生，菂官是小旦，常做夫妻，雖說是假的，每日那些曲文排場，皆是真正溫存體貼之事，故此二人就瘋了，雖不做戲，尋常飲食起坐，兩個人竟是你恩我愛。菂官一死，他哭得死去活來，至今不忘，所以每節燒紙。後來補了蕊官，我們見他一般的溫柔體貼，也曾問他得新棄舊的。他說：『這又有個大道理。比如男子喪了妻，或有必當續弦者，也必要續弦為是。便只是不把死的丟過不提，便是情深意重了。若一味因死的不續，孤守一世，妨了大節，也不是理，死者反不安了。』你說可是又瘋又呆？說來可是可笑？」

程乙本原文

寶玉聽了這獃話，獨合了他的獃性，不覺又喜又悲，又稱奇道絕；拉著芳官囑咐道：「既如此說，我有一句話囑咐你，須得你告訴他：以後斷不可燒紙，逢時按節，只備一爐香，一心虔誠，就能感應了。我那案上也只設著一個爐，我有心事，不論日期，時常焚香；隨便新水新茶，就供一盞；或有鮮花鮮果，甚至葷腥素菜都可。只在敬心，不在虛名。以後快叫他不可再燒紙了！」

庚辰本原文	白先勇的論點
寶玉聽說了這篇呆話，獨合了他的呆性，不覺又是歡喜，又是悲歎，又稱奇道絕，說：「天既生這樣人，又何用我這鬚眉濁物玷辱世界。」因又忙拉芳官囑道：「既如此說，我也有一句話囑咐他，我若親對面與他講，未免不便，須得你告訴他。」芳官問何事。寶玉道：「以後斷不可燒紙錢。這紙錢原是後人異端，不是孔子遺訓。以後逢時按節，只備一個爐，到日隨便焚香，一心誠虔，就可感格了。愚人原不知，無論神佛、死人，必要分出等例，各式各例的。殊不知只以『誠心』二字為主。即值倉皇流離之日，雖連香亦無，隨便有土有草，只以潔淨，便可為祭，不獨死者享祭，便是神鬼，也來享的。你瞧瞧我那案上，只設一爐，不論日期，時常焚香。他們皆不知原故，我心裡卻各有所因。隨便有新茶便供一鐘茶，有新水，就供一盞水，或有鮮花，或有鮮果，甚至葷羹腥菜，只要心誠意潔，便是佛也都可來享，所以說只在敬，不在虛名。以後快命他不可再燒紙錢了。」	此段情境的差別更是大了。程乙本：寶玉聽了這獃話，獨合了他的獃性，不覺又喜又悲，又稱奇道絕。寶玉聽了，獨合他的獃性，他的獃性是什麼？情這個字。不管是男女之情，或是兩個小女孩之間的情，以他來看，如果這種情生死不渝，已經超越了一切，不管性別或者其他，在他來說，並不重要。所以他拉著芳官囑咐道：「既如此說，我有一句話囑咐你，須得你告訴他：以後斷不可燒紙，逢時按節，只備一爐香，一心虔誠，就能感應了。我那案上也只設著一個爐，我有心事，不論日期，時常焚香；隨便新水新茶，就供一盞；或有鮮花鮮果，甚至葷腥

素菜都可。只在敬心，不在虛名。以後快叫他不可再燒紙了！」我想，寶玉也供了好幾個人，真正在他心中的已死去的那些人，像秦鐘，像金釧兒，有些是早死的，有些是為他死的，所以他講了這段話。看看庚辰本，它又拉出個孔子的遺訓來：寶玉聽說了這篇呆話，獨合了他的呆性，不覺又是歡喜，又是悲歎，又稱奇道絕，說：「天既生這樣人，又何用我這鬚眉濁物玷辱世界。」因又忙拉芳官囑道：「既如此說，我也有一句話囑咐他，我若親對面與他講，未免不便，須得你告訴他。」芳官問何事。寶玉道：「以後斷不可燒紙錢。這紙錢原是後人異端，不是孔子遺訓。以後逢時按節，只備一個爐，到日隨便焚香，一心誠虔，就可感格了。愚人原不知，無論神佛、死人，必要分出等例，各式各例的。殊不知只以『誠心』二字為主。即值倉皇流離之日，雖連香亦無，隨便有土有草，只以潔淨，便可為祭，不獨死者享祭，便是神鬼，也來享的。你瞧瞧我那案上，只設一爐，不論日期，時常焚香。他們皆不知原故，我心裡卻各有所因。隨便有新茶便供一鐘茶，有新水，就供一盞水，或有鮮花，或有鮮果，甚至葷羹腥菜，只要心誠意潔，便是佛也都可來享，所以說只在敬，不在虛名。以後快命他不可再燒紙錢了。」這一段，我覺得就多了，程乙本恰如其分，把藕官跟藥官兩個人的感情，透過芳官的轉述說出來了。如果這些話是由藕官來講，第一，很難講，第二，講出來可能有點肉麻。曹雪芹高明，他轉一轉讓芳官講，芳官是他們同一個班子裡的，對他們當然很瞭解。芳官同情他們兩個人，他又是在寶玉那裡的，最順理成章，選得好！

【第五十九回】柳葉渚邊嗔鶯咤燕　絳雲軒裡召將飛符

程乙本原文	這兩門因在裡院，不必關鎖；裡面鴛鴦和玉釧兒也將上房關了，自領丫鬟婆子下房去歇；每日林之孝家的帶領十來個老婆子上夜，穿堂內又添了許多小廝打更：已安插得十分妥當。
庚辰本原文	這兩門因在內院，不必關鎖。裡面鴛鴦和玉釧兒也各將上房關了，自領丫鬟、婆子下房去安歇。每日林之孝之妻進來，帶領十來個婆子上夜，穿堂內又添了許多小廝們坐更打梆子，已安插得十分妥當。
白先勇的論點	看看庚辰本九一七到九一八頁：為了門戶安全，「榮府內賴大添派人丁上夜，將兩處廳院都關了，一應出入人等，皆走西邊小角門。日落時，便命關了儀門，不放人出入……每日林之孝之妻進來，帶領十來個婆子上夜，穿堂內又添了許多小廝們坐更打梆子，已安插得十分妥當。」「每日林之孝之妻進來」，書裡面沒這麼個講法的，都是林之孝家的，這是一貫的，全都用某某家的，譬如說，林之孝是他丈夫的名字，家的，就是林之孝家裡的媳婦，他的太太。林之孝之妻，是他的妻子沒錯，但全書沒這麼講法。

程乙本原文	一面又抓起那柳條子來，直送到他臉上，問道：「這叫作什麼？這編的是你娘的什麼？」鶯兒忙道：「那是我編的，你別『指桑罵槐』的！」

庚辰本原文	一面又抓起柳條子來，直送到他臉上，問道：「這叫作什麼？這編的是你娘的屄！」鶯兒忙道：「那是我編的，你老別指桑罵槐！」
白先勇的論點	「這叫作什麼？這編的是你娘的屄！」這一句我覺得罵錯了，罵他自己的女兒「編的是你娘的屄」，這不是罵到自己了嗎？程乙本是：「這叫做什麼？這編的是你娘的什麼？」這樣子也就算了。

【第六十回】茉莉粉替去薔薇硝　玫瑰露引來茯苓霜

程乙本原文	指賈環道：「呸！你這下流沒剛性的，也只好受這些毛丫頭的氣！平白我說你一句兒，或無心中錯拿了一件東西給你，你倒會扭頭暴筋、瞪著眼，蹬摔我；這會子被那起毛崽子耍弄，倒就罷了。你明日還想這些家裡人怕你呢！你沒有什麼本事，我也替你恨！」
庚辰本原文	又指賈環道：「呸！你這下流沒剛性的，也只好受這些毛崽子的氣！平白我說你一句兒，或無心中錯拿了一件東西給你，你倒會扭頭暴筋瞪著眼蹾摔娘。這會子被那起屄崽子耍弄，倒就也罷了。你明兒還想這些家裡人怕你呢！你沒有屄本事，我也替你羞！」

白先勇的論點	在庚辰本這段，這個趙姨娘講起粗話來了，我覺得不太合適：這會子被那起屄崽子耍弄也罷了。你明兒還想這些家裡人怕你呢。你沒有屄本事，我也替你羞！罵自己的兒子這個話不對。程乙本是：這會子被那起毛崽子耍弄，倒就罷了。你明日還想這些家裡人怕你呢！你沒有什麼本事，我也替你恨！我想這個比較合適，趙姨娘應該還不至於到那個地步。

程乙本原文	『梅香拜把子——都是奴才』
庚辰本原文	『梅香拜把子——都是奴幾』
白先勇的論點	芳官也不是省油的燈，就回他說：「我便學戲，也沒往外頭去唱。我一個女孩兒家，知道什麼是粉頭面頭的！姨奶奶犯不著來罵我，我只不是姨奶奶家買的。『梅香拜把子——都是奴幾』呢！」芳官說我又不是你買的，下面那句就更刻薄了，「梅香拜把子——都是奴幾（程乙本是：奴才）」。

【第六十一回】投鼠忌器寶玉瞞贓　判冤決獄平兒行權

程乙本原文	我勸他們，細米白飯，每日肥雞大鴨子，將就些兒也罷了，吃膩了腸子，天天又鬧起故事來了。

庚辰本原文	我勸他們，細米白飯，每日肥雞大鴨子，將就些兒也罷了。吃膩了膈，天天又鬧起故事來了。
白先勇的論點	「我勸他們，細米白飯，每日肥鷄大鴨子，將就些兒也罷了。吃膩了膈，天天又鬧起故事來了。」庚辰本用了個「膈」字，就是腸子的意思，醫學上用膈膜，程乙本直接用「腸子」，我們平常不用「膈」這個字的。

【第六十二回】憨湘雲醉眠芍藥裀　呆香菱情解石榴裙

程乙本原文	雲便用箸子舉著說道：這鴨頭不是那丫頭，**頭上那**有桂花油？
庚辰本原文	湘雲便用箸子舉著說道：這鴨頭不是那丫頭，**頭上那**討桂花油？
白先勇的論點	「這鴨頭不是那丫頭，頭上那討桂花油？」這「討」字可能不對，程乙本是：「頭上那有桂花油？」他這是即興而說的，講的時候一羣丫頭跑來說，我們頭上有桂花油，來給我們來查查！又灌了湘雲一杯酒。

【第六十三回】壽怡紅羣芳開夜宴　死金丹獨豔理親喪

程乙本原文	當時芳官滿口嚷熱，只穿著一件玉色紅青駝絨三色緞子拼的水田小夾襖，束著一條柳綠汗巾；底下是水紅灑花夾褲，也散著褲腿。
庚辰本原文	當時芳官滿口嚷熱，只穿著一件玉色紅青酡⿰糹式三色緞子斗的水田小夾襖，束著一條柳綠汗巾，底下是水紅撒花夾褲，也散著褲腿。
白先勇的論點	「當時芳官滿口嚷熱，只穿著一件玉色紅青酡⿰糹式三色緞子斗的水田小夾襖」，這個「酡⿰糹式」有點奇怪，應該是駱駝的「駝」字，駝絨，那個「⿰糹式」字，一個操絲邊，一個式字，大字典也查不到，可能庚辰本抄錯了。

程乙本原文	（程乙本無此段）
庚辰本原文	因又見芳官梳了頭，挽起鬢來，帶了些花翠，忙命他改妝，又命將周圍的短髮剃了去，露出碧青頭皮來，當中分大頂，又說：「冬天必須大貂鼠臥兔兒戴，腳上穿虎頭盤雲五彩小戰靴，或散著褲腿，只用淨襪厚底鑲鞋。」又說：「『芳官』之名不好，竟改了男名才別致。」因又改作「雄奴」。芳官十分稱心，又說：「既如此，你出門也帶我出去。有人問，只說我和茗煙一樣的小廝就是了。」寶玉笑道：「到底人看得出來。」芳官笑道：「我說你是無才的。咱家現有幾家土番，你就說我是個小土番兒。況且人人說我打聯垂好看，你想這話可妙？」寶玉聽了，

喜出意外，忙笑道：「這卻很好。我亦常見官員人等，多有跟從外國獻俘之種，圖其不畏風霜，鞍馬便捷。既這等，再起個番名叫作『耶律雄奴』。『雄奴』二音。又與『匈奴』相通，都是犬戎名姓。況且這兩種人，自堯舜時便為中華之患，晉、唐諸朝，深受其害。幸得咱們有福，生在當今之世，大舜之正裔，聖虞之功德仁孝，赫赫格天，同天地日月億兆不朽，所以凡歷朝中跳梁猖獗之小丑，到了如今，竟不用一干一戈，皆天使其拱手俯頭，緣遠來降。我們正該作踐他們，為君父生色。」芳官笑道：「既這樣著，你該去操習弓馬，學些武藝，挺身出去，拿幾個反叛來，豈不進忠效力了。何必借我們，你鼓唇搖舌的自己開心作戲，卻說是稱功頌德呢！」寶玉笑道：「所以你不明白。如今四海賓服，八方寧靜，千載百載，不用武備。咱們雖一戲一笑，也該稱頌，方不負坐享升平了。」芳官聽了有理，二人自為妥貼甚宜。寶玉便叫他「耶律雄奴」。

白先勇的論點

庚辰本又有一大段，把芳官的頭都給剃了，把他扮成一個小匈奴，取一個匈奴的名字，什麼耶律雄奴。芳官是個唱正旦的，前面寫芳官，寫什麼都很有意思，把他頭剃掉，我覺得這個不妥。不光他扮成男孩子，那幾個小伶人通通剃了頭變成男孩子了，有點惡搞。第一，我想這一段無趣；第二，那些小女孩個個漂亮，把他們剃了個頭，變成個小匈奴的樣子，穿著匈奴裝，這奇怪！這一大段程乙本根本沒有。

程乙本原文	賈蓉當下也下了馬，聽見兩個姨娘來了，喜得笑容滿面。賈珍忙說了幾聲「妥當」，加鞭便走。店也不投，連夜換馬飛馳。
庚辰本原文	賈蓉當下也下了馬，聽見兩個姨娘來了，**便和賈珍一笑**。
白先勇的論點	看看庚辰本：「賈蓉當下也下了馬，聽見兩個姨娘來了，**便和賈珍一**笑。」這個就不對了。賈珍、賈蓉，都跟尤二姐有過一腿，所以外面說他倆父子聚麀。麀是鹿，聚麀就是講亂倫，對他們有聚麀之誚。賈蓉跟賈珍的父子關係是賈蓉很怕父親的，賈珍說打就打，說罵就罵，賈蓉當然知道他的二姨娘跟他父親有曖昧關係，怎麼會望著父親一笑，「好傢伙，那個尤物來了」。這個不對！賈蓉絕對不敢朝他父親這麼一笑。程乙本是：**嘻嘻的望他二姨娘**。他一聽二姨娘來了，「**喜得笑容滿面**」。

程乙本原文	（程乙本無此二字）
庚辰本原文	尤二姐便紅了臉，罵道：「蓉小子，我過兩日不罵你幾句，你就過不得了！越發連個體統都沒了。還虧你是大家公子哥兒，每日念書學禮的，越發連那小家子**瓢坎**的也跟不上！」
白先勇的論點	尤二姐便紅了臉，罵道：「蓉小子，我過兩日不罵你幾句，你就過不得了！越發連個體統都沒了。還虧你是大家公子哥兒，每日念書學禮的，越發連那小家子瓢坎的也跟不上。」突然跑出「**瓢坎**」這兩個字，在程乙本裡面沒有的，多了這兩個字，也沒有什麼意思。

程乙本原文	連那邊大老爺這麼利害，璉二叔還和那小姨娘不乾淨呢！
庚辰本原文	連那邊大老爺這麼利害，璉叔還和那小姨娘不乾淨呢！
白先勇的論點	「連那邊大老爺這麼利害，璉叔還和那小姨娘不乾淨呢！」應該是璉二叔，他不會講璉叔的！庚辰本的稱呼常常有問題。

【第六十四回】幽淑女悲題五美吟　浪蕩子情遺九龍珮

程乙本原文	（程乙本無此段）
庚辰本原文	那鮑二向來卻就和廚子多渾蟲的媳婦多姑娘有一手兒，後來多渾蟲酒癆死了，這多姑娘兒見鮑二手裡從容了，便嫁了鮑二。況且這多姑娘兒原也和賈璉好的，此時都搬出外頭住著。賈璉一時想起來，便叫了他兩口兒到新房子裡來，預備二姐過來時服侍。那鮑二兩口子聽見這個巧宗兒，如何不來呢。又使人將張華父子叫來，逼勒著與尤老娘寫退婚書。
白先勇的論點	庚辰本一〇一五頁：賈珍又給了一房家人，名叫鮑二，夫妻兩口，以備二姐過來時伏侍。記得鮑二嗎？鮑二家的不是跟賈璉有一腿嗎？被鳳姐鬧出後 就吊頸死了，所以這個地方是不對的。

【第六十五回】賈二舍偷娶尤二姨　尤三姐思嫁柳二郎

程乙本原文	庚辰本原文	白先勇的論點
當下四人一處吃酒。二姐兒此時恐怕賈璉一時走來，彼此不雅，吃了兩鍾酒便推故往那邊去了。賈珍此時也無可奈何，只得看著二姐兒自去。剩下尤老娘和三姐兒相陪。那三姐兒雖向來也和賈珍偶有戲言，但不似他姐姐那樣隨和兒，所以賈珍雖有垂涎之意，卻也不肯造次了，致討沒趣。況且尤老娘在旁邊陪著，賈珍也不好意思太露輕薄。	當下四人一處吃酒。尤二姐知局，便邀他母親說：「我怪怕的，媽同我到那邊走走來。」尤老也會意，便真個同他出來，只剩小丫頭們。賈珍便和三姐挨肩擦臉，百般輕薄起來。小丫頭子們看不過，也都躲了出去，憑他兩個自在取樂，不知作些什麼勾當。	這個地方，庚辰本犯了一個很糟糕的錯誤，一〇二四頁：當下四人一處吃酒。尤二姐知局，知局就是很識相，曉得怎麼回事了，便邀他母親說：「我怪怕的，媽同我到那邊走走來。」尤老也會意，應該是尤老娘，漏個娘字，便真個同他出來，只剩小丫頭們。賈珍便和三姐挨肩擦臉，百般輕薄起來。小丫頭子們看不過，也都躲了出去，憑他兩個自在取樂，不知作些什麼勾當。把尤三姐寫得這樣，這裡文筆也不好，把尤三姐完全破壞掉了。第一，尤三姐絕對不可能跟賈珍先有染，有染以後，他後來怎麼硬得起來，他怎麼敢臭罵賈珍、賈璉他們兩個人？自己已經先失足了，有什麼立場再罵，如果他是這樣寫，下面根本寫不下去了，而且這幾句話寫得極糟，絕對不是曹雪芹的筆法。這一段要不得！程乙本裡邊沒有的。程乙本是：當下四人一處吃酒。二姐兒此時恐怕賈璉一時走來，彼此不雅，吃了兩鍾酒便推故往那邊去了。

程乙本原文	賈璉聽了，便至臥房。見尤二姐和兩個小丫頭在房中呢，見他來了，臉上卻有些赸赸的。賈璉反推不知，只命：「快拿酒來。咱們吃兩杯好睡覺，我今日乏了。」二姐兒忙忙陪笑，接衣捧茶，問長問短，賈璉喜得心癢難受。一時，鮑二的女人端上酒來，二人對飲，兩個小丫頭在地下伏侍。
庚辰本原文	（庚辰本無此段）
白先勇的論點	看看程乙本這個地方：賈璉聽了，便至臥房。見尤二姐和兩個小丫頭在房中呢，見他來了，臉上卻有些赸赸的。有點不好意思了，心裡有鬼，他跟姐夫有染嘛，心裡總是有點不過意。可見尤二姐也是有羞恥心的，他並不是那種蕩婦，他已經嫁了人，所以覺得剛剛跟姐夫喝酒是不妥的事情，有點赸赸的。程乙本這一筆要緊的，庚辰本沒有。

程乙本原文	（程乙本無此段）
庚辰本原文	慌得賈珍連忙攙起，只說：「兄弟怎麼說，我無不領命。」賈璉忙命人：「看酒來，我和大哥吃兩杯。」又拉尤三姐說：「你過來，陪小叔子一杯。」賈珍笑著說：「老二，到底是你，哥哥必要吃乾這鍾。」說著一揚脖。

白先勇的論點	庚辰本沒寫出那味道，一〇二七頁：賈璉忙命人：「看酒來，我和大哥吃兩杯。」又拉尤三姐說：「你過來，陪小叔子一杯。」這個寫得不對，不是那麼回事，還有賈珍講下面這些話，更不得體。賈珍笑著說：「老二，到底是你，哥哥必要吃乾這鍾。」說著一揚脖。氣氛完全不對，把賈珍、賈璉這兩個人寫得更浮掉了。

程乙本原文	這尤三姐天生脾氣，和人異樣詭僻。只因他的模樣兒風流標致，他又偏愛打扮得出色，另式另樣，作出許多萬人不及的風情體態來。
庚辰本原文	誰知這尤三姐天生脾氣不堪，仗著自己風流標緻，偏要打扮得出色，另式作出許多萬人不及的淫情浪態來，哄得男子們垂涎落魄，欲近不能，欲遠不捨，迷離顛倒，他以為樂。
白先勇的論點	看庚辰本這一段：誰知這尤三姐天生脾氣不堪，這就不好了，講到脾氣不堪，我想這用詞不當。仗著自己風流標緻，偏要打扮得出色，另式作出許多萬人不及的淫情浪態來，要不得！前面把尤三姐寫得這麼樣的剛烈，這裡又加了這麼一句。我想還是參照程乙本。

【第六十六回】情小妹恥情歸地府　冷二郎一冷入空門

程乙本原文	三姐兒喜出望外，連忙收了，掛在自己繡房床上，每日望著劍，自喜終身有靠。
庚辰本原文	三姐喜出望外，連忙收了，掛在自己繡房床上，每日望著劍，自笑終身有靠。
白先勇的論點	賈璉拿回鴛鴦劍交給三姐，一〇三九頁這個地方：「三姐看時，上面龍吞夔護」，夔也是一條龍，「珠寶晶熒」，將靶一掣，「裡面卻是兩把合體的。一把上面鏨著一『鴛』字，一把上面鏨著一『鴦』字，冷颼颼，明亮亮」，這個劍很鋒利的，「如兩痕秋水一般。三姐喜出望外，連忙收了，掛在自己綉房床上，每日望著劍，自笑終身有靠。」庚辰本：**自笑終身有靠**。這「笑」字不對的，用的不好，我想應該是自「喜」，心中很高興，程乙本：**自喜終身有靠**。就把它掛在房裡，常常望著，心想終身有了寄託。

程乙本原文	賈珍因近日又搭上了新相知，二則正惱他姐妹們無情，把這事丟過了，全不在心上，任憑賈璉裁奪；只怕賈璉獨力不能，少不得又給他幾十兩銀子。
庚辰本原文	賈珍因近日又遇了新友，將這事丟過，不在心上，任憑賈璉裁奪，只怕賈璉獨力不加，少不得又給了他三十兩銀子。

白先勇的論點
賈璉回去就把這事情告訴了賈珍，賈珍對尤三姐也不是那麼真的，尤三姐又難搞，就算了，好吧！也就同意了。為什麼呢？庚辰本：「賈珍因近日又遇了新友」，新友兩個字不對，不是新朋友。程乙本是：「又搭上了新相知」，又有了新情人了，賈珍向來很風流的。對三姐兒放手算了，他有了新人了。

程乙本原文	庚辰本原文	白先勇的論點
寶玉道：「你原是個精細人，如何既許了定禮又疑惑起來？你原說只要一個絕色的。如今既得了個絕色的，便罷了，何必再疑？」湘蓮道：「你既不知他來歷，如何又知是絕色？」	寶玉道：「你原是個精細人，如何既許了定禮，又疑惑起來？你原說只要一個絕色的，如今既得了個絕色便罷了。何必再疑？」湘蓮道：「你既不知他娶，如何又知是絕色？」	庚辰本這個地方：你既不知他娶，不曉得什麼意思，他娶兩個字不對的。程乙本是：你既不知他來歷，你不認識他，又怎麼知道他是個絕色呢？

程乙本原文	（程乙本無此句）
庚辰本原文	寶玉道：「他是珍大嫂子的繼母帶來的兩位小姨。我在那裡和他們混了一個月，怎麼不知？真真一對尤物，可巧他又姓尤。」湘蓮聽了跌足道：「這事不好，斷乎做不得了！你們東府裡，除了那兩個石頭獅子乾淨，只怕連貓兒狗兒都不乾淨。我不做這剩忘八！」
白先勇的論點	程乙本：「湘蓮聽了，跌足道：『這事不好，斷乎做不得！你們東府裡，除了那兩個石頭獅子乾淨罷了！』」他說出很有名的一句話，東府裡除了那兩個石頭獅子，沒有乾淨的。柳湘蓮也聽到賈珍他們的亂倫之事，他知道的，不過庚辰本下面又多加了一句：只怕連貓兒狗兒都不乾淨。我不做這剩忘八。我想這一句不好，柳湘蓮不至於那麼刻薄，而且也不是曹雪芹的口氣，程乙本沒有這個。

程乙本原文	賈璉此時也沒了主意，便放了手，命湘蓮快去。湘蓮反不動身，拉下手絹，拭淚道：「我並不知是這等剛烈人！真真可敬！是我沒福消受。」大哭一場，等買了棺木，眼看著入殮，又撫棺大哭一場，方告辭而去。
庚辰本原文	賈璉此時也沒了主意，便放了手，命湘蓮快去。湘蓮反不動身，泣道：「我並不知是這等剛烈賢妻，可敬，可敬！」湘蓮反扶屍大哭一場。等買了棺木，眼見入殮，又俯棺大哭一場，方告辭而去。

白先勇的論點	一○四二頁：尤三姐死了，他們要抓柳湘蓮，湘蓮反不動身，泣道：「我並不知是這等剛烈賢妻，可敬，可敬！」他說這些話不對。尤三姐跟柳湘蓮根本沒結婚，怎麼會叫做賢妻？「可敬，可敬」，這語氣也不太對。程乙本是：湘蓮反不動身，拉下手絹，拭淚道：「我並不知是這等剛烈人！真真可敬！是我沒福消受。」庚辰本「泣道」二字非常抽象，他掏了手絹出來，抹一抹眼淚，這就動人了。他講，「我並不知是這等剛烈人！真真可敬，是我沒福消受。」真真可敬！我覺得這個好。

程乙本原文	（程乙本無此段）
庚辰本原文	出門無所之，昏昏默默，自想方才之事：「原來尤三姐這樣標緻，又這等剛烈！」自悔不及。正走之間，只見薛蟠的小廝尋他家去，那湘蓮只管出神。那小廝帶他到新房之中，十分齊整。
白先勇的論點	結尾的地方，庚辰本也有問題：「出門無所之，昏昏默默，自想方才之事」。原來尤三姐這樣標緻，又這等剛烈，自悔不及。這個倒沒有什麼，下面寫：正走之間，只見薛蟠的小廝尋他家去。又跑出一個薛蟠的小廝出來，所以變成寫實。那湘蓮只管出神。這個時候又虛化了。那小廝帶他到新房之中，十分齊整。帶到薛蟠替他準備好的新房這種東西，我覺得有點多餘。

程乙本原文	只聽得隱隱一陣環佩之聲，三姐從那邊來了，一手捧著鴛鴦劍，一手捧著一卷冊子，向湘蓮哭道：「妾痴情待君五年，不期君果『冷心冷面』，妾以死報此痴情。妾今奉警幻仙姑之命，前往太虛幻境，修注案中所有一干情鬼。妾不忍相別，故來一會，從此再不能相見矣！」
庚辰本原文	忽聽環珮叮噹，尤三姐從外而入，一手捧著鴛鴦劍，一手捧著一卷冊子，向柳湘蓮泣道：「妾痴情待君五年矣！不期君果冷心冷面，妾以死報此痴情。妾今奉警幻之命，前往太虛幻境，修注案中所有一干情鬼。妾不忍一別，故來一會，從此再不能相見矣！」
白先勇的論點	忽聽環珮叮噹，尤三姐從外而入，尤三姐的魂來了，柳湘蓮是半醒半夢，其實是暗夜裡做夢，夢到尤三姐來了。「一手捧著鴛鴦劍，一手捧著一卷冊子，向柳湘蓮泣道：『妾痴情待君五年矣！不期君果冷心冷面，妾以死報此痴情。妾今奉警幻之命，前往太虛幻境，修注案中所有一干情鬼。妾不忍一別，故來一會，從此再不能相見矣』。」看看程乙本：只聽得隱隱一陣環佩之聲，三姐從那邊來了。「隱隱」兩個字用的好，夢中聽見了環配之聲，一看，三姐的魂來了。

程乙本原文	庚辰本原文	白先勇的論點
只聽得隱隱一陣環佩之聲，三姐從那邊來了，一手捧著鴛鴦劍，一手捧著一卷冊子，向湘蓮哭道：「妾痴情待君五年，不期君果『冷心冷面』，妾以死報此痴情。妾今奉警幻仙姑之命，前往太虛幻境，修注案中所有一干情鬼。妾不忍相別，故來一會，從此再不能相見矣！」說畢，又向湘蓮灑了幾點眼淚，便要告辭而行。湘蓮不捨，連忙欲上來拉住問時，那三姐一摔手，便自去了。	忽聽環珮叮當，尤三姐從外而入，一手捧著鴛鴦劍，一手捧著一卷冊子，向柳湘蓮泣道：「妾痴情待君五年矣！不期君果冷心冷面，妾以死報此痴情。妾今奉警幻之命，前往太虛幻境，修注案中所有一干情鬼。妾不忍一別，故來一會，從此再不能相見矣！」說著便走。湘蓮不捨，忙欲上來拉住問時，那尤三姐便說：「來自情天，去由情地。前生誤被情惑，今既恥情而覺，與君兩無干涉。」說畢，一陣香風，無蹤無影去了。	三姐的魂講完以後，庚辰本是這樣寫的：說著便走。湘蓮不捨，忙欲上來拉住問時，那尤三姐便說：「來自情天，去由情地。前生誤被情惑，今既恥情而覺，與君兩無干涉。」說畢，一陣香風，無蹤無影去了。講多了，這個時候哪裡還講得出一番道理來？程乙本是：說畢，又向湘蓮灑了幾點眼淚，便要告辭而行。湘蓮不捨，連忙欲上來拉住問時，那三姐一摔手，便自去了。我覺得程乙本寫的比較灑脫。要訣別了，不會跟他再囉嗦了，摔手而走，我覺得夠了。

【第六十八回】苦尤娘賺入大觀園　酸鳳姐大鬧寧國府

程乙本原文	鳳姐忙下坐還禮，口內忙說：「皆因我也年輕，向來總是婦人的見識，一味的只勸二爺保重，別在外邊眠花宿柳，恐怕叫太爺太太擔心：這都是你我的痴心，誰知二爺倒錯會了我的意。若是外頭包占人家姐妹，瞞著家裡也罷了；如今娶了妹妹作二房，這樣正經大事，也是人家大禮，卻不曾合我說。
庚辰本原文	鳳姐兒忙下座，以禮相還，口內忙說：「皆因奴家婦人之見，一味勸夫慎重，不可在外眠花臥柳，恐惹父母擔憂。此皆是你我之痴心，怎奈二爺錯會奴意。眠花宿柳之事，瞞奴或可；今娶姐姐作二房之大事，亦人家大禮，亦不曾對奴說。
白先勇的論點	這一回我們全部以程乙本為準，庚辰本裡面有很多錯誤，希望大家仔細比較。一開始鳳姐跟尤二姐講的很長的一段話，稱謂和語氣就不對。鳳姐不可能稱尤二姐「姐姐」，他只能叫他「妹妹」，而且他對尤二姐絕對不會自稱「奴家」，以王鳳姐的地位，王鳳姐的威，怎麼可能用這種自謙自卑的語氣，而且是在情敵面前。這些細節就依據程乙本。

【第六十九回】弄小巧用借劍殺人　覺大限吞生金自逝

程乙本原文	賈母細瞧了一遍，又命琥珀：「拿出他的手來我瞧瞧。」賈母瞧畢，摘下眼鏡來，笑說道：「很齊全。我看比你還俊呢！」
庚辰本原文	賈母細瞧了一遍，又命琥珀：「拿出手來我瞧瞧。」鴛鴦又揭起裙子來。賈母瞧畢，摘下眼鏡來，笑說道：「更是個齊全孩子，我看比你俊些。」
白先勇的論點	庚辰本：「賈母瞧畢，摘下眼鏡來，笑說道：『更是個齊全孩子，我看比你俊些。』」那個「更」字，語氣上不大順，我覺得程乙本比較簡潔：「很齊全。我看比你還俊呢！」

程乙本原文	（程乙本無此段）
庚辰本原文	如這秋桐輩等人，皆是恨老爺年邁昏憒，貪多嚼不爛，沒的留下這些人作什麼，因此除了幾個知禮有恥的，餘者或有與二門上小么兒們嘲戲的。甚至於與賈璉眉來眼去，私相偷期的，只懼賈赦之威，未曾到手。這秋桐便和賈璉有舊，從未來過一次。今日天緣湊巧，竟賞了他，真是一對烈火乾柴，如膠投漆，燕爾新婚，連日那裡拆得開。

白先勇的論點	庚辰本這一段我覺得有點問題：如這秋桐輩等人，皆是恨老爺年邁昏憒，貪多嚼不爛，沒的留下這些人作什麼，因此除了幾個知禮有恥的，餘者或有與二門上小么兒們嘲戲的。甚至於與賈璉眉來眼去，私相偷期的，只懼賈赦之威，未曾到手。這秋桐便和賈璉有舊，從未來過一次。程乙本沒有這一段，這一段把賈家寫得太過了，說賈赦那些妾室、那些丫鬟們淫亂得不得了，亂搞一通。

程乙本原文	此亦係理數應然：只因你前生淫奔不才，使人家喪倫敗行，故有此報。
庚辰本原文	此亦係理數應然，你我生前淫奔不才，使人家喪倫敗行，故有此報。
白先勇的論點	他下面歎一口氣：「此亦係理數應然」，天理如此，為什麼呢？你我生前淫奔不才，這個地方有個錯誤，就是跟上面一回一樣的，三姐並沒有淫奔不才。程乙本是：只因你前生淫奔不才，你前生犯了一個淫罪，使人家喪倫敗行，兄弟同婦，而且又跟人家兒子也混在一起，故有此報。

程乙本原文	尤二姐哭道：「妹妹，我一生品行既虧，今日之報，既係當然，何必又去殺人作孽？」三姐兒聽了，長歎而去。

庚辰本原文	白先勇的論點
尤二姐泣道：「妹妹，我一生品行既虧，今日之報，既係當然，何必又生殺戮之冤。隨我去忍耐。若天見憐，使我好了，豈不兩全？」小妹笑道：「姐姐，你終是個痴人。自古『天網恢恢，疏而不漏』，天道好還。你雖悔過自新，然已將人父子兄弟致於麀聚之亂，天怎容你安生？」尤二姐泣道：「既不得安生，亦是理之當然，奴亦無怨。」小妹聽了，長歎而去。	程乙本是：「尤二姐哭道：『妹妹，我一生品行既虧，今日之報，既係當然，何必又去殺人作孽？』三姐兒聽了，長歎而去。」程乙本非常簡要，三姐一聽，無可救藥，你已經根本沒有鬥志，認了你的命了，那我也沒辦法救你，長長歎一口氣，走了。我覺得這一段寫得比較有力量，也比較含蓄。庚辰本則是多了一大段：「尤二姐泣道：『妹妹，我一生品行既虧，今日之報，既係當然，何必又生殺戮之冤。隨我去忍耐。若天見憐，使我好了，豈不兩全？』小妹笑道：『姐姐，你終是個痴人。自古天網恢恢，疏而不漏，天道好還。你雖悔過自新，然已將人父子兄弟致於麀聚之亂，天怎容你安生？』尤二姐泣道：『既不得安生，亦是理之當然，奴亦無怨。』小妹聽了，長歎而去。」用「小妹」這個稱謂不對，這一段稱謂錯了。我覺得三姐兒講多了，已經講了你生前淫奔，使人家喪倫敗行，夠了，下面不要再講這一大段了，麀聚之亂是很難聽的，麀字是母鹿，講他淫亂像動物一樣。小說對話含蓄一點，有時候言外之意，不講比講還有力量。

程乙本原文	胡君榮一見，早已魂飛天外，那裡還能辨氣色？一時掩了帳子，賈璉陪他出來，問是如何。
庚辰本原文	胡君榮一見，魂魄如飛上九天，通身麻木，一無所知。一時掩了帳子，賈璉就陪他出來，問是如何。
白先勇的論點	現在看他生病了，要找個醫生來，剛好那時候太醫有事，就找了另外一個胡大夫，這個庸醫亂診一頓，你看他怎麼給二姐號脈，庚辰本形容他，一看尤二姐露出臉來，美人嘛！胡君榮一見，魂魄如飛上九天，通身麻木，一無所知。這個形容也太過了。程乙本是：胡君榮一見，早已魂飛天外，那裡還能辨氣色？這個好得多。

程乙本原文	（程乙本無此段）
庚辰本原文	又罵平兒不是個有福的，「也和我一樣。我因多病了，你卻無病也不見懷胎。如今二奶奶這樣，都因咱們無福，或犯了什麼，沖他這樣。」
白先勇的論點	庚辰本又多出了這麼一段，鳳姐又罵平兒不是個有福的，「也和我一樣。我因多病了，你卻無病也不見懷胎。如今二奶奶這樣，都因咱們無福，或犯了什麼，沖他這樣。」把平兒也罵一頓，程乙本沒有這一段。前面講王熙鳳夠了，再搞罵平兒這一段多餘了。

程乙本原文	晚間，賈璉在秋桐房中歇了，鳳姐已睡，平兒過尤二姐那邊來勸慰了一番，尤二姐哭訴了一回。平兒又囑咐了幾句，夜已深了，方去安息。
庚辰本原文	晚間，賈璉在秋桐房中歇了，鳳姐已睡，平兒過來瞧他，又悄悄勸他：「好生養病，不要理那畜生。」尤二姐拉他哭道：「姐姐，我從到了這裡，多虧姐姐照應。為我，姐姐也不知受了多少閑氣。我若逃得出命來，我必答報姐姐的恩德，只怕我逃不出命來，也只好等來生罷！」平兒也不禁滴淚說道：「想來都是我坑了你。我原是一片痴心，從沒瞞他的話。既聽見你在外頭，豈有不告訴他的？誰知生出這些個事來！」尤二姐忙道：「姐姐這話錯了。若姐姐便不告訴他，他豈有打聽不出來的？不過是姐姐說的在先。況且我也要一心進來，方成個體統，與姐姐何干！」二人哭了一回，平兒又囑咐了幾句，夜已深了，方去安息。
白先勇的論點	庚辰本寫了一大段，一〇八三頁：鳳姐已睡，平兒過來瞧他，又悄悄勸他：「好生養病，不要理那畜生。」尤二姐拉他哭道：「姐姐，我從到了這裡，多虧姐姐照應。為我，姐姐也不知受了多少閑氣。我若逃得出命來，我必答報姐姐的恩德，只怕我逃不出命來，也只好等來生罷！」平兒也不禁滴淚說道：「想來都是我坑了你。我原是一片痴心，從沒瞞他的話。既聽見你在外頭，豈有不告訴他的？誰知生出這些個事來！」尤二姐忙道：「姐姐這話錯了。若姐姐便不告訴他，他豈有打聽不出來的？不過是姐姐說的在先。況且我也要一心進來，方成個體統，與姐姐何干！」二人哭了一回，平兒又囑咐了幾句，夜已深了，方去安息。

這一大段覺得好像平兒跟尤二姐是一夥了，一夥人來對付秋桐、怨鳳姐，這個也不可能的。尤其是罵秋桐「不要理那畜生」這不是平兒的語氣，在他的位子也不宜。所以庚辰本這一段，我覺得有點問題。程乙本簡要得多，幾句話講完了。我想這一次平兒到二姐兒那邊去，也有所顧忌的，不會跟他講這麼多話：鳳姐已睡，平兒過尤二姐那邊來勸慰了一番，尤二姐哭訴了一回。平兒又囑咐了幾句，夜已深了，方去安息。足夠了。

程乙本原文	（程乙本無此段）
庚辰本原文	賈璉又摟著大哭，只叫「奶奶，你死的不明，都是我坑了你！」賈蓉忙上來勸：「叔叔，解著些兒，我這個姨娘自己沒福。」說著，又向南指大觀園的界墻，賈璉會意，只悄悄跌腳說：「我忽略了，終久對出來，我替你報仇。」
白先勇的論點	一〇八四頁庚辰本這一段也有點問題。他們要把屍首抬出去了，賈璉一看，他的臉還像生前那樣子，就悲傷的大哭起來說：奶奶，你死的不明，都是我坑了你！程乙本沒有這一段的，不像賈璉的話。如果賈璉是這麼樣的傷心，之前他為什麼不出來說幾句話？賈蓉忙上來勸：「叔叔，解著些兒，我這個姨娘自己沒福。」說著，又向南指大觀園的界墻。那個禍害在那邊，挑唆他，鳳姐才是禍源頭。賈璉會意，只悄悄跌腳說：「我忽略了，終久對出來，我替你報仇。」說是要追究尤二姐的死因，後來完全沒這回事，所以我覺得這一段抄本有問題的。

【第七十回】林黛玉重建桃花社　史湘雲偶填柳絮詞

程乙本原文	（程乙本無此段）
庚辰本原文	那晴雯只穿蔥綠院綢小襖，紅小衣，紅睡鞋，披著頭髮，騎在雄奴身上。麝月是紅綾抹胸，披著一身舊衣，在那裡抓雄奴的肋肢。雄奴卻仰在炕上，穿著撒花緊身兒，紅褲綠襪，兩腳亂蹬，笑的喘不過氣來。寶玉忙上前笑說：「兩個大的欺負一個小的，等我助力。」說著，也上床來膈肢晴雯。晴雯觸痒，笑的忙丟下雄奴，和寶玉對抓，雄奴趁勢又將晴雯按倒，向他肋下抓動。襲人笑說：「仔細凍著了。」看他四人裹在一處倒好笑。
白先勇的論點	庚辰本一〇九〇頁這個地方延續了前面的問題，小戲子芳官在寶玉怡紅院裡，他們不是把他打扮成胡人，改了一個「雄奴」的名字嗎？跟芳官根本不配，芳官哪裡像個雄奴的樣子，他很可愛、很機靈的一個小女孩，這裡也要改過來，前面那一段程乙本沒有的，庚辰本多出來的不合理，又破壞氣氛。

程乙本原文	如今仲春天氣，雖得了工夫，爭奈寶玉因柳湘蓮遁跡空門，又聞得尤三姐自刎，尤二姐被鳳姐逼死，又兼柳五兒自那夜監禁之後，病越重了：連連接接，閑愁胡恨，一重不了一重添，弄得情色若痴，語言常亂，似染怔忡之病。慌得襲人等又不敢回賈母，只百般逗他玩笑。

庚辰本原文	如今仲春天氣，雖得了工夫，爭奈寶玉因冷遁了柳湘蓮，劍刎了尤小妹，金逝了尤二姐，氣病了柳五兒，連連接接，閑愁胡恨，一重不了一重添。弄得情色若痴，語言常亂，似染怔忡之疾。慌的襲人等又不敢回賈母，只百般逗他玩笑。
白先勇的論點	庚辰本一〇八九頁這幾行：「如今仲春天氣，雖得了工夫，爭奈寶玉因冷遁了柳湘蓮，劍刎了尤小妹，金逝了尤二姐，氣病了柳五兒……」這個怪得很，什麼冷遁了，劍刎了，金逝了，不通。程乙本是這麼寫的：爭奈寶玉因柳湘蓮遁跡空門，又聞得尤三姐自刎，尤二姐被鳳姐逼死，又兼柳五兒自那夜監禁之後，病越重了。這不是很通順嗎？發生了這麼多事以後，寶玉就有點瘋瘋癲癲了，或許受到刺激，「語言常亂，似染怔忡之疾」，有點精神恍惚了。

程乙本原文	樹樹烟封一萬株，烘樓照壁紅模糊
庚辰本原文	霧裹煙封一萬株，烘樓照壁紅模糊。
白先勇的論點	下面庚辰本是：霧裹烟封一萬株。程乙本我覺得比較好：樹樹烟封一萬株。樹樹，我覺得比霧裹好

程乙本原文	寶玉笑道：「我不信！這聲調口氣，迥乎不像。」寶琴笑道：「所以你不通：難道杜工部首首都作『叢菊兩開他日淚』不成？一般的也有『紅綻雨肥梅』『水荇牽風翠帶長』等語。」
庚辰本原文	因問：「你們怎麼得來？」寶琴笑道：「你猜是誰做的？」寶玉笑道：「自然是瀟湘子稿。」寶琴笑道：「現是我作的呢。」寶玉笑道：「我不信。這聲調口氣，迥乎不像蘅蕪之體，所以不信。」
白先勇的論點	庚辰本一〇九二頁這裡又有小錯誤，寶琴說：你猜是誰作的？寶玉說當然是瀟湘妃子的稿子。寶琴說：是我作的呢！寶玉笑道：「我不信。迥乎不像蘅蕪之體，所以不信。」蘅蕪是指寶釵嘛！寶琴講是我寫的，怎麼會扯到寶釵去了呢？程乙本沒有的，只有「迥乎不像」，不像你寫的意思。

程乙本原文	寶琴笑道：「所以你不通：難道杜工部首首都作『叢菊兩開他日淚』不成？一般的也有『紅綻雨肥梅』『水荇牽風翠帶長』等語。」
庚辰本原文	寶釵笑道：「所以你不通。難道杜工部首首都作『叢菊兩開他日淚』之句不成？一般的也有『紅綻雨肥梅』『水荇牽風翠帶長』之媚語。」

白先勇的論點	這裡庚辰本又錯了：寶釵笑道：「所以你不通。」程乙本是，寶琴笑道：「所以你不通：難道杜工部首首都作『叢菊兩開他日淚』不成？一般的也有『紅綻雨肥梅』『水荇牽風翠帶長』等語。」他講杜甫從前〈秋興〉八首，非常有歷史滄桑感，可是他也有「水荇牽風翠帶長」這種寫景很細膩的不同的媚語，這「媚語」二字不好，我想老杜的詩好像沒有媚語，程乙本是也有『紅綻雨肥梅』『水荇牽風翠帶長』等語，這些話。

程乙本原文	（程乙本無此二字）
庚辰本原文	眾人拍案叫絕，都說：「果然翻得好氣力，自然是這首為尊。纏綿悲戚，讓瀟湘妃子，情致嫵媚，卻是枕霞，小薛與蕉客今日落第，要受罰的。」
白先勇的論點	這首詞大家都說「果然翻得好，自然是這首為尊。」庚辰本這個地方是「果然翻得好氣力」，多了「氣力」兩個字，用不著。

程乙本原文	我認得這風箏，這是大老爺那院裡嫣紅姑娘放的。拿下來給他送過去罷。
庚辰本原文	這是大老爺那院裡嬌紅姑娘放的，拿下來給他送過去罷。

白先勇的論點	寶玉講我認得，這個風箏是大老爺那裡的「嬌紅」姑娘放的。庚辰本錯了，應是「嫣紅」姑娘，沒有這個嬌紅姑娘的，賈赦買的丫頭叫嫣紅。

【第七十一回】嫌隙人有心生嫌隙　鴛鴦女無意遇鴛鴦

程乙本原文	（程乙本無此段）
庚辰本原文	「什麼『清水下雜麵你吃我也見』的事，各家門，另家戶，你有本事，排場你們那邊人去。我們這邊，你還早些呢！」丫頭聽了，氣白了臉，因說道：「好，好，這話說好！」一面轉身進來回話。
白先勇的論點	這個地方，庚辰本多了幾句：什麼「清水下雜麵你吃我也見」的事，各家門，另家戶，你有本事，排場你們那邊人去。寫小說有時候多一句都不行，何況多幾句。

程乙本原文	各門各戶的，你有本事排揎你們那邊的人去！我們這邊，你離著還遠些呢！
庚辰本原文	什麼『清水下雜麵你吃我也見』的事，各家門，另家戶，你有本事，排場你們那邊人去。我們這邊，你還早些呢！

白先勇的論點	程乙本沒這一句的。還有這句「你有本事，排場你們那邊人去」。庚辰本幾次用「排場」，沒這種說法，應該是「排揎」，「你有本事，排揎你們那邊人去。」

程乙本原文	尤氏道：「你不用叫人，你去就叫這兩個老婆來，到那邊把他們家的鳳姐叫來。」
庚辰本原文	尤氏道：「你不要叫人，你去就叫這兩個婆子來，到那邊把他們家的鳳兒叫來。」
白先勇的論點	尤氏當然臉面下不來就講：「你不要叫人，你去就叫這兩個婆子來，到那邊把他們家的鳳兒叫來。」這裡不對，尤氏從來沒有把鳳姐叫鳳兒的，生氣的時候也不會，我想最多就是賈母可能會叫。

程乙本原文	（程乙本無此段）
庚辰本原文	又值這一干小人在側，他們心內嫉妒挾怨之事不敢施展，便背地裡造言生事，調撥主人。先不過是告那邊的奴才，後來漸次告到鳳姐，「只哄著老太太喜歡了他好就中作威作福，轄治著璉二爺，調唆二太太，把這邊的正經太太倒不放在心上。」後來又告到王夫人，說：「老太太不喜歡太太，都是二太太和璉二奶奶調唆的。」邢夫人縱是鐵心銅膽的人，婦女家終不免生些嫌隙之心，近日因此著實惡絕鳳姐。今又聽了如此一篇話，也不說長短。

白先勇的論點	一一〇頁這個地方：又值這一干小人在側，他們心內嫉妒挾怨之事不敢施展，便背地裡造言生事，調撥主人。先不過是告那邊的奴才，後來漸次告到鳳姐。告鳳姐什麼呢？只哄著老太太喜歡了他好就中作威作福，轄治著璉二爺，調唆二太太，把這邊的正經太太倒不放在心上。這些話在程乙本裡面沒有的，這些下面的人，還不至於如此大膽。下面更不像話了：後來又告到王夫人，說：「老太太不喜歡太太，都是二太太和璉二奶奶調唆的。」這些人說賈母不喜歡邢夫人，是因為王夫人跟王熙鳳一起調唆的。第一，那些傭人怎麼敢在邢夫人面前講鳳姐，他們早都怕了。第二，怎麼敢講王夫人，這個一傳出去還了得？而且邢夫人也瞭解，王夫人從來不多事的，不會去調唆賈母。王夫人是有別的缺點，比如他有點愚昧，有點迂腐，但他不是那種說三道四會調唆的人，所以我覺得這點不對，這一段不合適，程乙本裡面也沒有。
程乙本原文	論理，我不該討情。我想老太太好日子，發狠的還要捨錢捨米，周貧濟老，咱們先倒挫磨起老奴才來了？
庚辰本原文	論理，我不該討情，我想老太太好日子，發狠的還捨錢捨米，周貧濟老，咱們家先倒折磨起人家來了。

白先勇的論點	程乙本原文	庚辰本原文
我想老太太好日子，「發狠的還捨錢捨米，周貧濟老，咱們家先倒折磨起人家來了。」庚辰本用的是「人家」兩個字，講不通，最多倒過來，折磨起「家人」，這樣子還說得過去。程乙本用的是「老奴才」，「咱們先倒挫磨起老奴才來了？不看我的臉，權且看老太太，竟放了他們罷。」說畢，上車去了。	賈母忽想起留下的喜鸞四姐兒，叫人吩咐園中婆子們：「要和家裡的姑娘一樣照應。倘有人小看了他們，我聽見可不饒！」婆子答應了，方要走時，鴛鴦道：「我說去罷。他們那裡聽他的話？」	賈母忽想起一事來，忙喚一個老婆子來，吩咐他：「到園裡各處女人們跟前囑咐囑咐，留下的喜姐兒和四姐兒雖然窮，也和家裡的姑娘們是一樣，大家照看經心些。我知道咱們家的男男女女都是『一個富貴心，兩隻體面眼』，未必把他兩個放在眼裡。有人小看了他們，我聽見，可不依。」婆子應了方要走時，鴛鴦道：「我說去罷。他們哪裡聽他的話。」說著，便一逕往園子來。

白先勇的論點	程乙本原文
一一三頁，庚辰本這個地方又有點不妥：賈母忽想起一事來，忙喚一個老婆子來，吩咐他：「到園裡各處女人們跟前囑咐囑咐，留下的喜姐兒和四姐兒雖然窮，也和家裡的姑娘們是一樣，大家照看經心些。」留下的兩個女孩子是賈家的親戚，一個叫做喜姐兒，一個叫做四姐兒，挺可愛的兩個，他們來拜壽，賈母喜歡他們兩個靈巧可愛，就留他們下來好好招待。庚辰本說：「留下的喜姐兒和四姐兒雖然窮」，大大不妥，又說：我知道咱們家的男男女女都是「一個富貴心，兩隻體面眼」，未必把他兩個放在眼裡。有人小看了他們，我聽見，可不依。程乙本這麼寫的：賈母忽想起留下的喜鸞四姐兒，叫人吩咐園中婆子們：「要和家裡的姑娘一樣照應。倘有人小看了他們，我聽見可不饒！」多麼的簡單，而且像賈母的口吻。賈母怎麼會講人家窮，可能真的是窮親戚，但老太太絕對不會這麼說：那兩個窮女孩到我們家來，你們不能勢利眼。這一段不妥！程乙本簡簡單單表現出賈母的慈愛，喜歡這兩個拜壽的小女孩，留下來想讓他們開心，就行了。	如今咱們家更好，新出來的這些底下字號的奶奶們，一個個心滿意足，都不知道要怎麼樣才好，少不得意，不是背地裡嚼舌根，就是調三窩四的。 寶玉道：「誰都像三妹妹多心多事？我常勸你總別聽那些俗語、想那些俗事，只管安富尊榮才是，比不得我們，沒這清福，應該混鬧的。」

庚辰本原文	如今咱們家裡更好，新出來的這些底下奴字號的奶奶們，一個個心滿意足，都不知要怎麼樣才好，少有不得意，不是背地裡咬舌根，就是挑三窩四的。寶玉道：「誰都像三妹妹好多心多事我常勸你，總別聽那些俗語，想那俗事，只管安富尊榮才是。比不得我們沒這清福，該應濁鬧的。」
白先勇的論點	一一一四頁有個地方：「如今咱們家裡更好，新出來的這些底下奴字號的奶奶們」，這個不妥，沒有這個「奴」字，「底下字號的奶奶們」，講這些下面的人。一一一五頁第一行，寶玉說：「比不得我們沒這清福，該應濁鬧的。」濁鬧，用混鬧較妥。

程乙本原文	因定了一會，忙悄問：「那一個是誰？」司棋又跪下道：「是我姑舅兄弟。」鴛鴦啐了一口，卻羞得一句話也說不出來。
庚辰本原文	因定了一會，忙悄問：「那個是誰？」司棋復跪下道：「是我姑舅兄弟。」鴛鴦啐了一口，道：「要死，要死。」
白先勇的論點	庚辰本這個地方寫鴛鴦的反應我覺得不好：鴛鴦啐了一口，道：「要死，要死。」我想鴛鴦那個時候不會這麼叫，那個場面很緊張的，而且非常尷尬，他怎麼會大叫「要死，要死。」我覺得不妥。程乙本：鴛鴦啐了一口，卻羞得一句話也說不出來。他自己也是個女孩子，他也沒有過男人的，一看到這個，他自己也不好意思嘛！這時還能講什麼呢？所以我覺得程乙本寫的好。

程乙本原文	鴛鴦忙要回身，司棋拉住苦求，哭道：「我們的性命，都在姐姐身上，只求姐姐超生我們罷了！」鴛鴦道：「你不用多說了，快叫他去罷，橫豎我不告訴人就是了。你這是怎麼說呢！」
庚辰本原文	鴛鴦忙要回身，司棋拉住苦求，哭道：「我們的性命，都在姐姐身上，只求姐姐超生要緊！」鴛鴦道：「你放心，我橫豎不告訴一個人就是了。」
白先勇的論點	這個地方我覺得庚辰本寫得又不夠了，庚辰本是：你放心，我橫豎不告訴一個人就是了。太輕描淡寫。程乙本怎麼寫的：你不用多說了，快叫他去罷。還不走，還要等在這裡，你快叫他去吧！橫豎我不告訴人就是了。你這是怎麼說呢！這就是鴛鴦的口氣！庚辰本沒有這麼一句。

【第七十二回】王熙鳳恃強羞說病　來旺婦倚勢霸成親

程乙本原文	（程乙本無此段）
庚辰本原文	且說鴛鴦出了角門，臉上猶紅，心內突突的，真是意外之事。因想這事非常，若說出來，姦盜相連，關係人命，還保不住帶累了旁人。橫豎與自己無干，且藏在心內不說與一人知道。回房復了賈母的命，大家安息。從此凡晚間便不大往園中來。因思園中尚有這樣奇事，何況別處，因此，連別處也不大輕走動了。

白先勇的論點	庚辰本一一二一頁有這麼一段：從此凡晚間便不大往園中來。因思園中尚有這樣奇事，何況別處，因此，連別處也不大輕走動了。這個有點多餘，難道大觀園裡面到處都幽會嗎？鴛鴦也沒有那麼膽小，晚上就不敢走動了？程乙本裡面沒有這一段的。

程乙本原文	（程乙本無此段）
庚辰本原文	「再俗語說，『千里搭長棚，沒有不散的筵席。』再過三二年，咱們都是要離這裡的。俗語又說，『浮萍尚有相逢日，人豈全無見面時。』倘或日後咱遇見了，那時，我又怎麼報你的德行。」一面說，一面哭。
白先勇的論點	庚辰本這裡又多了這幾句：再俗語說，「千里搭長棚，沒有不散的筵席。」再過三二年，咱們都是要離這裡的。俗語又說，「浮萍尚有相逢日，人豈全無見面時。」倘或日後咱遇見了，那時，我又怎麼報你的德行。我覺得激動得不得了的時候還引經據典的講，與司棋不合適，他講我若死了變驢變狗報答你，這已經講到頂了，夠了！而且這個「千里搭長棚，沒有不散的筵席」，大家如果還記得的話，前面有人已經講過了。誰講過了呢？小紅講的，小紅那時候很怨，他受虐，大丫頭打壓他，他就講了，哼！「千里搭長棚，沒有不散的筵席」，大丫頭別得意，有一天他們會散掉的。已經講過一次就不好再講的，這個時候司棋再講，拾人牙慧，這句話就多了。程乙本沒有這一段的。

程乙本原文	鳳姐兒見問，便說道：「不是什麼大事。旺兒有個小子，今年十七歲了，還沒娶媳婦兒，因要求太太房裡的彩霞，不知太太心裡怎麼樣。前日太太見彩霞大了，二則又多病多災的，因此開恩，打發他出去了，給他老子隨便自己擇女婿去罷。
庚辰本原文	鳳姐兒問，便說道：「不是什麼大事。旺兒有個小子，今年十七歲了，還沒得女人，因要求太太房裡彩霞，不知太太心裡怎麼樣，就沒有計較得。
白先勇的論點	接著講到「來旺婦倚勢霸成親」，庚辰本這裡有一個地方錯了。記得王夫人有個大丫頭叫彩雲嗎？彩雲跟賈環好，這個地方把他寫成彩霞，不光是庚辰本如此，程乙本也是，彩霞跟彩雲不是兩個人，可能是誤抄了。

程乙本原文	（程乙本無此段）
庚辰本原文	我已經看中了兩個丫頭，一個與寶玉，一個給環兒。只是年紀還小，又怕他們誤了書，所以再等一二年。」趙姨娘道：「寶玉已有了二年了，老爺還不知道？」賈政聽了，忙問道：「誰給的？」趙姨娘方欲說話，只聽外面一聲響，不知何物，大家吃了一驚不小。

白先勇的論點	庚辰本一一三二頁，趙姨娘道：寶玉已有了二年了，老爺還不知道？這是進讒言，寶玉已經娶了妾了，你還不曉得。當然指的是襲人囉！襲人是王夫人指定的，還沒有明說。程乙本是沒有這一段的。

【第七十三回】痴丫頭誤拾繡春囊　懦小姐不問纍金鳳

程乙本原文	話猶未了，只聽春燕秋紋從後房門跑進來，口內喊說：「不好了！一個人打牆上跳下來了！」
庚辰本原文	話猶未了，只聽金星玻璃從後房門跑進來，口內喊說：「不好了，一個人從牆上跳下來了！」
白先勇的論點	紅院裡面怎麼會跑出個「金星玻璃」來了，所以庚辰本有時候突然出現的名字是根本不認得的，寶玉並沒有金星、玻璃這兩個丫頭，應該是春燕跟秋紋。程乙本寫春燕跟秋紋就對了。

程乙本原文	邢夫人因說：「這傻丫頭，又得個什麼愛巴物兒，這樣喜歡？拿來我瞧瞧。」
庚辰本原文	邢夫人因說：「這痴丫頭，又得了個什麼狗不識兒，這麼歡喜？拿來我瞧瞧。」

白先勇的論點	邢夫人因說：「這痴丫頭，又得了個什麼狗不識兒，這麼歡喜？拿來我瞧瞧。」「狗不識兒」大概就是寶貝兒的意思，程乙本是「愛巴物兒」

程乙本原文	（程乙本無此段）
庚辰本原文	賈母因喜歡他爽利便捷，又喜他出言可以發笑，便起名為「呆大姐」，常悶來便引他取笑一回，毫無忌避，因此又叫他作「痴丫頭」。
白先勇的論點	接著有一句話庚辰本說：常悶來便引他取笑一回，毫無忌避，因此又叫他作「痴丫頭」。這一段程乙本沒有的，賈母不會拿傻丫頭來做玩物，拿他來取笑，我想賈母這個人不是這樣的，他對下人很憐惜。

程乙本原文	這痴丫頭原不認得是春意兒，心下打量：「敢是兩個妖精打架？不就是兩個人打架呢？」
庚辰本原文	這痴丫頭原不認得是春意，便心下盤算：「敢是兩個妖精打架？不然，必是兩口子相打。」
白先勇的論點	「這痴丫頭原不認得是春意」，要加個「兒」字，「春意」就不對了。「春意兒」，等於是個繡的春宮畫。

程乙本原文	這痴丫頭原不認得是春意兒，心下打量：「敢是兩個妖精打架？不就是兩個人打架呢？」
庚辰本原文	這痴丫頭原不認得是春意，便心下盤算：「敢是兩個妖精打架？不然，必是兩口子相打。」
白先勇的論點	敢是兩個妖精打架？不然，必是兩口子相打。這個傻丫頭連兩口子是怎麼回事他還搞不清的，他沒這個觀念，程乙本是：敢是兩個妖精打架？不就是兩個人打架呢？反正赤裸裸的兩個東西，傻丫頭也沒看懂。

程乙本原文	（程乙本無此段）
庚辰本原文	邢夫人道：「胡說！你不好了，他原該說，如今他犯了法，你就該拿出小姐的身分來。他敢不從，你就回我去才是。如今直等外人共知，是什麼意思！再者，只他去放頭兒，還恐怕他巧言花語的和你借貸些簪環、衣履作本錢，你這心活面軟的，未必不周接他些。若被他騙去，我是一個錢沒有的，看你明日怎麼過節！」迎春不語，只低頭弄衣帶。邢夫人見他這般，因冷笑道：「總是你那好哥哥好嫂子，一對兒赫赫揚揚，璉二爺，鳳奶奶，兩口子遮天蓋日，百事周到，竟通共這一個妹子，全不在意。」

白先勇的論點	邢夫人道：「胡說！你不好了，他原該說，如今他犯了法，你就該拿出小姐的身分來。他敢不從，你就回我去才是。」他不從，你應該跟我講啊！罵了迎春一頓。迎春不語，只低頭弄衣帶。沒辦法，只好一直弄衣帶。邢夫人見他這般，因冷笑道：「總是你那好哥哥好嫂子，一對兒赫赫揚揚，璉二爺，鳳奶奶，兩口子遮天蓋日，百事周到，竟通共這一個妹子，全不在意。」邢夫人很討厭鳳姐，時時會戳他兩下。程乙本裡面沒這幾句話，不過這裡也還合理。
程乙本原文	（程乙本無此段）
庚辰本原文	旁邊伺候的媳婦們便趁機道：「我們的姑娘老實仁德，那裡像他們三姑娘伶牙俐齒，會要姐妹們的強。他們明知姐姐這樣，竟不顧恤一點兒。」邢夫人道：「連他哥哥、嫂子還如是，別人又作什麼呢！」一言未了，人回：「璉二奶奶來了。」邢夫人聽了，冷笑兩聲，命人出去說：「請他自去養病，我這裡不用他伺候。」

白先勇的論點	一一四一頁這裡有幾句要注意：旁邊伺侯的媳婦們便趁機道：「我們的姑娘老實仁德，那裡像他們三姑娘伶牙俐齒，會要姐妹們的強。他們明知姐姐這樣，竟不顧恤一點兒。」程乙本沒有這段，輪不到這些媳婦來講探春，不敢的！賈府的規矩輪不到他們來講，何況又是個沒名沒姓的媳婦，如果是陪房王善保家的，可能在邢夫人耳邊嘰嘰咕咕，但當場在迎春面前這麼詆毀探春，不敢的，迎春房裡小丫頭那麼多，這話傳到探春那邊還得了，這媳婦吃不了兜著走。

程乙本原文	誰知迎春的乳母之媳**玉柱兒**媳婦為他婆婆得罪，來求迎春去討情，他們正說金鳳一事，且不進去。
庚辰本原文	誰知迎春乳母子媳**王住兒**媳婦正因他婆婆得了罪，來求迎春去討情，聽他們正說金鳳一事，且不進去。
白先勇的論點	庚辰本一一四二頁這裡是「**王住兒**」，不對，程乙本是「**玉柱兒**」。

【第七十四回】惑奸讒抄檢大觀園　矢孤介杜絕寧國府

程乙本原文	王善保家的道：「別的還罷了，太太不知，頭一個是寶玉屋裡的晴雯那丫頭，仗著他的模樣兒比別人標致些，又長了一張巧嘴，天天打扮得像個西施樣子，在人跟前能說慣道，抓尖要強；一句話不投機，他就立起兩隻眼睛來罵人。妖妖調調，大不成個體統！」
庚辰本原文	王善保家的道：「別的都還罷了。太太不知道，頭一個寶玉屋裡的晴雯，那丫頭仗著他生得模樣兒比別人標致些，又生了一張巧嘴，天天打扮得像個西施的樣子，在人跟前能說慣道，掐尖要強。一句話不投機，他就立起兩個騷眼睛來罵人，妖妖趫趫，大不成個體統。」
白先勇的論點	這一段庚辰本和程乙本大家仔細比一比，這段要緊的，關鍵著晴雯的命運。王善保家的道：「別的都還罷了。太太不知道，頭一個寶玉屋裡的晴雯，那丫頭仗著他生得模樣兒比別人標致些，又生了一張巧嘴，天天打扮得像個西施的樣子，在人跟前能說慣道，掐尖要強。」程乙本沒有「掐尖」這兩個字的，有「抓尖要強」這麼一個詞。一句話不投機，他就立起兩個「騷眼睛」來罵人，程乙本是「立起兩隻眼睛」就夠了，騷眼睛反而削弱了，「妖妖趫趫，大不成個體統。」程乙本用「妖妖調調」，比較普遍。

程乙本原文	（程乙本無此句）
庚辰本原文	小丫頭子答應了，走入怡紅院，正值晴雯身上不自在，睡中覺才起來，正發悶，聽如此說，只得隨了他來。**素日這些丫鬟皆知王夫人最嫌嬌妝豔飾語薄言輕者，故晴雯不敢出頭。**
白先勇的論點	庚辰本有個地方，也有滿嚴重的錯誤，大家要仔細的對照。「正值晴雯身上不自在，睡中覺才起來，正發悶，聽如此說，只得隨了他來。」晴雯剛剛起來，身體不太舒服，忽然間聽說叫他，只好就去了。**素日這些丫鬟皆知王夫人最嫌嬌妝豔飾語薄言輕者，故晴雯不敢出頭。**「**這些丫鬟……**」這一句話程乙本沒有，只說「素日晴雯不敢出頭」，就夠了。

程乙本原文	素日晴雯不敢出頭，因連日不自在，並沒十分妝飾，自為無礙。及到了鳳姐房中，王夫人一見他釵軃鬢鬆，衫垂帶褪，**大有春睡捧心之態**；而且形容面貌恰是上月的那人，不覺勾起方才的火來。王夫人便冷笑道：「好個美人兒！真像個『病西施』了！你天天作這輕狂樣兒給誰看！你幹的事，打量我不知道呢！我且放著你，自然明兒揭你的皮！寶玉今日可好些？」

庚辰本原文	白先勇的論點
今因連日不自在，並沒十分妝飾，自為無礙。及到了鳳姐房中，王夫人一見他釵軃鬢鬆，衫垂帶褪，有**春睡捧心之遺風**，而且形容面貌恰是上月的那人，不覺勾起方才的火來。王夫人原是**天真爛漫之人**，喜怒出於心臆，不比那些飾詞掩意之人，今既真怒攻心，又勾起往事，便冷笑道：「好個美人！真像個病西施了。你天天作這輕狂樣兒給誰看？你幹的事打量我不知道呢！我且放著你，自然明兒揭你的皮。寶玉今日可好些？」	「衫垂帶褪，**有春睡捧心之遺風**」。春睡捧心大家都知道西施捧心的樣子，春睡嘛，楊貴妃春睡起來的樣子，有點慵懶的。程乙本沒有「遺風」兩個字，我覺得這兩個字不妥，程乙本是說，「**大有春睡捧心之**態」，夠了！而且形容面貌恰是上月的那人，不覺勾起方才的火來。庚辰本這裡說：「王夫人原是**天真爛漫之人**，喜怒出於心臆，不比那些飾詞掩意之人，今既真怒攻心，又勾起往事」。無論怎麼形容王夫人，不可能「天真爛漫」。

程乙本原文	庚辰本原文	白先勇的論點
好個美**人兒**！真像個「病西施」了！	好個美**人**！真像個病西施了。	你看他勾起往事，便冷笑道：「好個美人！真像個病西施了。」好個美人跟好個美人兒有差別，你若講好個「美人」，口氣就沒有好個「美人兒」（程乙本）來得親切，有點諷刺性在裡面。

程乙本原文	他本是個聰明過頂的人，見問寶玉可好些，他便不肯以實話答應，忙跪下回道：「我不大到寶玉房裡去，又不常和寶玉在一處，好歹我不能知；那都是襲人合麝月兩個人的事，太太問他們。」
庚辰本原文	他本是個聰敏過頂的人，見問寶玉可好些，他便不肯以實話對，只說：「我不大到寶玉房裡去，又不常和寶玉在一處，好歹我不能知道，只問襲人、麝月兩個。」
白先勇的論點	他本是個聰敏過頂的人，見問寶玉可好些，他便不肯以實話對，只說：「我不大到寶玉房裡去，又不常和寶玉在一處，好歹我不能知道，只問襲人、麝月兩個。」庚辰本用了「聰敏」，程乙本用「聰明」，我想聰明比聰敏更高一層。

程乙本原文	王善保家的也覺沒趣兒，便紫脹了臉，說道：「姑娘，你別生氣。我們並非私自就來的，原是奉太太的命來搜查；你們叫翻呢，我們就翻一翻，不叫翻，我們還許回太太去呢，那用急得這個樣子！」晴雯聽了這話，越發火上澆油，便指著他的臉說道：「你說你是太太打發來的，我還是老太太打發來的呢！太太那邊的人我也都見過，就只沒看見你這麼個有頭有臉大管事的奶奶！」
庚辰本原文	王善保家的也覺沒趣，看了一看，也無甚私弊之物。回了鳳姐，要往別處去。鳳姐兒道：「你們可細細的查，若這一番查不出來，難回話的。」

白先勇的論點	庚辰本這一段，完全削弱了力量：王善保家的也覺沒趣，看了一看，也無甚私弊之物。回了鳳姐，要往別處去。看看程乙本：王善保家的也覺沒趣兒，便紫脹了臉。很難看啊！給他砰的這麼一下。說道：「姑娘，你別生氣。我們並非私自就來的，原是奉太太的命來搜查；你們叫翻呢，我們就翻一翻，不叫翻，我們還許回太太去呢。那用急的這個樣子！」太太，指邢夫人，叫我來的，你們讓我翻呢我就翻，不給我翻，我就回去上告，告你去。看看晴雯怎麼說，晴雯聽了這話，越發火上澆油，便指著他的臉說道：「你說你是太太打發來的，我還是老太太打發來的呢！」你是太太的人，我是老太太打發來的，比你還要高一層。太太那邊的人我也都見過，就只沒看見你這麼個有頭有臉大管事的奶奶！非常尖利的話！這個話把晴雯的個性寫得活靈活現，沒有這個對話，削弱了。王善保家的看看就跑了，不可能，晴雯也不會放他這樣，有幾句話給他的，所以程乙本這一段非常要緊。

程乙本原文	王夫人見問，越發淚如雨下
庚辰本原文	王夫人見問，越性淚如雨下
白先勇的論點	探春登時大怒，指著王家的問道：「你是什麼東西，敢來拉扯我的衣裳！我不過看著太太的面上，你又有年紀，叫你一聲媽媽，你就狗仗人勢，天天作耗，專管生事，如今「越性」了不得了。庚辰本用越性，奇怪的一個字，應該是「越發」。

程乙本原文	侍書聽說，便出去說道：「嬤嬤，你知點道理兒，省一句兒罷。你果然回老娘家去，倒是我們的造化了；只怕你捨不得去！你去了，叫誰討主子的好兒，調唆著察考姑娘、折磨我們呢？」
庚辰本原文	待書等聽說，便出去說道：「你果然回老娘家去，倒是我們的造化了。只怕捨不得去！」
白先勇的論點	探春有一個丫頭，庚辰本上寫「待書」不對，程乙本是「侍書」，庚辰本就這麼兩句話就沒有了：「待書等聽說，便出去說道：『你果然回老娘家去，倒是我們的造化了。只怕捨不得去！』」程乙本侍書這一段講得好：侍書聽說，便出去說道：「嬤嬤，你知點道理兒，省一句兒罷。你果然回老娘家去，倒是我們的造化了；只怕你捨不得去！你去了，叫誰討主子的好兒，調唆著察考姑娘、折磨我們呢？」丫鬟侍書這兩句話也厲害的，「鳳姐笑道：『好丫頭，真是有其主必有其僕。』探春冷笑道：『我們作賊的人，嘴裡都有三言兩語的；就只不會背地裡調唆主子！』」

程乙本原文	鳳姐也黃了臉，因問：「是那裡來的？」
庚辰本原文	入畫也黃了臉。因問：「是哪裡來的？」

白先勇的論點	庚辰本這裡顯然是個錯誤：「入畫也黃了臉」，不對！看到怎麼還有男人的東西，程乙本是：「鳳姐也黃了臉，因問：『是那裡來的。』」入畫講這是珍大爺賞給我哥哥的，帶進來叫我收著。

程乙本原文	周瑞家的道：「這是什麼話？有沒有，總要一樣看看，才公道。」說著，便伸手掣出一雙男子的綿襪並一雙緞鞋，又有一個小包袱。打開看時，裡面是一個同心如意，並一個字帖兒，一總遞給鳳姐。鳳姐因理家久了，每每看帖看賬，也頗識得幾個字了。
庚辰本原文	周瑞家的道：「且住，這是什麼？」說著，便伸手掣出一雙男子的錦帶襪並一雙緞鞋來。
白先勇的論點	周瑞家的是鳳姐的心腹，也是陪房，學到幾招，你看他怎麼說，庚辰本是：「且住，這是什麼？」我覺得這個味道不夠。程乙本是：「周瑞家的道：『這是什麼話？有沒有，總要一樣看看，才公道。』」然後往裡面一抓，「說著，便伸手掣出一雙男子的綿襪並一雙緞鞋，又有一個小包袱。打開看時，裡面是一個同心如意，並一個字帖兒。」這下子搜出來了，禍源搜到了，一總遞與鳳姐。

程乙本原文	庚辰本原文	白先勇的論點
上月你來家後，父母已覺察了。但姑娘未出閣，尚不能完你我心願。若園內可以相見，你可托張媽給一信。若得在園內一見，倒比來家好說話。千萬，千萬！再所賜香珠二串，今已查收。外特寄香袋一個，略表我心。千萬收好！表兄潘又安具。	上月你來家後，父母已覺察你我之意。但姑娘未出閣，尚不能完你我之心願。若園內可以相見，你可托張媽給一信息。若得在園內一見，倒比來家得說話。千萬，千萬！再所賜香袋二個，今已查收外，特寄香珠一串，略表我心。千萬收好！表兄潘又安拜具。	庚辰本這裡出了離譜的錯，先看看程乙本寫什麼：上月你來家後，父母已覺察了。但姑娘未出閣，尚不能完你我心願。若園內可以相見，你可托張媽給一信。若得在園內一見，倒比來家好說話。這是程乙本。庚辰本有點彆扭，倒比來家得說話。他意思是說，家裡面的家長已經知道兩個人有意，因為沒有出閣還不能公開，園子裡若可以幽會就託人給個信，千萬，千萬！下面是重要的，庚辰本是：再所賜香袋二個，今已查收外，特寄香珠一串，略表我心。庚辰本講，你給我兩個香袋，說繡春囊是司棋給他的，而且是兩個，我回贈給你一串香珠請收下。這錯得離譜，完全倒過來了。程乙本是：再所賜香珠二串，今已查收。外特寄香袋一個，略表我心。

程乙本原文	周瑞家的四人聽見鳳姐兒念了，都吐舌頭，搖頭兒。周瑞家的道：「王大媽聽見了！這是明明白白，再沒得話說了！這如今怎麼樣呢？」
庚辰本原文	周瑞家的四人又都問著他道：「你老可聽見了？明明白白，再沒得話說了。如今據你老人家，該怎麼樣？」
白先勇的論點	庚辰本寫：周瑞家的四人又都問著他道：「你老可聽見了？明明白白，再沒得話說了。如今據你老人家，該怎麼樣？」程乙本是：周瑞家的四人聽見鳳姐兒念了，都吐舌頭，搖頭兒。這幾個婆婆媽媽搖頭吐舌，一起幸災樂禍，這個場面就寫活了。小說就該這樣。如果把這段弄掉，又搖頭又吐舌的這四個人就不見了，整個場景就變成王善保家的聽見了沒的話講。

程乙本原文	鳳姐只瞅著他，抿著嘴兒嘻嘻的笑，向周瑞家的道：「這倒也好。不用他老娘操一點心兒，鴉雀不聞，就給他們弄了個好女婿來了。」
庚辰本原文	鳳姐只瞅著他嘻嘻的笑，向周瑞家的笑道：「這倒也好。不用你們老娘操一點兒心，他鴉雀不聞的給你們弄個好女婿來，大家倒省心。」
白先勇的論點	鳳姐的反應好玩，庚辰本寫的是：只瞅著他嘻嘻的笑；程乙本是：抿著嘴兒嘻嘻的笑，似笑非笑的促狹了。多了一個抿著嘴兒，那個神情又不同了，弄得王善保家的簡直尷尬得不得了。

程乙本原文	尤氏——因罵入畫：「糊塗東西！要可以帶了來，又不這樣沒命的跑了。」
庚辰本原文	尤氏道：「實是你哥哥賞他哥哥的，只不該私自傳送，如今官鹽竟成了私鹽了。」因罵入畫：「糊塗脂油蒙了心的！」
白先勇的論點	惜春請尤氏來了，便將昨夜之事細細告訴了，又命人將入畫的東西一概要來與尤氏過目。尤氏道：「實是你哥哥賞他哥哥的，只不該私自傳送，如今官鹽反成了私鹽了。」他唯一的過錯就是不應該私下遞來，該講一聲，因罵入畫：「糊塗東西！」庚辰本用的是：「糊塗脂油蒙了心的！」用不著，糊塗東西簡單些。

【第七十五回】開夜宴異兆發悲音　賞中秋新詞得佳讖

程乙本原文	李紈聽如此說，便已知道昨夜的事，因笑道：「你這話有因。是誰作的事夠使的了？」尤氏道：「你倒問我！你敢是病著過陰去了？」
庚辰本原文	李紈聽如此說，便知他已知道昨夜的事，因笑道：「你這話有因，誰作事究竟夠使了？」尤氏道：「你倒問我，你敢是病著死過去了！」

白先勇的論點	庚辰本這個地方我覺得不妥，尤氏道：「你倒問我，你敢是病著死過去了！」我想中國人忌諱用死字，怎麼可能說你病著死過去了，程乙本是：「你敢是病著過陰去了？」過陰就是說到陰間去了，也是死的意思，但語氣上我覺得是程乙本比較合適。

程乙本原文	因又尋思，道：「鳳丫頭也不犯合你慪氣。——是誰呢？」尤氏只含糊答應。探春道：「這是他向來的脾氣，孤介太過，我們再扭不過他的。」
庚辰本原文	因又尋思道：「四丫頭不犯羅嗓你，卻是誰呢？」尤氏只含糊答應。探春道：「這是他的僻性，孤介太過，我們再傲不過他的。」
白先勇的論點	這個地方庚辰本又有問題，寫的是：四丫頭不犯羅嗓你，卻是誰呢？探春不會說四丫頭，四丫頭就是惜春，如果講了語境就不對了。所以程乙本是：鳳丫頭也不犯合你慪氣。意思是鳳姐不會跟你吵架，惜春倒可能。探春知道惜春怪脾氣，他說：「這是他的僻性，孤介太過，我們再傲不過他的。」庚辰本「傲」字不太對，程乙本用「扭」，「我們再扭不過他的。」

程乙本原文	且說尤氏潛至窗外偷看。其中有兩個陪酒的小么兒，都打扮得粉妝錦飾。
庚辰本原文	其中有兩個十六七歲孌童以備奉酒的，都打扮的粉妝玉琢。
白先勇的論點	「且說尤氏潛至窗外偷看。其中有兩個陪酒的小么兒，都打扮的粉妝錦飾。」程乙本寫的是「小么兒」，小么兒指的就是那些小孌童。庚辰本寫「孌童」，不是很妥，不會這麼講的。

程乙本原文	今日薛蟠又擲輸了，正沒好氣，幸而後手裡漸漸翻過來了，除了沖賬的，反贏了好些，心中自是興頭起來。賈珍道：「且打住，吃了東西再來。」因問：「那兩處怎麼樣？」此時打天九趕老羊的未清，先擺下一桌，賈珍陪著吃。薛蟠興頭了，便摟著一個小么兒喝酒，又命將酒去敬傻大舅。傻大舅輸家，沒心腸，喝了兩碗，便有些醉意，嗔著陪酒的小么兒只趕贏家不理輸家了，因罵道：「你們這起兔子，真是些沒良心的忘八羔子！天天在一處，誰的恩你們不沾？只不過這會子輸了幾兩銀子，你們就這麼三六九等兒的了！難道從此以後再沒有求著我的事了？」眾人見他帶酒，那些輸家不便言語，只抿著嘴兒笑。那些贏家忙說：「大舅罵得很是。這小狗攮的們都是這個風俗兒。」因笑道：「還不給舅太爺斟酒呢！」兩個小孩子都是演就的圈套，忙都跪下奉酒，扶著傻大舅的腿，一面撒嬌兒說道：「你老人家別生氣，看著我們兩個小

	庚辰本原文
孩子罷。我們師父教的：不論遠近厚薄，只看一時有錢的就親近。你老人家不信，回來大大的下一注，贏，白瞧瞧我們兩個是什麼光景兒！」說得眾人都笑了。這傻大舅掌不住也笑了，一面伸手接過酒來，一面說道：「我要不看著你們兩個素日怪可憐見兒的，我這一腳，把你們的小蛋黃子踢出來。」說著，把腿一抬。兩個孩子趁勢兒爬起來，越發撒嬌撒痴，拿著灑花絹子，托了傻大舅的手，把那鍾酒灌在傻大舅嘴裡。傻大舅哈哈的笑著，一揚脖兒，把一鍾酒都乾了，因擰了那孩子的臉一下兒，笑說道：「我這會子看著又怪心疼的了！」	此間服侍的小廝都是十五歲以下的孩子，若成丁的男子，到不了這裡，故尤氏方潛至窗外偷看。其中有兩個十六七歲孌童以備奉酒的，都打扮的粉妝玉琢。今日薛蟠又輸了一張，正沒好氣，幸而擲第二張完了，算來，除翻過來，倒反贏了，心中只是興頭起來。賈珍道：「且打住，吃了東西再來。」因問：「那兩處怎樣？」裡頭打天九的，也作了帳等吃飯。打么番的未清，且不肯吃。於是各不能催，先擺下一大桌，賈珍陪著吃，命賈蓉落後陪那一起。薛蟠興頭了，便摟著一個孌童吃酒，又命將酒去敬邢傻舅。傻舅輸家，沒心緒，吃了兩碗，便有些醉意，嗔著兩個孌童只趕著贏家，不理輸家了，因罵道：「你們這起兔子，就是這樣專洑上水。天天在一處，誰的恩你們不沾？只不過我這一會子輸了幾兩銀子，你們就三六九等了！難道從此以後再沒有求著我們的事了？」眾人見他帶酒，忙說：「很是，很是。果然他們風俗不好。」因喝命：「快敬酒賠罪！」兩個孌童都是演就的局套，忙都跪下奉酒，說：「我

們這行人，師父教的：「不論遠近厚薄，只看一時有錢有勢，就親敬；便是活佛神仙，一時沒了錢勢了，也不許去理他。況且我們又年輕，又居這個行次，求舅太爺體恕些我們，就過去了！」說著，便舉著酒俯膝跪下。邢大舅心內雖軟了，只還故作怒意不理。眾人又勸道：「這孩子是實情說話。老舅是久慣憐香惜玉的，如何今日反這樣起來？若不吃這酒，他兩個怎樣起來？」邢大舅已撐不住了，便說道：「若不是眾位說，我再不理。」說著，方接過來一氣喝乾。又斟一碗來。

白先勇的論點

今日薛蟠又擲輸了，正沒好氣，幸而後手裡漸漸翻過來了，除了沖賬的，反贏了好些，心中自是興頭起來。賈珍道：「且打住，吃了東西再來。」因問：「那兩處怎麼樣？」此時打天九趕老羊的未清，先擺下一桌，賈珍陪著吃。薛蟠興頭了，便摟著一個小么兒喝酒，又命將酒去敬傻大舅。看看這個寫的好玩的地方：傻大舅輸家，輸了錢，沒心腸，沒心思了，喝了兩碗，便有些醉意，嗔著陪酒的小么兒只趕贏家不理輸家了，贏了錢你就跑過去了。因罵道：「你們這起兔子，這是罵男妓的話，真是些沒良心的忘八羔子！天天在一處，誰的恩你們不沾？只不過這會子輸了幾兩銀子，你們就這麼三六九等兒的了！難道從此以後再沒有求著我的事了？」眾人見他帶酒，那些輸家不便言語，只抿著嘴兒笑。輸了的人不講話，看了他很好笑，這個傻大舅。那些贏家忙說：「大舅罵的很是，這小狗攮的們都是這個風俗兒。」因笑道：「還不給舅太爺斟酒呢！」兩個小孩子都是演就的圈套，忙都跪下奉酒，扶著傻大舅的腿，一面撒嬌兒說道：「你老人家別生氣，看著我們兩個小孩子

罷。我們師父教的：不論遠近厚薄，只看一時有錢的就親近。講的很直白，你老人家不信，回來大大的下一注，贏，白瞧瞧我們兩個是什麼光景兒！」說的眾人都笑了。這傻大舅掌不住也笑了。一面伸手接過酒來，一面說道：「我要不看著你們兩個素日怪可憐見兒的，我這一腳，把你們的小蛋黃子踢出來。」說著，把腿一抬。兩個孩子趁勢兒爬起來，越發撒嬌撒痴，拿著灑花絹子，托了傻大舅的手，把那鍾酒灌在傻大舅嘴裡。傻大舅哈哈的笑著，一揚脖兒，把一鍾酒都乾了，因擰了那孩子的臉一下兒，笑說道：「我這會子看著又怪心疼的了！」這一場，把這兩個傻大爺寫的醜態畢露，寫得很活，庚辰本就沒有這一場戲。

【第七十六回】凸碧堂品笛感淒清　凹晶館聯詩悲寂寞

程乙本原文	（程乙本無此句）
庚辰本原文	夜靜月明，且笛聲悲怨，賈母年老帶酒之人，聽此聲音，不免有觸於心，禁不住墮下淚來。此時眾人彼此都不禁有淒涼寂寞之意，半日，方知賈母傷感，才忙轉身陪笑，發語解釋。
白先勇的論點	「夜靜月明，且笛聲悲怨，賈母年老帶酒之人，聽此聲音，不免有觸於心，禁不住墮下淚來。」程乙本沒有這一句，賈母沒有掉淚，只是感到心中突然間淒然。我覺得含蓄些更好，老太太不那麼容易掉淚的，心中不禁淒涼就夠了。

程乙本原文	因對道：冷月葬詩魂。
庚辰本原文	因對道：冷月葬花魂。
白先勇的論點	脫口而出這麼一句冷月葬詩魂。庚辰本是「花魂」，程乙本是「詩魂」，我覺得詩魂更好。

程乙本原文	湘雲道：「你這病就怪不得了！」
庚辰本原文	湘雲道：「卻是你病的原故，所以不足！」
白先勇的論點	湘雲道：「卻是你病的原故，所以不足！」庚辰本這一句不完整，程乙本是：「你這病就怪不得了！」就這麼一句話，整個氣氛就對了，那個語調就把其中的傳送了出來。

【第七十七回】俏丫鬟抱屈夭風流　美優伶斬情歸水月

程乙本原文	庚辰本原文
卻說這晴雯當日係賴大買的。還有個姑舅哥哥，叫作吳貴，人都叫他貴兒。那時晴雯才得十歲，時常賴嬤嬤帶進來，賈母見了喜歡，故此，賴嬤嬤就孝敬了賈母。過了幾年，賴大又給他姑舅哥哥娶了一房媳婦。誰知貴兒一味膽小老實，那媳婦卻倒伶俐，又兼有幾分姿色，看著貴兒無能為，便每日家打扮得妖妖調調，兩隻眼兒水汪汪的，招惹得賴大家人如蠅逐臭，漸漸作出些風流勾當來。那時晴雯已在寶玉屋裡，他便央及了晴雯，轉求鳳姐，合賴大家的要過來。目今兩口兒就在園子後角門外居住，伺候園中買辦雜差。	這晴雯當日係賴大家用銀子買的，那時晴雯才得十歲，尚未留頭。因常跟賴嬤嬤進來，賈母見他生得伶俐標緻，十分喜愛。故此賴嬤嬤就孝敬了賈母使喚，後來所以到了寶玉房裡。這晴雯進來時，也不記得家鄉父母。只知有個姑舅哥哥，專能庖宰，也淪落在外，故又求了賴家的收買進來吃工食。賴家的見晴雯雖到賈母跟前，千伶百俐，嘴尖性大，卻倒還不忘舊，故又將他姑舅哥哥收買進來，把家裡的一個女孩子配了他。成了房後，誰知他姑舅哥哥一朝身安泰，就忘卻當年流落時，任意吃死酒，家小也不顧。偏又娶了個多情美色之妻，見他不顧身命，不知風月，一味死吃酒，便不免有蒹葭倚玉之歎，紅顏寂寞之悲。又見他器量寬宏，並無嫉衾妒枕之意，這媳婦遂恣情縱慾，滿宅內，便延攬英雄，收納材俊，上上下下竟有一半是他考試過的。若問他夫妻姓甚名誰，便是上回賈璉所接見的多渾蟲、燈姑娘兒的便是了。目今晴雯只有這一門親戚，所以出來就在他家。

白先勇的論點

庚辰本講晴雯的身世把它搞錯了，之前我們只曉得晴雯從小丫頭起是服侍賈母的，他有個舅舅，是個整天喝醉酒的醉泥鰍，娶了個燈姑娘，庚辰本說這個燈姑娘就是多姑娘，扯在一起了。記得多姑娘嗎？把賈璉弄得神魂顛倒的那個多姑娘，他老公多渾蟲也是個醉鬼，後來死了，他就改嫁給鮑二，又被賈珍派去服侍尤二姐。鮑二之前的那個老婆鮑二家的，就是跟賈璉有一腿被鳳姐發現，打罵以後上吊死了，所以一個死了老公，一個死了老婆，兩個人又湊成一對，而且都跟賈璉有關係。怎麼這時候又扯出來了多姑娘，把他改成燈姑娘又嫁了多渾蟲，沒道理嘛！這個前後完全不對了。所以介紹晴雯身世的那一段，必須依照程乙本：卻說這晴雯當日係賴大買的。他是賴大買來的，還有個姑舅哥哥，叫做吳貴，吳貴才是他的姑舅哥哥，就是他表哥了，人都叫他貴兒。那時晴雯才得十歲，時常賴嬤嬤帶進來，賴嬤嬤是很有地位的一個老乳母，孫子做了官的。賈母見了喜歡，故此，賴嬤嬤就孝敬了賈母。過了幾年，賴大又給他姑舅哥哥娶了一房媳婦。這是另外一個女人，跟多姑娘無關，不過跟多姑娘還有一比。誰知貴兒一味膽小老實，那媳婦卻倒伶俐，又兼有幾分姿色，看著貴兒無能為，便每日家打扮的妖妖調調，兩隻眼兒水汪汪的，招惹的賴大家人如蠅逐臭，漸漸做出些風流勾當來。那時晴雯已在寶玉屋裡，他便央及了晴雯，轉求鳳姐，合賴大家的要過來。目今兩口兒就在園子後角門外居住，伺候園中買辦雜差。這就把晴雯的身世講對了。

程乙本原文	因哭道：「除下來，等好了再戴上去罷。」又說：「這一病好了，又傷好些。」晴雯拭淚，把那手用力拳回，擱在口邊，狠命一咬，只聽「咯吱」一聲，把兩根蔥管一般的指甲，齊根咬下，拉了寶玉的手，將指甲擱在他手裡。
庚辰本原文	又說：「可惜這兩個指甲，好容易長了二寸長，這一病好了，又損好些。」晴雯拭淚，就伸手取了剪刀，將左指上兩根蔥管一般的指甲齊根鉸下，又伸手向被內，將貼身穿著的一件舊紅綾襖脫下，並指甲都與寶玉道：「這個你收了，以後就如見我一般。快把你的襖兒脫下來我穿。我將來在棺材裡獨自躺著，也就像還在怡紅院一樣了。論理不該如此，只是擔了虛名，我可也是無可如何了。」
白先勇的論點	又說：「這一病好了，又傷好些。」晴雯拭淚，把那手用力拳回，擱在口邊，狠命一咬，只聽「咯吱」一聲，把兩根蔥管一般的指甲，齊根咬下，這個寫得不能再好！庚辰本說拿剪刀剪那個指甲，差勁！我想那一定不是曹雪芹寫的。他是咬，用牙齒把這指甲咬下來。

程乙本原文	（程乙本無此段）
庚辰本原文	寶玉心下暗道：「往常那樣好茶，他尚有不如意之處，今日這樣。看來，可知古人說的『飽飫烹宰，飢饜糟糠』，又道是『飯飽弄粥』，可見都不錯了。」一面想，一面流淚問道：「你有什麼說的，趁著沒人，告訴我。」

白先勇的論點	庚辰本就有點煞風景了，一二一九頁這裡，他不是給他喝茶嗎？看到晴雯如得了甘露一般，一氣都灌下去了。下面多出一行，多出這麼幾個字：寶玉心下暗道：「往常那樣好茶，他尚有不如意之處，今日這樣。看來，可知古人說的『飽飫烹宰，飢饜糟糠』，又道是『飯飽弄粥』，可見都不錯了。」這個時候跑出這麼個說教的，他那個時候在園裡，喝那麼好的茶還要嫌七嫌八，現在這種也接受了。哪有這種想法，看起來這都是後人抄本加的，這麼動人的一回，多這一段就完了。

【第七十八回】老學士閑徵姽嫿詞　痴公子杜撰芙蓉誄

程乙本原文	豈道紅綃帳裡，公子情深；始信黃土隴中，女兒命薄！汝南斑斑淚血，灑向西風；梓澤默默餘衷，訴憑冷月。
庚辰本原文	自為紅綃帳裡，公子情深；始信黃土壟中，女兒命薄！汝南淚血，斑斑洒向西風；梓澤餘衷，默默訴憑冷月。
白先勇的論點	這一篇〈芙蓉誄〉中間有幾句：自為紅綃帳裡，公子情深；始信黃土壟中，女兒命薄！這是庚辰本的。程乙本是：豈道紅綃帳裡，公子情深；始信黃土隴中，女兒命薄！紅綃帳裡公子情深，講寶玉自己，我對他那麼深情；可憐黃土壟中女兒命薄，你的命那麼薄。

把《紅樓夢》的著作權還給曹雪芹

——《紅樓夢》百年議題：程高本和後四十回

時間：二〇一八年三月二十五日上午九點半至十二點半
地點：上海全季酒店
嘉賓：白先勇、甯宗一、吳新雷、胡文彬、王潤華、鄭鐵生、孫偉科

《紅樓夢》的很多議題，是說不盡的，但紅學界百年來一直被討論、到現在還沒有定論的，莫過於「程本和脂本孰優孰劣」以及「後四十回是否續書」這兩大議題。今天，白先勇與甯宗一、吳新雷、胡文彬、王潤華、鄭鐵生、孫偉科諸位紅學專家一起討論這兩個問題，希望引起更多人的注意和研究。也許有很多不同的意見，但學問就是越辯越明。《紅樓夢》是中國最了不得的一本小說，也是中國文化最高成就之一。它不僅是一部文學作品，它的高度是整個民族的精神指標。這麼重要的一本書，不能讓它有那麼多的瑕疵。

白先勇：大家早安，很高興大家來到這裡。我們討論《紅樓夢》，也是以非常嚴肅的

態度面對這一本中國最偉大的小說，這是「天下第一書」。對這麼一本書，我想必須以最謙卑、最虔誠的態度來討論它。

《紅樓夢》的議題是說不盡的，今天挑的兩個議題，我覺得是在紅學界差不多百年來一直被討論，到現在還沒有定論的。在座的都是紅學界的前輩，他們都是著作等身，學富五車，對《紅樓夢》的研究非常資深的。

我們這一組的討論分兩節，一節討論的議題是「《紅樓夢》版本的問題」。《紅樓夢》的版本非常複雜，但今天我們不是去做版本學，來討論各種版本，而是有一個現象，我覺得有相當嚴重的影響，那就是現在最流行的兩個版本：一個是胡適推薦的程乙本，由上海亞東圖書館在民國十六年用新式標點印出來的，已經有一百年了，是以一七九二年高鶚與程偉元的一個木刻本做底的；另外一個是庚辰本，一九八二年由人民文學出版社出版，由馮其庸先生領頭校注的。這個本子好像印了有七百萬冊，可以想像它的影響之大。

講一個例子，我在南京師範大學做了一個《紅樓夢》的講座，差不多有七百多位師生，我講完之後就問下面的聽眾，我說看過程乙本的人請舉手？只有一個。可見得庚辰本基本上已經取代程乙本了。這個現象也傳到了臺灣。

我們今天對這個現象提出一些討論，因為這兩個本子有很多地方是有基本的不同，兩個本子的功用也不一樣，這對我們的影響非常大。據我瞭解，北京市高考指定的經典讀物就有《紅樓夢》，如果全國中學生都要看《紅樓夢》，這個影響有多大！選擇一個最合適的版本做為流行本，我想是非常重要的一件事情，所以我們從這一點先切入。

今天非常高興能夠請到甯宗一先生前來參加。甯先生是南開大學中文系的教授，很著名的紅學專家，他是天津紅樓夢文化研究會會長，中國紅樓夢學會的理事。甯先生是我非常敬佩的一位學者，他的文學觀，我非常地贊同。今天，我們先請甯先生開個場。

甯宗一：我曾經寫過一篇談《白先勇細說紅樓夢》的書，今天我是續篇，因為那次是採訪的。今天的題目是《淺談白先勇先生細說百二十回〈紅樓夢〉的方法論的意義》。

白先生《細說》之「細」，是按照審美的邏輯演繹而成的，他充分調動了自己的人生道路的特殊感悟，各個人生節點的回憶，都能呼應《紅樓夢》裡面的人物心態、情節構成。作為曹雪芹的心靈史和心態史的《紅樓夢》，都跟白先生的心靈史和白先生的心態史有著密切的關係。作為一位優秀的作家，他在細說百二十回《紅樓夢》的時候，傾訴了那些優美的聯想，也是他善於有意識地進行美的關照的結果。這種即興式的聯想，是一種生命的感發，構成了白先勇先生的美學特質，這一切才有了百二十回《細說》的富有魅力的表述。

白先生始終處於與《紅樓夢》、《牡丹亭》的對話和潛對話之中，這是歷史與現實之間的、小說家與小說家之間的對話和潛對話，這構成了一個鮮明的特點：就是讓《紅樓夢》文本自己說話。回歸文本，是我們研究文學的重要策略。我們要把握作家的人生軌跡、思想脈絡和才華情懷，是因為這些東西並非都是有形的，我們只能夠從作家的文本瞭解。

從來沒有一個作家把話說盡，文本的本性就是開放的。《紅樓夢》的文本說完了嗎？這不是八十回的問題，也不是百二十回的問題，都沒有說完。曹雪芹有很多欲說還休的東西。越是偉大的作家，他的人生況味和心靈困惑就越多，《紅樓夢》正是曹雪芹人生況味的敘述，是他心魔的釋放。但他並未完全釋放。把這些地方加以品味、把握，正是作為小說家的白先勇最嫻熟的地方。尊重文本、回歸文本、延伸文本，才是研究文學的重要策略。

白先生是帶著熱烈的詩情走進《紅樓夢》的藝術世界的，似乎這容易被文獻學家所質疑，說這種研究容易失去它的客觀性。但是我常想，是否竭澤而漁、廣羅史料，就可以完全避免主觀的介入呢？當然不可能。因為即使文獻學，選擇和闡釋史料的過程就是一種主觀判斷的過程。進一步說，小說之美，《紅樓夢》之美，絕不可能離開心靈的感應，離不開創造性的欣賞，絕不可能離開特殊的個人的感悟。正像宗白華先生說的：「一切美的光來自於心靈的源泉。」白先生的《細說》，是他對美的心靈和美的意念的闡釋。當然他的《細說》本身就是靈動的、審美的，通過他的心靈創造，把我們帶入到一個美的境界，這是白先生的最大貢獻。

白先勇：謝謝甯先生。第二位請德高望重的學者、著名的紅學家吳新雷先生，他是南京大學文學院教授，中國紅樓夢學會顧問。

吳新雷：大家好。他說，新世紀以來，「高鶚續書」說已被紛紛質疑。早在二〇〇八年，人民文學出版社的《紅樓夢》，就特別寫明前八十回「曹雪芹著」，後四十回「無名氏續」。不久前，北京師範大學出版社出了程乙本為底本的《紅樓夢》，更爽快注明「曹雪芹著」，連「無名氏續」也沒有。現在，越來越多的學者相信，後四十回本來就是曹雪芹的原稿，只是經過高鶚和程偉元的整理罷了。

大家都知道，長期以來《紅樓夢》的署名一直都是：曹雪芹、高鶚著。新世紀以來，大家對這個說法提出懷疑，特別是對「高鶚續後四十回」的說法。比如，中國藝術研究院紅樓夢研究所那個新的校注本，到了二〇〇八年出第三版的時候，特別寫了：前八十回曹雪芹著，後四十回無名氏續。但這時還沒有引起轟動。不久前，北京師範大學出版社出了程乙本為底本的《紅樓夢》，怎麼注明的？曹雪芹著。爽爽快快，也沒有什麼高鶚，也沒有什麼無名氏。

現在已經有越來越多的學者相信高鶚不是後四十回的作者，還有學者認為，後四十回本來就是曹雪芹的原稿，只是經過高鶚和程偉元的整理罷了。根據程偉元和高鶚的序，他不是憑空得來這四十回，很可能是曹雪芹的遺稿。所以不要說是高鶚還是無名氏，就是曹雪芹。

白先勇：很早就有人質問胡適說高鶚續書的問題了。我自己的看法是，如果真的有一個續書的人，那他的才幹要比曹雪芹還要高，這不可能。下面一位是胡文彬先生，他是中國藝術研究院研究員，中國紅樓夢學會顧問，有很多對於《紅樓夢》的看法，今天請他講一講程乙本、庚辰本和後四十回。

胡文彬：謝謝白先勇先生。我想就這個題目當中一個小的細節來談談我的看法，這就是程偉元、高鶚他們在《紅樓夢》的成書史、傳播史上到底應該給他們一個什麼樣的定位？我想著重從文獻學、從歷史流傳的角度，來把我自己的想法貢獻給大家。

一、程偉元、高鶚在《紅樓夢》的傳播史上的地位是不可動搖的。

過去我們的研究當中，由於資料的局限，許多學者誤聽誤信，把高鶚排在了程偉元的前面，甚至給他掛上了「後四十回是高鶚續」的頭銜。其實，從程偉元和高鶚的序、引言，可以確定程高本出版是由程偉元出資並主持的，高鶚僅是被邀請來協助他工作的。而原稿是程偉元在二十年間搜集的，差不多是一百一十回左右的篇幅，這在引言中講的很清楚。如果我們捨去這兩篇序和引言去談《紅樓夢》的作者，談流傳史，我想是不公平的。而且，在《紅樓夢》成為印本過程當中，他們還做了一些拆長補短的工作，這是程、高獨有的貢獻。

還有一些研究者問，為什麼百二十回本的兩個本子都沒有評語？關於這個問題，程高本的引言中特意立了一條。大家只要懂一點印刷出版，就會明白木活字印刷的流程，也會明白程高本為什麼沒有評語。活字排版過程中，想要在正文旁邊再加批語的話，排版會遇到很大的困難。只要有一點印刷廠活字排版經驗，就會明白，作為私人出版，加上評語的排印要增加多少投資。假如用雕版印刷的話，那個投資增加的不止是一兩倍的錢，所以在當時只能用活字排版。

而且這個活字排版跟《四庫全書》的活字排版是大不一樣的。比如說用料，《四庫全書》用的是最好的，刻出來的字印得非常清楚。而程偉元、高鶚印的時候，他們的活字是用非常軟的一些木頭，比如說柳木、楊木，不敢用最硬的木頭，因為那個造價非常高。所以印了兩次就不行了，就得拆版。所謂的程丙本、程丁本，其實就是第一次、第二次印刷的廢葉子再撿起來，往一塊拼湊成一本書。實際上程偉元和高鶚只印了兩次。

高鶚、程偉元都有貢獻，但主要貢獻人是程偉元；高鶚被邀請參與，但他不是主體。至於說高鶚是《紅樓夢》後四十回的續書者，完全是一種誤讀誤傳，誤了今天許多的研究者。高鶚生在乾隆二十三年（一七五八年），他還有一段時間在邊塞打工，當幕僚或當教師去了。而且，高鶚的序當中明確講，說他在程偉元這裡看了這些東西，如「波斯奴見寶為幸」。他沒有續，他沒有時間，也沒有那份文學才能來續。為什麼今天還要給高鶚按上這個頭銜？

白先勇：下面一位是從新加坡來的學者王潤華教授，他是馬來西亞南方大學副校長，在新加坡國立大學也教過書。很重要一點，他是周策縱教授的衣缽弟子。周先生是研究「五四」運動的專家，寫了一本《「五四」運動史》，在美國當做課本的。周先生在海外的漢學界有非常高的地位，他在威斯康辛大學教了好多年，王潤華教授就是威斯康辛大學的文學博士。他講的是周策縱先生的紅學研究，下面有請。

王潤華：謝謝白先勇先生。我寫了一篇〈新世紀重返《紅樓夢》：周策縱曹紅學的後四十回著作權考證〉，很完整的論文已經交給大會了，今天我只做一些簡單的報告。

周策縱在二〇〇〇年出版了一本《紅樓夢案：棄園紅學論文集》，這是香港中文大學出版的，他一生研究的論文都在這本著作裡面。他完整繼承了中國從詠紅、評點到新紅學的傳統。但他比一般人還多了一點，他繼承了當時哈佛最新的漢學傳統，就是把科技都帶進來，把客觀的研究帶進來。《紅樓夢案》裡面最重要的篇章，就是今天要討論的版本問題和後四十回的問題。

周策縱是一位非常開明的紅學家，他舉辦了第一界國際紅樓夢研討會，而且他認為，電腦科技已經來臨，我們為什麼不用電腦來研究曹雪芹？用這種語法來討論一下，到底《紅樓夢》是不是兩個人寫的？他這個新時代研究的方法，後來也影響了中國很多的學者，其中最有名的是陳炳藻。其實西方漢學家高本漢早在一九五二就用單字或詞統計考證《紅樓夢》，證明前八十回與後四十回是一人所作。高本漢是一個語言學家，他覺得每一個作家用的語言都有他的特殊性，騙不了人，如果我們去精確計算他的詞彙、文法，就能得出正確的結論。可見得西方的漢學家，他們真是非常有眼光。

周先生一直要說的，就是希望有一天還《紅樓夢》曹雪芹的著作權。芝加哥大學對中國古代的印刷術很有研究，周先生就花了很多時間去學當時清朝的印刷術，後來他得出結論說：「高鶚實在沒有著作權。他在乾隆五十六年辛亥（一七九一年）的春天才得由程偉元出示書稿，到同年冬至後五日，工竣作序，這中間只有十來個月的時間。」「程甲本單說排印就需要六個月，高鶚修補百二十回全稿的時間只有四個月」，除去校訂整理前八十回，所剩時間「試問哪兒還來得及補作後四十回二十三萬七千字的大書？」因此，「我們絕不能把《紅樓夢》三分之一的著作權就這樣輕易地送給他！」「各種百二十回本《紅樓夢》，還只能題作曹雪芹著，至多只能加上『程偉元、高鶚修訂』字樣。這裡還應該特別指出，這種搜集工作，功勞固然全在程偉元，就是修訂或修補工作，程偉元也應該是主，高鶚是副，或同等重要。」

而且，初稿怎麼會最接近作者原貌呢？白先勇先生寫了很多小說，他的手稿現在我們都放在聖巴巴拉圖書館，很多人一直研究。白先生的初稿可能是很好，但是絕對不是白先生所認同，不是最後定稿的。美國是世界上最早開始重視收藏作家的手稿的，這是研究作者的很好的資料。但考古和文學是兩回事，我們要分清楚。

白先勇：下面有請鄭鐵生先生，著名紅學家，北京曹雪芹學會副會長，請他講一講程乙本和後四十回。

鄭鐵生：很榮幸與白先生相識。最近，我在香港《民報》月刊發表了〈先有大眾欣賞的普及，才有小眾學術的可能：論《紅樓夢》〉，這篇文章的重要觀念是「大眾欣賞與小眾學術」。《紅樓夢》的各種版本都有其重要性，但其功用不同：有的版本用於學術研究，屬於小眾學術，只適合少數學者研究應用；但大眾欣賞則應該選擇相對語言通俗明快、結構完整、人物鮮明生動的版本。程乙本正是大眾欣賞最合適的普及本。

我最早受到啟發，是研究胡適對《紅樓夢》的觀點。胡適晚年特別重視程本，去世之前曾自豪地說，自從推行了亞東版程乙本以後，華語圈最為通行的標準本就是程乙本。因為程乙本語言更明快、故事更完整。另外，我認為回目是對本章內容最精確的概括，回目之間的關聯就是一種生命體系的流傳和演進，就把所有的脂評本和程乙本、程甲本回目做了對比，發現所有的版本都不如程乙本。脂評本是少數學者進行研究的寶貴資料，研究的成果可以為大眾欣賞鋪平道路，其重要性當然不可取代；但大眾可以通過流暢、完整的程乙本來培養審美，提升對中國傳統文化的認知。

我覺得理想國做了一件非常有意義的事情。胡適開創的新紅學，既給我們帶來新的方法，推動了中國紅學的發展，同時也遺留下來很多問題，被推向了極端。能在這個時候把程乙本重新印行，我覺得是非常有歷史意義的事情。

白先勇：下一位有請孫偉科先生，他是中國藝術研究院紅樓夢研究所副所長，中國紅樓夢學會副會長。請他來談談《紅樓夢》的這兩個問題。

孫偉科：非常感謝。我老早就讀到白先勇先生的〈賈寶玉的俗緣〉，這篇文章寫在八〇年代初，但是水準很高，他是從自己的文學經驗出發，來把《紅樓夢》前八十回和後四十回作為一個藝術整體來看的，這樣的見識我非常贊服。理想國出版的程乙本《紅樓夢》，署名「曹雪芹著，程偉元、高鶚整理」，這樣的處理也是很合理的。

早在程高本出版之前，周春的筆記就提到過，他已經看到百二十回本《紅樓夢》的抄本了。另外，早就有人看到過百二十回的回目，這說明百二十回本的《紅樓夢》是存在的。《紅樓夢》最初是在親友之間小範圍傳看的，是一種「非傳世小說」，一直處於個人鑒賞的階段。高鶚和程偉元把它印出來以後，才成為全社會接受的一種共同財富，結束了隨抄隨改的混亂的抄本階段。這在《紅樓夢》傳播史和成書史上，是非常重要的一個事件，怎麼高估都不過分。因為每被傳抄一次，由於抄書者的水準、心境的不一樣，他所抄寫的文字就會有變化。如果一直處於傳抄的狀態，對《紅樓夢》廣泛傳播是非常不利的。

從脂本到程高本，字數減少了很多，其實是作者刪減和簡化的過程，比如「秦可卿淫喪天香樓」、「更衣」這些情節都刪掉了，比如尤三姐從淫奔女變成貞烈女，都是簡化的證明。紅學家們通過對抄本的研究，來瞭解曹雪芹和生平和創作，這是應該尊重的，但是不能把初稿當作定稿交給讀者。

《紅樓夢》的版本選擇，由讀者的個人趣味來決定。對紅學家來說，應該讓讀者看到更多種《紅樓夢》的面貌，提供更充裕的選擇。唯某個版本獨尊這樣一個局面，我覺得它是不好的。

白先勇：各位學者講下來，我們對程乙本、庚辰本和後四十回大致都有了一個認知了。我來做一個小結。

我在美國教《紅樓夢》二十多年，完全是把《紅樓夢》當作一本文學作品。我自己寫小說，所以看《紅樓夢》的時候，我對「為什麼會寫得這麼好」「為什麼這個人物這時候出來？」「為什麼給他加這麼一筆？」最感興趣。你看人物的塑造，寫完金陵十二釵，寫了那些大小丫頭，寫了婆婆媽媽，還寫了小伶人，到最後又跑出夏金桂跟寶蟾，我就佩服得五體投地。寫十二個女孩子不同，已經不得了了，還寫了這麼多。

我對這些人物的塑造特別感興趣，所以對版本沒有太注意。我從小念的，是胡適推薦、由亞東圖書館印的程乙本。教書的時候用的是臺灣桂冠圖書公司的本子，是以人民文學出版社的、啟功先生做了注解的程乙本為底本，還參照了很多其他的本子校注過。這個本子注得非常詳細，還有詩詞的白話文翻譯，對初學的學生非常有幫助。因為《紅樓夢》好多古典的典故不容易懂，禮儀方面的，佛道方面的，這些都注解得非常詳細，所以我一直用那本書。

二〇一四年，我在臺灣大學講《紅樓夢》，一向用慣了程乙本，但這個本子在臺灣斷版了，我就用了馮其庸先生注的庚辰本，這是我第一次用庚辰本。我是用程乙本跟庚辰本對著教，把前八十回從頭到尾仔細對了一次。程乙本我看了一輩子，比較熟，所以在看庚辰本的時候，有一個陌生的字、一句陌生的話，眼睛好像就眨了一下。我就發覺這兩個本子的差異很大，幾乎每一回都有差異的，基本上會影響人物的形象、個性，影響了整個主題，我就特別提出來了。我在《細說紅樓夢》裡面，就做了詳細的對照。

我非常贊成剛才鄭鐵生先生講的，各個本子有各個本子的功用，所謂小眾研究本，大眾傳播本，這兩個本子的性質功用不同。像庚辰本當然重要，雖然只有七十八回，但是脂批最多，可以從裡面瞭解曹雪芹創作的背景，對學者是非常寶貴的。可是大眾傳播的本子，我比下來，在整個人物的描述、主題敘述方面，程乙本比較完整統一。尤其是它的文字，小說裡的一字之差，往往就差很遠很遠。第五回講賈寶玉跟薛寶釵的婚姻是「悲金悼玉」，庚辰本是「懷金悼玉」，一字之差，我就覺得「悲」字就高很多。

我還寫了一篇文章〈搶救尤三姐的貞操〉，因為尤三姐是我覺得《紅樓夢》裡面寫得最好的次要人物之一，短短的兩三回，這個人物活蹦活跳的，你看她的形象，她的語言，她的一舉一動。這兩個本子裡面寫尤三姐，也有一個差異。比如，尤三姐對賈珍、賈蓉，呵斥他們，罵他們。庚辰本說是她「站「起來到炕上面指責他們，程乙本說的是尤三姐

「跳」起來到炕上去，這個「跳」字有學問，「站起來」跟「跳起來」，這個形象可差很遠，這一「跳」她罵的時候力量就大了。還有，庚辰本把尤三姐寫成了一個淫婦，很早就跟賈珍有染，像尤二姐一樣，這兩個人都是水性楊花。不是不可以把尤三姐寫成淫婦，可以的；但是，如果她已經跟姐夫有染的話，下面憑什麼理由起來罵他們兄弟兩個？不能理直氣壯了。可那一段罵得真好，是《紅樓夢》裡面最有戲劇性的，罵得是鏗鏘有聲，音容並茂，這個女孩子不得了。如果前面已經變成一個淫婦，以賈珍的大爺脾氣：你失足的淫婦，你還站起來罵我？不可能的。這兩個本子在這個地方出了問題，這是大問題。

還有很多人，不管後四十回真正寫得好不好，先定說這是假的、偽造的，這樣就抹殺了後四十回的藝術成就，我看了大不以為然。以前我都是把百二十回當做整體的。一位非常有名的女作家張愛玲，她對後四十回深痛惡絕。她說，人生最遺憾的是《紅樓夢》沒寫完，她說後四十回天昏地暗。我倒不覺得，我覺得後四十回悲劇力量越來越大。從第五回你就看得出來，它是一個悲劇，我說《紅樓夢》是一齣挽歌，哀挽人生命運，哀挽整個生命的無常。後來賈寶玉出家，林黛玉之死，老早就鋪好了。最感動我們的還是寶玉出家、黛玉之死，沒有那幾章的話，這本書寫得再花團錦簇，都不會那麼感動人。

後四十回的藝術成就絕對不輸於前八十回，這是我自己的看法。至於是不是另外一個人寫的，從寫作來說是絕對不可能，因為大大小小的伏筆千頭萬緒。我講一個小細節，大家都知道鴛鴦這個人物，賈赦要娶她做妾，鴛鴦很氣，到賈母那邊告狀，說如果要我嫁的話，我就出家，拿剪刀剪了一綹頭髮。最後賈母死了，鴛鴦想萬一賈赦又把他娶了怎麼辦？她吊頸自殺。在自殺之前，她把一綹頭髮塞到懷裡。你看，這個時候她還記得那個頭髮。如果換一個作者，這麼小的一個細節，那麼早的一個東西，很難再用上這個。她這個頭髮是道理的，表示說，我是一個很貞烈的女子，我剪過頭髮的。這個頭髮是非常有用意的、非常有力的一個道具，這個時候用上了。所以曹雪芹不得了，他用的小細節一點不能放過。我想換一個人寫恐怕不行。

今天講版本的問題，講後四十回的問題，我希望引起更多人的注意，引起更多人的研究。也許有很多很多意見，有不同的意見是好的，學問就是越辯越明嘛。在我來看，《紅樓夢》不僅是一本小說，一本文學作品，它的高度是整個民族的精神指標，是這麼重要的一本東西，不能讓它有那麼多的瑕疵。

甯宗一：我有一點意見。《紅樓夢》的署名問題是一個權利問題，署誰不署誰，這屬於在法律上可以立案的。第二點，至於版本的選讀，這是愛好問題。這是根據每個人的生活經歷、學習經歷、業餘愛好種種的原因來決定的，所以這是一個愛好問題。在這個問題上，我的看法，大家都各取所需，根據你的愛好和你的研究方向來決定你選擇哪個本子，因為閱讀是自由的。

鄭鐵生：關於後四十回我再補充幾句。

第一個問題，既然談到後四十回，它本身就是一個文本問題。如果把《紅樓夢》分割開來那就不是一個整體了。我們現在看《紅樓夢》文本，從第七十三回到七十八回，是一個完整的單元，將抄檢大觀園起始到結束，王夫人把寶玉身邊不利己的人全部給清除了，這個單元非常完整。七十九回到九十一回轉入另外一個單元，講薛家的多事之秋，薛蟠娶妻，招來夏金桂大鬧薛家，彈壓薛蟠，蹂躪香菱，又是一個完整的敘事單元。從敘事構思來看是天衣無縫的，所以從文本上分析，八十回和後四十回的劃分，實在是人為隔斷的。

第二個問題，我們的研究方法出了問題。研究方法是觀察的角度，只有更新方法才會使得研究帶來新的發展空間。除了白先生而外，很多學者對於版本之間的對照，還有敘事的肌理都寫過文章，但是我覺得需要更進一步的，是把整個《紅樓夢》主脈，它的每一個階段的特徵、階段之間的關係、怎麼演變的，要揭示出來。這裡不僅涉及到事件，而且涉及到人物。現在《紅樓夢》研究中間很普遍的一種觀點，說《紅樓夢》寫的是由盛而衰，我認為不是這樣。

我覺得，《紅樓夢》一開始就寫的是衰敗，他寫的所謂「興盛」，比如說元春省親，秦可卿出喪，好像紅紅火火，烈火烹油，這種「興盛」實際上是衰敗本質的一種顯現。因為元春省親和烏盡孝交租發生在同一年，一個是年初一個年尾，年尾烏盡孝交租的時候，賈蓉說了一句話，說再有一次省親，賈家恐怕就精窮了。這就說明什麼呢？等於元春省親把賈家的老底都掏空了。表面上看不出來，這以後逐漸一點點顯露出來了。七十五回，賈母正在吃飯，尤氏來商量事情。賈母說，在這兒一塊吃吧。丫鬟給尤氏遞了一碗白米飯。賈母說，丫鬟，你怎麼這麼不懂事呢，我那邊不是有紅稻米（貢米）嗎。後來鴛鴦和王夫人趕快打圓場，說現在收成不好，是「可著頭做帽子」，捉襟見肘的事一點一點都露出來了。《紅樓夢》從一開始寫的就是衰敗史，這是一個要點。

還有一點，到底什麼是悲劇？悲劇在美學上的意義並不是突然事件。被電死了，被車撞了，被抄家了，這是生活中的悲劇，但不是美學的悲劇。美學的悲劇是重新製造了一個悲劇的環境。《紅樓夢》中的李紈，年輕就守寡，把兒子培養科考，這是不是一個完整的悲劇過程啊？到最後賈寶玉出家了，但是留下一個遺腹子，按照寶釵所受到的傳統教育，她也會走李紈的道路，年輕守寡，最後要把她的兒子培養科考。這個悲劇的過程又來了一個輪回。抄家當然是悲劇的一種表現，但真正的悲劇是這個家族仍然製造出來一代又一代的悲劇人物，不僅是一個李紈和寶釵。只有從美學的角度來理解是悲劇，我們才能把《紅樓夢》後四十問題徹底解決清楚。

孫偉科：我簡單提示兩句吧。因為《紅樓夢》過去已經形成了很多觀念，我就提示一兩點。

第一點，曹雪芹「增刪五次，批閱十載」。我想一個作家不會把一部小說寫了八十回，不寫了，只去不停地改前八十回，這是不可能的。周紹良先生說，後四十回裡邊有很多曹雪芹的原稿。我覺得這些意見值得重視。

第二點，俞平伯寫《紅樓夢辨》的時候，他是為了實現胡適的主張，就是要證明高鶚是一個續書者。他帶著這種主題先行的觀點來寫，竭力證明胡適這個觀點是對的，但又處處說後四十回怎樣遵照前八十回，都有根據、都有說法、沒有越雷池一步，說了很多矛盾的話。他這個自我的矛盾，被林語堂看出來了。林語堂說他是「歪纏」。

第三點，現在有人非要說《紅樓夢》有一個「舊時真本」，我可以負責任地跟大家說，根本就沒有所謂的「舊時真本」。「舊時真本」不過是非常拙劣的另外一種續書，在流傳過程中間散失了，非要把這些拙劣的東西說是《紅樓夢》真正的結局，這個會貽害很多人。二〇一三年出來一個張貴林的《紅樓夢》後二十八回，還有最近出來的《吳氏石頭記》後二十八回，都是冒充「舊時真本」的身份，想取代後四十回。實際上，這是對我們古典文化的一種嚴重擾亂，對《紅樓夢》的嚴重的不尊重。《紅樓夢》愛好者、研究者都應該捍衛我們傳統文化的經典性。像這樣一種情況，在文化浮躁的氛圍裡有愈演愈烈的趨勢，所以值得警醒，它不是一個小問題。

曹雪芹辛辛苦苦寫出《紅樓夢》，但是今天有些人表現出來了不尊重作者的著作權。他這個書增刪十年，十年裡邊再修改，他還沒有著作權嗎？動不動就有人說，是這個寫的，是那個寫的，我覺得這對我們的古典文化太不尊重了。希望新聞媒體和輿論界的一些人，不要有人一個什麼提法，馬上就發出來，製造所謂的文化熱點，這樣一種虛熱對《紅樓夢》不利，對我們文化發展不利。我就補充這幾點。

白先勇：今天大家對《紅樓夢》又增加了萬分的敬意。呼應孫先生講話，我們大家都要保護、維護、搶救最珍貴的文化遺產，曹雪芹留給我們的了不得的經典《紅樓夢》，這是我們民族了不起的成就，我們應該感到非常驕傲的。

XLP0054

正本清源說紅樓

策　　劃 — 白先勇
編　　輯 — 張啟淵、羅珊珊
封面設計 — 張治倫工作室
行銷企劃 — 張燕宜

總 編 輯 — 余宜芳
董 事 長 — 趙政岷
出 版 者 — 時報文化出版企業股份有限公司
108019台北市和平西路三段二四〇號四樓
發行專線 — (02) 2306-6842
讀者服務專線 — 0800-231-705
(02) 2304-7103
讀者服務傳真 — (02) 2304-6858
郵撥 — 一九三四四七二四時報文化出版公司
信箱 — 一〇八九九臺北華江橋郵局第九九信箱
時報悅讀網 — http://www.readingtimes.com.tw
法律顧問 — 理律法律事務所 陳長文律師、李念祖律師
印　　刷 — 家佑印刷有限公司
初版一刷 — 二〇一八年七月十三日
初版三刷 — 二〇二三年二月三日
定　　價 — 新台幣五八〇元
（缺頁或破損的書，請寄回更換）

正本清源說紅樓 / 白先勇策劃.
-- 初版. -- 臺北市：時報文化,
2018.07
面；　公分. --（中國歷代經典寶庫：54）
ISBN 978-957-13-7295-2（平裝）

1.紅學 2.研究考訂

857.49　　106025334

時報文化出版公司成立於一九七五年，
並於一九九九年股票上櫃公開發行，於二〇〇八年脫離中時集團非屬旺中，
以「尊重智慧與創意的文化事業」為信念。

ISBN 978-957-13-7295-2
Printed in Taiwan